NANSONG JIANGXI SANWEN YANJIU

南宋江西散文研究

扶平凡 ⊙ 著

中国社会科学出版社

圖書在版編目(CIP)數據

南宋江西散文研究/扶平凡著. —北京：中國社會科學出版社，
2014.8
  ISBN 978 - 7 - 5161 - 4627 - 9

  Ⅰ.①南… Ⅱ.①扶… Ⅲ.①古典散文—古典文學研究—江西省—
南宋 Ⅳ.①I207.62

  中國版本圖書館 CIP 數據核字(2014)第 178229 號

出 版 人 趙劍英
責任編輯 郭曉鴻
特約編輯 王冬梅
責任校對 何洪超
責任印製 戴 寬

出　　　版 中國社會科學出版社
社　　　址 北京鼓樓西大街甲 158 號 (郵編 100720)
網　　　址 http://www.csspw.cn
　　　　　 中文域名:中國社科網　　010 - 64070619
發 行 部 010 - 84083685
門 市 部 010 - 84029450
經　　　銷 新華書店及其他書店

印　　　刷 北京君昇印刷有限公司
裝　　　訂 廊坊市廣陽區廣增裝訂廠
版　　　次 2014 年 8 月第 1 版
印　　　次 2014 年 8 月第 1 次印刷

開　　　本 710×1000　1/16
印　　　張 23.25
插　　　頁 2
字　　　數 358 千字
定　　　價 69.00 元

目　錄

緒論 ……………………………………………………………… （1）

第一章　南宋江西文學發展諸要素考論 ……………………… （1）

　第一節　南宋江西的科舉 ……………………………………… （1）

　第二節　南宋江西的儒學 ……………………………………… （14）

　第三節　南渡江西的作家 ……………………………………… （21）

　第四節　宋代江西的文學家庭 ………………………………… （30）

　第五節　北宋江西的文學成就 ………………………………… （42）

　餘論 …………………………………………………………… （55）

第二章　南宋江西散文綜論 …………………………………… （57）

　第一節　宋代江西的文學思想 ………………………………… （57）

　第二節　南宋江西散文作家梳理 ……………………………… （75）

　第三節　南宋江西散文創作分期 ……………………………… （83）

　第四節　南宋江西散文創作特點 ……………………………… （89）

第三章　胡銓散文研究 ………………………………………… （107）

　第一節　奏疏文 ………………………………………………… （107）

　第二節　書信文 ………………………………………………… （115）

　第三節　序跋文 ………………………………………………… （121）

　第四節　記體文 ………………………………………………… （129）

　第五節　雜論文 ………………………………………………… （132）

　第六節　碑誌文 ………………………………………………… （134）

第七節　胡銓散文特色 …………………………………………（138）

第四章　楊萬里散文研究 …………………………………………（146）
　第一節　論說文 …………………………………………………（146）
　第二節　記體文 …………………………………………………（157）
　第三節　序跋書文 ………………………………………………（168）
　第四節　碑傳文 …………………………………………………（182）
　第五節　楊萬里散文特色 ………………………………………（192）

第五章　周必大散文研究 …………………………………………（205）
　第一節　文學思想 ………………………………………………（205）
　第二節　奏劄文 …………………………………………………（210）
　第三節　書劄文 …………………………………………………（220）
　第四節　題跋文 …………………………………………………（227）
　第五節　序文 ……………………………………………………（237）
　第六節　記體文 …………………………………………………（244）
　第七節　碑誌文 …………………………………………………（247）
　第八節　周必大散文特色 ………………………………………（257）

第六章　南宋江西部分作家散文略論 ……………………………（264）
　第一節　王庭珪散文 ……………………………………………（264）
　第二節　汪應辰散文 ……………………………………………（277）
　第三節　陸九淵散文 ……………………………………………（291）
　第四節　劉辰翁的記體文 ………………………………………（308）
　第五節　文天祥《指南錄》詩序 ………………………………（322）

附錄 …………………………………………………………………（333）
參考文獻 ……………………………………………………………（344）
後記 …………………………………………………………………（356）

緒　　論

　　宋朝立國之初，文學創作並未走上正軌，文學格局既陋又隘，文學風格既偏又狹。然自歐公奮起，文學大興。古文運動聲勢浩大，詩歌創作與唐詩雙峰並峙，詞成爲有宋一代文學。而江西地區的文學創作更是異軍突起：晏殊之詞，綻放北宋詞壇報春花；曾、王與歐公師生提攜，並駕馳騁於文壇；山谷之詩宗派於西江。南渡之後，益公領袖文壇，富贍而精工；誠齋主盟於詩壇，清麗而活潑；姜夔孤飛於詞壇，清空而騷雅。同時，宋代江西家族文學，方興未艾，墨莊三劉、清江三孔、廬陵王氏、南豐曾氏、鄱陽四洪等，布撒於江西南北，可以說江西文學在宋代達到了巔峰。

　　宋室南渡後，江西文學繼續發展，仍然取得了相當高的成就。其散文創作成就相當突出，具體表現爲作家眾多、作品豐富、質量很高、特點鮮明。但面對如此豐富而有成就的江西散文創作，學人對其研究則顯得不夠。本書立足於文本細讀的基礎，兼顧江西地域文化與文學創作的關係，選取一部分作家，進行深入研究，採取依體立論的方法，深度分析其各體散文創作的特點及其所呈現出來的整體藝術特徵，以此來反映南宋江西散文的創作成就、創作特點，從而實現對南宋散文研究的深化。

一　南宋散文研究現狀

　　宋代散文創作極爲發達，所謂“宋之文超漢軼唐”①，“抗漢唐而出其

---

① 倪樸：《筠州投雷教授書》，《倪石陵書》，四庫全書本。

上"①。學界對宋代散文的研究也取得較大成績,但遺憾的是,諸多研究主要集中在"唐宋八大家"中的北宋歐、曾、王、三蘇的身上,而南宋散文研究這一塊,卻是相當薄弱。尤其是後來論者相當鄙薄南宋之文,如余闕說:"……宋之盛也,則有周子、二程子、張子、歐曾之文,南遷而下,則敝而不足觀也。"② 明人何良俊亦鄙之曰:"南宋之詩,猶有可取。文至南宋,則尖新淺露,無一觀者矣。"③ 均認為南宋之文不足觀。"南宋散文一向不爲後世所重視,後期散文尤甚。明代茅坤所稱唐宋八大家,北宋據其六,南宋竟無一人,由此可見一斑。"④ 實際上,南宋散文家中能獲得評論家、研究者青眼一瞥的又以理學家居多,如陳亮、朱熹、呂祖謙、葉適等。像楊萬里的散文基本上無人問津,《四庫提要》甚至對其散文未置一詞。

诸多文學史著作對南宋散文,或是不屑一顧而直接閹割,或是蜻蜓點水而款款飛過,大多是約略地談到胡銓、陳亮的政論文,陸游、范成大的筆記,朱熹、真德秀的散文。其中,郭預衡先生撰寫的《中國散文史》是一部散文專史,對南宋散文有較深入的研究,然其涉及的作家雖多,而其筆觸則主要是放在論政言事的散文上。程千帆、吳新雷所著《兩宋文學史》是專論兩宋文學的,該書第六章第三節專論南宋前期散文的發展,主要是論述理學家的散文。第十章第三節論述南宋後期散文流派,主要論述道學派和浙東學派散文。第十一章論宋四六文,因大多數文學史對宋四六文涉及不多,因而可以說這是該書的亮點之一。孫望、常國武主編的《宋代文學史》(下)是南宋文學专史,該書在論述南宋前期文學時,未設專章專節來論述散文。在論述南宋後期散文時,還是著重宋末烈士和遺民作家的散文,對其他作家亦未涉及。另外,港、台研究者對南宋散文亦較少涉足。

現在研究狀況有所轉變,已有一些學者對南宋散文投入更多的精力進行研究。其中比較突出的有朱迎平《宋文論稿》、閔澤平《南宋理學家散

---

① 陸游:《尤延之尚書哀辭》,《渭南文集》卷四一,四庫全書本。
② 余闕:《柳待制文集原序》,柳貫《柳待制文集》卷首,四部叢刊初編本。
③ 何良俊:《四友齋叢說》,《歷代文話》第二冊,復旦大學出版社 2007 年版,第 1753 頁。
④ 孫望、常國武主編:《宋代文學史》(下),人民文學出版社 1996 年版,第 199 頁。

文研究》、馬茂軍《宋代散文史論》、曾棗莊《宋文通論》等論著。《宋文論稿》對陸游、葉適，"蘇門弟子"、"永嘉文派"等重要作家和流派散文創作成就進行闡述，對南宋散文的評價提出自己的看法，對整個宋代散文研究進行反思。尤其是對南宋四十位散文作家的創作情況進行了較爲系統的整理和評述，從中可瞭解南宋散文的發展脈絡。《南宋理學家散文研究》是南宋理學家散文專論，主要探討了陳亮、呂祖謙、朱熹、陸九淵、葉適等人的散文藝術特色及其成因，並對各家散文主張、創作風格作了比較準確的概括。《宋代散文史論》設有一章專論南宋散文流派，分別論述了永嘉文派、江湖文派、閩學文派、南宋江西散文、宋代嶺南散文三家、宋元遺民散文。《宋文通論》是第一部全面系統闡述宋文的專著，具有高度的原創性。該書系統綜合地論述了宋文發展的社會政治文化環境，宋文風格形成和發展的原因，宋人論文及其分歧，宋文總體特徵及其對宋代其他文體的影響，宋文對元、明、清各代文體的影響以及宋文的對外傳播等；並且還依體立論，對宋文諸體予以專門論述，全書論述不乏創見和亮點。《宋文通論》以斷代文體爲切入點，進而探索文學創作規律，也有很高的理論創新意義，這是一部頗具創新性與開拓之功的力作，他將宋文研究向前推進了一大步。不過限於體例，該書主要是以斷代文體爲切入點通論宋文，所以對於單個作家來說就不成系統，消解了單個作家的創作個性和特點。該書在選取作家時雖儘量照顧到南宋作家，但相對而言南宋散文研究仍顯得較爲單薄。

綜上所述，南宋散文研究到目前爲止，仍是整個宋代文學研究中比較薄弱的環節，有著極大的研究空間和研究價值。南宋散文固然不爲後人所看好，但退一步來講，即使南宋散文沒有價值，也不能說明對南宋散文的研究就沒有價值。因此，對南宋散文的研究就需要更多的學者投入其中，爲我們現代文學，特別是散文的發展，提供有益的參考和借鑒。

二　南宋江西散文研究現狀

南宋江西散文作家眾多，作品豐富，但是對其進行深入研究的並不多。在眾多的作家中談得較多的是胡銓、文天祥、謝枋得等人。在現有論著中，馬茂軍的《宋代散文史論》首先對江西散文設有專章研究，爲開創拓荒之舉，論述也比較深入，尤其是對周必大的散文有較深入的論述。但令人遺憾的是其中對楊萬里散文未作闡述。實際上楊萬里的散文，不僅數量多得驚人，而且取得較高成就。楊萬里的散文創作，内容豐富，題材廣泛，情感深厚，文備眾體，藝術水平很高。該書未選擇楊萬里散文作爲研究對象，恐怕仍是受前人成見之影響。自南宋後期始，歷代評論者對楊萬里散文幾乎都是視而不見，皆集中力量研究其詩歌。筆者分析個中原因，以爲不外乎以下四點：一是楊萬里詩名掩蓋了文名。二是自南宋以後，理學占據思想的統治地位，楊萬里雖然撰有《誠齋易傳》，且曾與《程氏易傳》並刊以行，但是《誠齋易傳》引史證易的研究路數與朱熹相異。楊萬里散文主要是文士之文，而非理學家之文，其散文語言優美，講究修辭，不同於理學家文章的質直，因而在理學思想占統治地位的時代不受重視。三是受《四庫全書總目提要》的影響。《四庫全書總目提要》是古代文學研究的重要參考書，但四庫館臣對每個作家的評論並非皆能恰如其分。很多人在進行古代文學的研究时以《提要》爲指南針，因爲《提要》對其散文未置一詞，於是楊萬里散文便鮮有人問津。四是不可否認的是楊萬里的散文成就與北宋的歐、蘇等人相比還是有差距的。現代研究中，張瑞君《楊萬里評傳》爲大陸第一部全面研究楊萬里的著作。該書不但對誠齋詩進行了較爲深刻的研究，而且對他的哲學、政治、人格等方面作了認真的探討，尤爲難能可貴的是對其散文創作進行了較爲深刻的論述。

現在博士、碩士研究生已成爲古代文學研究的生力軍，就江西文學來說，家族研究有《南宋四洪研究》（武漢大學）；個案研究有《周必大研究》（浙江大學）、《周必大年譜》（四川大學）、《劉辰翁研究》（四川大學）；學派與文學的研究有《象山心學與文學研究》（四川大學）等；從地域文化、文學角度來探討的有《宋代文化地理研究》（陝西師範大學）、《宋代江南路文學研究》（復旦大學）、《宋代江西文學家的地域分佈及其文學影響》（江西財經大學）、《南宋中後期上饒—玉山詩人群體研究》（河北師範大學）等。

另外，吳海、曾子魯主編的《江西文學史》是一部地域文學史，它對江西地區自古以來的文學發展、創作成就作了一個系統的論述，時見新意。但對於南宋江西散文的研究則著墨不多，只選取了汪藻、周必大、胡銓、王庭珪、文天祥、王炎午、謝枋得等五人，滄海遺珠甚多；限於體例，其研究亦不夠深入。

至於有關南宋江西散文研究的專著，至今還沒有一部問世。在單篇論文中，對於楊萬里散文的評價以王奇珍《論楊萬里散文的散文與駢文》較早，作者較全面地評價了楊萬里的散文成就。對胡銓、王庭珪、謝枋得等作家的散文已經逐漸有人進行研究，然成績不是很突出。至於汪應辰、劉過、曾豐、姚勉、馬廷鸞等作家的散文則仍未見有人研究。因此，可以說現有的研究與南宋江西散文的成就相比是很不成比例的，還有繼續深入研究的必要。

三　研究的範圍、對象與方法

（一）研究的範圍、對象

（1）本書的"江西"，是指今日之江西省所轄範圍，即大致包括宋代除興國軍之外"江南西路"，江南東路的饒州、信州、南康軍和徽州的婺源。具體說，是包括饒州、信州、江州、南康軍、洪州、臨江軍、瑞州（筠州）、袁州、撫州、建昌軍、吉州、贛州（虔州）、南安軍及徽州之婺源。或曰：南宋之江南西路，不同於今日之江西省，若把今日江西之南宋時期的散文作爲一個整體來研究，是否扞格不入？筆者以爲，只有婺源屬於徽州文化，與整個江西文化有所差別，其他的地方則與江西主體文化相通，因爲"江南東西路，其風俗文化頗爲相近，《隋書·地理志》所謂'豫章之俗，頗同吳中。……鄱陽、九江、臨川、廬陵、南康、宜春，其俗又頗同豫章'。特別是江南西路以及靠近西路的饒州、信州、江州（宋屬江南東路）等風俗最爲接近"①。

（2）所謂的江西作家，主要是指占籍於上述這些地區的作家，不包括寓居與經過江西的作家。其中有一個朱熹的取捨問題，朱熹占籍徽州婺

---

① 呂肖奐、張劍：《兩宋地域文化與家族文學》，載《江海學刊》2007 年第 5 期。

源，婺源現在又劃入今天江西省。但是朱熹生於福建，長於福建，在福建的活動時間超過六十年，并自稱"建人"。他是"閩學"的創始人和代表人，其學術活動主要在福建。陸學被稱"江西學"，而朱熹與陸九淵，頗多相異之處，職此之故，本書不將朱熹納入研究范圍。

（3）題目雖擬爲《南宋江西散文研究》，但本書的重點不是江西地域與散文關係之研究，重點是對江西地區南宋時期的散文進行研究。當然，既是同一地域下，就不可避免地要對散文進行地域文化的观照。

（4）關於"散文"概念，有很多種說法，仁者見仁，智者見智，兹不展開論述，僅參考陳必祥先生《古代散文文體概論》的論述①。"散文"一詞最先由周必大提到。《鶴林玉露》引周必大"四六特拘對耳，其立意措詞貴渾融有味，與散文同"一語②。可見周必大所說散文是與韻文、駢體文相對的概念。韻文包括詩、詞、曲、賦，駢體文是以駢句、偶句爲主，講究對仗和聲律的一種特殊文體。因此除了韻文與駢文外的文章，如論、記、碑、誌、奏啟、序跋、書信等，無論帶有文學性还是不帶文學性都稱作"散文"，這是狹義的散文概念。廣義散文，是與詩歌相對而言，它包括散體文、駢體文、賦體文。本書的"散文"概念取廣義的散文，但是限於時間和精力，僅選取散體文作爲研究對象，暫不包括駢文、韻文、賦等。另外，限於時間和精力，頗可稱述的筆記散文如羅大經《鶴林玉露》、曾敏行《獨行雜誌》、吳曾《能改齋漫錄》、洪邁《容齋隨筆》等，歷史散文如徐夢莘的《三朝北盟會編》等，以及周必大的日記等均未涉及。

（二）研究方法

熊禮匯教授在《先唐散文藝術論》中所言，"多年來，在古典散文藝術研究中，存在一個較爲突出而又不易察覺的毛病，就是不能真正從中國古典散文的實際出發，實事求是地探尋其藝術發展規律。許多事實表明，古典散文藝術研究要有所改觀，古典散文研究者必須轉變觀念，改進方法。"③ 因此我們在進行古代文學研究時，不能犯本末倒置的錯誤，否則就

---

① 陳必祥：《古代散文文體概論》，河南人民出版社1986年版，第2頁。
② 《鶴林玉露》甲編卷二，中華書局1983年版，第27頁。
③ 熊禮匯：《先唐散文藝術論》，學苑出版社1999年版。

"不能真正從中國古典散文的實際出發，實事求是地探尋其藝術發展規律"。本書在研究中所採取的方法是，首先，立足文本，努力細讀文本，在讀懂文本的基礎上，根據自己的閱讀所得來進行研究，盡可能不犯先入爲主的錯誤。在閱讀文獻的基礎上，知人論世，避免鑿空立論，力爭做到觀點妥帖。其次，努力處理好宏觀與微觀、整體與個案的關係。努力從宏觀上把握南宋江西文學發展的原因、宋代江西作家總體上所呈現的文學思想，以及整個南宋江西散文所具有的特點。從微觀上分析眾多的南宋江西散文作家各自的作品，探討其特點和成就。在具體研究過程中，將採取以點帶面的研究方法。在所選取的作家中，以成就較高的具有代表性的作家胡銓、楊萬里和周必大作爲重點研究對象。對部分作家散文創作略作考察，少量作家散文則選取較有特點的某一文體、某一方面進行闡述，不作面面俱到的闡述。

本書在論述散文創作時，一是採取"思想內容——藝術形式"二元模式來論述。內容與形式（或曰思想性與藝術性，或曰道與文）不是對立的，而是統一的，因爲"道非文不著，文非道不生"①，一篇優美的散文，必然是深刻思想與完美形式的統一。在中國古代，占統治地位的是儒家文道觀，一般都強調"文以載道"、"文以明道"，如《周易》的寫作目的就是"以通神明之德，以類萬物之情"②，韓愈強調"所能言者，皆古之道"③，周敦頤亦認爲"文所以載道也"④。文章寫作的目的是載"道"，因此，對思想內容的闡釋就是本書的一個重要方面。但是，"道沿聖以垂文，聖因文以明道，旁通而無滯，日用而不匱。《易》曰：'鼓天下之動者存乎辭。'辭之所以能鼓天下者，乃道之文也"⑤，即聖人必須通過"文"來闡明"道"，必須通過"文"來傳播"道"。韓愈亦云："人聲之精者爲言，

---

① 郝經：《原古錄序》，《陵川集》卷二九，四庫全書本。
② 《周易正義·系辭下》，阮元校刻《十三經注疏》，中華書局 1980 年版，第 86 頁。
③ 韓愈：《答尉遲生書》，屈守元、常思春主編《韓愈全集校注》，四川大學出版社 1996 年版，第 1462 頁。
④ 周敦頤：《周元公集·文辭》卷一，四庫全書本。
⑤ 劉勰：《原道》，范文瀾注《文心雕龍注》，人民文學出版社 1962 年版，第 3 頁。

文辭之於言又其精也。"① 即便是排斥"文"的道學家,也無法拋棄"文",如周敦頤就認識到"文"的重要性,因而他在闡述"文所以載道"這一觀點時,又不忘說:"文辭,藝也;道德,實也。篤其實而藝者,書之美則愛,愛則傳焉。賢者得以學而至之,是爲教。故曰:'言之無文,行之不遠。'"② 他們皆認識到離開了"文",思想的闡發與傳播就受到極大的限制。既然"道"不離"文","鼓天下之動者存乎辭",那麼文章要能更好地傳道,就必須講究創作藝術。因此,文學研究不可忽視"文",因而對散文的藝術形式、藝術特色進行深入探討,就是本書題中應有之義。

二是採取依體立論的方法來研究。古人散文創作非常講究"體",楊東山(長孺)曾說:"文章各有體,歐陽公所以爲一代文章冠冕者,固以其溫純雅正,藹然爲仁人之言,粹然爲治世態音,然亦以其事事合體故也。如作詩,便幾及李、杜。作碑銘記序,便不減韓退之。作《五代史記》,便與司馬子長並駕。作四六,便一洗昆體,圓活有理致。作《詩本義》,便能發明毛、鄭之所未到。作奏議,便庶幾陸宣公。雖遊戲作小詞,亦無愧唐人《花間集》。蓋得文章之全者也。"③ 因此,本書根據古代散文創作的實際情況,不採取以表達方式將散文分爲記敘文、議論文、抒情文等的做法,而是採取依體立論的方法,大致按照奏疏文、序記文、碑誌文、題跋文、書信文等來論述。因爲採取以表達方式劃分來研究作家散文,則消解了作家各體散文的特點;而採取依體立論來研究,雖顯得有些瑣碎,但相比較而言,能更符合作家的創作實際,能更好地展示作家的創作特點。

---

① 韓愈:《送孟東野序》,《韓愈全集校注》,四川大學出版社1996年版,第1464頁。
② 《周元公集·文辭》卷一,四庫全書本。
③ 《鶴林玉露》丙編卷二,中華書局1983年版,第264頁。

第一章　南宋江西文學發展諸要素考論

南宋江西文學成就巨大，必有其產生的社會背景和文化因素，深入探討促進文學發展的各種要素，對我們更好地理解宋代文學創作以及對今天文學創作將大有裨益。在這些社會文化背景中，有很多與文學發展有著直接的關係，如政治、經濟、軍事、文化、民俗等因素對文學的主題、題材、體裁、風格都會產生重要影響。而對於南宋江西地區來說，如下要素則是非常重要的：科舉考試、儒學研究、宋室南渡、宋代江西文學家庭、北宋江西文學成就，這些要素都會直接對江西地區文學創作產生促進作用。因此，本章將深入探討這五個要素與文學的關係。

第一節　南宋江西的科舉

中國文化發展到宋代達到了高峰，陳寅恪先生說："華夏民族之文化，歷數千載之演進，而造極於趙宋之世。"[1] 鄧廣銘先生亦曾指出："宋代文化的發展，在中國封建社會歷史時期之內達於頂峰，不但超越了前代，也爲其後的元明之所不能及。"[2] 楊萬里曾經對宋朝開國以來文化之發展給予高度評價：

> 宋自藝祖基命，順應天人。太宗御統，清一文軌。真宗懿文，倬彼雲漢。仁宗深仁，天地大德。英宗廣淵，克肖四聖。至於神宗，屬

---

[1]　陳寅恪：《金明館叢稿二編》，上海古籍出版社 1980 年版，第 45 頁。
[2]　鄧廣銘：《宋代文化的高度發展與宋王朝的文化政策》，載《歷史研究》1990 年第 1 期。

精天綱，發憤王道，丕釐制作，緝熙百度。集五朝之大成，出百王而
孤雄。聲名文物，煥乎有章。相如所謂五三六經之傳，揚雄所謂泰和
在唐、虞、成周，不在我宋熙、豐之隆，其將焉在？①

　　古今文章，至我宋集大成矣。蓋自奎宿宣精，列聖制作，於是煥
乎之文，日月光華，雲漢昭回，天經地緯，衣被萬物，河岳炳靈，鴻
碩挺出。在仁宗時，則有若六一先生，主斯文之夏盟。在神宗時，則
有若東坡先生傳六一之大宗。在哲宗時，則有若山谷先生，續《國
風》、《雅頌》之絕絃。視漢之遷、固、卿、雲，唐之李、杜、韓、
柳，蓋奄有而包舉之矣。中更羣小，崇姦絀正，目爲僻學，禁而錮
之，蓋斯文至此而一厄也②。

由此可見，楊萬里對宋朝高度繁榮的文化簡直是頂禮膜拜，讚歎不已。宋
代文化的發展能夠達到封建社會的高峰，科舉起到極大的推動作用。因爲
宋代科舉門檻很低，"國家舉場一開，屠販胥商皆可提筆以入"③，所以科
舉對文化的普及和提高更是影響巨大。而地域文化視野下的江西，更是異
軍突起，被稱爲多士之邦：

　　大江之西，國朝以來異人輩出，人物之盛甲於東南。盧陵歐陽公
首以古學爲天下倡，而後之學者非古文不道，遂使五代斲喪菱芥之餘
習斬焉不存。而後宋之文超漢軼唐，粹然爲一王法，則歐陽公實啟之
也。臨川王文公，雖其所爲有戾於人情，然其文字宏博魁然，有荀、
揚氣象。若夫南豐曾夫子以辭學顯，豫章山谷先生以文行著，而秘丞
劉公道原則又江西之巨擘也：究明史體，窮歷代之端緒，遷、固而
下，千有餘歲，道原一人而已，而道原則實筠人也。至其他能以詩名
如謝無逸、潘邠老、汪信民諸公號江西詩社者，又不可以一二數，江

---

①　楊萬里：《三山陳先生樂書序》，辛更儒箋校《楊萬里集箋校》第 6 冊，中華書局 2007 年
版，第 3315 頁。
②　楊萬里：《杉溪集後序》，《楊萬里集箋校》第 6 冊，中華書局 2007 年版，第 3350 頁。
③　周必大：《送黃秀才序》，曾棗莊、劉琳主編《全宋文》第 230 冊，上海辭書出版社、安
徽教育出版社 2006 年版，第 126 頁。

西蓋多士矣。①

　　推動江西文化發展的因素固然有很多，其中江西人非常重視科舉，積極參加科舉考試，是江西文化發展的重要助推器。

一　南宋江西科舉盛況

　　先看看整個宋代江西科舉之盛況。宋朝進士總額爲 3 萬餘名，而據清末光緒年間《江西通志》記載，兩宋江西進士有 5442 名之多（其中北宋1745 人，南宋 3697 人），約占宋朝進士總額的 1/6②，這是江西人中進士的情況。而作爲科舉第一名的狀元情況又如何呢？據統計，宋代江西狀元共 12 人，其中北宋 5 人，南宋 7 人。③ 而南宋時的江西科舉情況，更是幾乎可以用盛況空前來形容，各種統計數據固然直觀，卻不如作家筆下的描述生動，如楊萬里曾記載江西科舉之盛況：

　　　　宋中興以來，自高宗及孝宗及太上及今上，四聖御極，七十有四祀。臨軒策士，凡二十有三，得人眾矣，不可得而詳已。惟我大江之西，有一族而叔姪同年者，一時艷之，以爲盛事，若予與故叔父麻陽令諱輔世是也。有一家從兄弟同年者，若予族叔祖忠襄公之二孫曰炎正，曰梦信是也。有產兄弟而同年者，若吾州印岡之羅曰維藩，曰維翰，蘭溪之曾曰天若，曰天從是也。有父子同年者，若清江之徐曰得之，曰筠是也。至於父子有後先，異時而同登甲科者誰歟？故資政殿學士參知政事清江蕭公照臨，紹興十八年甲科第五，而其子景伯又以淳熙十四年甲科第四，弓冶奕葉，名第趾美，其不又盛矣哉？中興以來，一家而已。④

　　　　大江之南，郡國以多士名者，莫廬陵若也。每大比興，能士之輩

---

① 倪樸：《筠州投雷教授書》，《倪石陵書》，四庫全書本。
② 陳志雲：《科舉制度與兩宋贛文化》，載《上饒師範學院學報》2001 年第 21 卷第 1 期。
③ 參見胡兆量、阿爾斯朗、瓊達等編《中國文化地理概述》，北京大學出版社 2001 年版，第 154 頁，《歷代狀元籍貫地詳表》。
④ 楊萬里：《靜庵記》，《楊萬里集箋校》第 6 冊，中華書局 2007 年版，第 3141 頁。

試於有司者，至於盈數，蓋有過之無不及也。故以儒名家而世業者尤多。其間如廬陵印岡之羅，吉水蘭溪之曾，龍泉之孫，又世於儒之尤者也，至於週年收科相望者，羅氏七人，曾氏四人，而孫氏三人。孫氏視二氏若加少，然二氏者或散而羣從，至於同產三人相繼收科者，惟羅氏之仲謀、仲謨、仲憲，及孫氏之從之、正之、会之而已，此又盛之尤者矣。然仕又盛者，羅氏之一人今爲二千石，曾氏一人爲二千石，一人今爲右史，而孫氏則一人爲二千石，一人爲天官小宰，豈不又盛矣哉？①

一個家族中幾人登進士科的情況在江西竟然如此之多，入仕爲官的級別又如此之高，則南宋江西人參加科舉熱情之高漲、收穫之豐碩，由此可見一斑。楊萬里所提到的印岡羅氏，周必大亦曾給予讚美，說印山羅氏，"六十年間，父子兄弟登科者七人，如川之方增也"②，此可證楊萬里並未誇大其詞。由此可見，南宋江西科舉確實興盛。

這種科舉盛況的出現，與江西人一直重視教育，鼓勵子弟努力讀書，積極參加科舉的傳統有很大的關係。王安石說："非讀書不足以應事。"③"清江三孔"科舉連捷，名滿天下，與其父孔延之重視教育有極大的關係，"其家食不足，而俸錢常以聚書"，"諸子皆自教以學，子多賢，天下以爲盛"④。而江西饒州甚至出現了"爲父兄者，以其子與弟不文爲咎；爲母妻者，以其子與夫不學爲辱"⑤的局面。這說明注重教育已經成爲一種風氣，王庭珪曾說："吾邑僻在一隅，山水亦奇絕。故人無貧富，皆喜教其子弟，

① 楊萬里：《定齋居士孫正之文集序》，《楊萬里集箋校》第 6 冊，中華書局 2007 年版，第 3307 頁。
② 周必大：《題印山羅氏一經集後》，《全宋文》第 230 冊，上海辭書出版社、安徽教育出版社 2006 年版，第 360 頁。
③ 《鶴林玉露》甲編卷五，中華書局 1983 年版，第 89 頁。
④ 曾鞏：《司封郎中孔君墓誌銘》，陳杏珍、晁繼周點校《曾鞏集》，中華書局 1984 年版，第 575 頁。
⑤ 洪邁：《容齋隨筆》四筆，卷五，上海古籍出版社 1978 年版，第 665 頁。

其父兄甘勞苦，日求錐刀以給之。"① 江西人重視教育還從小抓起，"教育之法始於童子，謂之小學，君子重焉"②，且有培養神童的傳統，北宋詞人晏殊七歲能属文，以神童被荐。賜同进士出身，授秘书省正字，使其在秘閣读书。③ 晏殊的殊榮對江西人培養神童產生了巨大的刺激作用。從此之後，江西培養神童的風氣盛行，其雖有揠苗助長之害，但江西亦確實時有神童出現。據《宋史·神宗本紀》載："庚辰，饒州童子朱天申對于睿思殿，賜五經出身。"④ 宋高宗在建炎二年，親試童子朱虎臣，賜金帶以寵之。在江西文人集子中也經常看見關於神童記載，王庭珪的鄰居劉呈才就是個神童，"童子劉呈才，與余比鄰，七八歲時能吟詩。其父世名醫，有陰德在。人謂鄉閭之謗，不敢求人知，挈來示余，已十歲矣。指物命篇，頃刻成詩，間有好句，不覺傾倒。"劉呈才七八歲就能吟詩，十歲則"指物命篇，頃刻成詩"⑤，且間有好句，這不亞於王安石筆下的神童仲永。

江西人參加科舉的極大熱情，必然對江西文化與文學產生巨大的影響。

二　科舉促進南宋江西文化的普及和提高

江西人熱情參加科舉促使江西教育得到極大的發展，從而極大地普及了文化知識，提高了江西人的文化、學術水平，促進了江西人的文學創作熱情和創作能力。具體表現在如下三個方面：

首先，科舉促進地方官學的發展與完備。江西人一直很重視學校教育，王安石認爲學校是培養人才的重要基地，他說："古之取士，皆本於學校……自先王之澤竭，教養之法無所本，士雖有美材而無學校師友以成

---

①　王庭珪：《贈劉呈才序》，《全宋文》第 158 冊，上海辭書出版社、安徽教育出版社 2006 年版，第 213 頁。

②　歐陽修：《州名急就章並序》，李逸安點校《歐陽修全集》，中華書局 2009 年版，第 843 頁。

③　《宋史》卷三一一，中華書局 1977 年版，第 10195 頁。

④　《宋史》卷一六，中華書局 1977 年版，第 312 頁。

⑤　王庭珪：《贈劉呈才序》，《全宋文》第 158 冊，上海辭書出版社、安徽教育出版社 2006 年版，第 213 頁。

就之，議者之所患也。"① 因此，江西"雖荒服郡縣必有學"②。據統計，江西 13 州軍全部設有學校，州（軍）縣學共計 81 所③。官學的職能固然是普及文化知識、培養國家所需的人才，但不可否認，官學的繁榮興盛是與科舉有着密切的聯係。陸九淵雖然從其哲學觀點出發，認爲官學應該教育學生"向學問道"，"不失其本心"，"立其大者"，但也深刻地認識到官學必須要爲科舉服務，"此學之興，敢問所向？爲辭章從事塲屋，今所未免"④。同時，士人中舉既是地方官的榮譽，也是其政績的表現。因此，地方官也把興修官學、發展教育作爲自己的一項政務。很多地方官上任伊始，或者政府財政有盈餘時就修治縣學、府學、州學，這在楊萬里等南宋作家筆下的"學記"中得到清楚的展示，如楊萬里《贛縣學記》記載："……後四十二年黃君之弟义嵒來爲宰，其治明而寬，惠而能斷。耆年，民馴其教條，而樂供其貢賦，公上既給，乃斥其贏，爲錢百萬。攝守黃侯渙復佐以五十萬。"⑤ 縣宰王文嵒與攝守黃侯渙共同完成了縣學的修繕，其結果是"弦誦之聲，聞者勸學"。有的"學記"往往記載地方官學的沿革，這更能看清楚江西官學的繁盛。如楊萬里《隆興府重新府學記》：

> 慶元二年夏五月癸未，隆興府府學教授陳君朴，與在學諸生合詞移書於予曰："豫章學宫，景祐肇造，治平遷焉。火於建炎，而復於紹興，誰其復者？丞相趙公也。於是兵荒之後，始釋菜有廟，養士有學。然董董草創時，則葺而未周。後人承之，歲增年培。於是面以櫺星，申以戟門。大成有殿，御書有閣。橫經之堂，入直之廬，靡不具體，時則周而未貫。歲在乙丑，侍郎李公，乃新殿宇。歲在庚午，侍郎張公，乃立都門。既屋老而圮，講堂最久則最先圮。新斯堂者，樞使王公之爲也。齋房久則又圮，新斯齋者，樞密黃公之爲也。殿宇久

---

① 王安石：《乞改科制劄子》，李之亮箋注《王荆公文集箋注》，巴蜀書社 2005 年版，第 154 頁。
② 蘇軾：《南安軍學記》，孔凡禮點校《蘇軾文集》卷三七，中華書局 1986 年版，第 373 頁。
③ 周紹森：《贛文化的輝煌與再創》，《南昌大學學報》1995 年第 1 期。
④ 陸九淵：《宜章縣學記》，鍾哲點校《陸九淵集》，中華書局 1980 年版，第 228 頁。
⑤ 楊萬里：《贛縣學記》，《楊萬里集箋校》第 6 册，中華書局 2007 年版，第 3127 頁。

則又圮，重門久則又圮，新斯殿斯門者，今帥蔡公之爲也。公以天朝
法從之貴，一代正人之望，輟自天邑，來帥吾邦。未及下車，首謁先
聖。顧瞻踟躕，則見殿宇將壓，兩序窄步。欞星戟門，相距有咫。於
是喟曰：‘曾謂夫子宗廟之美，百官之富，乃誕置之隘巷乎？’於是市
地斥墉，召匠屬役……”①

隆興府學（即豫章學宮），自“景祐肇造”，期間經“丞相趙公”、“侍郎李
公”、“侍郎張公”、“樞使王公”、“樞密黃公”和“今帥蔡公”的修繕，由
此可見，江西地方官對官學的重視。

　　其次，科舉促進了江西私塾、書院的發展。官宦世家爲了教育其家族
子弟，聘請教師，設塾於家，其最終目的還是爲了場屋榮耀。南宋江西私
塾非常興盛，如楊萬里《劉氏旌表門閭記》記載：“承弼所學殫洽，江之
西，湖之南，士子輳集。執經問學，戶外屢滿。瓌才儁士，小大有就。”②
如劉清之“受業於兄靖之，甘貧力學，博極書傳”③。楊萬里亦是私塾里培
養出來的文學家、學者。據楊萬里《浩齋記》記載，他曾經受教於劉安
世、王庭珪、劉廷直：“某自少憒學，先奉直令求師於安福，拜清純先生
劉公爲師，而盧溪王先生及浩齋先生，俱以國士知我，浩齋又館我。每出
而問業於清純，入而聽誨於浩齋。”④ 又據王庭珪《故左朝奉郎劉公墓誌
銘》可知劉安世是個非常成功的私塾老師：“遠近聞風，負篋而來學者，
戶外之屢常滿。”⑤ 最有代表性的當屬陸九淵，他不僅是心學的開創者，更
是著名的教育家。他認爲老師的作用非常重要，他說：“吾亦謂論學不如
論師”，“人資質有美惡，得師友琢磨，知己之不美而改”，“人之精爽附於
血氣，其發露於五官者安得皆正？不得名師良友剖剝，如何得去其浮僞而

　　① 楊萬里：《隆興府重新府學記》，《楊萬里集箋校》第 6 冊，中華書局 2007 年版，第 3115 頁。
　　② 楊萬里：《劉氏旌表門閭記》，《楊萬里集箋校》第 6 冊，中華書局 2007 年版，第 3048 頁。
　　③ 《宋史》卷四三七，中華書局 1977 年版，第 12953 頁。
　　④ 楊萬里：《浩齋記》，《楊萬里集箋校》第 6 冊，中華書局 2007 年版，第 3055 頁。
　　⑤ 王庭珪：《故左朝奉郎劉公墓誌銘》，《全宋文》第 158 冊，上海辭書出版社、安徽教育出版社 2006 年版，第 309 頁。

歸於真實，又如何能自省、自覺自剝落?"① 因此，他自覺擔當私塾老師。據《年譜》記載，陸九淵登進士第后，"朝夕應酬問答，學者踵至，至不得寢者四十餘日"②。

兩宋江西書院極盛，據丁益吾統計，北宋江西擁有 38 所書院，南宋擁有 159 所，兩宋不分者有 23 所，③ 其中最爲出名的有白鹿洞書院、象山書院、白鷺洲書院等。書院創辦的目的，不一定是爲了科舉，但科舉對書院發展的促進作用卻是巨大的。雖然書院的主講者更多的是從儒家修身、齊家、治國、平天下的理想來培養學生，雖然很多書院的主辦者、主講者對科舉的弊端提出嚴屬批評，但大多數並不反對學生參加科舉。陸九淵说："科舉取士久矣，名儒巨公皆由此出，今爲士者固不能免此。然場屋之得失，顧其技與有司好惡如何耳，非所以爲君子小人之辯也。"他批評科舉"非所以爲君子小人之辯"，指出其弊端是"與聖賢背而馳"④。他對科舉弊端的認識是深刻的，批評是嚴屬的，但在書院裏他還是要教人習時文，教人去應試："某今亦教人做時文，亦教人去試，亦愛好人發解之類。"由此可以看出書院的主辦、主講者並不反對科舉入仕。像南宋末江萬里主辦的白鷺洲書院就產生了不少科舉成功者，如文天祥、劉辰翁、鄧光薦等。可以這麼說，書院與科舉是相互依存，相互促進的关系，即書院爲科舉服務，科舉促進書院的發展。

再次，科舉備考者、落榜者爲了生計參與教育，這促進了文化知識的普及。一些士人在中舉之前，以授徒爲生，如歐陽守道，"少孤貧，無師，自力於學，里人聘爲子弟師。……年末三十，翕然以德行爲鄉郡儒宗"⑤。由於家貧，歐陽守道通過自學獲得知識，然後"里人聘爲子弟師"。又如馬廷鸞，"甘貧力學，既冠，里人聘爲童子師"⑥，在中舉之前也是在鄉里授徒爲生。有的人則是在科場受挫後，歸鄉以教學爲業。這些人被聘爲家

---

① 陸九淵：《語錄下》，《陸九淵集》卷三五，中華書局 1980 年版，第 464 頁。
② 陸九淵：《年譜》，《陸九淵集》卷三六，中華書局 1980 年版，第 487 頁。
③ 苗春德主編：《宋代教育》，河南大學出版社 1992 年版，第 192 頁。
④ 陸九淵：《白鹿洞書院論語講義》，《陸九淵集》卷二三，中華書局 1980 年版，第 275 頁。
⑤ 《宋史》卷四一一，中華書局 1977 年版，第 12364 頁。
⑥ 《宋史》卷四一四，中華書局 1977 年版，第 12436 頁。

館、學館教師，或者自設學館授徒，不僅是這些人生活經費的重要來源，而且是他們學習與應舉的重要途徑。楊萬里的岳父羅天文"嘗薦名至京師，報聞而歸，自是不復試有司"。他"報闻而归"之后，雖"不復試有司"，但執教於鄉里，"是時……學者爭從之。在庠序從之庠序，在鄉里從之鄉里，蓋來者必受，受者必訓，訓者必成也。於束脩之間，雖不卻亦不責，往往貧者從多於富者之從也"①，羅天文一生執教於庠序、鄉里，極大地普及了文化知識，尤其是對家境貧寒者來說，更是這樣。陸九敘爲了家族的生計，以文助家，"授徒家塾，以束脩之饋補其不足"②。這些士人，在爲生計賺取生活費用時，也促進了鄉村百姓的文化水平的提高。

另外，科舉中榜者的既得利益誘惑士子們更加熱心科舉，努力學習。科舉中第固然不易，但其獲得的好處，亦是顯而易見，正如王庭珪所說"起蓬藋登桂籍者，歲嘗數百人，其不合有司尺度而被黜者尚數千人，其選亦艱哉！由白屋而升者，人羨慕之，尤以爲榮"③。科舉是一根神奇的指揮棒，它的神奇之處就在於，士子一旦中舉，其所帶來的利益非常巨大。一登科即做官，俸禄優厚，升遷迅速，在宋朝一旦應舉而登科，則有"五榮"焉：

> 兩覲天顏，一榮也。臚傳天陛，二榮也。御宴賜花，都人嘆美，三榮也。布衣而入，綠袍而出，四榮也。親老有喜，足慰倚門之望，五榮也。④

因爲中舉而帶來如此大的榮譽和利益，導致了士子們心甘情願地爲之奮鬥，爲之皓首窮經而不悔。科舉登第的榮耀與利益對士人的吸引力是無法阻擋的，從而也帶動了文化、學術和文學的發展。

---

① 楊萬里：《羅氏一經堂集序》，《楊萬里集箋校》第 6 冊，中華書局 2007 年版，第 3277 頁。
② 陸九淵：《陸修職墓表》，《陸九淵集》卷二八，中華書局 1980 年版，第 332 頁。
③ 王庭珪：《送劉簡之序》，《全宋文》第 158 冊，上海辭書出版社、安徽教育出版社 2006 年版，第 209 頁。
④ 劉一清：《錢塘遺事》卷一〇《赴省登科五榮須知》，上海古籍出版社 1985 年影印本。

三　科舉對南宋江西文學的影響

宋代科舉形式雖屢經變動，但在南宋則變化不大：進士科是詩賦、經義並置，分科取士，皆須試策、論；制科無常科，作爲特科，地位僅次於進士科，主要以策、論爲主。另外在高宗紹興初又設置博學鴻詞科，"自詞科之興，其最貴者四六之文"①。

科舉是"以文章取士"，因而科舉對文學的影響是顯而易見。對此，蘇軾有深刻的認識："夫科場之文，風位所繫，所收者天下莫不以爲法，所棄者天下莫不以爲戒。"② 因此，宋江西科舉興盛在對文化教育產生巨大影響的同時，必然要對其文學創作產生重要影響。

科舉對文學的影響與作用很複雜，有"促進"，也有"促退"的作用。一方面，科舉對文化的普及產生重大促進作用，有利於文學創作的普及，因爲科舉考試對於提高創作基本能力是有很大促進作用，如培養了關於韻律、平仄、佈局謀篇、錘煉語言等基本能力。另一方面，科舉對文學創作的負面影響也是顯而易見，如科場時文的程式化。趙孟頫曾經指出，"宋以科舉取士，士之欲見用於世者，不得不緣科舉進。故父之召子，兄之教弟，自幼至長，非程文不習，凡以求合於有司而已。"③ 科舉時文的程式化嚴重阻礙了文學的發展，因爲"程式文字，千人一律"④。科考文體詩、賦、策、論都嚴重程式化，其文大多無足觀者，正如顧炎武所云："文章無定格，立一格，而後爲文，其文不足言矣。"⑤ 同時，通過科舉，統一思想，加強對思想的控制，更是極大地妨礙了文學創作的繁榮。

就江西地區來說，由於科舉極爲興盛，所以其對江西地區的文學創作仍有很大的促進作用。

首先是對四六文的影響。在南宋，江西地區四六文特別發達，這與科舉有著極大的關係。詩賦科考律賦，律賦考查駢文寫作能力。駢文以音律

---

① 葉適：《宏詞》，劉公純點校《葉適集》，中華書局 1961 年版，第 611 頁。
② 蘇軾：《擬進士對御試策》，《蘇軾文集》卷九，中華書局 1986 年版，第 301 頁。
③ 趙孟頫：《第一山人文集序》，《松雪齋文集》卷六，四部叢刊初編本。
④ 蘇軾：《與王庠書》，《蘇軾文集》卷四九，中華書局 1986 年版，第 1422 頁。
⑤ 顧炎武：《程文》，秦克誠點校《日知録集釋》卷一六，嶽麓書社 1993 年版，第 595 頁。

谐协、對偶精切为工，因此科場對騈文創作有著極大的促進作用。南宋江
西作家四六文創作取得巨大成就，名家輩出：汪藻、洪适、洪遵、洪邁、
汪應辰、周必大、楊萬里、王子俊、李劉、馬廷鸞、文天祥等都是四六名
家。汪藻的四六文最負盛名，四庫館臣云："統觀所作，大抵以儷語爲最
工，其代言之文如《隆祐太后手書》、《建炎德音》諸篇，皆明白洞達，曲
當情事，詔令所被，無不悽愴激發，天下傳誦，以比陸贄。說者謂其著作
得體，足以感動人心，實爲詞令之極則。"① 孫覿作《浮溪集序》云："今
汪公之文，所謂閎麗精深，傑然視天下者也。"② 由此可見汪藻四六文成就
之高。洪适"以詞科起家，工於儷偶"，其《盤洲集》四六文就占四十二
卷之多。所作的《張浚罷相制》、《王大寶致仕制》、《浙東謝表》均是當時
膾炙人口之作。其"內外諸制，亦皆長於潤色，藻思綺句，層見叠出"。③
汪應辰"紹興五年進士第一人，年甫十八"④，工騈體文，陳振孫稱其所撰
制誥"溫雅典實，得王言體"⑤，《鶴林玉露》稱其《賜四川宣撫虞允文辭
召命不允詔》、《賜陳俊卿辭左相不允詔》等篇，"皆可喜也"⑥。文壇領袖
周必大紹興二十一年進士及第，二十七歲中博學鴻詞科。他是四六大家，
孝宗稱其爲"大手筆"⑦。所作《上尊號詔》、《追復岳飛故官制詞》等均是
四六名篇。楊萬里自稱"鄙性生好爲文，而尤喜四六"⑧。其《賀虞雍公
啟》、《賀史丞相啟》、《賀張魏公除宣撫啟》等篇，爲人稱頌。他不僅擅寫
四六文，且對四六文做過深入研究，所做研究現保留在《誠齋詩話》里。
王子俊亦擅四六，楊萬里稱其四六"蹛六一、東坡之步武，超然絕塵。自
王彥章、孫仲益諸公而下不論"，四庫館臣評其《格齋四六》"其典雅流
麗，亦復斐然可觀"⑨。李劉的四六著作是《四六標準》。四庫館臣稱其

① 《四庫全書總目》卷一五六，中華書局1965年版，《浮溪集》提要。
② 孫覿：《浮溪集序》，《鴻慶居士集》卷三〇，四庫全書本。
③ 《四庫全書總目》卷一六〇，中華書局1965年版。
④ 《宋史》卷三八七，中華書局1977年版，第11876頁。
⑤ 陳振孫：《直齋書錄解題》卷一八，上海古籍出版社1987年版。
⑥ 《鶴林玉露》甲編卷六，中華書局1983年版，第99頁。
⑦ 周必大：《玉堂雜記》卷上，四庫全書本。
⑧ 楊萬里：《與張嚴州敬夫書》，《楊萬里集箋校》第6冊，中華書局2007年版，第2781頁。
⑨ 《四庫全書總目》卷一五九，《格齋四六》提要，中華書局1965年版。

"平生無他事可述，惟以儷語爲專門。……惟以流麗穩貼爲宗，無復前人之典重，沿波不返，遂變爲類書之外編，公牘之副本，而冗濫極矣。然劉之所作頗爲隸事親切，措詞明暢，在彼法之中，猶爲寸有所長。故舊本流傳至今猶在，錄而存之，見文章之中有此一體爲別派，別派之中有此一人爲名家，亦足以觀風會之升降也"①。由此可見其四六在南宋後期亦是別爲一體，別是一家，成就亦很高。另外，還有一些其他的四六名家，如張擴、曾協、馬廷鸞、文天祥等，茲不贅述②。總之，在科舉之風熾盛的江西，產生了很多四六名家。

其次是對南宋江西散體文的影響。科舉策、論對散體文有著最直接的影響。策和論的區別在於："試之論以觀其所以是非於古之人，試之策以觀其所以措置於今之世"③。"論"在宋代科舉中很重要，"當時每試必有一論，較諸他文，應用之處爲多"④，試論不涉及時事，題目從經、史、子書中出（自試經義後，題目範圍主要在子、史）。"策"分兩類，一是進策，二是對策。對策是問答體，出題者以論帶問。策所關涉的內容，或是軍國大事，或是經史問題。進策大多是時務策，與考場所作策不同，大多是士子在燈窗下著述之文。雖然宋代科舉考試文體變化頻繁，策、論卻一直占據考試中兩場的位置⑤。蘇軾認爲"自嘉祐以來，以古文爲貴，則策論盛行於世，而詩賦幾至於熄"⑥，或許有些誇大，但亦見出科舉對散文創作的影響是非常之大。其影響大致有如下幾點：

第一，由於南宋江西士子熱心科舉，苦心鑽研程文（包括經義、策、論），所以江西作家創作了較多的程文。其中有正式科考中產生的，有平時在官學、私塾和書院考試測評中保留下來的，也有爲進呈皇帝、在位者或有名望者而準備的。如楊萬里、彭龜年、陸九淵、曾豐等都有程文保留

---

① 《四庫全書總目》卷一六三，《四六標準》提要，中華書局 1965 年版。
② 南宋四六文成就可參看曾棗莊先生的《宋文通論》對宋四六的論述，其中對江西四六文的闡述頗多。
③ 蘇軾：《謝梅龍圖書》，《蘇軾文集》卷四九，中華書局 1986 年版，第 1424 頁。
④ 《四庫全書總目》卷一八七，《論學繩尺》提要，中華書局 1965 年版。
⑤ 關於科舉，本書參考了《宋文論稿》、《宋代科舉與文學》相關內容。
⑥ 《擬進士對御試策》，《蘇軾文集》卷九，中華書局 1986 年版，第 301 頁。

下來。

第二，散文創作的議論化得到加強。科舉考試中與散體文創作有最直接關係的是策、論。宋人經義基本上是自出議論，很少是代古人立言。論與策的體裁都是議論文。科舉考試中，"一切以程文爲去留"①。士子在備考時，必然圍繞著科舉這根指揮棒轉，所以他們對議論這一表達方式，必然是努力學習，勤加苦練，自覺和不自覺地影響到各種文體，使之表現出強烈的議論傾向。當然，議論化不僅僅是在奏疏中得到體現，更重要的是滲透到各種體式的文章中，如序跋、書簡、記文等都有議論化的傾向。總之，不論是平時習作、科場走筆，還是朝廷奏對，他們都是眼光獨到，析理精闢，議論風生，辯才無礙。

第三，影響到作家的關注點和創作內容。同其他地區的作家一樣，江西作家奏疏一類的政論文在其散文創作中占主導地位，很多官吏並非以文名，但其奏疏一類的政論文成就卻較高，如彭龜年、徐元傑、姚勉等。因爲"試之論以觀其所以是非之於古人，試之策以觀其所以措置於今之世"，因此現實中的社會問題成爲作家的首要關注點，政治、經濟、軍事、民政等都納入視線範圍內。關涉時務的散文幾乎每個作家都有，而且寫得都好。如胡銓《戊午上高宗封事》、王庭珪《盜賊論》、汪應辰《論敵情當爲備海道未可進》、洪适《論邊事劄子》、周必大《論人才劄子》、楊萬里《癸巳輪對札子》，等等。哲學問題和歷史問題亦是其經常探討的對象。在南宋江西很多作家的集子中保留了很多的哲學散文和史論文。哲學方面，如楊萬里撰有《心學論》二十篇、曾豐撰有《心學論》七篇。史論方面，胡銓撰有《漢高帝論》、《吳楚論》等多篇，曾豐有"十論"等史論文。而陸九淵的《荊國王文公祠堂記》雖是一篇記文，卻是全面評價王安石的功過的，文章辯證分析，議論驚策。另外，王子俊十七歲時曾作《史論》十篇，楊萬里評其爲"老氣橫九州，毫髮無遺恨"②，惜未能傳世。

---

① 陸游撰，李劍雄、劉德權點校：《老學庵筆記》卷五，中華書局 1979 年版，第 69 頁。
② 楊萬里：《跋王才臣史論》，《楊萬里集箋校》第 7 冊，中華書局 2007 年版，第 3777 頁。

第二節　南宋江西的儒學

在南宋，江西地區崇儒之風非常興盛，儒學研究非常普遍，其研究人員眾多，成就亦高。本節力圖通過對現存文獻的考察，理出南宋江西儒學研究的大致情況，探討促進南宋江西儒學研究興盛的原因，並試圖分析南宋江西崇儒之風和儒學研究對文學創作的影響。

自漢武帝"罷黜百家，表章六經"[①]始，儒家思想在中國封建社會定於一尊，成爲中國古代社會的正統思想。儒學研究的發達，是其文化發達的體現。探討一個地區的儒學研究情況，對深入瞭解這一地區的文化發展具有重要意義。宋代江西地區儒風綿綿，儒學研究極爲發達。本節重點探討南宋江西地區的儒學研究情況及對其文學的影響。

一　儒學研究的成就

南宋江西地區儒學研究以吉州廬陵地區爲中心，遍及江西各地區。廬陵是江西文化最發達的地區，從現存資料中可以看出江西儒學研究風氣最盛、成就最高的地區是吉州之廬陵。如王庭珪，"所著書有《廬溪集》五十卷、《易解》二十卷、《六經講義》十卷、《論語講義》五卷、《語錄》五卷、《雜誌》五卷、《滄海遺珠》二卷、《方外書》十卷、《校字》一卷、《鳳亭山叢錄》一卷。公學無不通，而尤邃于《易》"[②]。他的儒學研究在當時就受到漢上朱震、文定胡安國、薌林向子諲的高度評價。而胡銓"聰明既絶人，又能堅忍勤苦，聖經賢傳，晝夜繹思，古文奇字悉力研究；發爲文章，雄深雅健，清新藻麗，下筆輒數百言。尤刻意《詩》、《騷》，用事深遠，措詞奇崛。……晚號澹庵老人，遂以名其集，總一百卷。又著《易拾遺》十卷、《書解》四卷、《春秋集善》三十卷、《周官解》十二卷、《禮記解》三十卷、《經筵二禮講義》一卷、《奏議》三卷、《學禮編》三卷、

---

① 班固撰，顏師古注：《漢書》卷六，中華書局 1962 年版，第 155 頁。
② 周必大：《左承奉郎直敷文閣主管台州崇道觀王公庭珪行狀》，《全宋文》第 232 冊，上海辭書出版社、安徽教育出版社 2006 年版，第 204 頁。

《詩話》二卷、《活國本草》三卷"。① 李光"嘗作《胡銓易解序》曰：
'《易》之爲書，凡以明人事，學者泥于象數，《易》幾爲無用之書。邦衡
說《易》，真可與論天人之際"②。楊萬里撰有《誠齋易傳》二十卷。明楊
士奇對此書給予高度評價："此書本程子，其於說理粹然，而多引史傳爲
證。程子以《易》爲人事之書，晦庵先生常論之矣，而公自序此書'惟中
能中天下之不中，惟正能正天下之不正；中正立而萬事變通'，至矣哉，
其不易之言也。"③ 四庫館臣亦認爲"是書大旨本程氏，而多引史傳以證
之。……萬里文章氣節自足千古，此書亦不可磨滅，至今猶在人間"④。該
書以"中正立而萬變通"爲《易》之旨歸，自草創至脫稿，閱十有七年而
後成，亦可謂盡平生之精力矣。周必大曾說："今江西通經之士固多，而
《詩》學尤盛於廬陵。"⑤ 由此可見南宋廬陵地區儒學研究之盛。

　　江西其他地區儒學研究雖然與廬陵地區相對來說要遜色些，但儒學研
究也同樣普遍存在。如浮梁程瑀，"慨然抱命世想，益自潛心經術，冬不
爐，夏不扇，歌聲出金石，人比之范希文"，"自少至老未嘗一日釋卷，夜
分乃寐。博極群書，故其文宏深雅健，粹然自成一家。既沒，其撰述有
《論語說》四卷，《論語集解》十卷，《周禮儀》十卷，《尚書說》一卷，
《諫垣論疏》、《奏議》各四卷，《黃門忠嘉經筵講讀》、《三朝對語》各五
卷，《資善堂口議》二卷，《飽山集》六十卷，《野叟談古》、《兩漢素隱》、
《唐傳摘奇》各一編"。時人洪興祖曾就《論語》從他難疑惑辨二十年，對
其《論語》研究給予高度評價："養孝弟之本厚，明忠恕之不二，感發於
孔子之一射，流涕于周公之四言。凡若此類，皆古今學者所不能到，而考
諸行事，若合符節。有浩然之氣，有仁者之勇，今之古人也。"⑥ 施師點

　　① 周必大：《資政殿學士贈通奉大夫胡忠簡公神道碑》，《全宋文》第 232 冊，上海辭書出版
社、安徽教育出版社 2006 年版，第 230 頁。
　　② 《四庫全書總目》卷二，《讀易詳說》條，中華書局 1965 年版。
　　③ 楊士奇撰：《東里文集》卷九，《題誠齋公〈易傳〉稿后》，四庫全書本。
　　④ 《四庫全書總目》卷三，《誠齋易傳》條，中華書局 1965 年版。
　　⑤ 周必大：《題印山羅氏一經集後》，《全宋文》第 230 冊，上海辭書出版社、安徽教育出版
社 2006 年版，第 360 頁。
　　⑥ 胡銓：《龍圖閣學士廣平郡侯程公墓誌銘》，《全宋文》第 196 冊，上海辭書出版社、安徽
教育出版社 2006 年版，第 28 頁。

"字聖與，上饒人。十歲通'六經'，十二能文，弱冠遊太學，試每在前列。司業高宏稱其文深醇有古風"，"有《奏議》七卷、《制稿》八卷、《東宮講議》五卷、《易說》四卷、《史識》五卷、文集八卷"①。饒州樂平王剛中"無他嗜好，公退惟讀書著文爲樂，有《易說》、《春秋通義》、《仙源聖紀》、《經史辨》、《漢唐史要覽》、《天人修應録》、《東溪集》、《應齋筆録》凡百餘卷"②。信州玉山汪應辰"少從呂居仁、胡安國游，張栻、呂祖謙深器許之。告以造道之方，嘗釋克己之私如用兵克敵，《易》懲忿窒欲，《書》剛制於酒，懲窒、剛制皆克勝義，不可常省察乎？其義理之精如此"③。臨江新喻的謝諤"平生著述至多，有《艮齋集》四十卷，《論語》、《詩》、《書》解各二十卷，《春秋左氏講義》三卷，柏台、諫垣奏議各五卷，《經筵總録》三卷，其他如《金石庵類稿》、《鈐岡約草》、《筆隱堂記》、《自嬉集》、《楚塞從稿》、《雲根叢稿》、《樵林機鑒》、《南坡學林》、《天上詩稿》、《江行雜著》、《景符堂文稿》尚數十編。嘗進《孝史》五十卷詔付秘書省"④。清江劉清之儒學研究成就亦很高，"初，清之既舉進士，欲應博學宏詞科。及見朱熹，盡取所習焚之，慨然志于義理之學。呂伯恭、張栻皆神交心契，汪應辰、李燾亦敬慕之。……所著有《曾子内外雜篇》、《訓蒙新書、外書》、《戒子通録》、《墨莊總録》、《祭儀》、《時令書》、《續說苑》、文集、《農書》"⑤。其他的還有很多儒學名家如饒州上饒徐元傑、樂平馬廷鸞、餘干柴中行，清江彭龜年、徐夢莘，建昌包恢等。其中進入《宋史》儒林傳的有楊萬里、陸九淵、陸九齡、劉清之、徐夢莘。除了這些儒學研究名家外，還有很多不知名的士人也在進行儒學研究，不過我們知之甚少而已，但據宋人文集還是可以找到一些記載的，如臨川陸嘉材"平生篤志《孟子》，著《翼孟音解》九十一條，擇《春秋左氏傳》、《莊子》、《列》、《楚詞》、《西漢書》、《說文》之存古文者，深思互

---

① 《宋史》卷三八五，中華書局 1977 年版，第 11836 頁。
② 《宋史》卷三八六，中華書局 1977 年版，第 11862 頁。
③ 《宋史》卷三八七，中華書局 1977 年版，第 11882 頁。
④ 周必大：《朝議大夫工部尚書贈通議大夫謝諤神道碑》，《全宋文》第 233 冊，上海辭書出版社、安徽教育出版社 2006 年版，第 24 頁。
⑤ 《宋史》卷四三七，中華書局 1977 年版，第 12957 頁。

考遂成此書"①，又如盧陵劉庭直，"家有文集二十卷，又作《易集傳》，未成而殁"②。

其中最有成就的、最具影響力的是撫州金溪的陸九淵。理學興起于北宋，代表人爲"北宋五子"，至南宋則理學大興，"乾道淳熙間，晦庵先生以義理之學闡於閩，象山先生以義理之學行於江西，嶽峻杓明，珠輝玉潤，一時學士大夫雷動風從，如在洙泗，天下並稱之曰朱陸。""朱氏之學則主於下學上達，必由灑掃應對而馴至於精義入神"③，繼承和發展了二程學說以及汲取了周、張、邵的部分思想，加以熔鑄，建立起龐大而完整的思想體系，成爲理學的主流學派。陸九淵則斜出一支，創立心學，"陸氏之學則主於見性明心，不涉箋注訓詁，而直超於高明光大"④，他以"心即理"爲核心，創立"心學"，強調"自作主宰"。他的學說在我國思想史上佔有重要的地位。明朝王陽明繼承和發展了陸九淵的學說，從而形成完整的陸王心學體系，影響深遠。

二　儒學興盛的原因

南宋江西崇儒風氣興盛，儒學研究取得很高成就的原因有兩點。其一是北宋江西地區的儒學研究很興盛，成就很高，形成一份厚重的文化積澱和優秀的文化傳統，由此而產生了巨大的歷史慣性。

江西儒學研究在北宋就已取得巨大成就。宋代儒學研究一個最爲重要的特點是疑經惑傳，而江西研究者是先導者，他們重新審視所有的儒家經典，開創了疑經惑古的一代風氣，其代表人物有歐陽修、劉敞和王安石。

盧陵歐陽修服膺儒家思想，學之終身，"凡所謂六經之所載，七十二子之所問者，學之終身，有不能達者矣；於其所達，行之終身，有不能至

---

① 周必大：《陸氏翼孟音解序》，《全宋文》第 230 冊，上海辭書出版社、安徽教育出版社 2006 年版，第 156 頁。

② 王庭珪：《故左奉議郎劉君墓誌銘》，《全宋文》第 158 冊，上海辭書出版社、安徽教育出版社 2006 年版，第 320 頁。

③ 劉壎：《隱居通議》卷一，四庫全書本。

④ 同上。

者矣"①。歐陽修治儒與漢唐相異,提出了"質諸人情"和經世致用的原則,成就突出:《易童子問》力辯《系辭》以下非孔子所作;《毛詩本義》專攻毛鄭之失,而斷以己意。劉師培評價其《詩經》研究說:"宋儒治《詩經》者,始於歐陽修《毛詩本義》,與鄭立異,不主一家。"②

臨江新喻劉敞著有《春秋》五書,即《春秋權衡》、《春秋傳》、《春秋意林》、《春秋文權》、《春秋說例》,對於其他經研究的代表作是《七經小傳》。他好以己意改經,"蓋好以己意改經,變先儒淳實之風者,實自敞始。"③

臨川王安石秉承了劉敞的研究方法,"荊公修經義,蓋本原父云"④,他爲配合其改革而創立了"荊公新學",其儒學著作非常多,成就最高:《易解》(二十卷,王安石撰)、《洪範傳》(一卷、王安石撰)、《尚書新義》(十二卷,王安石提舉,王雱撰)、《毛詩新義》(二十卷,王安石父子合撰)、《周官新義》(二十二卷,王安石撰),等等⑤。尤其是在熙寧年間主持完成了對儒家經典《詩》、《書》、《周官》經義的重新訓釋,"頒之學官,天下號曰'新義'","一時學者,無敢不傳習,主司純用以取士,士莫得自名一說,先儒傳注,一切廢不用"⑥。"荊公新學"憑藉科舉的力量,成爲北宋後期最有勢力的學派,而且在南宋前期依然具有很大的影響力。

如此豐厚的儒學研究積澱和優良的研究傳統,對南宋江西士人儒學研究產生了巨大的推動作用。

其二是南宋江西科舉的推動。南宋江西科舉非常興盛,這由前節所列舉的楊萬里的描述可以窺見一斑。科第中舉如此密集於"大江之西",足見其科舉之盛。其中尤以廬陵地區科舉之風最盛,王庭珪曾說"廬陵多士

---

① 歐陽修:《答李翊第二書》,洪本健校箋《歐陽修詩文集校箋》,上海古籍出版社 2009 年版,第 1170 頁。

② 劉師培:《中國中古文學史講義》附《經學教科書》,中國人民大學出版社 2004 年版,第 208 頁。

③ 《四庫全書總目》卷三三《七經小傳》提要,中華書局 1965 年版。

④ 同上。

⑤ 高克勤:《王安石著述考》,《王安石與北宋文學研究》,復旦大學出版社 2006 年版,第 65 頁。

⑥ 《宋史》卷三二七,中華書局 1977 年版,第 10541 頁。

之域，方升平時掉鞅於舉場者四千人”①。南宋科舉進士科無論詩賦科還是經義科，策、論皆爲必考。經義科自“五經”、“四書”出題，考查考生對經文大義的闡釋。試論、試策考查範圍更廣，涉及經、史、子等方面。因此，學習和研究儒家經典對於考生來說非常重要，畢竟大多數人學習、研究儒學還是爲了應舉。以胡銓爲例，他曾不無驕傲地自稱“偶登甲第，爲《春秋》第一”②，可見胡銓研習《春秋》等儒家經典的一個很重要的目的就是場屋榮耀。由此可見，科舉考試是一根神奇而威力巨大的指揮棒，它對江西儒學研究產生了巨大的促進作用。

三　儒學研究對文學的影響

南宋江西崇儒之風興盛，儒學研究普遍，這對南宋江西文學創作產生重要影響。

首先，儒風興盛、儒學研究發達極大地促進了南宋江西文學的繁榮。考察南宋江西儒學研究者的現存資料，我們可以看出，凡崇儒風氣興盛、儒學研究普遍的地方其文學創作亦同樣繁盛。大多數儒學研究者又同時是作家，如王庭珪、胡銓、楊萬里、陸九淵、文天祥都是詩文大家，其他的如謝諤、劉清之、胡昌齡等都有文集，或行於世，或藏於家。這是由於儒家思想是中國封建社會的主流思想，對其研究越是深入，則體現出其文化也越發達，從而推動了文學創作的活躍與繁榮。

其次，崇儒之風對江西文學創作更爲重要和明顯的影響是砥礪作家的氣節。儒家注重個人的人格修養，提出“修身、齊家、治國、平天下”的人生理想。孔子說：“不義而富且貴，於我如浮雲。”③ 鄙棄富貴、淡泊名利是儒家的人格追求。孟子說“居天下之廣居，立天下之正位，行天下之大道，得志與民由之，不得志獨行其道，富貴不能淫，貧賤不能移，威武

---

① 王庭珪：《跋錢吏部燕舉人詩》，《全宋文》第 158 冊，上海辭書出版社、安徽教育出版社 2006 年版，第 239 頁。

② 胡銓：《清節蕭先生墓誌銘》，《全宋文》第 196 冊，上海辭書出版社、安徽教育出版社 2006 年版，第 153 頁。

③ 《論語注疏·述而第七》，《十三經注疏》，中華書局 1980 年版，第 2481 頁。

不能屈,此之謂大丈夫"①,要求士人具有"大丈夫"的人格,並提出"養氣"之說,培養自己充塞宇宙的"浩然之氣"。所謂"浩然之氣"是"至大至剛,以直養而無害,則塞於天地之間",是"配義與道,無是,餒也。是集義所生者,非義襲而取之也"②,至大至剛正直之氣,與道、義相配合而生。因此真正的儒者是大丈夫,自覺追求儒家理想人格,自覺砥礪名節,做到富貴不能擾亂其心,貧賤不能移變其節,威武不能屈挫其志。江西儒者而兼作家,多是志節高尚之人。自北宋歐陽修、王安石等人以來皆如此,如王安石,雖其變法遭到司馬光、蘇軾等人的極力反對,但他們無一例外地都非常崇敬王安石的人格。同樣,南宋江西的著名作家大多數是氣節高尚、人格偉大者,如胡銓、王庭珪、洪皓、楊萬里、文天祥、謝枋得等③,都是其中佼佼者,而這與儒學對作家的影響是分不開的。現以胡銓爲例來看看儒家經典對江西士人的影響:

> 且《詩》、《書》、《禮》、《樂》、《易》、《春秋》,蓋堯、舜、禹、湯、文、武、周公、孔子數聖人心法在焉,僕之心亦何嘗一日外於是哉!如能求見其心,則讀《詩》而見僕於《風》、《雅》、《頌》之間,讀《書》而見僕於典謨訓誥誓命之文,讀《禮》而見僕于威儀三千之際,讀《樂》而見僕於韶箾濩武之會,讀《易》而見僕於卦爻象象之內,讀《春秋》而見僕於八千字之中。雖開卷一寓目之頃,未嘗不與僕周旋也。④

可以說,胡銓是浸潤、優遊其中,儒家思想、儒家精神深入其骨髓了。因此,胡銓戊午上高宗封事之舉,正如王庭珪所言:"國危矣,諫官御史不敢

---

① 《孟子注疏·滕文公章句下》,《十三經注疏》卷六,中華書局 1980 年版,第 2710 頁。
② 《孟子注疏·公孫丑章句上》,《十三經注疏》卷三,中華書局 1980 年版,第 2685 頁,
③ 南宋江西作家亦有極少數人格有污點者,如刘才卻詔諛秦桧,贊其祖父:"道義接丘軻之傳,助名真伊呂之佐。"見《櫨溪居士集》卷四《太師秦檜贈祖制》,可以參見王曾瑜《凝意齋集》。还有汪藻,依附黃潛善、汪伯彥,詆毀李綱。
④ 胡銓:《又答譚思順書》,《全宋文》第 195 册,上海辭書出版社、安徽教育出版社 2006 年版,第 135 頁。

言，而邦衡以編修官摩天子之逆鱗，折宰相而不悔，決非所謂偶然者。"①

第三節　南渡江西的作家

江西地區歷史上曾經有三次大規模的移民遷入，而且多是中原地區的移民湧入江西。導致這三次重大移民的事件分別是晉室南渡、安史之亂、宋室南渡。這三次歷史大事引起的移民歷時長、範圍廣、影響大，同時也形成了中國經濟重心南移的三個重要階段。江西又是這三階段的重要移民區。當然，由於相距時間近、規模大、移民質量高，宋室南渡移民對江西的影響是最大的。

一　南渡移民與江西社會的發展

江西由於地理位置優越，成爲吸引靖康南渡移民的重要地區。首先江西地區有鄱陽湖而形成的巨大向心水系，水運發達，水利條件好，土地肥沃，氣候條件適合農作物生長，農業發達。其次是江西北有長江天險，內部多山地丘陵，使得這一地區具有較高的安全係數。像隆祐太后逃往江西避難，其他流民遷入江西，都有安全上的考慮。最後是江西地區風景秀麗，尤其是饒州、信州等地區更是文人喜愛之所。因此，靖康之亂后移民江西的北方人很多，據葛劍雄先生考察，洪州、信州、吉州、江州等地移民人數可能在一萬到數萬②。

在靖康之亂到紹興宋金簽訂和約這段時間里，長江以南地區遭到嚴重破壞，"荆湖、江南與兩浙膏腴之田，彌亘數千里，無人以耕，則地有遺利；中原士民扶攜南渡，不知其幾千萬人，則人有餘力"③，即使有很多移民到來亦無法定居、耕種。不僅金人侵入破壞，更嚴重的是李成等流民武

---

① 王庭珪：《與胡邦衡四幅》其二，《全宋文》第 158 冊，上海辭書出版社、安徽教育出版社 2006 年版，第 182 頁。

② 葛劍雄、吳松弟、曹樹基：《中國移民史》（第四卷），福建人民出版社 1997 年版，第 415 頁。另外，本節對南宋江西移民的論述較多地參考了該書。

③ 李心傳：《建炎以來繫年要錄》卷八六，中華書局 1956 年版，紹興五年閏二月壬戌條，第 1422 頁。

裝的作亂造成了巨大的破壞，"建炎、紹興之間，驕兵潰卒，佈滿東南，聚爲大盜，攻陷城邑，荼毒生靈"①，所以江西地區在南渡初期是一片殘破景象，"自兵火殘破之後，又經旱災，人戶凋耗……人戶所存才有十之三四，其餘縣分號爲多處，不過十之六七。通一路計之，多寡相補，才及承平之半"②，尤其是靠近長江附近地區更爲嚴重，"江州、南康、興國軍界，赤地千里，無人耕種"③。逃亡到江西地區的流民亦是居無定所，衣食不給，"東北流移之民，佈滿江西，其間多少壯可用，無業可歸，迫於飢寒，類多失所"④。可見，在南渡初期江西經濟遭到沉重打擊。

　　但是一旦政局穩定下來，特別是紹興和議之後，江西地區得到極大的發展，在紹興和議以後直到元蒙滅宋戰爭之前，江西幾乎再也沒有受到戰爭的摧殘，江西地區的經濟一直是發展較快的。其社會經濟得到極大發展的一個重要原因就是移民。由於戰亂，土著江西人損失很大，而到了紹興和約簽訂前後，江西地區人口數量基本恢復到戰前水平，這是由於北方移民補充而實現的。這些移民大致可以分爲武裝集團、上層士人、一般流民。流民武裝集團雖然帶來很大的危害，卻也帶來更多移民，"一般來說，在天下大亂而又缺乏強有力的政權保護的情況下，平民爲了保護自己的生命財產往往會依附於武裝力量集團，何況是在戰爭的環境下進行長距離遷移"⑤。這樣，跟隨武裝集團的流民很多定居江西地區。在建炎至紹興四五年間，南宋政府基本平定了流民武裝，於是，老弱婦孺及不願充軍者"就近送州縣居住，將天荒戶絕拋棄轉徙逃系官田土，措置給予耕種"⑥。因此，葛劍雄先生認爲"北方流民武裝集團大批湧入是南宋初江西境內移民眾多的重要原因"。葛先生還認爲"江西移民較多還與隆祐太后率官民遷入有關"⑦。在金人的追擊下，"隆祐太后率六宮宗室近屬，迎奉神主，前

① 《文獻通考》卷一五五，中華書局 1986 年版。
② 李綱：《準省札催諸州縣軍起發大軍米奏狀》，《梁溪集》卷一〇，四庫全書本。
③ 徐松：《宋會要輯稿》食貨二之八，中華書局 1957 年版。
④ 李綱：《條具防冬利害事件奏狀》，《梁溪集》卷一〇一，四庫全書本。
⑤ 《中國移民史》（第四卷），福建人民出版社 1997 年版，第 428 頁。
⑥ 《梁溪集》卷六《具荊湖南北路已見利害奏狀》，四庫全書本。
⑦ 《中國移民史》（第四卷），福建人民出版社 1997 年版，第 327 頁。

去江表"，高宗要求"百司非預軍旅之事者悉從之"①，并派一萬名軍人護送。在高宗的安排下，洪州成了南宋後方政府所在地，除軍事要務外，皆在洪州處理。同時，隨隆祐太后遷入江西的還有大批百姓，這些人中有很多也留在了江西。

"東北流移之民，佈滿江西"②，而其中吉州、信州、江州和饒州是江西移民較多的地區。吉州"當吉、袁之沖，徑路也。方艱難時，東北士大夫奔荊湖交廣者必取道于是"③，信、饒不僅交通便利，而且風景優美，乃文人士大夫喜歡寓居之地，正如韓元吉所云："並江而東行，當閩浙之交，是爲上饒郡。靈山連延，秀拔森聳，與懷玉諸峰巉然相映帶，其物產豐美，土壤平衍。故北來之渡江者，愛而多寓焉。"④ 饒州移民數量雖不如信州多，但有一個特點就是宗室成員居住較多。元人虞伯生曾經指出饒州受到宗室青睐的原因："故宋南渡，阻江以爲國，番之余在江之東、西之間，重湖之表，郡完地博，土沃而民安，去臨安而無險，是以貴臣大家多居之。"⑤ 即未受戰爭摧殘、土地肥沃、距臨安較近等因素，使得很多宗室成員移民饒州。江州由於地理位置成爲長江中下游重要港口，也是軍事要塞，岳飛曾駐扎這裏。由於是軍事要塞，所以這裏曾遭到金人和李成等流民武裝集團的大肆殺掠，人口急劇減少。後來江州社會經濟的發展，北方移民則起到巨大作用。

移民對於江西社會的影響主要表現在三個方面：一是他們的到來，補充了大量的勞動力。在生產力落後的封建社會，勞動力的多寡決定了社會經濟的發展速度與發展程度。他們開荒拓土，耕種天荒戶絕之田，發展生產，從而極大地促進了江西地區經濟的快速發展。二是這些移民帶來了中原地區先進的生產技術、生產工具以及發達的中原文化。先進的生產技

---

① 《建炎以來繫年要錄》卷二四，中華書局1956年版，建炎三年六月乙亥條，第502頁。
② 李綱著，王瑞明點校：《條具防冬利害事件奏狀》，《李剛全集》，岳麓書社2004年版，第964頁。
③ 王庭珪：《故保義郎劉君墓誌銘》，《全宋文》第158冊，上海辭書出版社、安徽教育出版社2006年版，第318頁。
④ 韓元吉：《兩賢堂記》，《南澗甲乙稿》卷一五，四庫全書本。
⑤ 《世美堂記》載《康熙饒州府志》卷七，轉引自《中國移民史》（第四卷），福建人民出版社1997年版，第331頁。

術、生產工具極大地推進了江西地區的經濟發展；發達的中原文化與江西本土文化相碰撞、融合，極大地促進了江西地區的文化進步與繁榮。三是促進江西地區教育的發展，這些移民中很多飽學之士爲了生計，在當地從事教育工作，這也促進了江西地區文化的普及。而且很多移民爲了能在當地站住腳，極力加強教育，培養子弟，讓他們參加科舉，在當地出人頭地，爲家庭爭取政治利益和社會名聲。如周必大的母親對周必大就是嚴厲督促，"先夫人躬督誦書，至夜分未辨色則以杖警於榻，使卧而覆之，又教以屬對賦詩。已而曰：'舉業非吾習也。'爲擇汴人陳先生特使從之，先生弟子以百數。先夫人一衣之華，一味之甘，輒命某奉焉，先生歎曰：'有母如此，吾忍負之！'故教某甚切。"① 一般來說，移民江西的家庭都非常重視科舉，因爲中舉即可改變一個家庭的社會地位。因此，這也對江西地區的文化教育產生了重大影響。

二 移民江西的作家分佈

對於移民江西地區的作家的分佈情況，筆者選取一些比較著名的作家以表格的形式來直觀展示：

作家	時間	原籍	遷入地	資料來源
尹穡	建炎	兗州	信州玉山	《宋诗紀事》頁 1311、《宋代江西文學家考録》頁 573
辛棄疾	紹興 32 年	曆城	信州鉛山	《大明一統志》卷五一、鄧廣銘《辛稼軒年譜》
莊綽	建炎	潁州	信州	《雞肋編》附録二
曾幾	建炎	河南府	信州	《渭南文集》卷三二《曾文清公墓誌銘》
趙蕃	建炎初	鄭州	信州玉山	《章泉稿》附表、《宋史》本傳
韓元吉	建炎	開封	信州	《四庫總目》之《南澗甲乙稿》條
徐度	建炎	谷熟	饒州德興	《四庫總目》之《卻掃篇》條
辛次膺	建炎	萊州	饒州浮梁	《宋詩紀事》頁 975
吳仕	建紹間	蘄州	饒州餘干	《全宋詞》頁 1175
趙汝愚	建炎	開封	饒州餘干	《宋史》頁 11981

---

① 周必大：《先夫人王氏墓誌》，《全宋文》第 232 冊，上海辭書出版社、安徽教育出版社 2006 年版，第 301 頁。

续表

作家	時間	原籍	遷入地	資料來源
趙令時	建炎	河南	饒州德興	《卻掃篇》下
趙公彥	建紹間	河南	饒州餘干	《蒙齋集》卷一七
趙彥端			密州	鄱陽、饒州餘干、南昌	《南澗甲乙稿》卷二一《直寶閣趙公墓誌銘》、《宋詩紀事》頁 2068
呂本中	紹興	開封	撫州臨川	《兩宋詞人年譜》
李璆		汴京	撫州臨川	《江西通志》卷六一、《全宋詞》頁 979
范溫	紹興	山東	撫州	《宋會要輯稿》頁 7018
趙不器	建炎	河南	撫州	《全宋詞》頁 782
張澂	建炎	舒州	撫州	《宋詩紀事》頁 1084
趙長卿			建昌南豐	《全宋詞小傳》、《宋人傳記資料索引》
趙必㻞			建昌南豐	《全宋詞》頁 3156 "小傳"、《宋詩紀事補遺》93/5
張良臣		大梁	拱州	《全宋詞》"小傳"
王銍	建炎	汝陰	江州	《南宋文范》作者考上
岳飛	建炎	湯陰	江州	《大明一統志》卷五二、《岳氏宗譜》
韓駒	靖康	汝州	江州	《全宋詞》頁 979、《建炎以來系年要錄》卷九一
向子諲	建炎	宛丘	臨江清江	《文定集》卷二一
趙師俠			臨江新淦	《宋詩紀事》頁 2038、《全宋詞》頁 2072
趙善括			洪州	《南宋文范》作者考下、《全宋詞》頁 1980 "小傳"
趙善扛			洪州	《宋詩紀事》頁 2052、《全宋詞》頁 1978 "小傳"、
朱敦儒		洛陽	洪州	《樵歌》附錄七《年譜簡編》
周必大	靖康	鄭州	吉州	《渭南文集》卷三八
劉靖之	建炎	開封	吉州	《南軒集》卷四〇
趙汝鐩			袁州	《宋詩紀事》頁 2055
趙善堅			袁州	《宋詩紀事》頁 2051
韓玉	隆興初	北方	江西	《宋人傳記資料索引》頁 4134
晁端規	建紹間	北方	贛州	《文忠集》卷五五《晁氏二圖序》
韓駒	靖康	仙井	撫州	《兩宋詞人叢考》

　　說明：1. 表中有些人是短暫寓居，最後定居別處，如呂本中；有些是經過江西，如朱敦儒，但他們對江西文學產生影響，故列入。

　　2. 此表並非是全部移居江西的作家，僅選取比較出名的作家以示例。

　　3. 本表是根據葛劍雄《中國移民史》（第四卷）之表 9—5《靖康亂後南遷的北方移民實例（江西部分）》（334 頁—341 頁）、錢建狀《南宋初期的文化重組與文學新變》第二章之表二《南渡士人地理分佈情況》（54 頁—72 頁）以及《宋人傳記資料索引》等資料整理而成的。

從上表可以看出三個特點：一是北方移民江西的作家數量非常多；二是移民江西的作家遍佈江西各地區，但以信州、饒州、撫州爲多；三是移民江西的作家質量很高，不少是大作家，他們聲名遠播，其中尤以辛棄疾、趙蕃、韓元吉、曾幾、呂本中、朱敦儒、韓駒、向子諲等人爲著。

三　移民作家的文學活動及其影響

如此之多的著名作家來到江西，對江西文學的繁榮產生巨大的促進作用，這一點時人周必大早就明確指出來了："（臨川）南渡以來，又得寓公韓子蒼、呂居仁振而作之，四方傳爲盛事。其後儒冠則曾季貍裘父、釋氏則文慧大師惠嚴、道士則黎道華師候，同時以詩名，人喜稱之。"[①] 臨川是這樣，江西地區其他地方亦復如是。信州、饒州、撫州、臨江軍等地區都吸引了眾多作家寓居，這些地區的文學活動因而極爲頻繁，文學創作極爲興盛。本書選取信州、臨川和臨江軍各自的重要移民作家來說明移民作家對江西文學的影響。

信州歷史悠久，地理位置優越，"信之爲州，四百二十有三年矣。其地控閩粵，鄰江淮，引二淛，隱然實衝要之會。山川秀發，人物繁夥，異時多士之雋，屢冠天下，而宰輔之出，間亦蜚聲名，立事業，其風俗興起，固未艾也"[②]。移民作家很多，尤其是在南宋初，中原士大夫寓居此地較多，一次集聚在一起賦"破賊保城詩"的"寓公寄客"就有數十人[③]。直到南宋中後期，這裡的北人後裔仍彼此來往，韓元吉的兒子韓淲賦詩說："坐中半北客，南渡百年餘。"[④] 信州吸引北客的原因具體來說有四個：一是風景優美，"廣信（信州別稱）據江浙閩越之衝，萬山交牙，四顧羅劍戟，其氣蜿蜒磅礡，爲丹碧玉石，長溪貫其中，凝膏溢藍，愈積愈完，山水之秀甲諸郡"[⑤]。二是交通便利，"廣信爲江、閩、二浙往來之交，異

---

① 周必大：《跋撫州鄔慮詩》，《全宋文》第 230 冊，上海辭書出版社、安徽教育出版社 2006 年版，第 431 頁。

② 韓元吉：《信州新建牙門記》，《南澗甲乙稿》卷一五，四庫全書本。

③ 王炎：《二堂先生文集序》，《雙溪集》卷二五，四庫全書本。

④ 韓淲：《晁十哥出舊藏書畫》，《澗泉集》卷四，四庫全書本。

⑤ 袁桷：《梅亭記》，《清容居士集》卷二〇，四庫全書本。

時中原賢士大夫，南徙多僑居焉"①。三是信州距南宋都城臨安很近，"國
家行在武林，廣信最密邇畿輔。東舟西車，蓋午錯出，勢處便近，士大夫
樂寄焉"②。四是信州長期未受到戰爭的摧殘，"信之地勢，來自靈山，中
道石起如龍鱗鬣，隱現至郡而伏以赴於淵。前山品立如覆鐘釜，水淳若
留，懷玉高峰出艮隅，森植猶束筍，故老相傳得陰陽之勝。雖宣和青溪之
盜，建炎寇攘雲擾，皆莫能犯其地，而郡治巋然獨在"③。由此可見，地理
形勢獨特使得信州即便是在北宋滅亡前後混亂局勢中，亦能夠"郡治巋然
獨在"。這也是吸引北來文人墨客寓居的重要原因。信州地區中，以上饒
爲文人居住之最。上饒本是"禮義之鄉也，能文之士接武"④，宋室南渡之
後，很多文人寓居上饒，其中有呂本中、曾幾、辛棄疾、韓元吉、趙蕃等
著名文人。如呂本中於紹興中，寓居上饒茶山廣教寺，當地的文人士子從
其問學，與之唱和，這對當地文學創作風氣有著極大的促進作用。呂居仁
與當地士子和北來移民往來頻繁，或酬唱，或聚飲，或題詩，或贈序，其
情景據王明清《揮麈錄》記載可見一斑："舅氏曾宏父……後歸上饒，時
鄭顧道、呂居仁、晁恭道俱爲寓客，日夕往來，杯酒流行。"⑤

　　寓居上饒的最重要的人物就是辛棄疾。與其他寓居文人相比，他來得
最晚。但是辛棄疾在江西地區居住、活動時間是相當長，最後終老鉛山。
在江西，與辛棄疾交遊唱和的文人有曾豐、黃叔度、陸德隆、陸九淵、朱
熹、徐仲衡、范開、鄭舜舉、趙蕃、韓淲等。據韓淲回憶，宴閑之樂令人
生羨回味，"憶昨淳熙秋，諸老所閑燕。晦庵持節歸，行李自畿甸。來訪
吾翁廬，翁出成飲餞。因約徐衡仲，西風過遊衍。辛師倏然至，載酒具殽
饍。四人語笑處，識者知歡羨"⑥。淳熙十五年，陳亮來訪，相與鵝湖同
憩，瓢泉共酌，長歌相答，極論世事，逗留彌旬乃別。⑦

①　戴表元：《稼軒書院興造記》，《剡源文集》卷一，四庫全書本。
②　洪邁：《稼軒記》，《古今事文類聚》前集卷三六，四庫全書本。
③　韓元吉：《信州新建牙門記》，《南澗甲乙稿》卷一五，四庫全書本。
④　韓元吉：《答祝允之書》，《南澗甲乙稿》卷一三，四庫全書本。
⑤　王明清：《揮麈錄》後錄卷一一，中華書局1964年版，第216頁。
⑥　韓淲：《訪南岩一滴泉》，《澗泉集》卷二，四庫全書本。
⑦　參見鄧廣銘先生《辛稼軒年譜》，古典文學出版社1957年版。

臨川，被稱爲"江西第一州"①，自北宋以來就是文人淵藪，"臨川於江西號士鄉，王介甫、曾子固、李太伯以文爲一代宗主，而皆其郡人"②，"臨川自晏元獻公、王文公主文盟於本朝，由是詩人項背相望，近世如謝無逸、幼槃兄弟及饒德操、汪信民皆傑然拔出者也"③。南宋臨川亦有很多本地作家，如黎師侯，"師侯字道華，臨川人。入道，學詩于謝無逸，與曾季貍裘父、文慧大師惠嚴同時，以詩鳴，號'臨川三逸'，有《頤庵集》"④。總之，臨川本身就地靈而人傑，而南渡以來，很多文人星聚臨川，對於臨川的文學創作，則是錦上添花。移民臨川的"翰墨雄獅"有韓子蒼、錢遜叔、曾公袞、呂居仁等，他們除了相互酬唱外，還與當地文人士子、釋老之徒相唱和。這些文學巨子"星聚臨川，唱酬妍麗一時"⑤，"同時以詩名，人喜稱之"⑥，因之臨川在南宋文學創作依然繁榮興盛。

韓駒在寓居臨川時，相與往來唱和的作家有呂本中、徐師川、曾幾、范季隨、曾紆、李彌大、宋伯友、張綱、張澄以及大慧宗杲、珪禪師等，且都有唱和之作保存下來⑦。由此可見，由於韓駒的寓居，臨川的文學創作活動相當頻繁，對當地文學創作產生了積極影響。

臨江軍，因向子諲的來到，文學活動也極爲頻繁。向子諲，河南開封人，字伯恭，自號薌林居士。薌林《西江月》序云："建炎初，解六路漕事，中原俶擾，故盧不得返，卜居清江之五柳坊。"⑧ 根據王兆鵬的《兩宋

---

① 趙蕃：《呈葛撫州二首》，《乾道稿·淳熙稿》卷七，四庫全書本。

② 張孝祥：《送吳教授序》，徐鵬點校《于湖集》卷一五，上海古籍出版社 1980 年版，第146 頁。

③ 周必大：《跋撫州鄒慮詩》，《全宋文》第 230 冊，上海辭書出版社、安徽教育出版社 2006年版，第 431 頁。

④ 厲鶚：《宋詩紀事》卷九○，上海古籍出版社 1981 年版，第 2138 頁。

⑤ 周必大：《跋曾公袞錢遜叔韓子蒼諸人唱和詩》，《全宋文》第 230 冊，上海辭書出版社、安徽教育出版社 2006 年版，第 423 頁。

⑥ 周必大：《跋撫州鄒慮詩》，《全宋文》第 230 冊，上海辭書出版社、安徽教育出版社 2006年版，第 431 頁。

⑦ 關於韓駒在臨川的交遊可以參看程宏亮撰《韓駒寓居臨川交遊考》，載《衡陽師範學院學報》2008 年第 2 期。

⑧ 向子諲：《酒邊詞》，唐圭璋編《全宋詞》，中華書局 1965 年版，第 959 頁。

詞人年譜》①，蘆林致仕歸隱之初，有詩書懷，一時名賢唱和者百餘人，其中和者有李光、張擴、孫覿、李彌遜、曾幾、張元幹等人。在清江寓居，向子諲交友廣泛，其友大致分兩類，一是與北客唱和，如劉子駒兄弟；二是與江西當地文人如揚無咎、王庭珪交往。蘆林在去世之前“捐資建清江經史閣未成而逝世。續由其子澹督責成”②，這對清江文化與文學的發展有很大的促進作用。向子諲亦被認爲是清江六賢之一，流風餘韻，澤被後世遠矣。

當然，江西文學受南渡作家影響的不只以上所列擧的地區，如豫章也是活躍地區，張元幹曾說：“往在豫章，問句法於東湖先生徐師川。是時洪芻駒父、弟炎、蘇堅伯固、子庠養直、潘錞子真、呂居仁本中、汪藻彥章、向子諲伯恭，爲同社詩酒之樂。予既冠矣，亦獲攘臂其間。”③江西本地作家和南渡作家結社唱和，亦對豫章文學的發展繁榮有着極大的推動作用。

由此可見，呂本中、辛棄疾、韓元吉、韓子蒼、向子諲等大作家移民江西，促進了當地文化與文學的發展，其影響不可小覷，“其舊聞遺語，尊守傳信，歷歷可數，皆數百年文獻源委，非如野人竇子掇拾目近爲利祿地”，“人物之勝，足以甲山水”④。移民作家對當地的影響，主要有兩個方面：一是作家們寓居他鄉，努力融入當地的民眾之中，同時，當地文人學子亦極願意向這些大文豪學習、与之交游，而這些大作家對年輕人進行指導，則更直接地促進當地文學發展。二是由於共同的漂泊心理，身在異域他鄉的作家們渴望互相交往，“故人北客今多少，但願上下常相隨”⑤，他們之間互相頻繁交往，通過詩酒酬唱抒發內心的情感。其居所亦因爲很多文人、士子、學者、官僚以及佛老之徒前來相聚，或酬唱賦詩，或迎來送往，或鴻雁傳書，極易成爲當地的文學創作中心，大大地推動了江西地區

①　王兆鵬：《兩宋詞人年譜》，文津出版社 1994 年版，第 553 頁。

②　胡銓：《清江六賢祠記》，《全宋文》第 195 冊，上海辭書出版社、安徽教育出版社 2006 年版，第 381 頁。

③　張元幹：《蘇養直詩帖跋尾六篇》，《蘆川歸來集》卷九，四庫全書本。

④　袁桷：《梅亭記》，《清容居士集》卷二〇，四庫全書本。

⑤　韓淲：《次韻昌甫》，《澗泉集》卷一三，四庫全書本。

的文學活動。如呂居仁對信州上饒地區的影響則是"上饒士子稍宗其學問，雖田夫野老，能記其曳杖行吟風流韻度也"①。又如辛棄疾對於信州地區的影響，"當其時，廣信衣冠文獻之聚，既名聞四方，而徽國朱文公諸賢實来稼軒，相從游甚厚。於是鵝湖、東興、象麓西起學者，隱然視是邦爲洙泗闕里矣"②。綜上所述，移民江西的作家對江西文學的發展起了相當重要的作用。

第四節　宋代江西的文學家庭

對於家庭和家族的關係，徐揚傑先生《中國家族制度史》給予了準確的區分，"一般來說，家庭和家族的關係主要表現爲個體和群體的關係，在以血緣關係爲紐帶結合而成的這類社會組織中，家庭是基礎，家族則是群體，是家庭的上一級的組織形式。家庭和家族的主要區別在於是否同居、共財、合爨。家庭是同居、共財、合爨的單位，而家族則一般地表現爲別籍、異財、各爨的許多個體家庭的集合體。"③ 兩者對於文學的影響，沒有質的差別，因此本書將家庭和家族放在一起來探討。

家族、家庭作爲文化的載體之一，爲文化的傳承提供了一條有效途徑。因此，范祥雲說："……故欲研究中國文化，不能忽視家族，欲瞭解中國文化，非深究中國家族不爲功。蓋一切文化，皆導源於家族。四千年之文明，家族文明也。四千年之精神，家族精神也。三綱、五常、忠、孝、節、義，孔門至言，儒家大德，無非自家族而生，無一非爲維持家族而設。故曰：不瞭解中國家族，無以明白中國社會，無以講論中國文化。"④ 這說明在研究中國文化時家族是不可忽略的重要因素。因此，研究江西文學，就不可不考慮家族、家庭的因素。

---

① 韓元吉：《兩賢堂記》，《南澗甲乙稿》卷一五，四庫全書本。
② 戴表元：《稼軒書院興造記》，《剡源文集》卷一，四庫全書本。
③ 徐揚傑撰：《中國家族制度史》，人民出版社 1992 年版，第 5 頁。
④ 范祥雲撰：《中國家族哲學》（修訂本），濟南藝華書局印行，民國三十七年版，第 2 頁。

一　宋代江西著名的文學家庭

據王毅先生《宋代文學家庭》統計，"宋代文學家庭就有 369 家，涉及文學之士有 2000 之眾"①，而江西文學家庭則有 56 家，占全國 15％，僅次於浙江省的 88 家。雖然江西宋代文學家庭在數量上次於浙江，但在創作實績上則優於浙江。尤其是歐陽修、王安石、曾鞏、黃庭堅、楊萬里、劉辰翁等這些引領宋代文學潮流、代表宋代文學創作實績的文學家庭的存在，使得宋代江西文學更加輝煌。筆者根據現有資料，將江西著名文學家庭製成表格，以此反映宋代江西比較著名的文學家庭的基本情況。

代表	籍貫	成員資料
劉恕	筠州	恕字道原，筠州人也，父渙，字凝之……歐陽脩與渙同年進士也，高其節。恕少穎悟俊拔，年十八試經義、說、書皆第一。司馬光修《資治通鑑》奏請同編修……著《十國紀年》四十二卷，《資治通鑑》外紀十卷。（《東都事略》第 742 頁） 劉羲仲字壯輿，恕之子也。幼敏慧博洽，嘗摘歐陽修《五代史》誤，作《糾繆》。……自號漫浪翁，朝廷聞其《太初歷》甚精密，詔就其家索之。（《江西通志》卷七十一） 《三劉家集》一卷，宋劉渙、劉恕、劉羲仲撰。渙僅詩四首，文二首。恕僅《〈通鑑外紀〉序》一首，併其子所記《通鑑問疑》。羲仲僅《家書》一首。（《四庫全書總目》卷一百八十六）
晏殊	撫州臨川	晏殊字同叔，謚元獻。范仲淹、孔道輔、歐陽修等皆出其門。爲文瞻麗，尤工風雅，有文集二百四十卷，又集古今文章爲《集選》二百卷。（《東都事略》第 442 頁） 按晏元獻所著尚有《紫薇集》一卷，《珠玉詞》一卷，《翰苑制詞》二十卷，《類要》八十卷，《方岳志》五十卷。（《江西通志》卷八十） 晏幾道，字叔原，殊第七子。能爲文章，尤工樂府，其《小山詞》清壯頓挫，見者擊節，以爲有臨淄公風。（《江西通志》卷八十） 晏敦復字景初，殊之曾孫，大觀（1109）三年進士，《寧波府志》錄存其詩。
李覯	南康建昌	李覯，字泰伯，著有《平土書》，《禮論》七篇，《易論》十三篇，《周禮致太平論》五十篇，《明堂定制圖》一卷，《富國强兵》、《安民策》各十篇，《潛書》十五篇，《廣潛書》十五篇，《慶歷民言》三十篇，《常語》三卷，《椒丘集》、《退居類稿》、《皇祐續稿後集》。（《江西通志》卷八十三） 李覯，字夢荷，覯之弟，能文。（《宋代文學家庭》第 234 頁）

---

① 王毅：《宋代文學家庭》，湖南師範大學出版社 2008 年版，第 2 頁。

代表	籍貫	成員資料
劉敞	臨江	劉立之，敞之父，能文，無作品流傳。 劉敞字原父，所著《春秋傳權衡》、《説例》、《意林》，總四十卷，文集六十卷，《弟子記》五卷，《七經小傳》五卷。著作名《公是先生集》（《東都事略》第631頁、《江西通志》卷七十三） 劉攽，字貢父，號公非，著《公非集》、《五代春秋内傳》、《國語》、《經史新義》、《東漢刊誤》、《詩話録》、《芍藥譜》、《漢官儀》、《中山詩話》。（《江西通志》卷七十三）另，《四庫全書》輯有《彭城集》四十卷。 劉奉世，字仲馮，敞之子，能詩文，《宋詩紀事》録存其詩四首。
歐陽修	吉州永豐	歐陽修，字永叔，吉州永豐人。舉進士，試國子監，禮部皆第一，遂中甲科，以文章名天下。自號六一居士，所著《唐書》本紀、表、志，又自撰《五代史》，《易童子問》三卷，《詩本義》十四卷，《居士集》五十卷，内外制、奏議、四六集又四十餘卷，四子發、奕、棐、辨。（《江西通志》卷七十五） 子發，字伯和，少好學，師事胡瑗，得古樂鍾律之説，不治科舉文詞，獨探古，始立論議，自書契來，君臣世系制度、文物旁及天文、地理靡不悉究。 子棐，字叔弼，廣覽强記，能文辭。（《宋史》卷三百一十九）
孔文仲	臨江新淦	孔延之，字長源，新淦人，孔子四十六世孫，慶歷進士……諸子並以文章顯，世號"臨江三孔"。（《江西通志》卷七十三） 孔文仲，字經父。少刻苦問學，號博洽，舉進士……文仲學識高遠，天資狷介，寡言笑少所合。有文集五十卷，弟武仲、平仲。 孔武仲，字常父，舉進士，爲禮部第一……所著《詩、書、論語説》、《金華講義》、内外制、雜文共百餘卷。 孔平仲，字毅父，舉進士……平仲有史學，著《續世説行》於世。（以上見《東都事略》第803—804頁） 《四庫全書》輯録《清江三孔集》三十卷。
王安石	臨川	王益，安石父，自舜良，存詩一首於《成都文類》。 王安石，事蹟見《宋史》卷三百二十七、《東都事略》卷七十九。按荊公著有《安石集》一百卷，《後集》八十卷，《易義》二十卷，《洪範傳》一卷，《詩經新義》三十卷，《左事解》一卷，《禮記要義》二卷，《孝經義》一卷，《論語解》十卷，《孟子解》十四卷，《老子注》二卷。（《江西通志》卷八十） 王安禮，字和甫，按和甫所著有文集二十卷，《天下文書》十六卷，《二儀賦》一卷。（《江西通志》卷八十） 王安國，字平甫，有文集六十卷……子斿。（《江西通志》卷八十） 王安仁，字章甫，不以官顯而以文名。 王雱，字元澤，安石子。著述甚多，而其創作散佚無集，安石撰《三經新義》多得其助，今存《南華真經新傳》二十卷。（《四庫總目提要》卷一四六） 王珏，紹興前後人，安石曾孫，編輯《臨安王先生安石文集》，並爲之作序。
黃庭堅	洪州分寧	黃庶，字亞夫，分寧人，著有《伐檀集》二卷。 黃庭堅，字魯直。自號山谷道人，又號涪翁。庭堅特長於詩，江西詩派祖庭堅，世以配蘇軾，稱蘇黃云。著有《黃太史集》、《豫章集》、《精華録》，今存《山谷集》。其詞《山谷詞》一卷。 弟大臨，字元明，《江西詩話》存其詩一首，存詞二首。 弟叔達，字知命，小詩、樂府，皆清麗可愛。有詩四十首，附見《山谷集》中。（《江西通志》卷六十六） 孫黃𥅾，字子耕，從郭雍、朱熹學，有《復齋漫稿》。（《宋史》卷四百二十三）

续表

代表	籍貫	成員資料
徐俯	洪州分寧	徐禧，字德占，徐俯之父，能文。 徐俯，字師川，黃庭堅孫，呂溫卿婿，爲江西詩派成員，與曾幾、呂本中游，長於詩，有《東湖集》。（《江西通志》卷六十六、《宋史》卷三百七十二） 徐璧，師川長子，璧字待價，豪邁能文辭，嘗作書萬言欲投擲，極言時政無所諱避，師川偶見之，大驚奪而焚之，早死。（《老學庵筆》記卷二） 徐琛，字獻之，徐俯族弟，與秦檜爲中表，《全宋文》收起《明州重刊徐騎省文集後序》。
胡銓	吉州廬陵	胡銓，字邦衡，高宗建炎二年策士淮海，胡銓第五，紹興五年任樞密院編修官，八年上封事乞斬王倫、秦檜、孫近遭貶，謚忠簡，公有《澹庵集》一百卷、《周易拾遺》十卷，《書解》四卷、《春秋集善》三十卷、《周官解》十二卷、《禮記解》三十卷、《經筵二禮講義》一卷、《奏議》三卷、《學禮編》三卷、《詩話》二卷、《活國本草》三卷。 胡泳，字季泳，小字蘇郎，胡銓長子，六歲能背《春秋》，詩人陳元忠目爲"春秋生"。雅好吟詠，慕陳後山而學焉，享年三十八歲。 胡昌齡，字長彥，澹庵從侄，而年相若，同事蕭楚學《春秋》，有文集五十卷。 胡箕，字斗南，澹庵侄，志趣不群，貫穿經史，尤精於《春秋》，遺文三十卷、《三傳會例》三十卷、《孫吳字注解》。 胡槻，字伯圓，胡泳子，胡榘兄，著《普寧志》三卷，有少量詩文存世。 胡榘，字仲方，有幾篇詩文存世。
楊萬里	吉水	楊存，字正叟，一字存之，楊萬里從祖，能詩。（《江西通志》卷第七十五） 楊萬里，字廷秀，存詩四千二百餘首（另楊長孺所撰誠齋墓誌云"先君工於詩，作詩二千二百餘首"），有《誠齋集》一百三十三卷、《誠齋易傳》二十卷、《誠齋詩話》一卷。生子三：長孺、次公、幼輿。 楊長孺，誠齋長子，字伯子，號東山，又號農圃老人，謚文惠。平生著作甚多，尤工於詩，著有《東山集》、《知止》、《休官》等，已佚。 楊幼輿，誠齋幼子，能詩文。
朱松	婺源	朱松字喬年，別字韋齋，朱子之父。有《韋齋集》十二卷，外集十卷，外集今已久佚。後附朱槔《玉瀾集》一卷，槔字逢年，松之弟也。（《四庫全書總目》卷一百五十七） 朱弁，字少章，《聘遊集》四十二卷，《書解》十卷，《曲洧舊聞》三卷，《續骫骳說》一卷，《雜書》一卷，《風月堂詩話》三卷，《新鄭舊詩》一卷，《南歸詩文》一卷。（《宋史》卷三百七十三） 朱熹，著述甚豐，有《易本義啓蒙》、《蓍卦考誤》、《詩序》、《詩集傳》、《楚辭集辨證》、《韓文考證》、《晦庵集》等，平生爲文，凡一百卷。
洪皓	鄱陽	洪皓字興弼，著文五十卷，《帝王通要》、《姓氏指南》、《松漠紀聞》、《金國文具》、《春秋紀詠》並行於世。 洪适，字景伯，皓長子，著《盤洲集》八十卷，《隸釋續》。 洪遵，字景嚴，适之弟，著有《小隱集》。 洪邁，字景廬，皓之季子，著有《野處類編》一百四卷，《瓊野錄》三卷。另有《南朝史精語》、《史記法語》、《經子法語》、《四六叢話》、《唐人萬首絕句》九十一卷、《容齋詩話》六卷、《欽宗記》。（《宋史》卷三百七十三） 洪偲，适之孫，《全宋文》輯得《敕封孚澤侯跋》一文。 洪侃，适之孫，《全宋文》收《富陽縣丞廳記》一文。 洪佃，适之孫，《全宋文》收《跋周將軍像》一文。

续表

代表	籍貫	成員資料
洪芻	南昌	洪朋,字龜父,父民師。朋尤長於詩,遺稿有《清非集》。 洪炎,字玉父,與兄朋、弟芻、羽俱以文詞名世,號四洪,有《西渡集》,嘗編《列仙臞儒事跡》三卷,號《鹿外記》,又手錄雜家小説行於世。 洪芻,字駒父,有詩名。著《豫章職方乘》、《老圃集》、《香譜》、《洪駒父詩話》及編《楚漢逸書》若干卷。(《江西通志》卷六十六)
謝逸	臨江	謝逸字無逸,自號溪堂。少孤,博學工文辭,操履峻潔,再舉進士不第。黃魯直嘗曰:"使斯人在館閣,當不減晁、張、李。"商老謂其文步趨劉向、韓愈。所著書有《春秋廣微》、《樵談》,其他詩、啟、碑志、雜論數百篇,今存《溪堂集》十卷,《溪堂詞》一卷。 謝薖,字幼槃,逸弟,自號竹友,詩文不亞其兄,時稱"二謝"。今存《竹友集》十卷,《竹友詞》一卷。(《江西通志》卷八十)
陸九淵	撫州金溪	陸九齡,字子壽,八世祖希聲相唐昭宗,孫德遷,五代末避亂居撫州之金溪。父賀以學行爲里人所宗……生六子,九齡其第五子也。(《宋史》卷四百三十四,下同) 弟九韶,九韶字子美,其學淵粹。隱居山中,晝之言行,夜必書之。其家累世義居……九韶以訓戒之辭爲韻語……九韶所著有《梭山文集》、《家制州郡圖》。 陸九淵,字子靜,自號象山翁……光宗即位差知荆門,卒諡文安。
徐夢莘	臨江	徐夢莘,字商老,臨江人。紹興進士……爲《三朝北盟會編》三百五十卷。平生多所著有《集補會錄》、《讀書記志》、《集録》、《集仙録》。弟得之,從子天麟。得之字思叔,淳熙進士,著《左氏國紀》、《史記年紀》、《作具敝篋》、《筆畧》、《鼓吹詞》、《郴江志》。天麟字仲祥,開禧進士,著《西漢會要》七十卷,《東漢會要》四十卷,《漢兵本末》一卷,《西漢地理疏》六卷,《山經》三十卷。(《宋史》四百三十八)
吳曾	崇仁	吳曾字虎臣,號能改齋。所著有《君臣論》、《負暄策》、《毛詩辨疑》、《左傳發揮》、《新唐書糾繆》、《得閒文集》、《待試詞學》、《千一策》、《南征北伐編年》、《南北事類》、《能改齋漫録》近二百卷。 吳鎰,字仲權,曾從弟。隆興進士……有《雲岩集》。(《江西通志》卷八十)
汪革	臨川	汪革,字信民,著有《青溪類稿》、《論語直解》。 汪莘,字叔野,革弟,著有《歸愚集》。姪大經,字淳夫,著《臨川耆舊傳》等。(《江西通志》卷八十)
劉辰翁	廬陵	劉辰翁,字會孟,號須溪,好評點詩文,著有《須溪集》一百卷,今不存。《四庫全書》輯録《須溪集》十卷,《須溪四景詩》四卷。子將孫,字尚友。亦能文。工詩善詞,著《養吾齋集》。(《江西通志》卷七十六)

注:1. 本表資料來源主要是《江西通志》、《四庫全書總目》、《東都事略》、《宋史》、《全宋文》等書,并參考《宋代文學家庭研究》、《宋代江西文學家考録》、《宋代江西文學家考録》有關內容。

2. 本表並非兩宋江西文學家庭的全部,只輯録一部分較著名和較有成就的文學家庭以示例。另外,曾鞏家庭未列入,放在下文專門論述。

二 宋代江西文學家庭的文學成就——以曾鞏家族爲例

現著重以曾鞏家族爲例來考察宋代江西文學家庭的文學創作狀況及對

江西文學的促進作用。①

　　曾致堯，字正臣，撫州南豐人，太平興國八年進士。致堯性剛率，好
言事，前後屢上章奏，辭多激訐。致堯頗好纂錄，尤長於歌詩。所著有
《僊鳧羽翼》三十卷，《廣中台志》八十卷，《清邊前要》三十卷，《西陲要
紀》十卷，《爲臣要紀》一十五篇等。致堯生子男三人，易從、易占皆登
進士第。易占曾爲太常博士，擅長文學創作，以文章著名。易占有子六
人：曅、鞏、牟、宰、布、肇。②

　　曾鞏家庭的文學創作成就以他這一輩最爲著名。曾鞏，字子固，建昌
南豐人，生而警敏，讀書數百言，脫口輒誦。年十二，試作《六論》，援
筆而成，辭甚偉。甫冠即名聞四方，歐陽脩見其文而奇之。中嘉祐二年進
士第。曾鞏爲文章上下馳騁，愈出而愈工，本原六經，斟酌於司馬遷、韓
愈，一時工作文詞者，鮮能過之③。時人韓維曾對曾鞏的文學成就、影響
給予高度評價："自唐衰，天下之文變而不善者數百年，歐陽文忠公始大
正其體，一歸千古。其後公與王荆公介甫，相繼而出，爲學者所宗，於是
大宋之文炳然與漢唐侔盛矣。"④

　　曾鞏之弟宰、布、肇，皆有文學才華。宰、布、肇相繼登進士第，
布、肇以文學論議有聲當世。曾布年十三而孤，學於兄鞏，同登第。曾布
撰有《手記》三卷、《紹聖甲戌日錄》一卷，《元符庚辰日錄》一卷。後二
書記在政府奏對施行及宮禁朝廷事⑤。王銍《四六叢話》對之亦給予高度
評價："曾丞相子宣三直玉堂，作牋表有氣，而備朝廷體。"⑥ 另外，曾布
的《馮燕水調歌頭排徧》七章爲詞譜之所未載，亦足以見宋時大曲之式⑦。

---

　　①　關於曾氏家族子孫後裔文學創作情況的考察，本節參考了《宋代文學家庭》有關曾氏家
庭的考察，《宋代家族與文學研究》第九章。

　　②　《宋史》卷四四一，中華書局 1977 年版，第 13050 頁；王安石：《户部郎中贈諫議大夫曾
公墓誌銘》，《王荆公文集箋注》卷五五，巴蜀書社 2005 年版，第 1900 頁。

　　③　《宋史》卷三一九，中華書局 1977 年版，第 10390 頁。

　　④　韓維：《朝散郎試中書舍人輕車都尉賜紫金魚袋曾公（鞏）神道碑》，《南陽集》卷二九，
四庫全書本。

　　⑤　《郡齋讀書志》卷二、《直齋書錄解題》卷七。

　　⑥　孫梅：《四六叢話》卷下，人民文學出版社 2010 年版，第 17 頁。

　　⑦　《四庫全書總目》卷一一四一，中華書局 1965 年版，《玉照新志》條。

曾肇，字子開，治平四年進士，官至中書舍人、龍圖閣學士，以元祐黨籍貶濮州團練副使、汀州安置。崇寧中，復朝散郎，歸潤州而卒。紹興初，追諡文昭。曾肇所著有《曲阜集》四十卷、《外集》十卷、《奏議》十二卷、《邇英進故事》一卷、《元祐外制集》十二卷、《庚辰外制集》三卷、《內制集》五卷、《尚書講義》八卷、《曾氏譜圖》一卷，① 可見其著作之豐。楊時稱他"以文學擅名，自結主知。朝廷每脩一書，必以公爲選首。自仁宗至哲宗，四朝大典，公悉與焉"②。曾肇所撰制誥溫潤典雅，得訓詞之體，雖深厚不及乃兄鞏，而淵懿溫純，猶能不失家法。其草兄布拜相制，汪應辰稱之以爲得命次相之體。③

曾宰，字子翔，曾鞏第五弟。嘉祐六年進士，官舒州司户參軍，湘潭縣主簿。其作品現存留一首《舒州寄王介甫》詩，乃是李壁居撫州訪遺文時，於其孫曾極處得之④。

曾鞏兄弟之後裔歷代多有作家誕生。如曾紆，字公卷，曾布第四子，善詞翰，有志節。以蔭補官，歷州縣，坐忤時宰貶零陵，與黄魯直厚善。紹興二年除直顯謨閣，守本郡，別號"空青"，有文集十卷⑤。汪藻稱"公才高而識明，博極書史。始以通知古今、裨贊左右爲家賢子弟，中以文章翰墨、風流醖藉爲時勝流，晚以精明强力，見事風生爲國能吏"，"公詩文每出人爭誦之"⑥。曾紆的文學才能還得到孫覿的高度評價，"公文章固自守家法，而學詩以母夫人魯國魏氏爲師，句法清麗，純去刀尺，有古詩之風……嗚呼，公之文足以書典册，公之詩足以繼雅頌"⑦。曾紆之子惇擅詩，其外甥王明清云："舅氏曾宏父，生長紈綺，而風流蘊藉，聞於薦紳。長於歌詩，膾炙人口。"⑧ 曾協，字同季，號云莊，又號無得居士，曾肇之

---

① 《四庫全書總目》卷一五三，中華書局 1965 年版。

② 楊時：《曾文昭公行述》，《龜山集》卷二九，四庫全書本。

③ 《四庫全書總目》卷一五三，《曲阜集》條，中華書局 1965 年版；陳振孫撰，徐小蠻、顧美華點校：《直齋書錄解題》卷一七，上海古籍出版社 1987 年版。

④ 厲鶚：《宋詩紀事》卷二二，上海古籍出版社 1981 年版，第 561 頁。

⑤ 《江西通志》卷八十三，四庫全書本。

⑥ 汪藻：《右中大夫直寶文閣知衢州曾公墓誌銘》，《浮溪集》卷二八，四部叢刊本。

⑦ 孫覿：《曾公卷文集序》，《鴻慶居士集》卷三一，四庫全書本。

⑧ 王明清：《揮麈錄》後錄卷一一，中華書局 1964 年版，第 216 頁。

孫，纁之子，著有《云莊集》，存詞十四首。①

　　曾季貍，字裘父，文定公弟曾宰之曾孫。再舉進士不第，師事韓子
蒼、呂居仁，又與朱晦翁、張南軒書問往復。呂東萊數稱其學有淵源，南
軒稱之“探古書盈室，憂時雪滿顛”，汪應辰贊其‘四海曾裘父’，其爲時
賢稱服如此。自號艇齋，著《論語訓解》。陸務觀序其集曰：“文詞簡遠，
讀之者遺聲利，冥得喪，如見東郭順子，悠然意消。”② 其《艇齋詩話》，
是研究江西詩派詩學理論的重要著作。

　　曾鞏之從兄弟曾阜，字子山。曾阜之子伯容，伯容之子顯道亦皆有聲
文學，甚至被楊萬里稱爲“江西續派”：“南豐先生之族子有二詩人焉，曰
臨漢居士伯容者，南豐從兄弟曰子山名阜之子也。曰懷峴居士顯道者，伯
容之子也。子山嘗位於朝，出漕湖南，後家於襄陽，遂爲襄陽人。伯容一
世豪俊而能文，其詩源委山谷先生，然以不肯仳倪於世，有官而終身不就
列。顯道得其父之句法，亦以氣節高雅。……伯容放浪江湖間，與夏均父
諸詩人游從唱和，其題與韻見於均父集中者三十有二篇。”③

　　通過以上梳理，我們可以看出曾氏家族在文學上的成就，不僅人員眾
多，而且持續時間久長，由此足見家族與文學的關係是非常緊密的。

三　文學家庭對文學的促進作用

　　我們知道“世家多文藝”，這說明很多文學家是通過家庭培養而產生
的。文學家的產生離不開天賦，然雖有天賦，仍需後天的培養，這是一個
作家產生所不可缺少的重要條件，而其中家庭培養則是後天培養的重要一
環。一個家庭中有一個或多個著名作家誕生，對其同輩、後代會產生巨大
的影響。文學家庭對於文學的繁榮產生影響表現在如下幾個方面：

　　一是先輩前賢言行風範、家學傳統的直接影響。古人早就明白精神方
面的東西是不能像物質方面的東西一樣可以直接傳遞。莊子就曾借輪扁之

---

①　參見王兆鵬等撰《兩宋詞人叢考》之曾惇、曾協考，鳳凰出版社 2007 年版，第 133 頁。
②　陳思編、陳世隆補：《兩宋名賢小集》卷一二五《艇齋小集》，四庫全書本。
③　楊萬里：《江西續派二曾居士集序》，《楊萬里集箋校》第 6 冊，中華書局 2007 年版，第
3345 頁。

口表達過這個觀點。斫輪老手說他自己高超的經驗，"得之於手而應於心，口不能言，有數存焉於其間。臣不能以喻臣之子，臣之子亦不能受之於臣"①。曹丕則直截了當地說文章"至於引氣不齊，巧拙有素，雖在父兄，不能以移弟子"②。總之，文學才能是不能直接在父子兄弟之間傳遞的。儘管如此，但是當一個著名作家出現，其兄弟姐妹、子孫後代都會或多或少地受到影響。恰如劉性所言："夫人有一行之善，一藝之美，未有不本於父兄師友者。"③ 爲其過庭之間，議論聞見，濡染影響，潤物無聲。中國古代早就提倡家學传承，如《管子》云："是故其父兄之教，不肅而成；其子弟之學，不學而能，夫是故工之子常爲工"④。"工之子常爲工"強調的就是父子之間的承繼關係。《禮記》亦云："良冶之子，必學爲裘；良弓之子，必學爲箕"⑤。後世因此常用"箕裘相繼"、"弓冶傳家"、"弓冶祖考"之類的詞語來讚美世家子弟能繼承其先輩事業。手工藝如是，文學創作亦不例外，"人家置博弈之具者，子孫無不爲博弈。藏書者，子孫無不讀書。置習其可以不慎哉"⑥。由於家庭成員愛好讀書，喜歡文學，有著濃烈的創作氛圍，無形中就會產生影響，從而使他們走上文學創作的道路。這種家庭成員之間創作氛圍的感染、影響正如周必大所說的"平居父詔其子，兄詔其弟，自灑掃應對而充乎孝悌忠信，由見聞卓約而極乎高明光大"一樣⑦。如曾布"年十三而孤，學於兄鞏，同登第"，可見曾布的文學創作是受到其兄曾鞏的直接指導。曾肇亦同樣深受曾鞏的影響，"公生而穎敏不凡，髫齔時能誦數千言，從兄中書舍人子固學，日夜不輟，爲文溫潤有法"，"其文之精也，克承其家學，有兩漢之風"。⑧ 又如曾紆，受家學之惠

① 郭慶藩撰，王孝魚點校：《莊子集釋·天道第十三》，中華書局 1961 年版，第 457 頁。
② 曹丕：《典论·论文》，郭紹虞主編《中國歷代文論選》，上海古籍出版社 2001 年版，第 158 頁。
③ 劉性：《韋齋集原序》，朱松《韋齋集》，四部叢刊續編本。
④ 管仲：《管子·小匡》卷八，四庫全書本。
⑤ 《禮記正義·學記》，《十三經注疏》卷三六，中華書局 1980 年版，第 1524 頁。
⑥ 范鎮撰，汝沛點校：《東齋記事》卷四，中華書局 1980 年版，第 37 頁。
⑦ 周必大：《萬安縣學記》，《全宋文》第 231 冊，上海辭書出版社、安徽教育出版社 2006 年版，第 23 頁。
⑧ 楊時：《神道碑》，《曲阜集》卷四，附錄，四庫全書本。

則多矣，"年甫八歲，南豐先生授以韓吏部詩，一覽而誦，先生喜曰：'曾氏代不乏人矣。'既冠學成，文昭讀其文大驚，曰：'文才出于天分，可省學問之半。'"① 這些已經成名的大作家有意識地指導和鼓勵晚輩後學進行詩文創作，這對於後學是非常有必要的。像曾紆，"文章守家法，而學詩以母夫人魯國魏氏爲師。句法精麗，絕去刀尺，有古詩之風"。② 曾紆家學深厚，源遠流長，文章守家法，而詩學其母，故而能成就其文學聲名。同樣，很多文學家族之所以文學家代不乏人，原因就在於此。

二是豐富的藏書、家集刻藏。古代書籍的出版業不如今天之發達，一般人家沒有資金購書，亦缺少藏書，好讀書者只能借閱、借抄。如劉恕素來家貧而又讀書成癖。《宋史》劉恕本傳言："恕好學……求書不遠數百里，身就之讀且抄，殆忘寢食。"③ 像劉恕能夠成就自己的文學、史學事業是非常不容易的。實際上，由於家境貧寒，家無藏書，有些士子的文學才華猶如田裡的秧苗沒有雨水、養料的滋養而不可避免地枯萎。然而文學世家則不一樣，文學世家往往是"文獻相繼，久而不替"④。很多文學世家都注意收藏書籍，使之流傳後世，爲後代子孫提供學習條件，"父兄藏書，惟恐子弟不讀"⑤。如歐陽修之子與歐陽修相比則要幸運得多，歐陽修已經有豐富的藏書，"六一"之其"一"就是指藏書一萬卷。宋代江西，儒風綿綿，學風濃厚，非常重視讀書。周必大曾說："漢二獻皆好書，而其傳國皆最远。士大夫家，其可使讀書種子衰息乎?"⑥ 江西地區藏書風氣，盛極一時。如新喻劉式，在南唐"以明經舉第一"，此後世代藏書，爲後來劉敞、劉攽兄弟這一著名文學家庭的誕生打下了初步的基礎，而劉敞伯父築室於蘇之長洲縣，"室既成，聚書數千卷，覆以重閣，指之示子孫曰：'此先帝以賜先子者也，此先子所以教後嗣者也。吾嘗以此事親，以此事

①　孫覿：《曾公卷文集序》，《鴻慶居士集》卷三一，四庫全書本。
②　同上。
③　《宋史》卷四四四，中華書局1977年版，第13118頁。
④　周必大：《與成都蘇教授》，《全宋文》第229冊，上海辭書出版社、安徽教育出版社2006年版，第204頁。
⑤　《清波雜志校注》卷四，中華書局1994年版，第136頁。
⑥　《鶴林玉露》乙編卷五，中華書局1983年版，第212頁。

君矣。行年八十，無悔于心者，今以遺汝"①。家庭藏書，代代相傳。又如
曾鞏，他"平生無所好，唯藏書至二萬卷，皆手自讎定，又集古今篆刻爲
《金石錄》五十卷，出處必與之俱。既歿，集其遺稿，爲《元豐遺稿》五
十卷、《續元豐遺稿》四十卷、《外集》十卷"②。富於藏書，又有曾鞏文集
藏於家，這對於曾鞏的後代來說，已經具備了成爲作家的外在條件，只剩
下自身的努力了。黃庭堅家族亦是如此，其先輩黃元吉、黃中理等竭力藏
書，"光祿聚書萬卷，山中開兩書堂以教子孫，養四方游學者常數十百"③。
黃庭堅身在書香門第，家裡藏書豐富，天分又極高，"幼警悟，讀書數過
輒誦。舅李常過其家，取架上書問之，無不通。常驚以爲一日千里"④。對
黃庭堅來說，天分與家庭培養條件得到完美結合，可以說豐富的藏書是他
後來學識淵博，追求"以才學爲詩"，提出"無一字無來處"、"奪胎換
骨"、"點鐵成金"等詩學主張所必不可少的先決條件。黃庭堅自己亦十分
注重藏書，他說"藏書萬卷可教子，遺金滿籝常作災"⑤。黃庭堅先輩藏
書，建書堂，結出了累累碩果，由此可見，家庭藏書對於文學家的誕生有
著重大的影響。

　　三是繼承家學的使命感和不墜家聲的憂患意識。封建社會的家族文化
制度下培養家庭成員爲家族而活的人生觀，教育後代子孫要敬宗慕祖，講
求孝道。正如司馬談所講"孝始於事親，中於事君，終於立身，揚名於後
世，以顯父母，此孝之大者"⑥。作爲文學家的後代子孫，做到不墜家聲，
繼承家學傳統，保持家族的榮譽，將之發揚光大，亦是一種孝道，一份責
任。家聲與家學傳統既是引以爲豪的資本，亦使其產生深深的使命感與憂
患意識。如黃庭堅的詩學追求，其實很大程度上就是繼承了其父黃庶的詩

　　① 劉敞：《伯父寶書閣記》，《公是集》卷三六，四庫全書本。
　　② 韓維：《曾子固神道碑銘》，呂祖謙編，齊治平點校《宋文鑑》卷一四六，中華書局 1992
年版。
　　③ 黃庭堅：《叔父給事行狀》，劉琳等點校《黃庭堅全集》，四川大學出版社 2001 年版，第
1648 頁。
　　④ 《宋史》卷四四四，中華書局 1977 年版，第 13109 頁。
　　⑤ 黃庭堅：《題胡逸老致虛庵》，《黃庭堅全集》，四川大學出版社 2001 年版，第 174 頁。
　　⑥ 司馬遷：《太史公自序》，《史記》卷一三〇，中華書局 1959 年版，第 3285 頁。

學傳統，周必大曾說："歷三世家修水上，家學有聲，而先生出焉。"①《洪駒父詩話》亦云："山谷父亞夫詩自有句法。……山谷句法高妙，蓋其源流有所自云。"② 四庫館臣亦認爲"江西詩派奉庭堅爲初祖，而庭堅之學韓愈，實自庶先倡"③。繼承家學的使命感和不墜家聲的憂患意識使得這些後代子孫，盡力繼承家庭文學傳統，努力從事文學創作。人們通常會以繼承"家聲"來期待世家子弟，如汪應辰說"凡士論之所期，曰'家聲之是似。'"④ 呂本中鼓勵汪革之子則說："請君但自傳家學，陋巷簞瓢莫道貧。"⑤ 王庭珪在文章中也這樣期待和讚譽朋友李先之之子李成叔，"吾觀成叔挺挺有立，學有淵源，家聲爀熠，深山大澤，龍蛇蟠蟄"⑥，讚美他學有淵源，家聲煊赫，學養深厚。亦說明只有家學如深山大澤之豐厚，方有如龍蛇之子孫後裔蟠蟄其中。外人對於世家子弟亦同樣以其前輩文章氣節來鼓勵他們，希望其繼承和發揚家族傳統，殷殷勉勵世家晚輩後裔"著鞭繼家聲"⑦，這對於家族文學也有著極大的促進作用。如王庭珪讚美黃庭堅的後人黃子餘說，"句法出脩水，家聲誰不聞。微言雖甚秘，殘馥可能分？筆掃堂堂陣，詞飛藹藹雲。馬卿才思逸，傾動卓文君"⑧。又如楊萬里曾寫信鼓勵墨莊二劉的後人劉伯協："某蓋嘗歷選近世人物之盛，莫江西若者，而江西人物之盛，又莫劉氏若者。公是公非二先生偕以道鳴，如古文篇，何必減《原道》？如弟子所記，何必減《法言》，如《西垣訓詞》，何必減

---

① 《江西通志》（卷一二五）載有《黃文節公祠記》，《文忠集》（卷五九，《四庫全書》本）、《全宋文》（第 231 冊，第 249 頁））載有《分寧縣學山谷祠堂記》，異題而同文。此一句引自《江西通志》，而《四庫全書》、《全宋文》的文字是"歷三世家修水上，宦學有聲，而先生出焉"，一字相異。

② 《洪駒父詩話》，郭紹虞輯《宋詩話輯佚》，中華書局 1980 年版，第 428 頁。

③ 《四庫全書》卷一五二《伐檀集》條，中華書局 1965 年版。

④ 汪應辰：《答程運幹啟》，《全宋文》第 215 冊，上海辭書出版社、安徽教育出版社 2006 年版，第 134 頁。

⑤ 呂本中：《贈汪信民之子如愚》，《東萊詩集》卷二〇，四庫全書本。

⑥ 王庭珪：《遷善齋銘》，《全宋文》第 158 冊，上海辭書出版社、安徽教育出版社 2006 年版，第 268 頁。

⑦ 孫應時：《和魏公再用韻勉子孫學》，《燭湖集》卷一四，四庫全書本。

⑧ 王庭珪：《又和酬子餘》，《盧溪文集》卷九，四庫全書本。

西京？家傳正派之學，心授斯文之脈，不在執事而在誰乎？"① 楊萬里熱情讚美劉氏家族的文學成就，并鼓勵劉伯協繼承"家傳正派之學，心授斯文之脈"。這種由外部產生的壓力與孝子孝孫從内心油然而生的憂患意識，極大地推進了文學家庭的文學發展繁榮。可以這樣說，克濟前美而不墜家聲的憂患意識，淵源授受而不失其傳的使命感，亦是江西文學家庭文學發展的重要因素。

另外，在文學世家形成的過程中，往往會形成其固有的文學交往圈子，他們同氣相求、同聲相應，互相唱和、研討，亦能提高文學創作技能。例如黃庭堅與蘇門成員的交往，黃庭堅家族與江西詩派的成員交往，都能促進其家族文學的繁榮。如果家族成員受到交往圈子中著名作家的點評、讚美和延譽，則能夠提高其知名度，更能促進其文學的發展。如黃庭堅投詩蘇軾，蘇軾"以爲超軼絕塵，獨立萬物之表，世久無此作，由是聲名始震"②。

總之，文學家庭對於宋代江西文學的發展影響巨大。正如張劍先生所說："文學家族對宋代文學的影響不是零散的，而是一種牽一髮而動全身的整體效應。"③ 可以說，宋代江西文學的發展、繁榮與宋代江西文學家庭眾多，江西人注重家庭的培養以及江西文學家庭注重藏書等因素有著極大的關係。

第五節　北宋江西的文學成就

江西文學的發展，在唐中葉以前非常沉寂，除了晉代的陶淵明一枝獨秀之外，江西少有名家名作誕生。但是隨著社會經濟的發展，江西地區的文學也在緩慢地發展，到唐開、天年間出現了劉眘虛、陶峴、綦毋潛、熊曜、熊暄、余欽等爲數不多的詩人。這些作家的作品保存不多，影響還不

---

① 楊萬里：《與新吉守劉伯協》（其二），《楊萬里集箋校》第 8 冊，中華書局 2007 年版，第 4171 頁。

② 《宋史》卷四四四，中華書局 1977 年版，第 13109 頁。

③ 張劍、呂肖奐、周揚波撰：《宋代家族與文學研究》，中國社會出版社 2009 年版，第 7 頁。

大。但是到了中唐以後，江西文學出現了活躍的局面，形成三個作家群：
一是以洪州爲中心的贛北作家群，有熊孺登、來鵠、來鵬、沈彬、孫魴等
成員；二是以信州爲中心的贛東北作家群，主要成員有吳武陵、王貞白、
程長文等；三是以袁州爲中心的贛西作家群，代表作家有鄭谷、盧肇、黃
頗、虛中、王轂、唐凜等。① 到了晚唐五代，江西收入《全唐詩》的詩人
42 家，僅次於浙江，居第二位。② 雖然晚唐、五代的江西作家的文學創作
仍然远無法跟中原地區的文學相比，但是他們的創作畢竟給荒涼很久的江
西文學園地帶來了不少生機，爲宋代江西文學的繁榮，透露出一點春天的
消息。到了北宋，江西地區的文學創作出現了"井噴"的奇觀，名家名作
大量湧現，羅大經對這一現象深感自豪：

　　　　江西自歐陽子以古文起於廬陵，遂爲一代冠冕。後來者，莫能與
　　之抗。其次莫如曾子固、王介甫，皆出歐門，亦皆江西人。老蘇所謂
　　執事之文，非孟子之文，而歐陽子之文也。朱文公謂江西文章如歐永
　　叔、王介甫、曾子固，做得如此好，亦知其皓皓不可尚已。至於詩，
　　則山谷倡之，自爲一家，並不蹈古人町畦。③

　　北宋江西文學成就之高，同樣贏得世人的驚歡，如李傳導盛讚曰：
"觀國朝文章之士，特盛於江西。如歐陽文忠公、王文公、集賢學士劉公
兄弟、中書舍人曾公兄弟、李公泰伯、劉公恕、黃公庭堅。其大者古文經
術，足以名世，其餘則博學多識，見於議論，溢於詞章者，亦皆各自名
家。求之他方，未有若是其眾者。"④ 江西文學創作在北宋確實達到巔峰⑤。

---

　　① 參見吳海、曾子魯主編《江西文學史》第二章及馬茂軍撰《宋代散文史》，中華書局 2008
年版，第 319 頁。
　　② 周文英等主編：《江西文化》，遼寧教育出版社 1995 年版，第 67 頁。另外，據《宋代江西
文學家考錄》統計，江西共有 55 位詩人被錄入《全唐詩》，全國排名第七。第 4 頁。
　　③ 《鶴林玉露》丙編卷三，中華書局 1983 年版，第 284 頁。
　　④ 李道傳：《諡文節公告議》，《楊萬里集箋校》第 9 冊，中華書局 2007 年版，第 5144 頁。
　　⑤ 本節參考了郭預衡主編《中國文學史長編》、楊海明《唐宋詞史》、袁行霈主編《中國文
學史》等著作。

一 北宋江西詞作成就

詞乃有宋"一代之文學"。《全宋詞》收詞家 1397，江西籍詞家 170，占八分之一。宋詞四大開祖晏殊、張先、晏幾道、歐陽修，除張先外，皆是江西人。① 北宋江西詞作成就很高，"王荆公長短句不多，合繩墨處自雍容奇特。晏元獻公、歐陽文忠公，風流蘊藉，一時莫及，而溫潤秀潔，亦無其比"②，甚至有"西江詞派"之說，"宋初大臣之爲詞者：寇萊公、晏元獻公、宋景文公、范蜀公與歐陽文忠並有聲藝林；然數公或一時興到之作，未爲專詣，獨文忠與元獻學之既勤至，爲之亦勤，翔雙鵠於交衢，馭二龍於天路。且文忠家廬陵，而元獻家臨川，詞家遂有西江一派。"③ 以下分而述之。

首先是晏殊父子。晏殊文學成就很高，"文章贍麗，應用不窮，尤工於詩，閑雅有情思。……文集二百四十卷"④。他更是北宋詞壇報春花，繼承了馮延巳的風格，"晏元獻尤喜馮延巳歌詞，其所自作，亦不減延巳"⑤，他的詞達到相當高的藝術水平。雖然作爲太平宰相，其詞內容貧弱狹隘，但藝術上與唐五代詞相比，他"未嘗作婦人語"，善於以淡雅之筆寫富貴之態，以清新之筆寫男女之情。其詞風格清新，感情蘊藉，音韻和諧，語言優美，給人以珠圓玉潤之感。馮煦贊之曰："晏同叔去五代未遠，馨烈所扇，得之最先，故左宮右徵，和婉而明麗，爲北宋倚聲家初祖。"⑥ 晏殊之第七子晏幾道詞作，風格頗似乃父，不作淫詞褻語，而風流嫵媚，清麗典雅。雖"直逼花間"⑦，卻"不蹈襲人語，而風調閑雅，自是一家"⑧。

其次是歐陽修。歐公詞作成就固不逮其詩文，主要是繼承五代以來宋

---

① 周文英等主編：《江西文化》，遼寧教育出版社 1995 年版，第 75 頁。
② 王灼撰，劉安遇、胡傳淮校輯：《王灼集校輯》，巴蜀書社 1996 年版，第 22 頁。
③ 馮煦撰，顧學頡點校：《蒿庵詞論》第二條，人民文學出版社 1959 年版，第 59 頁。
④ 《宋史》卷三一一，中華書局 1977 年版，第 10195 頁。
⑤ 劉攽：《中山詩話》，何文煥輯《歷代詩話》，中華書局 1981 年版，第 292 頁。
⑥ 《蒿庵詞論》第一條，人民文學出版社 1959 年版，第 59 頁。
⑦ 毛晉：《宋六十家詞》之《小山詞跋》，四庫全書本。
⑧ 趙德麟：《侯鯖錄》卷七，中華書局 2002 年版，第 184 頁。

初詞的特點，"雖游戲作小詞，亦無愧唐人《花間集》"①，尤其受馮延巳的影響較明顯，所謂"歐陽永叔得其深"②。但是歐詞在文學史上仍占一席之地：一是歐詞往往借鑒民歌的表現手法，刻意模仿民歌，因而富於市民階層的藝術趣味、藝術風格。可以說在宋代詞史上，歐陽修是主動向民歌學習的第一人。二是歐公詞作影響深遠，其詞"疏雋開子瞻，深婉開少游"③。

最後是王安石、黃庭堅。王安石的詞作不多，僅存 29 首，但具有開創性，很有影響。他反對把詞看作一種倚聲之作，"古之歌者，皆先有詞，後有聲，故曰'詩言志，歌永言，聲依永，律和聲'。如今先撰腔子後填詞，卻是'永倚聲'也"④。他的詞擺落五代舊習，由應歌娛人轉向言志與自娛。蘇軾曾讚歎其《桂枝香·登臨送目》："金陵懷古，諸公寄調於《桂枝香》者三十餘家，獨介甫最爲絕唱。東坡嘆之曰：'此老野狐精也！'"⑤

黃庭堅的詞作成就亦很高，人稱"秦七黃九"，將之與秦觀並稱。其詞總的來說，雅俗並重，風格多樣，但未形成自己的獨特風格。從創作實際來看，黃固不及秦，但說"黃之視秦，奚啻碔砆之與美玉"⑥，則貶之太過。黃詞題材進一步貼近日常生活，傾向於表現自我情懷。他還創作了較多的艷詞和俗詞，常間以俚語，頗似後世之曲。劉熙載曾評論："黃山谷詞用意深至，自非小才所能辦，惟故以生字俚語侮弄世俗，若爲金、元曲家濫觴。"⑦

二　北宋江西詩歌成就

北宋江西詩歌創作以歐陽修、王安石、黃庭堅爲代表。

歐陽修在詩歌史上地位很高，他得風氣之先，矯正五代以來萎荼之

---

① 《鶴林玉露》丙編卷二，中華書局 1983 年版，第 265 頁。
② 《藝概》卷四，上海古籍出版社 1978 年版，第 107 頁。
③ 《蒿庵詞論》第二條，人民文學出版社 1959 年版，第 59 頁。
④ 《侯鯖錄》卷七，中華書局 2002 年版，第 184 頁。
⑤ 張思巖輯，張靜廬點校：《詞林紀事》卷四，引《古今詞話》語，上海教育書店 1948 年版，第 113 頁。
⑥ 《白雨齋詞話》第 35 條，人民文學出版社 1959 年版，第 13 頁。
⑦ 《藝概》卷四，上海古籍出版社 1978 年版，第 108 頁。

弊，滌除宋初昆體雕繢之態，是宋詩風格形成的重要奠基人之一。其詩學韓而又超越之，邵博說："歐陽公于詩主韓退之，不主杜子美。"① 張戒說："歐公詩學退之。"② 錢鍾書先生亦指出 "唐後首學昌黎詩，升堂窺奧者，乃歐陽永叔"③。學韓愈 "以文爲詩"，首先是強化詩歌的議論化。朱熹說："歐公文字鋒刃利，文字好，議論亦好。嘗有詩云：'玉顏自古爲身累，肉食何人與國謀！' 以詩言之，是第一等好詩，以議論言之，是第一等好議論。"④ 歐詩議論化與韓愈相比，往往是糅議論於寫景之中，熔哲理與情韻于一爐，思慮深沉，不失形象與含蓄，拋棄了韓詩雕肝琢腎、怪誕天縱、刻峭直露之風格。"以文爲詩" 還表現在詩歌散文化方面。歐公於物無所不收，於法無所不有，於情無所不暢，於境無所不取，滔滔莽莽，有若江河，其題材廣泛，尤其向散文靠攏，寫軍政大事，寫花草蟲魚，寫人情事態，可謂筆力無施不可。歐公之詩還學初唐歌行，學李白。這類詩或開合轉折，反復詠唱，或自由奔放，氣勢飛動。

王安石是宋詩形成宋調的重要一環，"六一雖洗削西昆，然體尚平正，特不甚當行耳。推轂梅堯臣詩，亦自具眼。至介甫創撰新奇，唐人格調始一大變。" 胡應麟說他 "實蘇、黃前導也"⑤。其詩有如下三個特點：一是精工。"王介甫以工，蘇子瞻以新，黃魯直以奇"⑥，"晚年詩律尤精嚴，選語用字，間不容髮。然意與言會，言隨意遣，渾然天成，殆不見有牽率排比處"⑦，具體表現在用意精工，用律精工，用字精工。二是以才學爲詩。荊公詩講究 "經對經，史對史，釋氏事對釋氏事，道家事對道家事"⑧，其使事、用典之妙，贏得極高讚譽。三是議論新穎，立意精警。王安石胸襟開闊，學養深厚，識度超凡，因而所作之詩又常常出人意表，或翻案，或獨辟蹊徑，或直揭本質，往往筆鋒銳利，議論精警，寄意深遠。总之，王

① 邵博：《邵氏聞見後錄》卷一九，中華書局 1983 年版，第 149 頁。
② 張戒：《歲寒詩話》，丁福保輯《歷代詩話續編》，中華書局 1983 年版，第 452 頁。
③ 錢鍾書：《談藝錄》（補訂本），中華書局 1984 年版，第 177 頁。
④ 黎靖德編，王星賢點校：《朱子語類》卷一三九，中華書局 1986 年版。
⑤ 胡應麟：《詩藪》外編卷五，上海古籍出版社 1958 年版，第 211 頁。
⑥ 陳師道：《後山詩話》，《歷代詩話》，中華書局 1981 年版，第 306 頁。
⑦ 葉夢得：《石林詩話》卷上，《歷代詩話》本，第 406 頁。
⑧ 曾季貍：《艇齋詩話》，《歷代詩話續編》，中華書局 1983 年版，第 310 頁。

安石的詩歌"實導西江派之先河，而開有宋一代之風氣。在中國文學史中，其績尤偉且大"①。

黃庭堅與蘇軾並稱"蘇黃"，"庭堅長於詩……獨江西君子以庭堅配軾，謂之蘇、黃"②。劉師培贊之曰："山谷之詩，峻厲倔強，爲西江之冠。"③ 其詩論對宋代及其以後的詩歌發展產生了深遠影響，其詩論主要有如下五點：一是要善於"奪胎換骨"、"點鐵成金"④。所謂的"奪胎"是指"因人之意，觸類而長之，雖不盡爲因襲，又能不至於轉易，蓋亦大同而小異耳"⑤，即側重於因襲古人之意而變化之。所謂"換骨"，"謂用古人意而點化之，使加工也"⑥，即側重於化用前人之詞而略加變化。"點鐵成金"亦是講點化、改造古人的詩句，大致涵蓋了"奪胎"與"換骨"，故而陳善《捫虱新話》云："古人自有奪胎換骨等法，所謂靈丹一粒，點鐵成金也。"⑦ 二是黃庭堅論詩既強調"句法"，又追求自然。他把"句法"當成學習前人詩歌創作經驗的具體途徑。雖然強調"句法"，卻又把"自然"作爲文學創作的最高追求，要使文章"更无無斧鑿痕"，"不煩繩削而自合"⑧。三是提倡溫柔敦厚的詩風，也就是反對文學創作直接干預社會生活。他曾經说："詩者，人之情性也。非強諫爭於廷，怨忿訴於道，怒鄰罵坐之爲也。……其發爲訕謗侵陵，引頸以承戈；披襟而受矢，以快一朝之忿者，人皆以爲詩之禍，是失詩之旨，非詩之過也。"⑨ 四是強調超俗、

---

① 梁启超：《王安石评传》第 22 章，世界书局 1935 年版，第 146 頁。

② 《東都事略》卷一一六，齊魯書社 2000 年版，第 1010 頁。"獨江西君子以庭堅配軾"這一句中的"獨"字，《宋史》作"蜀"字，見《宋史》卷四四四，黃庭堅本傳，中華書局 1977 年版，第 13110 頁。筆者以爲"蜀"字或乃"獨"字之訛誤。

③ 劉師培撰、舒蕪點校《論文雜記》，人民文學出版社 1959 年版，第 125 頁。

④ 對於誰最先提出"奪胎換骨"，有不同的看法，參見周裕鍇《惠洪與換骨奪胎法——一樁文學批評史公案的重判》、莫礪鋒《再論"奪胎換骨"說的首創者——與周裕鍇兄商榷》，載《文學遺產》2003 年第 6 期。另外，黃庭堅說的"老杜作詩，退之作文，無一字無來處。蓋後人讀書少，故謂韓、杜自作此語耳。古人能爲文章，真能陶冶萬物，雖取古人之陳言入於翰墨，如靈丹一粒，點鐵成金也"這段話，錢鍾書先生認爲"算得上江西詩派綱領"。《宋詩選注》，第 97 頁。

⑤ 蒲氏：《詩憲》，王構編《修辭鑑衡》卷一，四庫全書本。

⑥ 葛立方：《韻語陽秋》卷二，《歷代詩話》本，中華書局 1981 年版，第 495 頁。

⑦ 陳善撰，王雲五主編：《捫虱新話》，商務印書館民國 28 年，叢書集成初編本，第 16 頁。

⑧ 黃庭堅：《與王觀復書三首》（其一），《黃庭堅全集》，四川大學出版社 2001 年版，第 470 頁。

⑨ 黃庭堅：《書王知載胸山雜詠後》，《黃庭堅全集》，四川大學出版社 2001 年版，第 666 頁。

脱俗，以俗爲雅。他曾對侄子說"叔夜此詩，豪壯清麗，無一點塵俗氣。凡學作詩者，不可不成誦在心，想見其人。雖沈於世故者，暫而攬其餘芳，便可撲去面上三斗俗塵矣。……士生於世可以百爲，唯不可俗。俗便不可醫"。① 又說："寧用字不工，不使語俗。"② 五是強調創新，他說"文章最忌隨人後"③，"隨人作計終後人，自成一家始逼真"④，皆是強調文學創作要別出心裁，戛戛獨造，自成一家。

黃庭堅詩歌被稱作"山谷體"，是宋詩的典型，總的來說具有廉悍生新、戛戛獨造、瘦硬通神的特點。造就這種風格不出兩個方面。一是"費安排"，朱熹說："蘇才豪，然一滾說盡，無餘意；黃費安排。"⑤ 黃庭堅強調"文章必謹布置"⑥，無論大篇短章，均講究章法，或迴旋曲折，或輾轉騰挪，或陡轉急折，極盡回環吞吐之能事，決不一語道盡。二是煉"句法"。黃庭堅所說的"句法"，大概指聲律拗峭、句意新奇、句式奇崛，這也是形成所謂"山谷體"的具體方法。黃庭堅喜歡用拗句，押險韻，大拗大救，用韻險絕，其高絕處確實妙不可言。黃庭堅有三百十一首七律，而拗體占一百五十三首⑦。講究煉字造句，愛用奇字僻典，務去陳言，力求生新瘦硬。正如方東樹所云："入思深，造句奇崛，筆勢健，足以藥熟滑。"⑧ 黃詩藝術成就很高，在後代獲得極高聲譽，甚至被人推爲宋詩成就最高者："山谷自黔州以後，句法尤高，筆勢放縱，實天下之奇作。自宋興以來，一人而已矣！"⑨ "豫章稍後出，會萃百家句律之長，究極歷代體製之變，蒐獵奇書，穿穴異聞，作爲古詩，自成一家；雖隻言半字不輕

---

① 黃庭堅：《書嵇叔夜詩與侄榎》，《黃庭堅全集》，四川大學出版社 2001 年版。
② 黃庭堅：《題意可詩後》，《黃庭堅全集》，四川大學出版社 2001 年版，第 665 頁。
③ 黃庭堅：《贈謝敞王博喻》，《黃庭堅全集》，四川大學出版社 2001 年版，第 1304 頁。
④ 黃庭堅：《以右軍書數種贈丘一四》，《黃庭堅全集》，四川大學出版社 2001 年版，第 80 頁。
⑤ 黎靖德編，王星賢點校：《朱子語類·論文下》卷一四〇，第 8 冊，中華書局 1986 年版，第 3324 頁。
⑥ 范溫：《潛溪詩眼》，郭紹虞輯《宋詩話輯佚》，中華書局 1980 年版，第 323 頁。
⑦ 程千帆、吳新雷：《兩宋文學史》，《程千帆全集》卷一三，河北教育出版社 2000 年版，第 202 頁。
⑧ 《昭昧詹言》卷一二，人民文學出版社 1961 年版，第 286、287 條，第 313 頁。
⑨ 胡仔纂集，廖明德點校：《苕溪漁隱叢話》後集，卷三二，人民文學出版社 1962 年版。

出，遂爲本朝詩家宗祖，在禪學中比得達摩，不易之論也。"① 這類評價固然有溢美之嫌，黃詩成就"主要表現在藝術方面，其作品在立意、謀篇、造句、煉字以及聲律各個方面都力求推陳出新，其中固然有其由於矯枉過正而造成的缺點，但確有其獨創性，並達到很高的水平"②。

三　北宋江西散文成就

散文方面，北宋江西地區作家眾多，成就極高，"江西之文，曰歐陽、王、曾，以慶歷以來爲正宗，舉天下師之無異辭"③，可以這麼說，歐陽、王、曾不僅是江西散文創作的重要作家，而且還是北宋散文創作的傑出代表。

歐陽修在散文方面的成就主要表現在兩個方面，一是領導了北宋古文運動，二是創作了大量堪稱典範的散文作品。宋初文壇延續五代以來文章之弊，"因仍歷五代，秉筆多艷冶"④，出現無人紹繼韓、柳文統的現象，"韓愈氏沒，無人焉"⑤。因此，一些古文家如田錫、柳開、王禹偁、穆修等人提倡繼承韓、柳古文傳統，但是並未取得好的效果，除王禹偁外，其他人的古文創作成就不高，所以未能一新文壇之風。

宋初，昌黎之作尤爲學者推崇。"宋代之初，有柳開者，文以昌黎爲宗。厥後蘇舜欽、穆伯長、尹師魯諸人，善治古文，效法昌黎，與歐陽修相唱和"⑥。歐公少慕韓文，"酷好而疾趨之"⑦，認爲韓愈乃"有道而能文者"⑧。他力倡韓文，"怪時人之不道，而顧己亦未暇學，徒時時獨念於予心"⑨。他曾刻意模仿韓文，"公集中擬韓作多矣，予輒能言其相似處。公《祭吳長史文》似《祭薛中丞文》……蓋其步驟馳騁亦無不似，非但做其

---

① 劉克莊：《後村集》卷二四，四庫全書本。
② 《程千帆全集》第十三卷《兩宋文學史》，河北教育出版社 2000 年版，第 207 頁。
③ 袁桷：《曹伯明文集序》，《清容居士集》卷二二，四庫全書本。
④ 王禹偁：《故尚書虞部員外郎知制誥貶萊州司馬渤海高公錫》，《小畜集》卷四，四庫全書本。
⑤ 柳開：《答臧丙第一書》，《河東先生集》卷六，四庫全書本。
⑥ 劉師培撰，舒蕪點校：《論文雜記》，人民文學出版社 1959 年版，第 121 頁。
⑦ 黃震撰：《黃氏日鈔》卷六一，四庫全書本。
⑧ 歐陽修：《讀李翱文》，《歐陽修全集》，中華書局 2009 年版，第 1049 頁。
⑨ 歐陽修：《記舊本韓文後》，《歐陽修全集》，中華書局 2009 年版，第 1065 頁。

句讀而已"①。尊韓就必須批判五代以來文風之弊："五代文章陋矣"，"五代禮樂文章，吾無取焉"②，"學者稍相習，務偷窳爲文章"③。歐公深刻認識到五代以來文風之弊，因而有意識地以改革文風爲己任。時勢與稟賦的結合，使他成爲古文運動的領導者。他對古文運動的領導表現在兩個方面：一是培養後進，壯大古文創作的隊伍。嘉祐二年（1057），歐公利用知貢舉之便，運用行政權力，黜斥險怪文風，打擊"太學體"文風，標志著北宋文壇文風的轉變。他"獎掖後進，如恐不及，賞識之下，率爲聞人。曾鞏、王安石、蘇洵、洵子軾轍，布衣屏處，未爲人知，修即游其聲譽，謂必顯於世"④。二是提出一系列古文創作理論，尤其是正確處理了道、事、文三者的關係，強調文道並重，文與道俱；強調文章要不爲空言，事信言文，簡而有法，期於有用；強調謹嚴的寫作態度。這些思想理論皆是古文運動取得成功的重要保障。

歐陽修不僅領導古文運動，而且更重要的是他自己的散文創作取得極大成就，成爲後世的典範，被譽爲"事業三朝之望，文章百世之師"⑤，開一代新風，形成新的體制、新的格調，尤其是形成後人盛贊的"六一風神"。其散文文備衆體，各体皆工。其論說文干預時事，服務現實，說理透闢，筆鋒犀利；邏輯縝密，持論平正，立意高妙，行文條暢，婉曲多姿；在豪健俊偉之中飽含感情，具有很强的說服力。如《朋黨論》、《與高司諫書》等都是觀點鮮明、語言犀利之名作，既紆徐平實，循循說理，又鞭辟入裡，銳氣逼人。其記敘文往往自創新格，形式多樣。如其碑誌序記，最爲後世注意，"歐陽公碑誌之文，可謂獨得史遷之髓"⑥，"歐陽公最

---

① 《捫虱新話》，商務印書館民國 28 年，叢書集成初編本，第 6 頁。亦可參見《邵氏聞見後錄》卷一八，中華書局 1983 年版，第 140 頁。

② 以上三條分別見於歐陽修撰、徐無黨注《新五代史》之《宦者傳》、《司天考》、《晉家人傳》，中華書局 1974 年版。

③ 歐陽修：《諫議大夫楊公墓誌銘》，《歐陽修全集》卷六二，中華書局 2009 年版，第 909頁。關於歐陽修對於五代以來文弊的論述，參見馮志宏《北宋古文運動的形成》，上海古籍出版社 2009 年版，第 75 頁。

④ 《宋史》卷三一九，中華書局 1977 年版，第 10375 頁。

⑤ 蘇軾：《賀歐陽少師致仕啟》，《蘇軾文集》，中華書局 1986 年版，第 1345 頁。

⑥ 茅坤：《唐宋八大家文鈔論例》，《唐宋八大家文鈔》，四庫全書本。

長於墓誌表，以其序事處往往多太史公逸調，唐以來學士大夫所不及"①。
其碑誌簡而有法，簡而意深，情韻綿邈。其序文，或直抒其意，或寄懷
感傷，乃序之最工者。其記文結構謹嚴，善用虛詞，氣韻生動，典雅精
工，婉轉有致。如《醉翁亭記》，"通篇共用二十個（按：實爲二十一個）
也字，逐層脫卸，逐步頓跌。句句是記山水，卻句句是記亭，句句是記
太守。似散非散，似排非排，文家之創調也。"② 歐公散文最大的特色是
具有後人盛稱的"六一風神"，其內涵主要有四：一、紆徐委備，往復百
折；二、遒宕古逸、俊偉豪健；三、敷腴溫潤，情韻醇厚；四、婉曲閑
易，明白曉暢③。歐陽修的散文取得極高成就，獲得時人與後世極高讚譽，
"其言簡而明，信而通，引物連類，折之於至理，以服人心，故天下翕然
師尊之"。④

　　曾鞏散文成就難與歐公比肩，但在後世影響卻很大，以"歐曾"並
稱。曾鞏文名當時大著，"所爲文，落紙輒爲人傳去，不旬月而周天下，
學士大夫手抄口誦，惟恐得之晚也"⑤。其散文以記文爲第一，序文尤佳，
如《戰國策》、《列女傳》、《新序》諸目錄，純古潔淨。曾鞏散文長於敍
事、說理。其敍事或詳贍周密，或簡潔凝練。如《越州趙公救災記》，茅
坤贊曰："趙公之救災，絲理髮櫛無一遺漏，而曾公之記其事亦絲理髮櫛
而無一不入於機杼及其髻總。"⑥ 其說理，往往議論從容，溫厚典雅，邏輯
縝密，條理暢達。《宋史》本傳評其文章風格曰"紆徐而不煩，簡奧而不
晦"，評其創作成就曰"爲文章，上下馳騁，愈出而愈工，本原六經，斟
酌於司馬遷、韓愈，一時工作文詞者，鮮能過也"⑦，可謂的評。

　　王安石散文創作，侈言法制，因時制宜，多涉及社會政治問題，多爲
政治服務。其散文的第一個特點是擅長議論，善於敍述中伏議論，較少寫

① 茅坤：《臨川文鈔》十一，《唐宋八大家文鈔》卷九一，四庫全書本。
② 吳楚材、吳調侯：《古文觀止》評語，中華書局 1959 年版，第 449 頁。
③ 參看張清華撰《唐宋散文：建構範型》（廣西師範大學出版社 2000 年版）第五章有關歐
陽修散文風格的觀點。
④ 蘇軾：《六一居士集敘》，《蘇軾文集》，中華書局 1986 年版，第 315 頁。
⑤ 曾肇：《南豐先生行狀》，《曾鞏集》附錄，中華書局 1984 年版，第 790 頁。
⑥ 茅坤：《南豐文鈔》八，《唐宋八大家文鈔》卷一〇四，四庫全書本。
⑦ 《宋史》卷三一九，中華書局 1977 年版，第 10390 頁。

景、抒情。其議論精警，立論深刻，見解超卓。劉師培説"介甫之文，最爲峻削，而短作尤悍厲絕倫，且立論極嚴，如其爲人"①。其論政之文，如《上仁宗皇帝言事書》、《本朝百年無事札子》等，立足現實，根據學理，"欲務行古人事於今世，發爲詞章，尤感切於今世事"②，其所言者"即流俗所不講"③，往往言古所未言，言人所未言，鞭辟入裡，獨到精審。第二個特點是結構謹嚴，邏輯性强。如《上仁宗皇帝言事書》，洋洋萬言，體大思精，被譽爲秦漢以後第一篇大文。茅坤説："此書幾萬餘言，而其絲緯繩聯，如提百萬之兵，而鉤考部曲，無一不貫。"④ 總之，其議論文長篇大論，一氣貫注，短篇駁論，尺幅千里。其記敘文，不以生動描繪見長，善於敘事中伏議論，如在游記《遊褒禪山記》中加入大段的議論。其墓誌敘事亦是別具一格，茅坤贊之曰："王荆公獨自出機軸，多巉畫曲折之言。其尤長者往往於序事中一面點綴著色，雋永迭出，令人覽之如走駿馬與千山萬壑之中，而層巒疊嶂，應接不暇，序事中之劍戟也"⑤。茅坤評價其《給事中孔公墓誌銘》説："荆公第一首誌銘。須看他頓挫紆徐，往往敘事中伏議論風神瀟颯處。"⑥ 第三個特點是瘦硬通神⑦。王安石散文筆力簡勁，文辭奇峭，推闡入深，尤其概括力强，"半山文善用揭過法，下一二語，便掃卻他人數大段，是何等簡貴"⑧，如其在《答司馬諫議書》中批駁司馬光指責其"征利"，只用了一句話："爲天下理財，不爲征利!"語約義豐，凝練精簡，一針見血。

四 北宋江西文學對南宋江西文學的影響

北宋江西文學成就巨大，對整個宋代文學所產生的影響都是深遠的和全局性的。自然，其對南宋江西文學的影響之大是不言而喻的。這裡以歐

---

① 劉師培撰，舒蕪點校：《論文雜記》，人民文學出版社 1959 年版，第 122 頁。

② 王安石：《答孫長倩書》，《王荆公文集箋注》，巴蜀書社 2005 年版，第 1338 頁。

③ 王安石：《上仁宗皇帝言事書》，《王荆公文集箋注》，巴蜀書社 2005 年版，第 21 頁。

④ 茅坤：《臨川文鈔》，《唐宋八大家文鈔》卷八一，四庫全書本。

⑤ 茅坤：《臨川文鈔》，《唐宋八大家文鈔》卷九一，四庫全書本。

⑥ 茅坤：《臨川文鈔》，《唐宋八大家文鈔》卷九二，四庫全書本。

⑦ 《藝概》卷一，上海古籍出版社 1978 年版，第 33 頁。

⑧ 同上書，第 32 頁。

陽修、黃庭堅爲例，來看看北宋江西文學對南宋江西文學創作的影響。

歐公在北宋文壇，猶如北斗紫薇，眾星環繞。而其中的王安石、曾鞏均是受到歐公提攜的江西大作家，這對江西文學的發展起到極大的促進作用。

南宋江西文學發展的一個特點是廬陵地區人才輩出，如雨后春筍。王庭珪、胡銓、周必大、楊萬里、劉過、文天祥、劉辰翁等都是廬陵作家，且多是南宋一流作家。他們作品數量多，質量高，爲江西贏得極高聲譽。這與歐公的影響是分不開的，"故大江以西，州郡十數，而廬陵士視他郡爲多，蓋公有以發之也"①。歐公對江西地區的影響最重要的一點是對其廬陵身份、廬陵意識的認同。在歐陽修文集中，題署籍貫時，署"廬陵"者占大多數。江西士人，特別是廬陵士人對歐公廬陵身份、廬陵意識有著強烈的認同感與自豪感，且不斷強化它。把歐公作爲傑出的鄉賢來學習、崇拜，這對江西文學的促進作用是不可小覷的。實際上，凡歐公曾宦遊之處，其人同樣都予以懷念和表示崇敬，"通天下郡邑，凡賢傑之鄉與其宦遊之地，往往揭名公宇，繪像以事。非獨誇耀今昔，亦惟高山仰止，景行行止，期有補于將來。歐陽文忠公文章事業，師表百世"②。身爲廬陵士子，理所當然地更是對歐公充滿崇敬，"高山仰止，景行行止"。如周必大無論是文學創作還是履行政事，終身皆以歐公爲榜樣，正所謂"仰高六一，手訂鉅編，主盟斯文，肆筆如椽，豈非前身相望？"③ 又如吉州龍泉郭孝友說："公廬陵人也……雖不克歸榮於故里，而故鄉之人蔭其餘暉，霑其膬馥，述道德則以公爲稱首，序鄉里則以公爲盛事。自公之薨垂六十年，而後進之士，操勵名節，表表自見於世。雖未必人人可以爲公卿，然而類能以材猷奮，要之無負於公所期而後已。故大江以西，州郡十數，而廬陵士視他郡爲多，蓋公有以發之也。"他有"余生也晚"之慨，並強烈地表示自己以與歐公通州里爲榮，"孝友恨生之晚，不出乎其時，不及登

<hr />

① 王庭珪：《六一祠記》，《全宋文》第 158 冊，上海辭書出版社、安徽教育出版社 2006 年版，第 116 頁。
② 周必大：《題方季申所刻歐陽文忠公集古跋真蹟》，《全宋文》第 230 冊，上海辭書出版社、安徽教育出版社 2006 年版，第 349 頁。
③ 趙師擇：《祭文》，《文忠集》附錄卷一，四庫全書本。

公之門而聞其馨欬，徒幸生公之州里，竊誦公之遺文，而想其風流，慕義於無窮"①。他們把崇敬之心化爲行動：一是整理歐公文集。如周必大在紹熙、慶元間召集孫謙益、丁朝佐、曾三異、胡柯、罗泌等人，編輯了歐陽修全集。二是編修年譜。如胡柯依據桐川薛齊誼、廬陵孫謙益、曾三異三家舊譜，參考其他資料，編修歐公年譜②。三是建六一祠堂，撰寫各種紀念的文章。如楊萬里撰有《沙溪六一先生祠堂記》、《吉州新建六一堂記》，郭孝友撰有《六一祠記》，或像周必大一樣在題跋文中揭示歐公之偉大，讚美歐公之精神，表示無限的崇敬之意。通過多種活動強化了對歐公廬陵身份的認同，擴大了歐公對江西地區，尤其是廬陵地區的影響。實際上，廬陵作家如王庭珪、周必大、楊萬里、劉過、文天祥等也確實在自己的作品中常題署"廬陵某某"，皆以占籍廬陵而深感自豪。

　　黃庭堅對江西文學，尤其是詩歌的影響深遠，這主要表現在江西詩派的形成和發展壯大上。黃庭堅是江西詩派的一祖三宗之一宗，被推舉爲"本朝詩祖"③。江西詩派固然不全是江西人，但是江西詩派之所以被冠以"江西"，絕非無因，至少有兩點可以肯定是有關係的，其一是江西詩派詩學宗旨以學黃爲主，以黃之詩學理論爲圭臬，很多人都聚集在黃庭堅周圍，向其學習，與之探討；其二是江西詩派中很多人占籍江西，如三洪、二謝、徐俯、潘錞、李彭等，包括後來發展過程中的曾幾、曾季貍等。黃庭堅對江西詩人的影響，首先是直接指導江西作家的詩歌創作。孫覿說："元祐中，豫章黃魯直獨以詩鳴。當是時，江右人學詩者皆自黃氏。"④ 山谷對其外甥三洪、徐師川皆有指導之文或材料存世，如《答洪駒父書》、《題所書試卷后與徐師川》等。又如潘錞，《潘子真詩話》云："山谷嘗謂余言，老杜雖在流落顚沛，未嘗一日不在本朝。故善陳時事，句律精深，

　　① 郭孝友：《六一祠記》，《全宋文》第 158 冊，上海辭書出版社、安徽教育出版社 2006 年版，第 116 頁。
　　② 參見周必大《歐陽文忠公文集後序》，《全宋文》第 230 冊，上海辭書出版社、安徽教育出版社 2006 年版，第 134 頁。
　　③ 謝枋得：《與劉秀巖論詩》，《叠山集》卷二，四庫全書本。
　　④ 孫覿：《西山老文集序》，《鴻慶居士集》卷三〇，四庫全書本。

超古作者，忠義之氣，感發而然。"① 李彭亦曾說："……勤我十年夢，持公一瓣香。聊堪比游夏，何敢似班揚。尚愧管中見，應須肘後方。他時解顏笑，何止獲升堂。"② 可見江西詩派中很多江西籍詩人是直接受到其指導的。其次是間接承其衣缽。江西詩派持續時間長達兩百多年，在發展壯大過程中很多江西詩人承其衣缽，發揮其詩學觀點，如曾幾、曾季貍，且影響依然很大。另外，姜夔在詩歌創作上"三熏三沐"黃太史③，尤其重要的是，他借鑒黃庭堅及江西詩派清勁瘦硬的語言特色，改造傳統的豔情詞、婉約詞，從而豐富了詞作的藝術風格。

據以上分析，北宋江西地區的文學成就對南宋江西地區的文學創作有著重要的直接的推動作用。

餘　論

當然還有很多重要因素對江西文學亦產生了重大影響。如佛教，在宋代江西地區佛教文化非常發達。"江西多古尊宿道場，居洪州境內者以百數，而洪州境內禪席居分寧縣者以十數"④，"水邊林下逢衲子，南北東西古道場"⑤。江西是禪宗五宗七派的發源地，道場林立。尤其重要的是名僧雲集，如青原行思、道吾宗智、雲岩曇晟、楊岐方會、黃龍慧南等生長於江西；馬祖道一、百丈懷海、潙山靈祐、黃蘗希運、仰山惠寂、洞山良價皆歆慕江西靈山秀水。唐宋時期的江西是南禪宗的滋生繁衍之基地，士人對江西禪風欣然向慕，甚至有"求官往長安，求佛向江西"之說。對於江西佛教之發達興盛，宋人蘇轍發出驚歎："唐儀鳳中，六祖以佛法化嶺南，再傳而馬祖興於江西。於是洞山有價，黃蘗有運，真如有愚，九峰有虔，五峰有觀。高安雖小邦，而五道場在焉。則諸方游談之僧，接跡於其地。

① 郭紹虞輯：《宋詩話輯佚》，中華書局 1980 年版，第 310 頁。
② 李彭：《上黃太史魯直詩》，《日涉園集》卷七，四庫全書本。
③ 姜夔：《白石道人詩集原序》，《白石道人詩集》，四庫全書本。
④ 黃庭堅：《洪州分寧縣雲巖禪院經藏記》，《黃庭堅全集》，四川大學出版社 2001 年版，第 444 頁。
⑤ 黃庭堅：《送密老住五峰》，《黃庭堅全集》，四川大學出版社 2001 年版，第 115 頁。

至於以禪名精舍者二十有四。"① 江西作家多受佛教影響，如歐陽修晚號
"六一居士"，與曾鞏、王安石皆是精通佛理的大儒，楊萬里"誠齋體"得
"活法"精髓，"活法"即從禪宗"機鋒"衍化而來，王庭珪、劉辰翁等詩
文創作都深受佛教影響。② 宋代江西還有不少擅長文學創作的詩僧，典型
的如惠洪，著有《石門文字禪》、《冷齋夜話》、《天廚禁臠》、《甘露集》、
《林間錄》，被稱爲"禪門司馬"，賀裳《載酒園詩話》稱曰："僧詩之妙，
無如洪覺范者，此固一名家，不當以僧論也。"③ 又如臨川饒節，《老學庵
筆記》稱曰"饒德操詩爲近時僧中之冠"④。可見佛教對於江西文學發展亦
有很大的促進作用。

又如交通，亦是影響文學的重要因素，江西的地理位置非常重要，號
稱"吳頭楚尾"，王勃贊之曰"襟三江而帶五湖，控蠻荊而引甌越"。江西
有著發達的水運網路，區域內有贛江、撫河、信江、饒河、修河五大水系
南連北引，東西銜接，四通八達。便捷發達的水運網絡促進了社會經濟的
繁榮，江西"郡邑無不通水，故天下貨利，舟檝居多"⑤。值得一提的是江
西地區在地理上呈南北走向，從而形成贛江——大庾嶺——廣州這一條縱
貫南北的交通幹綫。交通要道就是貨物流通、人口遷移、文化傳播的路
綫。因此，交通發達促進經濟發展，促進移民到來，促進文化交流，亦促
進文學發展。

還有些其他的因素，如民俗，江西人崇儒尚義，古樸耿直，信鬼好
巫，好訟等。總之，所有這些因素所產生的合力推動和促進了江西地區文
學的繁榮與發展。

---

① 蘇轍：《聖壽院法堂記》，《蘇轍集》，中華書局 1990 年版，第 401 頁。

② 關於江西禪宗文化及其與文學的關係可以參見段曉華、劉松來撰《紅土·禪床：江西禪
宗文化研究》，中國社會科學出版社 2000 年版。

③ 賀裳：《載酒園詩話》，郭紹虞編選，富壽蓀點校：《清詩話續編》，上海古籍出版社 1983
年版，第 439 頁。

④ 陸游：《老學庵筆記》卷二，中華書局 1979 年版，第 20 頁。

⑤ 李肇：《唐國史補》卷下，上海古籍出版社 1957 年版，第 62 頁。

第二章　南宋江西散文綜論

第一節　宋代江西的文學思想

文學思想並不是憑空地產生，而是來自文學創作的實踐。實踐中產生的思想理論，反過來又指導實踐。在宋代江西地域下產生的作家，必然會形成一些共同的文學思想、文學理論，這些思想理論反過來又指導江西作家進行文學創作，這對於我們認識宋代江西文學發展成就很有價值，因此，探討宋代江西文學思想就非常必要。

一　先道後文，道充文至

"道"在古代文論中是個很寬泛的概念，一般主要是指儒家思想，但是在論文的過程中，其所指又不僅僅是儒家思想。有時相對于文章來說，則指現實生活；有時相對于文章形式來說，則指思想內容。"文"同樣也是很寬泛的概念。如司馬光說："古之所謂文者，乃《詩》、《書》、《禮》、《樂》之文，升降進退之容，弦歌雅誦之聲，非今之所謂文也。"① 他從人文的大範圍來看待文。在古代文論中，文之所指主要有兩方面：一是文章的文辭，二是指文章本身。在本書的論述過程中，文與道的概念因作家所表述的不同，其所指亦有差異。

兩宋江西作家對道與文的基本看法是：先道後文、道充文至。江西作

---

① 司馬光：《答孔司戶文仲書》，《溫國文正司馬公文集》卷六〇，四部叢刊初編本。

家雖然重視道，卻不因此而廢棄文、輕視文，甚至有些作家特別重視文。這與理學家的文道觀大不相同，理學家自程頤以來就非常輕視文。程頤提出 "作文害道" 之說，據二程遺書載："問：'作文害道否？' 曰：'害也。凡爲文不專意則不工，若專意則志局於此，又安能與天地同其大也？'《書》云 '玩物喪志'，爲文亦玩物也。"① 後來的理學家無不秉承這一文道觀。湖湘學派的代表人張栻就認爲勤作詩足以喪志："念吾三人是數日間，亦荒於詩矣。大抵事無大小、美惡，流而不返皆足以喪志。於是始定要束，翼日當止。蓋是後，事雖有可歌者，亦不復見於詩矣。"② 理學集大成者、閩學的代表人朱熹是理學家中文學成就最高的，可他卻說 "不必著文章，但需明理，理精後，文字自典實"③，"這文皆是從道中流出，豈有文反能貫道之理？文是文，道是道。文只如吃飯時下飯耳。若以文貫道，卻把本爲末，以末爲本，可乎？"④ 他對宋代文學成就極高的文學家大多持論不高，評歐、曾文章 "議論有淺近處，卻平正好"，說他們的文章議論淺近，評蘇文 "傷於巧"。隨著理學思想影響的擴大，理學家的文道觀對非理學家的文論也產生了巨大影響。南宋事功派的重要人物陳亮就說 "古人之于文也，猶其爲仕也。仕將以行其道也，文將以載其道也。道不在我，則雖仕何爲？雖有文當與利口者爭長耳。韓退之《原道》無愧於孟荀，而終不免以文爲本，故程氏以爲倒學"⑤。永嘉學派的代表人葉適說 "爲文不能關事教，雖工無益也"⑥，就連對理學實無所得的大詩人陸游也說 "文辭終與道相妨"⑦。雖然江西作家中有些本身就是理學家，如曾豐、陸九淵等，但他們對文道的看法大都比較通達。

江西作家大多持先道後文、道充文至的文道觀，他們一般的看法是重道但不輕視文，更不鄙棄文，且很看重文的作用。歐陽修對蘇軾說："我

① 程顥、程頤撰，潘富恩導讀：《二程遺書》卷一八，上海古籍出版社 2000 年版。
② 張栻：《南嶽唱酬序》，《南軒集》卷一五，四庫全書本。
③ 黎靖德編，王星賢點校：《朱子語類》卷一三九，中華書局 1986 年版，第 3320 頁。
④ 同上書，第 3305 頁。
⑤ 陳亮：《復吳叔異》，《龍川集》卷二一，四庫全書本。
⑥ 葉適：《贈薛子長》，劉公純點校《葉適集》卷二九，中華書局 1961 年版。
⑦ 陸游：《老學庵》，《劍南詩稿》卷三三，四庫全書本；《遣興》，《劍南詩稿》卷四九，四庫全書本。

所謂文，必與道俱。"①。歐陽修又說"大抵道勝則文不難而自至也。若道
之充焉，雖行乎天地，入乎淵泉，無不之也"②，"道純則充於中者實，中
充實則發爲文者輝光"③。他提出的"道勝文至"、"中充實則發爲文章輝
光"、"文與道俱"的思想對江西作家有很大影響。

　　李覯也認爲"賢人之業，莫先乎文者，豈徒筆劄章句而已，誠治物之
器也"，"大抵天下治則文教盛，而賢人達；天下亂則文教衰，而賢人窮。
欲觀國者，觀文而已"④，他強調文之功能，即文者乃是"治物之器"，以
文章教化天下，而非僅文章筆劄而已。他認識到文的重要性，"竊謂文之
於化人也深矣"，"文見於外，心動乎內，百變而百從之矣"，"然則聖君賢
輔，將以使民遷善而遠罪，得不謹于文哉"⑤。

　　曾鞏深受儒家思想影響，他重道，要求以文貫道，同樣，他亦不輕視
文的作用。他說："夫道之大歸非他，欲其得諸心，充諸身，擴而被之國
家天下而已，非汲汲乎辭也。"⑥ 這裡他很強調道的重要性。在《南齊書目
錄序》中，他對史傳文的創作提出很高的要求："故所謂良史者，其明必
足以周萬事之理，其道必足以適天下之用，其智必足以通難知之意，其文
必足以發難顯之情，然後其任可得而稱也。"史傳作者必須是明、道、智、
文四者具備，缺一不可，否則就難稱良史之名。他批判蕭子顯"喜自馳
騁，其更改破析刻雕藻繪之變尤多，其文益下"，可見他並不鄙棄文，只
是反對"喜自馳騁"之文⑦。我們可以看出他心目中的良史之才既是聖人
之徒，又是能文之士。曾鞏評他人文章亦總是從道與文兩個方面來評價。
他評張文叔文章說："余讀其書，知文叔雖久窮而講道益明，屬文益工，
其辭精深雅贍，有過人者。"⑧ 評王向："可謂魁奇拔出之材，而其文能馳

---

①　蘇軾：《祭歐陽文忠公夫人文》（潁州），《蘇軾文集》，中華書局 1986 年版，第 1956 頁。
②　歐陽修：《答吳充秀才書》，《歐陽修全集》卷四七，中華書局 2009 年版，第 663 頁。
③　歐陽修：《答祖擇之書》，《歐陽修全集》卷六八，中華書局 2009 年版，第 1009 頁。
④　李覯：《上李舍人書》，《盱江集》卷二七，四庫全書本。
⑤　李覯：《上宋舍人書》，《盱江集》卷二七，四庫全書本。
⑥　曾鞏：《答李沿書》，《曾鞏集》，中華書局 1984 年版，第 258 頁。
⑦　曾鞏：《南齊書目錄序》，《曾鞏集》，中華書局 1984 年版，第 187 頁。
⑧　曾鞏：《張文叔文集序》，《曾鞏集》，中華書局 1984 年版，第 213 頁。

騁上下，偉麗可喜者也。"① 總之，曾鞏很欣賞文辭之美，注重文學創作的藝術性。

王安石是持典型的先道後文而又不廢文的文道觀。他說："且所謂文者，務爲有補於世而已矣；所謂辭者，猶器之有刻鏤繪畫也。誠使巧且華，不必適用；誠使適用，亦不必巧且華。要之以適用爲本，以刻鏤繪畫爲之容而已。不適用，非所以爲器也；不爲之容，其亦若是乎？否也。然容亦未可已也，勿先之可也。"②一般人都認爲王安石重道輕文，但如果我們仔細閱讀這段話就不難發現這種看法是厚誣荊公了。他首先強調"文務爲有補於世"，其次是以比喻來談文章形式（文）與內容（道）的關係：辭如器物上之刻鏤繪畫，器物是以適用爲本，刻鏤繪畫不過是器物的裝飾。器物不適用固然不可，但是如果沒有器物上裝飾，又不像那個器物了，因此裝飾是不能沒有的，只不過不能裝飾過度。可以說王安石這一文道觀是極有見地，極爲辯證的。其所謂"勿先之"，即先道後文，不能把文置於道之上，卻未有輕文之意。事實上，在王安石的作品中，絕對看不出不注重文辭，不注重藝術性。

在江西作家中，呂南公是極爲重視文的作用的，"蓋所謂文者，所以序乎言者也。民之生，非病啞吃，皆有言。而賢者獨能成存於序，此文之所以稱。古之人以爲道在己而言及人，言而非其序，則不足以致道治人，是故不敢廢文"，他認爲正常的人都能說話（言），只有賢者能"序乎言"（文），文非常重要，非文則不足以致道治人。又說"蓋言以道爲主，而文以言爲主……要皆不違乎道而已"，言與文皆不能違背道。他嚴厲地批評那種認爲"文者虛辭，非吾所取，吾爲釋經以明道而已"的說法③，而且他還認爲"特立之士，未有不善於文者也。士無志於立則已，必有志焉，則文何可以不工"④。他還曾打比喻強調文之重要，"蓋意有餘而文不足，

---

① 曾鞏：《王子直文集序》，《曾鞏集》，中華書局 1984 年版，第 197 頁。
② 王安石：《上人書》，《王荊公文集箋注》，巴蜀書社 2005 年版，第 1362 頁。著重號，爲筆者所加。
③ 呂南公：《與汪秘校論文書》，《灌園集》卷一一，四庫全書本。
④ 呂南公：《上曾龍圖書》，《灌園集》卷一五，四庫全書本。

如吃人之辯訟，心未嘗不虛，理未始不直，然而或屈者，無助於辭而已矣"①，可見呂南公對於文之作用，認識是非常深刻的。

詩人黃庭堅說："文章者，道之器也；言者，行之葉也。"② 即認爲文是載道之器。在《答洪駒父》中雖曾說"文章最爲儒者末事"，然而他又接著說"然索學之又不可不知其曲折，幸熟思之。至於推之使高，如泰山之崇崛，如垂天之雲；作之使雄壯如滄江八月之濤，海運吞舟之魚；又不可守繩墨令儉陋也"③。雖然認爲文章是儒者之末事，但還是要知其曲折，寫出的文章應該具有磅礴的氣勢，不能有儉陋之格局，這裡他同樣注重文章的藝術性。他教外甥作文時說："諸文亦皆好，但少古人繩墨耳。可更熟讀司馬子長、韓退之文章。凡作一文，皆須有宗有趣，始終關鍵，有開有闔，如四瀆雖納百川，或匯而爲廣澤，汪洋千里，要自發源注海耳。"④他除了強調學問之外，還告訴洪駒父文學創作的關鍵是如何在藝術技巧上下功夫。他的這種觀點甚至讓後人說他有形式主義的傾向。總之，雖然黃庭堅認爲文與道相比，文是儒者之末事，但他卻又非常講究文學創作的藝術。

隨著理學思想影響的擴大，整個南宋文人都有重道輕文的思想。但是南宋江西作家大多數仍然是持先道後文、道充文至的文道觀。汪藻是南宋文章一作手，尤擅長四六文。他曾打比方說："經術者，黍稷稻粱也；文章者，五味百羞也。用黍稷稻粱之甘，以充吾所受天地之沖和，固其本矣。若遂以五味百羞爲無補於養生，皆廢而不用，則加籩陪鼎，殽蒸折俎，不當設于先王燕饗之時也。"即是說若經術是糧食，則文章就是佳餚，亦不可棄也。他極力反對"作文妨道"之說："又數年以來，伊川之學行，謂讀書作文爲妨道，皆絕而不爲。今有人於此終不食，其腹枵然，捫以示

---

① 呂南公：《讀李文饒集》，《灌園集》卷一七，四庫全書本。
② 黃庭堅：《次韻楊明叔四首》序文，劉尚榮點校《黃庭堅詩集注》，中華書局 2003 年版，第 436 頁。
③ 黃庭堅：《答洪駒父書三首》其三，《黃庭堅全集》卷一九，四川大學出版社 2001 年版，第 475 頁。
④ 黃庭堅：《答洪駒父書三首》其二，《黃庭堅全集》卷一九，四川大學出版社 2001 年版，第 474 頁。

人曰：'吾將輕舉矣。'其可信乎？"① 設一幽默之比喻來說明"作文妨道"
之觀點是錯誤的。

　　文壇領袖周必大，非常看重文章的作用，"扶衰救弊莫如忠，載道流
遠莫如文"②，在他看來文章是傳道的最好載體。他持有和歐陽修同樣的觀
點：道充文至，文與道俱。他說："古之君子道德積于中，則英華發於外。
因事而有言，譬如風行水上，雲行于空，自然成文，豈假雕篆纂組之功也
哉？"③ 一個作家道德積于中，則自然英華外發，不需要人工刻意雕飾，因
爲"辭之工拙存乎理"④，道充理當，創作就如風行水上，自然成文。他評
論宋自開國以來的文章成就說：

　　　　天啟藝祖，生知文武，取五代破碎之天下而混一之，崇雅黜浮，
　　汲汲乎以垂世立教爲事。列聖相承，治出於一。援毫者知尊周、孔，
　　游談者羞稱楊、墨。是以二百年間，英豪踵武。其大者固已羽翼六
　　經，藻飾治具，而小者猶足以吟詠情性，自名一家。蓋建隆、雍熙之
　　間其文偉，成平、景德之際其文博，天聖、明道之辭古，熙寧、元祐
　　之辭達。⑤

周必大從内容的"垂世立教"、"羽翼六經"（道）和形式的"偉"、"博"、
"古"、"達"（文）這兩個方面來讚美宋代文章之盛。他也講究文章的寫作
藝術，他評價公忠肅劉摯的尺牘"其三幅分寫四事而繫以名，更無冗語，
可以爲法"⑥，這是強調文章要簡潔。在《題宋景文公家書》中又認爲文章

---

① 汪藻：《答吳知錄書》，《浮溪集》卷二一，四部叢刊初編本。
② 周必大：《金陵堂試策問》其四，《全宋文》第 231 冊，上海辭書出版社、安徽教育出版
社 2006 年版，第 76 頁。
③ 周必大：《軍器監丞業山詔試館職策題》，《全宋文》第 231 冊，上海辭書出版社、安徽教
育出版社 2006 年版，第 96 頁。
④ 周必大：《皇朝文鑒序》，《全宋文》第 230 冊，上海辭書出版社、安徽教育出版社 2006 年
版，第 193 頁。
⑤ 同上。
⑥ 周必大：《跋劉忠肅丞相帖》，《全宋文》第 230 冊，上海辭書出版社、安徽教育出版社
2006 年版，第 357 頁。

當如作家書，講究平易自然。可見周必大重道亦重文。

　　即便是作爲理學家的陸九淵、包恢、彭龜年等，雖然認爲文章乃是末事，但他們仍重視文。陸九淵認爲文章要"窮理盡性"，"窮理盡性，以至於命，這方是文。文不到這裡，說甚文"①，這只能說明他重道，強調文要傳道、窮理、盡性。陸九淵還說過："實者，本也；文者，末也。"若因此言，而認定陸九淵是重道輕文，甚至鄙棄文，那就是皮相之見，亦是斷章取義。他的原話是這樣："文字之及，條理燦然。弗畔于道，尤以爲慶！第當勉致其實，毋倚于文辭。不言而信，存乎德行。有德者必有言，誠有其實，必有其文。實者、本也，文者、末也。今人之習，所重在末，豈惟喪本，終將並其末而失之矣。"② 他告訴吳子嗣不要陷溺于文，"毋倚于文辭"，其實他更爲強調的是"有德者必有言，誠有其實必有其文"。他很重視文的作用："藝者，天下之所用，人之所不能不習者也。游於其間，固無害其志道、據德、依仁，而其道、其德、其仁，亦於是而有可見者矣。故曰'游於藝'。"③ "言而不文，行之不遠，子以四教，文居一焉，文固聖人所不廢也"④。包恢出身于理學世家，重道是自不待述。其對於文的看法，則說："文字覷天巧，未聞取於拙也。"⑤ 他認爲作詩要如同出自"造化自然之聲"：

　　　　蓋古人于詩不苟作，不多作，而或一詩之出，必極天下之至精。狀理則理趣渾然，狀事則事情昭然，狀物則物態宛然，有窮智極力之所不能到者，猶造化自然之聲也。蓋天機自動，天籟自鳴，鼓以雷霆，豫順以動，發自中節，聲自成文，此詩之至也。⑥

詩歌創作要"必極天下之至精"，"猶造化自然之聲"，"天機自動，天籟自

---

①　陸九淵：《語錄上》卷三四，《陸九淵集》，中華書局 1980 年版，第 424 頁。

②　陸九淵：《與吳子嗣》其四，《陸九淵集》，中華書局 1980 年版，第 144 頁。

③　陸九淵：《論語說》，《陸九淵集》，中華書局 1980 年版，第 265 頁。

④　陸九淵：《策問》，《陸九淵集》，中華書局 1980 年版，第 291 頁。

⑤　包恢：《書侯體仁存拙槁後》，《弊帚稿略》卷五，四庫全書本。

⑥　包恢：《答曾子華論詩》，《弊帚稿略》卷二，四庫全書本。

鳴”，這是爲文的最高追求。由此可見包恢對文學創作藝術之要求是何等
之高。

再看理學家彭龜年的文道觀。彭龜年是湖湘學派的重要人物，其文道
觀仍然有重視“文”的一面，如其《審材辨官疏》云：

> 臣愚，欲望聖慈明詔大臣，于選任之際，審材辨官。可大受者，
> 不使之褻小務；事一節者，不使之受繁劇。工文學者，卒任之以文學；
> 精政事者，專責之以政事。而且量其職任之輕重，以爲進用之等級，
> 使官各稱其才而無覬望，人各安其官而無倖心。①

這裡所謂的“文學”應該是指文章學術，當然包括文學。彭龜年將“文
學”與“政事”並列看待，強調各專其能，可見他並不鄙棄文學，甚至很
看重“文”。他在紹熙元年四月撰寫的《乞寢罷版行時文疏》一文中說：

> 臣聞三代取士皆本德行，隋唐而降，始尚文詞，至於本朝，循而
> 不改。夫以德行取士，猶開目取物，既能識其大小，又可辨其美惡；
> 以文詞取士，猶閉目取物，大小美惡，無所不收，左採右獲，庶幾一
> 中，所以忠厚浮薄，色色有之，蓋爲是也。先正有識之臣，率以爲
> 病。故司馬光謂：取士之道，當以德行爲先，其次經術，其次政事，
> 其次藝能。近世以來，專尚文詞，文詞乃藝能之一耳，未足以盡天下
> 士也。……然則取士以文，已愧於古，況教以時文乎，此不可一也。
> 自古文士多出東南，東南之士不患乏詞藻，惟患不篤實。今居東南之
> 地，用東南之人，猶病其不文，可不深究其所以然哉？臣察所謂不閱
> 經史子集之文，而專意於時文是也。夫舊日典實之文，乃根本乎經史
> 子集；今日盧浮之文，乃自時文壞之。今不教之研窮今古，依據義
> 理，以涵養根本，而復教以時文，是惡其濕而使居下流，此不可二
> 也。夫謂之時文，政以與時高下，初無定制也。前或以爲是，後或以

---

① 彭龜年：《審材辨官疏》，《止堂集》卷六，四庫全書本。

爲非，今或出於此，後或出於彼，止隨一時之去取以爲能否。今求其
義理精深，文字渾厚者，能有幾何？縱得一二十篇，其格又多不與今
同，捨之則失簡別之本意，存之則破文字之近體，此不可三也。……
止令學官於公私試文字，精加考校，以義理明正者爲上，學問淹博者
次之，文采華贍者爲下。苟不入格，雖是中選不許刊行，去取既明，
趣向自正。舉子之文，將不求典實而自典實矣。①

這段文字，很容易引起誤解，以爲彭龜年的文道觀是重道輕文，"不出道
學家重道輕文的藩籬"②。但是我們必須先明白一點，那就是彭龜年這篇文
章是針對科舉取士之時文。他認爲科舉選才應該先德行而後文藝，他贊成
司馬光"取士之道，當以德行爲先，其次經術，其次政事，其次藝能"，
這是科舉取士的標準，並非衡量文學創作之標準。科舉時文與文學作用不
同，標準不同，理固宜然。實際上從這段話中，我們應該看出彭龜年並未
鄙棄"文"，雖然"文"列入取士標準之末。

　　總之，包括理學家在內的江西作家，大多持先道後文、道充文至的文
道觀。這一點從他們的創作實際也可以看出。如陸九淵，他是心學的創始
人，是與朱熹分庭抗禮的理學大家，但從他保存下來文章看，他的文章引
經據典，自鑄偉辭；語言平實，文字妥帖；論證嚴密，邏輯性強，自有不
可阻遏的氣勢。讀他的文章，絕無枯燥無味、面目可憎之感。

二　關注現實，不務空言

　　江西作家爲文大多注重事功，不務空言，這主要受到是歐陽修的影
響。歐陽修繼承了中唐韓柳、元白的現實主義精神。韓愈論文強調"適於
時，救其弊"③。柳宗元說："僕之爲文久矣，然心少之，不務也，以爲是
特博弈之雄耳……意欲施之事實，以輔時及物爲道。"④ 白居易提出"文章

---

① 彭龜年：《乞寢罷版行時文疏》，《止堂集》卷一，四庫全書本。
② 寧淑華：《南宋湖湘學派的文學研究》，湖南人民出版社 2009 年版，第 178 頁。
③ 韓愈：《進士策問》其二，《韓愈全集校注》，四川大學出版社 1996 年版，第 1297 頁。
④ 柳宗元：《答吳武陵論非國語書》，《柳宗元集》卷三一，中華書局 1979 年版，第 824 頁。

合爲時而著，歌詩合爲事而作”，認爲文章應該“補察時政，泄導人情”①。歐陽修繼承了他們的關注社會現實、關注民生疾苦的現實主義精神，反對棄百事而不關心，尤其鄙薄“職于文”者：“夫學者未始不爲道，而至者鮮焉。非道之於人遠也，學者有所溺焉爾。蓋文之爲言，難工而可喜，易悅而自足。世之學者往往溺之，一有工焉，則曰吾學足矣。甚者至棄百事不關於心，曰吾文士也，職于文而已。”② 他強調文章要切於世用：“六經之所載，皆人事之切於世者。”③ 尤其強調文章應該“中于時病，不爲空言”④，“文章不爲空言而期於有用”⑤。他還認爲儒學“不徒誦其文，必能通其用；不獨學於古，必可施於今”⑥。“君子之所學，言以載事，而文以飾言，事信言文，乃能表見於後世”⑦，文章内容充實、形式優美，才能流傳後世。這是歐陽修文論對北宋古文革新的重要貢獻。在歐陽修的影響下，江西作家創作大多内容充實，反映社會現實，揭示弊病，解決問題。其門生曾鞏曾經說自己“有扶衰救缺之心，非徒嗜皮膚，隨波逐流，寋枝葉而已”。因此他認爲文學創作應該關乎世之治亂：“士之生於是時，其言能當於理者，亦可謂難矣。由是觀之，則文章之得失，豈不繫乎治亂哉？”⑧ 而王安石則直接說“所謂文者，務爲有補於世而已矣”，文章“要之以適用爲本”，“治教政令，聖人之所謂文也”，“嘗謂文者禮教治政云爾”。王安石具有強烈的“經世致用”思想，想通過變法以改變社會現狀，所以他的“文”就是用來宣傳“治教政令”⑨，成爲改造社會的工具。呂南公則說“夫所謂知道者，果將何爲？必將善於行事，而有益於世也”，“天下治亂，有常勢也。儒者之才，不務見於事功，以助爲國者之福。而

① 白居易：《與元九書》，《白氏長慶集》卷四五，四庫全書本。
② 歐陽修：《答吳充秀才書》，《歐陽修全集》卷四七，中華書局 2009 年版，第 663 頁。
③ 歐陽修：《答李詡第二書》，《歐陽修全集》卷四七，中華書局 2009 年版，第 668 頁。
④ 歐陽修：《與黃校書論文章》，《歐陽修全集》卷六八，中華書局 2009 年版，第 987 頁。
⑤ 歐陽修：《薦布衣蘇洵狀》，《歐陽修全集》卷一一二，中華書局 2009 年版，第 1698 頁。
⑥ 歐陽修：《武成王廟問進士策》其二，《歐陽修全集》卷四八，中華書局 2009 年版，第 673 頁。
⑦ 歐陽修：《代人上王樞密求先集序書》，《歐陽修全集》卷六七，中華書局 2009 年版，第 984 頁。
⑧ 曾鞏：《王子直文集序》，《曾鞏集》，中華書局 1984 年版，第 197 頁。
⑨ 王安石：《與祖擇之書》，《王荊公文集箋注》，巴蜀書社 2005 年版，第 1367 頁。

希世沽名，苟爲家說，以亂古書，自稱高妙，此何所補？"他明確反對
"不務見於事功"、"苟爲家說"者，希望儒者文章有補於世。因此他對場
屋之文，提出批評"若乃場屋之文，詭僞劫剽，穿鑿猥冗之文，則某之
所恥"①。

汪藻則認爲"所貴于文者，以能明當世之務，達群倫之情……""以名節
始終，其見於文者，豈空言哉？論政之得失，則開陳反復，而極於忠……"周
必大同樣認爲文章要關乎時運，繫乎時事，反映社會內容，他說："劉禹
錫有云：'八音與政通，文章與時高下。'斯言一出，世未有改評者也。"②
在《劉彥純和陶詩後序》中說"歌詩之作，在國則系其風化。在人則系其
性習"③。他評價王道夫"著書立言，期於見用，非如近世文人才士之誇張
翰墨，馳騁辨博而已"。④ 他一再強調文人著文須期於有用，反對誇張翰墨
之文士。

陸九淵所遵循的是儒家積極入世的準則。作爲一個真正的儒者，其所
追求的是"宇宙事乃己分內事"，告誡學生"不要被場屋、富貴之念羈絆，
直接將他天下事如吾家事相似"。他教育學生讀書不要空談心性，侈談人
欲："所謂讀書，須當明物理，揣事情，論事勢。且如讀史，須看他所以
成，所以敗，所以是，所以非處。"⑤ 他的很多文章直接關涉社會現實問
題，充滿了儒家積極入世的精神。恰如徐復觀先生所云："陸九淵對事的
態度，和對書本子的態度，實大有出入。書是朱學的骨幹，而事是陸學的
骨幹。象山在儒家精神中加强了社會性，自然也加强了事功性。"⑥

---

①　呂南公：《與汪秘校論文書》，《灌園集》卷一一，四庫全書本。
②　周必大：《家塾策問》其四，《全宋文》第 231 冊，上海辭書出版社、安徽教育出版社
2006 年版，第 81 頁。
③　周必大：《劉彥純和陶詩後序》，《全宋文》第 230 冊，上海辭書出版社、安徽教育出版社
2006 年版，第 135 頁。
④　周必大：《與王道夫主簿自中書》，《全宋文》第 229 冊，上海辭書出版社、安徽教育出版
社 2006 年版，第 205 頁。
⑤　陸九淵：《語錄下》，《陸九淵集》卷三五，中華書局 1980 年版，第 442 頁。
⑥　徐復觀：《中國思想史論集》，上海書店出版社 2004 年版，第 14 頁。

三　追求新變，志於代雄

江西作家自歐陽修開始就不願意固步自封，他們不停地追求文學的創新，各自取得很高的成就。主要代表作家有歐陽修、黃庭堅、楊萬里、姜夔。首先，歐陽修領導北宋詩文運動。他以韓愈古文爲學習榜樣，在古文運動中取得重大成就。尤其是嘉祐二年（1057）他利用自己權知禮部貢舉的機會，改革科場積弊，罷黜時文，堅決打擊險怪奇澀和空洞浮華的文風。毫不留情地黜落"太學體"代表人劉幾，使得蘇軾、曾鞏、蘇轍等人脫穎而出，爲古文運動壯大隊伍。歐陽修對散文創作進行革新，提出一系列的古文創作理論。他認爲"道勝者，文不難而自至"，強調文與道俱，且文有其獨立的價值，主張古文創作需簡而有法，反對模擬，繼承韓愈的文從字順的散文風格，拋棄韓愈險怪的追求，形成自己語言簡潔、紆徐有致、平易自然的文風。同時也對駢文進行革新，以散體單行之古文筆法入駢文，少用典故成語，不求對偶工切，爲駢文創作注入新的活力。其次，在詩歌創作上，他學習韓愈詩歌的散文化手法，以散文手法和以議論入詩。最後，他首創"詩話"這一評論詩文的新體式，其《六一詩話》發表了不少精闢的文論、詩論見解。他的詩文理論，指導了作家的創作實踐，指引著革新運動。總之，歐陽修從理論到實踐都徹底地貫穿著創新精神，這極大地影響了江西作家。

黃庭堅的詩歌創作求新求變。他說"文章最忌隨人後"①，又說："隨人作計終後人，自成一家始逼真"②。黃庭堅的詩歌創作，反對隨人後，他的追求很宏大高遠，那就是力去陳言，務求生新，而後"自成一家"。在詩歌創作中，其創新的表現首先是他的詩歌講究章法迴旋曲折，給讀者以意料之外的轉折，要像參軍戲，"作詩正如作雜劇，初時佈置，臨了須打諢，方是出場"③。其次是修辭上講究出奇制勝，拋棄那些爛俗的比喻，創

---

① 黃庭堅：《贈謝敞王博喻》，《黃庭堅全集》，四川大學出版社 2001 年版，第 1304 頁。
② 黃庭堅：《以右軍書數種贈丘十四》，《黃庭堅全集》卷一二，四川大學出版社 2001 年版，第 60 頁。
③ 王直方：《王直方詩話》，郭紹虞輯《宋詩話輯佚》，中華書局 1980 年版，第 14 頁。

造新奇的意象，用事以故爲新，化腐朽为神奇。最後是他的詩歌聲律往往打破音節常規，避免平易圓熟的聲調，創造矯健奇峭的拗體。黃庭堅的詩歌自成一體，實現了他的理論追求，當時就被稱爲"山谷體"。他和蘇軾的詩歌成爲宋詩的範型。

楊萬里詩歌創作在南宋詩壇別具一格，與眾不同。他曾經自敘學詩的經歷："予之詩，始學江西諸君子，既又學後山五字律，既又學半山老人七字絕句，晚乃學絕句于唐人。"可見楊萬里的詩歌創作曾經取法多方。如果一個人的文學創作僅僅是亦步亦趨地模仿前輩先賢，不去追求創新，那也是人在矮簷下，不得不低頭，其結果正是"學之愈力，作之愈寡"。他一天公務之餘，"忽有所悟"，他"辭謝唐人及王陳江西諸君子，皆不敢學，而後欣如也。試令兒輩操筆，予口占數首，則瀏瀏焉無復前日之軋軋矣。自此每過午，吏散庭空，即攜一便面，步後園，登古城，採擷杞菊，攀翻花竹，萬象畢來獻予詩材。蓋麾之不去，前者未雠而後者已迫，渙然未覺作詩之難也。蓋詩人之病，去體將有日矣。方是時，不惟未覺作詩之難，亦未覺作州之難也"①。他衝出江西派的詩學藩籬，進入詩歌創作的新境界。詩人自豪地宣稱："傳派傳宗我替羞，作家各自一風流。黃陳籬下休安腳，陶謝行前更出頭。"② 他不僅要衝出江西藩籬，還要超邁陶、謝，這種勇於創新的精神使得楊萬里詩歌"自有一風流"，形成了特有的風格：突破江西派鑽故紙堆的藩籬，向大自然尋找詩材；新鮮活潑，詼諧幽默。他的詩歌創作獲得時人的很高讚譽："今日詩壇誰是主，誠齋詩律正施行。"③ 陸游亦稱："文章有定價，議論有至公。我不如誠齋，此評天下同。"④ 他的詩歌被稱爲"誠齋體"，成爲南宋"中興四大家"之一。

姜夔的詩歌創作經歷與楊萬裏相似，曾自敘學詩經過："近過梁溪，見尤延之先生，問余詩自誰氏，余對以異時泛閱眾作。已而病其駁如也，三薰三沐師黃太史氏。居數年，一語噤不敢吐。始大悟學即病，顧不若無

---

① 楊萬里：《誠齋荊溪集序》，《楊萬里集箋校》第 6 冊，中華書局 2007 年版，第 3260 頁。
② 楊萬里：《跋徐恭仲省幹近詩》（其三），《楊萬里集箋校》第 3 冊，中華書局 2007 年版，第 1369 頁。
③ 姜特立：《謝楊誠齋惠長句》，《梅山續稿》卷一，四庫全書本。
④ 陸游：《謝王子林判院惠詩編》，《劍南詩稿》卷五三，四庫全書本。

所學之爲得，雖黃詩亦優然高閣矣。"① 最後他掙脫江西詩派的禁錮，自成
一家。他強調說"余之詩，余之詩耳。窮居而野處，用是陶寫寂寞則可，
必欲其步武作者，以釣能詩聲，不惟不可，亦不敢"。每個作者應該直抒
胸臆，有自己的鮮明特色，不必亦不能踵武前人，否則其結果甚至會是
"一語噤不敢吐"。在他看來，"詩本無體"，不必"豔其各有體"，每個作
家應該有自己的面目。姜夔具有強烈的創新意識，他說：

> 作者求與古人合，不若求與古人異；求與古人異，不若不求與古
> 人合而不能不合，不求與古人異而不能不異。彼惟有見乎詩也，故向
> 也求與古人合，今也求與古人異；及其無見乎詩已，故不求與古人合
> 而不能不合，不求與古人異而不能不異。

當蕭千岩、楊萬裏、范成大諸人贊其詩與他們相似時，姜夔則不以爲然，
他所追求的是戛戛獨造，別具一格，是"以精思獨造爲宗"②。因而他的詩
獲得了楊萬里的高度評價："尤、蕭、范、陸四詩翁，此後誰當第一功？
新拜南湖爲上將，更推白石作先鋒"，"以爲有裁雲縫月之妙，敲金戛玉之
奇聲"③。

姜夔的詞作，同樣別具一格。張炎稱"白石詞如《疏影》、《暗香》、
《揚州慢》、《一萼紅》、《琵琶仙》、《探春》、《八歸》、《淡黃柳》等曲，不
惟清空，又且騷雅，讀之使人神觀飛越"④。所謂的"騷雅"，袁行霈等撰
的《中國詩學通論》認爲"騷"可理解爲文采斐然，"雅"指內容雅正，
提出騷雅，實際上是在清空的基礎上求工，以免走入空疏一途，是對清空
說的某種修正與補充⑤。郭紹虞、王文生《中國歷代文論選》則認爲是指

① 姜夔：《白石道人詩集原序》，《白石道人詩集》，四庫全書本。
② 《四庫全書總目》卷一六二，《白石道人詩集》條，中華書局 1965 年版。
③ 馬端臨：《文獻通考》卷二四五之《經籍考》七二，四庫全書本。
④ 張炎撰，夏承燾校注：《詞源注》，人民文學出版社 1963 年版，第 16 頁。
⑤ 袁行霈、孟二冬、丁放：《中國詩學通論》，安徽教育出版社 1994 年版，第 682 頁。

符合大、小《雅》，《離騷》的精神①，而方智范、鄧喬彬等撰的《中國古典詞學理論史》在其基礎上有所深化："就是要求立意上言天下大事，言王政廢興，但其規諷之旨和忠怨之辭，在藝術表達要出以'比興之義'。"②筆者以爲《中國古代詞學理論史》的理解後出轉精。"騷雅"當指既能繼承《離騷》芳草美人的傳統，比興寄託現實社會問題，又能達到大、小《雅》之主文譎諫、怨誹而不亂、溫柔敦厚的藝術效果。姜夔的詞如《揚州慢》，"無限傷亂語"而僅以"猶厭言兵"點到爲止，情感雖沉痛而出語則溫柔敦厚之至。其他的詞如《暗香》、《疏影》等亦復如是。因而與周邦彥相比，姜夔詞作則意趣高遠。姜夔的這種追求，使其詞避免了蘇辛詞派末流詞作風格粗豪、叫囂之弊。姜夔的詞還具有"清空"的一面，所謂的"清空"是指遺貌取神，攝取人情、事態的精神，不著色相，渾妙超脫，意蘊無窮。因此，與吳文英的詞相比，避免了"質實"的缺點。姜夔的詞"如野雲孤飛，去留無跡"，極大地開拓了婉約詞的境界。總之，姜夔詞作取得很高的成就，成爲一種新的美學範式和美學追求，到了清代甚至被浙西詞派尊爲鼻祖，可見其影響之深遠。

總之，宋代江西作家具有自覺的創新意識，不甘居人籬下，他們或領導革新，或開宗立派，或另闢蹊徑，成就有高有低，而銳意創新，不願步趨別人則一也③。

四　不煩繩削，妙造自然

在中國古代作家、批評家的眼中，自然是文學風格最高的追求。陶淵明在宋代成爲文學家不可企及的範型，主要原因就在於他的詩風自然。宋人自梅堯臣、歐陽修開始追求平淡自然的藝術風格。平淡自然成爲宋人追

---

① 郭紹虞主編：《中國歷代文論選》第 2 冊，上海古籍出版社 2001 年版，第 471 頁第 25 條注釋。

② 方智范、鄧喬彬等：《中國古典詞學理論史》，華東師範大學出版社 2005 年版，第 86 頁。

③ 此處再補充一個不甚著名的作家：王阮，南宋江西德安人，著《義豐集》。他曾說："文惡蹈襲，其妙在於能變，惟淵源者得之。"劉克莊曾評其文："故公諸文，變態無窮，不主一體，論事必考古今，據義理，不祖舊說。"見劉克莊《王南卿集序》，王阮撰，朱瑞熙、孫家驊校注《義豐文集‧附錄》，華東師範大學出版社 2006 年版，第 183 頁。

求的主流風格和最高風格範型。

歐陽修的詩文創作努力追求自然平易的風格。他的詩文均學韓愈，但是他拋棄了韓愈追求"怪奇"的缺點。韓愈文學創作追求創新，追求"惟陳言之務去"①，"詞必己出"②，但是韓愈又愛好"怪怪奇奇"，往往雕肝琢腎，搜羅奇語，刻鏤詞句。歐陽修則取其風格平易的一面，而批判其怪奇之風。他對元結和樊宗師提出嚴厲批判，說元結"惟恐不奇而無以動人之耳目也"③，他反對"穿蠹經傳，移此儷彼，以爲浮博"④，一再告誡門人文學創作應取自然平易之風。對王安石說："勿用造語及模擬前人"，"韓孟文雖高，不必似之也，取其自然耳"。⑤ 對徐無黨說"寄近著尤佳，論議正宜如此。然著撰苟多，他日更自精擇，少去其繁，則峻潔矣。然不必勉強，勉強簡節之，則不流暢，須待自然之至，其如常宜在心也"⑥。歐陽修自己的創作總體上體現了這種自然平易之風。其詩雖學韓愈，以文爲詩而多議論，但不像韓愈那樣"橫空盤硬語"，務求新奇。蘇洵評其散文"執事之文，紆餘委備，往復百折而條達疏暢，無所間斷，氣盡語極，急言竭論而容與閑易，無艱難勞苦之態"。⑦ 金人趙秉文評其文："亡宋百餘年間，唯歐陽公之文不爲尖新、艱險之語，而有從容閑雅之態，豐而不餘一言，約而不失一辭，使人讀之者亹亹不厭。蓋非務奇之爲尚，而其勢不得不然之爲尚也。"⑧ 總之，歐陽修的文學創作，尤其是其散文創作紆餘委備，平易自然，不愧爲北宋文學的一代宗師。歐陽修平易自然的藝術風格爲整個宋代文學發展奠下很好的基石，其沾溉後世非一時一地也。

黃庭堅認爲作家進行文學創作首先要有深厚的學問。在《與王觀復書三首》（其一）中說："所送新詩，皆興寄高遠，但語生硬不諧律呂，或詞

---

① 韓愈：《答李翊書》，《韓愈全集校注》，四川大學出版社 1996 年版，第 1454 頁。
② 韓愈：《南陽樊紹述墓誌銘》，《韓愈全集校注》，四川大學出版社 1996 年版，第 2640 頁。
③ 歐陽修：《唐元結滮鐳銘跋》，《歐陽修全集》卷一四〇，中華書局 2009 年版，第 2239 頁。
④ 歐陽修：《與荊南樂秀才書》，《歐陽修全集》卷四七，中華書局 2009 年版，第 660 頁。
⑤ 曾鞏：《與王介甫第一書》，《曾鞏集》，中華書局 1984 年版，第 254 頁。
⑥ 歐陽修：《與澠池徐宰》其五，《歐陽修全集》卷一五〇，中華書局 2009 年版，第 2474 頁。
⑦ 蘇洵：《上歐陽內翰第一書》，曾棗莊、金成禮箋注，《嘉祐集箋注》，上海古籍出版社 1993 年版，第 327 頁。
⑧ 趙秉文：《竹溪先生文集引》，《閑閑老人滏水文集》卷一五，叢書集成初編本。

氣不逮初造意時。此病亦只是讀書未精博耳。長袖善舞，多錢善賈，不虛語也。"① 他多次強調作家必須具備深厚的學問。在《答洪駒父書》中："諸文亦皆好，但少古人繩墨耳，可更熟讀司馬子長、韓退之文章"，"更須治經，深其淵源，乃可到古人耳"。② 在《與秦少章書帖》中說："文章雖末學，要須深其根本，探其淵源。"但是，黃庭堅目的並不是強調掉書袋，而是強調長袖方能善舞，多錢方能善賈。那麼作品的"善"是指什麼呢？是"不煩繩削而自合"的自然境界。他認爲杜甫到夔州後的詩、韓愈自潮州還朝後的文章，都是達到"不煩繩削而自合"的自然境界。他認爲杜甫到夔州後的詩"句法簡易"，"大巧出焉"，"平淡而山高水深"，"無斧鑿痕"，這就是自然的藝術境界。他說"好作奇語，自是文章病"，"文章以理爲主，理得而辭順，文章就自然出群拔萃"。因之，追新逐奇不是他的文學追求，他是反對好作奇語的："文章自建安以來好作奇語，故其氣象衰茶，其病至今猶在"。黃庭堅所追求的自然是由人工而妙造自然，即由技進於道。這是一種"以人合天"的途徑。黃庭堅對像李白那樣的天才詩人"不主故常"的藝術風格不是很欣賞。他在《題李白詩草後》中說："余評李白詩如黃帝張樂於洞庭之野，無首無尾，不主故常，非墨工椠人所可擬議。吾友黃介讀李杜優劣論曰：'論文政不當如此。'余以爲知言。"③ 他認爲通過後天的學習，深其淵源，參悟詩法，不煩繩削，最後妙造自然，才是論文之正道。黃庭堅雖然強調"爐錘之功"，"技進於道"，但他很強調文學創作是作家胸襟的自然流露："謝康樂、庾義城之於詩，爐錘之功，不遺力也。然陶彭澤之牆數仞，謝、庾未能窺者，何哉？蓋二子有意於俗人贊毀其工拙，淵明直寄焉耳。"④ 這就是說人工的鍛煉固然重要，亦是達到自然境界的必要手段，但是目光只粘著於工拙，反而達不到，要像陶淵明那樣自抒胸襟，無意于詩，無意於工而自工，才能真正達到妙造自然。一言以蔽之，黃庭堅所追求的是"鍛煉而歸於自然"⑤。

----

① 黃庭堅：《與王觀復書》（其一），《黃庭堅全集》，四川大學出版社 2001 年版，第 470 頁。
② 黃庭堅：《答洪駒父書》（其三），《黃庭堅全集》，四川大學出版社 2001 年版，第 475 頁。
③ 黃庭堅：《題李白詩草後》，《黃庭堅全集》卷二六，四川大學出版社 2001 年版，第 656 頁。
④ 黃庭堅：《論詩》，《黃庭堅全集》，四川大學出版社 2001 年版，第 1428 頁。
⑤ 《藝概》卷二，上海古籍出版社 1978 年版，第 69 頁。

　　楊萬里詩歌創作取法自然，心師造化，被認爲得"活法"真髓。"活法"由呂本中首先提出，他强調"規矩具備，而能出於規矩之外"，文無定法而有定法。呂本中在《夏均父文集序》中提出"活法"，試圖跳出江西窠臼。"活法"真正的風格追求就是自然。呂本中說："謝玄暉有言'好詩流轉圓美如彈丸'此真活法也。"① 張元幹說："韓、杜門庭，風行水上，自然成文，俱名活法。"② 張元幹認爲風行水上、自然成文就是"活法"。江西後勁方回亦認爲呂本中詩"宗'江西'而主于自然，號彈丸法"③。楊萬里自江西入，不自江西出，真正實現了呂本中提出的"活法"追求。正如劉克莊所說："後來誠齋出，真所謂活法。所謂流轉圓美如彈丸者，恨紫薇公不及見耳。"楊萬里自己則說："我初無意於作是詩，而是物是事適然觸乎我，我之意亦適然感乎是物是事。觸先焉，感隨焉，而是詩出焉，我何與哉？天也。斯之謂興。"④ 他認爲這種感物興情，形諸詩篇就是自然。這似是源自劉勰"人稟七情，應物斯感，感物吟志，莫非自然"的說法⑤。劉勰認爲這種"應物斯感，感物吟志"是自然而然的，楊萬里則進一步認爲"應物斯感，感物吟志"的"興"，就是"天"，即天機自然。由此可見他所追求的就是心師造化、神會興到、自然天成的藝術風格，可以說與黃庭堅是殊途而同歸。

　　姜夔的文學追求主要保存在《白石道人詩說》中，雖然該書大多是蜻蜓點水，語焉不詳，但我們從中仍然可以看出姜夔的文學思想。他認爲文學創作的最高境界就是"自然高妙"："詩有四種高妙，一曰理高妙，二曰意高妙，三曰想高妙，四曰自然高妙。"⑥ 其中所說的"自然高妙"是"非奇非怪，剝落文采，知其妙而不知其所以妙"，隱然以"自然高妙"爲藝術追求的最高境界，在姜夔之前只有陶淵明、杜甫等少數作家達到這種境

---

① 見《文獻通考》卷二四五之《經籍考》七二，四庫全書本。
② 張元幹：《亦樂居士文集序》，《蘆川歸來集》卷九，四庫全書本。
③ 方回選編，李慶甲集評校點：《瀛奎律髓》卷四，上海古籍出版社 1986 年版，第 180 頁。
④ 楊萬里：《答建康府大軍庫監門徐達書》，《楊萬里集箋校》第 6 冊，中華書局 2007 年版，第 2841 頁。
⑤ 劉勰：《明詩》，《文心雕龍》，人民文學出版社 1962 年版，第 65 頁。
⑥ 姜夔：《白石道人詩說》，《歷代詩話》，中華書局 1981 年版，第 682 頁。

界。一方面，姜夔追求的是"吟詠情性，如印印泥"①，如實地表現事物的本來面目。他認爲文學作品的產生，"其來如風，其止如雨，如印印泥，如水在器，其蘇子所謂不能不爲者乎".② 這是繼承了蘇軾的"自然"觀："大略如行雲流水，初無定質，但常行於所當行，常止於所不可不止，文理自然，姿態橫生。"③ 這樣的作品方能達到"自然高妙"。另一方面，他又強調自然與功力並重，他說"沉著痛快，天也。自然與學到，其爲天一也"。他認爲由學力亦可達到"天"的境界，亦即"自然高妙"。他說"詩之不工，只是不精思耳"④，"思有窒礙，涵養未至也，當益以學"⑤，多加學習，深以涵養，消除思想的窒礙，亦能夠達到"自然高妙"，達到自然的藝術境界，這又是繼承了黃庭堅的"自然"觀。

第二節　南宋江西散文作家梳理

南宋江西散文的創作成就高，作家多。本書以《四庫全書總目》所論爲基礎，並參考《宋文論稿》、《全宋文》及《宋代江西文學家考錄》⑥，將南宋江西主要散文家梳理如下。

汪藻（1079—1154），字彥章，饒州德興人，登崇寧二年（1103）進士。藻學問博贍，爲南渡後詞臣冠冕。統觀所作，大抵以儷語爲最工，其他文亦多深醇雅健，追配古人。孫覿作汪藻墓誌，以大手筆推之。⑦ 其《浮溪集》三二卷，計奏疏二卷，表四卷，內、外制十卷，啟二卷，序、記三卷，碑、傳、誌、銘六卷，銘贊等一卷，詩四卷。《全宋文》收其文三〇九篇。

王庭珪（1080—1172），字民瞻，自號盧溪真逸，政和八年（1118）

---

① 姜夔：《白石道人詩說》，《歷代詩話》，中華書局 1981 年版，第 682 頁。
② 姜夔：《白石道人詩說》自敘，《歷代詩話》本。
③ 蘇軾：《與謝民師推官書》，《蘇軾文集》，中華書局 1986 年版，第 1418 頁。
④ 姜夔：《白石道人詩說》，《歷代詩話》，中華書局 1981 年版。
⑤ 同上書，第 682 頁。
⑥ 夏漢寧等編：《宋代江西文學家考錄》（中山大學出版社）於 2011 年 12 月出版，在撰寫論文初稿時未能參考，現在利用該書對本章節做些補充。
⑦ 《四庫全書總目》卷一五六，中華書局 1965 年版。

進士，其《盧溪集》五十卷，《四庫全書總目》稱："庭珪抱經濟之才，鬱而未發，故雄直之氣，時流露於詩文間。"①《全宋文》收其文二四九篇。

朱弁（1085—1144），字少章，號觀如居士。婺源（今屬江西）人，移居新鄭，從孫朱熹。建炎二年（1128）自願使金，以諸生補修武郎，藉右武大夫、吉州團練使擢任通問副使，隨王倫赴金，被拘不屈，羈留十七年，著有《聘遊集》四十二卷、《風月堂詩話》三卷、《尚書直解》十卷、《曲洧舊聞》三卷、《新鄭舊詩》一卷、《南歸詩文》一卷等。《全宋文》收其文約十篇。

劉才邵（1086—1158），字美中，自號樅溪居士，盧陵人。著有《樅溪居士集》二十二卷，今已佚。《四庫全書總目》稱"其雜文亦多雅馴，而制詔諸作，尤有體裁"②。

洪皓（1088—1155），徽宗政和五年（1115）進士。高宗建炎三年（1129），以徽猷閣待制假禮部尚書使金被留，紹興十三年（1143）始歸。有文集二十五卷等，已佚。清四庫館臣據《永樂大典》輯爲《鄱陽集》四卷，另有《松漠紀聞》二卷行世。《全宋文》收其文二十八篇。

朱松（1097—1142），字喬年，號韋齋，江西婺源人，朱熹之父，撰有《韋齋集》十二卷。傅自得爲之撰序稱："愛其詩高遠而幽潔，其文溫婉而典裁。至表、疏、書、奏，又皆中於理而切事情。"③《全宋文》收其文約八八篇。

胡銓（1102—1180），字邦衡，號澹庵，盧陵人。著《澹庵集》一百卷，今存六卷，詩、制策、奏疏、記、序各一卷，墓誌、書等雜文二卷。楊萬里云："先生之文，肖其爲人。其議論閎以遠，其序記古以馴，其代言典而實，其書事約而悉……夫是數者，得其一猶足以行於今而傳於後，而況萃其百乎？何其盛也！"④《全宋文》收其文三十五卷。

洪适（1117—1184），字景伯，號盤洲老人，鄱陽（今江西鄱陽）人，

---

① 《四庫全書總目》卷一五七，中華書局1965年版。
② 《四庫全書總目》卷一五六，中華書局1965年版。
③ 傅自得：《韋齋集原序》，《韋齋集》，四庫全書本。
④ 楊萬里：《澹庵先生文集序》，《楊萬里集箋校》，中華書局2007年版，第3318頁。

撰有《盤洲集》八十卷。他以詞科起家，工於麗偶，《四庫全書總目》稱
"其内外諸制，亦長於潤色，藻思綺麗，層見疊出"①，稱其"記、序、誌、
傳之文，亦尚存元祐之法度，尤南宋之錚錚者矣"，可見亦是古文一作手。
其《盤洲集》全書凡詩十卷，内外制十四卷，詞科習稿、進卷四卷，賦、
銘、頌、贊等一卷，記、序、碑、傳五卷，表奏十七卷，啓十卷，題跋二
卷，致語、上樑文等文八卷，祭文、行狀、墓誌六卷，樂章三卷。《全宋
文》收其文十五卷。

汪應辰（1118—1176），宋史本傳未著年歲，依"紹興五年（1135），
進士第一人，年甫十八"②推算。初名洋，字聖錫，信州玉山人。今傳
《文定集》二十四卷。《全宋文》收其文五一二篇。

曾敏行（1118—1175），字達臣，自號浮雲居士，又曰獨醒道人，又
曰歸愚老人，吉水人。胡銓、楊萬里、謝諤皆其友。著有《獨醒雜誌》十
卷，楊萬里爲之序，謝諤、趙汝愚、周必大、樓鑰亦皆爲之跋。書中多記
兩宋軼聞，可補史傳之闕，間及雜事，亦足廣見聞。③

周必大（1126—1204），吉州廬陵人。周必大著述富贍，生平著書八
十一種。其子周綸編次爲二百卷，《宋史》稱《平園集》，《直齋書錄解題》
稱《周益公集》，《四庫全書》本則稱《文忠集》，均爲二百卷。《全宋文》
收其文二十卷。

徐夢莘（1126—1207），字商老，清江人，紹興二十四年（1154）進
士。事蹟具《宋史》儒林傳。所撰《三朝北盟會編》，"自政和七年海上之
盟迄紹興三十一年，上下四十五年，凡勑制、誥詔、國書、書疏、奏議、
記序、碑誌，登載靡遺"，"今其書鈔本尚存，凡分上中下三帙，上爲政宣
二十五卷，中爲靖康七十五卷，下爲炎興一百五十卷，其起訖年月與史所
言合。所引書一百二種，雜考私書八十四種，金國諸錄十種，共一百九十
六種，而文集之類尚不數焉，史所言者殊未盡也"，"其博贍淹通，南宋諸

① 《四庫全書總目》卷一六〇，中華書局1965年版。
② 《宋史》卷三八七，中華書局1977年版，第11876頁。
③ 《四庫全書總目》卷一四一，中華書局1965年版。

野史中，自李心傳《繫年要錄》以外，未有能過之者，固不以繁蕪病矣"①。另著有《北盟集補》今亡佚。

楊萬里（1127—1206），吉州吉水人。其所撰《誠齋集》一百三十三卷，包括詩四十二卷，辭賦三卷，表箋三卷，奏劄三卷，書啓二十卷，記六卷，序七卷，雜文八卷，尺牘八卷，傳、行狀四卷，碑誌十三卷，《千慮策》、《庸言》、《心學論》、《程式論》、《詩話》等雜著、十五卷，附錄一卷。另有《誠齋易傳》二十卷。《謚文節公告議》稱"公之文，辯博雄放，自其少日已盛行於世，晚年所著益復洪深"，"他人之文以詞勝，公之文以氣勝。惟其有是節，故能有是氣；惟其有是氣，故能有是文也。此公所以特立於近歲以來，而無媿於江西先賢之盛也"②。《全宋文》收其文一一二七篇。

王炎（1138—1218），字晦叔，號雙溪，婺源人，乾道五年（1169）進士。所著《雙溪類稿》，凡賦、樂府一卷，詩、詞九卷，文十七卷。其詩文博雅精深，亦具有根柢。四庫館臣曰："蓋學有本原，則詞無鄙誕，較以語錄爲詩文者，固有蹈空徵實之別矣。"③《宋史翼》有传。《全宋文》收其文約四九〇篇。

陸九淵（1139—1193），字子靜，號象山，書齋名"存"，世人稱存齋先生，著名的理學家、教育家，與朱熹齊名，史稱"朱陸"。其《象山集》凡三十二卷。其中語錄四卷，書十七卷，奏表、記、贈序、講義、策問、詩、祭文、行狀、墓誌銘個一卷，雜著二卷，《外集》四卷爲程文與拾遺。《全宋文》收其文三百九十九篇。

彭龟年（1142—1206），字子寿，清江人，乾道五年（1169）進士。躬年官右史時，面折廷诤，劇切人主，有古直臣之風。集中所存奏疏劄子，尚五十五篇，敷陳明確，多關於國家大計，其嚴氣正性，凛然猶可想見。史稱其學識正大，議論簡直，善惡是非，辨析甚嚴。故生平雖不以文章名，而懇惻之忱與剛勁之氣，浩然直達，語不求工而自工，固非聱牙爲

① 《四庫全書總目》卷四九，中華書局 1965 年版。
② 李道传：《謚文節公諡議》，《楊萬里集箋校》第 9 冊，中華書局 2007 年版，第 5144 頁。
③ 《四庫全書總目》卷一六〇，中華書局 1965 年版。

文者，所得絜其長短也。《宋史·藝文志》載其集四十七卷，世久失傳，今從永樂大典所載，益以歷代名臣奏議，所錄共得文二百二十三首，詩二百二十首。依類編次，釐爲二十卷。雖得諸殘缺之餘，而其一生建白，史所未盡載者，已畧具於是，傳龜年之文，益足傳龜年之人矣。①《全宋文》收其文二百三十四篇。

曾豐（1142—1224），字幼度，號樽齋。四庫館臣從《永樂大典》輯得《緣督集》二十四卷，元虞集謂"其氣剛而義嚴，辭直而理勝，得於《易》之奇、《詩》之葩"。四庫提要稱，"豐仕蹟不顯，頗以著述自負，集中如《六經論》之類，根柢深邃，得馬、鄭諸儒所未發。其他詩文間有好奇之癖，要皆有物之言，非膚淺者所可企及，亦南宋一作者也"②。《全宋文》收其文一百九十三篇。

陈文蔚（1154—1247），字才卿，上饒人，嘗舉進士，端平二年都省言其所作《尚書類編》，有益治道，詔補迪功郎，今《尚書類編》已佚。其文集亦無傳本，故《書錄解題》、《宋史·藝文志》俱未著錄。明初其郡人張時雨及其裔孫良鑑始編成《克齋集》，集中與朱子往復書甚多，皆以工夫精進相規切。其詩雖頗拙俚，不及朱子遠甚，其文則皆明白淳實，有朱子之遺。講義九條剖析義利之辨，亦爲諄切，均不愧儒者之言，與後來依門傍戶者，固迥乎殊矣。③《全宋文》收其文一二六篇。

曹彥约（1157—1228），都昌人。其《經幄管見》一書，敷陳祖訓，規箴時政，尚歷歷可稽。文集乃湮没不顯，《宋史·藝文志》亦不著錄，惟焦竑《國史·經籍志》有《昌谷小集》二十卷。錢溥《秘閣書目》亦有《曹文簡公集》十五冊，然亦久無傳本。厲鶚《宋詩紀事》蒐羅繁富，絕不及其姓名，則無徵久矣。四庫館臣從《永樂大典》輯出詩文頗多，類次排纂，釐爲二十二卷。其間奏議大都通達政體，可見施行；所論兵事利害，尤確鑿有識，不同摭拾游談。其應詔陳言二封事，乃慶元、寶慶間，先後所上，於當日苟且玩愒之弊，反復致意，切中窾要，亦可徵其鯁直之

---

① 《四庫全書總目》卷一六〇，中華書局 1965 年版。
② 同上。
③ 《四庫全書總目》卷一六二，中華書局 1965 年版。

概，惟儷詞韻語，稍傷質樸，然不事修飾而自能詞達理明，要非學有原本者不能也。①《全宋文》收其文十二卷。

吳曾（生卒年不詳），字虎臣，崇仁人。著有《能改齋漫錄》，據其子稱所記凡二千餘條，釐爲十八卷。是書考證頗詳，而當時殊爲眾論所不滿。曾記誦淵博，故援據極爲賅洽，辨析亦多精核，當時雖惡其人，而諸家考證之文，則不能不徵引其說，幾與洪邁《容齋隨筆》相埒，置其人品而論其學問，棄其瑕纇而取其英華，在南宋說部之中，要稱佳本，則亦未可竟廢矣。②

包恢（1182—1268），字宏父，建昌人，"不以文名，史傳亦絕不及其著作。惟元劉壎《隱居通議》有云：'恢以學文爲時師表，平生爲人作豐碑巨刻，每下筆輒汪洋放肆，根據義理，娓娓不窮。蓋其學力深厚，不可涯涘。'云云。獨推重之甚，至今觀所作，大都疏通暢達，沛然有餘，其奏劄諸篇，亦剴切詳明，得敷奏之體……而論其文固亦不失爲儒者之言矣。"其文集稱《敝帚稿略》，四庫館臣從《永樂大典》輯得"文七十餘首，詩八十餘首，釐爲八卷"。③《全宋文》收其文八卷七十五篇。

徐鹿卿（1189—1251），字德夫，隆興豐城人。博通經史，以文學名於鄉，嘉定十六年（1223）進士。理宗朝累遷太府少卿，兼右司權給事中，歷禮部侍郎，提舉鴻禧觀致仕，卒諡清正，所著有《泉谷文集》《奏議》《講議》《鹽楮議政稿》《歷官對越集》諸書，今俱散佚。《全宋文》收其文九卷。

徐元傑（1196—1246），字仁伯，號楳埜，信州上饒人，紹定五年（1232）進士第一。事蹟具宋史本傳。元杰侃直敢言，不避權勢。當史嵩之起復，元杰攻之甚力，卒寢成命，後元杰以暴疾卒，人皆以爲嵩之毒之。臺諫及太學生徒俱爲上疏訟冤。現存雜文十一卷，詩詞一卷，僅存十之五六。其奏議皆惓惓納忠，辭旨懇到，亦多關係國家大計，言無不盡。

---

① 《四庫全書總目》卷一六一，中華書局 1965 年版。
② 《四庫全書總目》卷一一八，中華書局 1965 年版。
③ 《四庫全書總目》卷一六三，中華書局 1965 年版。

雖夙從陳文蔚、真德秀游，或不免過泥古義，稍涉拘迂。①《全宋文》收其
文十五卷。

歐陽守道（1208—1273），字公權，初名巽，字迁父，吉州人，淳祐
元年（1241）進士，世有"小歐公"之稱。受江萬里聘，曾至白鷺洲書院
爲諸生講課，後應湖南轉運副使吳子良聘，爲嶽麓書院副山長，發明孟氏
正人心、承三聖之說，於學無所不講，尤注重前代治亂興廢。文天祥、鄧
光薦、劉辰翁等皆出其門下。著有《易故》《巽齋文集》等。《全宋文》收
其文二八二篇。

姚勉（1216—1262），字述之，一字成一，號雪坡，高安人。寶祐元
年（1253）以詞賦擢第，廷對萬言策第一。《宋史》無傳。著有《雪坡
集》，是集《藝文志》亦失載，此本爲其從子龍起所編，凡奏、對、牋、
策七卷，講義二卷，賦一卷，詩十一卷，雜文二十九卷。勉受業於樂雷
發，詩法頗有淵源，雖微涉粗豪，然落落有氣。文亦多嫻雅可觀，無宋末
語錄之俚詞。②《全宋文》收其文十卷。

馬廷鸞（1222—1298），字翔仲，自號玩芳病叟，馬端臨之父，樂平
人，淳祐七年（1247）進士。著有《碧梧玩芳集》，大抵駢體最工。理宗
末年又居兩制，朝廷大著作，多出其手。其他詩文亦皆典贍秀潤，盎然有
卷軸之味③。其集《宋史》不著錄，原編卷數已不可考，《四庫全書》裒輯
排比，分爲二十三卷，另《讀史旬編》之軼文裒爲一卷，附於文後，共爲
二十四卷。《宋史》稱廷鸞所著又有《六經集傳》《語孟會編》《楚辭補記》
《洙泗裔編》《讀莊筆記》諸書，今並不傳。事蹟具宋史本傳。《全宋文》
收其文三百九十九篇。

謝枋得（1226—1289），字君直，號疊山，信州弋陽人。其著作四庫
本《疊山集》收有詩一卷，書、序一卷，記、銘、說、跋一卷，啓、劄一
卷，附錄一卷。並編有《文章軌範》七卷，該書在後世影響很大。四庫館
臣稱"枋得忠孝大節，炳著史冊。《卻聘》一書，久已膾炙人口。而其他

---

①　《四庫全書總目》卷一六四，中華書局 1965 年版。

②　同上。

③　《四庫全書總目》卷一六五，中華書局 1965 年版。

文章亦博大昌明，具有法度，不愧有本之言。觀所輯《文章軌範》多所闡發，可以知其心得之深矣"。李源道撰《文節先生謝公神道碑》稱其"少力學，六經、百氏悉淹貫，爲文章偉麗卓然天成，不踐襲陳言宿説，論古今成敗得失，上下數千年，較然如指掌，尤善論樂毅、申包胥、張良、諸葛亮事，常若有千古之憤者，而以植世教、立民彝爲任"①。《全宋文》收其文九十六篇。

劉辰翁（1232—1297），字會孟，別號須溪，廬陵（今吉安）人。所著《須溪集》百卷早佚，四庫館臣從《永樂大典》輯得《須溪集》十卷，包括記五卷，序跋一卷，碑誌、雜著、詩一卷，詞三卷。另有《須溪四景詩集》共一百六十七首詩，四庫館臣認爲可能是爲其兒子科舉備考之用。《養吾齋集》提要稱"辰翁以文名於宋末，當文體冗濫之餘，欲矯以清新幽儁，故所評諸書多標舉纖巧，而所作亦多以詰屈爲奇。然蹊逕獨開，亦遂別自成家，不可磨滅"②。《全宋文》收其文二五〇篇。

文天祥（1236—1283），吉州吉水人，初名雲孫，字天祥。選中貢士後，換以天祥爲名，改字履善。寶祐四年（1256）中狀元後，改字宋瑞，又號文山，又號浮休道人，南宋民族英雄，工於詩文，宋末傑出文學家。《四庫全書》本《文山集》共二十一卷，其中詩二卷，對策、封事一卷，制、表一卷，書四卷，啓三卷，記、序、題跋、說各一卷，碑誌、祭文、樂府等二卷，《指南文集》三卷，《紀念錄》等一卷。《全宋文》收其文六九九篇。

王炎午（1252—1324）原名應梅，字鼎翁，號梅邊，吉州安福人。其著作《吾汶稿》十卷，"因所居汶源里。名其稿曰《吾汶》"，"其生祭文丞相文尤稱傑作，世爭傳誦。是稿爲文九卷，附錄一卷"，四庫館臣稱其文"大致近於質直，而要不失爲真樸"③。

---

① 《四庫全書總目》卷一六四，中華書局 1965 年版。
② 《四庫全書總目》卷一六六，中華書局 1965 年版。
③ 《四庫全書總目》卷一六五，中華書局 1965 年版。

第三節　南宋江西散文創作分期

南宋江西散文的發展與南宋整個散文的發展是同步的，具有同樣的時代特點。本書將南宋江西散文分爲三個時期：前期、中期、後期①。

一　前期

前期即高宗建炎、紹興間（1127—1163）三四十年，屬於南渡時期。在北宋後期徽、欽宗時，散文的發展處於衰落狀態，隨著北宋被金人滅亡，宋室南渡，散文的發展也出現新的變化。北宋後期由於權奸當政，朝政腐敗，且以程文鉗制文士之口，"蔡京顓國，以學校科舉鉗制多士……士子程文，一言一字，稍涉疑忌，必暗黜之"②，因而造成散文創作的衰落。但是金人滅宋，神州陸沉，山河破碎，國家發生天翻地覆的變化，打破了文人墨客流連光景的迷夢，他們不能在書齋平心靜氣地賞畫品茗，談文論藝，都身不由己地被推向時代的风尖浪口，尤其是充滿熱血、富於愛國熱情的文人志士，拍案而起。他們針砭時弊，指責權奸，呼籲抗戰，反對和議，士庶同聲，萬眾一口。因此，這時期的散文創作以務實爲主要風格，以議政言事爲主題，擺脫了文以載道的傳統。江西作家亦復如是，其代表作家有汪藻、胡銓、王庭珪等。汪藻學問博贍，長於四六，統觀所作，大抵以儷語爲最工，爲南渡後詞臣冠冕，而"其他文亦多深醇雅健，追配古人"。如《奏論諸將無功狀》（卷一）描繪金人入侵，諸將無能無功之狀：

> 臣竊惟金人爲中國患，雖已五年，而自陛下卽位以來，祖宗土宇，日蹙一日，生靈塗炭，歲甚一歲。臣嘗稽之載籍，雖至微弱之邦，至衰闇之主，敵人臨境，猶能使其國人勉強一戰；未聞以堂堂中

---

① 本書對南宋江西散文的分期，參考了朱迎平《南宋散文發展述略》一文，該文收於《宋文論稿》，上海財經大學出版社 2003 年版，第 171 頁。

② 洪邁：《容齋隨筆》，上海古籍出版社 1978 年版，第 576 頁。

> 國之大，州縣所存者大半，陛下英明之資，勵精求治，無失德於天下，而敵騎長驅，去其都萬有餘里，如入無人之境。至山東則破山東，至淮南則破淮南，至浙江則破浙江。嘻笑而來，飽滿而去。坐令原野厭人之肉，川穀流人之血，宗社不絕如綫。以萬乘之尊，至於乘桴入海，倀倀然未知稅駕之所。其所以至此者，何哉？將帥不得其人，而陛下所以馭將帥者未得其術也。①

這一段描繪極其生動形象，極爲深刻精闢，絕非汪藻之污蔑之辭。在下文接著指出劉光世、張俊諸將金帛充盈、飛揚跋扈、焚掠驅擄等罪過。又如《行在越州條具時政疏》《撫州奏乞罷打造戰船等事》都真實地反映民生疾苦、揭露朝廷腐敗。南渡初，像這樣無所顧忌、大膽揭露、言所未言的政論文，在南宋散文創作中亦頗有特色。胡銓的《戊午上高宗封事》嚴屬指斥王倫、秦檜、孫近賣國苟和，呼籲朝廷將賣國者之頭顱竿之藁街，義正辭嚴，正氣凜然，光耀千古。王庭珪《盜賊論》提出"天下之患，莫甚於大盜起而人主不知"，然後聯係現實，援引歷史，深刻分析，擊中要害。

這個時期的江西散文創作以議政言事爲主，作家們皆關注朝廷，直言敢諫，反對和議，爲朝廷出謀劃策，這是這一時期散文創作的一個亮點。

二　中期

中期（1163—1224）約六十年，包括孝宗、光宗、寧宗三朝，這一時期是南宋與金對峙時期。1163 年，張浚在孝宗的支持下進行北伐遭到失敗，史稱"符離之敗"，其直接結果是"隆興和議"。對於南宋王朝來說，是迫不得已，亦是屈辱的。但是客觀的作用是自此之後南宋與金保持穩定與對峙，社會經濟得到發展，文化學術得到繁榮，文學創作進入高潮階段，散文創作也進入中興期。这个时期，江西地區的散文創作特點有如下幾點：

一是作家眾多。如楊萬里、周必大、陸九淵、洪適、洪邁、洪遵、

---

① 汪藻：《奏論諸將無功狀》，《浮溪集》卷一，四部叢刊初編本。

曾敏行、謝諤、王炎、徐夢莘、吳曾、彭龜年、曾豐、劉過、姜夔、徐鹿卿等。

二是作品豐富。他們作品少則數十卷，多則上百卷，有的作品多得驚人。楊萬里《誠齋集》一百三十三卷，除去四十二卷詩，剩下九十一卷均是散文。周必大《文忠集》共二百卷，大多爲散文。洪適《盤洲集》八十卷，除十卷詩和三卷樂章外，剩下六十七卷皆是散文。江西作家散文作品卷帙浩繁，顯示出江西地區散文創作的繁榮。

三是文備眾體。首先是政論文繼續得到發展。隆興和議以後，由於"靖康恥，猶未雪"，慷慨激昂、主張抗戰的思想感情和愛國主義一直貫穿於整個南宋王朝。作家們希望朝廷能夠內修政事，處理好民政、吏治、人才等問題，更好地外攘夷狄，收復河山，完成國家的統一。江西作家多是文士而兼官吏，他們關注朝政，措置軍政大事。如汪應辰爲人剛正，不避權貴，積極參與國家政治活動，撰有不少上奏朝廷的文章，皆是不爲空言、務求實用之作，涉及社會各種問題，如和議、冗官、濫賞、弭災、防盜、旱歉、邊事、愛民等。周必大作爲朝廷重臣，其奏疏、書信很多都是處理內政外交、籌畫軍政的內容，現存數量極多。又如楊萬里，入仕之前撰有《千慮冊》三十篇，爲國籌畫，正所謂"愚者千慮，必有一得"；入仕後駁高廟配享不當、論皇太子不當參決庶務，論諫挺挺，無所顧忌。彭龜年剛勁直達，浩然挺立，"集中所存奏疏劄子……敷陳明確，多關於國家大計"，"其嚴氣正性，凜然猶可想見。史稱其學識正大，議論簡直，善惡是非，辨析甚嚴"[①]。其次，隆興和議之後，隨著政局穩定，社會經濟迅速發展，文人有時間、有條件積極從事文學創作，他們登山臨水，浩歌明月，把酒臨風，迎來送往，贈酬互答，因此這個時期的記、序、跋、書、碑誌、筆記、史傳等文體的創作極爲興盛。楊萬里記、序、碑誌等散文，數量極多，質量亦高，尤其注重藝術性。周必大的碑誌，敘述詳密精確，題跋考據精審、記敘確實，書、序評論獨到，議論精警。洪適記文或紀事，或狀景，或議論，或抒懷，寫法獨到，不拘一格，確有"元祐之法度"[②]。

---

① 《四庫全書總目》卷一六〇，《止堂集》條，中華書局 1965 年版。
② 《四庫全書總目》卷一六〇，《盤洲集》條，中華書局 1965 年版。

其序跋文以金石序跋爲主，"於史傳舛異，考核特精"，善於考據核訂之中穿插情感。洪邁《容齋隨筆》、吳曾《能改齋漫錄》，記載史事異聞，考證詩文典故，解析名物制度，資料豐富，援據賅洽，辨析精核。曾敏行的《獨醒雜誌》十卷，書中多記兩宋逸聞，可補史傳之闕，間及雜事，亦足廣見聞①。徐夢莘的史學著作《三朝北盟會編》屬於史傳散文，"自政和七年海上之盟迄紹興三十一年，上下四十五年，凡勅制、誥詔、國書、書疏、奏議、記序、碑誌，登載靡遺"，"自汴都喪敗及南渡立國之始，其治亂得失，循文考證，比事推求，已皆可具見其所以然，非徒餖飣瑣碎已也"，"其博贍淹通，南宋諸野史中，自李心傳《繫年要錄》以外，未有能過之者"。②

這個時期，江西文壇還出現一股以纖巧摘裂、斷續鉤棘手法爲文之頹波，被稱爲"江西別派"：

> 或以纖巧摘裂爲文，或以卑陋俚俗爲詩，後生或爲之變而不自知。③
> 至乾道、淳熙，江西諸賢別爲宗派，竊取《國策》、莊周之詞雜進，語未畢而更，事遽起而報，斷續鉤棘，小者一二言，長者數十言，迎之莫能以窺其涯，而荒唐變幻，虎豹竦而魚龍雜也。④
> 江西諸賢力肆於辭，斷章近語，雜然陳列。體益新而變日多，故言浩漫者蕩而倨，極援證者廣而類俳諧之詞，獲絶于近世，而一切直致棄壞繩墨，棼爛不可舉。⑤

但這種受到批判、遭人嗤笑的創作風格並未成爲江西文壇主流，不過，這種影響似乎在晚宋仍存，如劉辰翁就繼承了"江西別派"的衣鉢，專以奇怪磊落爲宗，形成文辭鉤棘艱澀、文意隱晦難懂之風格。⑥

---

① 《四庫全書總目》卷一四一，《獨醒雜誌》條，中華書局1965年版。
② 《四庫全書總目》卷四九，《三朝北盟會編》條，中華書局1965年版。
③ 陸游：《陳長翁文集序》，《渭南文集》卷一五，四庫全書本。
④ 袁桷：《曹伯明文集序》，《清容居士集》卷二二，四庫全書本。
⑤ 袁桷：《戴先生墓誌銘》，《清容居士集》卷二八，四庫全書本。
⑥ 詳見第六章第四節對劉辰翁散文的論述。

三　後期

後期（1225—1279）五十多年，是南宋散文創作的衰落期，正如四庫館臣所批評："文章至南宋之末，道學一派，侈談心性，江湖一派，矯語山林，庸沓猥瑣，古法蕩然，理極數窮，無往不復。"① 但這個時期江西作家仍然不少，如徐元傑、包恢、歐陽守道、姚勉、羅大經、江萬里、馬廷鸞、劉辰翁、文天祥、謝枋得、王炎午等，成就亦非常可觀。

由於理學在南宋逐漸取得主導地位，理學思想滲透到社會生活的各個方面，文學亦不免其弊。理學家真德秀《文章正宗綱目》說："夫士之於學，所以窮理而致用也。文雖學之一事，要亦不外乎此。故今所輯，以明義理，切實用爲主。其體本乎古，其指近經者，然後取焉。否則，辭雖工亦不錄。"② 理學對文學的負面影響，早就有人指出："宋之文治雖盛，然諸老率崇性理，卑藝文。朱氏主程而抑蘇，呂氏文鑑去取多朱意，故文字多遺落者，極可惜。水心葉氏云：'洛學興而文字壞。'至哉言乎！"③ 戴表元亦言"後宋百五十餘年，理學興而文藝絕"④，最後發展到"文章乃道學家之所棄"⑤。因此江西作家的文學創作也不可避免地受到影響，因而其散文創作亦打上了理學思想的烙印。如羅大經撰的《鶴林玉露》就是一部頗富理學氣息的筆記體散文集，"其言以朱熹爲鵠，學術治道多有發明，而不離王道"⑥。又如包恢，諸父皆從朱子學，少時即聞心性之旨。劉壎《隱居通議》說他"以學問爲時師表，固不以文字名也。平生爲人作豐碑巨刻，每下筆輒汪洋放肆，根據義理，娓娓不窮，蓋其學力深厚，不可涯涘"⑦。歐陽守道散文亦不時散發出理學思想的氣味，如《通蕭宰書》：

---

① 《四庫全書總目》卷一六七，《道園學古錄》條，中華書局 1965 年版。
② 真德秀：《文章正宗綱目》，《文章正宗》，四庫全書本。
③ 周密撰，孔凡禮點校：《浩然齋雅談》卷上，中華書局 2010 年版，第 15 頁。
④ 袁桷：《戴先生墓誌銘》，《清容居士集》卷二八。
⑤ 劉壎：《隱居通議》卷二《理學》，四庫全書本。
⑥ 轉引自《鶴林玉露》點校說明，中華書局 1983 年版。
⑦ 劉壎：《范去非墓誌》，《隱居通議》卷一七，四庫全書本。

> 夫俗化有原，士也者，誦詩讀書，知今古，曉義理，上之教化所
> 先，及士習既厚，薰蒸浸灌，漸及齊民。蓋雖十室之聚，亦必有一人爲
> 士，閭巷之人必於其身觀焉，見其善而怚怩於不善，縱有冥頑無恥不可
> 化誨者，亦必有良心不泯，天理油然而生者。使此二人者數正相當，則
> 吾民亦已半爲善矣，又況人心同一天理，蔽可使明，而迷可使復乎？①

作者認爲所謂"士"，知今古，曉義理；士習既厚，則漸及齊民；即便有
冥頑不化者，必有良心不泯，天理油然而生；更何況人心同一天理，蔽可
明而迷可復。由此可見，理學思想深入作家骨髓，常於文中流露出來。

但是相對來說，江西作家文學思想比較重"文"，他們秉持"文與道
俱"的文學觀，注重"文"的獨立價值，因而理學思想對其散文創作的影
響不如其他地區的作家嚴重。如包恢，"今觀所作，大都疏通暢達，沛然
有餘，其奏劄諸篇，亦剴切詳明，得敷奏之體"，不作膚廓迂腐之論。又
如歐陽守道就認識到理學家"語錄體"的弊端，曾在《送黃信叔序》中給
予嚴厲的批判：

> 前日鄰邑有某氏子者過予，坐甫定，則談理學，出入乎儒先語錄
> 者蓋數十氏，予不應，徐語之曰："子若生濂溪周子之前，則如之
> 何？"夫生夫濂溪周子之前者，世無語錄也，而如周子者得於何所口
> 傳耳授哉？二程知之，故皆終身不多道周子之語，而學其所學，卒以
> 大合。周之得爲周，程之得爲程者如彼也。今吾子生語錄之世，一出
> 言則本語錄，豈徒不得爲先儒，將不得爲吾子矣，何也？並吾子之身
> 心皆非吾子所自有也。……今書肆之書易得，有銅錢數百即可得語錄
> 若干家，取視之，編類整整，欲言性，性之言千萬，欲言仁，仁之言
> 千萬。而又風氣日薄，機警巧慧之子，所在不絶産，被以學子之服，
> 而讀四書數葉之書，則相逢語太極矣。②

---

① 歐陽守道：《通蕭宰書》，《全宋文》第346冊，上海辭書出版社、安徽教育出版社2006年
版，第333頁。

② 《全宋文》第346冊，上海辭書出版社、安徽教育出版社2006年版，第387頁。

這一段文字，對於南宋後期語錄體的消極影響作了形象而深刻的揭露和批判，極富現實意義，亦可見江西作家對理學思想給文學帶來的負面影響，有著深刻的認識和警惕。

南宋後期，江西散文創作的一個亮點是以文天祥、謝枋得、王炎午爲代表的愛國志士的散文創作。這些抗元志士，鐵骨錚錚，氣衝霄漢，忠於趙宋王朝。他們的散文縱論時事，揭批權奸誤國，鼓勵抗元鬥爭，浩然正氣，充溢於字裡行間。如文天祥《指南錄後序》《正氣歌序》，敘述自己艱苦卓絕的抗元鬥爭，表現自己內心堅強不屈的意志，氣貫長虹，光耀千古，流聲百代。謝枋得誓死不事元朝，絕食而亡。其散文創作高邁奇絕，如《宋辛稼軒墓記》爲辛棄疾懷才不遇、壯志未酬而感歎，“八陵不祀，中原子民不行王化，大讎不復，大恥不雪，平生志願，百無一酬，公有鬼神，豈能無抑鬱哉”①，借別人的酒杯澆自己心中的塊壘，歎國家無明主，悲朝廷無賢相，全文寄寓著自己的身世之感。王炎午受文天祥知遇之恩，在文天祥被俘後，他撰有《生祭文丞相》，“其生祭文丞相文，尤稱傑作，世爭傳誦”②，“既歷陳其可死之義，又反覆古今所以死節之道，激昂奮發，累千五百餘言，大意在速文丞相死國”③。這些抗元志士的散文以抒寫家國之痛、身世之悲爲主，而又具有氣勢奔放、風骨淩厲的風格。另外，需要說明的是，廬陵劉辰翁、劉長孫父子在藝術風格上，則又與眾不同，自成一家，走上僻澀的之路。

第四節　南宋江西散文創作特點

在同一地域文化背景影響下創作出來的散文，必然具有一些共同的特點。通過前面三個章節對南宋江西作家散文的具體分析，我們認爲有如下四個特點。

---

① 王炎午：《宋辛稼軒墓記》，《吾汶藁》卷九，四庫全書本。
② 《四庫全書總目》卷一六五，《吾汶藁》條，中華書局 1965 年版。
③ 揭傒斯：《吾汶藁原序》，《吾汶藁》卷首，四庫全書本。

一 富於強烈的淑世精神

江西自北宋以來就是儒風綿綿、儒學研究發達的地區。儒家思想的基本精神長期濡染、燻陶文人士子的思想性格和精神面貌。儒家思想的基本精神就是積極入世，干預社會。江西作家散文創作的強烈淑世精神，主要表現在以下兩個方面：

一是民爲邦本的民本思想。《尚書·五子之歌》最先提出"民惟邦本，本固邦寧"① 的民本思想。孟子深入地闡釋了這一思想，"民爲貴，社稷次之，君爲輕。是故得乎丘民而爲天子，得乎天子爲諸侯，得乎諸侯爲大夫，諸侯危社稷則變置"，"得天下有道：得其民，斯得天下矣；得其民有道：得其心，斯得民矣；得其心有道：所欲與之聚之，所惡勿施爾也"，要求統治者"不違農田"，"勿奪其時"，"薄稅斂"，告誡他們"保民而王，莫之能禦也"，"樂以天下，憂以天下，然而不王者，未之有也"②。此後不少思想家都秉承了這一儒家哲學的核心思想。荀子曾提出"愛民"、"裕民"、"利民"的思想③。《呂氏春秋·貴公》提出"天下非一人之天下，天下之天下也"④。賈誼《新書·大政上》認爲，"聞之於政也，民無不爲本也。國以爲本，君以爲本，吏以爲本。故國以民爲安危，君以民爲威武，吏以民爲貴賤，此之謂民無不爲本也"⑤。以後的王充、柳宗元、白居易、歐陽修等都有繼承，到了陸九淵甚至說："自周衰以來，人主之職分不明……孟子曰：'民爲貴，社稷次之，君爲輕。'此卻知人主職分。"⑥ 民本思想是中國傳統政治哲學的核心，"以利民爲宗旨的求善的政治哲學是中國傳統哲學的主要傾向，也是中國哲學的主要特色。"⑦ 南宋江西作家無論是奏疏表

---

① 孔穎達：《尚書正義》卷七，《十三經注疏》，中華書局 1980 年版，第 156 頁。

② 分別見於朱熹撰《四書章句集注·孟子集注》之《盡心下》《離婁上》《告子下》《梁惠王上》《梁惠王下》，中華書局 1983 年版，新編諸子集成本。

③ 分別見於王先謙撰，沈嘯寰、王星賢點校《荀子集解》之《王制篇》《富國篇》《君道篇》，中華書局 1988 年版，新編諸子集成本。

④ 高誘註：《呂氏春秋·孟春紀第一·貴公》卷一，四庫全書本。

⑤ 賈誼撰，閻振益、鍾夏校注：《新書校注》卷九，中華書局 2000 年版，第 338 頁。

⑥ 陸九淵：《語錄上》，《陸九淵集》卷三四，中華書局 1980 年版，第 304 頁。

⑦ 周桂鈿：《秦漢思想史》，河北人民出版社 1999 年版，第 68 頁。

劄，還是書序題跋、傳狀碑誌都充溢著民本思想。他們關心民瘼，關心吏治，關心朝政，努力爲之減少負擔，減輕痛苦。他們具有民胞物與的情懷，視民如子，視民如傷，爲民鼓與呼。江西作家大多是官吏，爲官一任，造福一方，面對天災人禍、水旱疾疫，他們利用自己有限的力量和權力，或親自付諸行動，或呼籲朝廷給予關注。如胡銓說："古者張官置吏，所以養民。今之官吏，適以殘民。催科則竭民膏血以爲材能，獄訟則視賄低昂以爲曲直。老羸轉溝壑。丁壯聚爲盜賊，焦熬困苦，所不忍聞。陛下愛恤黎民，屢蠲常賦，而官吏掊斂，民心日離，誠可爲邦本之憂也。"① 古今對比，告誡孝宗要關心民瘼，否則誠爲國憂。又如洪適《奏旱災劄子》寫道：

> 臣仰惟陛下焦勞圖治，勤恤黎元，講求民瘼，不啻飢渴，一聞休戚，即日罷行。患在士大夫畏縮自愛，不肯道其實，故下情鬱而不達，聖澤壅而不流。古之人雖在畎畝而有封章之獻，至或嬰逆鱗而不顧，此風久不聞矣。臣不材無取，嘗玷宰路，非身莬庶人之比也。居閒故里，目之所觀，耳之所接，不忍斯民日趨無告，流亡損瘠莫之拯救，若私有遁心，茹而不吐，尚饕祠官之祿以自活其妻孥，是曾狗馬之不若也。故不避譏議，不憚譴呵，矯首九閽，披寫愚慧，伏望陛下少垂意焉。②

"不忍斯民日趨無告，流亡損瘠莫之拯救"，指斥貪官污吏，"私有遁心，茹而不吐，尚饕祠官之祿以自活其妻孥，是曾狗馬之不若也"，故希望皇帝"勤恤黎元，講求民瘼"，並於下文提出自己的建議，一片愛民之熱忱，彰彰可表。貪官污吏直接造成百姓疾苦，所以呼籲朝廷懲治他們，亦是解決生民疾苦的重要途徑，如汪藻《乞重罰臟吏劄子》：

---

① 胡銓：《乞用直言遠私昵戢貪吏奏》，《全宋文》第 195 冊，上海辭書出版社、安徽教育出版社 2006 年版，第 95 頁。
② 洪适：《奏旱災劄子》，《全宋文》第 213 冊，上海辭書出版社、安徽教育出版社 2006 年版，第 84 頁。

　　竊惟東南遭戎馬之禍，生靈塗炭，城郭丘墟，其荼毒可謂甚矣。幸於敵去，民力稍寬，而國家迫於贍養官兵之須，征斂未嘗少息。重以羣盜竊發，官軍經由所至，焚殘甚於敵至。朝廷熟視，無以制之。而民心拳拳，尊君親上，一如平時。陛下所當矜憐而思有以恤之也。厥今所謂寬恤之大者，莫先於去貪殘之吏。自崇寧以來，功利之說興，士大夫不復知有廉恥。贓污之人，橫行州縣，非特不憂繩治，而挾貲諧結者輒得美官。故小人相效，於入仕之初，即汲汲乾沒，以不能傔外經營爲恥，此風相承，至今未殄。緣此，國家爲敵人侵淩，束手無計，嗚呼，亦可以少懲矣。①

　　作者希望皇帝憐恤百姓，懲處貪官污吏，並認爲由於貪官污吏汲汲乾沒，此風不絕，從而導致"敵人侵淩，束手無策"。將之上升到關乎國家存亡的高度，說明汪藻具有強烈的民爲邦本思想。

　　王庭珪爲國爲民，不因位卑而忘國憂，他不以"肉食者謀之，又何間焉"②爲藉口，而是時刻關注社會，探討社會根源，"某因窮居，嘗究當今州縣積弊之根源"③，如其《與周秀實監丞書》強烈警告統治者，盜賊"養虺成蛇，危害愈大，不可不慮"④，《與胡待制書》則是"論財用與盜賊所當優者"⑤。胡銓亦是汲汲入世，關心民瘼，如其《書南涇漁父詞後》說"漁者惟利是嗜，猶有仁心。今之爲政者，乃曰一網盡矣，不仁之甚，視漁者有愧焉"⑥，借題發揮，由漁者推而批判今之爲政者殘酷剝削百姓，不仁之甚。陸九淵"直截將他天下事如吾家事相似"⑦，所以他爲官非常關心

　　① 此文載於《歷代名臣奏議》卷一九八和《建炎以來繫年要錄》卷三四，不見於《浮溪集》。
　　② 楊伯峻編：《春秋左傳注疏》卷七，中華書局1981年版，第182頁。
　　③ 王庭珪：《與黃子龐書》，《全宋文》第18冊，上海辭書出版社、安徽教育出版社2006年版，第160頁。
　　④ 王庭珪：《與周秀實監丞書》，《全宋文》第158冊，上海辭書出版社、安徽教育出版社2006年版，第156頁。
　　⑤ 王庭珪：《與胡待制書》，《全宋文》第158冊，上海辭書出版社、安徽教育出版社2006年版，第144頁。
　　⑥ 胡銓：《書南涇漁父詞後》，《全宋文》第195冊，上海辭書出版社、安徽教育出版社2006年版，第286頁。
　　⑦ 陸九淵：《與吳仲時》，《陸九淵集》，中華書局1980年版，第88頁。

國計民生，"今時郡縣，能以民爲心者絕少，民之困窮日甚一日。撫字之道棄而不講，掊斂之策日以益滋。甚哉！其不仁也。民爲邦本，誠有憂國之心，肯日蹙其本而不之恤哉？"對今日吏治之壞，深表歎息，"張官置吏，所以爲民，而今官吏日增術以朘削之，如恐不及。蹶邦本，病國脈，無復爲君愛民之意，良可歎也"①。江西作家大多秉持"民爲邦本"的思想，牢記"國之興也，視民如傷，是其福也；其亡也，以民爲土芥，是其禍也"②。因此，積極入世，寫出了大量的關心民瘼、關注現實的散文。

　　二是有犯無隱的批判精神。"無隱"謂稱揚其過失，"有犯"謂犯顏而諫。中國古代儒家早就提倡"事君有犯無隱"之精神③，像孔子春秋筆法褒善貶惡，司馬遷善善惡惡，都是其具體體現。有犯無隱的批判精神在北宋更是得到繼承與發揚，北宋政治家如范仲淹、歐陽修、司馬光、王安石、蘇軾等都是後世之典範。如范仲淹曾說"有犯無隱，人臣之常；面扣廷爭，國朝之盛；有闕即補，何用不臧"④，"事君有犯無隱，有諫無訕，殺其身有益於君，則爲之"⑤。南宋江西作家在強烈的民本思想的影響下，繼承了北宋政治家的優良傳統，敢於與反動勢力作鬥爭，敢於對社會現實中醜惡現象毫不留情地予以揭露，直言疾諫，不顧個人安危，不怕招來殺身之禍。如歐陽澈，在國家生死危難關頭，以布衣之身份直言敢諫，伏闕投書，招致殺身之禍。據史載，北宋滅亡，高宗即位于南京應天府（今河南商丘），"是年（建炎元年）太學生陳東、撫州布衣歐陽澈，各月日不等，凡三上萬言奏議，八月二十五日壬午，二人同斬于南京都市"⑥。胡銓《戊午上高宗封事》反對和議，強烈要求將主和的秦檜、王倫和孫近斬首，不僅如此，矛頭還直指高宗，招致貶謫海南。楊萬里對於當朝皇帝孝宗直言敢諫，孝宗即位後熱衷於走馬擊球之事，他自己認爲是以擊球爲習鞍

① 陸九淵：《與趙子直》，《陸九淵集》，中華書局1980年版，第69頁。
② 《春秋左傳注·哀公元年》，中華書局1981年版，第1607頁。
③ 《禮記正義》，《十三經注疏》卷六，中華書局1980年版，第1274頁。
④ 范仲淹：《睦州謝上表》，《范文正公集》，四部叢刊初編本。
⑤ 范仲淹：《上資政晏侍郎書》，《范文正公集》，四部叢刊初編本。
⑥ 《上書始末》，歐陽澈：《歐陽修撰集》卷七附錄，四庫全書本。

馬,亦有人認同孝宗之辯解,"正以讎恥未雪,不欲自逸耳。"① 但是當時大臣多認爲帝王不應該走馬擊球,陳俊卿就諫阻孝宗,"時上猶未能屏鞠戲,又將遊獵白石。公上疏力諫,至引漢桓靈、唐敬穆及司馬相如之言爲戒。"② 其時符離敗後,宋金和議,南宋君臣認爲"今日邊事小息矣,憂顧小舒矣",而楊萬里則認爲"外息而內舒,此治亂安危之所伏而未測者也"。更擔心孝宗亦會因爲宋金和議而禦敵復仇之心息,嬉戲田獵之心生:"豈無以新聲麗色而蠱上之心者?豈無以伎巧玩好而蕩上之心者?豈無以弋獵遊幸宮室臺榭而迎上之心者?"他提出自己的希望:"臣願聖天子罷毬馬之細娛,而求聖賢之至樂。收召天下耆儒正學之臣,與之探討古今之聖經賢傳,深求堯、舜、三代、漢、唐所以興亡之原,而擇其中以之正心修身。"這樣"日就月將,聖德進矣,則五帝三王之治,涵養於聖心而周流於天地。敵國雖強,其強易弱也"。③ 又如陸九淵在《與徐子宜》(二)中強烈揭批貪官污吏:

> 某人始至,人甚望之,舊聞先兄稱其議論,意其必不碌碌,乃大不然。明不足以得事之實,而奸黠得以肆其巧;公不足以遂其所知,而權勢得以爲之制。自用之果,反害正理,正士見疑,忠言不入,護吏而疾民,陽若不任吏,而實陰爲所賣。奸猾之謀無不得逞,賄略所在,無不如志。閒有一二行遣,形若治吏,而偽文詭辭,諂順乞憐者,皆可回其意。下人轉移其事,如轉戶樞。骨革窺之審,玩之熟,爲日久矣。所欲爲者,如取如攜,不見有毫髮畏憚之意。惟其正論誠意則扞格而不入,乃以此自謂其明且公也。良民善士,疾首蹙額,飲恨吞聲。④

---

① 樓鑰:《少傅觀文殿大學士益國公贈太師諡文忠周公神道碑》,《攻媿集》卷九四,四部叢刊本。

② 朱熹:《少師觀文殿大學士致仕魏國公贈太師諡正獻陳公(俊卿)行狀》,《朱文公文集》卷九六,四部叢刊本。

③ 楊萬里:《君道上》,《楊萬里集箋校》第 7 冊,中華書局 2007 年版,第 3416 頁。

④ 陸九淵:《與徐子宜》(二),《陸九淵集》,中華書局 1980 年版,第 67 頁。

作者對這種"護吏而疾民"的現象非常痛恨，對只能"飲恨吞聲"的百姓抱有深深的同情。

　　總之，江西作家總是揮動如椽大筆，對社會上一切醜惡的行爲，毫不留情地予以揭露，大張撻伐。

二　文格與人格的統一

　　自北宋以來，江西就是文章節義之邦，其作家大多具有高尚的情操、勁直的氣節、偉大的人格，李道傳說："如歐陽文忠公、王文公、集賢學士劉公兄弟、中書舍人曾公兄弟、李公泰伯、劉公恕、黃公庭堅。其大者古文經術，足以名世，其餘則博學多識，見於議論，溢於詞章者，亦皆各自名家……此八九公所以光明雋偉，著於時而垂于後者，非以其人，非以其文，以其節也。蓋文不高，則不傳，文高矣而節不能與之俱高，則雖傳而不久……此八九公者，出處不同，用舍各異，而節挺然自立，不肯少貶以求合。有如王公學術政事，雖負天下之責，而高風特操，固有一時諸賢所不敢望以及者。以如是之節，有如是之文，此其所以著於時而垂於後也。"① 確如其言，北宋江西著名作家大多是氣節高尚、人格偉大者。

　　方東樹說，"大約胸襟高，立志高，見地高，則命意自高"②，這就是說文章與作家的道德修養、人格精神是内在統一的，因爲"人之文章，多似其氣質"③。明人李時勉亦云："夫文章之見重於世，以其人；苟非其人，雖美而傳，反以爲病矣。"④ 反面典型當屬孫覿，此人工於詩文而人格卑下，劣跡斑斑，《宋史》亦不爲之立傳。其最爲人所不齒之事乃是汴京破後，受金人女樂，爲欽宗草表上金主，極意獻媚，"一揮而就，過爲貶損，以媚虜人，而詞甚精麗，如宿成者"⑤。雖然文學才華很高，但其人"則至

---

　　① 李道傳：《謐文節公告議》，《楊萬里集箋校》第 9 册，中華書局 2007 年版，第 5144 頁。
　　② 方東樹：《通論七律》，汪紹楹點校：《昭昧詹言》卷一四，人民文學出版社 1961 年版，第 381 頁。
　　③ 陸九淵：《語錄上》卷三四，《陸九淵集》，中華書局 1980 年版，第 409 頁。
　　④ 李時勉：《東里續集序》，《東里集》卷首，四庫全書本。
　　⑤ 朱熹：《記孫覿事》，《晦庵集》卷七一，四庫全書本。

不足道"①，"當時人已人人鄙之矣"②。

南宋江西作家承傳了北宋江西作家的優良傳統，其文學創作，亦能做到嚴肅的主題、高遠的立意與剛大的氣節、崇高的人格高度統一。南宋江西作家的散文創作，主題嚴肅重大，立意宏偉雄壯，格調高遠，意境闊大，氣勢磅礴。大多數作家亦是勁節凌霄，如胡銓、王庭珪、汪應辰、洪皓、楊萬里、文天祥、謝枋得等等③。在紹興八年秦檜決策主和，中外洶洶，胡銓抗疏，乞斬孫近、王倫、秦檜，並誓言："臣備員樞屬，義不與檜等共戴天，區區之心，願斷三人頭，竿之藁街，然後覊留虜使，責以無禮，徐興問罪之師，則三軍之士不戰而氣自倍。不然臣有赴東海而死爾，寧能處小朝廷求活邪！"④ 他表示決不與秦檜共戴天，以義不帝秦的魯連自擬，大義凜然，正氣充塞天地，胡銓因此遭貶謫。而王庭珪則以詩贈行，有"癡兒不了公家事，男子要爲天下奇"之句，後爲歐陽識所告發，王亦坐貶辰州。王庭珪讚美胡銓是"天下奇"的"男子"，這"男子"就是孟子所說的"大丈夫"，亦是他自己的追求。二人前赴後繼，無所畏懼，精神可昭日月。胡銓貶謫回朝之後仍然鐵骨錚錚，指責在孝宗朝主和的湯思退乃又一秦檜⑤。如汪應辰，官秘書省正字時，"以上書忤秦檜，困頓州郡者凡十七年。史稱其直言無隱，於吳芾、王十朋、陳良翰諸人中最爲骨鯁，其立身亦具有本末"⑥。洪皓"建炎三年以徽猷閣待制、假禮部尚書爲大金通問使。既至金，金人迫使仕劉豫，皓不從，流遞冷山，復徙燕京。

---

① 《直齋書錄解題》十八，《鴻慶居士集》解題，四庫全書本。
② 《四庫全書總目》卷一五七《鴻慶居士集》提要，中華書局 1965 年版。
③ 當然不能絕對地說南宋江西地區所有的作家中，沒有一個是人格有污點的，如文學史上不大著名的劉才邵就曾經諂諛秦檜，在秦檜升太師後的追贈祖父制詞中寫道："道義接丘軻之傳，助名真伊呂之佐。"見《檥溪居士集》卷四《太師秦檜贈祖制》。還有汪藻，依附黃潛善、汪伯彥，誣陷李綱。關於南宋士人人格的問題，王曾瑜先生在《降金乞和與文丐奔競》《紹興和議與士人氣節》兩篇文章中有精彩分析。王曾瑜：《凝意齋集》，蘭州大學出版社 2003 年版，第 192、208 頁。
④ 《宋史》卷三七四，中華書局 1977 年版，第 11582 頁。
⑤ 胡銓：《上孝宗論賀金國啓》，《全宋文》第 195 冊，上海辭書出版社、安徽教育出版社 2006 年版，第 65 頁。
⑥ 《四庫全書總目》卷一五八，《文定集》條，中華書局 1965 年版。

凡留金十五年方得歸，以忤秦檜貶官安置英州而卒"①。洪皓在金期間，威武不屈，"忠節尤著，高宗謂蘇武不能過，誠哉"②。楊萬里爲人耿介，爲官清廉，以"誠"名其齋，終身厲清直之操。朱熹極重其人格，周必大亦讚歎不已，在《跋楊廷秀所作胡氏霜節堂記》中贊美楊萬里"臨事則勁節凛然，凌大寒而不改"③，又在《題楊廷秀浩齋記》中讚美楊萬里"學問文章獨步斯世，至於立朝謇謇，知無不言，言無不盡，要當求之古人。真所謂'浩然之氣至剛至大，以直養而無害，塞於天地之間'者"④。楊萬里晚年退休，悵然曰："吾平生志在批鱗請劍，以忠鯁南遷，幸遇時平主聖。老矣，不獲遂所願矣！"立朝時，論議挺挺，如乞用張浚配享，言朱熹不當與唐仲友同罷，論儲君監國，皆天下大事。孝宗嘗曰："楊万里直不中律。"光宗亦曰："楊萬里也有性氣。"故誠齋自贊雲："禹曰也有性氣，舜雲直不中律。自有二聖玉音，不用千秋史筆。"⑤ 以直節自豪。他不爲韓侂冑寫諛頌文章，更不爲其所用，"韓侂冑用事，欲網羅四方名士相羽翼，嘗築南園，屬萬裏爲之記，許以掖垣。萬裏曰：'官可棄，記不可作也。'侂冑恚，改命他人。臥家十五年，皆其柄國之日也"，韓侂冑用事，萬里聞之慟哭失聲，遺書"韓侂冑奸臣，專權無上，動兵殘民，謀危社稷。吾頭顱如許，報國無路，惟有孤憤！"筆落而逝⑥。《謚文節公告議》對於楊萬里的人格與氣節給予了極高評價："南渡以來，世不乏人。求之近世，若寶文閣學士楊公者，其真所謂有是文而有是節者乎？公之文，辯博雄放，自其少日，已盛行於世。晚年所著，亦復洪深。其爲詩，始而清新，中而奇逸，終而平淡。如長江漫流，物無不載。遇風觸石，噴薄駭人，蓋不復可以詩人繩尺拘之者。天下之士，固莫不知有楊公之文矣。其平生出處……始終四五十年間，非特不悅於流俗而已。雖一時名卿賢大夫彙征之

---

①《四庫全書總目》卷五一《松漠紀聞》提要，中華書局 1965 年版。

②《宋史》卷三七三，中華書局 1977 年版，第 11574 頁。

③ 周必大：《跋楊廷秀所作胡氏霜節堂記》，《全宋文》第 230 冊，上海辭書出版社、安徽教育出版社 2006 年版，第 420 頁。

④ 周必大：《題楊廷秀浩齋記》，《全宋文》第 230 冊，上海辭書出版社、安徽教育出版社 2006 年版，第 342 頁。

⑤ 羅大經：《鶴林玉露》甲編卷一，中華書局 1983 年版，第 14 頁。

⑥《宋史》卷四三三，中華書局 1977 年版，第 12870 頁。

際，苟惟議論少異，則亦未嘗少屈以狗之。公之節爲何如哉？"又云："他人之文以詞勝，公之文以氣盛。惟其有是節，故能有是氣。爲其有是氣，故能有是文也。此公所以特立於近歲以來，而無愧於江西先賢之盛也。"① 可以說，文格與人格的高度統一，在楊萬里身上表現得極爲突出。文天祥爲國靖難，堅貞不屈。以"人生自古誰無死，留取丹心照汗青"自勵②，被俘後經受種種嚴酷考驗，始終不屈。犧牲前留下絕筆自贊："孔曰成仁，孟曰取義，唯其義盡，所以仁至。讀聖賢書，所學何事？而今而後，庶幾無愧。"③ 文天祥殺身以成仁，其浩然正氣萬古流芳。

文如其人，具備高尚氣節的創作主體，其人格精神必然會滲透到散文創作之中。因此，江西作家散文創作正氣充塞天地，作家們筆力千鈞，橫掃現實中醜惡的社會現象，嚴厲批判不合理的社會問題，文章氣勢，沛然莫之能禦。如胡銓的《戊午上高宗封事》、楊萬里的《千慮策》、文天祥的《指南錄後序》與《正氣歌》等，都是震古鑠今的正氣之歌。

三 繼承廬陵文統

江西自北宋歐陽修領袖群倫以來，一直是人文淵藪，作家輩出。在散文創作方面，南宋江西作家繼承了廬陵文統，大多具有重"文"、注重文章藝術性的特點。從歐陽修的文學思想可以看出廬陵文統有三個特點④。

一是追求自然簡易，反對煩瑣怪奇：

《獲麟贈姚辟先輩》詩云："春秋二百年，文約義甚易。"⑤

《與澠池徐宰》云："他日更自精擇，少去其繁，則峻潔矣。"⑥

《絳守居園池》詩批判樊宗師云："胡爲虎搏豈足道？記錄細碎何

---

① 陳貴誼、李道傳：《謚文節公告議》，《楊萬里集箋校》第 9 冊，中華書局 2007 年版，第5144 頁。

② 文天祥：《過零丁洋》，《文天祥全集》卷一九，中國書店 1985 年版，第 349 頁。

③ 文天祥：《紀年錄》，《文天祥全集》卷一七，中國書店 1985 年版，第 465 頁。

④ 參見何寄澎撰《唐宋古文新探》中《歐陽修古文理論的核心——試論"簡而有法"》一節，第 101—104 頁，筆者對其觀點加以綜合。

⑤ 《歐陽修全集》卷四，中華書局 2009 年版，第 65 頁。

⑥ 《歐陽修全集》卷一五〇，中華書局 2009 年版，第 2474 頁。

區區！"①

《集古錄跋尾·唐韋維善政論》云："余嘗患文士不能有所發明以警未悟，而好爲新奇以自異，欲以怪而取名，如元結之徒是也；至於樊宗師，遂不甚其（弊）矣。"②

《唐樊宗師絳守居園池記》云："嗚呼！元和之際，文章之盛極矣，其怪奇至於如此！"③

二是追求簡潔流暢，講究文飾：

《代人上王樞密求先集序書》云："言之無文，行而不遠。"④

《與陳之方書》云："若吾子之文，辨明而曲暢，峻潔而舒遲，變動往來，有遲有止，而皆中於節，使人喜慕而不厭者，誠難得也。"⑤

《與澠池徐宰》云："他日更自精擇，少去其繁，則峻潔矣。勉強節之，則不流暢，須待自然之至，如其常宜在心也。"⑥

三是強調不爲空言，期於有用：

《代人上王樞密求先集序書》云："言以載事而文以飾言，事信言文乃能表見於後世。"⑦

《與張秀才棐第二書》云："君子之於學也……知古明道，而後履之以身，施之於世，而又見於文章而發之，以信後世。其道，周公、孔子、孟軻之徒常履而行之者是也；其文章則六經所載，至今而取信者是也。其道易知而可法，其言易明而可行。"⑧

① 《歐陽修全集》卷二，中華書局 2009 年版，第 26 頁。
② 《歐陽修全集》卷一三九，中華書局 2009 年版，第 2209 頁。
③ 《歐陽修全集》卷一四二，中華書局 2009 年版，第 2281 頁。
④ 《歐陽修全集》卷六八，中華書局 2009 年版，第 984 頁。
⑤ 《歐陽修全集》卷七〇，中華書局 2009 年版，第 1013 頁。
⑥ 《歐陽修全集》卷一五〇，中華書局 2009 年版，第 2474 頁。
⑦ 《歐陽修全集》卷六八，中華書局 2009 年版，第 984 頁。
⑧ 《歐陽修全集》卷六七，中華書局 2009 年版，第 977 頁。

《與黃校書論文章書》云："其救弊之說甚詳，而革弊未之能至。見其弊而識其所以革之者，才識兼通，然後其文博辯而深切，中於時病而不爲空言。"①

《薦布衣蘇洵狀》云："其論議精於物理而善識權變，文章不爲空言而期於有用。"②

在追求"不爲空言而期於有用"這一點上，整個南宋散文皆是如此，而在注重散文創作的藝術性方面，相對來說，江西作家則要突出得多。

南宋文壇，隨著理學思想逐漸取得統治地位，文學創作也深受其影響。朱熹說"這文皆是從道中流出"③，"道者，文之根本；文者，道之枝葉。惟其根本乎道，所以發之於文皆道也"，他堅持道以貫文，文道合一，反對文以貫道，反對道外之文，"惟其文之取，而不復議其理之是非，則是道自道、文自文也。道外有物，故不足以爲道；且文而無理，又安足以爲文乎？蓋道無適而不存者也。故即文以講道，則文與道兩得，而一以貫之。否則亦將兩失之矣。"④ 呂祖謙注重實用，"百工治器，必貴於有用，器而不可用，工弗爲也。學而無所用，學將何爲也？"⑤ 其文學思想主張文用論，"文之時用大矣哉，觀乎天文以察時變，觀乎人文以化成天下。所謂文者，殆非繪章雕句者之爲也。"⑥ 真德秀說"夫士之於學，所以窮理而致用也。文雖學之一事，要以不外乎此。故今所輯，以明義理、切實用爲主。其體本乎古，其指近乎經者，否則辭雖工，亦不錄"⑦，"自世之學者離道而爲文，於是以文自命者，知黼黻其言而不知金玉其行"⑧，"……至濂、洛諸先生出，雖非有意爲文，而片言只辭，綜貫至理，若《太極》、

---

① 《歐陽修全集》卷六八，中華書局 2009 年版，第 987 頁。
② 《歐陽修全集》卷一一二，中華書局 2009 年版，第 1698 頁。
③ 黎靖德編，王星賢點校：《朱子語類》卷一三九，中華書局 1986 年版，第 3319 頁。
④ 《朱文公文集》卷三〇《與汪尚書》，四部叢刊本。
⑤ 呂祖謙：《雜說》，《麗澤論說集錄》卷一〇，四庫全書本。
⑥ 呂祖謙：《策問》，《東萊外集》卷六，四庫全書本。
⑦ 真德秀：《文章正宗綱目》，《文章正宗》卷首，四庫全書本。
⑧ 真德秀：《歐陽四門集》，《西山文集》卷三四，四庫全書本。

《西銘》等直與六經相出入，又非董、韓之可匹亦"①，他認爲濂、洛講學之作乃是天下第一流的作品，董仲舒、韓愈的文章都無法與之相匹配，這實在是道學家的偏執之見，迂腐已極。② 由此可見，理學家的文學思想不外乎道乃文之本，道以貫文，文道合一，文要切實用、明義理。因此，理學家們的散文創作大多執道學之偏，以義理爲根本、文章爲末務；他們空談心性，侈談義理，反對文飾，其結果是"南宋諸儒文集，多闡發心性，討論性天之作"③，文章風格多是質木無文，淡乎寡味，確是"洛學興而文字壞"。如真德秀《明道先生書堂記》④，大談天理，此篇記文之中僅"天理"一詞就出現十次。又如《敬思齋記》寫道：

> 然敬一也，而貫乎動靜，故有思不思之異焉。七情未發，天理渾然，此心之存，惟有持養。當是時也，無所事乎思，情之既發，淑慝以分，幾微弗察，毫末千里；當是時也，始不容不思矣，無思所以立本，有思所以致用，動靜相須，其功一也。然聖賢所嚴，尤在於靜，深居燕處，怠肆易萌，操存之功，莫此爲要，曰毋不敬者，兼動靜而言也；曰儼若思，則專以靜言矣。方靜之時，何思何慮，而曰若思，何也？猶鑑之明，雖未炤物，能炤之理，無時不存。心之虛靈，洞達內外，思慮未作，其理具全。正襟肅容，儼焉弗動，而神明昭徹，若有思然。以身體之，意象自見。⑤

像這樣瀰漫道學氣的文章，江西作家作品中並不多見。江西作家大多比較注重散文創作藝術，不棄文飾，繼承了廬陵文統，如王庭珪，"抱經濟才，鬱而未發，故雄直之氣，時流露於詩文間。劉澄評其文在廬陵可繼歐陽之

---

① 真德秀：《跋彭忠肅文集》，《西山文集》卷三六，四庫全書本。

② 真德秀編選《文章正宗》及其選文標準甚至遭到四庫館臣的嚴厲批評，認爲是"不近人情之事"，所以"終不能行於天下"（見《四庫總目提要》卷一八七之《文章正宗》提要）。

③ 劉師培撰，舒蕪點校：《論文雜記》，人民文學出版社 1959 年版，第 121 頁。

④ 真德秀：《明道先生書堂記》，《西山文集》卷二四，四庫全書本。

⑤ 真德秀：《敬思齋記》，《西山文集》卷二五，四庫全書本。

後。"① 又如楊萬里評謝諤:"公之文,大抵祖歐陽公與曾南豐。予嘗謂公曰:'近世古文絕弦矣,昌國之文,如《送陳獨秀序》甚似歐,而《南華藏記》甚似曾,皆我所弗如也。'"② 雖楊萬里亦云"抑區區之文辭,固學道者之所羞薄……文於道未爲尊,固也"③,然他自幼即喜爲文,"某少也賤且貧,亦頗剽聞文墨足以發身,駭不解事,便欲以身徇文,不遺餘力以學之"④,又極喜讀他人之詩文,"獨於文士詩人一簡半劄,吾目合而不可使之覩,吾縮手而不可使之攝,吾口噤而不可使之讀也。不幸而覩焉,攝焉,讀焉,則推倒牖下之幾,掉脫頭上之冠,饋我我不食,問我我不應也……旁觀者往往怪此翁百無所嗜,而何物唊之,乃中其欲如此夫",甚至宣稱自己喜好作文,"生好爲文,而尤喜四六"⑤。他並非僅說說而已,在《答徐庚書》中詳細地講述作文之法,強調要兼顧文章的内容與形式,要講究程式,注重佈置,重視剪裁,要傳神寫照。他自己的散文,不論是情動於中之作,還是交際應酬之作,均極認真,決不敷衍了事,其文章既多又好,且每一篇文章又都寫得波瀾迭起,而不見雷同。楊萬里可謂是江西文士之文的代表。而江西散文,除了文士之文,還有不少理學家散文。江西理學家雖仍不可避免地秉承"文乃道之末"的觀念,如羅大經《鶴林玉露》卷一云:

> 文章一小技,於道未爲尊,此論後世之文也;文者貫道之器,此論古人之文也。天以雲漢星斗爲文,地以山川草木爲文,要皆一元之氣所發露,古人之文似之;巧女之刺綉,雖精妙絢爛,繞可人目,初無補於實用,後世之文似之。⑥

① 《四庫全書提要》,《廬溪文集》提要,四庫全書本。
② 楊萬里:《故工部尚書煥章閣直學士朝議大夫贈通議大夫謝公神道碑》,《楊萬里集箋校》第9册,中華書局2007年版,第4688頁。
③ 楊萬里:《答劉子和書》,《楊萬里集箋校》第6册,中華書局2007年版,第2794頁。
④ 楊萬里:《答周子充内翰書》,《楊萬里集箋校》第6册,中華書局2007年版,第2796頁。
⑤ 楊萬里:《與張嚴州敬夫書》,《楊萬里集箋校》第6册,中華書局2007年版,第2781頁。
⑥ 《鶴林玉露》丙編卷一,中華書局1983年版,第251頁。

但江西理學家的文學思想相對來說比較通達，不拘於"文爲道之末"這一文學創作觀念。江西理學家散文創作以陸九淵爲代表，他雖不刻意撰文著述，但其散文析理精粹，議論嚴密，描寫逼真，抒情真切，氣勢渾厚，語言優美，實乃散文創作一作手。他追求簡暢自然之文風，以辭達爲準的，以無意爲文而文自工爲創作態度，"由是推是學以爲文，則辭達而不爭乎雕鐫，理勝而無用乎繚繞，無意於文，而文爾工"①。他還非常注重文章作法，強調煉字煉句，"老夫平時最檢點後生言辭書尺文字，要令人規矩"②，"要逐字逐句檢點他"③，常批評學生作文之弊病，批評饒壽翁"詩似有一篇稍佳，餘無足采。大抵文理未通，散文字句窒礙極多"④。可見陸九淵是極爲重視文章的藝術性，這對於江西理學家的散文創作有著積極的影響。

總之，相對來說，江西作家的散文創作中，那種片面強調尊天理、窒人欲，充滿道學氣、學究氣之弊病要輕得多。

四　成就高，影響大

南宋江西散文創作人數眾多，作品量巨大，成績突出，文備眾體，格調高遠，對後世也產生了深遠和複雜的影響。以周必大爲例可見一斑，他著述富贍，生平著書八十一種。其子周綸編次爲二百卷，全書包括詩文集《省齋文稿》四十卷、《平園續稿》四十卷、《省齋別稿》十卷（代人作）、《詞科舊稿》三卷、《掖垣奏稿》七卷、《玉堂類稿》二十卷、《政府應制稿》一卷、《歷官表奏》十二卷、《奏議》十二卷、《奉詔錄》七卷、《承明集》十卷、《辛巳勤政錄》等日記八種十卷、《玉堂雜記》等雜著四種十一卷、近體樂府一卷、書劄十五卷。其中《省齋文稿》《平園續稿》二集共包括詩十一卷，賦、銘、箴、贊三卷，策及問四卷，題跋十二卷，序說五卷，啓狀九卷，記傳四卷，碑誌二十六卷，青詞、疏文、祭文等四卷。周

---

① 孔煒：《文安諡議》，《陸九淵集》，中華書局 1980 年版，第 385 頁。
② 陸九淵：《與蔡公辯》，《陸九淵集》，中華書局 1980 年版，第 186 頁。
③ 陸九淵：《語錄下》，《陸九淵集》卷三五，中華書局 1980 年版。
④ 陸九淵：《與饒壽翁》其七，《陸九淵集》，中華書局 1980 年版，第 166 頁。

必大的文章深得時人與後人之讚美，"朱文公於當世之文，獨取周益公"①。
陸游贊其文能闡道德之原，發天地之秘，紀非常之事，明難喻之指，藻飾
治具，風動天下，書黃麻之詔，鏤白玉之牒②，並給予很高評價，"斯文日
卑，公則崧岱。"③ 徐誼贊之曰："連篇累牘，姿態橫出，千彙萬狀，不主
故常，何其富也！詩、賦、銘、贊，清新嫵麗，碑、序、題、跋，率常誦
其所見，足以補太史之闕遺，而正傳聞之訛謬，又何其精也！國初承五季
之後，士習俳俚，歐陽文忠公自廬陵以文章續韓昌黎正統，一起而揮之天
下，翕然尊尚經術，斯文一變而爲三代兩漢之雅健。翰墨宗師，項背相
望，故慶歷元祐之治，照映古今，與時高下，信哉！其後穿鑿破碎之害
起，而士俗亦陋，及公發揮文忠之學，被遇高廟，輔相阜陵，弼成治功。
於是二公屹然并著於六七十年之內。今觀遺稿，貫穿馳騁，雍容而典雅，
體正而氣和，使人味之肅然起敬，如儼立於彤庭、廣廈之間，黃鐘大呂忽
振於心，其淵源蓋有自來。"④ 將周必大與歐陽修並列，可能高估了其影
響，但對周必大文章的評價可謂得當。故而周必大被稱爲文壇領袖，非因
位高權重之故。

　　胡銓雖現存作品數量不是太多，但其影響深遠。僅《戊午上高宗封
事》這一篇文章，便足以彪炳千秋，它使金人知宋朝有人，甚至對宋金兩
國關係產生了深遠的影響，"蓋忠簡力詆和議，乞斬秦檜，而紹興終於和
戎"⑤。尤其是他在文章中疏詆和議，乞斬秦檜，鐵骨錚錚，極大地鼓勵了
南宋士人士氣。當時除了王庭珪、張元幹作詩寫詞贈送胡銓而遭貶外，還
有一位名曰吳師古者曾經"以錄胡銓所上《封事》貶袁州"⑥。胡銓亦因之
成爲後世讚美、仰慕、仿效的典範，如四庫館臣評王之道："其所論九不
可和之說，慷慨激烈，足與胡銓封事相匹"⑦。又如宋末高斯得曾經感歎：

① 《鶴林玉露》丙編卷五，中華書局1983年版，第319頁。
② 陸游：《周益公文集序》，《渭南文集》卷一五，四庫全書本。
③ 陸游：《祭周益公文》，《渭南文集》卷四一，四庫全書本。
④ 徐誼：《平園續稿原序》，《文忠集》卷四一，四庫全書本。
⑤ 《鶴林玉露》甲編卷五，中華書局1983年版，第83頁。
⑥ 潘天成：《吳青可先生傳》，《鐵廬集》卷二，四庫全書本。
⑦ 《四庫全書提要》，王之道《相山集》提要，四庫全書本。

"嗚呼！京之奸，陳瓘拄之；檜之兇，胡銓折之；彌遠之專，真德秀、魏了翁排之；堂堂天朝，無一人發似道之奸詐。方且相與仇仇執之，使遂其所大欲而後已，志士仁人，雖有繞朝之策，亦安所施？悲夫！"① 總之，胡銓議論堅正，剛而不屈，對後世產生了深遠的影響。

　　南宋末期江西散文創作出現了一個高潮，一批抗元志士並不刻意爲文，只是有感而發，用血和淚記載各自的心路歷程。他們爲抗元而奔走，凌風霜，冒白刃，錚骨凌霄，氣勢磅礴，雷霆萬鈞。如文天祥的《指南錄序》《指南錄後序》《正氣歌序》等文章，感天動地，浩氣凜然，垂範千古。謝枋得《上程雪樓御史書》《上丞相留忠齋書》《與參政魏容齋書》等文章，披肝瀝膽，義正詞嚴，威武不屈，大罵宋朝變節之臣，拒絕元人勸降，聲稱希望自己"生稱善士，死表於道曰'宋處士謝某之墓'"。大義凜然地向元丞相留忠齋剖心明志：

　　　　司馬子長有言："人莫不有一死，死或重於泰山，或輕於鴻毛。"先民廣其説曰："忼慨赴死易，從容就義難。"先生亦可以察某之心矣。②

作者希望死得壯烈，意義比泰山還重，並表示慷慨赴死不算什麼，而從容就義正是自己的追求。謝枋得最終以身殉國，實現了自己的願望。總之，宋末江西愛國志士之文，指事造實，感慨激切，直抒胸臆，氣勢凌厲，對後世愛國作家有着深遠的影響；永遠激勵著後人反抗侵略，抵禦外侮，爲國捐軀。

　　宋末劉辰翁散文創作別具一格。他雖是廬陵人，生長於有着優良文學傳統的廬陵地區，但是其散文創作，卻沒有走這一條路子，他似乎是有意矯宋末散文創作熟滑冗濫的文風。總的來說，其散文創作受莊子、"江西別派"、李賀等綜合影響，以奇怪磊落爲宗，不免軼出繩墨之外，造句艱澀，意境迷離，思維跳躍，恰如四庫館臣所說，劉氏"當文體冗濫之餘，欲矯以清新幽儁，故所評諸書，多標舉纖巧，而所作亦多以詰屈爲奇。然

---

① 高斯得：《書咸淳五年事》，《恥堂存稿》卷五，四庫全書本。
② 謝枋得：《上丞相留忠齋書》，《疊山集》卷二，四庫全書本。

蹊徑獨開，亦遂別自成家，不可磨滅"①。雖然，不能否認的是劉辰翁散文
有着語涉鉤棘、文意晦澀、語句不通之弊，但劉辰翁散文在元代還是產生
了較大影響，尤其是江西地區，"廬陵爲文獻之邦，自歐陽公起而爲天下
歸，須溪作而江西爲之變"②。關於劉辰翁對江西地區文學創作的影響，虞
集作過全面的分析：

> （江西）習俗之弊：其上者常以怪詭險澀，斷絕起頓，揮霍避閃
> 爲能事，以竊取莊子、釋氏緒餘，造語至不可解爲絕妙；其次者汲取
> 耳聞經史子傳，下逮小說，無問類不類，剿剿近似而雜取之，以多爲
> 博，而蔓延草積，如醉夢人，聽之終日，不能了了。而下者，乃突兀
> 其首尾，輕重其情狀，若俳優諧謔，立此應彼，以文爲事。……大抵
> 其人於學無所聞，於德無所蓄，假以文其寡陋，而從之者，亦樂其易
> 能。無怪其禍之至此，不可收拾也。③

由此可見，劉辰翁的散文創作風格對江西地區的影響大多是負面的影
響，不可取也。

---

① 《四庫全書總目》卷一六六，《養吾齋集》條，中華書局 1965 年版。
② 揭傒斯：《吳清寧文集序》，《文安集》卷八，四庫全書本。
③ 虞集：《南昌劉應文文稿敍》，元蘇天爵編《元文類》卷三五，四庫全書本。

第三章　胡銓散文研究

第一節　奏疏文

我們先對奏疏作個瞭解，明朱荃宰《文通》曾對奏疏的歷史作了一個全面介紹："奏疏者，群臣論諫之總名也。奏御之文，其名不一，故以奏疏括之也。七國以前皆稱上書，秦初改書曰奏。漢定禮儀，則爲四品：一曰章，以謝恩；二曰奏，以按劾；三曰表，以陳情；四曰議，以執異。……宋人則監前制而損益之，固有劄子，有狀，有書，有表，有封事，而劄子之用居多，蓋本唐人牓子、錄子之制而更其名，乃一代新式也。其他篇目，取而總列之有八：曰奏。奏者，進也。曰奏疏。疏者，布也。……曰奏對。曰奏啟。啟者，開也。曰奏狀。狀者，陳也。……曰奏劄。劄子者，刺也。曰封事。曰彈事。"① 這裡我們統稱之爲奏疏文。

胡銓散文，各體擅長，尤擅長以奏疏爲主的政論文，主要包括奏、狀、疏、封事這四類文章。胡銓的政論文涉及的範圍廣泛，包括政治、經濟、軍事、民政等方面。

首先，和議問題是整個南宋的重要政治議題，亦是胡銓重點關注的問題。胡銓關於和議問題的文章是《戊午上高宗封事》，該文給胡銓帶來極大聲譽，讓他忠義剛直之名滿乾坤，亦使他遭貶二十年。紹興"八年，宰臣秦檜決策主和，金使以詔諭江南爲名，中外洶洶"②，時任樞密院編修官

---

① 朱荃宰：《文通》，王水照主編《歷代文話》第 3 冊，復旦大學出版社 2007 年版，第 2804 頁。
② 《宋史》卷三七四，中華書局 1977 年版，第 11580 頁。

的胡銓向高宗上封事，即《戊午上高宗封事》。在文章中，胡銓首先批判
王倫本是一狷邪小人，欺罔天聽，"無故誘致虜使，以詔諭江南爲名，是
欲臣妾我也，是欲劉豫我也"，其目的非常陰險。他質問高宗"奈何以祖
宗之天下爲犬戎之天下，以祖宗之位爲犬戎藩臣之位"，并告訴高宗"夫
三尺童子，至無知也，指犬豕而使之拜，則怫然怒。今醜虜則犬豕也，堂
堂天朝，相率而拜犬豕，曾童穉之所羞，而陛下忍爲之耶"。言下之意，
高宗屈膝投降，沒有廉恥，不如一個三尺之童。接着舉出王倫屈膝投降的
理由："我一屈膝，則梓宮可還，太后可復，淵聖可歸，中原可得。"這也
是高宗乞和的理由，作者對此進行了深刻的批駁：

> 嗚呼，自變故以来，主和議者誰不以此説啗陛下哉？而卒無一
> 驗，是虜之情僞已可知矣。而陛下尚不覺悟，竭民膏血而不恤，忘國
> 大讎而不報，含垢忍恥，舉天下而臣之甘心焉。就令虜決可和盡如倫
> 議，天下後世謂陛下何如主？況醜虜變詐百出，而倫又以奸邪濟之，
> 梓宮決不可還，太后決不可復，淵聖決不可歸，中原決不可得；而此
> 膝一屈，不可復伸，國勢陵夷，不可復振，可爲痛哭流涕長太息也。

胡銓指出此前的所有主和者，都是以這樣的理由來欺騙陛下，而卒無一
驗，可見和議只是欺騙手段，可陛下卻甘心屈膝投降。退一步講，就算金
國真心和議，那麼天下與後世之人又認爲陛下是什麼樣的皇帝呢？更何況
金人變詐百出。作者又指出王倫所說的和議好處不但沒有一件可以實現
的，而且"此膝一屈，不可復伸，國勢陵夷，不可復振"。分析透徹，直
擊要害。在作了嚴厲批判之後，又曉之以理，動之以情：當年高宗在逃避
金軍追擊，"間關海道，危如累卵"，處於最困難的時候尚且不北面臣虜，
何況現在的情況遠遠好於當時。即使真的不得已而要用兵，我們也不會處
於金兵之下方，今無故而反臣之，則"三軍之士不戰而氣已索"。接着又
警告高宗，他這一屈膝是違背天下大勢的，"今內而百官，外而軍民，萬
口一談，皆欲食倫之肉，謗議洶洶，陛下不聞，正恐一旦變作，禍且不
測。臣竊謂不斬王倫，國之存亡未可知也"，謗議洶洶，弄不好會導致不

測，因此必須斬掉王倫，以存社稷。作者反復申說，論證細密，既有嚴厲批判，又有娓娓勸說。然後筆鋒一轉，矛頭指向權臣秦檜，"雖然，倫不足道也，秦檜以腹心大臣而亦爲之。陛下有堯舜之資，檜不能致陛下如唐、虞，而欲導陛下如石晉"，秦檜"畏天下議已，而令臺諫從臣共分謗耳"，這讓"有識之士，皆以爲朝廷無人"。再舉管仲來說明秦檜的罪惡，管仲不過是"一霸者之佐耳"，"尚能變左衽之區爲衣冠之會"，秦檜不僅僅是陛下之罪臣，實是管仲之罪臣。這就是說秦檜的罪惡更甚於王倫。最後指出孫近只不過是附和秦檜的應聲蟲，"伴食中書，漫不可否一事"，一個參贊大臣"徒取充位如此"。因此作者誓言"臣備位樞員，義不與檜等共戴天"，希望陛下"斬三人之頭，竿之藁街，然後羈留虜使，責以無禮，徐興問罪之師，則三軍之士不戰而氣自倍"，否則的話，他只能如魯仲連赴東海而死耳，不能在小朝廷苟且偷生。通篇文章，議論剴切，矛頭直指最高統治者，語言犀利，無所隱諱，將高宗和他的投降大臣揭批得體無完膚。此文一出，金國千金求購，知宋廷有人，影響巨大①。

對於和議的危害他看得比一般人深遠，"國家自紹興初，金人稱和，竭民膏血而不恤，忘國大仇而不報，上下偷生，苟安歲月，以爲盟好可恃，蕩然決去藩維之守。一旦完顏亮變生肘腋，宗廟社稷幾不血食，天下寒心"，"宴安酖毒，不可壞也，一溺於和，則上下偷安，將士解體，終身不能自振，尚又安能戰乎！"② 可見議和之危害多大。對於和議之害，爲什麼這些主和大臣卻是視而不見呢？對此作者看得真切明白："自靖康始迄今四十年，三遭大變，皆在和議，則醜虜之不可與和彰彰矣。肉食鄙夫，萬口一談，牢不可破，非不知和議之害，而爭言爲和者，是有三說焉：曰偷懦，曰苟安，曰附會。偷懦則不知立國，苟安則不戒酖毒，附會則覬得美官，小人之情狀具在此矣。"③ 真是一針見血。因此，他認爲宋朝禦敵最大的失策就是講和，"臣竊謂自昔夷狄憑陵中原，未有如今日之甚者也。

---

① 《鶴林玉露》甲編卷六，中華書局 1983 年版，第 105 頁。
② 胡銓：《應詔集議狀》，《全宋文》第 195 冊，上海辭書出版社、安徽教育出版社 2006 年版，第 58 頁。
③ 胡銓：《上孝宗封事》，《全宋文》第 195 冊，上海辭書出版社、安徽教育出版社 2006 年版，第 59 頁。

非夷狄有常勝之勢，蓋中國御之失其道爾。何謂御之失其道？自靖康之變，二圣蒙塵，兩宮執辱，非有他也，講和之禍也。自維揚之變，太上皇浮海，生靈塗炭，大內飛羅綺之灰，九衢轔公卿之骨，非有他也，講和之禍也。自逆亮之變，淮甸丘墟，原野饜人之肉，川谷流人之血，流毒至今，非有他也，講和之禍也。夫自靖康迄今凡四十年三遭大變，皆坐和議，則醜虜之不可與和彰彰然矣。”[①] 從靖康之難後南宋對金和議以來，遭到三次重大變故，由此可以看出和議決不可行，和議是宋禦敵最大的失策。所以他堅持和議絕不可行，“臣愿陛下堅守和不可成之詔，力行其志，自強不息，則寇虜何足患哉！”[②]

胡銓終生反對議和，希望皇帝能夠堅持抗戰，而實際上，孝宗皇帝登位之初，確實抱有雄心壯志，以復仇爲已任，整邊備戰，但是他復仇的意志並不堅定，所以胡銓就很注意激勵孝宗的復仇意志。如《論復讎疏》中他抓住恥辱做文章。他先讚揚孝宗皇帝即位之初主張復讎，“陛下即位以來，懲羹吹齏，誓不與醜虜共天，日夜厲民秣馬，蒐乘補卒，志馳於伊吾之北，氣軼乎甌脫之外，不復雁門之踦不已也，不澡二殽之恥不已也。”雖然現在金國“移書請和”，但不要墮入金人詭計，希望孝宗告誡將士：

醜虜虎狼之國，犬羊之群，忌我祖宗之大德而謀動干戈，是以靖康之禍，殘毀我宗廟，陵蔑我社稷，劫遷我二帝，垢衊我兩宮，皇室淑女媿於穹廬，掖庭良人污於沙漠，玉牒帝胄僕於龍荒，尚忍言之哉？又有甚可憤者，我徽宗皇帝梓宮雖返，而大讎未報；我欽宗皇帝訃音雖聞，而梓宮未返。興言及此，爲之酸鼻。又有大可憤者，我國家山陵，發掘殆徧；我哲宗皇帝陵寢，既發而又暴其骨。[③]

---

① 胡銓：《論中國禦夷狄失道奏》，《全宋文》第195冊，上海辭書出版社、安徽教育出版社2006年版，第127頁。

② 胡銓：《應詔言和議決不可成奏》，《全宋文》第195冊，上海辭書出版社、安徽教育出版社2006年版，第132頁。

③ 胡銓：《論復讎疏》，《全宋文》第195冊，上海辭書出版社、安徽教育出版社2006年版，第126頁。

二帝北遷，宗室受辱，皇陵遭掘，暴骨於野，奇恥大辱，大仇未報，這足以激發將士報仇意志。胡銓既是希望孝宗這樣告誡將士，亦是藉以告誡孝宗，希望他枕戈達旦以雪恥，臥薪嘗膽以報仇，不要與金人盟約。否則的話，"雖增歲幣還故疆，如前日屈膝請盟，臣恐復有如海陵者竊發於近甸矣"，金人還是會很快發動侵略戰爭。孝宗常常處在報仇與議和兩者之間搖擺：

> 陛下初登寶位，以剛健之姿，奮然欲有大爲於天下，嘗語臣曰："朕決不與虜和。"一日，侍從之臣同班上殿，葉顒等首啓和議之請，陛下面折之曰："卿等不知主辱臣死之義乎？"喑鳴流涕，顒等羞縮而退。……是年冬，臣被旨措置海道，以禦虜寇。才出北關，而和議之使已在道矣。和議既講，在彼無厭之欲難塞，日務求釁，或搖盪我邊鄙，或憑陵我城邑。和雖在口，禍實藏心。陛下見幾於未奔沉之先，慨然有恢復之志，四海之內皆引領而望，曰吾君果撥亂興衰之主也。然臣竊有疑焉，何也？以和議之使未絕，而恢復之言彰彰也。[1]

孝宗讓胡銓措置海道，才出北關，而和議之使即已上路；和議之使未絕，而恢復之言彰彰，兩邊搖擺，躊躇不決。實際上這種在和議與抗戰之間搖擺的情況危害很大，"夫和議未絕，則吾歲幣之害無時弭也；恢復之言彰彰，則彼講和之議必不堅也"。胡銓認爲，"夫不費歲幣姑與之和議猶不可，況褒民膏血以爲歲幣。而和議不堅，是無益也；和而無益，是舉生靈之膏血委之溝壑也，而忍乎？"因此他希望孝宗堅決不與金人和議，立場要堅定。符離之敗，對宋朝抗戰派是一大打擊，孝宗皇帝亦一蹶不振，因此鼓勵孝宗繼續抗金，就非常重要了。在《論符離之敗疏》中先告訴孝宗，"古者或多難以固其國，啟其疆宇；或無難以喪其國，失其守宇"，接着列舉歷史上的例子來證明，然後指出這是由於"以其畏多難而思所以保其國，其操心危而慮患深"和"以其恃無難而不思所以固其國，其操心不

---

[1]　胡銓：《論人主德與心不可二三疏》，《全宋文》第 195 冊，上海辭書出版社、安徽教育出版社 2006 年版，第 124 頁。

危而慮患不深"兩種不同的原因造成。由此，他認爲符離之敗是上天對孝宗的磨礪，"近者淮上之衄，蓋天以是屬陛下之志，使陛下動心忍性，增益其所不能，臣有以見天心之愛陛下也篤矣"，勸勉孝宗，"益強其志，毋以小衄以自沮，蒐乘補卒，休兵息民，期於身濟大業"，這實在是宗廟社稷之福。胡銓因勢利導，殷切希望孝宗振作起來，銳意抗金，報仇雪恨，恢復故疆。從現存的胡銓散文中我們可以看出，胡銓對於南宋的和議之爭極爲關注，這是他終生念茲在茲的重大問題，胡銓的一片忠貞愛國之心也從中體現出來。

其次是帝王的統治問題。古代封建社會是帝王專制統治，帝王本身的問題會深刻地影響到國家的政局，因此帝王的統治之道就成爲人們關心的重要問題。胡銓對帝王的治國之道、帝王本身的修養問題也給予了很大的關注。在《應詔言事狀》中指出君主的統治問題：

> 愎諫以拒人，飾智以文過，作威以臨下，飾智以衒物，矜慧以取勝，自廣以狹人，恥過以作非，君之患也。便辟、善柔、便佞臣之患也。……人主有一於此，則便辟之臣進矣，善柔之臣進矣，便佞之臣進矣。便辟之臣進，衣冠皆逢迎也；善柔之臣進，俯仰皆媚悅；便佞之臣進，語言皆捷也。如此而欲臣下各思革正積弊，勿狥佞私，是猶植曲木而望其影之直也……①

這些問題在孝宗身上比較突出。如關於孝宗納諫的問題，胡銓則有《論賣直疏》、《論納諫疏》和《論從諫疏》。他勸說孝宗要努力納諫，善於從諫，不要驕傲自滿，要能自始至終地納諫，"臣願陛下始末不渝，無若唐宗之解慮，則天下幸甚"②。在《論從諫疏》中說孝宗皇帝"自登大位，虛懷受嬰鱗之言，兼聽天下之美，有不善未嘗不知，知之未嘗復行。有不知未嘗

---

① 胡銓：《應詔言事狀》，《全宋文》第195冊，上海辭書出版社、安徽教育出版社2006年版，第55頁。
② 胡銓：《論納諫疏》，《全宋文》第195冊，上海辭書出版社、安徽教育出版社2006年版，第110頁。

廢言，言之未嘗不聽。凡獲賜對者，人人皆以爲盡得其忠，中外翕然，咸謂恢復之期，指日可冀”，登位之初這些納諫之舉，值得讚揚，國家恢復之期應該指日可待，但是作者還是勸告他要持之以恆：“然臣竊以謂‘靡不有初，鮮克有終’……永鑑漢光、唐宗之失，則社稷之福也。”在納諫這一問題上，孝宗往往聽而不施行，“群臣每進讜言，陛下必溫言頻納，天語嘉獎，朝野誦傳，實爲盛事。然聽之而不見於用，嘉之而不施於政，臣恐謇諤之言不復聞於陛下矣”①，這是一種徒有其表、虛有其名的納諫，並非真正的納諫。孝宗皇帝甚至說臺諫論事爲“賣直”，可見孝宗登位之初所謂的納諫，並非真的想聽取正直的諫言，其實只不過是想賺取善於納諫的美名。孝宗對臺諫的“賣直”評價引起了胡銓極大的擔憂：

> 近日臺諫論事，陛下謂爲“賣直”。臣未知信否。陛下自登大位，樂聞讜言，四海欣欣，皆以爲將見太平，則道路之言決不足信。然自頃以來，張震之去，四省一空；王十朋之去，臺列一空；王大寶之去，諫苑一空；金安節行又去矣，是瑣闈又將一空也。以此觀之，道路之言容或可信。夫“賣直”之言，唐德宗之言也……德宗一出此言，忠臣結舌，直士杜口，馴致興元之變，其末流遂有甘露之禍，害及忠良。所謂一言足以喪邦，德宗有焉。”②

孝宗竟然像德宗那樣指臺諫論諫爲賣直。胡銓警告他，一言足以喪邦，不要學德宗，否則會貽害無窮。

除了納諫問題，孝宗還寵倖佞臣和宦官。胡銓就曾批評孝宗皇帝，“竊聞比年以來，嬖倖私昵之人，姓名藉藉，出入禁闥，詭秘莫窮，納賄招權，紊亂名器。凡官僚之進遷，則先事而騰播；陛下之所親擢，則彼掩爲己私。意者簡記之初，借以游談之助，揣知聖意，洩露除音，譸張外

---

① 胡銓：《乞用直言遠私昵戢貪吏奏》，《全宋文》第 195 冊，上海辭書出版社、安徽教育出版社 2006 年版，第 94 頁。
② 胡銓：《論賣直疏》《全宋文》第 195 冊，上海辭書出版社、安徽教育出版社 2006 年版，第 110 頁。

庭，熏灼朝路。賢否既混，綱紀寖斁，殆非國家之福也，可不慮乎？"① 嬖
倖私昵之人出入禁闥，招權納賄，紊亂名器，擾亂朝綱，此非國家之福。

再次是關注吏治與民瘼問題。吏治與民瘼是一個問題的兩個方面。封
建社會，帝王高高在上，很少有機會接觸民間疾苦，再加上官員的有意隱
瞞，所以百姓生活用"倒懸"② 來形容是一點不爲過。真正的儒者、廉潔
正直的官吏爲生民著想，往往通過天變災異來警示帝王，有所作爲的帝王
往往也有所懼怕。這是董仲舒"天人感應"思想的具體應用和積極的歷史
作用。《應詔言事狀》就是因出現天變，應孝宗下詔言事而寫的。胡銓應
詔借天變來警示孝宗："今州縣吏貪墨餐民，遠朝廷萬里，近亦數百里，陛
下不得而見之也，怨嗟之聲陛下不得而聞之也。故天出災異，自淮以南，
飛蝗蔽天，以告陛下耳……有貪墨餐民者，必罰無赦，是應天以實也。"
在《應詔言事狀》中，胡銓對吏治與民病作了全面的總結，他說政令之闕
有十患："監司牧守數易，一也；州縣差役不公，二也；孤寒困於舉將，
三也；吏員太冗，四也；任子太濫，五也；朝令夕改，六也；衣服無章，
七也；獄訟多冤，八也；酷吏殘民，九也；部胥阨塞衣冠，十也。"這十
條中除了第六條屬於禮節問題，其他都是直接關係民生的大問題，完全可
分屬吏治和民瘼這兩大類，可見作者考慮得非常周全細密。胡銓對貪官污
吏非常痛恨，揭露非常深刻，因而非常擔憂："古者張官置吏，所以養民。
今之官吏，適以殘民。催科則竭民膏血以爲材能，獄訟則視賄低昂以爲曲
直。老羸轉溝壑。丁壯聚爲盜賊，焦熬困苦，所不忍聞。陛下愛恤黎民，
屢蠲常賦，而官吏掊斂，民心日離，誠可爲邦本之憂也。"③ 在南宋，百姓
面臨很多的艱難困苦，胡銓對此極爲關注。尤其是一些具體的實際問題，
如他希望朝廷寬恤民力，減少差役，減輕賦稅。實際上由於戰爭、歲幣等
加在百姓身上的負擔極爲沉重，在《乞寬民力奏》中說："竊見一二年來，

① 胡銓：《乞用直言遠私昵戢貪吏奏》，《全宋文》第 195 冊，上海辭書出版社、安徽教育出版社 2006 年版，第 94 頁。
② 朱熹撰：《四書章句集注》卷二《公孫丑章句》上，中華書局 1983 年版，新編諸子集成本，第 229 頁。
③ 胡銓：《乞用直言遠私昵戢貪吏奏》，《全宋文》第 195 冊，上海辭書出版社、安徽教育出版社 2006 年版，第 95 頁。

東南之民困於軍興，前歲大旱，人至相食，雖親父母手殺其子食之。去年雖大豐熟，比他歲所入十倍，然官斂其七八，民存二三，生理蕭然，卒有水旱，民無一年之儲。陛下所恃以爲本兵之地者東南爾，而民力如此。若興事不已，不惟民勞，必又重賦……今雖給降官告、度牒、交子，名爲糴本，而民不得一錢，實爲白奪。州縣官吏又從而因緣爲奸，官取其一，已乾沒十九矣。"作者如此熟悉貪官污吏對百姓殘酷盤剝之情況，有真切的描繪、具體的實例、具體的數字、具體的地點，真是觸目驚心，亦可見作者是作了認真考察才得來的。同樣在《乞戒天下州軍大興力役築城奏》中對法外役民、妨耕擾民的問題作出了深入的揭示，指出危害、提出解決辦法。在《論改官及興水利營田疏》中對於改官弊端以及關涉民生的水利問題作出深入的探討。又如《乞令有司預備賑濟米斛奏》提出"防患救荒，猶不可不預備"的觀點。

還有一些其他的社會問題，作者也給予了關注，如《乞都建康疏》向孝宗提出定都建康的問題，《論用人疏》探討關於任用人才的問題，又如《乞遣將虔吉間招捉盜賊奏》是關注江西虔、吉之間的盜賊問題，《乞嚴禁軍兵殺人奏》《乞戒諸將持重奏》《上孝宗論兵書》等則對軍隊的問題表示關注。

第二節　書信文

所謂書，吳訥說："按，昔臣僚敷奏，朋舊往復，皆總曰'書'。近世臣僚上言，名爲表奏；惟朋舊之間，則曰'書'而已。"①《文心雕龍》論書信的寫作特點云："詳總書體，本在盡言；言以散鬱陶，托風采，故宜條暢以任氣，優柔以懌懷。文明以從容，亦心聲之獻酬也。"②

胡銓的書信散文保存下來的不多，但內容卻很豐富。

第一，探討政治問題。胡銓非常關心社會政治問題，關心百姓疾苦。由於很多時候，作者對這些問題其實是看在眼裏，記在心上，卻由於人微

---

① 吳訥撰，於北山校點：《文章辨體序說》，人民文學出版社 1962 年版，第 41 頁。
② 《文心雕龍·書記》，人民文學出版社 1962 年版，第 455 頁。

言輕，或鞭長莫及，所以往往在書信中經常與人探討當前社會政治問題、社會弊端，希望對方能給予解決，因而有些書信就是政論文。如曾經給時爲大丞相的張浚連上三書，都是探討南宋的社會政治問題。在《上張丞相書》中，首先探討了抗金戰爭的問題：

> 向者兵無定論，皆類出於倉促一時之計。其始也以爲莫若和，既而不效，則又易其說曰莫若戰。然戰之說常不勝，而和之說常勝，故虜常欲戰而我常欲和。夫求和而自我，則其所以爲幣者必重，幣重則國用竭，國用竭則凡誅斂豪奪之法，不得不施於今之世矣，則是虜不戰而已坐困吾中國也。夫與其不戰而困吾中國，孰與戰而制虜之命？其利害較然甚明。故曰欲天下之安，則莫若使權在我；欲權在我，則莫若先發而後罷。是今之勢，要以必至於戰。敢問今之所以戰者何？其決出於一定之計耶？無乃出於倉促而僥倖一時也？夫出於倉促而僥倖一時，則僕固不能料；若果出於一定之計，將相不可不和，政事不可不修，糧餉不可不贏，兵將不可不練。孫吳復起，愚知其必不出於此矣。然而今之所以爲此備者，缺然未見，其故何也？書生之論，近爲目前計，乃曰兵多者常敗，兵少者常勝……遂欲僥倖於尋常倉促變詐之計，謂真可以少擊眾也。嗚呼，使今之計果出於此，愚恐朝廷輕動天下之兵而僥倖于萬一也，可勝寒心！夫兵當論銳不銳耳，多寡顧時勢如何……竊觀今天下大勢，以爲北虜內潰，雖有可勝之形，而中國未有不可勝之備。何也？紀綱修明，食足兵強，群臣輯睦，卒乘競勸天下歡戴其上，截然其若一家而無隙可乘，是之謂不可勝之備。今則不然，朝廷姑息而軍政不張矣，仕流謹謗而公議不行矣，豪奪錯起而細民不聊矣，賄賂公行而墨俗不清矣。①

作者指出朝廷與金人和議時失去主動權。開始是與金人講和，在得不到好處後，由和而一變爲戰。可戰又常敗，於是又主動與金人和議，金人則必

---

① 胡銓：《上張丞相書》，《全宋文》第 195 冊，上海辭書出版社、安徽教育出版社 2006 年版，第 145 頁。

然加重和議條件，這就失去了主動權。因此，胡銓認爲應該"先發而後
罷"。朝廷對金作戰應該有"一定之計"，即將相和、政事修、糧餉足、兵
將練，而不是像現在這樣出於倉促，抱著僥倖心理，這實在是點到了張浚
的死穴，張浚符離之敗就是犯了這個錯誤。針對所謂以少勝多的觀點，作
者認爲軍隊當論其銳不銳，所謂的多寡要看當時形勢如何。雖然現在金人
內潰，對南宋來說是與其作戰的"可勝之形"，但是朝廷卻沒有"不可勝之
備"，因爲現在的情況是軍政不張，公議不行，民不聊生，賄賂公行。下
文接着討論了朝政的一些具體問題：賞罰不當、將官殘暴、貪墨不清、冗
官之弊。最後作者呼籲張浚革除弊端，"審處一定之計，斷而行之，使中
國卓然有不可勝之備"，再行征伐，則勢如破竹。在《三上張丞相書》中，
他與張浚探討了天下形勢。從歷史的角度來看，"天下形勢莫如雒陽、長
安、大梁三者而已"，各自具有重要的地理位置和戰略價值，"三者皆形勢
壯觀者也"，但是他認爲三者"皆非今所宜用兵之地"。由於現在形勢的不
同，這三地皆有不足之處，所以這三地皆不可據而守也。那麼"爲朝廷之
策者宜奈何"？他給出的答案是"宜取睢陽而守之"，"朝廷如欲不清中原則
已，如欲清中原，宜莫如蒐兵積粟，投機決策，直去睢陽，然後圖復兩
河，則天下可傳檄而定矣"。

　　胡銓還跟許多地方官員有書信往來，如《與吉守李舍人書》《與吉守
李侍郎書》《與吉守呂殿撰書》《與吉守李寶文書》等。他認爲自己有責任
將地方百姓的疾苦告知官員，而且自己了解、熟悉這些情況，"僕亦郡人
也，此邦之利病休戚熟矣，宴居深山，不少有所論列，是誠何人也！[①]"其
《與吉守呂殿撰書》可謂是一篇討吏檄文。首先指出廬陵百姓之三大患：
"僕聞廬陵之俗所至患者，民困而吏不恤，訟煩而爭不息，獄怨而官不
知。"然後揭露貪官污吏的罪惡：

　　　　刀筆者志於繩人而貿利，則煽民以訟，根株牽連，捕一逮十，遂
　　開誣告之獄。夫誣告者無所因以發也，則曰是嘗殺人，是嘗殺人者黨

----

　　① 胡銓：《與吉守呂殿撰書》，《全宋文》第 195 冊，上海辭書出版社、安徽教育出版社 2006
年版，第 161 頁。

也；是嘗爲寇，是嘗爲寇者黨也。然是固未嘗殺人而爲寇，一遭誣
告，便與妻子訣；彼名爲黨者，亦皆誅引就捕，十室而九。吏治者利
其然，鍛煉而周內之，鑿空投隙，枷楔兼暴，甚至拉脅篝爪，泥耳籠
首。人苟賒死，何求而不得？彼實殺人而爲寇者乃怡然如平民，何
則？利厚金多略使之然也。小人窺誣告之利，相煽成風，又開攎掀之
獄。所謂攎掀者，謂攎掀前事而告之官也。①

爲了貿利，貪官污吏煽民以訟，開誣告之獄，動則施以酷刑，製造冤獄。
作者對其羅織罪名、醞釀冤獄的手段非常清楚，因而描繪得非常真實，千
載之下，仍然讓人觸目驚心。作者深爲百姓歎息，"是不但虐吾赤子，亦
破吾三尺法。然如此而官不察，良有由矣"。這樣詳細地描繪，就是爲了
打動對方，希望他能夠爲民做主，除去民病，造福一方，"況僕之累千百
言，頗中時病，萬一采其一得，少賜省覽，使圜扉之下無嘆憤不平之氣，
則叶氣嘉生，薰爲清平，豈吉人之幸，實朝廷之望也"。

其他的如《與吉守李舍人書》希望對方對於朝廷旨意要根據實際情況
去做，要正確地對待，"閣下試悉心究之，有可以利民者，則愿奉宣詔條，
實民見德；或有不便於民者，則雖閣詔不爲嫌；有詔條所不及而利當興、
害當去者，雖矯詔不爲悖。"如《與吉守李寶文書》則是與對方論差役之
弊。這些問題都是其親眼所見，而非憑空杜撰，"凡此皆僕近所親見聞而
害民最甚者，故敢略條一二"②。所以非常真實，具有說服力。

第二，抒發內心情志。作者在很多書信中向朋友剖心明志，抒發內心
的思想感情。作者一生大起大落，隨着所處的環境的改變，作者的心境往
往也隨之改變，內心情感也隨之波動。作者文集散佚較多，尤其是其遭貶
謫之前的文章保留甚少，所以留存至今的書信以貶謫之後的較多。遭貶謫
是其人生的一大巨變，遭貶之後又能回到朝廷任職，所以作者對人生世事

---

① 胡銓：《與吉守呂殿撰書》，《全宋文》第 195 冊，上海辭書出版社、安徽教育出版社 2006
年版，第 162 頁。
② 胡銓：《與吉守李舍人書》，《全宋文》第 195 冊，上海辭書出版社、安徽教育出版社 2006
年版，第 155 頁。

感受深刻。作者在信中所表達的情感是豐富而複雜的，有感激朋友的關懷，有對友人悲慘遭遇的同情，有對高風亮節之士的讚美，有對趨炎附勢之徒的鄙視，亦有對自己生活遭遇的感慨。在《與王季羔書》中敘自己戊午年十一月遭貶時的旅途經過，過雁河（何）時險遭傾覆，感歎"造物見赦，幸莫大焉"，然後感歎世態炎涼："秀穎向在吾家，相得甚歡，一旦被逐，略不存省。"作者直歎"世態冷暖，如許惡耳"。又如《與周去華小簡》則對友人的遭遇深表同情：

> ……趙元鎮、鄭亨仲、陳少南、高彥先惜亦不見太平也。陳少南名鵬飛，為侍講，不肯作《大朝會表》，竄惠州死。高登作《水災策》，竄容南死，皆僕之舊，而鄭又同寮，趙乃使長，可為嘗歎息流涕也。某頃在廣東哭陳與高云：'蒲柳與君先眾脫，松柏同我後群彫。'今又十年矣。富貴貧賤等死耳，而惑者不悟，如方務德、劉昉華竟何為也！蓋胸中無所養，遂以富貴為可長生久視，終身認為己耳。附炎之徒，今亦可以少慚矣。①

感歎友人遭貶而慘死他鄉，為之歎息流涕，並批判一些胸中無所養的趨炎附勢之徒。在《與陳長卿小簡》（一）中作者寫道："寄命一葉萬仞之中，脫風濤萬死一生之地，崎嶇萬里，踰年乃克至徙所。獲保首領，再見華風，天地鬼神實相之。然非大君子不遺舊物，力借牙頰，嘘枯吹生，萬萬無更生之理以至於此。刻佩風義，淪肌入骨，何日忘之！某在島上時，側聞輿議，竊知昨來銜命出境，不撓節於虜庭，有識增快，固可羞妾婦之顏而奪之氣……"作者對友人的幫助深表感謝，對其不撓節於虜庭深表讚歎。又如在《與莊昭林知宮小簡》中寫道："一別如許，閱盡險阻艱難，雖坡老謫海外，未歷此險，亦無如許之久，其況可知。所幸平生仗忠信，未填溝壑耳。自過嶺來，二廣帥漕憲舶不計數，大半鬼錄。凡閱十五太守，僅存二三。……羅守中死數年，集道亦坐獄年餘乃脫。平生相知無如

---

① 胡銓：《與周去華小簡》（二），《全宋文》第 195 冊，上海辭書出版社、安徽教育出版社 2006 年版，第 183 頁。

伯虎、集道最謹畏，尚不免縲絏，乃知禍福雖自己求之，亦有至數，不可逃也。"作者感歎自己遭貶甚於東坡之艱難險阻，卻又自信仰仗忠信之節才使自己免於填溝壑。既感歎過嶺之官員大半爲鬼錄，又表示平生禍福亦有定數，顯示出作者對於遭貶的曠達態度。對自己貶謫歸來、劫後餘生的生活也有所描繪："某託庇苟活，疇昔間關嶺海，逾兩星終，生理蕭然，無尺椽之居，近始卜築村落，纔禦風雨。老杜云：'捲簾惟白水，隱几只青山。'此貧者家風也。惟婚嫁未畢，殊關念。自嶺南歸，長學生李泰發家親，次學生已二十，尚未議親，二幼子亦未有親，而頭已半白，尚能得幾寒暑。"① 作者樂於貧者之家風，不汲汲于富貴，但關念兒子尚未婚娶，而自己頭已半白，不禁憂心忡忡。

另外作者往往在信中向友人宣傳儒家思想和表達自己的精神追求。如《與張少韋小簡》中說："富貴不足道，要有守耳。"直承孔子"富貴於我如浮雲"之精神。在《如余憲良弼》中，與余良弼論士之進退："然古之君子，與道進退。當內重外輕之時，則以處內爲不可而求處乎外；當內輕外重之時，則以處外爲不可而求處乎內。如恨出降之晚而志於外重，如雅意本朝而志於內重，皆非聖人之中道，君子恥之，君子惟道之從，內外奚容心哉！"認爲古之君子，與道進退，惟道之從。在《與劉辰告小簡》（二）中說："……而君子則以爲士志於道而已。苟得行其道，雖在州縣，榮於台宰；苟道不得行，雖館閣若將浼焉。然則學當求及古人，不但求及今之人爾。求及古人，梅福一尉耳，芬馨多矣；求及今之人，即位等三台，不過與張禹、孔光同科，遺臭無窮也。執事有志乎古，一尉如處美官，可見所養。然張燕公嘗云'宰相時來則爲'，今之守道者，未必時不來也，願少安之。"告訴劉辰告，士志於道就行了，不在於官位之高低。官位再高，而學不及於古人，同樣會遺臭萬年；學及古人，志於行道，小官亦會芬芳百世。在《與左教授小簡》中跟對方強調"信"之重要，"信一失焉，是棄所守而舍所安，尚何恃以生乎"。在《與從子維寧書》中與侄子胡維寧論學之重要性，"君子之爲學也，沒身而已矣。"

① 胡銓：《與方務德小簡》，《全宋文》第 195 冊，上海辭書出版社、安徽教育出版社 2006 年版，第 217 頁。

對於不良的世俗風氣作者則予以深刻揭露和表示自己的厭惡之情。在《與李文通小簡》中寫道："彼宴人子，業一技，游一藝，已儼然有自矜之色。書字未識偏旁，清談稷、契，讀書未知句讀，下視服、鄭者，往往而是。"這裡作者不滿那些讀書不多而有自矜之色者，批評他們未窺儒家經典之堂奧，卻下視服、鄭的狂妄態度。而《答廖知縣書》則是一篇論述"師難"之文，不僅感歎師道之難行，而且感歎"不難於從師而難於守其說"。

第三節　序跋文

關於序的產生，歷代有不同的解說，梁代任昉《文章緣起》說："序起《詩大序》。序，所以序作者之意，謂其言次第有序。"① 吳訥說："序之體，始於《詩》之大序，首言六義，次言風雅之變，又次言二南王化之自。其言次第有序，故謂之序也。"② 徐師曾說："按《爾雅》云：'序，緒也。'又寫作'敘'。其言善敘事理，次第有序，其體有二；議論、敘事。"③ 姚鼐《古文辭類纂》則云："序跋類者，昔前聖作《易》，孔子爲作《系辭》《說卦》《文言》《序卦》《雜卦》之傳，以推論本原，廣大其義。《詩》《書》皆有序，而《儀禮》篇後有記，皆儒者所爲。其餘諸子或自序其意，或弟子作之，《莊子·天下篇》《荀子》末篇皆是也。"④ 贈序與書序不同，在於書序是爲學術著作、詩文集所寫的序，重在評價該書，贈序則是在書序的基礎上發展而來的送別贈言之文。正如呂東萊所云："凡序文籍，當序作者之意；如贈送、燕集等作，又當隨事以序其實也。"⑤

胡銓的序文大致有三類，一是贈序，二是書序，三是字序，其中以贈序、書序最爲重要，而字序主要是爲人取字號而對其進行闡釋，表達著取

① 任昉：《文章緣起》，四庫全書本。
② 吳訥撰，於北山校點：《文章辨體序說》，人民文學出版社 1962 年版，第 42 頁。
③ 徐師曾撰，羅根澤點校：《文體明辨序說》，人民文學出版社 1962 年版，第 135 頁。
④ 姚鼐纂集：《古文辭類纂序目》，《古文辭類纂》，上海古籍出版社 1982 年版，第 3 頁。
⑤ 《歷代文話》，復旦大學出版社 2007 年版，第 1623 頁。

字號者對其人的希望、期待，藝術性不強，故略而不論。

贈序有的是規勉、鼓勵對方。如《送范至能使金序》先介紹派遣范至能出使金國的起因：出使金國的方庭碩歸奏太上皇帝高宗，卻遭故相竄斥，貶死廣東，自此之後出疆者無人再敢言陵寢。胡銓則在隆興改元冬首次向孝宗言及方庭碩，於是朝廷議遣使問發陵之故，又遭時相主和而止。在乾道庚寅夏五月，孝宗向胡銓表示要復仇雪恥，而胡銓告訴孝宗，這已經遲了。於是“詔丞相選才識有經學通達國體者，持節以往，以申請陵之思”。最後作者向范成大贈送自己對孝宗的奏語，激勵他能“一切不顧，談笑就車”，希望他出使金國能通達國體，有補於國。事實上范成大出使金國，確未負胡銓的期待，真正是做到通達國體，有補於國了。如《送施峻序》則是鼓勵施峻努力學完《戴記》，教育他讀書要善始善終：“古人云行百里者半九十里，言晚節末路之難也。學亦尤是。今之學者，讀《書》未卒二《典》，讀詩未卒二《南》，已易業讀他書，猶行百里至十里而止也。子能讀《禮》過半，勤亦至矣，若不能卒業，至《雜記》而止，則前功皆廢，猶行百里至六七十里而止也。以六七十里笑十里則何如，是亦止耳。子其勉之，不及百里勿自畫也。誠然，他日破萬卷書，由此始矣。”他告訴施峻讀書如行路，不能中道而廢，要“不及百里勿自畫”，由此方能讀書破萬卷。《送顧都監序》則是由顧文緯爲官得民心，從而探討治國之道，“故嘗謂智可以格天地，不可以欺豚魚；力可以得天下，不可以得匹夫匹婦之心。孔子曰‘治國者不可侮於鰥寡，而況於士民乎，故得百姓之歡心’；‘治家者不可失於臣妾，而況於妻子乎，故得人之歡心’。孟子亦曰：‘身不行道，不行於妻子；使人不以道，不能行於妻子’。夫臣妾妻子至近而易得也，然身不行道，則不能行於閨門，而古之人至使八百里之遠，壺漿爭迎，非有道而能若是乎?”作者認爲治國以道則得民心，而智、力皆不足以得民心。《贈王復山人序》則是記敘士人對待自己遭貶的態度，並借以批判當時的士風：“十一年秋，御史中丞羅汝楫請投某嶺表以阿時宰，遂得超遷。十九年春，新興張棣亦覬望權勢，乞竄某海外，棣即日持節湖北。是時王鈇經略番陽，呂愿中經略桂林，皆望風捃摭某，以爲奇貨，與棣相應和，於是潮守徐某劾丞相趙公鼎，譚帥劉昉陰中丞相張浚、侍郎胡公寅，儋守李望發參政李公光，舂陵守田如鼇劾樞密王公庶，趙不棄睿樞密鄭公剛中，海內風靡，爭欲羅拜秦門以取寵。自朝廷至山林之士，交口吹噓，權門如烈火，勢焰可炙，而告奸羅織之獄興矣。……小人軒然得志，書生舉子對策獻記，雖有一德大臣之詔，往往獵高科取美官，至叛經旨，以齊桓、晉文爲聖所褒，阿附時議，滔滔者皆是也。"胡銓遭貶，竟有如此多的官員落井下石，同時期的正直大臣如李光等皆遭彈劾，小人得志，勢焰燻天，書生舉子，諂諛阿附，吹捧秦檜爲"一德大臣"，真是無恥之尤。

胡銓的書序大致可分爲兩類，一類是爲儒家經典的研究著作所寫的序，如《講筵禮序》《周禮解序》《李仲永易解序》《蕭先生春秋經辨序》《洙泗文集序》等。《講筵禮序》向孝宗闡述禮之重要性，"臣聞君以禮爲重，禮以分爲重，分以名爲重，名以器爲重。古之有天下者，不患分不定，不患名不正，不患器不守，而常患不能隆禮，則分也命也器也皆得其當，而天下可運諸掌；苟不隆禮，則分也命也器也皆失其當，而天下亂矣"，胡銓認爲隆禮則天下可運諸掌，可見禮之重要。《周禮解序》先提出"二《禮》相爲表裡"的觀點，再表明自己撰《周禮解》的目的。《尹商老易解序》則由尹商老的遭遇感歎"播物者之不公哉！賢人君子何其常不得志，而奸雄小人何其接迹駢肩於時也哉"，對此有人認爲這是"時使然也"，胡銓認爲這是"不知言者"。他認爲"時也者"是人之所爲，而非天之所爲。最後讚歎尹商老是真正的君子，不是世俗所謂的名卿才大夫，他"仕如伏虎，有二十四齟齬焉，信與時左矣，而不怨天尤人，其不謂之君子人乎哉！予以是知尹侯後日誠異乎俗之所謂名卿才大夫也，蓋將與天下爲公者也"。《李仲永易解序》可以說是一篇簡明易學史，簡要說明了易學研究上的一些問題。他認爲歐陽修的《易》學研究本於王弼，而"李仲永潛心《易》學，衛道甚嚴，一旦夢弼而有得，遂成一家之書，殆與歐陽子之意默契"。《蕭先生春秋經辨序》先敘蕭楚沒後數年，其《春秋》學始大行於世，得到張浚、張守、陳與義等人的看重；再敘自己遭貶之後，對先生之書自己未嘗一日去手，教子訓徒；最後得旨進群經經傳，表示"倘遂一經天目"，則可以光大老師之學。

　　胡銓的書序另一類是爲詩文集作序，如《灞陵文集序》《葛公聖文集序》《李元直文集序》《僧祖信詩序》《瀘溪先生文集序》等。詩文集序一般是評論作者，評價文集，闡述文藝思想觀點。《灞陵文集序》是一篇很重要的序文，文中提出一個文學發生論的觀點，即“凡文皆生於不得已”。他由“日月星辰，山川草木充滿勃鬱，其文有不可掩者也，夫天地非有心於文也”，進而推出“人之於文也亦然，其歌也或鬱之，其詩也或感之，其諷議箴諫譏刺規誡也或迫之，凡鬱於中而泄於外者，皆有不得已焉者也”。他所謂的文，“唐虞三代之文也”，他所謂的“不得已”，是“非有心於文”。在胡銓看來，孔子、孟子、屈原、荀子、左丘明、孫子、呂不韋、韓非、司馬遷、董仲舒、劉向、賈誼、韓愈、柳宗元、劉禹錫、李白、杜甫，“此數子者皆崎嶇厄塞，而後溢爲詞章。是皆有不能自已者”，這是繼承了司馬遷“發憤著書”的觀點。作者認爲書、道、文三者之間的關係是“書所以衛道，而非所以傳道也。書者道之文也”，“道之傳，以人不以書”，“聖賢蓋以心傳道，而非專取於《詩》《書》之文辭而已也。道苟得於心，書雖不作可也，文何有哉?”也就是說如果道得於心，書亦不用作，也就無所謂文了。《僧祖信詩序》提出一個有關文藝創作的觀點，“苟有以據而樂，倘得於心，不假少鑠，則德全而神功”。就是說文藝創作，要據而樂，有得於心，不假於外鑠，要“嗜之沒齒不斁”，因爲“夫外鑠易業者，皆不足涉藩，指不染鼎者也”。若不能浸潤其中，自然不能“德全而神功”。由此他認爲杜甫作詩就是據而樂，有得於心的，“少陵耽作詩，不事他業，諷刺、譏刺、詆訶、規箴、姍罵、比興、賦頌、感慨、忿懥、恐懼、好樂、憂患、怨懟、凌遽、悲歌、喜怒、哀樂、怡愉、閑適，凡感於中，一於詩發之。仰觀天宇之大，俯察品彙之盛……天地之間，恢詭譎怪，苟可以動物悟人者，舉萃於詩。故甫之詩，短章大篇，紆徐妍而卓犖傑，筆端若有鬼神，不可致詰。後之議者，至謂書至於顏，畫至於吳，詩至於甫極矣”。作者強調了兩個方面，一是“凡感於中，一於詩發之”，即凡內心有所感，則發而爲詩；一是“苟可以動物悟人者，舉萃於詩”，外物觸動，內心感悟，發而爲詩。這是綜合了《詩大序》、劉勰《物色》、鍾嶸《詩品序》的觀點。《毛詩序》云：“詩者，志之所之也，在心爲志，發言爲詩。"① 劉勰說"物色之動，心亦搖焉"②，鍾嶸說"氣之動物，物之感人，故搖蕩性情，形諸舞詠"③。胡銓以此對杜甫的評價就相當全面而深入。《葛功聖文集序》則是"發《離騷》《楚詞》之蘊，以原其文之所由出，而歸之於德行，庶有益於後人"。他認爲《離騷》之蘊十有九，《楚詞》之清蘊十有二，而二者"要皆本乎幽憂而作。天下有道則行有枝葉，天下無道則辭有枝葉，載言尚矣。行與文恒相須，而行爲先"。文出於德行，行亦離不開文，而行爲先。《瀘溪先生文集》一開始由"古人以文章比珠玉"，從而大量列舉六經所言之珠玉，而珠玉有五德，又有十一德，說明珠玉之可貴，"珠玉之可貴如此，而以文章空言配之，不亦誇乎"。可見作者認爲文章要不爲空言，方能當得起"精金美玉"之喻。接着簡評王庭珪，"落落與時左"，喜怒哀樂，有感於懷，發之於詩。自己遭貶，王庭珪寫詩送行，亦遭貶八年。然後高度評價王庭珪的詩文，"思益苦，語益工，蓋如杜子美到夔府後詩，韓退之潮陽歸後文也，人得其片言隻字，寶藏十革，雖玉府所謂珠盤玉敦，未足爲珍。由是觀之，以文章比珠玉，未足過論"。

　　題跋至宋而大興，幾乎每個作家皆有題跋，又大多擅長題跋。北宋以歐、蘇、黃爲大家，南宋題跋更是由附庸而蔚爲壯觀，如陸游、周必大、朱熹、洪适、樓鑰、真德秀等皆是題跋大家。題跋在漢晉則未之見，吳訥說："漢晉諸集，題跋不載。至唐，韓柳始有讀某書及讀某文，題其後之名。迨及歐、曾而後，始有跋語。"④ 對於題跋，徐師曾講解得非常清楚："按題跋者，簡編之後語也。凡經傳子史詩文圖書（字也）之類，前有序引，後有後序，可謂盡矣。其後覽者，或因人之請求，或因感而有得，則復撰詞以綴於末簡，而總謂之題跋。至總其實，則有四焉：一曰題，二曰跋，三曰書某，四曰讀某。夫題者，締也，審締其義也。跋者，本也，因文而見本也。書者，書其語。讀者，因其讀也。題、讀始於唐，跋、書始

---

① 《毛詩序》，《中國歷代文論選》第 1 冊，上海古籍出版社 2001 年版，第 63 頁。
② 《文心雕龍·物色》，人民文學出版社 1962 年版，第 693 頁。
③ 鍾嶸：《詩品序》，《中國歷代文論選》第 1 冊，上海古籍出版社 2001 年版，第 308 頁。
④ 吳訥撰，於北山校點：《文章辨體序說》，人民文學出版社 1962 年版，第 45 頁。

於宋。曰題跋者，舉類以該之也。其詞考古證今，釋義訂謬，褒善貶惡，立法垂戒，各有所爲，而專以簡勁爲主，故與序引不同。"① 郎瑛說題跋應該 "其義不可墮入窠臼，其辭貴乎簡健峭拔"②，是爲得之矣。

跋，"以繫尾，貴簡實而有所發明"；題，"以品物，貴忠厚而有益於彼"③。題跋在南宋成爲一時勃興的文體，如陸游有六卷 250 餘篇，周必大有十二卷 450 餘篇，朱熹有三卷 200 餘篇。胡銓現保存有 30 多篇題跋，與陸游、周必大、朱熹相比，數量雖不多，但同樣都寫得很好。

他的題跋內容比較豐富，有熱情的讚美，如《跋陳了翁帖》：

> 了翁嘗跋六一先生帖云："使二十年前見此書，借如今日，則朋黨之論不起。"東坡曰："美哉，微中之言也！"今觀此帖，使三四十年前人皆知愛敬了翁如合浦李侯，則豈復有靖康城下之盟哉！至今了翁名節爛然於殺青之上，子姓登臺省，或爲監司郡守，皆有能名，子孫亦壘壘逼人；而合浦之子，亦布列仕路，聲稱籍甚。當時謀陷了翁者闋焉，乃知身賢賢也，敬賢亦賢也，賢者亦有後，天道豈可誣也耶！

引用東坡之語讚美了翁跋六一先生帖，"美哉，微中之言也"，由此感歎，如果當時人都能如合浦李侯一樣敬愛了翁，則就不會有靖康之恥。陳了翁已經名垂青史，其子孫皆有能名，李侯子孫亦布列仕路，聲稱籍甚。作者因之得出結論，"身賢賢也，敬賢亦賢也，賢者亦有後，天道豈可誣"，對陳了翁的崇敬之情溢於言表。又如《跋仁宗皇帝飛帛書》讚美仁宗朝，"眾賢和於朝，萬物和於野，薄海內外，無一夫甲而兵者"，進而探討其原因，"求其所以致此，雖大道難名，大要以清淨爲宗。蓋公有言，治道貴清淨而民自定"，作者亦贊同治國當以清淨爲宗。

亦有激烈的批判，如《跋陸處善集杜詩》批判士人寫題跋之勢利，

---

① 徐師曾撰，羅根澤點校：《文體明辨序說》，人民文學出版社 1962 年版，第 136 頁。
② 郎瑛：《七修類稿》卷二九，上海書店出版社 2001 年版，第 314 頁。
③ 《文章歐冶》，《歷代文話》第二冊，復旦大學出版社 2007 年版，第 1293 頁。

"近世媚道成俗，凡有位者出一詩一文，則人爭摹刻，竟有題跋不問詩文美惡，但官愈高則題跋愈多。如使騷人詞客投閒置散，雖有屈、宋、李、杜之文之詩，人誰著眼？豈復有賞吳江之楓落，愛秋水之飛霞，徒令月哦永什，與孤煙野草共盡，可勝惜哉！"宋人愛寫題跋，蘇、黃是題跋大家，"元祐大家，世稱蘇、黃二老……凡人物書畫，一經二老品題，非雷非霆，而千載震驚，似乎莫可伯仲"①，"自坡仙、涪翁聯鑣樹幟，一時無不效顰"②，到南宋，題跋更是風行於世。然而其中也不可避免地出現了胡銓所批判的"媚道成俗"的現象，不管詩文之美惡，只看官位之高低，可見世風日下。即便是有屈、宋、李、杜之詩文，亦無人著眼。又如《跋雷梧州集字說記》寫雷梧州之學"博而精"，批判今之學者"束書不觀，游談無根"，認為他們"讀此書，當泚其顙"。

亦有深刻的闡釋，如《跋從叔祖八景士遺稿》，先說明從大父治舉業"日作文一篇，有賓客碁酒，夜歸則補一日之闕"，是學東坡"詩非甚習不工，要須日作一首"與山谷"胸次一日不以古今澆之，便覺面目可憎，語言無味"之法，再聯係堯、舜、禹、湯、文王、武王、成王、周公、仲尼，"皆日孳孳然"，作者上連下引，縱橫馳騁，得出學者不可自畫，"君子之學也，沒身而已矣"。又如《書南涇漁父詞後》，南涇漁父詞描寫的是漁父沒有竭澤而漁，從而"終朝獲漁利，魚亦未曾耗"，作者認為"漁者惟利是嗜，猶有仁心"，由此聯想到當今統治者，"今之為政者，乃曰一網盡矣"，批判他們"不仁之甚，視漁者有愧焉"。作者由一首詞聯想到統治者的殘酷剝削，表現出作者民胞物與的儒家情懷。

亦有簡練而深情的敘述，如《跋鄭亨仲樞密送邢晦詩》：

　　紹興丁巳，公與銓同為編修，官樞密院。戊午夏，又同考較省闈。迄事，攝都司，除殿中侍御史，遷中執法。冬，金人以僞詔授

① 毛晉：《跋東坡題跋》，王雲五主編《東坡題跋》卷六，商務印書館民國二十五年，叢書集成初編本，第134頁。
② 毛晉：《跋容齋題跋》，《容齋題跋》卷二，商務印書館民國二十五年，叢書集成初編本，第28頁。

我，欲屈無隄之輿下拜以受，從之。公與銓力爭不可，言頗訐。上震
怒，詔褫銓爵投昭州。公奮然曰："吾嘗同僚，決不使邦衡獨斥。"夜
半，與諫議大夫李誼言、吏部尚書晏敦復景初、戶部侍郎李彌遜似
之、向子諲伯恭、禮部侍郎曾開大猷、張九成子韶對便坐引救，上稍
稍霽威。右相秦檜、參知政事孫近激公義，亦即時入對，乞從公等臺
諫侍從請，上賜可，銓得釋，謫廣州監鹽倉。公又引大義折檜，遂有
量與錄用之請，除銓僉書福唐幕。辛酉到官。壬戌秋，閩帥程邁中銓
以飛語，復投嶺表。己巳春，新州張棣承廣帥王鈇風旨劾奏，銓移海
外。未幾，公自泗州宣撫被遣徙桂陽，又徙封州，亦坐鈇之譖也。乙
亥夏，病不起，銓方居海島，愧不能效欒布與敞脂之收葬以報公恩，
抱恨千古。丙子夏，銓蒙恩徙衡。戊寅冬，公之婿郴司戶邢晦德昭罷
官過鴈峰，出示公遺墨，讀之潸然出涕，屬有悼亡之感，不克繼韻，
輒書舊所作楚詞於後，蓋上以爲天下慟，而下以哭其私也。

跋文詳細地記敘了鄭亨仲與李誼、晏敦復等人一起援救自己的經過。他大
義凜然，聲稱"決不使邦衡獨斥"，又引大義面折秦檜。他和自己一樣遭
到小人的劾奏，最後貶死封州。由於自己貶謫海南，愧不能收葬以報鄭之
大恩。作者徙衡時，其婿出示其遺墨。作者悲悼友人之悲慘遭遇，不禁潸
然落淚，並將自己一首舊作楚詞書於其後，"上以爲天下慟，而下以哭其
私"，以贊其人，以表哀思。這篇跋文，語言簡練，敘述明晰，飽含深情。

亦有精確的考證，如《跋李泰發參政詩集》，因有人疑其詩句用字有
不妥處，或者用事可疑，作者則指出其詩句用字之出處。

他的題跋語言精練，思想深刻，情韻優美。有些題跋寫得非常精美，
如《跋秦法信道人詩軸》只有短短四句："似僧有髮，似俗無家。念君何
罪，亦到朱耶。"寫一個很特別的道人，因罪貶到朱耶（即朱崖，今之海
南島）。自己是因爲反對議和遭貶，一個僧人何罪之有，亦遠謫海南，含
蓄委婉，感歎沉深。又如《跋劉提舉所藏坡老松石》："觀此醉松枯石，
乃知坡老肺肝，得酒茫角出也。"此醉松枯石體現了東坡曠達的精神境
界。《跋劉提舉寒林圖》寫道："石怪木老，流泉交絡，如行匡廬道中，

覺霜林飛瀑逼人寒栗。"寥寥幾句就給我們描繪了一幅美麗的圖畫，寫出了圖畫給人的感受。語言之優美，感覺之逼真，不亞於《世説新語》王子敬語"在山陰道上行，山川自相映發，使人應接不暇。若秋冬之際，尤難忘懷"①。

第四節　記體文

關於"記"，吳訥的《文章辨體序説》云："竊嘗考之：記之名，始於《戴記》《學記》等篇。記之文，《文選》弗載。後之作者，固以韓退之《畫記》、柳子厚遊山諸記爲體之正。"又云："大抵記者，蓋所以備不忘。如記營建，當記月日之久遷，工費之多少，主佐之姓名，敘事之後，略作議論以結之，此爲正體。至若范文正公之記嚴祠、歐陽文忠公之記畫錦堂、蘇東坡之記山房藏書、張文潛之記進學齋。晦翁之作《婺源書閣記》，雖專尚議論，然其言足以垂世而立教，弗害其爲體之變也。"② 這説明"記"以敘事爲正體，以議論爲變體，但北宋作家又往往好發議論，且議論精妙，常有經典之作傳世。

胡銓的記體文大多是營建之記，有堂記、祠記、閣記、齋記、殿記、觀記和廟記等，只有少數篇目不是營建記文，如《洞巖講坐記》《淮西江東總領題名記》等。營建之記在唐代一般以物爲主，多作客觀、静態記述，著眼于建築物之本身，往往不外寫過程、述地理、繪景色，略作議論，以寫實勝；宋代則以人爲主，將强烈的主觀感情意識融入，化實爲虚，往往以議論勝。胡銓的記體文以議論爲主，有的篇章其實就是一篇論，有的則夾敘夾議，而以記敘、描寫爲主的很少。胡銓撰記不同於楊萬里、周必大等人，楊萬里、周必大撰寫記體文時往往喜歡詳寫建築物的建造經過，記敘建築物主人的言語，尤其是楊萬里特別喜歡在記文中描繪建築物的環境，或者直接描繪主人的形象，來表現主人的精神狀態。而胡銓更喜歡像王安石、蘇軾那樣，把記寫成論。這與作者撰寫的目的有關，胡

---

① 徐震堮：《世説新語校箋》卷上，中華書局 1984 年版，第 82 頁。
② 吳訥撰，於北山校點：《文章辨體序説》，人民文學出版社 1962 年版，第 41 頁。

銓作爲一個眞正的儒家思想捍衛者，在記文中往往闡發儒家思想，表達自己的思想傾向。如《紹堂記》是借寫記來批判"定亂興邦，直須長鎗大劍，焉用毛錐子"的觀點。劉氏之堂名"紹"是"不忘其先藏書而作"，由此提出自己的觀點"學殖也，身與家、國與天下理亂以之"，即修身、治國、平天下須用儒家思想。舉出正反兩個例子來論證。秦朝焚書坑儒，"爲儒仇，而陳涉遂起，魯諸生抱禮器往臣之。孔鮒大儒也，且爲之博士，殺身然不顧"，"誠以秦火其書，故積怨而發憤於陳王也"，"漢高帝起鞍馬，嫚罵書生，見則解其冠而溺之"，這與秦始皇差不多，"然能文以詩書之說，至使左右武夫聞其風者，咸呼萬歲"，這是什麼原因呢？作者認爲是"人厭甲兵，思息肩於禮義，猶饑人之欲雞豢也"。通過正反論證，得出結論：定亂興邦，靠長鎗大劍是不行的，還得用儒家思想。又如《莊列祠記》開頭提出自己的看法："莊子、列子皆古有道之人也。"這個觀點在一般的儒者看來似乎有點驚世駭俗。人們都知道莊子、列子是道家的代表人物："莊子欲推提仁義，絕滅禮樂，以詩書爲生民之桎梏，而議者謂《讓王》《說劍》淺陋不几於道。列子之書，亦多柢梧於聖人"，"二子於聖人之道若不相勘，蓋其書大抵多墟荒誕幻，務爲不可涯涘之說以相高"。但是莊、列的很多思想又和儒家經典相吻合："然其歷記成敗存亡禍福古今之道，秉要以執本，合於伏羲之結繩；清虛以自守，合於帝堯之克讓；卑躬以自持，合於《易》之謙謙。蓋班固之論如此。至魏王弼，亦謂坐忘遺照，合於《易》之陰陽不測；恢詭譎怪，道通爲一，合於《易之》暌極則通。而姑且以爲此人君南面之術，則二子其亦有補於治"。而且作者還認爲莊列"二子者，子桑伯子之流，而用心如是，其去申韓遠矣"。

胡銓常根據建築物的名稱進行發揮，闡釋儒家思想。古人給自己的建築物命名，一般與自己的興趣、追求有關，因此這些名稱就反映了主人的道德追求。胡銓對這些追求有的表示贊同，有的表示異議，有的進行規勸。如《眞止堂記》，文章開頭就說"大凡物不得其行則止，水之性，行或壅焉則止矣，止非得已也，惟人亦然"。止是不得已的，"非得已則有心以求止，不亦隘乎"。要像孔子"可仕可止，無容心焉，夫應之以無心則大矣"；要像《易》之《艮》所說"艮，止也。時止則止，時行則行，動静不失其時，其道光明"。在考察了孔子對學生的"行"與"止"的評價後，認爲孔子的"行止"觀是"非惡仕而悅止，以爲止猶可以有爲，仕不由其道，不可以有爲也"。作者認爲《艮》之諸文不言吉，獨上九"敦艮"言吉的原因是"九以剛實處《艮》之終，止之至篤者也"，所以"人不難於止，難於九終，故曰行百里者半九十里，言晚節末路之難也"，也就是說人不難於止，而難於晚節末路。《遯齋記》和《時中堂記》同樣是依題立論，根據建築物的名稱來闡釋儒家思想的。

胡銓記體文中對建築物做精細描繪、以描寫爲主的只有《永興觀記》《衡州壽光寺輪藏記》和《衡陽觀音寺殿記》三篇文章。這三篇文章的描寫都是極力鋪排，如《永興觀記》之描寫：

> 若其殿宇之盛，則勢隆崛以崔崒，峻峨峨以岌嶪，亘修楣之宛虹，結枌橑以合沓，何其偉也！樓觀之盛，則隆崇弘敷，飛櫩轑轑，望窈窱以徑庭，眇莫窮其所極，何其詭也！廊廡之盛，則塗閣雲蔓，隱轔鬱犖，臨百版之側陌，媲殊裁於八都，何其壯也！雕縷之盛，則髹檻文榱，繡栭藻梲，叛赫戲以輝煌，倒茄之狃獵，何其麗也！若夫三階重阤，珚齒斷城，坻崿嶙峋。棧巘巉嶮，雖古馺娑、駘盪，壽嵩、桔桀，枌楷、承光，映朶、庨豁，不足儗其靡。僞拱梓於林鬱，憲紫宮而摹儗，隔寒暑於邃館，蠹蠨霓而聳峙，雖疏龍首以抗殿，竦造天之危闕，不足放其奇。朱栱雲浮，雕鑾霧飛，對若峻嶽崛起以崨嶪，宛若春風舒蜺以垂天。雖表堯闕於鼎門，軼太清以上征，不足儗其峻。雲爵踱薨而矯首，絲羽摛鏤於西清，雖東廂蚴蟉之龍，圍闚欲翔之鳳，不足逾其逸。蚩尤呵盧，虎旅森戟，靈囷暴於前榮，耕甫偃於楯軒。雖巨靈贔屭，高掌遠蹠，如西京之譌，河靈矍踢，掌華蹈衰，如河東之誕，不足逞其怪。此觀之大凡也。[①]

這段文字，鋪敘描寫，氣勢非凡，既緣於永興觀本身景象的奇幻，亦出於

---

① 胡銓：《永興觀記》，《全宋文》第 195 冊，上海辭書出版社、安徽教育出版社 2006 年版，第 386 頁。

作者深厚的學養。其用字怪異，遣詞僻澀，造語古奧，頗似漢大賦，其風格可用文中之語形容"如西京之譎"。

胡銓的記還有一個特色，就是在有些記文的最後用楚辭體文字，這樣的記一共有五篇：《葛司成祠堂記》《北真觀記》《野秀堂記》《惠佑廟路寢記》《王山輔順廟記》。這些楚辭體文字多數用"兮"字，只有《北真觀記》用"些"字。這些楚辭體文字是記文不可缺少的一部分，它們多是用來描寫景物，只有《葛司成祠堂記》文中的楚辭體文字是敘述、描寫和抒情相結合，頗似屈原的《涉江》，而沒有生硬模擬的痕跡。

第五節　雜論文

胡銓的雜論文包括論、說、記、辨等。宋人擅長史論，且喜歡標新立異，鑿空立論，或抓住一點不及其餘，頗有制科習氣。胡銓的史論文有《漢高帝論》《漢相論》《水戰論》《漢宣帝論》等。胡銓的史論決不凌空蹈虛，而是建立在翔實的史料基礎之上的。他對史料的研究是精深的，對史實的解讀不同一般人。他目光犀利，往往能從別人不能想到的角度去看待問題，能從別人所不注意的地方發掘其意義，因而其觀點既新穎又中肯。如《漢相論》，縱觀西漢歷史產生這樣的看法，"西漢之興二百餘年，其宰相稱蕭、曹、丙、魏，何也？竊究其故，自高帝而下，其臣欲有爲而其主不足與有爲。文、景、武、昭有可爲之時，而其臣或不足與有爲，元、成、哀、平，則主臣俱不足與有爲矣。惟孝宣之世，君臣適相遭，故其建立有可道焉。嗚呼，其難哉。"作者高屋建瓴，總結出歷史特點，然後依據史料，條分縷析，得出結論，君臣相遭"其難哉"。又如《漢高帝論》，認爲漢高帝"似非真以不疑待人，蓋矯爲不疑以收人心爾，不若孝文真以不疑待人者也"。劉邦之所以能夠很快就打敗項羽的原因在於"以能矯爲不疑間羽之疑也"，如果項羽也像劉邦"能矯爲不疑以收人心"，那麼就"未可輕雌雄也"。由此他認爲"漢楚之帝不帝，非於楚之亡、漢之帝而見也。范增一死，而楚之亡形已兆"。范增之死是由於項羽之疑，項羽之疑是因爲漢之反間。劉邦不疑其臣，是因爲楚未亡，不可以疑；項羽並不是本來就疑范增，是因爲漢的反間而不能不疑。因此，作者認爲"是高帝所以爲不疑者非誠也，矯也；羽之所以疑者非心也，間也"。然後根據史實，舉出劉邦對待張良、蕭何、韓信的態度來證明。這裡不妨看看劉邦是如何對待蕭何的，"京索之間，漢楚相距，勢若不暇給，方且數遣使勞苦蕭相國於關中，賴鮑生計，何乃舉宗從漢，帝乃大悅"，這足見劉邦之多疑。陳平不在三傑之列，智謀亦不如張良，"且不免疑，則良可知矣"。劉邦對待陳平尤其能證明劉邦之"矯"，"帝於平寵任過數，似將開胸見誠，心不異口，雖諸將如絳、灌等讒蝎百出，不搖如山，奇謀秘計，平往往獨擅之，而帝不疑"。以此來看，劉邦對陳平是推心置腹，寵信有加，無所懷疑，"雖平亦自謂帝不疑也"，可胡銓不以爲然："及呂后問百歲後誰可以代蕭何者，則曰：'王陵可，陳平可以助之。'且曰：'平智有餘然難獨任。'"作者由此得出結論："則其平生疑平者蓋如此其深，何其思慮周密，而機不露也，是真巧於矯也。"爲了進一步證明劉邦之矯，他梳理了劉邦晚年對諸將的猜忌，"淮陰以楚反，韓王信以馬邑反，陳豨以代反，黥布以淮南反，盧綰以燕反。異時老將故人，耘除殆盡，雖蕭相何且不免請室之辜，獨留侯以辟穀計僅得免"。如果在滎陽、成皋時，項羽強大，亞父無恙，諸人皆反，則劉邦不可能建立漢朝，那時"帝之所以矯爲不疑者，非故矯也，權也"。層層推進，邏輯嚴密，至此，作者對自己的論點作了嚴密的論證，無懈可擊。文章最後指出"疑"在國家統治中的危害，希望統治者做到"不疑"，"不疑於物，物亦誠焉"，"有國家者，雖使寬容大度如高帝而不能去疑，其禍可勝言哉"，希望統治者以劉邦爲鑒。

胡銓其他方面的雜論、雜說，多是探討儒家學說，闡釋儒家思想的文章，如《大演論》《審律論》《忠辨》《原孝》《復古王者之制》《獲麟記》等，皆可見出作者儒學研究的精深。如《忠辨》，作者認爲"發乎情者之爲忠，而不情者之非忠也"，"古之君子，在廟堂之上則憂其民，出一言而澤及天下，情乎愛民者也。處江湖之遠則憂其君，出一言而中時病，情乎愛君者也"。而《素冠說》《君陳辨》《扈魯說》《橄辨》等則是學術考辨之作。

第六節　碑誌文

碑誌文，包括墓碑、墓銘、墓表、墓碣、墓記、埋銘、塔銘（僧人墓誌銘）、壙誌、葬記等。吳訥對於碑誌文的歷史、功用和名稱闡述得非常清楚："按古者葬有豐碑，以木爲之，樹於槨之前後……漢以來始刻死者功業於其上，稍改用石……晉、宋間始稱神道碑，蓋堪輿家以東南爲神道，碑立其地，因名焉。唐碑制，龜趺螭首，五品以上官用之。……蓋葬者既爲誌以藏諸幽，又爲碑、碣、表以揭於外，皆孝子慈孫不忍蔽先德之心也。"又云："其爲體有文，有銘，又或有序；而其銘或謂之辭，或謂之頌，要皆銘也。文與誌大略相似，而稍加詳焉，故亦有正、變二體。"① 祭文，"不過敘其所祭及悼惜之情而已"②，故與碑誌有所不同，但爲方便起見，本書把散體祭文亦附帶一起論述。

胡銓現存五十多篇墓誌銘、墓表以及二十多篇祭文。他的碑誌文第一個特點是"簡而有法"。這是繼承了歐陽修的撰寫原則，歐公強調要"簡而有法"，"其事不可遍舉，故舉其要者一兩事以取信"③，"文字簡略，止記大節，期於久遠，恐難滿孝子意。……然能有意於傳久，則須紀大而畧小"④。作者往往選取墓主一生中最重要的、最能體現人物精神的事蹟來寫。胡銓最長的墓誌銘只有《龍圖閣學士廣平侯程公墓誌銘》一篇，超過一萬字，其他的如《貴州防禦使陽曲伯張公墓誌銘》和《廣東經略余公墓誌銘》稍長點，也只有兩三千字。以《貴州防禦使陽曲伯張公墓誌銘》爲例，來看看胡銓墓誌銘的撰寫特點。這篇墓誌銘詳略得當，結構緊湊，毫無宋人墓誌銘冗弱之弊。墓主張道安一生經歷豐富，建立很多功業，如果一一鋪敘陳列，就會寫成流水賬。因此作者注重材料剪裁，精心挑選一些典型事例來表現墓主。在材料安排上，則採取詳寫和概敘相結合。如應募

---

① 徐師曾撰，羅根澤點校：《文體明辨序說》，人民文學出版社 1962 年版，第 150 頁。
② 吳訥撰，於北山校點：《文章辨體序說》，人民文學出版社 1962 年版，第 54 頁。
③ 歐陽修：《論尹師魯墓誌》，《歐陽修全集》卷七三，中華書局 2009 年版，第 1045 頁。
④ 歐陽修：《與杜訢論祁公墓誌書》，《歐陽修全集》卷六九，中華書局 2009 年版，第 1021 頁。

求援、出使酈瓊賊營、江西抗金、智取定遠橫澗山賊、違帥令堅守賀州、措置虜卒齊述之變這幾件事是詳寫，通過墓主全力抗金、滅賊、平叛，作者塑造出一個智勇雙全、忠於國家的英雄形象。其他的事情則是概述和簡寫，如在他江西抗金，成功策反張胡突之後，武僖公劉光世非常高興，"將薦於朝"，可他"歷詆諸將撓敗，忤武僖意"，最後"止遷土官"，表現他年輕氣盛，鋒芒畢露的一面；又如他預言酈瓊必叛，顯示了他的遠見卓識與知人的一面，等等，這些概述和簡寫起到補充和豐富墓主性格的作用。

在《會昌縣東尉羅迪功墓誌銘》中，爲了向世人展示羅長卿的精神面貌，從羅之一生選取四個方面來寫。先寫其"孝"，"資性孝友，祖母太夫人劉氂居三十年，男若女凡七，皆前卒，養志承顏，秋毫咸當其欲。劉氂期而終葬祭極洗腆。母朱寡亦二十年，母叔郭尤早寡，長卿竭誠奉二母，故母得已善事其姑"。接着寫其"義"，"同母弟開出爲季父後，與之處無間。比沒，其子未冠，友愛不替。及之官，與其母子俱，姪若子。姪若子至早孤，館而訓之。有宵人囂頑誣蠛，曾之不恤，幼孤終有立焉。撫育從孫甥，擇儒嫁之，人多其義"。再寫其"急人之急"，"歲饑，棄倉實賙給，以約自處，而待人極周"。最後寫其"敏於事"，"天性敏於事，大吏數委以疑獄，平反不顧。令佐分鄉督租，獨毫忽勿擾，故不趣而辦"。這是正面敘述，全面表現墓主的精神品格。然後作者從側面來表現，"其終也，邑人愛而哭者不勝計，里巷汪汪，太息出涕。及喪歸，復遮哭罷市"，通過人們對他逝去的悲傷來體現其爲官之得人心。又正面寫其居官清廉，"居官廉勤，凡服食器用，不遠千里，皆取足於家"，并引用中書舍人周公之語來讚美他："邑雖小，不應陋如許，殆欲礪葵魚之操耶！"這樣寫來似乎寫得夠完整了，但作者意猶未盡，又記其臨終之語表現其終身追求。最後作者補敘其最大的愛好和總評其人：愛好藏書、抄書和校書，他博聞強記，見解深刻，詼諧不虐，議論驚挺，著作豐碩而未完成，"一生蹇蹇而與時左"。這篇墓誌銘，筆墨簡省，結構細密，把一個典型的封建小官員兼文人的形象完整地展現在讀者面前。又如《彭長者墓誌銘》，墓主生前與自己熟識，"某在田間時，固已喜長者之爲人"，但是因"其族世與其爲人大概，則高要尉練公書之詳矣"，於是作者不再去記載已經詳寫的，而"識其未盡者"。

在表現人物時，善於捕捉細節之處來反映人物的精神面貌。如寫自己老師身後，"清風滿床，文字橫斜而已"，短短十個字，意味無窮，充分表現了蕭楚的一生清貧，一生追求，一生的成就①。或以人物的語言來表現墓主的精神，如王庭珪在大觀年間不願應"八行詔"時，說"此士之常，彼以爵位釣吾志耶"②，這句話直追陶淵明"不爲五斗米折腰"的精神境界，突出地表現出王庭珪不從流俗，不貪爵祿，清高自守的精神。總之，胡銓的墓誌銘寫法靈活，不拘一格，長短隨意，而能盡展人物精神。

語淺情長、深情悲悼是胡銓碑誌文的第二個特點。由於胡銓是個長壽者，因此有很多親人先他而去。所以胡銓撰寫了很多自己親人的墓誌和祭文，在其中作者傾訴了自己的悲傷和懷念之情。如《瞻軍姪墓誌》開頭先敘述自己收到侄子的噩耗而悲傷，接著簡單介紹其世系、文行。再重點講述兩人的生離死別：

> 乾道癸巳，吾時任敷文閣直學士，以南郊恩次當奏弟浹，浹曰："有堂兄某在。"遂奏汝。是年冬，孟弟泳之官金陵，瀚之官會稽，吾送至江東，假館秣陵驛，汝始受官來省，實淳熙改元夏六月也。至秋八月乃去，泣曰："明年當復來。"越明年夏四月伻來，言已抵行在所類試，試即覲省。吾甚喜，令掃室以待。秋八月二十有九日，書忽來告疾，且云取道三衢以歸，吾悵然惘然。即聞訃，乃知卒於壽昌縣之寓舍，實吾得告疾書之日也。享年四十有三。

這一段文字將濃濃的感情寓於平淡的敘述之中，展現叔侄情深，生離死別，令人悲傷。作者由此直接抒情，痛苦嗚咽："嗚呼哀哉！汝病吾不知

---

① 胡銓：《清節先生墓誌銘》，《全宋文》第196冊，上海辭書出版社、安徽教育出版社2006年版，第153冊。
② 胡銓：《監簿敷文王公墓誌銘》，《全宋文》第196冊，上海辭書出版社、安徽教育出版社2006年版，第136頁。

時，汝殯吾不知日，哭不得憑其棺，堋吾不得臨其次，事同退之，情分越之。自今以往，教汝子待其成，長汝女需其嫁，亦不忘退之之誓。"而且一般的墓誌銘都是用第三人稱寫，這裡作者以第二人稱，其產生的藝術效果是，好像作者在向侄子哭述，顯得極爲真切感人。又如《季懷姪墓誌銘》對季懷之死傷痛不已："即其日爲位哭曰：哀哉季懷，痛哉季懷，而止於斯耶！復哭之以詩：'四十餘年一夢寒，平生篤學困瓢簞。傷心一念鳥驚哭，灑淚數行風裹殘。苦海要除根豈易，甘泉欲去本非難。何時得請臨其穴，緣斷三生指漫彈。'"作者對侄子篤於學問，一生貧寒表示讚歎，對其英年早逝，深表悲傷。

祭文一般是對逝者的祭奠和懷念。如《祭妻劉孺人文》情感真摯，哀婉動人。作者追憶往事：

> 自君爲我家婦，三十有二年，家人長短不入我耳，事我父母盡孝，居舅姑之喪盡哀，事我兄嫂如事舅姑。與我處嶺海、同患難十有五年，垢衣糲食如一日，未嘗慍見。不死於嶺海而歸死於鄉，此君平生爲善之報。

深情講述她跟隨自己的坎坷一生，飽含感激和讚美之情。由於自己滯留衡州，未能給她送終：

> 吾滯留衡州，君疾不得視醫藥，病不得聞將死之言，沒不得訣別以盡辭，殯不得憑棺以盡悲，葬不得哭墓以送終，罪我之由，其又奚咎？嗚呼哀哉！吾老矣，君不偕老，是爲無涯之戚。[1]

生病未能視湯藥，臨終未聞將死之言，這是自己的罪過，作者悲不勝悲，深情哀歎夫妻不能白頭偕老，給自己留下了無盡的悲戚。"言有盡而情不可終，吾尚忍言之"，感情真摯，催人淚下。

---

① 胡銓：《祭妻劉孺人文》，《全宋文》第 196 冊，上海辭書出版社、安徽教育出版社 2006 年版，第 185 頁。

　　胡銓的碑誌文在體式上，沒有僵化呆板之感。墓誌銘一般由序文和銘文構成。但是胡銓在處理兩者關係上，靈活多變。一般來說，多是序文長而銘文短。但在胡銓的墓誌銘中，有的是序文很短而銘文很長，如《廣東經略余公墓誌銘》《龍圖閣學士贈少傅趙公墓誌銘》前面的序文只有三四百字，而銘文卻達兩千字以上。像這樣短序長銘的還有《靖州太守李承議墓誌銘》《承議王公墓誌銘》等。而有的墓誌銘的銘文又不勝其短，如《女懿墓誌銘》是寫他英年早逝的女兒的，銘文只有四句："姑寡哭婦，夫壯哭偶，子幼哭母，安所歸咎！"短短四句，寫盡女兒死後給家庭留下的淒慘景象。又如《清節先生墓誌銘》的銘文亦只有四句："繫古立言，不以子傳。過者蕭之，將千萬年。"這四句銘文高度概括了蕭楚的經學研究的偉大成就，及其深遠的影響。有的碑誌文是有誌無銘，如《廉夫弟墓誌》《胡君商隱墓誌》《季懷姪墓誌》和《南彥姪墓誌》等。

　　在銘文形式上也進行多樣化處理。一般來說，銘文少數是散體文，而大多是韻文，或四言，或四六文。胡銓銘文以四言為主，而雜以其他形式，有楚辭體的，如《易氏夫人墓誌銘》《安遠縣令曾從令墓誌銘》和《武岡郡太守羅公墓誌銘》等。有散文銘，如《彭長者墓誌銘》《歐陽先生墓誌銘》《胡君商隱墓誌銘》等。而《世美兄墓誌銘》則不分序銘，全文以三言韻文構成。還有其他雜言形式，難以歸類。可見作者在撰墓誌銘時，是有意將其形式多樣化。

第七節　胡銓散文特色

　　胡銓散文第一個特點是文章氣勢磅礴雄放，沛然莫之能禦。陳必祥先生認為"氣勢是一種居高臨下，奔騰不息，勢不可當的力量，文章有了這種力量就會有一種懾服人心的藝術魅力"[①]。曹丕論文強調"文以氣為主"，韓愈亦強調"氣盛言宜"。胡銓散文氣勢雄放尤以政論文為代表，且幾乎篇篇如此。著名的《戊午上高宗封事》固不用說，其他的奏疏莫不如是，

---

① 陳必祥：《古代散文文體概論》，河南人民出版社1986年版，第113頁。

如《應詔集議狀》是一篇應詔之作，朝廷要求"集議當與不當議和，合與不合遣使，禮數之後先，土疆之取與"的問題。胡銓首先深刻指出自紹興以來議和之後果：

> 竭民膏血而不恤，忘國大仇而不報，上下偷生，苟安歲月，以爲盟好可恃，當然決去藩維之守。一旦完顏亮變生肘腋，宗廟社稷幾不血食，天下寒心。

接著指出孝宗即位以來力謀恢復的成績：

> 陛下即位以來，乾綱獨斷，奮然圖任張浚及二三大臣，力謀恢復。符離之師，兵不血刃而故疆復得。使李顯忠盡忠於國，不貪圖小利，以成大舉之功，則中原響應，勢如破竹，恢復之期可指日以俟矣。雖然功不成，事雖不立，自京都播遷之後垂四十年，未有如符離之舉也。虜人緣此震慴，知陛下有大有爲之志，知廟謀有出不意之奇，知邊鄙有折衝敵愾之人，知臺諫有明目張膽之臣，知朝廷有面折廷諍之士，以中國有人，遂有乞和之意。

堅持抗戰，力圖恢復，終有符離之舉，雖因失誤而遭挫折，終於讓金人感到宋朝有人，遂有乞和之意。這裡作者將戰與不戰，進行鮮明的對比，讓孝宗明白抗戰之利與乞和之弊。再總結宋朝苟和的歷史及其教訓：

> 昨者京都失守，本於大臣耿南仲主和；二聖劫去，本於宰相何㮚主和；維揚失守，本於宰相汪、黃主和；完顏亮之變，本於權臣主和。自汴京板蕩以來，四十年間醜虜爲封豕長蛇，薦食上國，何嘗不以和哉？

宋朝當權大臣主和造成的危害，經過胡銓梳理，真是觸目驚心。作者總結出金人的陰謀就是以和議來滅亡宋朝。然後告訴孝宗不可講和的原因：

　　暴蔑吾二圣，污蠛我兩宮，殘毀我宗廟，陵夷我社稷，發掘我陵寢，皇天后土，實聞此言。今欲與不共戴天之仇講信修睦，三綱五常掃地盡矣。就令和好可成，犬羊可信，決不叛盟，孝子順孫寧忍爲之？況萬萬無可信之理乎？

與不共戴天之仇講信修睦，則三綱五常敗壞；作爲孝子順孫也不應該與仇人講和；金人萬萬不可信。這三點足以說明不可講和。因此對孝宗提出嚴重警告，希望他要吸取教訓，力圖恢復：

　　前車覆，後車戒，陛下若不深思遠計，力修政事，力修守備，力任將相，力圖恢復，而苟貪目前之安，臣恐後車又將覆矣。議者曰："故與之和而陰爲之備，外雖和而內不忘戰。"此從來權臣誤國之言，陛下聞之熟矣。嗚呼，燕安鴆毒，不可懷也！一溺於和，則上下偷安，將士解體，終身不能自振，尚又安戰乎？其爲鴆毒也多矣，可勝寒心！①

在總結歷史經驗教訓之後，告誡孝宗要努力備戰，不要重蹈覆轍不要相信"故與之和而陰爲之備，外雖和而內不忘戰"，作者對這種苟安之害看的深切，因爲"一溺於和，則上下偷安"，勝於鴆毒。文章充滿著銳不可當的氣勢。

　　胡銓的散文雄放有氣勢的原因很多。

　　首先是主題重大而嚴肅。其散文主題主要有兩類：一是反對議和，力主抗金；二是爲民做主，關心民瘼。和戰是整個南宋統治者不能繞開的問題，朝廷上下分爲兩派，紛爭不休，作爲主戰派的一員，需要擊敗主和者，說服高宗和孝宗二帝，他的奏章必須具有說服力。百姓的疾苦，生民的冷暖是儒家所關注的永恆主題。在儒家看來，民爲邦本，因此，統治者不能不考慮百姓的疾苦。因而他對這些問題進行深入的考察，認真的思考，力

圖爲統治者獻上自己的救國濟民之良方，所以他對問題的考慮，角度新穎而實際，見解深刻而全面，極具說服力。這就從根本上使得他的文章氣勢磅礴，雄健有力。

其次是講究藝術手法，使文章富於氣勢。如上文《應詔集議狀》的論證，層層推進，強勁有力，讓孝宗無法抵擋，所有的借口、所有的辯解都已經被胡銓堵死。論證嚴密，無懈可擊，文章氣勢雄放，不可阻遏。在論證的過程中，胡銓善於運用多種修辭手法，加強自己文章的氣勢。這首先得益于排偶句式的廣泛運用。作者善於把同類的史實、相同的情況放在一起，用排偶的手法一一鋪陳，使得文章非常有氣勢，如上文四權臣的主和、金人對南宋的五種侮辱，排比羅列，或變換内容，或改變動詞，句式整齊，排蕩而下，使讀者有"不盡長江滾滾來"之感。像這樣的句式，可以說是遍佈胡銓散文的每個角落，絕非只有一二典型。

最後是作者人格高尚，文如其人。高風亮節之人必有高風亮節之文。胡銓非常重視"養氣"，他曾經把孟子之"養氣"與韓愈之論文觀點相結合，加以發揮：

　　抑某也，望軻、愈之藩籬而不及其門者也，烏足以論養氣之說耶？雖然，學之有年矣。始者非六藝、軻、愈之書不敢觀，非先王之典不敢存。顛沛必於是，顛沛而齋於心也。惟蹠趨之務去，矻矻乎其難哉！如是者有年，然後浩然其莫禦矣。吾又慮其不皆醇也，退而思之，虛心以觀之，其果弗雜也，然後已焉。雖然，養之不可以不至也，必使至大塞天地，如天地之無不覆幬；至剛塞天地，如天之剛健，如地之剛方，然後爲至也。然剛大而不直，則大或過而剛或折矣。故至大至剛必以直也。志，帥也；氣，三軍也，帥勇而三軍之士畢銳，志之與氣猶是也。志剛大，則氣之剛大以直也無所不用其至。"①

_____

① 胡銓：《答譚思順書》，《全宋文》第 195 冊，上海辭書出版社、安徽教育出版社 2006 年版，第 134 頁。

由此可見，胡銓文章磅礴的氣勢固是淵源有自。正如明宋濂所云："爲文必在養氣……人能養氣，則情深而文明，氣盛而化神，當與天地同功也。"① 作者總是站在思想、道德的制高點，高屋建瓴，掌控真理，故而文章氣勢雄渾雅健。他曾經在信中讚美友人的文章："伏讀久之，不能去手。謇然偉論，自二十年來，朝野鉗結，無此作矣。近日附時論、工揣摩者相踵卿相，而閣下獨與時左，蓋依世則違道，詭俗則危身，殆自古所嘆，與道進退，固不得不與時背馳也。自非所養剛大，唾視浮雲，未易及此。"② 這一段對友人的評語可以看作是夫子自道。總之，胡銓所養剛大、唾視浮雲的高尚氣節是其文章具有雄渾壯大氣勢之重要原因。

胡銓散文的第二個特點是深受《春秋》思想的影響。胡銓深受《春秋》思想的影響，尤其是尊王攘夷、復仇大義思想的深刻影響。胡銓研究春秋三十餘年，"僕爲此學，三十有餘年矣，雖投遐荒、竄海島，往返四涉鯨窟，百經鼉淵，自古逐客險阻艱難極矣，然聖人心法與筆削之旨，未嘗一日不根著於心，往來于懷也。至於集百家之善爲之訓說，成一家學，凡五十餘萬言，其勤已至矣"③。其《春秋》研究曾經得到時人呂沚的高度評價："日從鄉人蕭楚學《春秋》，明《易》象，博機群書。歷考前代治亂，多識前言往行。"④ 胡銓自己對《春秋》有自己的看法："《春秋》之學比他經不同。他經或可觀望時世，彌縫委曲，惟《春秋》謂之直筆"⑤，因此，他十分看重《春秋》。

我們知道宋人治經，談義理者則言易，談政治者則言春秋大義。解《春秋》言尊王攘夷大義自胡安定、孫明復始，《春秋》自此亦逐漸政治化，這表現在北宋治《春秋》者好論內政，側重尊王。到了南宋，由於國

---

① 宋濂：《文原·下篇》，《宋文憲公全集》卷二六，四庫全書本。
② 胡銓：《與唐黎州小簡》，《全宋文》第 195 冊，上海辭書出版社、安徽教育出版社 2006 年版，第 204 頁。
③ 胡銓：《與譚思順小簡》其三，《全宋文》第 195 冊，上海辭書出版社、安徽教育出版社 2006 年版，第 193 頁。
④ 胡銓：《蕭先生春秋經辨序》，《全宋文》第 195 冊，上海辭書出版社、安徽教育出版社 2006 年版，第 260 頁。
⑤ 胡銓：《譚思順小簡》其二，《全宋文》第 195 冊，上海辭書出版社、安徽教育出版社 2006 年版，第 192 頁。

家形勢不同，南宋受到遼、金的嚴重威脅，并且失去了黃河中下游的地區，偏安江南一隅，不過是一地方割據政權而已，甚至連夷、夏並立都談不上了，故而南宋士人治《春秋》側重攘夷（當然攘夷並不是否定尊王）。偏安一隅，徽欽被虜，國仇、君仇、父仇交織在一起，故南宋春秋學研究除了重攘夷，又强調《公羊傳·莊公四年》闡發的复仇大義，這是主戰派堅持恢复的權威理論依據。① 總之，在南宋論內政則尊王，論禦侮則攘夷。一般來說，士大夫都認爲尊王才能成就攘夷與复仇之大業。胡銓深受《春秋》尊王攘夷和复仇大義的影響，他一生堅持抗戰复仇。紹興八年在任樞密院編修時向高宗上書請斬秦檜、孫近、王倫三人之頭，爲此遭貶二十年。後回到朝廷，仍不改初衷，依然堅持恢复和复仇，有多篇奏疏都是談論此問題，如《上孝宗封事》指出議和之"十可弔"與堅持抗戰之"十可賀"②。尤其是在《上孝宗論撰賀國啟》中，表示拒不奉詔，并指責宰相湯思退主張苟和，"臣竊以爲思退又一秦檜也，思退不去，國體弱矣。臣手可斷，臣筆不可搖；臣筆頭可去，臣不可去，而臣不可寫。庶幾使遠夷知中國之有人，是亦彊國之一端"③。胡銓終生堅持抗金复仇，不怕貶謫，不畏權臣，這種精神與《春秋》尊王攘夷、复仇大義的思想的深刻影響是分不開的。

《春秋》對胡銓散文的影響還表現在他在進行創作時往往以《春秋》爲標準看待問題，或者以春秋爲依據來論證自己的觀點。如《御試策》爲說明"臣有以見陛下聽於天而不聽於民之弊"時說"臣謹按《春秋》禍變之由與祖宗已然之故事，爲陛下陳之"，然後大量引用《春秋》之史實來闡釋自己的觀點。他要求孝宗以《春秋》爲準的，以《春秋》所載史實爲鑒，僅"願陛下以《春秋》爲戒而謹持之，以祖宗爲監而力行之，無以草茅之言而罷之，則天下幸甚"這句話就在《御試策》中出現六次。這樣一再强調孝宗要"以《春秋》爲戒而謹持之"，可見作者認爲《春秋》在帝

---

①　參見高日暉、洪雁《汉、宋〈春秋〉學与政治的关系》，《大連大學學報》第27卷第1期。
②　胡銓：《上孝宗封事》，《全宋文》第195冊，上海辭書出版社、安徽教育出版社2006年版，第59頁。
③　胡銓：《上孝宗論撰賀國啟》，《全宋文》第195冊，上海辭書出版社、安徽教育出版社2006年版，第65頁。

王統治中所起的作用非常重大。其他的文章如《論持勝疏》說"陛下留神
《春秋》，臣請以《春秋》之事明之"；《進冒頓不與東胡土地故事》說"夫
《春秋》書法重地如此以爲萬事守國者之戒"①；《答劉子澄主簿書》說
"《春秋》之法善不可揜，過不敢隱"②。可以說《春秋》是胡銓思考和衡量
社會問題的一把重要的尺子。

　　胡銓散文的第三個特點是根柢學問。胡銓是儒學研究大家，學養深
厚，他"集諸家之善，綴緝塵言，解《易》《春秋》《戴記》，得百餘卷。
平生精力盡於此矣"③，因而其散文創作 受儒家經典之影響極深。這主要表
現有兩個方面：一是旁徵博引儒家經典，如《乞嚴禁軍兵殺人》一開頭就
引用《孟子》："臣聞梁襄王問孟軻：'天下烏乎定？'孟軻曰：'定於一。'
'孰能一之。'"以此來說明孝宗有"恤民之心"。在文章的後半部又引用
《春秋》"邾文公用鄫子於次睢之社，《春秋》悼之，以爲襄公之不霸在此
一舉"來勸告孝宗"申戒諸軍，嚴行禁止，以廣陛下不嗜殺人之心，庶幾
德澤結人，以定大亂"④。在他的政論文中固是廣泛地援引儒家經典以證明
和強化自己的觀點，如《論人主德與心不可二三疏》《乞戒諸將持重奏》
《論從諫疏》《應詔言和議決不可成奏》等，而在其他文體的文章亦同樣是
廣引儒家經典，例如《與左教授小簡》，引《春秋傳》《記》說明信之重
要。二是很多散文學術性很強，如《送彭叔夏序》全面闡述人子居喪之哀
的表現，而《彭椿作室序》則是"以補《釋宮》之闕缺"⑤。這些散文都是
建立在廣博的知識基礎之上的，尤其是对儒家經典的精通和掌握。又如
《原孝》闡述"百行莫大於孝，五刑莫大於不孝"，其對於行孝所必須具備

① 胡銓：《進冒頓不與東胡土地故事》，《全宋文》第 195 冊，上海辭書出版社、安徽教育出
版社 2006 年版，第 96 頁。

② 胡銓：《答劉子澄主簿書》，《全宋文》第 195 冊，上海辭書出版社、安徽教育出版社 2006
年版，第 135 頁。

③ 胡銓：《與陳長卿小簡》，《全宋文》第 195 冊，上海辭書出版社、安徽教育出版社 2006 年
版，第 197 頁。

④ 胡銓：《乞嚴禁軍兵殺人》，《全宋文》第 195 冊，上海辭書出版社、安徽教育出版社 2006
年版，第 100 頁。

⑤ 胡銓：《彭椿作室序》，《全宋文》第 195 冊，上海辭書出版社、安徽教育出版社 2006 年
版，第 246 頁。

的禮節，闡述翔實："生事之以禮，其別有十"、"死葬之以禮，其別二十有三"、"祭之以禮，其別有十二"，足見作者對於儒家禮制與孝道，尤其是對《禮經》的熟悉和精通。另外，在很多記體文中，根據建築物的名稱來闡述其中所蘊含的思想意義和精神追求，而這一切都必須具備深厚的儒家學養。如《真止堂記》《遯齋記》《時中堂記》都是闡釋儒家六經的思想，尤其是根據《易》加以發揮。另外由於作者學問深厚，在進行散文創作時舉重若輕，古代語言的化用，典故的穿插，能做到熔冶無痕，如《遺從子維寧書》等。

第四章 楊萬里散文研究

第一節 論說文

論說文，在中國古代源遠流長，"論辯類者，蓋原於古之諸子，各以所學著述詔後世"①，而且相當發達，種類很多，有論、辯、策、說等。古代文論家對其體制、特點、功用有深刻認識。墨子云："夫辯者，將以明是非之分，審治亂之紀，明同異之處，察名實之理，處利害，決嫌疑。"②可見早在先秦的墨子對議論文的功用認識就較深刻而全面。劉勰《文心雕龍·論說》是專門探討論說文的，其中有云："原夫論之爲體，所以辨正然否；窮於有數，追於無形，鑽堅求通，鉤深取極；乃百慮之筌蹄，萬事之權衡也。故其義貴圓通，辭忌枝碎，必使心與理合，彌縫莫見其隙；辭共心密，敵人不知所乘；斯其要也。是以論如析薪，貴能破理。斤利者，越理而橫斷；辭辨者，反義而取通；覽文雖巧，而檢跡如妄。唯君子能通天下之志，安可以曲論哉。"③劉氏闡述比墨子更爲全面、深入，不僅涉及論說文的功用，還探討了其特點、要求等，可謂後出而轉精。劉熙載認爲論說文要做到"論不可使辭勝於理"，因爲"辭勝理則以反人爲實，以勝人爲名，弊不可勝言也"④。楊萬里的論說文基本做到了立足現實，根據義

---

① 姚鼐纂集：《古文辭類纂序目》，上海古籍出版社 1982 年版，第 1 頁。
② 孫詒讓撰，孫啓治點校：《墨子閒詁》卷十一，中華書局 2001 年版，第 415 頁。
③ 《文心雕龍·論說》，人民文學出版社 1962 年版，第 326 頁。
④ 劉熙載撰：《藝概·文概》，上海古籍出版社 1978 年版，第 43 頁。

理，立論穩妥，較少翻空出奇的制科習氣，具有議論挺挺的特色。其論說文主要有政論、經綸等。

一　政論文

楊萬里的政論文大致分爲兩類，一是《千慮策》三十篇，一是向朝廷、帝王所上的奏章。在南宋，蘇文風行天下，"建炎以來，尚蘇氏文章，學者翕然從之……亦有語曰：'蘇文熟，喫羊肉；蘇文生，喫菜羹。'"① 尤其是他的制科文章、專題論文等，對士人影響很大。但是蘇軾這些文章正如他晚年自我批評所云，有制科習氣，"妄論利害，攙說得失，此正制科習氣"②，往往立意翻空出奇，行文凌空蹈虛，時有立論不穩、論證偏頗之弊，從而導致文章缺乏說服力。而楊萬里的政論文較少這種缺點。他的文章追求實用，"言非尚於奇，而尚於用"，"昔人蓋有長於談兵而敗於兵，工於說難而死於說，言非不奇也，疏於用也"，"夫言而無用，言之虛"③，這說明他的文章務於實用，追求有益於社會。總的說來，楊萬里的政論文具思想深刻、思維縝密、論述詳密、無所顧忌的特點，都是出於爲國爲民之目的，是對現實社會問題的深入觀察、思考、分析的結果，富於現實針對性。

先看看其《千慮策》。關於策，《文體明辨序說》說："按《說文》云：'策者，謀也。'《漢書·音義》曰：'作簡策難問，例置案上，在試者意投射取而答之，謂之射策。若錄政化得失顯而問之，謂之對策。'劉勰云：'射策者，探事而獻說也，以甲科入仕。對策者，應試而陳政也，以第一登庸。皆選賢之要術也。"又云："夫策士制，始於漢文，晁錯所對，蔚爲舉首。自是而後，天子往往臨軒策士，而有司亦以策舉人，其制迄今用之。"又云："夫策之體，練治爲上，工文次之。然人才不同，或練治而寡文，或工文而疏治，故入選者，劉勰稱爲通才。嗚呼，可謂難也已矣！"④

---

① 《老學庵筆記》卷八，中華書局1979年版，第100頁。
② 蘇軾：《答李端叔書》，《蘇軾文集》，中華書局1986年版，第1432頁。
③ 楊萬里：《君道上》，《楊萬里集箋校》第7冊，中華書局2007年版，第3413頁。
④ 徐師曾撰，羅根澤點校：《文體明辨序說》，人民文學出版社1962年版，第130頁。

可見撰好一篇策，必須具備廣博的學識、深刻的思想、穎異的思維能力和純熟的語言表達能力。《千慮策》是誠齋入仕之前精心撰寫的，原本打算上呈孝宗皇帝，可是由於身份寒微沒有實現這一目的。他後來呈給了陳俊卿和張浚，得到二位重要政治人物的贊賞。《千慮策》共三十篇，所論及的都是關乎社稷存亡的軍政大事。

《千慮策》具有思想深刻、筆觸尖銳、無所顧忌的特點。現以孝宗抗金這一重大問題爲例來看楊萬里對君道的闡述。《君道》（中）認爲有爲之君應該“求其成，則必有以忍其折。不忍其折，則無務於速也”，輔助君王的大臣也要“有以養其君之志”。符離之戰是孝宗皇帝極力支持的。在南宋諸帝中孝宗算是個有爲之主，他曾銳意雪恥，在紹興三十二年即位後，聲稱：“我家有不共戴天之讎，朕不及身圖之，將誰任其責？”① 因此，在隆興元年（1163）正月，他任命張浚爲樞密使兼都督江淮軍馬，主持北伐。但是由於兩位主將李顯忠、邵宏淵不和，宋軍全綫潰敗，士卒損失眾多，糧草器械皆棄。符離慘敗，宋朝不得不與金講和，達成停戰協議，史稱“隆興和議”②。楊萬里對此極爲不滿，“頃者新天子即位之初，春秋鼎盛，聖武天挺，超然有必報不共戴天之心，克復神州之志。天下仰目而望，庶乎中興之有日也。然親征之詔朝下，而和議之詔夕出。元戎之幕方開，而信使之軺已駕。紛紛擾擾以至於今，而國論卒歸於和。此其病安在哉？蓋兆今日之和者，符離之役也。”他批評孝宗皇帝戰前未曾深思熟慮，沒有做好各方面的準備：“且是役也，天子之志固在於取中原也，抑嘗熟策之？詳議之耶？”一敗塗地之後，人情一變，君心動搖，“是故前日之勇，一變爲怯。前日之銳，一變爲鈍，安得而不歸於和哉？”面對這種情況，作者產生了新的擔心，“今日之事，臣所大懼者，懼天子之志沮於一折，而敵人有以窺吾之沮，而天下之禍所從生也。”因此，君主就應該“求其成，則必有以忍其折。不忍其折，則無務於速也”，不要“以一小折自沮，而汲汲以議和”。作者既嚴厲批評孝宗戰前未進行充分準備，又希

① 葉紹翁撰，沈錫麟、馮惠民點校：《四朝聞見錄》丙集《張史和戰乙》，中華書局1989年版，第102頁。

② 陳邦瞻：《宋史紀事本末》卷七七，《隆興和議》，中華書局1977年版，第809頁。

望他失敗之後不要氣餒而"汲汲以議和"。他對問題的實質給予深刻的揭露，對孝宗的錯誤行爲給予尖銳的批判。

《千慮策》在闡述問題時還表現出思維縝密、論述翔實的特點。《千慮策》所闡述的議題有爲君之道、治國之略、任才之術、治軍之方、吏治問題、法制建設、民政問題等七個方面，這是對治國方略的一次係統闡述。作者在闡述每一個議題時亦同樣是完備而縝密。如任才之術這一議題包括《人才》（上、中、下）、《論相》（上、下）、《論將》（上、下）這七篇文章，全面地闡述了各類人才的求取、養成、任用等方面的問題。這裏僅以《人才》（上、中、下）三篇文章來看看作者對於人才的闡述。《人才》（上、中、下）主要是探討求才、用才的問題。

在《人才》（上），楊萬里提出"人才之在天下，求之之法愈密則愈疏，取之之塗愈博則愈狹"的看法。他認爲古代聖人的求才之法是"度越世俗之拘攣，徹藩墻，去城府，神傾意豁，以來天下度外奇傑之士"，其結果是"才者畢赴，不才者自伏"，而後世的君主"以爲天下之人，舉將欺我而不可信，於是立爲規矩，創爲繩墨以簸扬澄汰。天下之士，取之不勝其精，而實粗得之者，皆截然入規矩，中繩墨"，而其結果是"奇傑之士，皆漏於規矩、繩墨之外"。楊萬里深刻地認識到当時取才之法的弊端，並對其進行了批評：

> 先命有司，而試之以莫知所從出之題，既又親策於廷，而雜之以奧僻怪奇之故事。不過於何晏、趙岐、孔安國、鄭康成之傳注與夫孔穎達之疏義而已，此豈有關於聖賢之妙學、英雄豪傑濟世之策謀也哉？以訓詁之苛碎，而求磊落之士；以蟲魚之散殊，而鈎文武將相之才，不幾於施鰌鱣之笱，以羅橫江之鯨；挂黄口之餌，以望鳳之来食也耶？

這種求才之法很難求到國家需要的棟樑之才，"其不至固也，非惟不至也，亦不能也"，而且不僅現在有用之才不能得到，就是如古代孟子這樣的聖賢之人復生，國家也一樣不能求得。因此，國家求取人才時，應該有所不求，才能有所求，才能求得國家有用的人才。面對國家這種求才之法的弊端，楊萬里提出來自己的解決辦法：

> 臣愚，欲望朝廷參之以祖宗、漢唐制科之本意，立大端而去細目，使士之所治，上之爲六經之正經，下之爲十七代史與諸子之書，而削去傳注奧僻之問。其學則主乎有用，其詞則主乎去諛。上及乘輿而不誅，歷詆在廷而不怒。使天子得聞草野狂直之論，而士得專意乎興亡、治亂、經濟之業。

只有這樣，"奇傑有所挾者"才會漸漸出來爲國效力。對此，作者還有所補充，他認爲，人才是各有其所長，亦各有其所短，要因人而異，不能強之以一律，"士固有挾策謀而不能乎文辭，有能乎文辭，而不肯入有司之刀尺"，所以要針對不同的需求，採取不同的取才之法。

在《人才》（中）裡，提出人主的喜好決定和影響到所求取的人才忠、奸與才、不才的看法。在現實政治生活中，國家所求得的人才，"常喜背人主之所向，而向人主之所背"，"求忠則得姦，求才則不才者至"，這些情況并不是人主所願意看到的。作者對此進行深入的分析，揭示出造成這一怪圈的原因，他說"人主無不洩之旨，而密旨在所向之外也。天下之人伏其外，以窺其中；從其洩，以得其密。是故背人主之所向，以陰合其所向"。雖然，人主對天下人說："吾好忠而惡姦，好才而惡不才"，但是，人主不過是說得好聽而已，"然天下並進而嘗之，忠與姦兩至，而才與不才各求售焉，則其好惡一切有所反，當此之時天下宜何從？"就拿當今的孝宗皇帝自己來說，"今聖天子即位，五年於茲。下求言之詔，開狂直之塗，而忠言猶未聞也。嚴薦舉之法，謹聘召之禮，而真才猶未出也"。據史載，紹興三十二年六月甲申，曾"诏中外士庶陈时政阙失"[1]，但是，真正實行起來，就不是這樣了：

---

① 《宋史》卷三三，中華書局 1977 年版，第 618 頁。

天下但見夫布衣撾鼓而訴民瘼，則下之吏而屏之遠方也。後進小臣越職言事，觸犯忌諱，則罪之以沽名躁進，而臺諫又冥搜其過，以破壞其人也。舊德宿望朴忠而敢諫，則上下左右群憎而朋嫉之，不罷黜廢放則不止也。元勳將相敢任大事而能決大計者，排斥抑塞而死徒殆盡也。①

人主不能口是而心非，應該言行一致，不失信於民，因爲"所求者之言，與所好者之旨，其真有不可欺也"，否則，"翫而不怪將遂成風。是風一成，則治亂存亡之機，將必在此"，楊萬里認爲人主對此"風"要"拒其所從變之端，而導其所宜歸之塗"。人主要防止自己"所好獨而不分"，以塞天下"逆探其好"之塗，這樣就能求得國家所需的棟樑之才。

在《人才》（下）裡，楊萬里認爲：天下並不缺少人才；天下之才，生於天，成於君，亦壞於君；天下之才，難於成而易於壞。人主對待人才不外兩種情況："善用才者，不惟能成天下之才，亦能轉壞以爲成。而不善用才者，不惟不能邀其成，而亦不能扶其壞。今日壞其一，明日壞其二，天下之才銷委腐敗，而緩急乃無一人爲之用"。因此所謂的"天下無才"不過是個假命題，只是人主不善於成之而已："今天下之無才，豈真無耶？抑上之人成之者過少而壞之者過多耶？"與韓愈《馬說》同一感慨。那麼孝宗是怎樣對待人才的呢？"陛下始初清明，盡起諸老而置之於朝。天下相慶，如見漢官威儀也。陛下亦知其所自乎？光堯成之，陛下用之也。當是時，山林枯槁之士，毫髮絲粟之才，于于然而來，紛紛然而起，人人有自奮自勉之意。今未久也，而霍然分散爲之一空"②導致這種結果的原因是"讒人之讒"。人主身邊的讒人之讒言，是毀壞人才的重要原因。他提醒孝宗不要被小人之讒言所蒙蔽、誤導，特別要注意兩個方面：讒而有漸，讒必有名。最後，告誡皇帝要惜才，對於人才不能"視之以爲不足惜，壞而棄之"。通過以上分析可以看出楊萬里對於人才問題的思考全面而深刻。

---

① 楊萬里：《人才中》，《楊萬里集箋校》第 7 冊，中華書局 2007 年版，第 3468 頁。
② 楊萬里：《人才下》，《楊萬里集箋校》第 7 冊，中華書局 2007 年版，第 3473 頁。

　　楊萬里時刻關注社會，關注朝廷，努力去揭示問題產生的原因，提出解決的辦法，爲社會出一份綿薄之力，此亦是政論文的創作目的和價值所在。在入仕之前，寫出《千慮策》準備呈給皇帝，言辭無所顧忌。其入仕之後的奏議更是批龍鱗，逆聖聽，直言敢諫，無所畏懼，而且眼光犀利，言辭激烈，直指問題的關鍵。如力諫孝宗讓皇太子參決庶務之事，"會高宗崩，孝宗欲行三年喪，創議事堂，命皇太子參決庶務，萬里力諫"①，在《上壽皇論東宮參決書》中，他指出孝宗這種行爲的危害極大，"所謂庶務者，何務也？非禮樂征伐之政，福威玉食之權乎？是政也，是權也，可以出於一，而不可出於二者也。出於一，則治則安則存；出於二，則亂則危則亡。蓋政出於一，則天下之心聽於一；出於二，則天下之心聽於二。《傳》曰：'國不堪二。'又曰：'民無二王。'今陛下在上，而又置參決，無乃國有二乎？自古未有國二而不危者。蓋國有二，則天下向背之心必生。向背之心生，則彼此之黨必立。彼此之黨立，則讒間之言必起。讒間之言起，則父子之隙必開。開者不可復合，隙者不可復全。"② 然而孝宗一意孤行，終未聽取萬里之諫，其他大臣也覺得萬里之言太過，而事情的發展果如萬里所料："當時諸公，皆甚其言，至紹熙甲寅，始服其先見。"③由此可見，萬里不僅直言敢諫，而且眼光犀利，看透問題本質之所在。

　　又如《駁配饗不當疏》，這篇文章產生的背景是："高廟配享，洪容齋在翰苑，以呂頤浩、趙鼎、韓世忠、張俊四人爲請。蓋文武各用兩人，出於孝宗聖意也。遂令侍從議，時宇文子英等十一人以爲宜如明詔，而識者多謂呂元直不厭人望，張魏公不應獨遺。楊誠齋時爲秘書少監，上書爭之，以欺、專、私三罪斥容齋。"④《駁配饗不當疏》先指出洪邁提出的配饗建議是出於"欺"、"專"、"私"，如果孝宗採取其建議，則是"以一人之口，而杜千萬人之口，其弊必至於指鹿爲馬之奸"。在批駁了洪邁之後，接着提出自己的觀點，即張浚應該配饗高宗，因爲張浚"身兼文武之全

---

① 《宋史》卷四三三，中華書局 1977 年版，第 12870 頁。

② 楊萬里：《上壽皇論東宮參決書》，《楊萬里集箋校》第 5 冊，中華書局 2007 年版，第 2689 頁。

③ 《鶴林玉露》甲編卷六，中華書局 1983 年版，第 104 頁。

④ 《鶴林玉露》乙編卷一，中華書局 1983 年版，第 119 頁。

才，心傳聖賢之絕學。遭遇先皇聖神武文憲孝皇帝擢任不次，出將入相。而浚捐軀許國，忠孝之節動天地而貫日月。武夫悍卒，孺子婦人，裔夷絕域聞其名者皆翕然歸仰，中興以來一人而已。"爲了證明自己的觀點，用大量的篇幅列舉張浚五大社稷之功：建復辟之勳、發儲嗣之議、誅范瓊以正朝綱、用吳玠以保全蜀、却劉麟以定江左。這五項社稷功勳，足以讓張浚有資格配饗高宗。然後對張浚進行全面的評價，并舉出張浚去世後孝宗的賜諡和評價："且陛下賜浚諡忠獻，制辭有曰：'慮國忘家曰忠，獻可替否曰獻。'又曰：'若趙普平定四方，若韓琦弼亮四世。雖成功之不一，要易地以皆然。'"現在"訓詞具存，昭若日星"。作者接着反問："普則配饗太祖之廟，琦亦配饗英宗之廷，陛下以此比浚，則今日配饗新廟者，舍浚而誰哉？"以子之矛攻子之盾，論證非常有力，足以讓孝宗啞口無言。至此論證并未算完，他要讓他的論證無懈可擊，做到滴水不漏。接着將張浚與洪邁所舉之人進行比較："且議臣以復辟之功爲重乎？浚倡之，呂頤浩和之，張俊、韓世忠稟而行之。今錄其同功者三人，而黜其元功者一人，可乎？且議臣以建儲之功爲重乎？趙鼎言之，浚亦言之，今錄其一黜其一，可乎？至於固長淮以保江，守全蜀以保吳楚，則浚一人而已矣，此又非諸將所敢望者。"於是斬釘截鐵地說："臣故曰：'配饗新廟者，舍浚而誰哉？'"最後舉趙普、韓琦、曾公亮爲例以批駁對張浚的配饗高廟的異議。論證至此已是天衣無縫，無懈可擊了。當然，張浚是個極有爭議的人物，他是否有資格配享宋高宗，實際上是值得商榷的，但是我們不得不承認楊萬里的論證極具說服力。

綜上所述，其《千慮策》創作成就并不亞於辛棄疾的《美芹十論》、陳亮的《中興五論》，甚至可以這樣說，與辛、陳二人之"論"相比，楊萬里《千慮冊》體系的龐大、思維的縝密、見解的深刻皆有過之而無不及。其奏疏更是"論諫挺挺"，不避權貴，無所顧忌。總之，楊萬里的政論文正如羅大經所言："立朝時論議挺挺……皆天下大事。"①

---

① 《鶴林玉露》甲編卷一，中華書局 1983 年版，第 14 頁。

二 經論文

所謂論者，"按子書云：'論者，議也。'劉勰云：'論者，倫也。彌倫群言而研理一也。論之立名，始於《論語》……其爲體則辯證然否，窮有數，追無形，迹堅術通，鉤深取極，乃百慮之筌蹄，萬事之權衡也。至其條流，實有四品：陳政則與議說契合，釋經則與傳注參體；辯史則與贊評齊行，銓文則與序引共紀：此論之大論也。'……故今兼二子之說，廣未盡之例，列爲八品：一曰理論，二曰政論，三曰經論，四曰史論（有評議、述贊二體），五曰文論，六曰諷論，七曰寓論，八曰設論。"① 其對"論"之考論可謂詳盡。

楊萬里的經綸主要有《心學論》二十篇文章，包括《六經論》和《聖徒論》。《六經論》主要包括《易論》《禮論》《樂論》《詩書》《書論》和《春秋論》等六篇文章。《聖徒論》包括《顏子論》（上、中、下）、《曾子論》（上、中、下）、《子思論》（上、中、下）、《孟子論》（上、中、下）、《韓子論》（上、下）等十四篇文章。

《心學論》的特點首先是富於體系性。《六經論》把儒家六部經書作爲一個完整的系統來論述，這個系統以儒家之道爲中心而展開，從而揭示出"六經"各自的作用、意義以及相互之間的關係。

《易論》闡述了道與語言的關係，分兩點來闡述，一是語言與聖人教化的問題，一是聖人能否做到以言盡意的問題。關於第一個問題，楊萬里認爲聖人教化是離不開語言的，但語言又不是其最終的目的，"言"是道之憑借，"非言"才是聖人的目的。關於第二個問題，楊萬里認爲聖人之書能盡言，聖人之言能盡意，只不過是"能盡意而不盡也"，"能盡言而不盡也"。聖人是通過"書不盡言，言不盡意"的方式傳道，從而達到化成天下的目的。

《禮論》認爲《禮》是聖人之道的具體實踐。聖人作《禮》以示天下，讓天下人去遵從去踐行，這樣"道有所可踐，而後天下有所可居"，"勉而

---

① 徐師曾撰，羅根澤點校：《文體明辨序說》，人民文學出版社 1962 年版，第 131 頁。

踐，踐而居”，天下人就不會置足於道之外。

《樂論》提出了音樂在聖人傳道過程中的重要性問題。音樂對人的影響很大，“人有幽憂而不樂者，散之以嘯歌。有所欝結而不平者，銷之以管絃。聲之入人心，易也”。聖人之《樂》，能夠“使人手舞足蹈於仁義之中而不自知”。

《書論》認爲“《書》也者，所以立道之屍，以形道之形，以信夫《易》《禮》《樂》之聲也”。只有讓天下人觀道之形才能讓他們相信聖人之道。可道本無形，也沒人見過道的本來面目。楊萬里認爲“堯、舜、禹、湯、文、武、周公者，其道之屍也”，聖人所作之《書》，是聖人用來立道之屍，以顯道之形，讓天下人相信《易》《禮》《樂》之聲的。《易》《禮》《樂》是聖人寓道之作，聖人要求天下人能知而行，但天下人未見其事，就會認爲那是聖人私言，不足以信，所以聖人作《書》以信其言。

《詩論》主要探討《詩》的作用，“《詩》也者，矯天下之具也”。所謂的“矯天下之具”是指《詩》的教化作用，即《詩》是聖人用來約束、教化天下的工具。

《春秋論》認爲《春秋》就是孔子用來爲政的，人們只見孔子不爲政於民，卻不知孔子爲政於天；只看到孔子不爲政於當今，卻不知道其爲政於後世。孔子之政行，則天下人畏其不善以利其善。畏其不善有罰政，利其善有賞政。孔子躬行天與文王之道，彌補周公之職，以佐天子之賞罰。從《春秋》來看，聖人之道對於天下後世來說，其教化詳盡，而其爲政則已非常明瞭。學者能本之於《春秋》，則差不多接近夫子之道了。

“六經論”對“六經”各自的作用及其關係都作了詳細的闡述，這是一個橫向係統。

而《聖徒論》是一個縱向係統，它繼承了韓愈、石介等理學先驅所梳理的儒家道統，所謂的聖徒就是這個道統譜係上的五個儒學思想家：顏回、曾子、子思、孟子、韓愈。對他們在這一道統上的地位和作用作出自己的評價和闡釋。這裡僅以顏回爲例來看看其對聖徒的評價。

《顏子論》（上）認爲：顏淵問仁，孔子付之以“一日克己復禮，天下歸仁焉"，顔淵能領會其大道。又把它具體到"不離於視聽言動之間，儆於非禮而已"，顔子能做到"惟其大而不驚"，"小而不忽"，而獨來獨往，是因爲在他看來，"己也者，人之欲也。禮也者，天之理也。仁也者，性之覺也。克而復，復而覺，人者盡，而天者還，則天高地下，吾性之湛也"，所以"至矣見矣，頃刻而天下皆吾仁"。顔淵領會孔子之仁，樂而憂。其所憂的是：至於聖人之大道，而憂己不能居於大道。作者認爲顔子"儆非禮於視聽言動之間"就是"求所以居其大者"。孔子把"仁"這個安宅指示給顔子居，所以顔子擔憂失去這個宅子。作者認爲顔子有憂則孔子就無憂了。可見作者認爲顔回在道統譜系中的地位非常高。

《顔子論》（中）認爲聖人之道，可遇而不可傳，不是真不可傳，是"遇則可傳，不遇則不可傳"。所謂的"遇"就是"以吾道之有，迎彼之有"。聖人傳道，"遇則不相距，而不遇則不相受"，因此，聖人之道若傳非其人，則其功難成。作者認爲夫子傳道於顔淵，是夫子之幸運，因爲夫子傳道於顔淵，是遇而不是傳，夫子不感到困難。夫子與顔回言，回終日不違。兩人之間的默契就是原於遇，遇則合，合則無違。有人認爲，顔回在夫子身邊終日無違，人們"無與聞焉"，他於後學沒有功勞。作者認爲，"道以言而通，亦以言而塞。非言之能塞道也，聽之者塞之也"。後人於聖人之學，失之於訓詁、辭章，結果就是"言之盛，道之衰也"。後世學者抛棄訓詁、辭章而學顔子之妙學，從而"盛者衰，衰者盛矣"，這就是顔回有功於聖人之道的地方。

《顔子論》（下）认为知道不善却不得不去做是缺乏勇氣，"無勇而知，知而不去，是徒知"，所以知不善不如有勇氣除去不善。孔子認爲，顔子有不善未嘗不知，知之未嘗復行不善。作者認爲不能用"勇"來評價他，"顔子知之極也"，"勇"不足以爲顔子道。勇於去不善，不如安於去不善。勇於去不善，必有所不去；安於去不善，則無所不去。顔子之所以能夠安於去不善，就在於他是"知之極也"。天下之不善與善相似，就跟鴆毒與水一樣相似。不善與善相似，學者卻不知，不知因而就不疑，於是泰然飲之而死。所以對於君子之學，就非常急於致其知。"格物在致知"，知至於極則物無所遁。知而不至於極，猶未免於不善之欺。顔子爲知之極，所以於聖人之道無毫髮之隔。

《心學論》是作者尊崇儒家經典和儒家思想的具體表現。《心學論》中的一些觀點還是有可取之處，如《樂論》認爲"人有幽憂而不樂者，散之以嘯歌。有所欝結而不平者，銷之以管絃。聲之入人心，易也"，可以看出他對音樂的作用有着深刻認識，也是符合實際情況的。

有些觀點亦很新穎，作者就孔子對曾參"魯"的評價，給出自己的看法。在《曾子上》中作者對此發表了自己的評價："夫子稱回之愚，參之魯。而聖人之傳，乃愚與魯者得之"，這會引起後世學者的誤解，以爲"愚與魯，道之資也。智與慧，性之翳也"。作者認爲這種理解似是而非，實際上，夫子稱回之愚，是認爲回是如愚而非真愚。其實，"參也魯，夫子之言未及盡"。實際上當夫子說"吾道一以貫之"時，門人莫知所依據，而曾參"領之以一"。夫子所謂的"魯"，恐怕是指言語之不給，文學之未敏。"言語之給，文學之敏"，君子固然不廢，卻也不是優先的。因爲言語是道之階梯而不是道之本身；文學是道德寓所，亦不是道之本身。言語不給，文學不敏，可以謂之魯，魯卻"非道之賊"。曾子之魯，固是其短，後之學者卻不能以之爲道之憑借。曾子之智與慧是其特出之處，後之學者卻以爲是性之遮蔽。這種論述並非故意標新立異，而是作者有所擔憂，害怕後人對孔子的話產生誤解，故而有此一番辯解。不過在《心學論》中還是有些觀點比較勉強，如《書論》認爲"《書》也者，所以立道之屍，以形道之形，以信夫《易》《禮》《樂》之聲也"，這種說法是過於勉強的，很難說得過去。另外，在《春秋論》中，對於孔子以及《春秋》的評價都有拔高之嫌。應該說，在儒家思想占統治地位的情況下，出於尊經的目的，這些看法亦是必然的。

第二節　記體文

一　記體文的人文追求

楊萬里的記體文數量很多，大致可分爲學記、亭堂樓閣記、遊記幾類。其記體文多以敘事爲主，擅長寫景、敘事和抒情，專尚議論以垂世而立教的文章卻不多。他的記體文，題材多樣，内容豐富，深刻體現了他的人文追求，主要表現在如下幾個方面：

第一，頌揚爲民請命的官吏。如《懷種堂記》，先敘述劉珙的忠君愛國、獨立特行、嫉惡如仇、以道爲己任的高尚節操："乾道四年，樞密劉公既登用，善類復聚，國勢大競。天下仰目，指期中興。而公孤忠崇崛，不少斷刓，疾視嬖邪，畢力擊排，既牢不可動，則嘆曰：'道行則吾止，道止則吾行，是不可並。'"接着再寫他爲民而請朝廷蠲除奉新縣三鄉寓稅，所蠲"爲稅三十五萬錢有奇，爲米若干，爲帛若干"。深受百姓愛戴，當他升遷荆州牧後，三鄉百姓爲他建"懷種堂"，畫其像於堂中，表達敬愛之意。最後讚美劉珙能"一言而除民百世之害"。

第二，讚美情操高尚的士人。如在《浩齋記》中，楊萬里通過自己就學於浩齋劉廷直先生的經歷來表現浩齋浩然充塞於天地的氣節：

> 某自少慒學，先奉直令求師於安福，拜清純先生劉公爲師。而盧溪王先生及浩齋先生，俱以國士知我，浩齋又館我。每出而問業於清純，入而聽誨於浩齋。一日問曰："子見河南夫子書乎?"曰："未也。"退而求觀之，則驚喜頓足曰："《六經》、《語》、《孟》之後乃有此書乎?"某今也年六十有三矣。師友零落殆盡，道不加修，德不加進，不但四十五十無聞而已。然不虛此生者，猶以粗有聞於浩齋也。①

是浩齋先生指導他學習，讓他這個青年學子第一次知道了二程理學之書。讀了二程之書後，他感歎："《六經》《語》《孟》之後乃有此書乎?"這對他影響很大，後來楊萬里的理學思想就是源自二程，他花費了十七年時間寫成了《誠齋易傳》，"是書大旨本程氏"②。浩齋先生很窮，書齋很狹小，卻自號"浩齋"，有人認爲這很矛盾，"先生之浩，蓋將天地之塞，今齋房乃爾隘耶?"頗有不以爲然的味道，楊萬里則義正辭嚴地說："此已廣矣，

① 楊萬里：《浩齋記》，《楊萬里集箋校》第 6 册，中華書局 2007 年版，第 3055 頁。
② 《四庫全書總目》卷三，《誠齋易傳》條，中華書局 1965 年版。

昔者先生名齋而未屋也，有問之以齋焉在者。先生曰：‘吾齋天地間，無
所不在。’因指其書篋曰：‘即吾齋也，此已廣矣。’”楊萬里以浩齋先生的
話來批駁對方，書齋雖然狹小，但是其以天地爲齋，無所不在。浩齋先生
也自以書篋爲齋，認爲已經足夠廣大了。作者飽蘸深情地讚揚了浩齋先生
充塞天地之間的浩然正氣，這股浩然正氣“至大至剛，以直養而無害，則
塞于天地之間”①。

　　第三，欣賞大自然的美景。如《景延樓記》，文章第一段先描寫夜泊
小舟於峽水之口的美景：

　　　　予嘗夜泊小舟於峽水之口，左右後先之舟，非吳之估，則楚之羈
　　也。大者宦游之樓船，而小者漁子之釣艇也。岸有市焉，予躡芒屩策
　　瘦藤以上，望而樂之。蓋水自吉水之同川入峽，峽之兩崖對立如削。
　　山一重一掩，而水一縱一橫。石與舟相仇，而舟與水相謀。舟人目與
　　手不相計則殆矣。下視皆深潭激灘，黝而幽幽，白而瀪瀪。過者如經
　　灧澦焉，峽之名豈以其似耶？至是則江之深者淺，石之悍者夷；山之
　　隘者廓，而地之絕者，一顧數百里不隔矣。

對江上如此美景，“望而樂之”。船來船往，大者遊船，小者漁舟；峽之兩
岸，壁立如削，山重疊掩映，水縱橫流淌。“山一重一掩，而水一縱一
橫”，化用和模仿了杜甫的詩句“一重一掩吾肺腑，山鳥山花吾友於”②。
仇兆鰲對杜甫此詩句註釋云：“一重一掩言山形稠叠，肺腑比其關切。友
於言其親愛物色。”可見作者這裡暗含著以山爲肺腑，以水爲朋友之意。
“石與舟相仇，而舟與水相謀”，用新奇的比擬手法寫活了舟與峽石、峽水
之情態。舟人駕船，驚心動魄；峽水狀態，變化萬狀。數百里之間，江
水、峽石、兩岸之山的變化，轉瞬之間，截然不同。盡情描繪，恣意享

---

　　① 朱熹撰：《四書章句集注》，《公孫丑章句》上，中華書局 1983 年版，新編諸子集成本，
第 231 頁。
　　② 杜甫：《嶽麓山道林二寺行》其二，仇兆鰲注《杜詩詳注》卷二二，中華書局 1979 年版，
第 1987 頁。

受，而樂在其中矣。接着在文章的後半部分，發表議論，闡述山水之樂：

> 山水之樂，易得而不易得，不易得而易得者也。樂者不得，得者不樂。貪者不與，廉者不奪也。故人與山水，兩相求而不相遭。庾元規、謝太傅、李太白輩，非一丘一壑之人耶？然獨得，竟其樂哉！山居水宅者，厭高寒而病寂莫，欲脱去而不得也。彼貪而此之廉也，彼與而此之奪也，宜也。宜而否，何也？①

山水之樂，說容易得到，又不易得到，說不易得到，又容易得到，關鍵是看人與山水的關係如何。然而人與山水的關係很複雜，因爲"樂者不得，得者不樂。貪者不與，廉者不奪"。有時，刻意尋求山水之樂，卻得不到。人與山水兩不相遭，人不得其樂，像庾元規、謝太傅、李太白等人，卻能夠享受到山水之樂。有的人山居水宅，卻又厭其高寒，病其寂莫，想擺脱卻擺脱不了，原因就在於"彼貪而此之廉也，彼與而此之奪"。因此只有人與山水相遇才能夠得到山水之樂。

第四，勸勉士人遵循儒家思想。如《不欺堂記》，先通過友人彭少初之口，介紹堂主朱知微，知其晝夜刻苦攻讀，唯知體味詩書，泛泳於仁義，獵取道德，而不在乎口耳之欲、遊獵之樂，追求精神的富足，不管物質享受。楊萬里對此發表看法："是學也，吾也嘗從事於斯矣。始乎謹獨，終乎至誠。謹獨不盡乎人，則至誠不至乎天。自八聖兩賢其畀也，有器其承也。有系不此乎在，其將焉在？舍是吾不知所以告矣。豈唯吾不知所以告，八聖兩賢亦不知所以告。"對於《四書·大學》里說"所謂誠其意者，無自欺也"②，陸象山曾經給出自己的理解："所謂'誠其意者，毋自欺也'一段，是總修身、齊家、治國、平天下之要，故反覆言之。如惡惡臭，如好好色，乃是性所好，惡非出於勉强也。自欺是欺其心，慎獨即不自欺。誠者自成，而道自道也，自欺不可謂無人知。十目所視，十手所指，其嚴

---

① 楊萬里：《景延樓記》，《楊萬里集箋校》第 6 册，中華書局 2007 年版，第 2994 頁。
② 朱熹撰：《四書章句集注·大學章句》，中華書局 1983 年版，新編諸子集成本，第 7 頁。

若此。"① 楊萬里說他自己也曾經像朱知微那樣體味詩書，泛泳仁義，講求謹獨（即慎獨），追求至誠，"始乎謹獨，終乎至誠。謹獨不盡乎人，則至誠不至乎天"，勉勵友人朱知微，要慎獨，要至誠，不自欺。

第五，批判庸俗世風、士风。如《玉立齋記》，作者借竹之"抗節玉立"的氣節，來批判沒有氣節、趨小利的人：

> 世言無知者，必曰草木。今語人曰："汝草木也。"則艴然而不悦。此竹也，所謂草木也非也耶？然其生則草木也，其德則非草木也。不爲雨露而欣，不爲霜雪而悲，非以其有立故耶？世之君子，孰不曰："我有立也，我能臨大事而不動，我能遇大難而不變。"然視其步武而徐數之，小利不能不趨，小害不能不遁。問之則曰："小節不足立也，我將待其大者焉。"其人則不愧也，而草木不爲之愧乎？

抗節玉立的竹子，不爲雨露而欣，不爲霜雪而悲。而那些世俗之人，口口聲聲說自己臨大事而不動，遇大難而不變，但從其實際行動來看，則趨小利避小害，毫無羞愧之心，美其名曰"將待其大者。"人雖無愧，而草木則爲之羞愧。

二　記體文的藝術特色

楊萬里記文不僅題材多樣，内容豐富，格高意遠，而且藝術成就很高。他的記體文雖然數量很多，但並不讓人覺得千部一腔、千篇一律，值得我們細細體味和深刻學習。下面來看看楊萬里記文的藝術特點。

第一個特點是創作手法靈活。

有的是通過別人之口來敘寫。如《不欺堂記》，爲了表現不欺堂主人朱德全的道德品質、精神風貌，作者通過友人彭少初之口來介紹了朱德全晝夜苦讀、體味詩書、泛詠仁義、涵養道德的高尚情操，這樣去寫就顯得真實可信。

---

① 陸九淵：《語錄上》，《陸九淵集》卷三四，中華書局 1980 年版，第 418 頁。

有的文章通過問句來行文。如《秀溪書院記》中有一段話就全以問句來敘寫：

> 我今告子：子以爲聖人之經，君子之學，端奚事乎？道之以人之理，齊之以人之綱，如是而止耳。綱焉在？曰親曰君而止耳。理焉在？曰孝曰忠而止耳。故動天地，貫日月，通神明，開金石，表四海，範百世，莫大乎忠孝。昔者孔子嘗謂古之學者爲己矣。欲知古人爲己之學，此其是也，曰左可乎？若夫學文者，孝弟之餘力也。修辭者，立誠之宅里也。故四教首文，黎獻先言。昔者子張嘗學干祿矣，欲知今人干祿之學，此其是也，曰洿可乎？將由夫或者前之說乎？是木植而劚其抵也。將由夫或者後之說乎？是穀茹而訕其耘也。子於斯二者。惟勿後乎？子之所先者勿先乎？子之所後者勿訕其耘，左者其不右乎？勿劚其抵洿者，其不隆乎？子盍於孔子、子張而問之乎？

這段話中有設問句，有反問句，有一般疑問句。通過這些問句，向友人周彥博詳盡地闡釋了君親忠孝、義理文辭等儒家思想道理。

有的則設主客問答的方式行文。在《山居記》中，先描繪了主人沈賓王的風采神韻，介紹了其“山居”之後，另闢蹊徑，採取主客問答的方式來推進文章。先是過客嘲笑：

> 客有過之而笑者曰：“君子之宅有二：有晏子之宅，有庾信之宅。庾于林，晏于市也。今子之宅晏也，非庾也，而曰山居，嘻，甚矣子之愛山也！抑亦居則有矣，惡覩所謂崑崙哉？……今子之山居將無類羊公之鶴乎？”

接着是主人的回答：

> 賓王笑曰：“子知笑吾之無山而有山，不知吾亦笑子之有目而無

目也。吾嘗仕於江西章貢之憲幕矣，又嘗守天台矣，又嘗倅會稽矣。翠浪玉虹，丹邱赤城，若耶雲門，千巖萬壑，至今磊磊皆在吾目中也。今吾此室之前，怪石相重，松竹相友，泉流相暉，其巉然者非崆峒天台乎？其森然者非雲門禹穴乎？其泠然者非瀑布簾泉乎？吾居無山，吾目未嘗無山。子目無山，吾居未嘗無山。"

在這種主客問答中，完成了對沈賓王的精神境界的揭示和贊美。這種寫法遠承漢大賦，近仿蘇軾的《赤壁賦》。

有的文章通過多角度來寫。如《真州重建壯觀亭記》，爲了將壯觀亭展示在讀者面前，採取全方位、多角度的描繪。首先立足於亭中，寫遠望亭之北的優美景色和壯觀氣勢；再寫亭之東，以相傳的魏武故事來虛寫；最後以俯視的角度來寫，"江淮表裏皆在目中"。然後作者變換立足點，把立足點放在城中，從城中來描寫仰望山上之亭的美麗景色。最後又把立足點放到亭中。這樣不停地變換立足點，從不同的角度將壯觀亭全方位地展示在讀者面前。

有的文章採用層層推進的手法。如《山月亭記》：

是時風雨昏昏，潦淖沒膝。予語信臣曰："今日遂有遺恨，鄉也山月，寧不遠五十里見我於圖畫之中，今也尺有咫，乃隔我於風雨之外。"信臣曰："先生毋恨。"則前行導予，徑其家，繞出屋後，折而左，度修廡，步穿巇，有亭若在天半，掀然孤巘者，山月也。予且喜且喟曰："尚有遺恨，已識王仲祖，未見杜弘治。所謂雲端臺者焉在？"信臣指前檐三十許武，石欄崛起，堵齒層出者，曰："此是已。"雨小霽，欣然登焉。直下百尺，壁立如削，閭閻數十萬家，如在井底。下視膽掉，返矚神曠。乃知此亭面勢，宅一城高絕之地，無所與二。其前峭秀而逶蔚者，青原也。其左突出而翼截者，東山也。其右首下而尻高者，拜相山也。其下橫屬而皎空者，白鷺江水也。周覽未既，驚風歘起，林木叫呼，水波怒跳。翻倒城市，前山皆動。諸峰相角，清寒入骨。不可復立，亟歸亭上。予益喜且喟曰："尚有遺恨，今夕無月。"①

以"遂有遺恨"、"尚有遺恨"、"尚有遺恨"三句層層推進，在層層推進的過程中完成了對山月亭的描繪和贊美，構思非常精巧。

有的文章寫得波瀾起伏。如《玉立齋記》，先寫自己看見一片竹林，"予甚愛之"。當有人說"此地所謂美秀而茂者，非謂有美竹之謂也，有良士之謂也"，這讓作者很高興，"予聞之喜，且疑竹之愛。士之得，天下孰不喜也，獨予乎哉？"話雖如此，作者卻又很疑惑，因爲"予宦游於此，幾年矣。其人士不盡識也，而其良者獨不盡識乎？予欲不疑而不得也"，自己在這裡爲官幾年，難道還有良士未識嗎？這讓人不能不懷疑。但是一見主人唐德明，則"喜與前日同，而疑與前日異。其爲人莊静而端直，非有聞於道其學能爾乎？"真是千呼萬喚始出來。於是作者感嘆："有士如此，而予也居久而識之，斯誰之過也？以其耳目之所及，而遂以爲無不及，予之過，獨失士也歟哉！"寫至此，其心理變化是，先見竹林由愛而生疑，后見過主人則喜與前日同，疑與前日異。於是再回到文章題目，爲齋取名，因之而大發感慨，"此竹也，所謂草木也非耶？然則其生則草木也，其德則非草木也。不爲雨露而欣，不爲霜雪而悲，非以其有立故耶……"作者贊美竹子"不爲雨露而欣，不爲霜雪而悲"，與之相比，世之君子則是"小利不能不趨，小害不能不逋"。這裡通過贊美竹子而間接贊美了主人。最後作者才直接描寫主人唐德明的道德品質：

> 德明負其有，深藏而不市。遇朋友有過，面折之，退無一言。平居奮然有憤世嫉邪之心，其所立莫量也。吾既觀竹，夜歸，顧謂德明曰："後有登斯齋者，爲我問曰：'人觀竹耶？竹觀人耶？'"②

先直接贊美唐德明的品德，再以問語結束，餘音裊裊，含蓄不盡。文章波

---

① 楊萬里：《山月亭記》，《楊萬里集箋校》第 6 冊，中華書局 2007 年版，第 3082 頁，引文著重號爲筆者所加。

② 楊萬里：《玉立齋記》，《楊萬里集箋校》第 6 冊，中華書局 2007 年版，第 2992 頁。

瀾起伏，山回路轉，柳暗花明，韻味無窮。

當然還有其他的寫法，有純以議論行文的，如《愛教堂記》；有通過記錄別人言語構成記文的，如《建昌軍麻姑山藏書山房記》以記錄自己同年何同叔的話語構成記文的主體。

第二個特點是繪景藝術高超。楊萬里的記文，一遇寫景便現精神，而且能做到情蘊景中，情景交融。情與景實不可分，"情景名爲二，而實不可離。神於詩者，妙合無垠。巧者則有情中景，景中情"①。楊萬里固知景無情不發，情無景不生的藝術法則。如《喚春園記》這篇文章總的寫法是極力鋪寫喚春園周圍的勝景，以襯托和突出喚春園。首先作者在文章的開頭詳細描繪喚春園正對面的卓筆峰：

> 新喻縣南五十里而近，有鄉曰臨川。其山深秀，其水紺潔。東西行者，未至十里所，則望見一峰孤聳，如有人投筆於太空，至天半翔舞翻倒，而下至地。躍而起，卓爾而立，其附豐而安，其穎銳而端。又如有人臥地仰空，醉持翠筆而書青霄也。故里之人，名之曰卓筆峰云。

本是一座孤立的山峰直插雲霄，卻寫得形象逼真而奇特，如在目前，讓人印象深刻，感覺這裡地理環境與眾不同。因爲友人是通過"喚春園"之圖畫來求自己爲之作記，所以採取對話的方式來描繪景物：

> 予歷指以問曰："彼園之山椒有亭，翩然其上，如張蓋風中，勢欲飛去，有掣而止之者何？"曰："此靜庵也。""彼山之趾，有大屋碧瓦朱甍，風屏月櫳，閣其上而齋其下，學子往來操琴枕書，口吻鳴聲者何？"曰："此用德之堂。右以進修之齋，左以醉隱之軒，而冠以繙經之閣也。""彼園之植，高者雲倚，卑者地覆，纖者茸如，茂者幄如。丹者素者，黃者碧者，哇者泚者，又紛然如時女之出閨闥，酣遲

① 王夫之撰，舒蕪點校：《薑齋詩話》卷二，第 13 條，人民文學出版社 1961 年版，第 150 頁。

日而拾瑤草者何?"曰:"水者蒲蓮,陸者卉木也。"

予歎曰:"又多乎哉!仲祥掇此於懷袖多矣,而園亭卉木之幽茂盛麗復如此,其取諸造物,不曰又求其實劍乎?予恐造物者,亦將仲祥之爲嫉,嫉之者不惟寧臨川之士而已。"①

這裡通過問答的方式,把"喚春園"周圍的美景一一展示出來,這種寫景方法比較獨特,然亦是有所借鑒的。歐陽修曾經寫過《真州東園記》,歐陽發稱其"創意立法,前世未有"②,所謂的奇特就在於歐公並未看見東園,而是全憑一張圖紙和一席解說,發揮想象來描繪東園風光的。正是有鑑於此而又有所變化,採取對話體來組織成文的,藝術效果不亞於歐記。

實際上,楊萬里的記類文章,更多的是不作濃墨重彩的鋪寫描繪,而是在敘述、議論之中,點綴幾筆美景,且簡潔傳神,韻味無窮。如《遠明樓記》,先寫快閣之景:"是時春欲半,憑欄送目,一望無際。綠楊拂水,桃杏夾岸。澄江漫流,不疾不徐。遠山爭出,平野自獻,視山谷登臨之時,晚晴落水之景,其麗絕過之。"這是遠望所見,粗線條勾勒,歷歷在目。用圓潤流走的筆墨、精美整齊的語言爲我們展示了一幅春半之快閣美景。遠明樓"既潰於成,呼酒與二三詩友落之,開窗卷簾,江光月色,飛入几席。淒神寒骨,便覺貝闕珠宮,去人不遠"③。這段文字寫得極美,"江光月色,飛入几席",江上月光如此多情,似乎也想加入他們詩友席中,與姜夔《暗香》"竹外疏花,香冷入瑤席",異曲而同工。在《霽月樓記》中,先寫叔祖爲人求記於己,名之而未記之,發表名以"霽月"的道理:"余嘗觀詩家者流,多喜談霽月。余以爲萬象皆有新故,無新故者月也,故曰霽月焉。"然後插入回憶,描寫自己與友人齋宿於西湖南山之靜慈禪寺所見之霽月美景,"是夕雨作,松竹與荷葉終夜有聲,騷騷也。五鼓夙興,登壇將事,則天宇如水,月色如洗,殆不類人間有

---

① 楊萬里:《喚春園記》,《楊萬里集箋校》第 6 冊,中華書局 2007 年版,第 3119 頁。
② 歐陽發等述:《事迹》,《文忠集》附錄卷五,四庫全書本。
③ 楊萬里:《遠明樓記》,《楊萬里集箋校》第 6 冊,中華書局 2007 年版,第 3089 頁。

也”。雨打松竹，荷葉騷然，而五鼓雨停之月夜則“天宇如水，月色如洗”①。這種畫龍點睛般的美景點綴，提升了境界，淨化了思想，讓人心靈一片空明。又如《水月亭記》，作者并未看過友人劉彥純之水月亭，全憑筆尖騰躍，借題發揮，作者虛筆凌空揮灑，創造出一片空靈之意境。在贊美劉之高尚品德、敘述交友之後，通過回憶來描繪當年同學時的情景：

> 當予與彥純共學時，每清夜讀書倦甚，市無人迹，則相與登亭，掬池水，弄霜月，自以爲吾二人之樂，舉天下之樂何以易此樂也。雖有語之以今昔離索之悲，肯信不肯信也？今何地無水？何夕無月？而吾二人欲追求昔者登亭之樂，則既有不可復得之歎矣？抑不知吾二人復相從登斯亭，猶如昔者樂否也。②

在作者記憶的場景中，景美，情深，意長。情景交融，今昔對比，不能不感嘆至深。

最後一個特點是在記類文章末尾常常引用一些先秦典籍之語，或者名人名言來加強文章的表達效果。如在《嚴州聚山堂記》文末說：“予欣然曰：‘漢武帝不云乎：公等安在，何相見之晚也！’”來表達自己對美景相見恨晚的意思。在《隆興府重新府學記》的結尾引用《詩經》詩句“惟其有之，是以似之”，在《喚春園記》末尾則引用《左傳》“韓宣子曰：‘《周禮》盡在魯矣。’”在《遠明樓記》文末則引用王安石的詩句，在《委懷堂記》文末引用蘇軾的話，在《湖北檢法廳盡心堂記》引用退之、空桑的話，等等，不勝枚舉。

總之，楊萬里的記體文全面而深刻地反映出作家的人文追求和人文精神，取得較高成就。

---

① 楊萬里：《霽月樓記》，《楊萬里集箋校》第 6 冊，中華書局 2007 年版，第 3011 頁。
② 楊萬里：《水月亭記》，《楊萬里集箋校》第 6 冊，中華書局 2007 年版，第 3005 頁。

第三節　序跋書文

一　序文

楊萬里的序文亦大致有三類：詩文集序、贈序、字序。本書重點談談集序與贈序。楊萬里交友甚廣，享年較長，文名大著，所以很多文人、學者、官員的著作都請他作序，因而《誠齋集》保留了很多詩文集序。因所涉及的都是南宋名家，故而很多序文具有很高的歷史價值和藝術水準。這些序文大致涉及三個方面的內容。一是品評詩文。爲詩文集作序，就不可避免地要品評這些著作。這些著作有的是詩集，有的是文集，有的是學術著作，品評這些著作最能體現作者的藝術水準、鑒賞能力和學術視野。楊萬里很喜歡摘句評詩。如在《北窗集序》中說："公之詩祖山谷，記其誦所作，如《久霖》：'勸雷且臥鼓。'如《讀人詩卷》：'聲名藹作紫蘭馥，詩句清於黃菊秋。'若置之江西社，不知溫似越石乎？"① 楊萬里舉出《北窗集》中的詩句，並認爲鄒和仲的這些詩放在江西詩社中是分辨不出來的。在《頤庵詩集序》中評價劉應時之詩："偶披卷讀之，云'寂寞黃昏愁弔影，雲窗怕上短檠燈'，又'獨與梅花共過冬，淡月故移疎影去'，又'睡魔正與詩魔戰，窗外一聲婆餅焦'。又《早行》云'雞犬未鳴潮半落，草蟲聲在豆花村。'使晚唐諸子與半山老人見之，當一笑曰：'君處北海，吾處南海，不虞君之涉吾地也。何故？'"② 當然這個評價是否確當，值得商榷。四庫館臣就說："萬里序以王安石擬之。安石詩鎔鍊有餘，不及蘇、黃諸人吐言天拔而根柢深厚，氣象自殊，究非應時之所及，許之未免太過。所摘之句如'睡魔正與詩魔戰，窗外一聲婆餅焦'之類，頗涉粗獷，'獨與梅花共過冬，淡月故移疎影去'之類又頗近詩餘，亦不逮游序所舉之工。"③ 這說得比較合理。在《應齋雜著序》中評價應齋居士趙無咎的詩

---

① 楊萬里：《北窗集序》，《楊萬里集箋校》第 6 冊，中華書局 2007 年版，第 3359 頁。
② 楊萬里：《頤庵詩集序》，《楊萬里集箋校》第 6 冊，中華書局 2007 年版，第 3332 頁。
③ 《四庫全書總目》卷一六○，《頤庵居士集》條，中華書局 1965 年版。

文："其文大抵平淡夷易，不爲追琢，不立崖險，要歸於適用，而非窾非浮也。至其詩，皆感物而發，觸興而作，使古今百家、萬象景物皆不能役於我。"① 認爲趙善括之文平淡夷易，歸於適用；其詩是感物而發，觸興而作。《四庫提要》評論趙善括之詩文："善括所上諸劄率簡潔切當，得論事之要，如陳紛更之弊，糾賞罰之失皆深中時。"② 由此看來，楊萬里的評價是恰如其分的。

楊萬里評友朋之詩，固然喜歡摘句，然而這只是對他認爲寫得好的、有特色的作品才這麼做。對於寫得一般的詩作，則不會摘句，而是籠統地予以評價，這樣做主要是爲了應酬，礙於情面不得已而爲之。例如在《江西續派二曾居士詩集序》中，雖然作者記載了夏均父對二曾詩之評價"曾侯第一"、"五言類玄度"、"秀句無一塵"，然而，萬里沒有舉出其詩集中的任意一"秀句"，卻說"行天下五十年，每見士大夫，必問伯容父子詩，皆無能傳之者"，由此可見二曾詩的藝術水平不是很高，但礙於面子又不得不予以評價。他在讀到《二曾詩集》后，用精美的比喻句來評價："蔚乎若玉井之蓮敷月露之下也，沛乎若雪山之水瀉灎澒而東也，琅乎若岐山之鳳鳴梧竹之風也。望山谷之宮庭，蓋排闥而入，歷階而升者歟。"③ 這種空洞浮泛的溢美之詞，只有應酬時才會寫的。

二是探討文學問題。在《黃御史集序》中，探討了唐代詩歌創作的一些問題。他爲唐代黃滔的詩集作序，由此而探討"詩至唐而盛，至晚唐而工"的原因："蓋當時以此設科而取士，士皆爭竭其心思而爲之，故其工，後無及焉。時之所尚，而患無其才者，非也。詩非文比也，必詩人爲之。如攻玉者，必得玉工焉，使攻金之工代之琢，則窳矣。而或者挾其深博之學，雄雋之文，於是雰括其偉辭以爲詩，五七其句讀，而平上其音節，夫豈非詩哉？至於晚唐之詩，則癏而誹之曰：'鍛鍊之工，不如流出之自然也，誰敢違之乎？'"④ 這裡表達了三個觀點：設科取士造成唐詩之盛之工；

---

① 楊萬里：《應齋雜著序》，《楊萬里集箋校》第 6 冊，中華書局 2007 年版，第 3339 頁。
② 《四庫全書總目》卷一六〇，《應齋雜著》條，中華書局 1965 年版。
③ 楊萬里：《江西續派二曾居士詩集序》，《楊萬里集箋校》第 6 冊，中華書局 2007 年版，第 3344 頁。
④ 楊萬里：《黃御史集序》，《楊萬里集箋校》第 6 冊，中華書局 2007 年版，第 3209 頁。

不反對以才學爲詩；批評"鍛鍊之工，不如流出之自然"的看法。關於唐
人工詩的問題，在《周子益訓蒙省題詩序》中亦有所闡述。

在《江西宗派詩序》中，提出自己的"味"論的詩學觀點。在這篇文
章中所談到的"味"并不是此前人們所談的"滋味"、"韻味"，而是指與
"形似"相對的"風味"："以味不以形也"、"舍風味而論形似"。然後用
"風味"來論文學史上的大作家李、杜、蘇、黃："四家者流，一其形，二
其味，二其味，一其法者也"，"今夫四家者流，蘇似李，黃似杜。李、蘇
之詩，子列子之御風也；杜、黃之詩，靈均之乘桂舟駕玉車也。無待者神
於詩者歟？有待而未嘗有待者，聖於詩者歟？嗟乎！離神與聖，李蘇李蘇
乎爾，杜黃杜黃乎爾，合神與聖，李蘇不杜黃，杜黃不李蘇乎？"楊萬里
認爲，李、蘇之相似，杜、黃之相似皆在風味。而李、蘇與杜、黃詩歌之
區別又在於風味之不同，不同的風味在於李、蘇是"無待者神於詩者"，
杜、黃是"有待而未嘗有待者，聖於詩者"①。應該說，這種以風味來劃
分，與現在的文學史著作將李、杜分別作爲浪漫主義和現實主義的代表相
比，自有其合理性。由於這篇序寫得非常好，當時就流傳很快，周必大曾
說"詩派序已傳，都下爲之紙貴"②。

在《雙桂老人詩集後序》中，評論了馮子長詩歌的特點："讀雙桂老
人馮子長詩，其情麗，奔絶處已優入江西宗派。至於慘澹深長，則浸淫乎
唐人矣。"認爲馮子長之詩優入江西宗派，又兼具唐人意味。從而由此來
探討了江西詩派與唐詩的關係："近世此道之盛者，莫盛於江西。然知有
江西者，不知有唐人。或者左唐人以右江西，是不惟不知唐人，亦不可謂
知江西者。雖然，不知唐人猶知江西，江西之道亦復莫之知焉，是可歎
也。"③誠齋認爲，近日江西詩大盛，因此很多人只知道有江西詩體，不知
道還有唐詩。那些貶低唐詩而崇仰江西宗派的人不僅不懂唐詩，也不懂得
江西詩。

① 楊萬里：《江西宗派詩序》，《楊萬里集箋校》第 6 冊，中華書局 2007 年版，第 3230 頁。
② 周必大：《楊廷秀寶學劄子》，《全宋文》第 229 冊，上海辭書出版社、安徽教育出版社
2006 年版，第 362 頁。
③ 楊萬里：《雙桂老人詩集後序》，《楊萬里集箋校》第 6 冊，中華書局 2007 年版，第 3206 頁。

　　楊萬里自己就是詩歌大家，他的詩歌創作在文學史上一直是學術熱點。他撰有很多集子，"一官一集"，所以他爲自己的詩集寫了《江湖集序》《荆溪集序》《西歸集序》《南海詩集序》《朝天集序》《江西道院集序》《朝天續集序》《江東集序》等九篇序文。在這些序裡，除了介紹了這些詩的創作、結集經過，更重要的是記錄了自己詩風變化的歷程，是研究誠齋詩歌的重要資料。這些詩序中，最重要的是《誠齋荆溪集序》，作者詳細介紹了自己學時的經過："予之詩，始學江西諸君子，既又學后山五字律，既又學半山老人七字絶句，晚乃學絶句於唐人。"但他發現自己這種學詩的結果是"學之愈力，作之愈寡"。後來有一天，公事之餘，"忽若有悟"，"於是辭謝唐人，及王、陳、江西諸君子皆不敢學，而後欣如也。試令兒輩操筆，予口占數首，則瀏瀏焉，無復前日之軋軋矣。自此每過午，吏散庭空，即攜一便面，步後園，登古城，採擷杞菊，攀翻花竹。萬象畢來獻予詩材。蓋麾之不去，前者未讎而後者已迫，渙然未覺作詩之難也，蓋詩人之病去體將有日矣。方是時，不惟未覺作詩之難，亦未覺作州之難也"盡情地描繪自己衝出江西藩籬，進入悟后之境界，結果"萬象畢來獻予詩材"①，再也不覺作詩之窘迫。

　　三是感嘆文人遭際。在宋代文士的社會地位相對要高些，但真正通過科舉考試進入社會的上層終究是少數，因此，大多數文人學子是窮困潦倒，落魄不堪。作者往往由此而探討詩人之遭際與其詩歌創作的關係。對"詩能窮人"不禁發出慨嘆，對詩人之詩"窮而後工"又表示欣喜，對能夠坦然面對詩人之窮與詩歌之工的矛盾的詩人尤表贊嘆。友人施少才，"工於古文"②，"槁乎其無文"而又"腴乎其有文"，然而卻窮而不遇。在《施少才蓬戶甲稿後序》中，爲其感嘆："吾不以悲夫施子之窮，而以悲夫窮施子者也。斯人也，有斯文也。有斯詩也，而有斯窮也。非夫窮施子者之爲悲，而誰爲吾以悲之？"③斯人也而有斯文，有斯文也而有斯窮，這不

---

① 楊萬里：《誠齋荆溪集序》，《楊萬里集箋校》第 6 冊，中華書局 2007 年版，第 3260 頁。
② 楊萬里：《淳熙薦士録》，《楊萬里集箋校》第 6 冊，中華書局 2007 年版，第 4331 頁。
③ 楊萬里：《施少才蓬戶甲稿後序》，《楊萬里集箋校》第 6 冊，中華書局 2007 年版，第 3165 頁。

能不讓作者感到悲哀。作者慨嘆詩人之窮，更嘆讓施少才窮的社會。同樣，鄉人孫正之，文章寫得很好，"其文雅而肆，工而不琱。多至百千言，寡至數語，皆切於理，不迂於事。適於用，不惟其辭。讀之沛然，若決九川趾四海，有不可禦之勢。徐而察之，無一辭半語越準繩，踰律令者"。文雖好，而遭遇悲慘。作者悲其不遇，嘆其早逝："既喜其文，復悲其人不幸而未有逢也。未有逢可也，未有逢，而少假之年，猶可歟？既無逢於人，復無逢於天，予是以重悲之。後之覽斯文者，必有與予同其悲者矣，必有悲之甚於予者矣。雖然，同歸於盡，物之究也。使正之富貴壽考，得志於一世，其究不歸於盡哉？彼皆歸於盡，此獨有不盡者，予又何悲焉？"① 孫正之既不逢於人，亦不逢於天。然而萬物皆同歸於盡，而正之有美文傳於世，亦有何悲。

四是描繪士人形象。張鎡，出身华贵，是循王张俊之曾孫，號"約齋子"，"有能詩聲"，作者很仰慕他，但因爲他是一位貴公子，不敢貿然去拜訪。但是在訪陸游時，不期而遇張鎡，這才發現眼前的張鎡與想象中不同："則深目顴黶，寒眉矓瞍，坐於一草堂之下，而其意若在巖壑雲月之外者。蓋非貴公子也，始恨識之之晚。"② 通過萬里的描繪，我仿佛看見了那個相貌清癯、深目顴黶的清雅文士的形象。在《似剡老人正論序》中誠齋爲我們展示了其同學李與賢的形象："吾友安福李與賢，自紹興丁卯與予同學於清純先生之門。是時，予少與賢十歲。與賢長身玉立，大冠如箕。喜滑稽，善談笑。予每閉齋房呻藁簡，劌心斲肺於文字間，若癡若迷，若懜若病，無以自拔此身於蠹魚螢火之林。與賢剝啄竹户，一見則抵掌絶倒，如見何平叔、衛叔寶。予幽憂眵昏之病，不知釋然去體也。"③ 與賢長身如玉，大冠如箕，而其善談與滑稽給苦讀的萬里帶來輕鬆，疲憊與幽昏，釋然去體。

作者描繪文士生活往往三言兩語，幾筆勾勒，即能傳神，如寫趙無

---

① 楊萬里：《定齋居士孫正之文集序》，《楊萬里集箋校》第 6 冊，中華書局 2007 年版，第 3307 頁。

② 楊萬里：《越齋南湖集序》，《楊萬里集箋校》第 6 冊，中華書局 2007 年版，第 3251 頁。

③ 楊萬里：《似剡老人正論序》，《楊萬里集箋校》第 6 冊，中華書局 2007 年版，第 3226 頁。

咎："是時方高臥南州。狎東湖之鷗，弄西山之雲，遠追徐孺，近訪山谷。賦詩把酒，與一世相忘。"寥寥幾筆，爲我們留下了一個隱居巖穴，不求聞達的士子形象。與萬里齊名的"中興四大詩人"之一范成大，是其贊賞的友人："風神英邁，意氣傾倒，拔新領異之談，登峰造極之理，蕭然如晉、宋間人物。他人戛戛吃吃而不能出諸口者，公曠呻噫欠之間，猝然談笑而道之。"

　　贈序是臨別贈言，因而所談到的內容，因人而異，但主要目的不外乎是贊美、鼓勵、勸勉、教育、開導對方，或直接發表自己的一些觀點看法與之共勉。友人王才臣"將試于有司"，參加秋試。萬里跟他談起參加科舉的目的。"生之是行，志於得科目而已也，將其志不止於得科目而已耶？志於得科目而已也，則生之挾時之悅，生之鬻時之售有餘也，科目足道哉？其志將不止於得科目而已也，則予欲不言，得而不言耶？上之不置乎士，士之不遴乎上。生以爲何等事耶？靜則道，動則功，出處語默，世則儀之。天地人物，身則福之。是之爲也，場屋之文夸以價驚，麗以媒欣，抑末矣。是之爲也"，"古之人不介不達，不摯不見。場屋之文，其士之介與摯也歟？""士之愚良，繫不繫於場屋之文哉"萬里告訴才臣，參加科舉考試不能只"志於得科目而已"，不能把它作爲進入仕途的敲門磚，要爲國家效力，"上之不置乎士，士之不遴乎上"，要成爲士人之榜樣，"靜則道，動則功，出處語默，世則儀之"①，士之良愚并不繫於場屋之文。在《送郭才舉序》中，由郭才舉精於制器，而聯想到精於求堯、舜、禹、湯、文、武、周公、孔子之學。作者還有三篇贈序贈送的對象是醫生，所以必然要寫到醫術，然後由醫術推及社會人事的問題。《送侯世昭序》是寫一位醫術高明的醫生，他世代爲醫，藝術奇特，"於醫無所不工，而良於奇疾。眾醫所驚者，世昭一見即曰：'是名某疾。'一發藥無不愈，至於鍼鏃刀匕，危道也。世昭曰：'不犯至危，勿求至安，在審不審爾。'"誠齋聽了很有感觸。由此想到，天下事當審明其情，然後決定如何處置，即使是行危道，亦不妨用之。世昭還有一套理論："今之醫，不讀古醫家之書而言醫，殆如子之儒廢書而求道者也。"可作者又聽說世昭治病常"不藥不鍼而愈之以一驚"，誠齋疑惑，不知徵於何書，而世昭的回答令其意外，"吾以意也，不廢書又不可歟?"廢不廢書，全在運用之妙。作者佩服其醫術之高妙，問其醫術是不是"子之功，如古之十全者乎?"而世昭告訴他，他有三不醫，"疾不可爲，聽於主而不吾聽，既吾聽而復以庸醫參焉者"。於是作者深有感嘆："其一可以爲未病者之儆，其二可以爲不擇醫而醫，與得醫而不用者之規。①"

楊萬里的序文内容豐富，見解深刻，感情深厚，擅長議論，不少序文還有情理交融的特點。

二　題跋文

楊萬里的題跋一共三卷71篇，數量在南宋不算多。但是楊萬里的題跋藝術水平很高，乃少而精者也。

題跋載體往往跟著名的士人有關係，如《跋劉原父制詞草》《跋東坡小楷心經》等，因此就會觸物生情，由此產生很多感慨，有的讚美人格精神，表達仰慕之意，如《跋陸宣公集古方》：

陸宣公之貶也，杜門集古方書而已。或曰："避謗者歟?"或曰："窮而不怨也。"楊子曰："宣公之心，利天下而已矣。其用也，則醫之以奏議；其不用也，則醫之以方書。有用有不用者，宣公之身也。宣公之心，亦有用有不用乎哉?"②

陸贄被貶則杜門集古方爲民治病，在朝則用奏議治理天下，一句話，"宣公之心，利天下而已矣"，極力讚美陸贄積極入世、以天下爲己任的精神。又如《跋張忠獻公劉和州三帖》是讚美張浚心愛社稷、愛惜人材、學問深厚。

有的借此批判世風，如《跋山谷小楷書陸機文賦帖》以黃庭堅爲人書寫《文賦》不用檢書，批判今之士子讀書不多、視筆書記誦爲學之末的風氣。《跋王才臣史論》借王才臣文才高而困於場屋，來批判科舉制度精於

---

① 楊萬里：《送侯世昭序》，《楊萬里集箋校》第 6 冊，中華書局 2007 年版，第 3190 頁。
② 楊萬里：《跋陸宣公集古方》，《楊萬里集箋校》第 7 冊，中華書局 2007 年版，第 3764 頁。

擇士而粗於擇有司的弊端。

　　還有表達對貧窮士子同情的，如《跋劉彦純送曾克俊作室序》，先寫
克俊居住之地環境優美，自己甚愛其幽勝，可是又往往不及坐而離去，因
爲"克俊之幽境能悦人，未若克俊之破屋能逐人也"。接着寫克俊之破屋，
左撐之柱因前日晨炊不熟，拿來當柴燒了，右撐之柱因疇昔之雪夜無火，
拿來取暖了。幸運的是"入冬不風"，可是隨後接着是春風勃興，破屋就
危險了。克俊的行爲讓人忍俊不禁，又爲之感到無奈，真是笑中有淚，最
後呼籲仁人君子憐憫克俊，助其造屋。

　　楊萬里題跋寫得最精彩的是對於畫作的題跋，楊萬里善於描繪一種身
臨其境的審美感覺，以展示畫的藝術魅力，往往讓人感覺如在畫中，或者
忘記是在欣賞畫。如《曾無逸百帆圖》：

　　　　千山去未已，一江追之。予觀百餘舟出沒於風濤縹緲、雲烟有無
　　之間，前者不徐，後者不居，何其勞也？而一二漁舟，往來其間，獨
　　幽然若無見者，彼何人也耶？①

這篇題跋若是沒有題目，我們決不會知道作者是在欣賞一幅百帆圖。尤其
是起筆"千山去未已，一江追之"，一下子將自己置身畫中，好像就是站
在江邊實地欣賞江中千帆競發之美景。前半粗線條勾勒，後半將視點集中
在其中的一二漁舟，在千帆競發之中，他們"幽然若無見"之態，讓作者
產生好奇：這些是什麼人呀？這麼一問使得這篇題跋極富情趣，反襯出此
畫之藝術效果。又如《跋李成山水》：

　　　　余葺茅棟，而工徒病雨擾擾，未肯畢也。今日偶小霽，鳴鳥之聲
　　樂。友王才臣偶攜李成山水一軸，未展卷，烟雨勃興，庭户晦冥，吾
　　廬何日可了耶？②

---

① 楊萬里：《題曾無逸百帆圖》，《楊萬里集箋校》第 7 册，中華書局 2007 年版，第 3759 頁。
② 楊萬里：《跋李成山水》，《楊萬里集箋校》第 7 册，中華書局 2007 年版，第 3765 頁。

本來自己修房子受雨天影響，一直未能完工，而李成山水畫讓人產生"烟雨勃興，庭戶晦冥"的審美效果，竟讓作者擔憂起自己的房子何時才能修好。將真實的天氣與繪畫的審美效果相聯繫，虛實結合，構思非常新穎，誇張而不失真。這與蘇軾《書蒲永昇畫后》有着異曲同工之妙："嘗與予臨壽寧院水，作二十四幅，每夏日掛之高堂素壁。即陰風襲人，毛髮爲立。"其他的如《跋趙大年小景》《跋浯溪曉月錢塘晚潮一軸》都寫得物我兩忘，產生一種類似於"莊周夢蝶"的藝術審美效果。

總的來說楊萬里的題跋題材廣泛，感情豐富，形式靈活，語言精美，意蘊悠長，含蓄不盡。與周必大、陸游、朱熹等人的題跋相比，楊萬里的題跋主要是以趣味勝，文以寓趣，實爲題跋之精品。

三　書信文

楊萬里的書信大致可以分爲三類：一類是書疏，是上奏給帝王的，已將這一類放在前面奏疏一起討論；一類是上書，大多是謁見長輩或朝廷要員時的書信；一類是朋友之間往來的書信、短簡，這類數量很多。上書一類的書信不多，其對象是張浚、虞允文、陳俊卿、張子韶、鄭聞等。這些上書大多是爲求得對方一見，或期望其伸出援引之手。根據不同的對象所處的不同的地位、境遇，在信中探討的問題亦有所不同。如《上張丞相書》是寫於張浚謫居永州，閉門謝客之時，所以在這封書信裏，所談的則是"遇"與"不遇"的問題，提出"聖賢君子之所以爲聖賢君子者，惟安於天，故極於天。極於天，故遇於天"[1]，而《見陳應求樞密書》則是寫於陳俊卿任同知樞密院事時，主要是闡述自己求見對方的原因。總之，上書的内容因人而異。

而與一般朋友的書信和短簡則數量更多，内容也更爲豐富。有的是讚美對方的人格气节、政績聲望、文學創作、學术成就的。如《答袁機仲寄示易解書》讚美袁樞《易傳解義》的學術成就，"五編一紙之作，探天造之機緘，發聖門之管鑰，皆先儒之所未覬，後學之所未聞"，"淵哉，子袁

---

① 楊萬里：《上張丞相書》，《楊萬里集箋校》第 5 冊，中華書局 2007 年版，第 2717 頁。

子之言乎！切哉，子袁子之言乎！引天下後世之學者，自葉而根，自支而源者，必此之言乎"①。《答贛州張舍人》則是評價對方文學創作的：

> 《思賢》新記，《儒榮》古詩，聯翩而来，珠流璧合。七言雄偉，讀之慨然起封狼居胥之意。古文雅健，覽者宛然逼真柳《愚溪》之作。崆峒曉日之光，章貢秋風之清，忽下照藜藿之門，吹盡冠中之埃也。至棠蔭丹筆之語，尤足破陰陽家流之邪詞，解鬼神應泣之大惑，有功於後學，丕變於流俗不少矣。②

有的是描繪自己的生活，展示自己的情懷的。如《答沈子壽書》：

> 未幾，某以臂痛，謝病免歸。如病鶴出籠，脫兔投林，此意此味，告之野人，野人笑而不答，告之此心，此心受而不辭。自此惟山不深，林不密之爲恨。山深而林密予何恨哉？猶有恨者，不蚤焉耳。蚤非所恨也，自此幽屏遂與世絕，上之不敢以無用之姓名入於修門，下之不敢以無滋之書問至於通貴。惟是平生方外之交，一世詩文之友，遺於心而不去，去於心而復來，此一事獨擾擾焉於吾心。萬事俱遣，一事猶在。雖與世絕，有未絕者，是亦心之一病也、臂病無藥可療，心又病焉，何藥可療哉？③

一方面展現自己遠離官場，棲息林下，幽屏遂與世絕的山林之樂；一方面寫自己對於一世之詩友不能忘懷之"病"，顯示兩人之間的深厚友誼。

有的是與朋友探討社會、人生問題。如《與胡澹庵書》闡述了自己爲政的經驗：

---

① 楊萬里：《答袁機仲寄示易解書》，《楊萬里集箋校》第 6 冊，中華書局 2007 年版，第 2869 頁。

② 楊萬里：《答贛州張舍人》，《楊萬里集箋校》第 8 冊，中華書局 2007 年版，第 4206 頁。

③ 楊萬里：《答沈子壽書》，《楊萬里集箋校》第 6 冊，中華書局 2007 年版，第 2819 頁。

始至之日，深念爲邑者，生平之所病，欲試行其所學，而有所未敢信；欲效世之健吏，而又有所必不能。二者交於心而莫知所定，卒置其所必不能者，而守其所未可信者。於是治民以不治，理財以不理。非不治民也，以治民者治其身也；非不理財也，以理財者理其政也。其身治者，其民從；其政理者，其財給。某雖不佞，行之期月，亦庶幾焉。用此知天下無不可爲之事也。士大夫見一邑而畏之，則大於一邑者何如也？畏事生於不更事，更事則不畏事矣。然作邑有可畏者，重爲任而罰不勝，遠其途而誅不至，此其可畏也。以作邑者之心，爲作州者之心，則何畏之有？而今則不然也。敢私布之先生或造膝所陳，儻可及此乎？①

這裡提出了一條治理政事的重要原則："治民以不治，理財以不理。非不治民也，以治民者治其身也；非不理財也，以理財者理其政也。其身治者，其民從；其政理者，其財給。"

有的是闡述文學思想、觀點，探討文學問題的。如《答盧誼伯書》說"詩固有以俗爲雅，然亦須曾經前輩取鎔，乃可因承爾。如李之'耐可'，杜之'遮莫'，唐人之'裏許'、'若箇'之類是也"②。羅大經對於"以俗爲雅"必須"曾經前輩鎔化"這一觀點表示贊同，並認爲"楊誠齋多效此体，亦自痛快可喜"③。又如《答建康府大軍監門徐達書》寫道："大抵詩之作也，興上也，賦次之，賡和不得已也。我初無意於作是詩，而是物是事適然觸乎我，我之意亦適然感乎是物。是事觸先焉，感隨焉，而是詩出焉，我何與哉？天也，斯之謂興。"④反對賡和作詩，主張自然感發的理念。

楊萬里的書信不僅數量多，內容豐富，而且藝術水平很高。張世南就傾倒於誠齋小簡，"世南頃在瑞安董宰焴書室中，見其所錄誠齋先生與周

---

① 楊萬里：《與胡澹庵書》，《楊萬里集箋校》第 6 冊，中華書局 2007 年版，第 2779 頁。
② 楊萬里：《答盧誼伯書》，《楊萬里集箋校》第 6 冊，中華書局 2007 年版，第 2803 頁。
③ 《鶴林玉露》丙編卷三，中華書局 1983 年版，第 285 頁。
④ 楊萬里：《答建康府大軍監門徐達書》，《楊萬里集箋校》第 6 冊，中華書局 2007 年版，第 2841 頁。

益公小簡，心竊愛之。讀數過，輒能成誦，今二十年矣。追思尚記首尾，其間必有脫誤處。……又嘗記其答益公惠鳩兔橘酒小束……觀此足見善於體物者也。"①

　　誠齋書信第一個特點是語言擅長誇飾，這是由於綜合運用多種修辭手法和表達手法造成的藝術效果。這些手法中，最常用的有誇張、比喻、排比、用典、駢偶、反復、對比、駢散結合、層層推進、反襯等。現以《與建康帥丘宗卿侍郎書》爲例來看看作者是如何讚美對方的：

　　　　某則老矣，今犬馬之齒七十有八矣。自六十有六病而棄其官，已而致其仕矣。朝與樵夫乎拾薪，夕與漁父乎叉魚。尚何爲哉？尚何爲哉？而執事剖麟符，擁茸纛，統貔虎百萬之師，當金湯一面之寄。其不輕而重也，焞焞矣。然薦紳先生之論咸曰：以執事廣大精微之學，雄深雅健之詞，經綸匡濟之才，忠孝文武之望，上焉者置之鳳池、雞林，則必唐虞乎斯世；次焉者置之廣廈細旃，則必堯舜乎吾君；又次焉者置之鑾坡玉署，則必灝灝乎斯文。詭之外庸，則爲斲大木而小之。某曰不然。不久幽者不速晣，不小湮者不大決。執事韜龍文黳豹章，巖登川臨，月琢風追，超然物表，悠然事外者十年矣。時有求於執事。非執事有求於時也。開壽域，轉鴻鈞，不在茲乎？不在茲乎？道之將行也歟，小人猶有望焉。不寧惟小人而已，欽夫、伯恭猶有望焉。不寧惟欽夫、伯恭而已，仲尼、子輿猶有望焉。②

　　首先將自己與對方進行對比：自己年老致仕，終日拾薪叉魚，感歎已無所爲了，而對方則"當金湯一面之寄"，舉足輕重。接着盡情描繪對方的才能：通過縉紳先生之口，先用四個排比句展示其學、詞、才、望等四個方面的才能，再用三個排比句說明其無論處於什麼地位，均能作出巨大的成績來。然後自己提出不同的看法，先是用兩個雙重否定對偶句、四個四字

　　① 張世南：《游宦紀聞》，中華書局 1980 年版，第 26 頁。
　　② 楊萬里：《與建康帥丘宗卿侍郎書》，《楊萬里集箋校》第 6 冊，中華書局 2007 年版，第 2902 頁。

句說明他已經 "悠然事外者十年矣"。再用對偶與反復句子 "開壽域，轉
鴻鈞，不在兹乎? 不在兹乎" 來說明他將會大展鴻圖。最後通過層層推進
的句式來突顯人們對他寄予希望，希望他行大道，成大業。楊萬里就是這
樣運用各種表現方式和修辭手段形成一種極度誇飾的藝術效果。

第二個特色是詼諧幽默，這是他性格的外化，與其詩歌特有的 "誠齋
體" 是異體而同工。我們知道，"誠齋體" 的一個突出特點就是幽默詼諧。
誠齋幽默的性格特點同樣在書信中得到充分展示。如《答陸務觀郎中書》:

> 偶一二士友相訪野酌，吹燈登書，乃推僕以爲主盟文墨之司命，
> 則抵掌大笑。其一人曰: "譎哉放翁! 既妒之，又推之，一何反也!
> 是可笑也。" 其一人曰: "謙哉放翁! 何可笑也?" 古者文人相輕，今
> 不相輕而妒焉推焉。曰妒云者，戲詞也。讀者推之，至推者謙之，至
> 舍己主盟司命，不已謙乎? 之二人者，蓋皆墮放翁計中，益可笑也。
> 大抵文人之姦雄，例作此狡獪事。韓之推柳是己。韓推之，柳辭之。
> 辭之者，伐之也。然相推以成其名，相伐以附其名，千載之下，韓至
> 焉，柳次焉，言文者舉歸焉。僕何足以語此? 雖然，亦豈不解此柳謂
> 韓之言不足信，若放翁之幣重言甘，僕敢信之乎? 有揜耳而走，退舍
> 而避耳。信與不信，辭與不辭，之二人者知之乎?[1]

放翁推誠齋主盟文壇，誠齋的兩個朋友一個說放翁詭譎，既妒之又推之，
"是可笑也"，一個說是謙虛，有什麼可笑。楊萬里說，這兩個人都中了放
翁的詭計，更加可笑。因爲 "大抵文人之姦雄，例作此狡獪事"，韓、柳
就是這樣，他們 "相推以成其名，相伐以附其名"，最後 "言文者舉歸
焉"。雖然如此，但是放翁之言不足信，我只有 "有揜耳而走，退舍而避
耳"。誠齋的解釋，形象生動，詼諧幽默。除了語言本身幽默風趣之外，
他還善於設置幽默的比喻，發人一笑。如《答福帥張子儀尚書書》:

---

[1] 楊萬里:《答陸務觀郎中書》，《楊萬里集箋校》第 6 冊，中華書局 2007 年版，第 2865 頁。

執事又云："某雖不能作文，至於見他人之所作，亦粗能識之"。昔曹孟德、袁本初同爲游俠。二人嘗抽刃夜劫人之新婦，而本初失道墜枳棘中。孟德大呼云："偷兒在此。"本初一擲而得出。是時主人知棘中爲偷兒，而不知呼偷兒者，亦偷兒也。執事不能作柳子何以呼柳子？[①]

張子儀說楊萬里《答徐達書》，酷似劉子。又接着又說他自己"雖不能作文，至於見他人之所作，亦粗能識之"。楊萬里則舉出曹操和袁紹的故事來譬喻，真是既形象又貼切，極爲風趣，令人解頤。又如《答周子充內翰書》：

屬因施子寄近作之詩文一卷，而責其報某也。與施子布衣交，且均貧且賤焉。既不可無報，且不容但已，則亦抄一二詩以塞焉而已矣。蓋霜夜之蛩，相遭於草根後栖之禽，骨命於風枝，則唧唧互歎，啾啾交訴，其理然也。而朝陽鳴鳳，覽於千仞之表，俯而視曰："之二蟲獨相語而鄙我也。"不亦左乎？儻不以岐山之妙音，而賤唧唧之寒聲，而欲聽焉，而或悅焉，則亦將奏而聒焉，政恐鳳聞之而愁思焉。則二蟲者，未足以起鳳之悅，而適足以爲鳳之悲爾，鳳亦奚樂於此乎哉？[②]

周必大要看誠齋和施少才的詩文，誠齋則設了一段頗似寓言的譬喻，將己與施的酬唱比作寒蛩霜夜草根之淒鳴，不過是"唧唧互歎，啾啾交鳴訴"，把周必大比作鳳鳥。寒蛩之鳴，不足以讓周必大這只鳳鳥感到愉悅。這段譬喻，同樣是生動幽默，讓人莞爾。

---

① 楊萬里：《答福帥張子儀尚書書》，《楊萬里集箋校》第 6 冊，中華書局 2007 年版，第 2839 頁。

② 楊萬里：《答周子充內翰書》，《楊萬里集箋校》第 6 冊，中華書局 2007 年版，第 2796 頁。

第四節　碑傳文

　　楊萬里撰有一些傳記和行狀，因與碑誌同屬記敘文類，爲方便起見，這裡就把傳狀與碑誌文放在一起探討，統稱碑傳文。徐師曾《文體辨明序說》云："按字書云：'傳者傳也，紀載事蹟以傳後世。'自漢司馬遷作《史記》，創爲'列傳'以紀一人之始終，而後世史家卒莫能易。嗣是山林里巷；或有隱德而弗彰，或有細人而可法，則皆爲之作傳以傳其事，寓其意；而馳騁文墨者，間以滑稽之術雜焉，皆傳體也。"① 狀是指行狀，主要是記載死者的姓氏籍貫、世系身世、生卒年月、一生行事。曾棗莊先生說"行狀始於漢，到魏晉南北朝時期成爲獨立文體，從宋代起行狀出現了很多長篇行狀"②。《文心雕龍》云："狀者，貌也。體貌本原，取其事實，先賢表諡，並有行狀，狀之大者也。"③ 李翱認爲撰寫行狀目的在於"勸善懲惡，正言直筆，紀聖朝功德，述忠臣賢士事業，載奸臣佞人醜行，以傳無窮"④。吳訥認爲"行狀者，門生故舊狀死者行業，上於史官，或求銘誌於作者之辭也"⑤，吳訥的說法更符合後來行狀的實際情況。綜上所述，行狀的寫作目的大致有三點：備史官錄用，希望修史時爲死者作傳；向朝廷報告，爲死者請求諡號；爲死者寫墓碑之文提供素材。從藝術上講，行狀一般都寫得冗長，且質木無文，不寫死者生活情趣、思想感情，故而文學價值不大。行狀貴真實，陸九淵說："行狀貶剝讚歎人，須要有道。"⑥ 但實際情況是，行狀的撰寫因爲美化死者而失之於真實。誠齋對傳狀碑誌文有深刻的認識，"大抵作者豐，述者約。非好約而惡豐也，每事載之豐，將不勝其載也"⑦。另外，楊萬里對於傳狀碑誌文的撰寫，態度極

　① 徐師曾撰，羅根澤點校：《文體明辨序說》，人民文學出版社 1962 年版，第 153 頁。
　② 曾棗莊：《宋文通論》，上海人民出版社 2009 年版，第 968 頁。
　③ 《文心雕龍·書記》，人民文學出版社 1962 年版，第 455 頁。
　④ 李翱：《百官行狀奏》，《李文公集》卷一〇，四庫全書本。
　⑤ 吳訥撰，於北山校點：《文章辨體序說》，人民文學出版社 1962 年版，第 50 頁。
　⑥ 陸九淵：《語錄下》，《陸九淵集》卷三五，中華書局 1980 年版，第 450 頁。
　⑦ 楊萬里：《答胡季解書》，《楊萬里集箋校》第 6 冊，中華書局 2007 年版，第 2816 頁。

爲嚴肅，既不爲賺取潤筆而大肆美化死者，亦不因與死者關係好而聽從死者家屬過分的要求。雖是應酬文字，卻皆是殫精竭思之作，從不敷衍應酬，拒絕"三日一石五日一水"式的速寫，他曾有一段文字自敘其撰寫此類文章的態度：

> 第某才鈍思遲，少紆其期，僅能屬稿。若責以七步三步而成，刻燭擊鉢而就，雖臨之以亡酒之軍法，迫之以泣釜之死刑，亦終不能也。如陳應求丞相之銘，其子郎中守四年乃來取，如權樞密之銘，其孫太卿安節，五年乃來取。權卿今造朝可問，而知非敢紿也。至如虞彬父、王季海、京仲遠三相之銘，皆一年後乃來取。最近者如余處恭丞相，去夏襄事畢，送行狀來。今垂一年，而尚未來取也。而台座賜大兒長孺書，乃有"速爲下筆"之語。某敬讀至此，汗不敢出。此與程督里胥，不報期會之爰書，有以異乎所？……行狀、奏議敬以歸納，可別選才敏思湧者，而往役焉。①

正是拒絕"速爲下筆"的要求，精心構思，故而其所撰之傳狀碑誌文大多比較好，與周必大、樓鑰等人之作相比，要簡潔得多。

一　碑傳文的内容

楊萬里共撰有八篇傳記：《張魏公傳》《張左司傳》《李侍郎傳》《劉國禮傳》《李台州传》《蔣彥回傳》《豆盧子柔傳》和《敬侏儒傳》。其中前六篇是現實生活中的人物，後兩篇是遊戲之作。其中《蔣彥回傳》這篇傳記寫法頗講究創作藝術。開頭一段記其與眾不同之處。他"少辭家入太學，既無遇於有司，則嘆曰：'士必富貴乃得志耶？'棄而歸，市書數千卷，閣以藏焉。築囿，植花木，葺亭榭，以讀書於其間"。一個不汲汲於富貴，日讀書於亭榭之間的士子的丰采展現在我們面前。接下來選取蔣彥回在黨禁之下救濟黃庭堅和鄒浩來表現他高尚的精神。黃庭堅屢遭迫害，而人不

---

① 楊萬里：《答戶部王少愚侍郎書》，《楊萬里集箋校》第 6 冊，中華書局 2007 年版，第 2899 頁。

敢與之接觸，唱和詩文亦毀弃。與之相反，"惟彦回日從之游，藏弃其文字詩畫二百餘紙"。山谷病革，托付後事與彦回，山谷卒，"爲買棺以斂，而以錢二十萬，具舟送歸雙井"，蔣彦回斥巨資送山谷靈柩歸鄉的行爲，實在是令人敬佩。鄒浩，字道鄉。《宋史卷·鄒浩傳》："蔡京用事，素忌浩，乃使其黨爲僞疏，言劉后殺卓氏而奪其子。遂再責衡州別駕，語在《獻愍太子傳》，尋竄昭州，五年始得歸。"① 這樣一個遭蔡京忌恨之人，彦回同樣與之游。後來鄒浩"復有昭州之命，留其家於太平寺後以居，乃行"，同樣是彦回周濟他們，"彦回實經紀之，同其患難而周其乏困"。作者直抒胸臆，深深感嘆："嗟夫，士窮乃見節義。"贊美彦回是"古之仁且賢者"。最後交代自己訪其家，通過其子之口描繪黃庭堅和鄒浩的精神面貌，並爲彦回文集遭大盜孔彦舟屠城之毀而嘆息。這篇傳敘事簡練，形象生動，語言優美，實在是不可多得的傳記。

《豆盧子柔傳》和《敬侏儒傳》都是遊戲之作，乃仿效韓愈《毛穎傳》。作者根據一點史實，加以豐富的想象，然後旁征博引，寫得很生動、形象。如達摩向武帝推薦豆盧子柔說："竊見外黃布衣豆盧鮒，絜白粹美，淡然於世味，有古太羹玄酒之風，惟陛下盍嘗試之。《詩》不云乎：'不素餐兮！'鮒有焉。時上方急邊功，曰：'焉用腐儒！'"所設語言非常切合武帝的身份，也符合豆腐形象。又如子柔不願與公羊高、魚豢爲伍，說："二子肉食者鄙，殆將污我。"豆盧子柔的清高與豆腐的潔白非常吻合。后來豆盧子柔遭二子讒言而失意，作者藉此傳來表達對文人士子節氣高尚者必遭忌的同情。同樣《敬侏儒傳》對短燈檠的描繪貼切生動，語言形象，感慨沉深。這兩篇傳旁徵博引，巧用史實，且善於把古代史書詩文語言巧妙剪輯，貼切而生動，奇寓深意，耐人尋味。

楊萬里還寫了八篇人物行狀。行狀屬傳記，主要記載死者的世系身份、姓氏籍貫、生卒年月以及一生行事。人物行狀一般都寫得很冗長，質木少文，很少涉及死者的思想感情、生活情趣，一般來說文學價值不高。它主要是爲寫墓誌銘提供材料，所以寫得很詳細。特別是著名的長壽政治

---

① 《宋史》卷三四五，中華書局 1977 年版，第 10955 頁。

人物的行狀，就更是漫無涯際。楊萬里所寫的八人是劉安世、胡銓、楊邦
乂、葉顒、劉德禮、張闡、彭漢老、趙像之。其中胡銓和葉顒的行狀較
長，胡銓的行狀約六千三百字，葉顒的將近七千字，這與朱熹撰寫的四萬
字張浚行狀相比，是很短了。楊萬里撰寫的行狀藝術水平比較高，更有歷
史價值，如《宋史》葉顒本傳主要是以誠齋所作的《宋故尚書左僕射贈少
保葉公行狀》爲依據。這裡重點談談胡銓的行狀。

　　胡銓主要是生活在高、孝兩朝，在高宗朝主要選取其反對秦檜和議，
作者錄下胡銓的《高宗戊午封事》這篇文章，因爲這是胡銓精神氣節的表
現，并選取胡銓遭貶謫時的精神風貌、言語行動以及其他人對待胡銓的態
度來豐富胡銓的形象。首先是御史中丞羅汝楫彈劾，使其除名貶於新州，
接着是王庭珪贈詩坐貶辰州，然後是新州太守張棣告胡銓訕謗君上，再謫
吉陽軍，而觀察使某上書乞代公行，不報。張棣派去押送胡銓的牙校游崇
在半途拔劍欲殺他，而胡銓"色不動"，並徐問游崇："逮書謂送某至吉陽
者賞，爾不愛賞乎？"游崇則是"笑而止"。在朱崖，有人說將來可能會再
貶時，家人痛哭，而胡銓正在著書，怡然自樂，他早已經生死置之度外。
在吉陽，他傳播文化知識，當地士子執經受業。文章詳細記載下這些人物
的行爲，是爲了說明胡銓的行爲得到大多數人的贊賞，也進一步地突出其
面對迫害，剛正不阿、無所畏懼、泰然處之的偉大人格。在海南聞母之
喪，胡銓"一慟幾絕，勺飲溢米，三日不歠，鬚髮盡白"，見者出涕，寫
盡其孝的一面。這里有動作描寫、神態描寫和細節描寫，將人物性格特徵
盡情展示出來。在孝宗朝，主要是記其積極參與朝廷之事，如建議遷都建
康，鼓勵孝宗"毋以小衄自沮"，希望孝宗"勿徼福於佛老之教"，諫言孝
宗要善於納諫，反對和議，鼓勵備戰，支持張浚抗金復仇，致仕時勸告孝
宗"規恢遠圖，任賢黜邪，理財訓病，撫官恤孤，然後布告中外，必報國
讎，以副太上之托"。這樣就全面地表現了胡銓忠君愛國、氣節高尚的偉
大精神。其中還穿插孝宗對他的贊賞，因爲在封建社會，帝王對臣子的賞
識，是臣子及其後代的莫大榮耀。最後從五個方面直接評價胡銓的道德、
氣節、文章。總之，這篇行狀主要是擇其大者，但也没忽略能表現人物精
神的細節，是一篇較好的人物傳記。

關於碑誌，姚鼐《古文辭類纂》云："碑誌類者，其體本於《詩》，歌功頌德，其用施於金石。周之時有石鼓刻文，秦刻石於巡狩所經過。漢人作碑文又加以序，序之體蓋秦刻琅琊具之矣。"① 徐師曾論述得更清楚，《文體明辨序說》說："按誌者記也，銘者名也。古人有德善功烈可名於世，歿則後人爲之鑄器以銘，而俾傳於無窮……至漢，杜子夏始勒文埋墓側，遂有墓誌，後人因之。"② 韓愈、歐陽修、王安石皆是撰寫碑誌文的高手。韓愈碑誌文常打破常規，創新出奇；歐公墓誌文則遵循"簡而有法"、"止於大節"的原則，文章簡潔而生動；王安石墓誌文則往往敘事中伏議論，筆力剛健，情致深長。碑誌乃慎終追遠之大事，"碑銘之作，以明示後昆"③，因此不可輕易委人，故往往挑選名氣大的文章大手筆爲之；而受人之托撰者亦不可草草應付，所以南宋的文章大家文集中多保留傳狀碑誌文，如周必大、朱熹、樓鑰等。下面來看看楊萬里的碑誌文。

楊萬里共撰有五篇神道碑、五篇墓表、六十七篇墓誌銘。一般來說，撰寫碑誌文都是應孝子孝孫之請，如其所言："予頃在太史，當世之孝子慈孫，不以予不能文，往往詭以銘，狀其先世鉅人長德之功行，用詔於後千年者。予欲拒，得而拒哉？"④ 礙於情面，常隱惡揚善，因而易掩蓋歷史之真相，此弊古已有之，"勒銘寡取信之實，刊石成虛僞之常，真假相蒙"⑤。而楊萬里能繼承歐陽修、王安石、蘇軾的優良傳統，堅持自己的原則，創作態度非常嚴肅。

楊萬里的碑誌文依據墓主身份大致可以分爲三類。第一類是官員，其中既有虞允文、謝諤、陳俊卿、王淮這些著名的重要政治人物，又有趙不獨、徐誼、吳松年等眾多的普通官員。第二類是普通的人士，大多是誠齋的親朋故友，也有受人之托而寫的。第三類是爲婦女而撰的墓誌銘。

官員的碑誌，一般都要寫其主要仕宦經歷、政治才能、道德情操等。如《虞公神道碑》寫了虞允文世系、生卒年、仕宦經歷、各項政績、諫

---

① 姚鼐纂集《古文辭類纂》碑誌類序，上海古籍出版社 1982 年版。
② 徐師曾撰，羅根澤點校：《文體明辨序說》，人民文學出版社 1962 年版，第 148 頁。
③ 沈約：《宋書》卷六四，裴松之本傳載《請禁私碑表》，中華書局 1974 年版，第 1698 頁。
④ 楊萬里：《夫人張氏墓誌銘》，《楊萬里集箋校》第 9 冊，中華書局 2007 年版，第 5067 頁。
⑤ 《宋書》卷六四，裴松之本傳載《請禁私碑表》，中華書局 1974 年版。

言、軍事才能等。其中作者詳細地講述了采石之戰。先寫采石形勢嚴峻及虞允文所採取的應對步驟：完顏亮次日將渡江，"號七十萬，馬倍之"，形勢如此嚴峻，而且敗軍勸虞允文不要成爲別人的替罪羊，然而他首先考慮的是國家安危。他對這些欲逃之將士，先曉之以利害："吾侍從臣，使虜濟江則國危，吾亦安避？今日之事，有進無退，不敵則死之，等死耳。退而死，不若進而死，死吾節也。"接着動之以情理："敵萬一過江，汝輩走亦何之？今前控大江，地利在我，孰若死中求生乎？且朝廷養汝輩三十年，乃不得一戰報國乎？"最後賞罰並施，提出有功者立賞，逃跑者報告朝廷："有功即發帑賞之，書告授之。若有遁者，我亦歸報某用命某不用命。"終於穩定了軍心，鼓舞了士氣，爲贏得采石大捷打下基礎。接着寫虞允文與眾將領部署兵力。然後他親自陣前督師，"公乘馬往来陣間，顧見時俊，撫其背曰：'汝膽畧聞四方，今作氣否？若立陣後，則兒女子耳！'"將士們更加奮勇殺敵，"士皆殊死戰，無不一當百，俘斬略盡。……至夜師還，數尸四千有七百，殺萬戶二人，生得千戶五人，女真五百人。"宋朝終於贏得了采石大捷。當然，文章還寫了虞允文的其他政績及其他情況，如宣諭川陝、制定荆襄攻守之策、遭謗、整肅軍政、善於料事、善薦人才以及孝行等，但作者以爲牛渚之役才是其最大功績，故而詳細敘述，以突出其臨危不懼、智勇雙全、善於決策的儒將形象。

對於沒有進入仕途的普通士人，就沒有仕宦經歷、政績可寫。其筆觸以寫其交遊、學行、道德情操、精神風貌、學術研究以及一生中一些比較突出的事情爲重點。如《陳先生墓誌銘》的墓主是陳維。文章先介紹其世系，再寫其學行，他"年十三，遊鄉校，試藝輒最，譽問藹然。諸先生愛之曰：'幸哉陳氏有子。'"然而，不幸的是他"數試禮部無遇"。他把自己的心血全注在兒子陳從古身上，"家本窮空，至爲從古求師，則鬻別業以行束脩，人皆難之"。再寫其學術與交遊："先生讀書不顓決科，擇斷根株，探索源泉。尤邃於詩，孤澹古雅，遠追陶柳。一時名士如蘇養直、呂居仁、韓子蒼、張處父，皆忘年友。故養直嘗稱曰'子綱好古博雅，結交皆天下知名士'云。"最後把筆觸重點放在其道德情操上，一是"先生急義拯物，瀕死不疚"，二是"先生雖布衣，善論天下事"，三是"暮年深諳理學，得喪死生，如覺言夢，寥然不能入其中"。在短短的篇幅中，展示了一個封建社會中普通而典型的文士形象。

又如《王舜輔墓誌銘》寫了王舜輔的三個方面。一是寫他濩落有大志，有勇有謀：

> 建炎中，胡馬南牧，老人避盜，爲虜所掠。君年十二三，嘑跌以從行數十里，老人得脱。歸與盜遇，盜欲兵之。君抱持老人，號呼請代，羣盜義而免之。時州里新被兵，跬步殽攘。君度單弱不能自達，因説羣盜，乞護送還舍，請謝錢萬，盜許之。君乃前行，陰結里中少年，嚴兵伏閭左。盜以老人至，諸少年譟而出，拜庭下問故，老人云云。諸少年目盜欲縛之，君稽首曰："吾父免矣，可若何？"乃殺一豕，賣斗酒遣盜，譬而去，不敢索一錢。

一個十二三歲的少年在父親被金人擄掠時，敢啼啼哭哭、跌跌撞撞地跟著而不逃跑，這就與眾不同了。而在強盜欲殺其父時，他"號呼請代"，如此孝心，使得"群盜義而免之"。不僅如此，他考慮到當時新遭兵亂，自己孤單弱小不能順利到家，於是設計讓群盜護送自己安全回家，而不受傷害，由此足見其勇敢、機智。二是寫其折節讀書，能料事。"年十六七，始奮於學，日誦數千言。自經史外，《虞初》小説、道家釋氏之書，無不貫穿沈浸，尤熟於《左氏傳》與三國七朝史，口講指畫，若身履然。"面對贛卒據城叛亂時，他"設三策以料賊"，整個鎮子靠他得到安寧。三是寫其生活風度：

> 酣嬉淋漓，萬事不省。得錢不計多寡，悉送酒家。不足則裘褐衣襦，悉捐以予之，不計直。客有具衣冠儼然造焉，則箕踞慢罵不容口。行遇田夫野父，輒強之使坐，與爲賓主，爲説經義，論古今不能休。父謝不能解，乃笑聽之去。

生活曠達，不拘小節。看不慣儼然造訪者，卻與田夫野老論古今，頗有點阮、嵇般的魏晉風度。

還有些墓主確實沒什麼可寫，就直接以世系子孫這方面的內容來充當，如《王南鵬墓誌銘》，介紹世系、子孫就佔了大部分內容，而對於其人的情況則以四字句概括敘述，沒寫一點具體之事，很空洞地講了三個方面的內容，一是文人的詩酒生活，二是寫其濟世救人，三是應對奸猾之徒。這是作者礙於面子不得不寫的應酬之文字。

楊萬里一共爲22位婦女撰有墓誌銘，這是相當多。大多數婦女墓誌銘都是出於人際交往，爲應酬而寫的。因爲婦女地位低下，很少參與社會、政治活動，大多是待人接物、相夫教子、孝事姑舅、善理家務而已。如《李母曾氏墓誌銘》，主要是寫其四件事情：紹興己酉收容一途中與丈夫失散之婦女，並資助她回家；紹興乙卯大旱，賑濟飢餓，收養棄嬰；"初未有子，養里中孤兒如己出"，"既冠娶矣，一日不告而去"，"人皆切齒無狀子"，而她還是送錢給他，"憐之不衰"；子"幼而穎異，令從師問學"，屢躓於有司，而給以安慰。主要表現她樂於助人、富於愛心、有識見、通情理的人格精神。而《蕭希韓母彭氏墓誌銘》的墓主彭氏本沒東西可寫，礙於朋友的面子必須應酬，於是作者以記其世系充之。總之，婦女之墓誌銘，內容不出相夫教子、勤儉持家、待人接物之類，表現的是封建節烈孝義的思想。

二 碑傳文的藝術

碑傳文，尤其是碑誌文很容易寫得呆板，結果千人一面，千部一腔，讀來令人生厭。楊萬里名聲大，交遊廣，應酬多，所以其受人之請托而寫的傳、狀、碑文就很多，爲此楊萬里就不得不講究寫作技巧。爲免枝蔓，這裡主要以碑誌文來闡述其撰寫藝術。文各有體，碑誌都是有固定體式的應用文。如何在體制內極盡變化，戴著腳鐐跳舞，方見作家藝術水平。避免落入俗套和模式化的辦法就是講究技巧，追求創新。

首先是精設開頭。碑誌文的一般寫法是開頭介紹墓主世系，中間講述一生事跡，結尾評價墓主和介紹其子孫後裔。楊萬里也不例外，但如果每篇都這樣寫就很單調，而開好頭則往往令人耳目一新。楊萬里的碑誌文特別講究開頭。如《中奉大夫通判洪州楊公墓表》，開頭就以其觸忤宰臣蔡京之事突兀而起，凌空而來：

> 宋受天命，一四海，聖聖相承，澤深仁高。一百六十餘年間，重義累寧，罔一玷缺。自宰臣蔡京窮姦極妖，竊弄國秉，遂成靖康之禍，言之可爲痛哭已。方京盛時，蔽虧天日，開闔雷霆。生殺寒炎，在其爪掌。京久居杭，有尼出其門，倚其勢奪民地。民訴之仁和縣，縣宰廬陵楊公直之。尼訴於京，京諷守胡諭公，以地畀尼，當讎以美，官公執不可。他日，有從臣薦公，京以前憾擯不用。公自是留落，老州縣，君子是以爲公惜也。使是時公遇主，得爲諫官御史，則斬安昌，破銅山，爲國除此賊，不難也。君子是以爲國惜也。

先寫蔡京炙手可熱，竊弄權柄。再寫出於蔡京之門的尼姑倚仗蔡京之勢強奪民地，而縣宰楊存不怕蔡京的淫威，爲民做主，因此得罪了蔡京。後遭蔡京報復而不得用，作者發出感嘆："君子是以爲公惜也"，"君子是以爲國惜也"。這樣開頭，一下子就突出了墓主楊存的高大形象，同時也痛斥了蔡京的罪惡。又如《丞相太保魏國公正獻陳公墓誌銘》開頭是一段煌煌大論：

> 皇天祐宋，俾萬億年作民主。自祖宗暨於中興，必畀以傑魁文武之佐，負大公至正之望，爲一世善類之宗。故其人未用而天下望之，既用而天下悅之，既去而天下惜之。其進其退，君子小人，視之爲己用舍；四海生靈視之爲己戚休；中國四裔，視之爲國輕重。在仁宗時，則有若杜、韓、富、范，在哲宗，時則有若司馬文正，在高宗及我聖上，時則有若廣漢張公、莆田陳公，磊磊堂堂，後先相望，偉如也。

贊美陳俊卿是"其人未用而天下望之，既用而天下悅之，既去而天下惜之"，將他與杜衍、韓琦、范仲淹、富弼、司馬光、張浚相提並論，評價極高，爲下文撰寫墓主事跡定下了基調。

其次是表現人物的手法多樣。

其一是運用對話的形式來表現人物。歸有光說："又有一等文字，不直接發揮，乃學孟子文法，隨問而答者，亦是一格。"① 楊萬里的散文特別喜歡運用對話來表現人物。有的是真實的人物對話，如《夫人劉氏墓誌銘》，先通過客人之口，說明其替朱雲孫爲其母親求墓誌銘的原因，接着作者詢問朱雲孫的情況：

> 余曰："雲孫奚而得孝子之稱？謝公奚而欲書朱之事？"客曰：雲孫以母病革，血指書詞以禱焉。又剔股爲饎以進焉，翼日有瘳。他日復病革，其妻曰："子瘍尚新，妾也當進此饎者。"翼日復瘳。他日父病，疽雲孫丙夜炳薌於臂，以禱於天，請以身代。翼日，疽潰。里之士張鑑、彭維岳等四十有二人上其事於縣者至再。前縣令黃奭之、尉張椿年記之，而後令趙思日序之，鄉大夫歐陽侯又詩之，謝公跋之，是以有孝子之稱。而謝之跋謂宜書者也。

通過對話，我們從客人之口獲知了朱雲孫血書禱告、剔股爲饎，其妻亦剔股爲饎，爲母親治病。其父親生疽，他夜燒香於臂而祈禱，請以身代，翼日疽潰，並且得到當地官員的稱贊。由此可知朱雲孫是個孝子。這種通過別人之口來描寫別人，就更顯得真實可信。

有的是憑虛設置對話，如《王同父墓誌銘》一開頭就設置對話，模仿《孟子》語錄體。通過一問一答，闡明評價一個人"賢否惡乎定"的問題，結論一定，由此就推廣到墓主王同父的身上，對於王同父，"眾君子之論，合辭皆稱其賢"，賢否定於眾，則"王同父之賢，於是乎論定矣"。《宋故彭遵道墓誌銘》亦是仿《孟子》語錄體虛擬設問，一問一答，通過問答證明墓主彭遵道乃是"一鄉之善士"。

其二是選取典型事例來表現人物。碑誌文或按照墓主生活的時間順序來寫其事蹟，或按照其仕宦經歷，循官職而敘事，但這樣寫來往往容易寫

---

① 《歷代文話》第二冊，歸有光《歸震川先生論文章體則·設爲問答則》，復旦大學出版社2007年版，第1730頁。

成流水账，枯燥乏味。歐陽修的創作方法是選取典型，擇其大者。選取能夠反映人物風貌的典型事例來展現人物的精神風貌，則可以避免記流水账。《宋故龍圖閣學士張公神道碑》就是"獨表其在言路，關國之大事者著於篇"的。又如《羅元通墓誌銘》，羅元通本無什麼重要的事件可寫，爲表現元通事父羅天文"至孝"選取兩件事：

> 天文貧而好客，每客至，置醴踐豆，客主必盡歡。客既去，天文視元通一寒不可忍，蓋以衣爲食也。元通卒不自言。天文嘗以非罪繫吏，吏黷貨不厭，將當以重劾。元通遍走親友，稱貸以脫天文於罟擭中。

其父家貧好客，每次客人來都要置辦酒席，主客盡歡。可是客人走後，羅元通則"一寒不可忍"，原來是他質衣以辦酒席。父親"以非罪繫吏"，而官吏則貪得無厭，元通到處借貸救父親脫牢獄之災。接着選取其對待強盜的態度，以表現其寬恕之心：

> 建炎之亂，里中盜有號李賊者，執元通必欲殺。摩頸將揮刃矣，而其徒有念元通恩者免之。未幾，賊敗，有縛李賊來獻者，請甘心，元通一笑而釋之。

通過這幾件事，讀者對羅元通的爲人就有了深刻的認識。

當然還有其他一些手法，比如細節描寫、直接描繪、對比襯托等，茲不贅述。

第五節　楊萬里散文特色

《謚文節公誥義》說："公之文，辯博雄放，自其少日已盛行於世，晚年所著，亦復洪深。"[1] 楊萬里的散文成很高，藝術性很強，作者對於每一

---

[1] 《謚文節公誥義》，《楊萬里集箋校》第 9 冊，中華書局 2007 年版，第 5144 頁。

篇文章都是認真構思，力求撰好每一篇文章。楊萬里與他人相比有兩點值得注意，一是他自己喜好爲文，二是他應酬多，文債多，常感歎“文債如山，撥之不開”①。雖然文債如山，但創作態度嚴肅，反對速寫，“未可約五日一水十日一石”，堅持“歲鍛月煉，朝思夕維”②，故其爲文態度非常嚴謹，尤其講究文章創作技巧，其《答徐賡書》就是專門談文章藝術技巧的文章。

一　立意新穎，不落窠臼

文章首要在於立意，關於這一點，歷代作家均有論述，如魏文帝曰：“文以意爲主，以氣爲輔，以詞爲衛。”③ 杜牧則進一步發揮了魏文帝的觀點：“凡爲文以意爲主，以氣爲輔，以辭彩章句爲之兵衛……苟意不先立，止以文彩辭句繞前捧後，是言愈多而理欲亂，如入闤闠，紛紛莫知其誰，暮散而已。是以意全勝者，辭欲樸而文欲高；意不勝者，辭欲華而文欲鄙。是意能遣辭，辭不能成意。大抵爲文之旨如此。”④ 而明代莊元臣則打了個形象的比喻：“意者，大將也；章法者，陣勢也……意爲一篇之綱紀，機局待之以佈置，詞章待之以發遣，如大將建旗鼓，而三軍之士，臂揮頷招，奔走如意也，故曰意爲大將。”⑤ 意既如此重要，則作文須講究立意。文章立意最忌平庸，“文章用意庸庸，易起人厭，須出人意表，方爲高手”⑥。但是爲文又忌雕肝琢腎，鉥目劌心，刻意追新逐奇。這一點包世臣曾有深刻而形象的批判：“……又有言爲文不可落人窠臼，托於退之尚異之旨者。夫窠臼之說，即《記》所譏之剿說雷同也。比如有人焉，五官端正，四體調均，遍視數千萬人，而莫有能同之者，得不謂之真異人乎哉？

---

① 楊萬里：《答成都李知府》，《楊萬里集箋校》第 8 册，中華書局 2007 年版，第 4077 頁。
② 周必大：《跋楊廷秀石人峰長篇》，《全宋文》第 231 册，上海辭書出版社、安徽教育出版社 2006 年版，第 12 頁。
③ 魏慶之：《詩人玉屑》卷六《命意·以意爲主》，上海古籍出版社 1959 年版，第 124 頁。
④ 杜牧：《答莊充書》，《樊川文集》卷一三，上海古籍出版社 1978 年版，第 194 頁。
⑤ 莊元臣：《論學須知·論文家四要訣》，《歷代文話》第三册，復旦大學出版社 2007 年版，第 2212 頁。
⑥ 歸有光：《歸震川先生論文章體則·用意奇巧則》，《歷代文話》第二册，復旦大學出版社 2007 年版，第 1717 頁。

而戾者乃欲顛倒條理，刪節助詞，務取詰屈，以眩讀者。是何異自憾狀貌之無以過人，而抉目截耳，折筋脅，蹣行於市，而矜詡其有異於人人耶？"① 楊萬里文學創作追求創新，反對平庸，反對蹈襲。其散文大多立意新穎，不落窠臼，而又極有見地，不立膚廓平庸之說，不爲奇談怪論，卻又讓人讀了耳目一新，意趣無窮。

誠齋論說文的論點往往別出新裁，不落窠臼。然觀點雖新穎，卻不凌空蹈虛，更不怪怪奇奇徒以惑人眼目。如《論將上》就是一篇觀點新穎、議論精確而又符合實際的政論文。當時有一種觀點："選將莫若宿望，而新進者未足用也。"但是作者對此有着截然相反的看法，"臣竊以爲不然。選將之與擇相相似而大不同。是故相不厭舊，而將不厭新。擇相不以舊，不足以壓天下之望。選將不以新，不足以激天下之才。"這並不是故意要標新立異，實際上他的看法非常有道理。他認爲天下相才，一定要道隆而德尊，名節全而才略高，才能服天下人心。而選將則不如是，宿將功成名就，富貴已極，其精明謀略已暗淡，勇果志氣已頹廢，天下無事時自以爲能，一旦有事則會貪生怕死，這樣的宿將領軍豈能不敗。作者又認爲，有才之人都想展示才華，求取功名，往往能成就功名事業，所以說"不因其自試之心而激之以自取，而曰吾必得宿將，亦惑矣"。可以說，楊萬里這一關於擇將的論述，論之有據，言之成理，新穎而有見地。又如《上壽皇論東宮參決書》和《上皇太子書》中對於"太子參決"一事極力反對，認爲危害極大。當時很多人都以爲楊萬里言之過甚，可後來還是印證了楊萬里的觀點。楊萬里的論說文立意能做到新而不奇，切合實際，主要是因爲一方面作者對現實進行深入瞭解和深刻思考，能夠挖掘想象背後的本質，另一方面作者曾爲史官，精通歷史，熟悉歷史經驗教訓。

當然立意新穎並不只是表現在論說文，在其他類文章中同樣可以看出來。如《泉石膏肓記》，不僅描寫精美，而且寓有深意。文章首先細膩地描寫自己爲假山引泉造池的經過，然後池中植芙蕖，雜種荇藻，引泉入池；或激爲噴泉，飛珠濺玉，或開流輸水，哽咽噴叱，頃刻之間，千變萬

---

① 包世臣：《藝舟雙楫》卷一《與楊季子論文書》，鄔國平、黃霖編著《中國文論選》（近代卷），江蘇文藝出版社 1996 年版，第 56 頁。

化。描寫形象生動，讓讀者有身臨其境之感。接着寫池中小魚，活靈活現，貫注深情。直把魚兒當成人來寫，那魚就是自己的化身，這魚"若恥以身供人之觀者"，"若疑夫食之餌己者"，可以看出是借池魚以表現自己耿介的節操。在《江西宗派詩序》中，提出自己的"味"論的詩學觀點。用"味"論詩是我國傳統詩學理論的重要方法之一，但楊萬里的"味"論卻有很大的不同。較早直接用"味"來評人的言論的是司馬遷，他在《史記·張釋之馮唐列傳》中評馮王孫的話說："有味哉！有味哉！"① 開始以"味"論詩文的當是東漢的王充，他在《論衡》中說："大羹必有淡味，至寶必有瑕穢，大簡必有大好，良工必有不巧。然則辯言必有所屈，通文必有所黜。"② 王充把自己的文章比作"大羹"，而把自己文章缺少藻采比作"大羹"的淡味。鍾嶸在《詩品序》中提出"滋味"說③，他不僅以"滋味"論詩，而且從根本上把"味"同詩的關係密切地聯係起來。唐王昌齡在《詩格》中把有"味"④ 作爲對創作的重要要求和論詩標準。皎然論詩也多次運用"味"的概念，還提出"味外之旨"、"情在言外"等理論觀點，即要求詩歌要含蓄有餘味。晚唐的司空圖在《與李生論詩書》中提出兩個問題：一是"辨於味而後可以言詩"，一是"韻外之致"和"味外之旨"，也就是"韻味"說⑤。然而，楊萬里在這篇文章裏所談到的"味"則是指與"形似"相對的"風味"。這與前人大不同。楊萬里認爲李、蘇之相似，杜、黃之相似皆以風味。而李、蘇與杜、黃詩歌之區別又在於風味之不同，風味之不同在於李、蘇是"無待者神於詩者"，杜、黃是"有待而未嘗有待者，聖於詩者"。這是別具隻眼的文學思想。

二　構思精巧，寫法靈活

楊萬里極爲注重散文的藝術構思，記體文、序跋文、論說文、碑誌文

---

①　司馬遷：《史記》，中華書局 1959 年版，第 2761 頁。
②　黃暉：《論衡校釋·自紀篇》卷三〇，中華書局 1990 年版，新編諸子集成本，第 1187 頁。
③　鍾嶸：《詩品序》，《中國歷代文論選》第 1 冊，上海古籍出版社 2001 年版，第 308 頁。
④　舊題王昌齡撰：《詩格》，張伯偉撰《全唐五代詩格彙考》，江蘇古籍出版社 2002 年版。
⑤　司空圖：《與李生論詩書》，《中國歷代文論選》第 2 冊，上海古籍出版社 2001 年版，第 196 頁。

等都是精心結撰、嘔心瀝血之作。其散文構思表現得變幻莫測，窮極心思，可謂幾無面目相似、結構雷同之作。如《石泉寺經藏記》，這篇文章前半部描寫蕭民望之嗜好蓄書。爲了突出其嗜好蓄書的行爲，從多個方面下筆。先是概述："下泳蕭民望，甚賢而喜士，尤嗜蓄書。發粟散廩，而饗殍六經；捐金抵璧，而珠玉百氏。"接着具體講他遇到有人賣書時的表現："每鬻書者持一書至，必倍其估以取之。不可，則三之。又不可，則五之，必取乃己。"然後寫其蓄書所產生的社會影響："蓄之多而不厭，老而不衰也。以故，其子弟皆好學。不惟其子弟，其鄉人皆好學。"再通過別人之口來側寫："士之自安福而南者走百里，必曰：'我將見民望。'自永新而北者走百里，亦曰：'我將見民望。'"最後寫自己少時所見其家環境，通過其家環境清幽而自己至今不忘來襯托："予少之時，嘗從先君至其家，每念之。則前清溪後平林，修竹在左，古松在右，尚了了予目中也。"通過多角度多側面來描寫，使得人物形象非常豐滿。

《水月亭記》借撰寫記文來表現自己與劉彥純的深厚友誼，這是借題發揮。作者並未見過水月亭，因此他不去直接描寫水月亭，而是通過回憶表現自己與友人劉彥純的深情厚誼，這是避實就虛。先說自己宦遊二十年，得"明白淳粹"如劉彥純的朋友很少，再講述自己少時貧拙，故而與人寡合，讚美"劉彥純之爲人，非今之所謂爲人者也。其爲文，非今之所謂爲文者也"，像這樣的友人難得。這些都與"水月亭"沒有直接關係。再寫由讀來信而回憶兩人共學之情景："當予與彥純共學時，每清夜讀書倦甚，市無人跡，則相與登亭，掬池水，弄霜月，自以爲吾二人之樂，舉天下之樂何以易此樂也。"語言清雅有味，富於情趣，以往昔清夜之游樂，反襯今日之離索，故而不免有些悲傷，進而慨歎："何地無水，何夕無月，而吾二人欲追求昔者登亭之樂，則既有不可復得之歎矣。抑不知吾二人復相從登斯亭猶如昔者樂否也？"這才提到水與月，才寫到亭，才真正跟"水月亭"有關涉。作者想到何地無水，何夕無月，而嘆往昔登亭之樂不復得。但又想再同登斯亭，不知能否猶如往昔之樂，筆觸歸結到兩人之深厚友情上來。讚友人、敘往昔、抒情義，一波三折，避實擊虛，寫得情韻悠悠，含蓄不盡，均得益於構思之精妙。

《嚴州聚山堂記》是以感受爲綫索，文章隨着感受的變化而發展。先寫往臨漳途中所見之美景，"潮波之來而逆之，突而入焉，然後隨波疾行，江山開明，四顧豁如"，作者感到"甚快於予心也"。舟行兩日之後，"自鸕鶿灣，歷胥口，則兩山耦立而夾馳，中通一溪，小舟折旋其間。行若巷居，止若墻面，偪陋仄塞"，作者感到"使人悶悶"。又過一日，"宿烏石灘下，曉起而望，則溪之外有地，地之外有野，野之外有峯。峯之外有山，雖不若向之開明豁如者，然北山刺天，若倚畫屏，南山隔水，若來眾賓。玉泉若几研，而九峰若芝蘭玉樹也"，對此美景，作者感到"予之快者復，而悶悶者去矣"。接着寫到達目的地與曹侯散策郡圃時見到的正己堂，此堂"築高而趨之庳，宇敞而見之隘"，作者對他的感覺是"悶悶然復如在鸕鶿灣、胥口舟中時也"。這時曹侯告訴自己"是中有佳處"，且建了新堂，作者"跂而望"，發現這就是自己此前之途中所見的北山，感到相見恨晚。撇開正己堂，轉到新建之聚山堂。文章就這樣將自己的感覺寫得千回百轉，聚山堂則是千呼萬喚始出來。前此層層轉折，就是爲了托出聚山堂。同樣《益齋藏書目序》則是以"不可解"三個字貫穿全文，層層推進，剝繭抽絲完成對尤袤的讚美。

《喚春園記》寫的喚春園他沒有看過，而是根據求記人帶來的圖畫，設置一問一答，通過對方之口來展示喚春園的美景。又如《張希房山光樓記》，作者亦未見過山光樓，同樣採取《喚春園記》的寫法而又有所變化。不是一問一答，而是先通過客人之口來粗略地對樓之大觀作一番勾畫，再由自己根據客人帶來的圖畫作細緻的描繪。

書信《答朱晦庵書》爲了拒絕朱熹邀請他出山奮力爲朝廷挽頹局而寫。作者在信中虛構一個夢，夢之含義表示自己不願應朱熹之舉薦，頗有意趣，構思奇特。利用夢境的還有《永新重建寶峰寺記》，這篇文章設置夢境，寫得神奇虛幻。

又如政論文《上壽皇論天變地震書》，文章前面花了大半篇幅闡述"言有事於無事之時"，一共論述了十件事。接着再勸告孝宗，一共用了十二個帶"勿"字的句子，向孝宗闡明該做和不要做的事情。文章至此似乎應該論述得很清楚了，可是作者又筆勢一掉，說："雖然，天下之事有本根，有枝葉，如臣前之所陳者，皆枝葉而已。"一筆將前面花了如此多筆墨的論述全部抹倒，真是匪夷所思。前面所闡述的那麼多事情還只是枝葉問題，不是根本的問題。根本的問題是孝宗皇帝不可以"自用"，"人主不可以自用，而人臣之不忠者幸於人主之自用"。這種文思、這種結構安排可以說不多見。

題跋如《跋趙大年小景》：

> 予故人曾禹任，寄似大年小景，敗素一規，不盈咫也。愈視愈遠，忽去人萬里之外。然水石草樹，鴻雁鳧鷖，可辨秋毫。予刺欲放目洞視之，而舊以挑燈抄書，目眚屢作。嘗詣之醫，醫云："窮睇遠眇，目家所忌也。"偶憶此戒，速卷還客。

此跋文是極力突出欣賞不盈咫的趙大年的小景圖強烈的審美感受。畫雖小，而給人的審美感受則是"愈視愈遠，忽去人萬里之外"，但又"水石草樹，鴻雁鳧鷖，可辨秋毫"。正要"放目洞視之"時，想起醫生對自己眼疾的告誡，馬上把畫還給了客人。短短百來字的文字，卻寫得一波三折，意趣不斷，非精思妙筆恐難以做到。《跋李成山水》同樣也是構思精巧之作。

總之，楊萬里的散文構思精巧，努力寫出新的篇章，亦使得他的散文具有與眾不同的面目，因而也有學者認爲楊萬里散文有尚奇的傾向①。實際上，楊萬里雖極力追求新穎，擺脫窠臼，但還沒有到奇奇怪怪的地步。

三　注重修辭，語言優美

楊萬里極爲注重語言的修飾，這在南宋也是不多見的。像朱熹、周必大等人大多追求平實雅正的語言風格，尤其是理學家的文章，注重學理的闡釋，輕視語言的修飾，這與其重道輕文的文學思想有關係。雖然楊萬里亦是理學家，撰有《誠齋易傳》，但楊萬里表現出來的更多的還是一個文

---

① 朱迎平：《宋文論稿》，上海財經大學出版社 2003 年版，第 137 頁。

士。他亦曾說"抑區區文辭，固學道者之所羞薄……文於道未爲尊，固
也"，但這是在信中與友人所說，是在理學思想漸濃的大時代背景下的套
話，說說而已。實際上他極喜爲文，"獨愛賢好文之心，若瘼癖沉痼，結
於膏之上，肓之下，而無湯熨鍼砭可達者，而何敢望其瘳乎？望其瘳固不
敢，望其小寧而不作，亦且不敢也。每以此自苦，亦以此自樂"。他善於
修辭，廣泛地運用多種修辭手段，注重語言的錘煉。因此，他的散文語
言文辭華美，色彩清麗，音韻鏗鏘，讀來朗朗上口。其散文所運用的修
辭手段極其豐富，有排比、對偶、設問、引用、反復、雙關、誇飾、奇
偶錯綜，等等。

　　文章不能一味地整齊劃一，但又不能缺少駢偶等整句，正如呂祖謙所
說"一篇之中，須有數行整齊處，數行不整齊處"①。楊萬里深知整散結合
所帶來的藝術效果，其排比運用極爲普遍，且往往與對偶連用，在運用排
偶句式時，又常常運用奇偶錯綜的修辭藝術。我們知道，散句可以改善排
偶句式造成的板正凝重的形式，而排偶句又可以造就莊重勻稱之美。如
《譚氏學林堂記》：

　　　　……嘗築一堂，叢書於間。絶甘屏葷而以詩禮爲膏粱，捐綺抵編
　　而以文史爲襟帶，去絲遠竹而以簡編爲笙鏞。問堂名於艮齋先生謝
　　公，公大書學林以扁爲楣。又問學林之說於予，則訊之曰："此班固
　　之語，而黃豫章擷之以諗學者也。子嘗觀於高山深林乎？嶤嶤乎其陟
　　而彌峻也，蔚蔚乎其眺而彌廣也，窈窈乎其頤而彌邃也。子也入焉將
　　奚乎？根柢乎？榮華乎？"曰："根柢哉！"

　　　　余曰："子入學林，亦若是而已矣。而其峻也，其廣也，其邃也，
　　又有甚於此者焉。有義禮之林，有文字之林，有聖賢之林，有名爵之
　　林。由於義理，入自聖賢，此根柢之林也。由於文詞，入自名爵，此
　　榮華之林也。學者亦孰不曰：'吾將根柢之，求而不榮華之求哉？'然
　　咀義理者其滋淡，餐文詞者其味腴，蹈聖賢者其塗悠，趨名爵者其徑

---

①　呂祖謙：《古文關鍵總論》，《古文關鍵》，四庫全書本。

捷。子能不誘於腴，不厭於淡，不勤於捷，不惰於悠，則假道義理之
林有日矣。不然腴與淡戰於口，悠與捷戰於心，吾懼榮華之勝而根柢
之負也，文詞之誅而義理之荒也，名爵之嚮而聖賢之僞也。向聖賢而
僞名爵，苟不止其向，必至乎爾也。向名爵而僞聖賢，雖不止其向，
亦必至乎？否也。子將欲入其林，願聞其嚮。"①

文章大量運用排比、對偶手法，又奇偶錯綜，整散結合，長短參互，緩急
相間，參差錯落。散文語言貴在錯綜其勢，因爲這會讓文章語言產生極好
的藝術效果：錯落有致，圓潤溜走，活潑可愛，既氣勢排宕暢達，又沒有
板滯凝重之弊。像這樣通篇大量運用排比、對偶而又奇偶錯綜的文章絕非
特例，如《袁機仲通鑒本末序》《曾無媿南北邊籌后序》亦復如是。其他
運用排比、對偶句式的亦比比皆是：

> 如是而君臣父子，如是而冠昏喪祭，如是而交際辭受，如是而出
> 處進退……有可踐，則天下得以不置其足於道之外。有可居，則天下
> 得以置其身於道之內。②

> 惟其大而不驚，此顏子之所以獨往。小而不忽，此顏子之所以獨
> 來。何也？己也者，人之欲也；禮也者，天之理也；仁也者，性之覺
> 也。克而復，復而覺，人者盡而天者還。則天高地下，吾性之湛也；
> 雲行雨施，吾性之游也。君臣父子，仁義禮樂，吾性之觸也，一理微
> 而萬理融。當是之時，一者非寡，萬者非眾；微者非唱，融者非隨。③

> 至使人主不敢一嚬一笑也，一嚬一笑則宮闈左右望賜矣；人主不
> 敢一遊一豫也，一遊一豫則宮闈左右望賜矣；人主不敢一飲一食也，
> 一飲一食則宮　闈左右望賜矣。④

> 臣聞：將閉不善之門，必先開爲善之路。示以所畏者，所以閉不

---

① 楊萬里：《譚氏學林堂記》，《楊萬里集箋校》第 6 冊，中華書局 2007 年版，第 3098 頁。
② 楊萬里：《禮論》，《楊萬里集箋校》第 6 冊，中華書局 2007 年版，第 3366 頁。
③ 楊萬里：《顏子論》，《楊萬里集箋校》第 6 冊，中華書局 2007 年版，第 3378 頁。
④ 楊萬里：《輪對札子》，《楊萬里集箋校》第 6 冊，中華書局 2007 年版，第 2945 頁。

善之門也；表以所慕者，所以開爲善之路也。今夫某貪吏，某貪吏上之人從而刑之，則貪者將懼，而曰貪不可爲，此所以閉不善之門也。今夫某廉吏，某廉吏上之人從而舉之，則廉者將勸，而曰廉不可不爲，此所以開爲善之路也。①

相友以道，相摩以義。掩之而色愈明，凜之而氣愈清，推之而節愈貞者也。②

比喻的修辭手法也是其擅長的。描繪人物，闡述事理，抒發感情，都會用到比喻。用於描繪人物，則人物形象鮮明；用於闡述事理，則事理通俗易懂；用於抒發感情，則感情蘊藉涵蓄。好的比喻往往會使語言珠圓玉潤，含蓄蘊藉。作者尤擅長運用比喻來描繪人物神態、動作、語言等，如《竹所記》："永嘉吳公叔，清曠簡遠，望之皎然如雪山，倚空落月滿屋梁也。趯然如瓊田之鶴，阿閣之鸞鳳也；蕭然如馭風騎氣，飲沆瀣而游汗漫也！"用一串比喻，將吳公叔不食人間煙火、蕭散灑脫的晉、宋風神展示在讀者面前。又如《委懷堂記》："宣溪王价卿，淳熙癸卯，訪予東山之西，南溪之北。與之語，如江吐月，如山出泉，如珠走盤也。"用三個優美的比喻句來形容王价卿言語明麗、甜美、圓潤。在《宜雪軒記》中，則以歷史人物來比喻的蘭、梅、竹："予嘗試評是三物矣，殆有似夫君子。蓋身幽而名白似鄭子貞，鑑中而鍊外似嚴子陵，犖犖而孤清似伯夷、叔齊云。"③楊萬里散文運用比喻可以說數不勝數，再舉兩例：

安福之南垂，永新之北際，介乎其間有山孤秀。其高五千尺，其袤數十里。遠而望之，儼乎如王公大人，弁冕端委，秉圭佩玉，坐於廟堂之上，使人一見而敬心生焉。迫而視之，澹乎若岩壑幽人，被薜荔，帶女蘿，餐菊爲粮，紉蘭爲佩，呼吸日月，接掌雲烟，使人一見

---

①　楊萬里：《得臨漳陞辭第一剳子》，《楊萬里集箋校》第 6 冊，中華書局 2007 年版，第 2916 頁。
②　楊萬里：《宜雪軒記》，《楊萬里集箋校》第 6 冊，中華書局 2007 年版，第 3013 頁。
③　同上。

而塵心息焉。故老相傳,其名曰萬寶峯云。①

以道之因者,可忘而廢言,見人之迷於塗而莫之指者也。以道之因者不可忘而恃言,指人以塗而謂之家者也。莫指其塗,天下自此絕;指塗爲家,天下自此愚。②

在運用比喻時兼用排比、對偶。排比、對偶所帶來的藝術效果,往往使得文章整齊而有氣勢,如:

再拜披讀,五色芒寒,紙長連連,筆飛翩翩。反復百折,卷舒三過,語如對面,情如家書。峻極之位彌高,而勞謙之詞彌卑;雲泥之勢愈疏,而金石之誼愈親。至於舍己之袞衣繡裳,見其黃帽青鞋而美之;舍己之纍綱列鼎,見其木茹雪潔而愛之;舍己之緯乾坤扶日月,見其畊莽蒼釣滄浪而慕之。……蓋句句錦江之春,字字雪山之冰也。贈以四端之縑素,俾緼袍者,一識萬草千華之紈。蓋戀戀范叔之袍,依依退之之衣也。③

這一段文字,一是寫自己閱讀對方信時的心理感受,二是讚美對方之書信,說明對方謙虛。運用排比、比喻、對偶等多重修辭手法,使得文章既有氣勢,又清麗秀美,字字珠璣,音韻優美,極富美感。

引用、用典亦是楊萬里經常使用的修辭手法。由於作者不僅是一個作家,而且是一個學養深厚的學者,所以引用和用典所涉及的範圍極廣,既有經史子集,又有俗語歌謠。信手拈來,恰到好處。引用的作用很多,或證明,或點綴,或雙關,或概括,用處不一而足。如《上殿第三札子》開頭中引用了箕子之語,"臣聞箕子曰:'無偏無陂,遵王之義。無有作好,遵王之道。無有作惡,遵王之路。無偏無黨,王道蕩蕩。無黨無偏,王道

---

① 楊萬里:《永新寶峯寺記》,《楊萬里集箋校》第 6 冊,中華書局 2007 年版,第 3156 頁。

② 楊萬里:《易論》,《楊萬里集箋校》第 6 冊,中華書局 2007 年版,第 3361 頁。此處引文,《楊萬里集箋校》斷句有誤,故未採納。該書援引材料極爲豐富,但斷句及標點時有不當,參見本書附錄《關於〈楊萬里集箋校〉斷句標點商榷》。

③ 楊萬里:《答袁起巖樞密書》,《楊萬里集箋校》第 6 冊,中華書局 2007 年版,第 2885 頁。

平平。無反無側，王道正直。'此言王者之平心稱物當如是也"，中間又引
用了古語，"古人云：'人非堯、舜，安能每事盡善?'然世則不然。"最後
以唐太宗之語作結，"唐太宗云：'以古爲鑑，可知興替。'惟陛下留神省
察，取進止。"又如《跋曾達臣所作蜥蜴螳螂墨戲》說"之二蟲又何知!"
這是引用《莊子·逍遙遊》之語，在此跋中還具有雙關的意義。另外，在
記類文章末尾常常引用一些先秦典籍之語或者名人名言來加強文章的表達
效果。這在前面章節已有論述，兹從略。

　　用典是用古代或者是众人皆知的典故、寓言故事等，来帮助自己闡述
所要表達的主題或思想，其藝術效果是使文章典雅、含蓄和簡潔。如《答
施少才書》：

> ……貫子云："以簿書不報，期會爲急。"某嘗讀書至此，必掩鼻
> 而過之。今則不然，豈惟不掩鼻，又將褰裳而踐之焉。然則某之於
> 兄，雖欲及事外之勝談，而中書君已如田神功輩，不受光弼約束矣，
> 以是自恨。得兄書則益恨，豈兄有可恨？蓋曹太子之歎，中山王之
> 悲，襮乎裏，觸乎感也。……竊聞之孟子曰："舜爲法於天下，可傳
> 於後世。"我猶未免爲鄉人也，是則可憂也。

這裡引用賈誼、孟子的話，又用田神功、李光弼、曹太子（出自《左氏春
秋·桓公九年》）、中山王的典故。又如《答興元府章侍郎書》："……且截
斷葛藤，吃茶去，吃茶去。願言加餐，良食以爲吾道之鎮。""截斷葛藤"
是用佛典，其本意是截斷自己心里面的妄想、是非之葛藤。"吃茶去"也
是用佛典。"願言加餐"是用古詩《行行重行行》中"棄捐勿復道，努力
加餐飯"之典。又如"既潰於成，呼酒與二三詩友落之，開窗卷簾，江光
月色，飛入几席"[1] 一句中，"既潰於成"則是化用《詩經·小雅·小旻》
"謀是用不潰於成"之語典[2]。這一語典在我們今天看來比較生僻，但是在
《詩經》人人成誦的時代，不算僻典，反而使散文語言顯得雅潔。這些典

---

①　楊萬里：《遠明樓記》，《楊萬里集箋校》第 6 冊，中華書局 2007 年版，第 3089 頁。
②　高亨注：《詩經今注》，上海古籍出版社 1980 年版，第 288 頁。

故用得都很幽默。引用或用典，使得文章典雅簡潔，生動活潑，含蓄蘊藉。當然，還有反復、設問等修辭手法，茲不一一論述。

　　除了廣泛運用修辭手法之外，楊萬里還注重語言的錘煉，如詞類活用的："……尤嗜蓄書，發粟散廩，而饗殍六經，捐金抵璧，而珠玉百氏。"①另外，語言風格隨着文章體制、內容、題材的不同也不一樣。有的語言優美典雅，如《宜雪軒記》；有的活潑輕盈，如他的大多數書信；有的語言清麗溫潤，如《無盡藏堂記》；有的語言莊重典則，如《王氏慶衍堂記》，風格多樣，不一而足。

---

① 楊萬里：《石泉寺經藏記》，《楊萬里集箋校》第 6 冊，中華書局 2007 年版，第 3017 頁。

第五章　周必大散文研究

第一節　文學思想

　　周必大沒有系統談論文學思想的文章，其文學思想散見於序文、題跋、書信之中。其《二老堂詩話》，雖名"詩話"，主要還是記載文人掌故，於文學思想闡發不多。

一　才學氣的統一

　　才是天所賦予，學是後天的學習，氣則是指志氣，即作者的主觀情志、氣質。在周必大看來，才、學、氣是文學創作過程中缺一不可的。天分固然重要，但周必大論文更強調文學創作要以學問爲根柢，以志氣爲關鍵。他在《曾南夫提舉文集序》中說："夫文亦多術矣，以要言之，學不富則辭不典，氣不充則辭不壯，才不高則辭不贍。"[①] 這就是說作爲文學創作主體的作家，如果學問不深厚，其言辭就不會典雅；如果志氣不充實，其言辭就不會壯健；如果天分不高，其言辭就不會富贍。具有不同的天分、學問和志氣的作家，其文學創作的風格都很不相同。他說"蓋得於天者氣和而心平，勉於己者學富而功深"[②]，又說"文章有天分，有人力，而

---

　　① 周必大：《曾南夫提舉文集序》，《全宋文》第 230 冊，上海辭書出版社、安徽教育出版社 2006 年版，第 143 頁。
　　② 周必大：《杉溪居士文集序》，《全宋文》第 230 冊，上海辭書出版社、安徽教育出版社 2006 年版，第 159 頁。

詩爲甚。才高者語新，氣和者韻勝，此天分也。學廣則理暢，時習則句熟，此人力也。二者全則工，偏則不工。工則傳，不工則不傳，古今一也。"① 不同天資的人，其文學創作的風格亦不同，而只有才高、學廣、氣充三者兼而有之者，才能創造出精工、完美的作品來，若偏於一面則不工。因此他認爲，如果缺乏學問和志氣則不足以言文："志氣不強，不足以言文，學問不博，不足以言文。"他在評價王致君的文章時說："司業王君，吾能言之，志氣強者也，學問博者也。故其文章贍而不失之泛，嚴而不失之拘。議論馳騁於千百載之上，而究極於四方萬里之遠。"② 因爲王致君志氣強、學問博，故其文章富贍而不浮泛，謹嚴而不拘攣。在《王元勃洋右史文集序》中提出："文章以學爲車，以氣爲馭。車不攻，積中固敗矣；氣不盛，吾何以行之哉？"③ 文學創作如駕車，學問是車馬，而靠志氣來駕馭。怎麼來理解"文章以學爲車，以氣爲馭。車不攻，積中固敗矣；氣不盛，吾何以行之哉"這句話呢？不妨來看看周必大自己的解釋。他評價王洋的文章時說："以'六經'爲美材，以子、史爲英華，旁取騷人墨客之辭潤澤之，猶以爲未也。挾之以剛大之氣，行之乎忠信之塗。仕可屈，身不可屈；食可餒，道不可餒，如是者積有年，浩浩乎胸中，滔滔乎筆端矣。"即謂以"六經"、子、史、《詩》、《騷》爲根柢，然而這對於文學創作來說還不夠，還要挾剛大之氣，行忠信之塗，要作家內心志氣剛大、正直、忠信，"如是者積有年"，才能胸中充滿浩然之氣，而筆端方能滔滔汩汩。這種文氣是作家主體人格修養之外化的觀點，其來有自。最早是孟子提出"養氣"之說："敢問夫子惡乎長？曰：'我知言，我善養吾浩然之氣。'敢問何謂浩然之氣？曰：'難言也，其爲氣也，至大至剛，以直養而無害，則塞於天地之間，其爲氣也配義與道，無是餒也。'"④ 曹丕說

---

① 周必大：《王致君司業文集序》，《全宋文》第 230 冊，上海辭書出版社、安徽教育出版社 2006 年版，第 138 頁。

② 同上。

③ 周必大：《王元勃洋右史文集序》，《全宋文》第 230 冊，上海辭書出版社、安徽教育出版社 2006 年版，第 202 頁。

④ 朱熹撰：《四書章句集注》卷二，中華書局 1983 年版，新編諸子集成本，第 231 頁。

"文以氣爲主。氣之清濁有體，不可力強而致"①，劉勰在《風骨篇》中引劉楨語說"孔氏卓卓，信含異氣，筆墨之性，殆不可勝"②，而韓愈把文氣和作家道德修養統一起來，"氣，水也；言，浮物也；水大而物之浮者大小畢浮。氣之與言猶是也，氣盛則言之短長與聲之高下者皆宜"③。周必大評人文章，一再強調學問根柢，在此基礎上"積有年"以"養氣"。他說王之望的文學創作"學根於經，故有淵源"④。在《跋楊廷秀石人峰長篇》中先說時人見楊萬里的詩寫得好，認爲是天才所致："今時士子，見誠齋大篇短章，七步而成，一字不改，皆掃千軍，倒三峽，穿天心，透月脅之語，至於狀物姿態、寫人情意則鋪叙纖悉，曲盡其妙，遂謂天生辯才，得大自在，是固然矣。"然而，周必大卻不完全贊同。他承認，楊萬里詩歌寫得好固然有天分的因素，但他說這"抑未知公由志學至從心，上規虞載之歌，刻意《風》、《雅》、《頌》之什，下逮左氏、《莊》、《騷》、秦、漢、魏、晉、南北朝、隋、唐以及本朝。凡名人傑作，無不推求其詞源，擇用其句法，五六十年之間，歲鍛月鍊，朝思夕維，然後大悟大徹，筆端有口，句中有眼，夫豈一日之功哉！"⑤ 這就是說楊萬里詩歌創作成就突出雖有天分的因素，可更重要的是他刻苦學習歷代優秀作家的作品之後，才大徹大悟，而非一日之功所能成就的。其評價楊謹仲說："而尤喜爲詩，本原乎六義，沉酣乎風騷，自魏晉隋唐及乎本朝，凡以是名家者往往窺其藩籬，泝其源流。大要則學杜少陵、蘇文忠公，故其下筆初而麗，中而雅，晚而閎肆。長篇如江河之澎湃浩不可當，短章如溪澗之漣漪清而可愛，間與賓客酬唱，愈多愈奇，非所謂天分人力全而不偏者耶?"⑥ 從他對楊萬里和楊謹仲的評價中，我們可以看出周必大對於文學創作既看重天分，也看

---

① 《典論・論文》，《中國歷代文論選》，上海古籍出版社 2001 年版，第 158 頁。

② 《文心雕龍・風骨篇》，人民文學出版社 1962 年版，第 513 頁。

③ 韓愈：《答李翊書》，《韓愈全集校注》，四川大學出版社 1996 年版，第 1386 頁。

④ 周必大：《王參政文集序》，《全宋文》第 230 冊，上海辭書出版社、安徽教育出版社 2006 年版，第 154 頁。

⑤ 周必大：《跋楊廷秀石人峰長篇》，《全宋文》第 231 冊，上海辭書出版社、安徽教育出版社 2006 年版，第 12 頁。

⑥ 周必大：《楊謹仲詩集序》，《全宋文》第 230 冊，上海辭書出版社、安徽教育出版社 2006 年版，第 141 頁。

重學問，兩者不偏廢。

二　文與道的問題

周必大在文與道的問題上有兩個重要的看法，一是有德者必有言，一是文章有補於世。

關於有德者必有言，周必大有頗多論述。在《芮氏家藏集序》中說："夫子曰：'有德者必有言。'謂其和順積中，英華發外也。"① 在《軍器監丞業山詔試館職策題》中說："古之君子道德積於中，則英華發於外。因事而有言，譬如風行水上，雲行於空，自然成文，岂假雕篆纂組之功也哉？"② 他認爲一个作家道德積於中，則自然英華外發，不需要人工刻意雕飾。文章是作者内在的思想感情和道德修養的見之於外的產物。因爲"辭之工拙存乎理"③，所以有德者之文，道充理当，其創作就能如風行水上，自然成文。在《張文靖公文集序》中說："德之盛者必有言，言之文則行也遠。""後世文士平居道古今，官達掌制命，論議於侍從，訏謨於廊廟，暇則作爲詩歌以寓比興，體雖不一，要皆出謨訓。然德有差等，言有精粗，其傳久近亦必隨之。"他甚至認爲"有德者必有言"應是文章緣起之一，他題寫這篇序文是"以補任昉《文章緣起》之未備"④。在《張彦正文集序》中說："有德之人其辭雅，有才之人其辭麗，兼是二者多貴而壽。蓋以德輔才，天之所助而人之所重也。"其評張彦正是"秉懿好德，所蘊者厚。自其少年，才名傑出英俊之上，窮經必貫於道，造行弗踰於矩。發爲文章，實而不野，華而不浮。在西掖所下制書最號得體。其論思獻納皆達于理而切於事。尤喜篇詠格律，有唐人風，非如儒生文士止有偏

　　① 周必大：《芮氏家藏集序》，《全宋文》第 230 冊，上海辭書出版社、安徽教育出版社 2006年版，第 175 頁。
　　② 周必大：《軍器監丞業山詔試館職策題》，《全宋文》第 231 冊，上海辭書出版社、安徽教育出版社 2006 年版，第 96 頁。
　　③ 周必大：《皇朝文鑒序》，《全宋文》第 230 冊，上海辭書出版社、安徽教育出版社 2006 年版，第 193 頁。
　　④ 周必大：《張文靖公文集序》，《全宋文》第 230 冊，上海辭書出版社、安徽教育出版社2006 年版，第 173 頁。

長而已"。①

　　關於文章有補於世的問題。在周必大看來，文章是載道經世的重要工具，他說："載道流远莫如文。"② 因此，周必大就認爲文章應該期於適用，有補於世。其評價文章的標準中很重要的一條是"美刺"，對探討社會問題的文章總是表示贊賞，如在《葛亞卿廬陵詩序》中說："公獨越去拘攣，寓意篇什，其美刺比興深得詩人吟詠情性之旨，不但貫穿古今，摹寫物象而已。"③ 尤其反對把文章作爲譅笑解頤、升官發財之具："夫經明必行修，豈徒解頤拾青紫而已。"文章必須觀風俗、考得失，有益於社會："他日采詩之官出觀風俗，考得失，得溫柔敦厚之教，不在乎他邦，非大幸與？"④ 他在讀過王道夫《孫武新略》後說："伏讀累日，益知足下蓄蘊閎富，兼資文武，著書立言，期見於用，非如近世文人才士誇張翰墨、馳騁辨博而已。"⑤ 周必大始終不忘的是"著書立言，期於見用"，堅決批判"誇張翰墨、馳騁辨博"的文人才士之文。他評價梁安世之文，"伏讀累日，一字三歎。如推擇度支，本原學問，昔賢之論，晚節爲難。傷臨川之術誤，憫銀鹽之害民，皆用意至到，忠告無隱，而秀傑忠厚之氣行乎其中，乃知子美詩外大有事在，豈止與雕琢纂組之徒爭工鬭靡而已哉！"贊賞其文"用意至到，忠告無隱"，有如杜甫之"詩外大有事在"，不是"與雕琢纂組之徒爭工鬭靡"之文。對於徒飾華藻，無益於世之文，作者向來鄙薄"遣辭近古，決非碌碌之士，而纖嗇浮艷者，違道之文也"⑥。

---

　　① 周必大：《張彥正文集序》，《全宋文》第 230 冊，上海辭書出版社、安徽教育出版社 2006 年版，第 205 頁。

　　② 周必大：《金陵堂試策問》其四，《全宋文》第 231 冊，上海辭書出版社、安徽教育出版社 2006 年版，第 76 頁。

　　③ 周必大：《葛亞卿廬陵詩序》，《全宋文》第 230 冊，上海辭書出版社、安徽教育出版社 2006 年版，第 198 頁。

　　④ 周必大：《題印山羅氏一經集後序》，《全宋文》第 230 冊，上海辭書出版社、安徽教育出版社 2006 年版，第 360 頁。

　　⑤ 周必大：《與王道夫主簿自中書》，《全宋文》第 229 冊，上海辭書出版社、安徽教育出版社 2006 年版，第 205 頁。

　　⑥ 周必大：《與韶州梁守安世書》，《全宋文》第 229 冊，上海辭書出版社、安徽教育出版社 2006 年版，第 201 頁。

第二節 奏劄文

一 奏劄的内容

周必大自绍興二十一年（1152）中進士後，大多數時間是在朝廷任職，歷仕高宗、孝宗、光宗三朝，直至光宗朝拜左丞相，封益國公。他是一個忠於職守，耿耿爲國，盡心爲民的太平宰相。在從政生涯近五十年中，撰寫了大量的奏劄。奏劄是實用性的文體，大多使用散體文寫成，是臣子向君主表達政治見解的重要載體。周必大的奏劄都是對於南宋王朝政治、經濟、軍事、文化等問題闡述思想、發表見解、解決問題的具體表現。由於他仕宦時間長，歷職多，職務高，所以他的奏劄涉及的問題就極爲廣泛，大凡内政外交、國計民生都在其視野之内。本書從内修政事和外攘夷狄兩個方面來看。

内修政事包括民政、吏治、人才等多方面的問題。如在绍興三十二年十二月九日上奏的《條具弊事劄子》中，一共向高宗舉出十條弊事：第一，名器輕假；第二，比來内外官司安於苟且，視詔令爲具文；第三，諸路總管、鈐轄、將副、都監等差遣，不問能否，不顧資格；第四，文武臣堂除差遣不問賢否；第五，入流太泛，入仕甚難；第六，赦令數改；第七，貴游近習的内降格法；第八，朝廷知外虞之當先，而忘諸道之無備；第九，州縣官貪殘不法，監司守臣弊姦狥情，不即按發，失責實之意；第十，陛下當行士庶言而不當加以賞。這是一篇涉及政事比較全面的奏札，除了第八條屬軍事問題外，其他的都是内政。像這樣一篇奏章論及數件政事的還有一些，如《論四事劄子》所論四事爲：重侍從以儲將相，增臺諫以廣耳目，擇曾任郡司監守人補郎員之缺，久任監司郡守。又如《論任官理財訓兵三事奏狀》，認爲"當今之要務，莫先於任官而患其冗，莫急於理財而患其未裕，莫重於訓兵而患其不精"。但像這樣一劄數事的不多。大量的奏劄則是一劄一事，論述非常明確。如《論知縣俸劄子》專論縣令俸祿的問題，《論歸正人就食諸道劄子》專論歸正人的問題。周必大奏劄所論述的内政問題非常多，如《論平茶賊利害》是探討平茶賊的：

> 臣自聞茶寇陸梁，每遇來自江西之人，必詢訪利害，參以己見，
> 今具如後：
> 一、臣於前月二十七日因進故事，具言賊徒常逸故多勝，官軍
> 常勞故多敗，而又奸氓利賊所得，反以官軍動靜告賊，故彼設伏而
> 我不知，我設伏則彼引避。今驅迫甲兵馳逐山谷，且使運糧之夫顛
> 踣道路，最可慮之大者。欲乞指揮皇甫倜將諸處官軍只分布在江西、
> 湖南，控扼去處，使賊不敢睥睨州縣，一則免兵卒暴露，二則省運
> 糧之害。或有偏裨知賊所向，願帶所部人掩襲者聽，却專令辛棄疾擇
> 巡尉，下弓兵土豪壯健者隨賊所在，與之角逐，庶幾事力相稱，易於
> 成功。
> 二、臣觀自古用兵，鬭智不鬭力。以曹操之謀畧，然用青州三十
> 萬之眾，則爲呂布所敗，及退而歸許，乃以二萬人破袁紹十五萬，大
> 概亦可見矣。今聞辛棄疾所起民兵數目太多，不惟揀擇難精，兼亦倍
> 費糧食。今乞令精選可用之士，毋貪人數之眾。至於方略，則難遙
> 授。但觀其爲人，頗似輕銳，亦須戒以持重。
> 三、臣聞賊魁數輩，自知罪惡貫盈，不可幸免，往往劫制脅從
> 之人爲必死之計，悉力以抗官軍，使彼雖欲自拔，勢有不敢。向來
> 朝廷雖有殺併之賞，而未聞開其徒悔之路。欲望聖慈因數州之勞弊，
> 特降指揮，令監司守臣先次條具恤民事件，其間帶說賊中脅從之人，
> 本非得已，知能翻然悔悟，殺戮賊首，不惟可以贖罪，自當格外補
> 官，重行賞賜。庶幾轉相告報，離散黨與，指日平殄。闕右具如前，
> 令取進止。①

周必大對於平茶賊過程中出現的問題思考非常細密，對每個問題都給出自
己的解決辦法，從"臣自聞茶寇陸梁，每遇來自江西之人，必詢訪利害，

① 周必大：《論平茶賊利害》，《全宋文》第 228 册，上海辭書出版社、安徽教育出版社 2006
年版，第 28 頁。

參以已見"這句話可以看出，周必大一直關心江西湖南茶賊，他的解決方案亦是從來自江西之人處詢訪得來，并參以己見，應該說這三條既符合實際，又具有可操作性，決非書生之見。這是關於民生的問題。

又如《論黜陟郡守劄子》，文章一開始先指出本朝"立國之要則專在乎仁"。並指出陛下具有仁心，施行仁政，"陛下發於言者，無非仁言；施於政者，無非仁政。苟有利於人事，至難而必爲；苟未便於物，令縱下而必改。推是以往，增光祖宗，混一區宇，蓋可指期以俟矣"。然後指出"九重至深，四海至遠，陛下有是言也，非賢守令則無以宣之於外；陛下有是政也，非賢守令則無以達之於民"，也就是說陛下的仁言仁政還得郡守縣令去實行，可見郡守縣令之重要。但是縣令太多，陛下無法一一親自選擇，只能注重郡守的選拔。接着說"自陛下即位以來，凡除守臣必延見訪問，間有疲癃疾病鄙拙庸謬者，往往改授他官，不可不謂注意矣"，這是給皇帝面子的委婉之言，不得不說。然後指出問題之所在，"蓋諸道以簿書期會爲能者多，知有教化者少；便文自營欺謾爲課者多，實惠及民者少"，因此，"聖心焦勞於上，而黎庶未康於下"，實是事出有因的。最後提出自己的看法，希望陛下效法虞舜，在選拔郡守時"詢事考言，取郡守治效著聞者，峻擢三二人以風曉四方，又取治狀不進者，黜譴三二人以策勵其餘"，這樣就能治理好國家。這種做法看起來"此似迂而實切，似緩而實急"，所以作者懇切地希望陛下採納。這是關乎吏治的問題。

在周必大看來，整個國家的統治問題，歸結到一點還是人才問題，抓住了人才的問題，就抓住了問題的關鍵。因爲"法本無弊，推而行之非其人，弊則隨之"[①]，即在統治的過程中，固然需要有制度保障，但歸根結底還是需要人去實施。對於人才的作用，周必大的認識非常深刻，如《論人》，文章開首三句道盡人才問題的特點，一是人才非常重要，"立政圖事，人才爲急"；二是人才選擇問題，"平居選擇則易，緩急求之實難"；三是人才本身的特點，"一官易效，通才難得"。概括深刻，語言精練。接着是說明人才問題的處理原則，"儲蓄素廣，品目素定"；接着用比喻從反

---

① 周必大：《乞申嚴薦舉連坐之法劄子》，《全宋文》第 228 冊，上海辭書出版社、安徽教育出版社 2006 年版，第 58 頁。

面來闡述，"一旦任違所長，用過其量，譬之以驥捕鼠，使蚊負山，小大雖殊，其失一也"；最後水到渠成地告訴皇帝解決人才問題的辦法，這樣就不會出現"既寒索裘，已渴浚井"的窘境①。作者的建議極爲具體詳細，且符合實際。

在選擇人才問題上，還有很多問題需要注意，如科舉、舉薦等。關於科舉的如《論發解考校之弊劄子》，作者的視角不是指向考生，而是指向考官，他首先指出科舉在選拔人才的過程中非常重要，"政有似緩而實急者科舉是也"。而人才的選拔，考官是起關鍵性的作用，慧眼方能識英雄，昏庸無能的考官是不能選出俊才傑士的，即使不是昏庸無能的考官，但是還存在考官才能不全，從而導致選拔失之於偏，故而其害甚大：

> 惟是三歲發解，凡州縣官苟有出身，不問才否，例差考試。其間富於學識，固不乏人。亦有工聲律者，未必通經，習經術者，未必能賦，或學殖不豐，懵於文體，或久去場屋，忘其舊業，命題發策，往往顛倒事實，背於義理。故當校藝之際，則平凡者收，優異者斥，至使真才實能抑欝而不伸，庸人假儒僥倖而濫中，非所以崇雅黜浮，勸勤抑惰。②

作者認爲科舉選拔是"羅英俊，育人才"，所以希望陛下對這個問題給予重視。另外科舉中還存在一種弊端就是代筆，作者也爲此上《論科舉代筆劄子》，希望皇帝解決這個問題。舉薦也是人才選拔的一個重要渠道，宋人文集中保留著很多舉薦人才的劄子。周必大對薦舉之弊非常關注：

> 臣竊見薦舉選人之弊莫甚於近日。蓋緣闕少員多，十年近成一任，幸而得一二薦章，比至後任歲月已久，舉主往往事故，不復可

① 周必大：《論人》，《全宋文》第 228 冊，上海辭書出版社、安徽教育出版社 2006 年版，第 2 頁。

② 周必大：《論發解考校之弊劄子》，《全宋文》第 228 冊，上海辭書出版社、安徽教育出版社 2006 年版，第 15 頁。

用。是以巧於經營者千岐百轍，安於平進者終身陸沉；有位則苦人干求，居官則務相傾奪，其弊殆有不可勝言者。①

薦舉選人之弊由此可見一斑。於是作者提出自己的解決辦法：

> 臣愚欲望聖慈，許今後選人，將任內所得改官狀遇任滿到部日逐旋放散，俟將來考第，舉主及格，依條引見。若應因此改秩之人稍多，即乞檢照乾道以前舊法，每歲限定數員。如在數外，即令等候次年改轉。如此則朝廷無官冗之患，寒士有寸進之期，稍厚士風，漸革積弊。如合聖意，乞付有司詳議施行。

人才的問題，不外乎擇才與用才這兩個方面，比較而言，擇才固然重要，但用才實爲更重要的問題。因此，周必大就非常關注人才任用的問題。在《論用人二弊劄子》中他贊同司馬光的觀點："人君之道一，用人是也。"②這就把用人提到相當高的地位：帝王統治之道只有一點，就在於善用人才。在這篇奏劄中，他對孝宗用的人弊端作出深刻分析：

> 殆有二弊：一曰上下之分未嚴，二曰義利之說未明。何謂上下之分未嚴？夫任賢使能，人主之柄也；助人主進賢退不肖，大臣之任也。近世則不然，一官或闕，自衒者紛至。始則不度能否，悉力以求之；求而不得，則設計以取之。示之好惡而莫肯退聽，限之資格而取必不已，未聞朝廷有所懲戒也。如此而望其宿道嚮方，胡可得哉？何謂義利之說未明？居是官思是職者義也，背公而營私者利也。今中外求官者不知其幾。未得之則計職務之繁簡，廩稍之厚薄；既得之則指日而望遷，援比而欲速。所謂公家之事，姑應簿書期會而已，初未嘗

---

① 周必大：《論選人舉狀劄子》，《全宋文》第 228 冊，上海辭書出版社、安徽教育出版社 2006 年版，第 30 頁。

② 周必大：《論用人二弊劄子》，《全宋文》第 228 冊，上海辭書出版社、安徽教育出版社 2006 年版，第 36 頁。

爲旬歲計也。如此而望其趨事赴功，斯亦難矣。①

對近世用人之弊作了形象描繪，指出其危害，可謂深中痼弊。在此基礎上，希望孝宗與大臣們"深思向來致弊之由，共圖今日革弊之術，使士風稍振，百官舉職"，革除用人之弊端。

又如《論人才》先指出帝王用才之道有二，一是大才不次而任，二是常才循次而升。像太公、伊尹那樣的人才不次而任，當然沒問題，但是實際上人才任用會出現被表面現象蒙蔽的情況："佞而託於忠，僞而託於誠，私而託於公"。這樣的情況若不加審察，就會產生深遠的危害。怎樣才能解決這個問題呢？那就是孔子所說的察其言觀其行。然後聯係現實中存在的人用問題，雖然"人才小大，固不逃於聖鑒"，但是責其成效"則蔑如也"。作者指出這是對人才"用之過其量，賞之不待功"造成的。針對這種情況，要求陛下"於用人之際，因言以考實，試可而後遷，彼知爵祿不可儌倖取也，必將趨事赴功，少副陛下總核之政，而真才實能見矣"②。

用才還存在一個問題就是人員調動頻繁，不能久任。周必大在奏劄中多次談到人才應該久任的問題。在淳熙二年三月二十八日上的奏劄《論久任劄子》則是專門討論人才久任的問題。先指出人才不能久任的弊端：

> 既擇內外主計之臣矣，而調度盈虛，水旱備預，往往猶煩於聖慮，以至興一利害，小大之臣舉未有獨當其責者，不過遵守成法，奉行文書而已。事成則例遷爵秩，兼受賜予，不成則猥曰："委任不專，非我罪也。"縱加之罰，率用輕典。是以初爲苟且之計，終懷幸免之心，使陛下之善政良法舉爲虛文，玩歲愒日，殊未有以少副憂勤者非以此歟！③

---

① 周必大：《論用人二弊劄子》，《全宋文》第 228 冊，上海辭書出版社、安徽教育出版社 2006 年版，第 36 頁。

② 周必大：《論人才》，《全宋文》第 228 冊，上海辭書出版社、安徽教育出版社 2006 年版，第 9 頁。

③ 周必大：《論久任劄子》，《全宋文》第 228 冊，上海辭書出版社、安徽教育出版社 2006 年版，第 18 頁。

因爲不能久任，所以官員“不過遵守成法，奉行文書而已”。事成受賞，
不成則以不專任爲藉口，造成官員任職出現“初爲苟且之計，終懷幸免之
心”的情況，使陛下善政良法舉爲虛文，辜負陛下憂勤爲國之心。他希望
孝宗“勞於用人，逸於仰成。凡任以是職，必責以是事，久其歲月，盡其
才力，底績而賞使之勸，瘝官而罰使之懼”，這樣就會形成“一人雍容於
上，百職交修於下”的良好局面。

外攘夷狄方面包括軍事、外交等問題。高、孝、光三朝正是南宋與金
鬥爭與對峙的時期，所以軍事鬥爭、外交往來亦是周必大奏劄的重要內
容。如《論荆襄兩淮利害劄子》是一篇輪對時的奏劄，作者統觀天下，認
爲“治內之道已無可言”，只有荆襄兩淮值得深慮，荆襄兩淮是南宋的抗
金前沿，如果朝廷措置不當，會出大問題。實際上兩地問題確實很多很大，
“荆襄兩淮，地方數千里，田畝未盡闢，民兵未甚精，將置而弗息與，則
或非固圉之策，將屯田以實塞與，則必有生事之嫌，此議者所以日夜爲
言，陛下所以宵旰軫慮，而廟謨籌箸所以猶汲汲也”，荆襄兩淮之地是整
個朝廷所擔憂的，他希望陛下：

> 監《洪範》之訓，法仁祖之規，以此二疑，條爲清問。內詢臺諫
> 侍從以殫眾人之智，外詢沿邊帥守以盡親見之謀，俾之深思，各以實
> 對，必使疆場按堵，盟約無虧。在我者備禦既修，而在彼者觀聽不
> 惑。然後陛下與二三執政，總其說之善者，折衷而行之。①

內詢外訪，善於納諫，問題就會迎刃而解。這是關於軍事問題的。

《論北事劄子》是一篇深刻闡述當時外交鬥爭的劄子，首先周必大判
斷今日之勢是“中國固欲和，而敵亦欲和也”。接着闡述理由：

> 敵未嘗先遣使也，而今春實來，我之使既入其境矣，不曾用此，
> 而陝右之攻、海州之戰自若也，彼曾不以是歸曲於吾，而〔徒〕徒屑

———
① 周必大：《論荆襄兩淮利害劄子》，《全宋文》第 227 冊，上海辭書出版社、安徽教育出版
社 2006 年版，第 438 頁。

然惟禮之議，則其情畧可見矣。是故明逆使者而陰困之，寔受書弊而陽却之。蓋以爲不如是，則我且測其實而有輕之之心。故見於報書者率皆恫疑虛喝，而卒以善意結之。近者對境之符猶是物也。①

根據金人外交行爲作深入的分析，可見周必大具有相當敏銳的政治判斷能。針對這種情況，提出我方的應對策略：如果判斷敵人有求和之意，而不示以開納之意，則會激怒他們，而我方又邊備未固，民力方屈，戰未必勝。但是既然敵人有求和之意，則不可能還以原來之條件交往，不可"以舊禮與之"。太上時屈辱求和是爲了二聖，現在形勢不同了，要"以敵國之禮嘗之"。如果金人接受，我們沒什麼其他要求；如果金人不同意，即告訴他們"今通好於用兵之後，主上欲以何名而屈北朝？欲以何名而受愿"，料想金人"亦將思所處矣"。文章又接着解決使節到金國之後可能出現的問題："虜納吾之使，而後責禮如前日之爲"。周必大認爲，使節出境有自專之權，朝廷不用管他。明知金人求和，卻不能進一步索取更大的利益，原因就在於南宋國力太弱。所以作者最後希望朝廷趁歲晚羽檄不至之機，"汲汲然脩邊備，寬民力以達於春，庶乎可以有爲矣"。因爲外交就是爭取國家的最高利益，所以這段分析清晰明瞭，有理、有利、有節，能夠實現國家的最高利益。可以說，這番分析和判斷既體現出其高超的政治智慧，也展現出其忠心爲國的高尚氣節。這是關於外交的問題。

總之，周必大劄子數量非常多，涉及的問題極爲廣泛，上自朝廷大政，下至百姓事務均是在討論範圍之內，兹不作過多闡述，嘗一臠而知鼎味矣。

二　奏劄的特點

首先，其奏劄非常切合實際，不作書生之論，沒有道學氣，即都是針對社會問題而寫。作爲位高權重的官員，他的見解必須務實求真，否則就不能解決問題。這一點不像當時的道學家。道學家的政論文喜歡講天理人

① 周必大：《論北事劄子》，《全宋文》第 227 冊，上海辭書出版社、安徽教育出版社 2006 年版，第 448 頁。

欲、致知格物、大學之道等，如朱熹《癸未垂拱奏劄》（一）：

> 臣聞大學之道，自天子以至於庶人，壹是皆以修身爲本。而家之所以齊，國之所以治，天下之所以平，莫不由是出焉。然身不可以徒修也，深探其本，則在乎格物以致其知而已。夫格物者，窮理之謂也。蓋有是物，必有是理，然理無形而難知，物有跡而易睹。故因是物以求之，使是理瞭然心目之間而無毫髮之差，則應乎事者，自無毫髮之繆，是以意誠心正而身修，至於家之齊，國之治，天下之平亦舉而措之耳。此所謂大學之道。雖古之大聖人生而知之，亦未有不學乎此者。堯舜相授，所謂惟精惟一、允執厥中者，此也。自是以來，累聖相傳，以有天下，至於孔子不得其位而筆之於書，以示後世之爲天下國家者，其門人弟子又相與傳述而推明之……①

此文充滿道學氣、書生氣，遠離現實，相當迂腐。然而，周必大的奏劄就未曾彌漫道學氣味。他自己是個儒者，也是道學家的同道，但他反對“迂闊”之儒，他說“後世指談經講道爲儒者，故其弊也或迂闊而委靡”②。他很講究“儒效”，他的奏劄都是有的放矢，切實解決現實中的社會問題，他向皇帝表示：“臣雖書生，豈不思邦國計未裕而徒爲空談”，“若夫泥古而不切於今，空言而不究其實，則非臣之所敢也”③，表明他唾棄空談，因爲空談會誤國。另外，周必大的奏劄沒有制科習氣，沒有凌空蹈虛、標新立異之論，而以解決實際問題爲要務。“要務”二字在其奏劄中頻繁出現，“臣試舉當今要務一二言之”④，“厥今要務，孰大於此”⑤，“臣伏觀今日之

---

① 朱熹：《癸未垂拱奏劄》（一），《朱文公文集》卷一三，四部叢刊初編本。
② 周必大：《與周元之侍御操書》，《全宋文》第229冊，上海辭書出版社、安徽教育出版社2006年版，第179頁。
③ 周必大：《論任官理財訓兵三事》，《全宋文》第228冊，上海辭書出版社、安徽教育出版社2006年版，第25頁。
④ 周必大：《論久任劄子》，《全宋文》第228冊，上海辭書出版社、安徽教育出版社2006年版，第18頁。
⑤ 周必大：《乞儲人才劄子》，《全宋文》第228冊，上海辭書出版社、安徽教育出版社2006年版，第31頁。

要務，莫先於任官而患其甚冗，莫急於理財而患其未裕，莫重於訓兵而患其不精"① 等等，由此可見作者認爲其所奏之事皆是當今"要務"，急需得到解決。周必大所欽敬的歷史人物是陸贄、歐陽修，他們"論深切於事情，言不離於道德"②，這也是周必大的追求。事實上，周必大的奏劄確實是踐行了這個追求。

其次，在論證的過程中，周必大一般不願意在文章中泛引古事，尤其不願援引紀歷綿邈的三代故事，其所引的歷史事實，主要是本朝近事，"上有所問，必指近事言之，而不爲泛濫迂闊徼訐之言"③。他常對皇帝說"以本朝觀之"之類的話："前代故事，難於徧舉，姑以本朝觀之"④，"前事布在方策，臣不敢泛論，且以本朝觀之"⑤，"古書所載，臣不敢舉，姑以本朝觀之"⑥。在他看來泛引古事，不能切合時弊，空泛而蒼白，而"以本朝觀之"，不但具有權威性，而且有實際成效擺在前面，故而更有說服力，作爲後代子孫的皇帝更容易接受，應該說這是一種非常有效的論證策略。

最後，是體制精悍短小，語言平實暢達，明白曉暢。奏疏貴簡，據《鶴林玉露》載劉平國之語："奏疏不必繁多，为文但取其明白，足以尽事理，感悟人主而已。"⑦ 實際上，宋人奏劄多冗繁之制，南宋尤甚，正如楊慎《辭尚簡要》所云："吾觀在昔，文弊於宋，奏疏至萬餘言，同列書生尚厭觀之，人主一日萬幾，豈能閱之終乎？"⑧ 四庫館臣亦嚴批宋人奏劄，

---

① 周必大：《論任官理財訓兵三事》，《全宋文》第 228 册，上海辭書出版社、安徽教育出版社 2006 年版，第 25 頁。
② 周必大：《自敘劄子》，《全宋文》第 228 册，上海辭書出版社、安徽教育出版社 2006 年版，第 56 頁。
③ 周必大：《答選德殿聖問奏》，《全宋文》第 228 册，上海辭書出版社、安徽教育出版社 2006 年版，第 13 頁。
④ 周必大：《再乞外任劄子》，《全宋文》第 227 册，上海辭書出版社、安徽教育出版社 2006 年版，第 257 頁。
⑤ 周必大：《乞儲人才劄子》，《全宋文》第 228 册，上海辭書出版社、安徽教育出版社 2006 年版，第 31 頁。
⑥ 周必大：《論任怨劄子》，《全宋文》第 228 册，上海辭書出版社、安徽教育出版社 2006 年版，第 46 頁。
⑦ 《鶴林玉露》乙編卷一，中華書局 1983 年版，第 133 頁。
⑧ 《歷代文話》第二册，《升庵集·辭尚簡要》條，第 1671 頁。

"宋人奏議多浮文妨要，動至萬言，往往晦蝕其本意"①。但周必大的奏劄卻寫得很短，沒有長篇大論，頗具簡勁風格。語言明白如話，平易曉暢，從容不迫，不作過多修飾，以闡明本質、解決問題爲宗旨，儼然是繼承歐、蘇行文自然平易的風格。

第三節　書劄文

周必大交遊極爲廣泛，書信往返極爲頻繁。現存周必大的書劄極其繁富，是我們研究周必大的第一手資料。從中我們可以看出周必大的人際交往、思想價值、情感波動以及文藝觀點。

首先是措置軍政之事。與周必大交往的很多是官吏，或是長輩上級，或是平輩朋友，或是晚輩下級，與他們書信往來，常常探討國家的内政外交等軍政大事，或商榷，或指導，是其政治才能的具體體現。這一類書劄一般都具體務實，詳明剴切。

如《與宰相論李申甫改官劄子》，首先指出宰相"對李申甫特改宣教郎、賜緋朝廷不令經由後省，亦不關報執政諸處，竟付吏部出告"的錯誤做法，然後闡述對方作爲宰相的作用和地位，"共惟相公以精識碩望任天下之重，正宜循守法度，大振紀綱，使人主有所敬畏，國人有所矜式"。接着指出對方這种做法的危害，"今此一舉頗異前聞，諸公既未深思而遽爲之，有司又不知體而奉行之，若每事如此，大亂之道也"。最後向對方提出希望，"願相公勿以遂事爲是，明諭機速房自行檢舉，關報所屬，收還元降劄子畫黃行下，猶足以彰改過之善而弭不知者之謗，未審鈞意以爲然否"②。這封信剖情析理，層層深入，不卑不亢。同樣《與蔡戡咨目》則是揭露劉光祖貪瀆的行爲，希望他向聖上"書疏其過惡"③。而《與汪聖錫尚書應辰劄子》談的是軍事問題：

①《四庫全書總目》卷一六〇，中華書局 1965 年版，《應齋雜著》條。

② 周必大：《與宰相論李申甫改官劄子》，《全宋文》第 229 冊，上海辭書出版社、安徽教育出版社 2006 年版，第 157 頁。

③ 周必大：《與蔡戡咨目》，《全宋文》第 228 冊，上海辭書出版社、安徽教育出版社 2006 年版，第 158 頁。

　　諸將失淮保江，固非得已。然江陰、常熟一葦可杭，今昇、潤之
兵既不可分，而召募又難遽集，此縉紳日夜以為慮者。某竊謂惟有令
張和公守平江兼沿江制置使一策耳。府募一開，應募之兵旬日間可得
數萬，此外殊無策也。某久欲告之丞相，恐疏賤不能取信，故以告侍
郎及夏官陳公，倘以為然，願力白丞相言於上而行之……①

直接為國出謀劃策，措置軍事。又如《與王月卿江溥草書》，是“得旨宣
諭”的書信，信開頭先說明襄漢“在今日為重地”，接着指出金人內部出
現了問題，面對這種情況，我們“既不可不思備禦，又不可不圖進取。惟
能自定規模，乃可臨機應變”，要求他們“所以邊防事宜，切須精思熟講，
條具以聞”。信中又談到“帥藩宴集”時“棋飲”之事，作者告訴他們：
“帥藩宴集，蓋存事體，通人情，理不可廢。至於棋飲，平時尚妨職業，
況今日非雅歌投壺之時乎？”② 這是宣諭在外的軍隊將領應該注意的事情，
語氣委婉，意思明白，言簡意賅。

　　其次是批判社會現象。周必大對於社會上的醜惡現象常常在給朋友
信中予以揭露和批判。這類書劄一般是直言無隱，直揭病根。如《與王
宣子侍郎劄子》寫道：“而近世省部，專務籠絡諸路，諸路却籠絡郡
縣，取之不遺餘力，略無至誠相與之意。彼為郡縣者終無損家貲裨用
度之理，直取諸民耳。吏又蠹蝕其間欲不匱得乎？”③ 作者對於省部郡
縣貪官污吏沆瀣一氣、盤剝百姓深惡痛絕。又如《與湘陰林宰采書》揭
露了官場腐敗：

　　民治固願從簡，但彼或無辜拘繫之類，至令親戚有辭，安得不下
縣取索？蓋當官能平氣盡心者寡矣。若州郡便追人相擾，則是據信偏

---

　　① 周必大：《與汪聖錫尚書應辰劄子》，《全宋文》第 228 冊，上海辭書出版社、安徽教育出
版社 2006 年版，第 276 頁。
　　② 周必大：《與王月卿江溥草書》，《全宋文》第 228 冊，上海辭書出版社、安徽教育出版社
2006 年版，第 160 頁。
　　③ 周必大：《與王宣子侍郎劄子》，《全宋文》第 228 冊，上海辭書出版社、安徽教育出版社
2006 年版，第 374 頁。

詞，不過具因依，催結絕，所謂移送，十無一二。況諸司日日打罵州府，豈敢必其無辭耶？內有果是無理，邑中明與辨析，差人解州，當加懲革，窮治以警妄訴，庶幾兩得。未審雅意如何？①

信中分三層來描述官場腐敗，信而有據，然後希望對方能予以解決。

在《與汪聖錫應辰上書劄子》中，由汪應辰爲官"政化以成，坐嘯餘暇"，而批判朝廷爲政之弊端："以此知朝廷舉事初亦何心，一以爲可而行之，及知其有害則又寢之，持議者當審思於其始，而有位者不惜極論於其後耳。北方眷眷講解，雖曰詭秘難測，然揆之以事，亦可睪見。若我不爲自弊之計，圖實利，遠浮辭，雖恢復可也。"② 批判朝廷大臣們行事之初不仔細審察，出現弊端之後極論其弊。面對北方敵國之詭秘難測，希望朝廷能圖實利，遠浮辭，實現恢復。

另外，周必大雖是道學之同道，但他對道學末流之弊端非常清楚，他曾經寫信跟張栻、呂祖謙說明過：

> 邇來晚輩喜竊伊洛之言濟其私，欲詰之，則恫疑虛喝，反謂人爲褰淺，非如庸夫尚有忌憚。此事不可不杜其漸，高明以謂如何？③
>
> 元晦一意古學，固無可議。只是晚輩喜假其説，輕試而妄用，其於許可之際，更勸其致審爲佳。④

從這兩段話可以看出周必大對道學末流弊端的認識非常清楚，並直接向作爲道學家的兩位好友提出建議。

再次是抒發內心感情。周必大是個情感豐富的人，他也善於在文章中

---

① 周必大：《與湘陰林宰采書》，《全宋文》第 228 冊，上海辭書出版社、安徽教育出版社 2006 年版，第 236 頁。

② 周必大：《與汪聖錫應辰上書劄子》，《全宋文》第 228 冊，上海辭書出版社、安徽教育出版社 2006 年版，第 277 頁。

③ 周必大：《與張欽夫左司書》其三，《全宋文》第 229 冊，上海辭書出版社、安徽教育出版社 2006 年版，第 193 頁。

④ 周必大：《與呂伯恭正字書》，《全宋文》第 229 冊，上海辭書出版社、安徽教育出版社 2006 年版，第 196 頁。

抒發自己的内心感情，而書信則是非常好的載體。他經常在信中向朋友訴說情懷，剖明心跡。這類書劄一般都是真情流露。如《與徐居厚書》：

> 貧者士之常，若親老則須有以娛其志。左右今當以負米爲急，未可專慕曲肱陋巷也。某冒居高位，千慮百憂，未嘗頃刻少安。不相知者滔滔，亦有以自取，豈敢尤人？是非得失在所不計，只是力小任重，無補國家，此爲愧耳。①

先告訴對方要遵循"親老則須有以娛其志"的孝道，然後向對方訴說自己的内心苦悶，自己雖然位高權重，但憂慮百端，沒有片刻安定。懂得自己内心苦悶的人不多，這是自取的，怪不得別人。最後向對方表明心志：是非得失在所不計，只是自己覺得無補於國家，内心慚愧。短短幾句話，真誠而親切，不故作姿態，確實感動人心。又如《與蕭仲和書》，先向友人表示自己雖"冒居邇列"，但由於自己衰病，對"職業常事"都做不好，更不要說"論思獻納如古人云"，因此心中日夜深感慚愧。再向友人述說自己對十四弟的懷念，一句"夢寐未嘗不在青原白鷺間也"，道盡對逝者的無限思念。語言平淡哀婉，意蘊悠長。

復次是與友人探討人生的一些問題，一般是對朋友進行鼓勵、勸勉和安慰。如《與江寧曾宰炎書》：

> 某頓首啟：辱書，喜承涓吉洗印，履況集福。紹興末，見金陵倚郭事極簡，而盛邑尤號易治，每謁洪令，終日蕭然飲食圍棋而已，今何爲頓異也？學道愛人，惟字民乃可設施，名家儁冑，更宜勉旃。留鑰因書，當道才美。餘惟若時珍愛，以俟明陟。②

① 周必大：《與徐居厚書》，《全宋文》第229冊，上海辭書出版社、安徽教育出版社2006年版，第218頁。
② 周必大：《與江寧曾宰炎書》，《全宋文》第229冊，上海辭書出版社、安徽教育出版社2006年版，第219頁。

信中將紹興末金陵洪令治政極簡，"終日蕭然飲食圍棋而已"，與今日之
"頓異"相較，勸告曾炎"學道愛人，惟字民乃可設施，名家雋胄，更宜
勉旃"。在《與彭澤周宰朋來書》中則鼓勵對方成就狄仁傑之事業：

> 某頓首啟：去臘嘗辱書況，既冗且病，而走介又不待報，遂成因
> 循，愧企常往來於心也。暑雨，不審履況何如？有民有社足行所學。
> 今幸非淵明之時，正當勵梁公事業耳。長牋文采甚奇，欽歎無已。①

對方任彭澤宰，故以彭澤之故事告訴他：很幸運，今天不是陶淵明所處的
黑暗時代，不能學淵明之歸隱，要像狄仁傑那樣做一個百姓愛戴的好官。
又如《與歐陽邦基書》則是一篇安慰、勸勉鄉人的書信：

> 某頓首，茂才歐陽君足下：往蒙惠書至千八百言，固已歎服才
> 學之贍矣。繼辱嗣音，陳義益高，而復不鄙其愚，示以試程，經學
> 淹該，議論純正，一第猶不足道，況鄉學乎！然且垂翅回轄，此有
> 司不明之過也。昔曾南豐爲彌封官，讀曹、方、孟三子之辭，以爲
> 宜在高選，既而皆失之。今足下之黜猶三子之黜也。三子者不以失
> 得置心，顧以進業爲樂。足下家有哲匠，日奉詩禮之訓，其爲樂又非
> 三子可比，而何病焉？……蕭子荆《春秋辯》一部附納，窮經如此乃
> 無愧耳。②

歐陽邦基鄉試不利，自然是沮喪，需要安慰。作者先說對方才學富贍，認
爲他的試程之文，"經學淹該，議論純正"。再強調"一第猶不足道，何況
鄉學乎"，雖然是垂翅回鄉，但這是有司不明之過。然後舉曹、方、孟來
類比，希望他學習這三人對待落第的豁達態度，以進業爲樂。而且歐陽邦

---

① 周必大：《與彭澤周宰朋來書》，《全宋文》第 229 冊，上海辭書出版社、安徽教育出版社
2006 年版，第 227 頁。

② 周必大：《與歐陽邦基書》，《全宋文》第 229 冊，上海辭書出版社、安徽教育出版社 2006
年版，第 200 頁。

基"日奉詩禮之訓，其爲樂又非三子可比"。最後將蕭子荆的《春秋辯》送給他，希望他向蕭子荆學習。這篇書劄情辭懇切，委婉曲折，層層推進，極具說服力和感染力。

最後一個重要内容是評論朋友書稿文集。周必大極具文學鑒賞力，對於朋友的文學才華、學術成就有深刻精到之認識。這類書劄，語言精審、優美。如《與陸務觀書》（一）評價陸遊：

> 《劍南詩稿》連日快讀，其高處不減曹思王、李太白，其下猶伯仲岑參、劉禹錫，何真積頓悟一至此也。前又從張鎡直閣借得《續稿》及富沙新編，所謂精明之至，反造疎淡，詩家事業，殆無餘蘊矣。①

周必大認爲《劍南詩稿》高處不減曹植、李白，其下亦堪與岑、劉伯仲，這是真力久積，頓悟所致。而《續稿》及富沙新編則是"精明之至，反造平淡"，可見他對陸遊詩歌的評價很高亦很恰當，對於我們評價陸遊詩歌具有參考價值。又如《與新湖北徐帳幹浩書》：

> ……重以雜著數十篇，論事之高遠，發策之精詳，表啟之得體，詩詞之中律，譬如奇材異寶，森列橫布，反覆誦味，拱揖不暇。至於《唐論》五篇，探端知緒，深切著明，尤得作者關鍵，而非尋常文人才士所能及也。則雖未識風度，而所謂看書道眼、驚坐英談，已在不肖耳目中矣。方當執熱，頓濯清風，其快孰禦哉！②

用比喻概括其各體文章，然後又以通感的修辭手法來描繪自己讀對方佳作的感受，具體形象，語言優美，精審獨到。這是評價文學創作的。還有一些評述朋友的學術著作的書劄，如《與永新張宰大正書》是評價對方的

---

① 周必大：《與陸務觀書》（一）冊，《全宋文》第 229 冊，上海辭書出版社、安徽教育出版社 2006 年版，第 207 頁。

② 周必大：《與新湖北徐帳幹浩書》，《全宋文》第 229 冊，上海辭書出版社、安徽教育出版社 2006 年版，第 264 頁。

《楚辭》研究的，兹不贅述。

當然，周必大的書劄數量龐大，內容繁富，尤其要指出的是他的書劄有相當一部分是朋友應酬之什，沒什麼思想價值、藝術特色。

周必大有些書信寫得很好，藝術性非常高，如《上陳丞相書》，文章太長，兹不摘錄，這是代其大兄撰寫的一封求見信。晉謁文字是需要把握度的，既不能降心辱志，更不能諂媚求榮，又要達到獲得召見的目的。前人多有此類名篇，如李白的《與韓荊州書》、蘇轍的《上樞密韓太尉書》等。本文先闡明對方地位之尊及丞相地位之重要，說明天下人皆願拜見宰相，"今者獨專魁柄，裁成萬化，四方萬里，自一命以上孰不願見而可使者"。接着從丞相如何擇人、如何任人兩個角度展開文章，這是主體部分。最後說明自己"陳愚者千慮"以求見之意。通過"陳愚者千慮"的好處是充分展示自己的政治才能，既無諂媚巴結之意，又自然地表現自己的才能，很切合自己作為求見者的身份，非常得體。本文語言整散結合，運駢於散，有對偶，有排比，語句精粹優美，深得歐文藝術之三昧。又如《與程泰之侍郎大昌劄子》（六），來看看周必大是怎樣向好友程大昌傾訴衷腸的：

> 自古稍肯為時出力，必為眾忌。吾曹豈不知此，但不忍欺君欺心耳。今雖未覿端緒，然有此理，自推五行，此去亦非安坐廊肆者。人生定分，毫髮奚逃？夷考平生得失，蓋亦可知。若欲逆閑其間，必至弄巧成拙，失邯鄲之步，兄以蓋然否？只今滿朝更無一士見與，非必有所鄙惡，勢則使然，用是未嘗尤人。獨兄參辰相望，而膠漆益固，感激深矣。[1]

先說"為時出力，必為眾忌"，是自古而然，自己明白這個道理，只是不忍欺君心，這表明自己為國為民積極入世的儒者心態；以五行自推，自己"此去亦非安坐廊肆者"，由此可知，人生自有定分，無法逃避，這表示出

---

[1] 周必大：《與程泰之侍郎大昌劄子》（六），《全宋文》第 229 冊，上海辭書出版社、安徽教育出版社 2006 年版，第 311 頁。

自己樂天知命的曠達情懷；最後說"只今滿朝更無一士見與，非必有所鄙惡，勢則使然"，可見自己與眾不同的孤傲精神。只有程大昌與自己雖參辰相望卻情同膠漆，深表感激。這段文字，沒有激烈的批判，沒有濃烈的宣洩，絮絮叨叨，婉轉曲折而情韻無限。

　　總的來說，周必大的書劄大多同其奏劄一樣，篇幅很短，寫法靈活，有話則長，無話則短。與楊萬里書信相比，周必大的書劄不以描寫見長，不作濃烈的情感宣洩，往往以一兩句飽含深情的言語來表現。上文所舉之"夢寐未嘗不在青原白鷺間也"就是如此。這裡不妨再舉一二例。如《與龍泉王琳書》寫自己觸物傷情，懷念亡弟時寫道："回首垂三十年，真若隔世，感歎無已。"① 又如《與栗縣鄧宰埏書》寫道："綠淨亭想如故，公餘登覽，行於篇詠，追繼孟生，爲金淵之美談，不亦樂乎。"② 想象對方的閒適生活，表達思念之意，含蓄而優美，語淺而情深。可見，其書劄語言雖不作過多的修飾，卻爽暢精粹，頗富情韻。

第四節　題跋文

　　周必大的題跋數量很多，在宋代是保存題跋較多的作家，達 12 卷 450 多首，而且取得很高的成就，"其中既有考據精審的篇章，也有述事抒慨、評文論藝的率性之作，大力推崇廬陵歐文傳統，以爲其題跋一大特色"③。馬茂軍先生曾對周必大的題跋作出詳細的評論，他認爲周必大的題跋有三個特點："研精覃思、考據精審"；"通徹明白"；"博極書傳，對北宋書齋美學的繼承"④。這個概括比較全面而深入。另外有一篇文章探討周比大題跋的文獻學價值：叙書跡之背景，述藏弆之源流，別版本之良窳，考証，

　　① 周必大：《與龍泉王琳書》，《全宋文》第 229 冊，上海辭書出版社、安徽教育出版社 2006 年版，第 253 頁。

　　② 周必大：《與栗縣鄧宰埏書》，《全宋文》第 229 冊，上海辭書出版社、安徽教育出版社 2006 年版，第 214 頁。

　　③ 《宋文論稿》，上海財經大學出版社 2003 年版，第 6 頁。

　　④ 馬茂軍：《宋代散文史論》，中華書局 2008 年版，第 367—374 頁。

校勘，評論，并探討了周必大題跋的特點。① 筆者在此對周必大的題跋思想、感情、價值等内容作較充分的探討。

一　富於史料價值

周必大的題跋具有很高的史料價值，因爲他有意識地在題跋中保留史料。周必大曾經任高宗朝的御史監察、孝宗朝的宰相等官職，具有一般人所不具有的身份，因而他對高宗、孝宗朝廷内外之時事的記載就非常具有史料價值。如高宗内禪時曾經發生關於皇太子取名之事："先是高宗以壬午五月甲子降旨立儲，丞相陳康伯折簡，禮部侍郎吕廣問密議典禮。時上正祀黄帝，廣問爲初獻官，臣以御史監察，因語臣皇太子改名從火從華。臣謂：'與唐昭宗曄字同音，可乎？'廣問亟告丞相，取旨别擬定，乃用今名宣布，而初札不復改矣。"對於皇太子改名這一事，周必大認爲"當時朝士尚不及知，況於後世疑以傳疑，將何所取正？"因此他"敢併列之，備他日史官之採"②。我們知道宋高宗害有"恐金症"，尤其是他即帝位之後，更是不敢定都建康，唯恐像他父兄那樣被金人擄去，所以他在即位之後一直在逃命，甚至一度乘船逃到海上。關於他的逃跑經歷和路線，周必大《高宗御批錢伯言奏跋》中有清晰的記載："初，帝於是月三日壬子南渡，幸鎮江府，伯言先以龍圖閣直學士爲守，至是充巡幸提點一應錢糧頓遞官。癸丑駐蹕丹陽縣，甲寅次常州，乙卯次無錫縣，丙辰次平江府，丁巳稍休，戊午次吳江縣之平望，己未次秀州，乃批此奏。……庚申發秀州，次長安閘，辛酉次杭州，實如批語。"③ 周必大本是考證高宗御批之時間、地點，無意中他爲後人留下了宋高宗清晰的逃亡路線以及到各地的時間。又如《高宗御批陳思恭奏劄跋》記載范瓊伏誅後其軍隊的結局：

---

① 谷敏：《南宋周必大題跋的文獻學價值》，《雲南民族大學學報》（哲學社會科學版）2009年第 3 期。

② 周必大：《紹興淳熙兩朝内禪詔跋》，《全宋文》第 230 册，上海辭書出版社、安徽教育出版社 2006 年版，第 207 頁。

③ 周必大：《高宗御批錢伯言奏跋》，《全宋文》第 230 册，上海辭書出版社、安徽教育出版社 2006 年版，第 361 頁。

　　建炎己酉七月，高宗幸金陵，平寇將軍范瓊跋扈伏誅。瓊爲河
北制置使時，王彥聚兵大行，黥其面，曰："誓殺金人，不負趙王。"
號"八字軍"，瓊嘗統之。至是，彥爲御營使司統制，以此軍歸彥。
又分瓊餘兵四千七百人，付神武軍統制陳思恭，思恭本韓世忠部曲。
是春苗劉反，自平江從世忠勤王有勞，既得瓊兵，遂乞衣甲，御批
依奏……①

這首跋文詳細地記載了范瓊伏誅後，其軍隊被肢解，並說明了分屬王彥
和陳思恭的原因。周必大有着強烈的補史之闕的意識，如《題鄭忠愍公
驥遺事》：

　　某頃爲兒童，聞伯父言敵破關中時得全節之士二人，其一即同州
鄭使君，先大父同年進士也，其一蓋陝西轉運副使桑景詢。伯父嘗爲
之屬，以是詳知本末。始桑公行部，望騎壘薄長安，官吏駭散，獨旋
軫入。城陷，盛服向闕再拜訖，與一女俱赴井死。今鄭公賜諡立廟，
子孫祿仕相繼，又得當時名人暴揚忠烈，定可不朽。惟桑公無子，知
者甚鮮，因附其說于鄭公遺事之後，毋獨使其無傳焉。淳熙元年四月
四日。②

陝西轉運副使桑景詢在長安城陷之時，盛服向闕再拜後投井而死，其氣節
知者很少。作者記下並附在鄭公遺事之後，讓它永遠流傳。周必大的有些
記載可以和史家記載相印證。如有關朱希真的事蹟：

　　朱希真避亂南渡，流落嶺海、江浙間。德壽皇帝因明橐薦，特
召而用之。既掛冠矣，秦丞相擢其子爲勅局刪定官，希真間來就養，

　　① 周必大：《高宗御批陳思恭奏劄跋》，《全宋文》第 230 冊，上海辭書出版社、安徽教育出
版社 2006 年版，第 370 頁。
　　② 周必大：《題鄭忠愍公驥遺事》，《全宋文》第 230 冊，上海辭書出版社、安徽教育出版社
2006 年版，第 278 頁。

是時東閣郎君慕其詩名，欲從之游，爲修廢官留爲鴻臚少卿，希真
愛子而畏禍，不能引去。未幾秦薨，例遭論罷，出處固有可議，然
亦可憫也。今觀其字如其詩，其詩如其人，後世不待識面，當知爲
伊洛盛流矣。①

朱希真被秦檜強迫擔任鴻臚少卿之職，卻因"愛子而畏禍，不能引去"，
周必大認爲其出處固有可議，而其情亦可憫。對此《宋史》已有記載：
"敦儒志怀舐犢之爱，而畏避窜逐，故其晚节不终。"同時周必大認爲朱希
真"字如其詩，詩如其人，後世不待識面，當知爲伊洛盛流矣"，可見朱
希真自號"伊水老人"、"洛川先生"，其來有自。

二　抒發豐富情感

一是嘆故人雲亡。很多題跋是觸景生情、睹物思人而寫。作者看見一
些與故友至交的相關物品而產生物是人非的感嘆。如《題六一先生與王深
甫帖二首》（其一）：

淳熙十五年四月二十八日觀舊題，轉燭八年，而史志道墓木已
拱，太息久之。②

同年史志道贈送給自己歐陽修與王深甫帖一紙，歐陽修的手跡對他來說非
常珍貴，此時此刻，故人墓木已拱，睹物思人，嘆息久之。又如《題王荆
公家書》：

右王荆公與和甫二書。前一幅嘉祐五年爲江東提刑時，後一幅當
在熙寧末或元豐初也。卷首十字乃亡弟子柔遺跡，展讀隕涕。淳熙七

---

① 周必大：《跋汪季路所藏朱希真蹟》，《全宋文》第 230 冊，上海辭書出版社、安徽教育出
版社 2006 年版，第 309 頁。
② 周必大：《題六一先生與王深甫帖二首》（其一），《全宋文》第 230 冊，上海辭書出版社、
安徽教育出版社 2006 年版，第 234 頁。

年三月一日，周某子充題。①

看見亡弟子柔的遺跡，作者不禁傷心落淚。又如《跋與徐林書》：

> 徐公稚山以舊德再還從班，宅在銀鎗寨中。予以左吏兼行詞掖，
> 居暗門城下，相去百餘步，而東偏書室適隔一墙。公忘年下交，屢
> 欲開便門相過從。予曰：“壁壘已定，穿窬不由路，如禮法何？”公
> 笑而止。公既沒，予挽之云：“昔者陪簪筆，比憐銳鑿垣。”蓋謂是
> 也。後二十年壬寅冬，公之孫武康尉雲紀錄予中間答公書以相示，
> 覽之悵然。②

徐稚山與自己忘年之交，並希望開便門交往，周必大自己認爲這不合禮
法。徐公去世時周必大則擬挽聯悼念，後二十年，其孫以他們交往時的書
信相示，他睹物思人，覽之悵然傷心。

　　二是對具有高尚品德和氣節的士人表示欽慕與贊美之情。作者所贊美
的人物很多，有元祐文人，有家鄉先輩時賢，有理學名家等。總之只要是
有高尚品德、偉大氣節、偉大成就者都是他贊美的對象。他對熙、豐大臣
非常不滿，因此極力贊美元祐文人。如在《跋黃廉夷仲行狀》中，周必大
考察了黃庭堅在熙、豐、元祐間“出入要劇”，而能“獨無間言”的原因，
高度贊美黃庭堅立朝能夠“忘已狥公，中立不倚”的高尚品質③。對於三
蘇同樣也是贊美之情溢於言表，如在《跋宗室子縱藏前輩帖》中贊美二
蘇：“二蘇兄弟，行如冰雪，足以下照百世，望如九鼎，足以坐銷羣姦。
學士大夫得其片文隻字，輒藏弄以爲榮，蓋非特取其華藻也。”④ 在《跋三

---

　　① 周必大：《題王荆公家書》，《全宋文》第 230 冊，上海辭書出版社、安徽教育出版社 2006
年版，第 238 頁。
　　② 周必大：《跋與徐林書》，《全宋文》第 230 冊，上海辭書出版社、安徽教育出版社 2006 年
版，第 305 頁。
　　③ 周必大：《跋黃廉夷仲行狀》，《全宋文》第 230 冊，上海辭書出版社、安徽教育出版社
2006 年版，第 256 頁。
　　④ 周必大：《跋宗室子縱藏前輩帖》，《全宋文》第 230 冊，上海辭書出版社、安徽教育出版
社 2006 年版，第 262 頁。

蘇畫像贊》中表達自己對三蘇的欽慕之情：

> 侍讀公贊蘇氏父子兄弟之盛，遊、夏不能措辭矣。英彥以示省齋
> 周某，乃續一轉語云："是家一瓣香，並爲文忠公。"此圖盛行於廬陵
> 宜也。乾道丙戌五月十二日。

周必大表示自己對三蘇的敬慕如同對歐陽修的敬慕一樣虔誠："是家一瓣
香，並爲文忠公。"

對家鄉前輩時賢，作者更是敬愛有加，如歐陽修、楊萬里等人。在
《跋蘇石帖》中贊美歐陽修："歐陽文忠公好賢樂善，充其天性"，"惟公道
德文章，師表百世；而干旄緇衣之好，之死靡倦"。批判文人的陋習："彼
爭名者相傾，屬文者相輕，聞公之風其少愧哉！"從而反襯歐公之偉大。
在《跋楊廷秀所作胡氏霜節堂記》中贊美楊萬里"友人楊公廷秀平居溫厚
慈仁，真可解慍，臨事則勁節凜然，凌大寒而不改"①。在《題楊廷秀浩齋
記》中贊美楊萬里"學問文章，獨步斯世，至於立朝諤諤，知無不言，言
無不盡，要當求之古人，真所謂浩然之氣，至剛至大，以直養而無害，塞
於天地之間者"②。在《題楊文卿苃詩卷》中更是贊美楊萬里一家三代：
"吉水楊公詩句典實，可以觀學問之富；字畫清壯，可以知氣節之高。仕
不於其身，必利其嗣人。今秘書監廷秀其子也，辭章壓搢紳，忠鯁重朝廷。
零陵主簿長孺其孫也，知花之正芳，如驥之方驤。《詩》云：'維其有之，
是以似之。'"③ 還有其他的鄉賢如楊忠襄、王庭珪、胡銓等他都在題跋中
給予了高度的贊美。

對理學家邵雍、張浚等人，作者也不吝贊美之筆，字裡行間流露出自
己的欽慕之情。在《跋向子諲家邵康節戒子孫文》中贊邵雍"康節先生心

---

① 周必大：《跋楊廷秀所作胡氏霜節堂記》，《全宋文》第 230 冊，上海辭書出版社、安徽教育出版社 2006 年版，第 420 頁。

② 周必大：《題楊廷秀浩齋記》，《全宋文》第 230 冊，上海辭書出版社、安徽教育出版社 2006 年版，第 342 頁。

③ 周必大：《題楊文卿苃詩卷》，《全宋文》第 230 冊，上海辭書出版社、安徽教育出版社 2006 年版，第 355 頁。

聲正大，可以銘盤，心畫遒勁，可以貫隼"。對張浚，周必大跟他是年家子的關係，因而他是作者極力贊美的對象。在《跋張魏公批劉和州事目》中贊美張浚："魏忠獻公克己復禮之學，愛人利物之心，雖片言隻字亦可想見，所謂造次必於是者。"① 在《跋嚴汝翼所藏張丞相詩》中說張浚："詩律清遠，有樂道憂世之心；筆法妍楷，無震矜怠惰之容。觀此則忠獻公氣象畧可想矣。"② 在《跋張忠獻公與外舅帖》中稱："張忠獻公忠君憂國，勸學爲善之心，造次顛沛未嘗少忘，凡見於手書者皆是也。近世浮辭繆敬盈於尺牘，觀此得不見賢思齊乎？"③ 還有很多其他的高尚之士都是周必大題跋中的贊美對象，如顏魯公、范文正、韓琦、富弼、范純仁、米芾、錢穆父、呂居仁等。

三　論藝評文

論藝評文是周必大題跋的一個重要内容，或評詩文，或論書藝。周必大雖自稱"予於書懵甚"④，但他對書法藝術卻有很獨到的見解。有的是探討書法史的問題，如《題李西臺和馬侯詩》："姑蘇名士朱長文謂唐餘書學廢墜，非也。時人作字尚不苟，特氣體稍卑茶耳。李西臺獨能拔乎其萃，是以古今貴之。熙、豐以後，學者爭言道德性命之理，翰墨一藝固在所忽，躐等凌節，豈惟筆法之絕乎？此可爲善學下惠者道，而難與失步邯鄲者論也。"⑤ 周必大認爲晚唐人作字尚能不苟，只是氣體稍卑茶。而熙、豐以後，學者爭言道德性命，於書法固已忽略，書法藝術不能超邁前代的原因，不僅僅是筆法之絕，整個社會重道輕藝的時代風氣亦是重要原因。有

---

① 周必大：《跋張魏公批劉和州事目》，《全宋文》第 230 冊，上海辭書出版社、安徽教育出版社 2006 年版，第 273 頁。

② 周必大：《跋嚴汝翼所藏張丞相詩》，《全宋文》第 230 冊，上海辭書出版社、安徽教育出版社 2006 年版，第 317 頁。

③ 周必大：《跋張忠獻公與外舅帖》，《全宋文》第 230 冊，上海辭書出版社、安徽教育出版社 2006 年版，第 425 頁。

④ 周必大：《跋吳說千字文》，《全宋文》第 230 冊，上海辭書出版社、安徽教育出版社 2006 年版，第 272 頁。

⑤ 周必大：《題李西臺和馬侯詩》，《全宋文》第 230 冊，上海辭書出版社、安徽教育出版社 2006 年版，第 245 頁。

的是探討書藝，如《跋劉仲威蘭亭叙》說："晉人風度不凡，於書亦然，右軍又晉人龍鳳也。觀其鋒藏勢逸，如萬兵銜枚，申令素定，摧堅陷陣，初不勞力。蓋胸中自無滯礙，故形於外者乃爾，非但積學可致也。"周必大認爲晉人書法風度不凡，而王羲之更是晉人龍鳳，其書法藝術能取得如此高的成就不只是辛勤苦練而至，而是其胸中"自無滯礙，故形於外者乃爾"①。這種觀點與曾鞏《墨池記》的看法則頗異。又如《跋山谷書文賦》："……元符間，山谷自黔移戎見之，謂豪勁清潤，天下奇書，益悟古人沉着痛快之語。今觀此卷書法娟秀不減晉、宋諸賢，自足名世。或乃疑山谷元祐以後每恨向來字中無筆，遂謂四十年前書非其所喜，殊不知前輩爲學日益，新而又新，晚欲自成一家，豈遽矜夸滿假，是殆癡人前不得說夢也。"② 對於後人"疑山谷元祐以後每恨向來字中無筆，遂謂四十年前書非其所喜"的看法給予解釋，他認爲這是"前輩爲學日益，新而又新，晚欲自成一家"。周必大關於書法的題跋更多的是評論書法名家及其書帖。如評柳公權："唐柳公書當時自九重至外夷，無不愛重。史稱其結體勁媚，蓋筆諫之意先形心畫，此所以爲貴，亦猶魏元成忠直而嫵媚耶！"稱贊其《赤箭帖》："夫顔精柳骨，古有成説。此帖字瘦而不露骨，沉着痛快而氣象雍容，歐、虞、褚、薛不足道焉。"③ 在《跋臨江守潘燾所收蔡君謨寫韓文三箴》中贊蔡襄書法："蔡忠惠公書爲本朝第一，蘇文忠公言之矣，誰敢改評？至於因筆之正而知公心之正，不在此三箴乎？"在《題蘇子美草章蔡君謨大書》中贊蔡襄、蘇舜欽書法"蘇草蔡真，可謂二絶"④。周必大非常欣賞米芾之書畫，在《跋劉提刑家六帖·米元章詩》中稱"米南宫辭

---

① 周必大：《跋劉仲威蘭亭叙》，《全宋文》第 230 册，上海辭書出版社、安徽教育出版社 2006 年版，第 250 頁。

② 周必大：《跋山谷書文賦》，《全宋文》第 231 册，上海辭書出版社、安徽教育出版社 2006 年版，第 10 頁。

③ 周必大：《跋柳公權赤箭帖》，《全宋文》第 231 册，上海辭書出版社、安徽教育出版社 2006 年版，第 11 頁。

④ 周必大：《題蘇子美草章蔡君謨大書》，《全宋文》第 230 册，上海辭書出版社、安徽教育出版社 2006 年版，第 306 頁。

翰妙絕一世"①。在《米元章上呂汲公書》中稱："元章字畫豪逸，非以幾令事宰相故加謹楷，殆由切於爲民，有莊敬之心，心既莊敬，字畫隨之。此與檄報鄰縣打回蝗蟲之戲異矣。"② 在《跋曾無疑所藏米元章帖》中稱"元章初學羅讓書，其後超邁入神，殆非側勒、弩趯、策掠、墜磔所能束縛也"。這裡說米芾之書非書之法所能束縛。在《又跋章友直畫蟲》稱"元章亦兼嗜書畫，有好古之癖。使此軸出晉、唐間，當在巧偷豪奪之數耶"。如評價斛繼善所藏柳書《千文》："予雖未能必其是否，然筆勢雄放而法度精密，如造父、王良馭八駿，駕輕車，馳驟萬里，其進退曲折未嘗不中規矩，豈非書家之傑然者耶？亦恐歐虞褚薛未必能辦此耳。"在《跋黃魯直畫寢呈李公擇四詩》中贊黃庭堅"詩雜古律，字兼行草，此山谷得意之作也"③。在《跋陳簡齋法帖奏稿》中評價陳簡齋書法："陳公字畫清簡，類其詩文。"由此可見，周必大對書法鑒賞水平很高。

評文論藝的另一個方面是評論作家作品，對文學現象、問題發表自己的見解。如《跋陳從古梅詩》說明從陳從古的創作實踐探討文學創作中的"世業"的問題，周必大認爲"日鍛月鍊，雕肝琢腎尚可能也；多文以爲富，則非世業殆難能也"。以陳從古之才，其詩歌創作"筆端袞袞，宜有餘地"，可是要像他那樣"吟咏一草木"，"能閎麗奧衍，千變萬化不窮如此"則不是易事。陳從古之所以能這樣詠梅不已，原來是淵源有自："自曾大父、先大夫世以詩鳴，皆眷眷于此花，源遠矣哉。"並以文學史上的例子以爲證："漢崔篆生毅，毅生駰，駰生子玉，然後文名著；唐杜審言生閑，閑生甫，然後詩名顯。"④ 如《題張志寧所藏東坡畫》評價蘇軾之詩"蘇文忠詩云：'空腸得酒芒角出，肝肺槎牙生竹石。森然欲作不可留，吐

---

① 周必大：《跋劉提刑家六帖》，《全宋文》第 230 冊，上海辭書出版社、安徽教育出版社 2006 年版，第 364 頁。

② 周必大：《米元章上呂汲公書》，《全宋文》第 231 冊，上海辭書出版社、安徽教育出版社 2006 年版，第 42 頁。

③ 周必大：《跋黃魯直畫寢呈李公擇四詩》，《全宋文》第 230 冊，上海辭書出版社、安徽教育出版社 2006 年版，第 295 頁。

④ 周必大：《跋陳從古梅詩》，《全宋文》第 230 冊，上海辭書出版社、安徽教育出版社 2006 年版，第 304 頁。

向君家雪色壁。'英氣自然，乃可貴重，五日一石，豈知此耶!"① 如《跋胡忠簡公和王行簡詩》贊美胡銓之詩有三不可及："用事博而精，下語豪而華，一也；士子投獻必用韵酬答，雖百韵亦然，蓋愈多而愈工，二也；此篇和王君行簡，時年七十五，長歌小楷與四五十人無異，三也。"② 在《跋楊廷秀所作胡氏霜節堂記》中評價該文"清風嚴霜，本不相爲謀，兼二美者竹也。友人楊公廷秀平居，薰兮慈仁，真可解愠；臨事則勁節凜然，凌大寒而不改，名堂作記，曲盡竹之情狀。蓋身之，非假之也。今胡氏既知不可一日無此君，其可三日不讀此記乎?"③ 周必大以竹爲喻，贊楊萬里文如其人，而《霜節堂記》今已佚，通過此跋我們亦可以略窺其大概。在《題楊廷秀新淦胡氏義方堂記後》中說："誠齋作義方記，理勝而文雄，殊無老人謰諄衰弱氣象。吾黨所共矜式，豈特光賁胡氏家塾而已。"④ 贊楊萬里文章理勝文雄，殊無老人衰弱氣象，爲"吾黨所共矜式"。又如《跋楊廷秀對月飲酒辭》："韓退之稱柳子厚云：'玉佩瓊琚，大放厥辭。'蘇子瞻答王庠書云：'辭至於達而止矣。'誠齋此辭可謂樂斯二者。"⑤ 周必大贊其詩既"玉佩瓊琚"，又能"辭達"，評價不可謂不高也。

一般來說，題跋以議論精警爲特點，講究立論精深，凝練透闢，但又不拘一格，寫法又往往各異。有的以寫物取勝，有的以考據取勝，有的以刻畫人物取勝，有的以趣味取勝。題跋以蘇、黃題跋最爲世人所稱道，"元祐大家，世稱蘇、黃二老……凡人物書畫，一經二老品題，非雷非霆，而千載震驚，似乎莫可伯仲"⑥，而周必大題跋則品類多樣，不囿一偏，詳

① 周必大：《題張志寧所藏東坡畫》，《全宋文》第 230 冊，上海辭書出版社、安徽教育出版社 2006 年版，第 407 頁。

② 周必大：《跋胡忠簡公和王行簡詩》，《全宋文》第 230 冊，上海辭書出版社、安徽教育出版社 2006 年版，第 396 頁。

③ 周必大：《跋楊廷秀所作胡氏霜節堂記》，《全宋文》第 230 冊，上海辭書出版社、安徽教育出版社 2006 年版，第 420 頁。

④ 周必大：《題楊廷秀新淦胡氏義方堂記後》，《全宋文》第 230 冊，上海辭書出版社、安徽教育出版社 2006 年版，第 436 頁。

⑤ 周必大：《跋楊廷秀對月飲酒辭》，《全宋文》第 231 冊，上海辭書出版社、安徽教育出版社 2006 年版，第 44 頁。

⑥ 毛晉：《跋東坡題跋》，《東坡題跋》卷六，商務印書館民國二十五年，叢書集成初編本，第 134 頁。

於記敘者有之，精於考據者有之，富於情韻者有之，不一而足。吳訥的《文章辨體序說》曰：“按蒼崖金石例雲：‘跋者，隨題以讚語於後，前有序引，當掇其有關大體者以表章之，須明白簡嚴，不可墮入窠臼’。”我們可以說，周必大的題跋的確達到了吳訥所提出的三個標準：掇其有關大體者以表章之，明白簡嚴，不墮入窠臼。

第五節　序文

周必大的書序很多，但贈序不多，只有六篇。序文不外乎序人、論文兩個方面的内容。由於周必大位高權重，作品一經其賜序，則可以藏之名山，傳之後世，所以求其作序的人很多。序文一般都要求“善序事理，次第有序”。下面來談談周必大序文的特點。

一　敍事謹嚴，原委詳備

周必大喜歡在爲人作序時“記其本末”①，“詳爲記其本末”②，即周必大在撰寫序文時常詳細敘述人物的生平事蹟、事情的來龍去脈。如《王參政文集序》：

> 故參知政事襄陽王公諱之望，字瞻叔，生于羊、杜成功之地，慕其爲人，博學能文，知略輻輳。紹興八年試南宮，蜀士孫道夫奇其文，力白知舉，請寘魁選，位卑不見聽，然亦名在第八。十三年，行都太學成，高選學者，明年以公爲錄，即兼博士。坐閱五年，每值談經，同僚往往避席。四方英俊爭求指授，作成爲多，其傑然如王詹事十朋皆是也。便鄉求守荆門，遂持節入蜀。偏歷外臺，以王官總軍賦。適金虜渝平，王師十萬，攻取郡縣，保守關隘，累日不解甲。公

---

① 周必大：《元豐懷遇記後序》，《全宋文》第230冊，上海辭書出版社、安徽教育出版社2006年版，第136頁。
② 周必大：《張良臣雪窗集序》，《全宋文》第230冊，上海辭書出版社、安徽教育出版社2006年版，第168頁。

與將帥議論往復，費金穀鉅萬計，而儲衍素備，蜀民不知也。孝宗即
位，公出使九年矣。官至太府卿，而難其代。詔侍從臺諫，集議於是
特增置戶部侍郎升堂，諭使留公於蜀。某忝御史，實發此議。明年始
還朝，仍以版曹參贊都督府。初見上，奏疏二千餘言，極論人主注治
兵與臣下不同，當如舜、禹、漢、唐及祖宗所以奉承天意者，援據經
史，開陳時事。上大喜，有大用意。旋自銓曹直翰苑易諫大夫，宣諭
淮西，措畫邊防，講明軍政。上益注意，即拜參貳，兼行右府。時和
戰未決，眾論不齊，僅三月除職，奉祠而去。眷倚殊未靳也，起典帥
藩，超進資政殿大學士，而公病不能興矣。①

此文對王之望事蹟的記載，能補《宋史》本傳之不足。作者如此詳細記
述，實有補史之闕的目的，"而秉筆太史氏者，亦或有考於斯焉"，再者
《宋史》在主觀傾向上有偏見，認爲王之望"紹興末年，力附和議，與湯
思退相表裡，專以割地啗敵以爲得計"②，當我們讀到周必大的記載，就不
能完全相信《宋史》的評價了。這段記載圍繞王之望作爲儒士而能成就
"事業"這一目的，依照時間順序，精選王之望一生中頗有影響的事情來
寫，敘述明晰，有條不紊，文字簡潔，乾淨利落。又如《歐陽文忠公文集
後序》先介紹自己主持刊刻歐陽修文集的起因：由於歐公撰文時"朝夕改
定"，所以"用字往往不同"；又由於後世"以意輕改"，導致"訛謬不可
讀"；再者廬陵所刊問題更嚴重，"卷帖叢脞，略無統紀"，所以"私竊病
之，久欲訂正"。再講刊刻的情況：

> 會郡人孫謙益老於儒學，刻意斯文，承直郎丁朝佐博覽羣書，尤
> 長考證，於是徧搜舊本，傍采先賢文集，與鄉貢進士曾三異等互加編
> 校。起紹熙辛亥春，迄慶元丙辰夏，成一百五十三卷，別爲附錄五
> 卷，可繕寫模印。惟《居士集》經公決擇，篇目數定，而參校眾本，

① 周必大：《王參政文集序》，《全宋文》第 230 冊，上海辭書出版社、安徽教育出版社 2006
年版，第 154 頁。
② 《宋史》卷三七二，中華書局 1977 年版，第 11537 頁。

有增損其詞至百字者，有移易後章爲前章者，皆已附注其下。如《正統論》、《吉州學記》、《瀧岡阡表》又迥然不同，則收實《外集》。自餘去取因革，粗有據依，或不必存而存之，各爲之説，列於卷末，以釋後人之惑。第首尾浩博，隨得隨刻，歲月差互，標注牴牾，所不能免，其視舊本則有間矣。①

作者對於自己主持刊刻歐陽修文集的情況詳細説明，分別介紹了刊刻人員、刊刻情況、刊刻過程中一些問題的處理。這些情況的介紹非常必要，人員的介紹説明刊刻人員的水平高，問題的處理説明刊刻者態度嚴肅認真。事實上，周必大所刊刻的歐集從此之後就成爲權威的版本，流傳至今。

二　評論精審，見解獨到

周必大學問淵博，創作經驗豐富，鑒賞水平很高，加上創作態度嚴肅，故而他對別人的詩文、學術著作的評價非常恰當。如《楊謹仲詩集序》評楊謹仲的詩：

> 而尤喜爲詩，本原乎六義，沉酣乎風騷，自魏晉隋唐及乎本朝，凡以是名家者，往往窺其藩籬，泝其源流。大要則學杜少陵、蘇文忠公，故其下筆初而麗，中而雅，晚而閎肆。長篇如江河之澎湃，浩不可當；短章如溪澗之漣漪，清而可愛。間與賓客酬唱，愈多愈奇，非所謂天分人力全而不偏者耶？②

先指出其詩歌根本、淵源，再用精美的比喻來形容其詩歌特色。又如《楳溪居士集文集序》寫道：

---

① 周必大：《歐陽文忠公文集後序》，《全宋文》第 230 册，上海辭書出版社、安徽教育出版社 2006 年版，第 134 頁。
② 周必大：《楊謹仲詩集序》，《全宋文》第 230 册，上海辭書出版社、安徽教育出版社 2006 年版，第 52 頁。

始予少時，聞公賦詠一出，輒手抄而口誦之。詠《清江引》，則欲進乎技而凝於神；歌《出塞行》，則如視旗影而聆鼓聲也；讀《大堤曲》、《長相思》，則又如望歸舟，對斜月，而聽情人思婦之語切切也。其他摹寫物象，美今懷古，登臨比興，酬贈祖餞，皆凌厲乎先賢，度越乎流輩。蓋得於天者氣和而心平，勉於己者學富而功深，故於所謂至難者既優爲之，則其制誥有體，議論有源，銘誌能叙事，偈頌多達理，固餘事也。①

用精美的比喻、通感來表現誦讀劉才邵詩歌的美妙感受，還對其他作品進行精到評價，最後揭示出其作品能夠"凌厲乎先賢，度越乎流輩"的原因是"得於天者氣和而心平，勉於己者學富而功深"。

周必大還常藉序文這個載體以發表各種文學思想、觀點，或對文學發展規律、文學現象作出深刻、獨到的闡釋，如《蘇魏公文集後序》對当朝文學發展作出相當深刻的闡發：

至和、嘉祐中，文章爾雅，議論正平，本朝極盛時也。一變而至熙寧、元豐，以經術相高，以才能相尚，回視前日，不無醇疵之辨焉。再變而至元祐，雖闢專門之學，開眾正之路，然議論不齊，由兹而起。又一變爲紹聖、元符，則勢有所激矣。蓋五六十年間，士風學術無慮四變。②

對北宋文風的變化作宏觀把握，結論相當準確，也體現了其對於文學理想範式的追求。在《皇朝文鑒序》中則對北宋文章進行全面評價：

天啓藝祖，生知文武，取五代破碎之天下而混一之。崇雅黜

① 周必大：《樵溪居士集文集序》，《全宋文》第 230 冊，上海辭書出版社、安徽教育出版社 2006 年版，第 159 頁。
② 周必大：《蘇魏公文集後序》，《全宋文》第 230 冊，上海辭書出版社、安徽教育出版社 2006 年版，第 204 頁。

浮，汲汲乎以垂世立教爲事。列聖相承，治出於一，援毫者知尊
周孔，游談者羞稱楊墨。是以二百年間，英豪踵武，其大者固已
羽翼六經，藻飾治具，而小者猶足以吟詠情性，自名一家。蓋建
隆、雍熙之間，其文偉；咸平、景德之際，其文博；天聖、明道
之辭古；熙寧、元祐之辭達。雖體制互興，源流間出，而氣全理
正，其歸則同。嗟乎，此非唐之文也，非漢之文也，實我宋之文
也，不其盛哉！①

對北宋文章的不同階段的不同特點作出準確的概括，顯示出作者對整個北
宋文學的全面把握和深刻的認識，也體現出作者對本朝文學的無比崇敬和
讚美。其在序中對文學思想的闡釋，在前面《周必大文學思想》一節里有
詳細的闡述，茲不再述。

　　另外對於學術著作，作者也同樣有着深刻獨到的評價和認識，周必大
學養深厚，對於學術史極爲熟悉，所以對學術著作總是能夠闡明學術淵
源，對其發展歷程、學術貢獻作出全面而獨到的評價，闡述其意義和價
值，這就是周必大所說的"書必有序，序所以序作者之意"②。也就是說要
能揭示出作者撰述著作之深意。如《高端叔變離騷序》：

　　《詩·國風》及秦不及楚，已而屈原《離騷》出焉，行《風》、
《雅》於《詩》亡之後，發乎情，主乎忠直，殆先王之遺澤也，謂之
文章之祖宜矣。厥後宋玉之《九辯》，王褒之《九懷》，劉向之《九
歎》，王逸之《九思》，曹植之《九愁》、《九咏》，陸雲之《九愍》，皆
《九章》、《九歌》之苗裔。自揚雄至劉勰，則或反、或廣、或爲之辯，
祖述摹倣，不可勝數。迄今本朝，晁太史補之始重編《楚辭》十六
卷，《續楚辭》二十卷，又上起荀卿，下逮王令，集《變離騷》二十

卷，每篇之首，各述其意，本根枝葉備於是矣。①

後之祖述模仿者很多，他們“或反、或廣、或爲之辯，祖述摹倣，不可勝數”，揭示出《離騷》作爲文章之祖的巨大而深遠影響。再評價其《變離騷》：

> 君蓋泝流求其源，由終復於初，如齊、魯一變之變也。二者文同而旨殊。君之上下序議論尤平正，既不溢美，亦不失實，恕奇志等，既纘其詞，復循其義，非深於斯道能如是乎？故爲推明之，以俟知者。

其他的學術著作如《陸氏翼孟音解序》舉例以說明陸嘉材《孟子》研究成就，《曾氏農器譜題辭》則是考證牛耕不是起於三代，亦不是起於漢，而是懷疑“耕犁起於春秋之間”。

三　飽含感情，真摯委婉

周必大往往在序人評文之時，對人物遭遇深表同情。如《送黃秀才序》，文章不長，摘錄如下：

> 宜春黃生景雲，學廣而辭贍，著詩文數萬言，意欲窺鮑、謝之堂奧者。國家舉場一開，屠販膏商皆可提筆以入，而生獨皇皇焉，望棘闈不得進，是可憫也。昔公冶長、越石父皆在縲絏，一遇聖賢，或明其非罪，或贖以左驂，其後卒有聞於世。今生雖嘗爲有司所誣，幸會大赦，名未嘗麗丹書也，特以不能賕吏，抑厭至此，嗟夫！以生之才，使其有過，猶將推聖賢之心拂拭之，況無過哉！予誠憐生而力不足以振之，生其歸本郡，郡守黃公賢者也，予嘗識面焉，仁必能哀生，明必能直生。或謂是當決之外臺，予曰：轉運朱公、史公又賢之

---

① 周必大：《高端叔變離騷序》，《全宋文》第 230 冊，上海辭書出版社、安徽教育出版社 2006 年版，第 153 頁。

尤者也，往並爲尚書郎，予嘗同朝焉。其好士也心益切，其直枉力愈大，而獻生之文，陳生之詞，其無以處生耶？今年秋試，吾必覦生姓名矣。雖然預有以告生：士之致遠，先器識，臣龜之啟、龍標之詩勿作可也。①

作者先是憐閔黃生才高而屢困場屋，接着舉公冶長、越石父二人以勸慰鼓勵黃生，然後感歎黃生之不幸遭遇，並表示期待黃生秋試能中。文章最後作者意味深長地告訴黃生：“士之致遠，先器識，臣龜之啟、龍標之詩勿作可也。”希望他培養自己的器識。這篇序文，行文婉轉，有憐憫同情，有安慰鼓勵，有期待，有忠告，感情複雜，真誠而委婉。

四　開頭精警，結尾總括

周必大的序文喜歡在開頭下一警策性的話，作用是“乃一篇之警策”②。一般意義深刻，很有概括性，與下文結合，就成爲我們現在所說的演繹法，即由一般原理推演出特殊情況下的結論。如《王致君司業文集序》開頭寫道，“志氣不強，不足以言文；學問不博，不足以言文”，下文即從這兩個方面來寫王致君，“司業王君，吾能言之：志氣強者也，學問博者也，故其文章贍而不失之泛，嚴而不失之拘，議論馳騁於千百載之上，而究極於四方萬里之遠，其爲歌詩，慷慨憂時，而比興存焉。他文閎辯該貫，直欲措諸事業，所謂援古證今，黼黻其辭特餘事耳”。又如《楊謹仲詩集序》開頭寫道：“文章有天分，有人力，而詩爲甚。才高者語新，氣和者韻勝，此天分也；學廣則理暢，時習則句熟，此人力也。二者全則工，偏則不工，工則傳，不工則不傳，古今一也。”下文即寫楊謹仲的詩歌是“二者全而工”的，“而尤喜爲詩，本原乎六義，沉酣乎風騷。自魏、晉、隋、唐及乎本朝，凡以是名家者，往往窺其藩籬，泝其源流，大要則學杜少陵、蘇文忠公。故其下筆，初而麗，中而雅，晚而閎肆。長篇如江

---

① 周必大：《送黃秀才序》，《全宋文》第230册，上海辭書出版社、安徽教育出版社2006年版，第126頁。

② 陸機：《文賦》，《中國歷代文論選》第1册，上海古籍出版社2001年版，第170頁。

河之澎湃,浩不可當;短章如溪澗之漣漪,清而可愛。間與賓客酬唱,愈多愈奇,非所謂天分人力全而不偏者耶?"同樣的還有很多,如《毛拔萃洵文集序》、《趙訓之忠節錄序》、《初寮先生前後集序》等文章都是如此。總之,其序文開頭往往警策、凝練,如二月花開,標新立異,不同凡響。在序文的結尾,作者又喜歡總結上文內容和寫法。如《初寮先生文集序》結尾寫道:"若夫本天人之相因,考源流之所自,以申敍累世之契好而告諸來者,則不敢辭也。"在《續後漢書序》結尾寫道:"乃爲首探魏文當日之心,次舉蘇氏百世之說,以合習氏之論,而證舊志之非,作《續後漢書序》。"在《張良臣雪窗集徐》結尾寫道:"予誠憐而悲之,故爲詳序本末",等等,皆是如此。

第六節　記體文

　　周必大的記體文共五十五篇,這一數量與他其他類文章相比還不算多。其中有一篇名爲《永豐縣旌忠廟碑》,但實際上是一篇記文。

　　周必大記體文的特點是有關教育方面的記文特別多。如"學記"共有八篇。像北宋的散文六大家"學記"都寫得不多,據筆者統計,蘇洵沒有"學記",歐陽修一篇《吉州學記》,蘇軾一篇《南安軍學記》,蘇轍一篇《上高縣學記》,曾鞏有《宜黃縣縣學記》、《筠州學記》兩篇,王安石有《虔州學記》、《太平州新學記》和《繁昌縣學記》三篇,六大家總共也就八篇"學記"。從數量的變化也可以看出南宋學校教育遠比北宋發達。另外,除了"學記",周必大還有四篇有關科舉和教育方面的記文,即《泰和縣龍洲書院記》、《筠州重修道院記》、《吉州新貢院記》和《筠州樂善書院記》,這些記文的內容主要都是科考、學校和教化等有關教育和人才培養方面的。撰有如此多有關教育的記文,可以看出周必大對教育的重視,亦可以看出周必大有關教育的思想。

　　《萬安縣學記》首論學之重要,"學所以明人倫,人倫不可一日廢,學校其可一日廢乎?雖然,此王政也,故凡君國子民,教學爲先";其次回答《論語》"獨於學校略無問答"的原因;接着闡述本朝學校教育的發達,自藝祖即重視教育，多次巡幸國學，而"列聖繼志"，"首善京師，由內而外"；至慶曆則"學校遂徧天下"；再記萬安新修學校；文章最後著重強調學的作用：

> 今國家開設學校，惟周孔之教是明，惟堯舜文王之道是適。爲士者雖藉舉業爲入仕之階，然平居父詔其子，兄詔其弟，自洒掃應對而充乎孝弟忠信，由聞見卓約而極乎高明光大。蘊諸中者既不爲淫辭詖行所汩，則形諸外者亦何適而不可？故施之試程非駁雜之辭，進爲師儒得範模之正，臨民則爲良吏，立朝則爲名臣，舉不出乎素學，於以副治世化民成俗之德意。

這裡周必大對於學校教育作用的認識非常全面而深刻。又如《吉州改修學記》，這文的起因是"吉之學故南嚮"，而蕭序辰、方時可則"規徙東方"，吉人無不議其非，尤其是"昔之以科目起者眾矣，今不幸而劣於舊"，吉之人把它歸咎於學之東嚮。現在"復而從舊與創而爲新之難無以異也"，朱晞顏希望周必大爲之撰記。周必大在文中先回顧歷史：慶曆中詔天下立學以來，"吉學之成最早，游於學者最盛"，熙寧以後至於宣和，"下州遠障無不有學，而學法大備，不可復加矣"。作者對這種改變學校朝向的行爲提出質疑："吏於斯時不推明道術之極至以訓啟學者，而徒易其嚮以致非議，重煩後來之改作，何哉？"再推測他們的目的是"以學校美其文而不加之實，意不能安其道於悠久，而苟務興役以爲新奇可喜之政"，這大約相當於我們今天所講的"面子工程"問題。對此，作者指出實際上土木不可恃，唯人心不磨滅，然後作者指出"苟務於蹇淺而精力不能獨造於深微，役其外之可慕而忽其內之可樂，喜於其始之以學校爲政，而弗便於其終之以禮義成俗也，名日隆而實不究之患也"[①]，即這主要是求名不究實造成的危害。如果這樣，今天雖幸而學復南嚮，仍然不能保證日後不會重新變遷，更何況吉人不去論學之邪正，而以仕宦多寡來論學之得失。以仕宦

---

① 周必大：《吉州改修學記》，《全宋文》第 231 冊，上海辭書出版社、安徽教育出版社 2006 年版，第 227 頁。

多寡來論學之得失，有似於我們今天所講的升學率問題。周必大的看法對我們今天的教育仍然有重要的啟迪和警示意義。

《筠州重修道院記》是一篇高度讚美蘇轍對於江西筠州的重要影響的文章，先贊其政績：

> 元豐元年冬，公自宋幕謫官來筠，閱五年乃徙績溪，於時道院蓋未創也，其成也，公得政矣。簡靜則民肅，平易則民親，自朝廷以達於筠，好善之化興，珥筆之風殄。使柳侯得以餘力葺夫治事燕客之所者，誰之功也？[①]

再寫其在筠州的活動：

> 前後留筠者八歲，剛大之氣克焉，性命之理窮焉，經綸之業豐焉，其行誼，其語嘿，其文章，所以軌範士民者如父兄，變移習俗者如師友，傳《詩》，傳《春秋》，解《老子》，著古史，發聖賢之遺意，繕書而藏之，以待後之君子，皆居是邦之時也。

最後讚美蘇轍對筠州的深遠影響，蘇轍之在筠"如文翁之在蜀也"，蘇轍是輔弼之大臣，"其化不止乎筠"，但是"筠之人賴公尤深者，以公居之之久，成之之遠也，功大而施廣矣"。

至於其他的記文，如題名記，則以述官職沿革爲主，亭、堂、祠等營建之記，則或寫主人之價值取向，或贊主人高尚人格，等等，不一而足。

周必大記體文的風格，馬茂軍先生認爲是"紆徐從容，溫純雅正"[②]，這一概括比較準確。這裡以一篇《靜暉堂記》爲例來看看這一風格。《靜暉堂記》是強調統治者要實行"靜治"的思想。首先作者"本贛之風"，認爲"贛易治也"，贛民之風是"尚氣好義，以繳繞誣訕爲恥"，"令爲政

---

① 周必大：《筠州重修道院記》，《全宋文》第 231 冊，上海辭書出版社、安徽教育出版社 2006 年版，第 225 頁。

② 《宋代散文史》，中華書局 2008 年版，第 374 頁。

豈弟則相與心悦誠服，官府蕭然，至無一事"，但實際上"異時宦遊者徒感其風聲之勁勇，而不思道之以善，又咈而激之，民是以病"，所以有循吏則贛易治。接着作者敘述陸濟之"靜治"，"寬而不縱，明而不察，其政不勞而成，吏兩衙退，庭中可羅雀也"。再記其建堂經過以及命名原因，通過陸濟之口解釋"靜暉"之意："動者物也，觀物之變者我也。吾方師齊相容獄市之言，而守老氏烹小鮮之戒，當其陽光下燭，羣動皆作，遊目俯觀，閭里清晏，境與意會，心融形釋，則物雖芸芸，安往而非静？"這一段話主旨是本於老子的《道德經》"治大國若烹小鮮"的思想。第一句模擬蘇軾《前赤壁賦》中的語句。"齊相"是用曹參治齊主静之典，這段話強調"物雖芸芸，安往而非静"的主"静"思想。周必大贊同這一思想，並對其進一步深化，抛棄了其老莊色彩，歸於儒家政治思想："夫爲民父母，因俗而治，然後得其歡心，而身名爲之俱泰。否則，牒訴之繁，鞭扑之嚚，方戚戚然捄過之不暇，而何有於燕樂？"文章結構謹嚴，敘述簡明，議論平和，語言流暢，紆徐從容，溫婉典雅，與歐、蘇同風。

　　總的來說，周必大的記體文一般不作詳盡的描繪，他最擅長的就是謹嚴的敘述。對建築物興廢、文物制度的歷史沿革講述詳盡，不厭其繁。當然，有的記則又立論雅正，議論精粹，有的記則善於夾敘夾議。大家之作，不拘一格。

第七節　碑誌文

　　碑誌文種類固多，而其作用與形式則略有差異："墓碣，近世五品以下所用，文與碑同。墓表，則有官無官皆可，其辭則敘學行德履。墓誌，則直述世系、歲月、名字、爵里，用防陵谷遷改。埋銘、墓記，則墓誌異名"[1]，"凡碑、碣表於外者，文則稍詳；誌銘埋於壙者，文則嚴謹。其書法，則惟書其學行大節，小善寸長，則皆弗錄"[2]。周必大曾經跟好友曾三異討論過碑誌文的沿革：

---

① 《歷代文話》第二冊，復旦大學出版社 2007 年版，第 1632 頁。
② 吳訥撰，於北山校點：《文章辨體序說》，人民文學出版社 1962 年版，第 53 頁。

……來諭禮惟繫牲乃可言碑，此特一端。《禮記》又云："公室視豐碑。"注疏極詳，謂斷大木爲之，形如石碑。若穿竅其上，安能縋以下壙？偶與繫牲之狀同耳。按許氏《説文》："碑，堅石也。"然則凡堅石刻文皆謂之碑。自漢已然，如韓愈《平淮西碑》之類是也。特不當泥古鑿竅於平地之碑耳。至如浯溪刻頌，亦在石崖，恐難便謂黃張之訛也。所謂誌墓比干用銅，其來遠矣。後世人力既不能辦，亦無良冶或，以木代，或以甄爲之。蓋漢甄甚堅，不減於石，如銅雀之瓦，尚可作硯，況甄乎？後世人謀益深，甄又不堅，始代以石，愈久愈簡便也。①

這一段話，既見周必大學識淵博，考述確實，又見其重視碑誌之文。碑誌文的體制是"標序盛德，必見清風之華；昭紀鴻懿，必見峻偉之烈"②，其目的是"論列德善功烈"③，故而撰寫者礙於孝子慈孫之心，往往多溢美之辭。然周必大撰寫碑誌文的態度極爲嚴肅，一絲不苟。爲人撰寫碑文的基礎是送來的行狀，周必大則並不全依行狀，而是講究實事求是，對於時間、地點、人物等一點也不含糊，撰寫碑誌文，"常憚於執筆，正爲不敢鹵莽"④。周必大的碑誌文數量相當多，能與其比肩的作家不多。據筆者統計，周必大共撰有 29 篇神道碑、72 篇墓誌銘、3 篇墓誌、2 篇壙誌、2 篇墓表、2 篇葬記、9 篇墓碣、5 篇塔銘。周必大曾經做過史官，博通經史，善屬文章，又位高權重，故而求其撰寫碑誌的相當多。其碑誌的墓主有名臣、循吏、朋輩、親屬、婦女等。周必大的碑誌文有如下兩個特點。

一　敍述翔實精確

周必大碑誌文最突出的特點是敍述精確，內容翔實，尤其是名臣和循

---

①　周必大：《與曾無疑三異書》其三，《全宋文》第 229 冊，上海辭書出版社、安徽教育出版社 2006 年版，第 244 頁。

②　范文瀾注：《文心雕龍注》，人民文學出版社 1962 年版，第 214 頁。

③　吳訥撰，於北山點校：《文章辨體序說》，人民文學出版社 1962 年版，第 53 頁。

④　周必大：《與太和卓宰洵》，《全宋文》第 229 冊，上海辭書出版社、安徽教育出版社 2006 年版，第 270 頁。

吏之碑誌更是如此。周必大喜歡對墓主的一生作詳細的敘述，這主要是由
兩個方面的原因造成的：一是應家屬之請求，家屬總希望碑誌寫得豐富，
能夠傳之久遠；二是由於周必大在進行創作時總有一種補史之闕的意識，
他的序、記、題跋等都有這個特點。碑誌文一般不外乎四個方面內容：世
系、事蹟、評價、子孫。周必大在撰寫墓誌時首先看重的是墓主的仕履，
詳細敘述墓主一生中的政績。如《資政殿大學士贈銀青光祿大夫范公成大
神道碑》詳細記敘范成大的一生。文章開頭先寫其世系、中進士第前的學
行，接着簡寫中第後的仕履，詳寫其知處州、崇政殿說書、出使金國、治
理廣西、知成都府等事蹟；文章的後半部重點寫其石湖、范村，評價其
人，介紹著作，補敘自己與范成大的掛冠之約等。這篇碑誌內容極爲豐
富，涉及范成大一生各個階段的方方面面，非大手筆不能講述得如此清
楚，非知心友不能寫得如此翔實。

　　不厭其煩的詳細敘述，容易寫成流水賬。千篇一律、千人一面，讓人
感到單調乏味、面目可憎。而周必大則非常講究敘事藝術。

　　首先是一脈貫通。所謂的一脈貫通，就是文章圍繞一個中心、一個
精神、一個特點去寫，所選取的材料都是服務於這一點，這樣的敘述效
果是使得文章中心明確、主題突出、形象鮮明。如《朝散大夫直顯謨格
黃公石墓誌銘》圍繞黃石"識慮精審，喜論國家大事"來寫的："紹興七
年，投匭上書，言內事可治者七，外事可治者四。天子異之，下其書給
舍，皆謂切時可行"；"以書抵秦丞相，曰：'上踐祚十九年，儲貳未立，
安危所係，孰大於此？公獨不開陳乎？'不報"；"二十二年，免喪，秦丞
相尚當國，公申論前事"；"服闋，沈丞相秉政。公以語秦者語沈，沈亦
不能用"；"二十九年，留守張忠定公召赴闕，公送以書，大畧言內則國
本未定，閹寺寢昵，外則北庭懷貳，大將乏人，國用不給，張公咨美既
入對，言儲貳尤力，適契上意，未幾遂行典禮"；"三十一年冬，完顏亮
死，議者爭欲乘機進取，會太上皇帝視師金陵，公獨陳八事，謂宜按甲
休兵，徐俟敵隙，其後諸將果然無功，駕還臨安"；"乾道元年九月輪對
論二事"；（乾道二年）"三月再輪對，力陳正心出治之要"；"四年夏三輪
對……其語益劘切"；"六年行部，值諸郡大水，壞太平圩田，公以其事

申三省"。① 文章基本上是選擇其上書言事之語言來組織成文，極力突出其
"識慮精審，喜論國家大事"的特點。同樣的寫法的還有《資政殿學士贈
通奉大夫胡忠簡公神道碑》，文章圍繞胡銓"直諒"這一性格特點來敘述
的。《敷文閣直學士贈特進汪公神道碑》則是圍繞墓誌汪大猷爲政"仁賢"
這一特點來寫的。

其次是首敘其大節。所謂的首敘大節，就是在文章的開頭先寫墓主一
生中最重要、最精彩、最有氣節的事蹟。如《龍圖閣學士左通奉大夫致仕
贈少師諡忠簡張公闡神道碑》開頭則是寫張闡不媚附秦檜："……維永嘉
張忠簡公以端醇脩潔，用給事中林待聘薦召對，召試入省。凡五年，同僚
或自臺察驟用，或由著作爲左右史，其下亦不失尚書郎，而相國兄梓、子
熺又相繼爲之長，他人附麗不暇，公獨介然其間。秦知公久次，喜論事，
一日微諷公，謂當入臺。公迎拒之，坐是報罷，閑廢十有五年，了無慍
色。"② 當秦檜炙手可熱時，人人附麗，唯張闡獨介然其間，文章如此開
頭，有如豹首，矯健有力，一下子就把張闡的高大形象展現在讀者面前。
《龍圖閣學士左通奉大夫致仕贈少師諡忠簡張公闡神道碑》也是開首寫其
大節，文章一開始寫其戊午年上高宗封事之事：

> ……中外議論雖洶洶，顧無敢極陳於上前者，獨樞密院編修胡公
> 銓上書數百言，援大義而伸之，大畧謂：王倫誘致金使，欲劉豫我；
> 秦檜腹心大臣，導陛下爲石晉；孫近傅會，遂參政事。願竿三人頭，
> 羈留金使，興問罪之師。時八年十二月也。辛亥有旨，銓書凶悖刼
> 持，其削籍流昭州，仍降詔布告中外。是日，檜、近惶恐待罪。明
> 日，又請收責命，不許，則乞從末減。十二月，王倫亦再上章自劾，
> 而六曹長貳、給舍、臺諫自晏景初而下，多有救解者，乃改監廣州
> 都鹽倉。明年正月，宰執復奏：銓書專詆臣等，前和議未諧，不敢

---

① 周必大：《朝散大夫直顯謨格黃公石墓誌銘》，《全宋文》第 232 冊，上海辭書出版社、安
徽教育出版社 2006 年版，第 261 頁。

② 周必大：《龍圖閣學士左通奉大夫致仕贈少師諡忠簡張公闡神道碑》，《全宋文》第 232
冊，上海辭書出版社、安徽教育出版社 2006 年版，第 323 頁。

固請以疑群心，今議已定，宜稍甄叙。……二十五年冬，秦丞相薨，乃得歸。

文章開頭詳寫胡銓所上封事的内容、上封事後主和者的反應、胡銓貶謫情況、士人的表現，極力突出胡銓的錚錚鐵骨和"直諒"的性格。

最後是夾敘夾議。運用夾敘夾議最典型的是《丞相洪惠文公适神道碑》，它通篇夾敘夾議，敘議結合非常緊密。在洪适"服闋，起知荆門軍"時，就評價其爲人"公才智有餘，臨民惠愛"，接着敘述其"二十八年，應詔上寬恤四事，凡公私以例取民錢歲數千緡悉除之"；在評價其"持正不私，風采振厲"後，敘述其"三十二年，車駕視師金陵，公因朝覲，言：'本路昨旱荒，民逐食淮甸，復困虜兵。今雖懷歸，而田産官已斥賣，不則給佃，乞斷自二十八年後，許業主若子孫用估價贖還。'天語褒飾再三"；在評價其"公心計周密，暇裕如平時"後，敘述其事，"會有旨犒海州之師，鎮江及武鋒軍有實在圍中而不與名，公比附倍給。以便宜招納海道逃卒，歸之督府，歸正者接踵而來，或無以贍其家，因公奏乃計口添支。公謂官以總領淮東爲名，而財賦實隸浙江西東，乞以兩路入銜"①。文章自始至終都是這樣議論緊扣著敘述，邊敘邊議，完美地完成了對洪适爲政特點的敘述和展示。其他的文章雖然不如此篇之全篇貫通地夾敘夾議，但仍然有不少篇目夾敘夾議，比如上文所提到的《資政殿學士贈通奉大夫胡忠簡公神道碑》，在敘述胡銓上封事的事情之後，作者情不自禁地發表議論，對胡銓的錚錚鐵骨、大無畏精神予以盡情讚美：

某竊惟人臣犯顏逆耳，上攖人主之怒，下爲權臣切齒，或誅或斥，何可勝數？未有九重特申詔諭，兩府矯情屢請，禁近引誼救止，曾不四旬，誥命三改，如朝廷此舉之盛者。當是時一胡編修名震天下，勇者服，怯者奮。

這一番議論之後，作者又接着敘述當時士人對胡銓的支持態度：

> 朝士陳剛中以言錢行，至云："屈膝請和，廟堂無策；張膽論事，樞庭有人。貶令安遠，之死靡憾。"鄉人王廷珪嘗賦"姦諛膽落"之詩，竄徙夜郎，反以爲榮。

然後作者又禁不住大發感慨：

> 下至武夫悍卒，遐方裔士，莫不傳誦其書，樂道其姓氏，爭願識面，雖北庭亦因是知中國之不可輕。蓋天理所存，自公達之；人心所憤，自公發之。扶世垂教，非聖朝之伯夷耶？孔孟如在，其大書特書也必矣。

作者對胡銓這一舉動所產生的巨大影響、偉大意義，給予深刻的揭示，并認爲胡銓是本朝的伯夷，如果孔孟在世，一定會大書特書。作者的夾敘夾議就是對胡銓的人格精神的大書特書。

還有一些其他的敘述藝術技巧，如補敘、通篇概敘、首敘本末、王顧左右而言他等。

補敘是很重要的敘述手段，因爲注重墓主的仕履，則其主要内容就是墓主一生政績，但一個人一生並不僅僅只有某一種活動，其他方面也不可能全部捨弃。可如果放在一起寫就會寫得很散很亂，不容易突出墓主主要性格特點，所以作者往往採取補敘手法，在集中敘述完仕履政績之後，再補敘其他内容，則墓主的人生就顯得豐富多彩了。如《朝奉郎袁州孫使君逢辰墓誌銘》在敘述完墓主一生政績後，補敘其"慕范文正置義莊贍宗族，置田北鄉，以歲入給貧者伏臘吉凶費"的義行。又如《朝請郎曾君光祖墓誌銘》在敘述完墓主一生仕履之後，補敘曾光祖在兒子死後，自己生病的情況下，"猶自力娛嬉親旁"，來表現他的孝。

通篇概敘，主要是因爲墓主一生沒什麼大事可寫，但又不得不撰文以應酬，這種碑誌文一般都很短，如《文士慶墓誌銘》《通判彭君商老墓誌銘》《高州趙使君介墓誌銘》《通直郎彭君叔度墓誌銘》等都是概敘墓主一生，這類文章的特點是概括力強，語言精練，毫不拖泥帶水。

首敘本末，則是在文章的開頭先簡要概敘墓主的一生，然後再挑選一些事蹟來寫。《永州張使君奭墓誌銘》開篇簡略介紹其世系後，用不到兩百字就敘述了其一生，然後以"目擊耳聞者附之"，寫其仕履、學行等情況。

顧左右而言他，則是因爲墓主除世系、子孫之外確實沒什麼事蹟可寫，只好寫一些不著邊際的文字敷衍塞責，應酬了事。這種寫法，筆者姑稱之爲顧左右而言他。如《彭孝子千里墓表》，文章由"人之行莫大於孝"，而考證仁宗朝周姓孝子爲周堯卿，說明撰碑誌文時書"名某字某"是不妥的，再由歐公"猶遠取他邦之孝子如堯卿者爲發明之"來說明自己應該爲同郡彭孝子撰寫墓誌。這些內容與彭千里沒有多大關係，不過是湊數字而已，當真正介紹彭孝子時，只用了不到一百五十個字。

徐師曾將碑誌分爲三類："以三品列之，其主於敘事者曰正體；主於議論曰變體；敘事而參以議論者曰變而不失其正。至於托物言志，寓意之文，則可以別體列焉。"[1] 按照這種劃分，周必大所撰寫的碑誌基本上屬於正體，變體一篇也沒有。與北宋散文大家相比，周必大的碑誌比歐陽修的寫得翔實，但不如其富於情韻，與王安石相比不如其簡勁，而大多數篇目與蘇轍的《歐陽文忠公神道碑》相類似，選材精當，敘述翔實。

二 極富史料價值

曾鞏認爲碑誌近於史，"夫銘志之著於世，義近於史"，它們都具"警勸"後世的價值，但與史又有所不同，那就是"史之於善惡無所不書，而銘者，蓋古之人有功德材行志義之美者"。這樣又會產生一個弊端，那就是"及世之衰，爲人之子孫者，一欲褒揚其親而不本乎理。故雖惡人，皆務勒銘以誇後世。立言者既莫之拒而不爲，又以其子孫之所請也。書其惡焉，則人情之所不得，於是乎銘始不實"，只顧"褒揚其親而不本乎理"[2]，

① 徐師曾撰，羅根澤點校：《文體明辨序說》，人民文學出版社 1962 年版，第 144 頁。
② 曾鞏：《寄歐陽舍人書》，《曾鞏集》，中華書局 1984 年版，第 253 頁。

造成碑誌與史實不符，又使之失去了史料價值。秦觀也強調這類文字要真
實無誣、內容重大，"取其可考不誣，繫國家之大者著之，以告夫當世之
君子"①。怎樣才能保證其能傳信於後呢？曾鞏認爲撰寫者必須是"蓄道德
而能文章"者，只有這樣，才能認識社會本質，看清人的本來面目，而不
至於被表面現象所惑；才能看穿"有情善而跡非，有意奸而外淑，有善惡
相懸而不可以實指，有實大於名，有名侈於實"之人②；只有這樣才能做
到堅持原則，不會爲迎合墓主的親屬而歪曲事實。歐陽修、王安石都爲後
人樹立了良好的榜樣。周必大繼承了北宋散文大家的優良傳統，態度謹
嚴，選材精當，時間準確，事件翔實，評價客觀，具有高度史識。這一點
與他對於碑誌文的深刻認識有關，他曾歎惜歐公撰碑誌不著名、字："概
書曰某州縣人，三代諱某，此猶可也，併其人亦曰名某字某，如此則其子
孫切切顯親之志荒矣，亦豈公表於金石垂勸來世之意耶？"他的一封書信
曾經談到過撰碑誌的情況：

> 冰霜神道碑久已相諾……但《行狀》中前後除授多無年月，如任
> 禮侍同知貢舉乃淳熙八年，某在榻前進呈，尚記曲折，今《行狀》卻
> 與權吏書並作十一年，皆差三年。又恐老詩所記不審，未知有鄭丈腳
> 色否？然此事鄭丈出守在十年二月，契勘得卻子細。謂如自權檢正移
> 大理，今直書曲折。湖南憲避諫官，豈非林居仁乎？漕是司馬否？今
> 皆潛其姓名矣，歲月則不可無。辱常憚於執筆，正爲不敢鹵莽耳。③

從這封信中，可見周必大確實繼承了歐、王嚴肅謹慎、一絲不苟的傳統。

從史料價值來看周必大的碑誌，整個宋代可以說罕有其匹。其碑誌，
不僅數量多，而且很多墓主都是當時的重要人物，如范成大、張闡、張
燾、李燾、胡銓、洪适、洪遵、謝諤、朱松、鄭丙、程大昌等等，這些人

---

① 秦觀：《鮮於子駿行狀》，徐培均箋注《淮海集箋注》卷三六，上海古籍出版社 1994 年
版，第 1156 頁。

② 曾鞏：《寄歐陽舍人書》，《曾鞏集》，中華書局 1984 年版，第 253 頁。

③ 周必大：《與太和宰洵書》，《全宋文》第 229 冊，上海辭書出版社、安徽教育出版社 2006
年版，第 270 頁。

無一不是名垂青史之人物。周必大爲之所撰碑誌固然是今天我們研究南宋史不可或缺的資料，同時周必大的碑誌文也是元人撰《宋史》的材料來源之一。《宋史》有些人物傳記就是對其所撰碑誌的刪改而成。這裡且以《宋史》張闡傳文和《龍圖閣大學士左通奉大夫致仕贈少師諡忠簡張公闡神道碑》略作比較，就可以看出兩者之間的關係。首先從結構佈局上看，除文章開頭外寫法不一樣外，兩文其他部分大多一樣。《碑》文的開頭先寫張闡不詔媚附麗秦檜，目的是突出張闡的人格，這是講求藝術性，而《傳》要符合史書體例，所以將這件事移到文中。其次是兩文在内容、句子上有很多相同之處，茲各摘錄一處來比較：

《碑》：是冬，給札侍從臺諫條具時務，公上十事：一曰強國勢，二曰革苟且，三曰重臺諫，四曰明賞罰，五曰信號令，六曰抑奔競，七曰嚴軍政，八曰戢貪吏，九曰節財用，十曰禁科歛。當是時，應詔數十人，惟公與國子司業王十朋指陳實事，斥言權倖，無所回隱。明日，上召兩人對内殿，大加稱賞，賜酒食，面授御書各一軸。隆興元年正月，徵拜工部侍郎。公奏："臣去冬乞守禦兩淮，陛下謂立春行之，夏秋當畢緝，今其時矣。"面陳三策：移都督府於維揚，增修淮上城郭，優恤山水寨民兵及死事之家以勸來者。上曰："今江淮事盡付張浚，朕倚之爲長城。"會督府請受蕭琦等降，上召問公，公疾不能入，奏請受其降。俄報王師收復靈壁、虹縣，公慮大將李顯忠、邵宏淵深入無援，奏乞益兵殿後。已而王師果失利，眾論遂歸罪於戰。①

《傳》：是冬，給札侍從臺諫條具時務，闡上十事，皆剴切，當時應詔數十人，惟闡與國子司業王十朋指陳時事，斥權倖，無所回隱。明日召兩人對内殿，帝大加稱賞，賜酒及御書。時進太上皇帝、太上皇后冊寶，工部例進官，闡辭。或曰："公轉一階，則澤可以及子孫，奈何辭。"闡笑曰："寶冊非吾功也，吾能爲子孫冒無功賞乎?"隆興元年，真拜工部侍郎。闡奏："臣去冬乞守禦兩淮，陛下謂春首行之，

① 周必大：《龍圖閣大學士左通奉大夫致仕贈少師諡忠簡張公闡神道碑》，《全宋文》第232册，上海辭書出版社、安徽教育出版社2006年版，第323頁。

夏秋當畢，今其時矣。"帝曰："江淮事盡付張浚，朕倚浚爲長城。"
會督府請受蕭琦降，詔問闡，闡請受其降。俄報王師收復靈壁縣，闡
應大將李顯忠、邵宏淵深入無援，奏請益兵殿後。已而王師果失利，
衆論歸罪於戰。①

　　將兩段文字進行比較，就會發現加點的文字，是兩文相同之處。可以看出
《碑》的内容要比《傳》翔實，《傳》除增加了張闡不願"爲子孫冒無功之
賞"一事外，可以說基本上是以《碑》爲基礎，稍加增删而成。另外，稱
呼亦不同，這主要是撰寫體例、目的不一樣，稱"公"是尊敬，稱"闡"
是客觀敘述。同樣，《宋史·范成大傳》是在周必大所撰《資政殿大學士
贈銀青光祿大夫范公成大神道碑》基礎上大加增删而成的。由此可見，周
必大所撰碑誌的史料價值之高。由於周必大的文集保存完好，這些重要的
史料賴以保存下來。

　　當然，周必大的碑誌還有其他特點，如語言精練概括，富有表現力。
周必大善於用較少的文字概括墓主的一生，而且在用詞上很有表現力，如
《龍圖閣學士左通奉大夫致仕贈少師諡忠簡張公闡神道碑》寫張闡不媚附
秦檜時寫道"……他人附麗不暇，公獨介然其間。秦知公久次，喜論事，
一日微諷公，謂當入臺。公迎拒之，坐是報罷，閑廢十有五年，了無慍
色"②，一個"迎"字，一下子突出張闡的高尚氣節。另外作者善於運用疊
詞來描繪人物，如"帖帖"、"纚纚"、"唯唯"之類的詞。

　　總之，周必大的碑誌文，變歐公的"簡而有法"爲"詳而有法"。一
方面是由於墓主孝子孝孫希望寫得翔實，乃風氣使然也；另一方面是周必
大有補史的意識。事際上，"補史"的目的確實達到了。然而，詳細敘述
雖然使得其碑誌文具有很高的史料價，但不可避免地會產生"冗弱"的弊
病。對於傳狀碑誌文，很多作家不願多作，像三蘇父子，乃文章大手筆，
卻慎於爲之。蘇軾《答李方叔》云："某從來不獨不書不作銘、誌，但緣

---

① 《宋史》卷三八一，中華書局 1977 年版，第 11745 頁。
② 周必大：《龍圖閣學士左通奉大夫致仕贈少師諡忠簡張公闡神道碑》，《全宋文》第 232
册，上海辭書出版社、安徽教育出版社 2006 年版，第 323 頁。

子孫欲追述祖考而作者，皆未嘗措手也。”由於各種原因，蘇軾還是撰寫了幾篇行狀與碑誌，如《司馬溫公行狀》、《富鄭公神道碑》等，都寫得很好，如黃震評《司馬溫公行狀》：“溫公德業二王佐，坡老文字萬古奇。凜凜遺篇生氣在，史遷而下固無之。”① 宋人傳狀碑誌文，特別是南宋之作，多傷於冗長。正如楊慎《辭尚簡要》所云：“其爲當時行狀、墓銘，如將相諸碑，皆數萬字。朱子作《張魏公浚行狀》四萬字，猶以爲少。流傳至今，蓋無一人能覽一過者，繁冗故也。”② 毋庸諱言，周必大的碑誌文亦有此缺點。

第八節　周必大散文特色

　　周必大是南宋中期文壇領袖，是散文創作大手筆。他被高宗贊爲“掌制手也”。在他進呈《皇朝文鑑序》時，孝宗贊曰：“卿之文，在廷莫及，真匠手也。”③《四庫提要》說：“必大以文章受知孝宗，其制命溫雅，文體昌博，爲南渡後臺閣之冠。考据亦極精審，巋然負一代重名，著作之富，自楊萬里、陸遊以外，未有能及之者。”④ 周必大的散文被稱爲富而精，徐誼稱：“連篇累牘，姿態橫出，千彙萬狀，不主故常，何其富也！詩、賦、銘、贊，清新嫵麗，碑、序、題、跋，率常誦其所見，足以補太史之闕遺，而正傳聞之訛謬，又何其精也！”⑤ 亦被朱熹、陸游等人欣賞，據《鶴林玉露》載：“朱文公於當世之文，獨取周益公，於當世之詩，獨取陸放翁。蓋二公詩文，氣質渾厚故也。”⑥ 可見周必大的散文創作成就很高，頗得時人與後人賞識。周必大散文具有兩個鮮明的特點。

---

① 黃震：《黃氏日鈔》卷六二，四庫全書本。
② 《歷代文話》第二冊，復旦大學出版社 2007 年版，《升庵集·辭尚簡要》，第 1671 頁。
③ 樓鑰：《神道碑》，《文忠集》附録卷四，四庫全書本。
④ 《四庫全書提要》之《文忠集》提要，四庫全書本。
⑤ 徐誼：《平園續槀原序》，《文忠集》卷四〇，四庫全書本。
⑥ 《鶴林玉露》丙編卷五，中華書局 1983 年版，第 319 頁。

一 氣質渾厚

朱熹欣賞周必大散文的氣質渾厚，樓鑰說他"文章則追配作者，議論則究極古今"①。周必大散文主題重大，內容豐富。他一生歷仕高、孝、光三朝，無論是政治、經濟、軍事、外交，都有所涉及，很多事他更是重要的決策者和參與者，他朝夕論思，日月獻納，然後形諸文字。既不奢談三皇五帝之治，亦不侈言心性義理，而是立足現實，究極古今，深刻探討，提出合理的看法，作出符合實際的措置，觀點中肯，裁處曲當，議論雅馴。如《論兩淮民兵》論民兵：

> 今淮民固有材勇好攻戰者，亦有慵惰畏行陣者，奈何泛取而不爲之別乎？今莫若擇膂力剛、馳射精、志氣果者，自爲一等。歲時程其技藝，部以節制，平居無事，特與蠲免徭稅以勸之，設遇調發可以責其用命，比之泛泛糾集，殆不可同日而語也。此外則將疲懦不堪戰鬪者，依舊結集保伍，使衛護鄉井，備禦他盜，亦不至全爲無用。如此則人數雖似稍少，而能否兩適其宜，乃所以爲多也。②

作者反對對淮民不作區別而泛取，因爲淮民"固有材勇好攻戰者，亦有慵惰畏行陣者"；要求選取有戰鬪力的民兵，訓練節制，給予優惠，對於老弱不堪戰鬪者，也讓他們"依舊結集保伍，使衛護鄉井"，充分利用其長處。這樣軍隊似乎人數少了，可更精銳了，提高了戰鬪力。作者的觀點不偏激，切實用。他對問題的分析，往往識度高遠，分析客觀，理性冷靜，成熟務實。如《乞申嚴薦舉連坐之法》，先提出問題"法本無弊，推而行之非其人，弊則隨之"；然後分析問題，"自堯舜以來蓋莫難於知人"，而選人之法不過"薦舉"而已。但是現在薦舉之法弊端很多，"今每歲雖有定員，而賢否未免雜進；舉詞雖用實跡，而是非亦或難辨。其間營求囑

---

① 樓鑰：《忠文耆德之碑》，《文忠集》附錄卷五，四庫全書本。
② 周必大：《論兩淮民兵》，《全宋文》第 228 冊，上海辭書出版社、安徽教育出版社 2006 年版，第 70 頁。

托，巧奪力取，固亦有之。比歲事爲之制，曲爲之防，非不詳矣，而法出
姦生，令下詐起者，衆人之所趨勢，不能遏也。上下通知其弊，顧未有以
易之"。因此，作者提出自己的解決辦法，那就是"嚴薦舉連坐之法"，並
舉例以證明"此乃救弊之道"。作者闡述問題，腳踏實地，不尚空談，觀
點鮮明，結構謹嚴，條理清晰，行文流暢，風格平實。

　　周必大的散文往往內蘊深厚，體正氣和，流露出平和氣象。其碑誌
文，對於墓主詳寫其仕履，突出其仁政愛民之舉，展示其作爲一個儒家
文化影響下的儒者風範。其序、跋、記材料翔實，情理兩宜，氣象蘊藉，
風格雅正。如《蘇魏公文集後序》，先對北宋學術士風，作一精練概括：
"至和、嘉祐中，文章爾雅，議論正平，本朝極盛時也。一變而至熙寧、
元豐，以經術相高，以才能相尚，回視前日，不無醇疵之辨焉。再變而
至元祐，雖闢專門之學，開衆正之路，然議論不齊，由茲而起。又一變
爲紹聖、元符，則勢有所激矣。蓋五六十年之間，士風學術凡四變，得
於此必失於彼，用於前必黜於後，一時豪傑之士，有不能免，況餘人
乎。"站在歷史的高度來評判，對北宋一朝文化學術、人文士風，作一全
面的把握，見解獨到，非有高度的史識則不能爲也。接着又評價蘇魏公
其人，他"上爲人主所信，中不爲用事者所疑，下常見重於正論"，他歷
仕四朝，"方仁宗右文，公在館閣者九年。英公責實，公首預監司省府之
選。神宗勵精，公則掌制尹京，出藩入從，眷獎尤渥，厥後大用於宣仁
垂簾之際，榮歸於泰陵親政之日，歷事四朝，始終全德，獨爲儒學之宗。
嗚呼，盛哉"①，這一評價，感情充溢，用詞準確，議論溫醇雅正。《宋
史》本傳稱益公爲"南渡詞臣之冠"，實不爲過。總之，周必大散文文章
爾雅，議論正平，曲盡情事，氣質渾然，意蘊深遠，確如羅大經所說
"氣質渾厚"。

　　周必大文章具有這一特點，決非無因。首先是他的人生追求、儒家理
想所決定。他以陸贄、歐陽修爲楷模，兼濟天下，實現自己作爲一個儒者
的理想與追求。他說"竊觀自唐至本朝……其最可慕者陸贄、歐陽修而

────────────

　　① 周必大：《蘇魏公文集後序》，《全宋文》第 230 册，上海辭書出版社、安徽教育出版社
2006 年版，第 204 頁。

已。贊之忠實，蘇軾蓋常發明之，以謂才本王佐，學爲帝師，論深切於事情，言不離於道德。……至修則不然，有贊之學術議論，而又生逢其時，事我仁宗皇帝，凡儲貳之建、立水旱之灾祥、大臣之賢否、將帥之是非，知無不言，言無不盡，太平之功實有助焉。身荷美名，君都顯號，此臣所以既慕其人，又願學之也。”① 向世人宣稱“此臣所以既慕其人，又願學之也”。樓鑰亦說他“風度如張九齡，謀謨如崔祐甫；宋廣文之守文，杜如晦之善斷，公幾兼之。乃所願則尤切切於陸宣公、歐陽文忠”②，由此可見，他是自覺地向陸贊、歐陽修學習，做到“論深切於事情，言不離於道德”，“知無不言，言無不盡”，使自己能夠成爲王佐之才、帝王之師。其次是與他的人格精神、道德修養有關係。周必大爲人剛正，“嘗建三忠堂於鄉，謂歐陽文忠修、楊忠襄邦乂、胡忠簡銓皆廬陵人，必大平生所敬慕”，生長於廬陵節義之邦，節義精神爲其立身準則，這對他的行事爲文產生了深刻影響。他“以國事爲己任，進退人才，一本公道，養民擇守，憂邊訓兵，仰贊睿謨，慮周而敏，被遇日隆，數當大事，典禮論議，裁處曲當”③。他論諫獻納，不避權貴，據《宋史》本傳載：“權給事中，繳駁不辟權倖，上曰：‘意卿止能文，不謂剛正如此。’曾覿、龍大淵得幸，遷知閤門事，必大與金安節不書黃。旬日，申前命，必大格不行，遂請祠去。”④ 他孝友忠信，“天資超穎，非凡才可及，而體夫子‘忠恕’之道，大《易》‘勞謙’之義，孝友淳篤，事從兄如諸父”⑤。他遵循儒家的立身處世原則，追求從心所欲而不逾矩，“窮經必貫於道，造行弗逾於矩”，因而，“發爲文章，實而不野，華而不浮”⑥，這實乃是繼承孔子“文質彬彬”的文學觀。他的内心充滿著仁愛之心，“天雖不言，示人以事。仁愛拳拳，

---

① 周必大：《自敘劄子》，《全宋文》第 228 册，上海辭書出版社、安徽教育出版社 2006 年版，第 56 頁。
② 樓鑰：《忠文耆德之碑》，《文忠集》附録卷五，四庫全書本。
③ 樓鑰：《神道碑》，《文忠集》附録卷四，四庫全書本。
④ 《宋史》卷三九一，中華書局 1977 年版，第 11965 頁。
⑤ 樓鑰：《神道碑》，《文忠集》附録卷四，四庫全書本。
⑥ 周必大：《張彦正文集序》，《全宋文》第 230 册，上海辭書出版社、安徽教育出版社 2006 年版，第 205 頁。

或在兹乎"①。剛正的氣節、深厚的道德修養是決定其文章氣質渾厚的重要因素，這一點《謚誥》說得很清楚："大抵經生固陋，文士浮夸。泥古者未必通於今；溢於空言者，類窒於實用。蓋有文采動人主，言語妙天下，及夫臨大節，當大事，其所建明植立，卒無以大過人者，豈非學力之未至，氣節之弗充歟！觀公出處履踐，言議風采，正大純固，不抗不撓。是宜道德文章，爲世師表，功名終始，視古名臣爲無媿也矣。"② 最後，與他爲文主"氣"的文學思想有關。他在《王元勃洋右史集序》中說："文章以學爲車，以氣爲駛。車不攻，積中固敗矣；氣不盛，吾何以行之哉?"③ 用生動的比喻，闡明學、氣兩者之間的關係，強調"氣"對文章的重要性。周必大繼承了孟子的"養氣"、韓愈的"文氣"說，完善人格修養，養其浩然之氣，然後"發爲文章，實而不野，華而不浮"④，則文質彬彬矣。恰如明人宋濂所云："爲文必在養氣……人能養氣，則情深而文明，氣盛而化神，當與天地同功也。"⑤ 只有氣盛方能言宜，方能與天地同功，方能氣質渾厚。根據這一觀點，益公讚美王元勃的文章"以六經爲美材，以子史爲英華，旁取騷人墨客之辭潤澤之，猶以爲未也。挾之以剛大之氣，行之乎忠信之塗。仕可屈，身不可屈；食可餒，道不可餒，如是者積有年，浩浩乎胸中，滔滔乎筆端矣。賦大禮則麗而法，傳死節則贍而勁，銘記則高古粹美，奏議則切直忠厚。至於感今惜昔，登高望遠，憂思愉佚，摹寫戲笑，一皆寓之於詩，大篇短章，充溢箱篋"。這種由内心的修養，而形成文章剛大渾厚之氣，正是周必大文章氣質渾厚的重要原因。

---

①　周必大:《乞因久雨親札同敕恤民札子》,《全宋文》第 228 册,上海辭書出版社、安徽教育出版社 2006 年版,第 44 頁。

②　《謚誥》,《文忠集》附録卷三,四庫全書本。

③　周必大:《王元勃洋右史集序》,《全宋文》第 230 册,上海辭書出版社、安徽教育出版社 2006 年版,第 202 頁。

④　周必大:《張彦正文集序》,《全宋文》第 230 册,上海辭書出版社、安徽教育出版社 2006 年版,第 205 頁。

⑤　宋濂:《宋文憲公全集》卷二六《文原·下篇》,四庫全書本。

二 敘述翔實

"學者作文，最難敘事"①。周必大擅長敘述的表達方式，他有一種強烈的紀實精神和補史意識，尤喜歡"薈萃眾說，詳考始終"②。他的散文內容豐富、信息密集，富於史料價值。歷史事件、政壇內幕、抗金故事、文壇掌故、人情冷暖，他都非常熟悉，如指諸掌。除了奏札以議論爲主，祭文以抒情爲主之外，其他不管是何種題材、何種文體皆具有這一特點。他的碑誌擅長把墓主的身世仕履、爲人處世、成就著作，一一講清楚。特別是重要政治人物的碑誌更是如此。如《吏部尚書鄭公丙神道碑》，依時間先後順序敘其一生，詳寫仕履政績，記其上書言事，處理案件，說明其子孫後裔、著作情況等，《資政殿大學士贈銀青光祿大夫范公成大神道碑》同樣極爲詳細敘述范成大一生。周必大敘述詳細這一特點，不僅僅限於碑、誌、傳、狀之文，他的題跋、序、記同樣如此，這在同時代散文中較少見。如《跋唐子西帖》就完全是一篇唐庚兒子唐文若的傳記，可補史之缺。先敘述其仕履："登紹興五年進士第，屢被薦召，多仕於蜀。二十六年，入爲光祿寺丞，遷秘書郎，擢起居郎。執政有惡其不下已者，諷言官誣以事出知邵州，改饒州，除直敷文閣，徙溫州。三十一年，參知政事楊椿薦之，高宗笑曰：'今不傲否？'蓋或言其簡伉也。以宗政少卿召，再爲起居郎，明年二月進中書舍人，兼脩玉牒官。隆興元年，以足疾求去。正月丙辰除敷文閣待制，知漢州。明年，改江淮都督府叅贊軍事。符離退師，例貶秩二等，求出幕，得鼎州，徙江州，病丐祠。二年某月，卒於南康軍，年六十。晚號遯庵。"③再補敘唐文若一生中的幾件大事。作者在題跋中這樣詳細敘述唐文若的生平事蹟，目的是"使修史者有考焉"。在序、記中同樣有很多詳細敘述的文章，如《忠正德文集序》《張良臣雪窗集序》

① 《歷代文話》第二冊，復旦大學出版社 2007 年版，第 1719 頁，《歸震川先生論文章體則·敘事典贍則》。

② 周必大：《臨江軍皁閣山崇真宮記》，《全宋文》第 23 頁，上海辭書出版社、安徽教育出版社 2006 年版，第 268 頁。

③ 周必大：《跋唐子西帖》卷四八，《全宋文》第 230 冊，上海辭書出版社、安徽教育出版社 2006 年版，第 420 頁。

《王參政文集序》《初寮先生前後集序》《墨池閣記》等文，都是“詳爲記本末”①、“考源流之所自”、“告諸來者”之作。② 由於周必大曾爲史官，中博學鴻詞科，博學多識，故而周必大的敘述精確而詳實，娓娓道來。溯源流，敘沿革，談歷史，說人情，往往似舉重若輕。如《臨江軍皂閣山崇真宮記》，先講述中國古代道教發展簡況：

> 古者名山大川，在中國者皆雄尊浩蕩，頒於祠官，天子巡狩望秩爲民祈福而已。荆之衡嶽猶以爲遠，自有熊氏已祀濡、霍，況其他乎？當是時，上既不求遠畧，下亦安其常居，雖有黃老之言，何自而入？深山窮谷，稀奇絕特之觀，誰實顧之？及周穆王車轍馬迹，馳騖乎八荒，中天之臺、瑤池之宴，浸傳於世。秦皇、漢武，忻然慕之，由是有爲黃老之學者轉而爲方士之術，負策抵掌，順風而至，羨門、安期之說興，徐福、少君之詐作，當是時，上雖信之，其徒未盛於下也。及乎土宇日廣，生齒日眾，遐方僻地，列置郡縣，王喬、薊子訓、左慈輩又爭以神怪風動四方於此時也。豈特人主嚮之，所謂四民往往從之者眾。眾必有所聚，既不能安處於市廛，則搜奇擇勝，梯崖架險，設壇場，立室廬，茹芝、鍊丹於人迹不至之地。一嵓洞之幽，一川谷之秀，殆將無所遁其形，宮觀遂徧天下而猶盛於東南。③

接着詳細敘述皂閣崇真宮的沿革，詳細介紹崇真宮的具體情況。

總之，作者的敘述，精確詳細，原委詳備，既富於史料價值，又能給人以啟迪。

---

① 周必大：《張良臣雪窗集序》，《全宋文》第 230 册，上海辭書出版社、安徽教育出版社 2006 年版，第 168 頁。

② 周必大：《初寮先生前後集序》，《全宋文》第 230 册，上海辭書出版社、安徽教育出版社 2006 年版，第 150 頁。

③ 周必大：《臨江軍皂閣山崇真宮記》，《全宋文》第 23 頁，上海辭書出版社、安徽教育出版社 2006 年版，第 268 頁。

第六章　南宋江西部分作家散文略論

第一節　王庭珪散文

　　王庭珪的散文雖然數量不很多，但成就較高，亦很有特色，時人對其散文成就給予很高的評價。謝諤說其"書、銘、記、序諸篇，嚴厲有法，而《上皇帝書》并《盜賊》二論，其經綸宏傑，不減陸贄、杜牧，豈徒文哉"①。楊萬里則曰："其詩自少陵出，其文自昌黎出，大要主於雄剛渾大云。清江劉清之子澄評先生之文謂：'廬陵自六一之後，惟先生可繼。'聞者韙焉。"② 謝諤和楊萬里對王庭珪的評價不可謂不高也。王庭珪的散文具體來說，有如下三個特點：

一　思想以儒爲主，佛道雜糅

　　王庭珪精通儒家典籍，儒學研究成就很高，所著書除文集《廬溪集》外，還有《易解》、《六經講義》、《論語講義》、《語録》、《雜誌》、《滄海遺珠》、《方外書》、《校字》、《鳳亭山丛录》。他於學无不通，尤精於易學，他的儒學研究受到時人朱震、胡安國、向子諲的高度評價。《易》的憂患意識、《春秋》尊王攘夷、《論語》用舍行藏、《孟子》兼濟天下等儒家思想對他產生深刻的影響。他的一生，憂國憂民，堅持抗金，反對議和。胡銓上書遭貶時，他贈詩送行，表達對其行爲的支持。貶後回朝，仍然一如

---

① 謝諤：《廬溪文集原序》，王庭珪《廬溪文集》卷首，四庫全書本。
② 楊萬里：《廬溪先生文集序》，《楊萬里集箋校》第 6 冊，中華書局 2007 年版，第 3241 頁。

既往地堅持抗金，向帝王、大臣上書反對遣使，反對議和。在離開仕途的四十年中，他不過是"江南一書生"①，但他始終熱切地關心民瘼，揭露吏治的腐敗，奮力爲民鼓與呼。多次向當地官員提出具體建議，如《與黃國平正字書》論盜賊之不可招安，如《與宣諭劉御史書》揭露官吏對百姓的盤剝，因爲他自信"庶幾憂時憫國之言或有可采"②。這些"採取風俗利病，閭閻所患苦者數事，別爲劄目，隨書以獻"的行爲③，都是儒家積極入世、關心民瘼的仁政思想的體現。他一生志節高尚，遵循孟子提出的"古之人得志，澤加於民；不得志，脩身見於世。窮則獨善其身，達則兼善天下"的原則④。他說："君子不論窮達，不失其志而已。夫志雖不得於天下，豈不可得之於一身。"⑤ 他如陶淵明一般，"天稟介拙，宣和初得官湖南，見上下怠玩，無益於時，歸臥山間"，教授鄉里。孝宗詔對，他又慷慨陳詞，爲國謀劃。用舍由時，行藏在我，不戚戚於貧賤，不汲汲於富貴，他是一個真正的儒者。

同時王庭珪又受佛、道思想的影響。宋代江西地區佛教、道教盛行，佛、道思想不可避免地影響到一些江西士人。王庭珪精通佛理，對佛教教義有深刻領悟。他與高僧惠洪、宗杲等人頻相往來。王庭珪比惠洪小十歲，曾經寫過《同陳思忠訪洪覺範》、《題洪覺範方丈》等詩。其《洪覺範畫贊》寫道：

> 謂公爲佛，乃工文章；謂公爲儒，乃是和尚。非佛非儒，是虛空藏。
> 畫雖逼真，實非真相。作如是見，亦未離妄。水在瓶中，月在天上。

---

① 王庭珪：《與胡待制書》，《全宋文》第 158 冊，上海辭書出版社、安徽教育出版社 2006 年版，第 144 頁。
② 王庭珪：《上趙丞相書》，《全宋文》第 158 冊，上海辭書出版社、安徽教育出版社 2006 年版，第 138 頁。
③ 王庭珪：《與李丞相書》，《全宋文》第 158 冊，上海辭書出版社、安徽教育出版社 2006 年版，第 133 頁。
④ 朱熹撰：《四書章句集注》卷七，中華書局 1983 年版，新編諸子集成本，第 351 頁。
⑤ 王庭珪：《答鄧克強書》，《全宋文》第 158 冊，上海辭書出版社、安徽教育出版社 2006 年版，第 148 頁。

說惠洪"非佛非儒,是虛空藏",畫像雖然逼真,"實非真相"①,他深刻理解惠洪"水在瓶中,月在天上"的人生態度。水在瓶中,一如月在天上,物性無別,萬法歸一,讚美他認清本心,參透生命的本真,得大自在,明白"平常心是道"的禪宗要義。據《宋高僧傳》卷十七載:"(翱)又初見儼,執經卷不顧。侍者白曰:'太守在此。'翱性褊急,乃倡言曰:'見面不似聞名。'儼乃呼,翱應唯,曰:'太守何貴耳賤目?'翱拱手謝之,問曰:'何謂道邪?'儼指天指淨瓶曰:'雲在青天水在瓶。'翱於時暗室已明,疑冰頓泮。尋有偈云:'煉得身形似鶴形,千株松下兩函經。我來相問無餘說,雲在天邊水在餅。'"②"雲在青天水在瓶"其所表達的禪宗要義就是"平常心是道"。王庭珪入仕、棄官、歸隱,如此曠達,應該說有"平常心是道"的影響。他還在詩中借李翱這一悟道偈來表達其學詩觀點:

> 學詩真似學參禪,水在瓶中月在天。
> 半夜鳴鐘驚大眾,嶄新得句忽成篇。③

"學詩真似學參禪",很明顯是受禪宗"悟"、"頓悟"、"妙悟"的深刻影響,承認詩之"悟"與禪之"悟"具有相通之處。宋人多秉承這一詩學觀點,認爲作詩須"悟",如吳可《藏海詩話》云:"作詩如參禪,須有悟門。"④ 韓駒說:"學詩當如初學禪,未悟且遍參諸方。一朝悟罷正法眼,信手拈出皆成章。"⑤ 嚴羽集諸家觀點,然後提出詩歌創作的"妙悟"說:"大抵禪道惟在妙悟,詩道亦在妙悟……惟悟乃爲當行,乃爲本色。"⑥

王庭珪對於佛理頗爲精通,他的散文中亦不時流露出來。如《跋圓覺

---

① 王庭珪:《洪覺範畫贊》,《全宋文》第 158 冊,上海辭書出版社、安徽教育出版社 2006 年版,第 272 頁。
② 贊寧:《唐朗州藥山惟儼傳》,范祥雍點校《宋高僧傳》卷一七,中華書局 1987 年版,第 423 頁。
③ 王庭珪:《贈曦上人二絕句》其一,《盧溪文集》卷二四,四庫全書本。
④ 吳可:《藏海詩話》,《歷代詩話續編》上冊,中華書局 1983 年版,第 340 頁。
⑤ 韓駒:《贈趙伯魚》,傅璇琮等主編《全宋詩》第 25 冊,北京大學出版社 1991 年版,第 16588 頁。
⑥ 嚴羽著,郭紹虞校釋:《滄浪詩話校釋》,人民文學出版社 1961 年版,第 12 頁。

經後》：

> 佛與凡夫皆具圓覺，而凡夫未嘗圓覺。以語言文字求圓覺，則三藏十二部說不能了。況裴相公、圭峰老序注其言已繁，我若更下一語，則屋下架屋，牀上安牀，愈無益矣。若一心虛明，不假修證，圓覺自現，入於神通大光明藏。至是言語道斷，佛亦不能說也。吾姪孫昌朝印施此經，其發心必有所願。汝唯不忘是念，其報必豐。圓覺不圓覺，吾亦不能知也。[1]

他認爲佛與凡夫皆具圓覺，但能否圓覺，則不是語言文字所能達到，"若一心虛明，不假修證，圓覺自現，入於神通大光明藏"。一心虛明，方能圓覺自現，進入自由自在、沒有障礙、心智圓滿的境界。（圓覺又叫无上觉，是佛教中觉的三种境界之一，指自觉觉他的智慧和功行都已达到最高的、最圆满的境地）但是，"語言道斷，佛亦不能說"，禪宗認爲"道由心悟"，"明心見性"，故王庭珪認爲不用饒舌說佛，"佛固不可求，會處豈容說"[2]，應該說，"一心虛明，不假修證，圓覺自現，入於神通大光明藏"，是抓住了佛禪修行的真諦。又如《杲和尚畫贊》寫道："道在真空，空即無相；以相求之，如盲摸象。乘機應物，河岳震響。眼如掣電，舌如奔浪。轉大法輪，說無盡藏。"[3] 讚美大慧宗杲佛學精深，善於說法。總之，他的一些贊、銘、題跋、記，或對高僧表示讚美，或表達對於佛家思想的理解。

道家思想對王庭珪的影響亦很深，他對生活的態度非常曠達。世無所爲，則棄官歸隱；遭受貶謫，則樂天知命。順任自然，隨緣自適，如陶令，似坡老。散文中常常流露出道家思想。劉九垓是其學生，王庭珪爲其

---

① 王庭珪：《跋圓覺經後》，《全宋文》第 158 冊，上海辭書出版社、安徽教育出版社 2006 年版，第 222 頁。

② 王庭珪：《跋楚老帖》，《全宋文》第 158 冊，上海辭書出版社、安徽教育出版社 2006 年版，第 229 頁。

③ 王庭珪：《杲和尚畫贊》，《全宋文》第 158 冊，上海辭書出版社、安徽教育出版社 2006 年版，第 273 頁。

取字爲 "天遊"。他先講取字的原因：

> 古之學者必期至於道，學不至道則知人不知天。造物者之賦於人
> 也，以天不以人，而俗學之士繕性於人，以亡其天，故遯天逐物，馳
> 騖於人間而不知返。莊子曰："心無天遊，則六鑿相攘。"①

學至於道，則知天，就不會 "遯天逐物，馳騖於人間而不知返"，從而達
到莊子所說的 "天遊" 境界。作者認爲天遊 "志大而心廣，漠視九垓之
外，一舉而千萬里，非局局然有封畛者所能至也"，向他闡明："故善學者
必觀古人之不可傳不可知處，始識其妙。齊威公讀糟粕之書於堂上，始知
斲輪之妙不可以手傳"。可見他欣賞《莊子·外物》的 "斲輪之妙，不可
手傳"②。他認爲 "學至於此，以之經世，則知有不器之器，不用之用，無
施不可也"，不用之用，乃是大用。又如《寄軒記》則是由軒名爲 "寄"，
而闡發自己的一種曠達的生活態度。人之身，"其初未始有物"，不過是造
化 "特範君之形而寄之"，而身又寄於軒。然而身與軒皆非我所有，故實
無所寄。人之有累，爲其有身，人生在世，不管窮達富貴，如在逆旅。他
認爲："士生於世，使其中不自得，將何適而非累？使其中泊然無所繫，
何往而不自得？" 所以人生在世就要做到 "磅礴萬物，翛然塵垢之外者，
不以廟堂、江海置冰炭於胸中，隨所遇而安"③，遊乎物之外，視宇宙人間
爲一茅屋，則無處而不可寄，這完全是莊子的一套處世態度。

二　主題重大，議論精警宏傑

王庭珪是以自己對社會問題進行仔細而深刻的觀察爲基礎，從而揭示
根源，提出治療方法。其所關注的問題主要集中在兩點：反對和議、盜賊
問題。如《上皇帝書》，向孝宗進言 "竊以天下之事於今爲最大而不可緩

---

① 王庭珪：《送劉天遊字序》，《全宋文》第158冊，上海辭書出版社、安徽教育出版社2006年版，第246頁。
② 郭慶藩撰，王孝魚點校：《莊子集釋》，中華書局1961年版，第920頁。
③ 王庭珪：《寄軒記》，《全宋文》第158冊，上海辭書出版社、安徽教育出版社2006年版，第254頁。

者，惟邊鄙未寧，境土未復而已"，"而臣之所憂者在陛下立志定謀何如"，
王庭珪認爲孝宗"立志定謀"的應是反對和議。然後對和議之害進行深刻
的揭示。先是反問孝宗："自靖康之初迄於今日，虜人多以一'和'字誤
中國，何爲循而用之猶未已也？"接着揭露主和者的本質，"士大夫有執講
和之議者，非獨愚無識，其處心積慮，止欲固爵位、保名寵、苟安目前無
事而已，非有奇謀遠慮，爲宗廟社稷萬世計也"。進而再指出以往和議的
後果：一是金人貪得無厭，怙恃強暴而悖盟；二是我國謹守盟約，不敢動
手，坐受其弊；三是金人不足慮，只怕淪陷區人見朝廷無意恢復而奮起滅
金，僭據中原，其患無窮。因此提出希望："臣願陛下以此深思之：與其
輕信詭謀，移於偏聽，寧博採羣議，登能庸賢，以張吾已振之威；與其幸
歲月之安，憚勞費罷防秋，寧謹修邊備，練兵選將，以俟其可乘之隙。和
議斷不可用也！"並告訴孝宗，勝敗乃兵家常事，現在正處於"經營恢復
之時"，"聖策先定於中，益務收選人材，講求碩畫，力圖而謹守之，然後
振舉大義，以掃滅此虜，仰慰祖宗在天之靈，天下之大事無過此也"①。文
章有反問，有設問，有總結，有分析，層層深入，一針見血，論證嚴密，
句式整齊，氣勢雄壯，堪與胡銓之《上孝宗皇帝書》相頡頏。王庭珪另一
最關心的問題是盜賊②，盜賊問題是江西地區突出的問題，在胡銓、周必
大、楊萬里等人的散文中都有所反映，而以王庭珪撰寫的有關文章最多，
論述亦最爲深刻。其最爲著名的是《盜賊論》二篇，且看《盜賊論》
（上），文章先提出"天下之患，莫甚於大盜起而人主不知"，然後援引梁
武帝、隋煬帝、秦二世、唐宣宗之故事以證明，作者揭示出其原因就在於
"其始未必能桀大，惟郡縣蔽匿以幸須臾之安，養其芽蘖，寖以成亂者非

---

① 王庭珪：《上皇帝書》，《全宋文》第 158 冊，上海辭書出版社、安徽教育出版社 2006 年
版，第 131 頁。

② 時人所謂的盜賊，包括游寇、農民起義者及一般的土匪。朱勝非說："方今兵患有三：曰
金人，曰土賊，曰游寇。……所謂游寇者皆江北劇賊。自去秋以來，聚於東南，所謂土賊者，二
年以來，爲害日大，原其實情而似可矜。"（《建炎以來繫年要錄》卷四二，紹興元年二月乙酉條，
第 768 頁）游寇是一種土匪式的武裝集團，其成分有武裝流民，有抗金軍隊的潰散逃兵，遭戰爭
破壞而背井離鄉之難民。土賊主要是農民起義軍。其中以游寇爲害爲烈，南宋政府曾調集韓世忠、
岳飛、張俊、劉光世等大軍予以打擊，最終於紹興五年年底剿除了游寇，解除了游寇對朝廷的威
脅。參見何忠禮《南宋政治史》第一章，第 56—59 頁。

一日矣"，再聯係江西盜賊的現實問題。江西官員處理盜賊唯有"招安"
一途，作者認爲"此直誕漫之術，可紓朝夕之患，而非爲國長慮者也"①，
並對招安盜賊的危害作出全面而深刻的分析，以此證明文章開頭提出的觀
點。如果不是身在江西，親受盜賊之害，深知招安盜賊之弊端，是不會有
如此深刻的見解的。作者聯係現實，總結歷史，深刻分析，擊中要害。
《盜賊論》在當時就獲得好評，謝諤稱其"經綸宏傑"，胡明仲稱其"盡得
盜賊根柢蹊隧"②。對於盜賊問題，在《與周秀實監丞書》（二）、《與胡待
制書》（二）、《靖共堂記》等文章中均有深刻論述。

三　充溢雄直剛正之氣

四庫館臣稱"讀其所作，矯然伉厲之氣時流露於筆墨間"③。王庭珪
"自少讀書，好言治亂，將以有爲於世"④，不滿世道之敗壞，痛恨官場之
污濁，擔憂士風之不競，讚美高尚氣節之士人。雖不在其位，卻不能不謀
其政。他對江河日下之世風、士風、仕風極爲憤慨：

> 厥今風俗大壞，上下相師，恬不知怪，雖士大夫常衣儒衣、道古
> 語者，皆甘心自置於廉恥之外，而無高人之意。由是天下日趨於靡
> 敝，盜賊羣起，民益困窮瘡痏，呻吟之聲未息，而貪殘之吏誅求，剝
> 斂海內，愁怨未有如今日之極者也。⑤

現今風俗大壞，士大夫不知廉恥，殘酷誅求，剝斂百姓，使之處於水深火
熱之中。於是作者極盡描繪之能事，將貪官污吏之惡行，暴露于光天化日
之下：

---

①　王庭珪：《盜賊論》（上），《全宋文》第 158 冊，上海辭書出版社、安徽教育出版社 2006
年版，第 240 頁。

②　謝諤：《跋王盧溪盜賊論》，《盧溪文集》附錄，中華書局 1965 年版。

③　《四庫全書總目》卷一五七，《盧溪文集》條，中華書局 1965 年版。

④　王庭珪：《上皇帝書》，《全宋文》第 158 冊，上海辭書出版社、安徽教育出版社 2006 年
版，第 131 頁。

⑤　王庭珪：《與宣諭劉御史書》，《全宋文》第 158 冊，上海辭書出版社、安徽教育出版社
2006 年版，第 140 頁。

　　聚斂之吏承望風旨，因緣生姦，百姓剝膚及髓，至壞屋廬、責
瓦木以應。且一縣科率不下數十萬，公吏邀丐亦復稱是，供軍之餘
浩浩入贓吏之家，用之如泥沙不惜。少有敗露，則納以重賂，上下
相影援。冤民叫號，無復雪訴，轉運使方且闠視，大言自喜，以謂
錢流地上。嗚呼！以此爲術，其誰不能？大抵數十年以來，天生此
輩在世間，貪鄙庸懦相習，爲浮沈低昂，以容姦爲長厚。監司或按
一吏，則羣議交訛，以爲暴刻生事。至於日侵月削，而民弊於下，
無復有議之者。

眼光犀利，言辭憤激，對官場惡習、惡性深惡痛絶。因爲“夫士於困窮之
中，能秉節自高者，於今已少”①，所以對於苟且庸懦、不顧名節的士風深
表擔憂：

　　　　國家自變故以來，將相大臣失名節者踵相躡也，其姻戚子孫猶
　　仕宦於朝者，咸偷一切之計，無復振迅以雪門外之恥士。有振腕談
　　名節者，則羣笑而疾攻之。彼挾忠鯁、負材氣，奮然欲有爲者，以
　　時方惡人之談名節，各藏縮鋒穎，不敢見露惟恐近於名節，以犯時
　　人之所惡。是以人人變易其操，以追時好，遂使天下之士靡然日入
　　於敗亂而不敢出力以爲之。此名節不立而風俗之壞，天下之最大患，
　　甚可懼也。②

靖康之亂以來，士風大壞“失名節者踵相躡”，有人“振腕談名節者，則
羣笑而疾攻之”，遂使世風敗壞而無人敢力振之，作者認爲這是天下之大
患。對於高尚氣節之士則給予熱情洋溢的讚美，如《與胡邦衡》（二）：

---

　　①　王庭珪：《答鄧克強書》，《全宋文》第 158 冊，上海辭書出版社、安徽教育出版社 2006 年
版，第 148 頁。
　　②　王庭珪：《與胡待制書》（一），《全宋文》第 158 冊，上海辭書出版社、安徽教育出版社
2006 年版，第 142 頁。

　　……嘗約劉校書作送行詩，以俟邦衡之南走，欲效昔人送唐介，爲一時盛事。既而恨邦衡謫太輕，此作遂廢。往時陳瑩中、鄒志完名震天下，號爲敢言，然當時利害，尚未及今日事體之重也。國危矣，諫官御史不敢言，而邦衡以編修官摩天子之逆鱗，折宰相而不悔，決非所謂偶然者……①

他遺憾胡銓貶謫太輕，未能成就其"效昔人送唐介"贈詩送行之盛事，讚美胡銓在國家危難之際，諫官御史不敢諫言之時，以一編修官而逆龍鱗之偉大壯舉。

　　其文章鬱勃不平之氣的形成自有其原因。謝諤說"夫賢哲之於世，學以爲主，用之則行，其發而爲言，有所謂不得已者，其將激於中而發於外者乎"，即他認爲王庭珪的文章是乃所謂"激於中而發於外者"②。王庭珪思想境界高尚，追求高節，主張"不失其志"："夫士於困窮之中，能秉節自高者，於今已少。……君子不論窮達，不失其志而已。夫志雖不可得之於天下，豈不可得之於一身。若無位以行其所志，則當求之於山林之中，或陸沈小官，雖有利祿刑禍在前，使不撼其關鍵，此亦窮而不失志者也。"③ 又說："某聞天下大亂必有英偉豪傑之士出於其時，以任一世大事。當危疑顛覆之變，眾人倉猝惶，急鮮有不失其守，而獨能顧視若閒暇，舉萬物無足以動其心者，此人不特有超世之才，而其氣有以勝天下。故能整齊乾坤，洗光日月，成就大事，無一蹉跌者，皆其氣有餘於中，而規畫處置不搖於外也。古之建大勳者，未有不先定其謀而措之於事。"④ 可見王庭珪是個"氣有餘於中"者。四庫館臣亦認爲"王庭珪抱經濟之才，郁而未發，故雄直之氣，時流露於詩文間"。面對著這種殘酷污濁、貪腐盛行的

　　① 王庭珪：《與胡邦衡》（二），《全宋文》第158冊，上海辭書出版社、安徽教育出版社2006年版，第142頁。
　　② 謝諤：《盧溪文集原序》，《盧溪文集》卷首，中華書局1965年版。
　　③ 王庭珪：《答鄒克強書》，《全宋文》第158冊，上海辭書出版社、安徽教育出版社2006年版，第148頁。
　　④ 王庭珪：《與李丞相書》，《全宋文》第158冊，上海辭書出版社、安徽教育出版社2006年版，第133頁。

社會，作爲一個積極入世的儒者，他無能爲力，難有作爲。正如《盧溪文集》原序所說："盧溪先生以明經中科而宦不達，落落與時左，凡憂悲愉快、窘窮喜怒、思慕怨恨、無聊不平，有感於懷，必於詩文發之。"①

四　善繪壯美雄奇之景

王庭珪曾經隱居和遭貶，雖仕途不順，其文學創作卻因之而得江山之助，正如劉勰所云："若乃山林皋壤，實文思之奧府……然屈平所以能洞鑒《風》、《騷》之情者，抑亦江山之助乎？"雖其山水之作不多，但足以見出其模山范水的高超藝術。他善於描繪江山美景，尤其喜歡描繪氣勢壯美奇麗之景，其中以《游廬山記》爲代表。這篇文章採用移步換景的手法，對廬山進行多方位的描繪，選景奇特，描繪逼真。如開頭總寫廬山全貌：

> 江出蜀東，會於潯陽，雲濤雪浪，相撞擊而下，是爲九江。九江之上有巨山崛起，名甲天下，自外望之巍然高而大，與他山未有以異也。環視其中，磅礴鬱積，巖壁怪偉，琳宮佛屋，鉤綿秀絶，愈入愈奇而不可窮，乃實有以甲天下者也。

以雄健之筆，將九江的雄偉地勢、廬山不凡的氣概展現在讀者面前，又留下懸念："乃實有以甲天下者也。"下文以遊踪爲線索，一路精筆細描，向讀者展示其"鉤綿秀絶，愈入愈奇而不可窮"的旅遊感受。不妨選取一段來具體感受作者筆下的廬山美景：

> （大林）寺三里，道傍有飲牛池，池一里至峰頂庵，視香爐峰反在其下。東有文殊、四望二臺，老松一株，極醜怪，偃於四望臺之上，若張蓋然。坐其下以觀浮圖之屋，穹堂奧殿，負崖架空，矗在天半，紺碧照耀，環山而四出。九江波濤雪色，砰擺振撼，合而東去

---

① 胡銓：《盧溪文集原序》，《盧溪文集》卷首，中華書局 1965 年版。

者，皆在乎履舄之下。彷徉注視，目不得瞬，而千萬狀之變態，亦不可得而窮也。於是下峰頂十里，至普照寺，而寶興、石盆、護國三庵居峰頂普照之間。又下，至廣嚴寺，遊連枝亭，復投宿東林，觀壁間記遊者甚眾，不過徑上天池、佛手巖而止。吾二人自謂幾覽徧山北好處，因回視江南，地雄富內，坦夷數千里，氣狀清淑。而兹山巉突於江濱，若造物者喜設宏壯，屏扞於此土，使江南清淑之氣蜿蟺儲育，至是礙而不得西。①

這一段景物描寫既細緻逼真，又大氣磅礴。站在峯頂庵上，近看、俯視、遠觀，醜怪的老松，架空的浮圖殿堂，滔滔東去的江水，千狀萬態，盡收眼中。然後回視江南：地勢坦夷，氣狀清淑。如此雄壯之景乃是天造地設，是江南清淑之氣所儲育而成。又如《西山記》開頭一段描繪：

出縣南十五里，折而西行又十里許，林壑險絕，有溪水出孤源峒中，所從來遠矣。西山當峒口，水抱山麓，其停蓄而深者爲潭。溪中多亂石，突怒而出，水行石間，汹湧有聲。溪上古木合抱，而巨藤蒼然，若龍蛇起立，狀極怪醜，干霄而屈蟠，皆數百年物也。每風雨至，林木震動，水石相搏，觀者毛髮盡寒，震掉不能久立。相傳以爲龍神之所窟宅，故水旱疾疫，凡有求必禱之，常若有答焉。②

作者的生花妙筆將這些自然景物寫得活靈活現：林壑險絕，水抱山麓，亂石突怒，巨藤蒼然，巧妙運用比喻、比擬、誇張等手法，營造一種神奇、險怪、雄闊、恐怖的境界和氛圍。像這樣描寫雄奇壯美景物的文章還有《楓林橋記》、《瀟瀧廟記》等。

---

① 王庭珪：《游廬山記》，《全宋文》第 158 冊，上海辭書出版社、安徽教育出版社 2006 年版，第 274 頁。

② 王庭珪：《西山記》，《全宋文》第 158 冊，上海辭書出版社、安徽教育出版社 2006 年版，第 256 頁。

五　風格平易自然

王庭珪爲文主張平易自然，反對追求怪奇的風格。他評價黃庭堅所作乃祖給事公行狀稿，"無慮四千字，落落如明珠大貝，自然可貴"①。曾告誡晚輩劉君鼎："君子之學，當明道德，通經旨，自然學成而名顯於時。不必務爲雄侈奇怪之文，如捕龍蛇、搏虎豹之爲者。"② 這很明顯是對韓愈爲文主怪奇的反動。由於秉持此一文學思想，所以王庭珪的散文具有簡潔明快、平易自然的特色。具體表現爲議論深刻，抒情真切，語言簡明，自然流暢。如《與黃子龐書》：

> ……丞相靖康初建大勛於王室，至今海內屬望者，獨以靖康時事昭若日星耳。中間憸人柄朝，讒毀百出者，亦忌靖康之謀議，當時無能出其右耳。今日主上赫然排羣議，將復大用，知丞相決不負國者，亦考靖康之設張耳。自大斾來江西，州郡初極竦動，今尚狃一切故轍，豈相公志在天下，而不留意一方邪？抑度時事有未可爲，而反以爲靖康之設張自疑耶？甚爲相公惜之。方今敝亂極矣，試槪舉一二。州縣每施行害民之事，期於必辦，則號於眾曰是大使司指揮，愚民無知，不可戶曉。至於賕略狼藉，請托公行，苛虐橫歛，爲國貫怨，軍旅所過暴鈔，官吏與賊交結，若此類者，不可枚舉。藏姦宿亂，竊恐浸成大禍。愚謂以相公之威望，略指顧行之，頃刻之間，莫不震動，孰敢不聽？③

先說李綱靖康之難建大勛於王室，后遭讒忌，今主上將大用之；然"自大斾來江西"，"今尚狃一切故轍"；再替其假設原因，表示自己的惋惜之情；

---

① 王庭珪：《跋黃給事行狀稿》，《全宋文》第 158 冊，上海辭書出版社、安徽教育出版社 2006 年版，第 226 頁。

② 王庭珪：《送劉君鼎序》，《全宋文》第 158 冊，上海辭書出版社、安徽教育出版社 2006 年版，第 210 頁。

③ 王庭珪：《與黃子龐書》，《全宋文》第 158 冊，上海辭書出版社、安徽教育出版社 2006 年版，第 160 頁。

最後概舉今之敝亂，表達自己憂國之情，強調"以相公之威望，略指顧行之，頃刻之間，莫不震動，孰敢不聽"。這段文字，層層轉折，抑揚交錯，感情委婉，語言順暢，風格平易。又如前文所舉《與宣諭劉御史書》，寫朝廷與貪官污吏對百姓殘酷的盤剝，揭露深刻，描繪形象，感情激越，充滿著對貪官污吏的憎恨之情，對處在水深火熱之中的百姓飽含無限的同情之心。沒有無病呻吟，沒有裝腔作勢，沒有噱頭，我手寫我口，一任感情自然宣洩。又如《慰楊健之》：

> 某不意凶變，遽承先府徽猷中大訃音，聞問驚怛，為之落淚者累日。遙想左右心肝摧裂，何以自處？伏惟哀痛。切勿過為毀瘠，皆無益也。某前年領中大丈書，云朝夕來宜春，私心竊喜，將有侍杖屨為遊山之樂。去臘又得誨字，筆畫語言，健爽如舊日，望宜春之耗，冀得會面。不謂紙墨未乾，車軸出門而折，言之愁人。追思往日被竄沅陵，平生故人視若不相識，惟公父子同舟見訪，傾蓋一見，撫我如舊交，所以愛存之意，振拔流俗之外，感戢豈可言諭。老矣，恨不能一至門屏，撫棺哭奠而已。襄事未畢，千萬抑情自重。①

這封安慰他人的書信，寫得情真意切，極為感人。開首直抒胸臆，表達哀痛之情；中間寫自己急切期待與友人會面，而友人已逝去；後文追思友人父子於己遭貶之時，傾蓋如故；結尾說明自己年邁不能撫棺哭奠，希望對方抑情自重。文章層次分明，結構緊湊，語言簡練，毫不拖泥帶水，可謂深得廬陵文統之精髓。

總之，王庭珪的散文特點一句話可以概括：經綸宏傑、雄剛渾大，直繼承廬陵文統。

---

① 王庭珪：《慰楊健之》，《全宋文》第 158 冊，上海辭書出版社、安徽教育出版社 2006 年版，第 193 頁。

第二節　汪應辰散文

一　道充文至

汪應辰論文主張"有德者必有言"，"信乎有德者必有言也"①，這是儒家基本的文學觀。作爲一個理學家，他很重視文章功用："竊謂文章之用，不過敍事與明理而已。理中有事，事中有理，然事必得其實，理必得其正。"②強調文章之用在於敍事與說理。他不像其他的理學家那樣重道輕文，對於文章的要求很高，"詩以氣格高妙、意義精遠爲主"③，文章既要氣格高妙，又要意義精遠。他繼承了歐陽修的文道觀：

> 所謂君子之文章者，何也？其惟優遊厭飫，閲天下之義理，而極其要歸，存于心而安，措於身而宜，發爲英華，流爲潤澤，而有不可掩者也，非外此而又有所謂文也。④

這與歐陽修"大抵道勝者文不難而自至也"⑤、"道純則充於中者實，中充實則發爲文者輝光"⑥的文道觀如出一轍。接着又對孔子"文質彬彬"的文質觀進行發揮，認爲文去質則不成其爲文，"質猶文也，文猶質也，實一而名二"，這說明他比其他理學家的文道觀要通達得多。

汪應辰一生歷職很多，積極參與國家政治活動，爲此撰有不少上奏朝

① 汪應辰：《御史中丞常公墓誌銘》，《全宋文》第 215 冊，上海辭書出版社、安徽教育出版社 2006 年版，第 244 頁。
② 汪應辰：《答李仲信書》，《全宋文》第 215 冊，上海辭書出版社、安徽教育出版社 2006 年版，第 68 頁。
③ 汪應辰：《書少陵詩集正異》，《全宋文》第 215 冊，上海辭書出版社、安徽教育出版社 2006 年版，第 173 頁。
④ 汪應辰：《豹隱記》《全宋文》第 215 冊，上海辭書出版社、安徽教育出版社 2006 年版，第 231 頁。
⑤ 歐陽修：《答吳充秀才書》，《歐陽修全集》，中華書局 2009 年版，第 663 頁。
⑥ 歐陽修：《答祖擇之書》，《歐陽修全集》，中華書局 2009 年版，第 1009 頁。

廷的文章。他奏疏的特點首先是不爲空言，務求實用。雖然他是一個理學家，可沒有一般道學家的迂腐膚廓和學究氣。他的奏疏內容充實，涉及社會各種問題，如和議、冗官、濫賞、弭災、防盜、旱歉、邊事、愛民等等，對這些重大的社會政治問題給出自己的解決方案，沒有蹈虛之語、盤空之論、道學之氣。他著眼現實、立足本職，努力爲君主分憂，爲百姓解困，爲軍隊謀劃。如關於和議的問題，在有宋一朝是個主要議題，分成主和與主戰兩派。由此產生的問題是"內則患和議之不諧，外則患異議之不息"，兩派之間各持一詞，攻訐不已，紛爭不止，更有甚者，爲了自己的仕途，不顧國家利益，隨聲附和。而汪應辰看得更遠，他認爲"和議不諧非所患，和議既諧矣，而因循無備之可畏；異議不息非所患，異議既息矣，而上下相蒙之可畏"，這一觀點是相當有見地的，亦符合當時的實際情況。因爲一旦講和，最爲有識之士所擔心的就是朝廷上下、邊關內外，苟且偷安，不思進取，當今朝廷就是沉溺於這種苟安狀態。面對這種危險的現實，深切地表達自己的擔憂：本來"敵使既去，所宜申戒執事，交修庶政，陰飭邊吏，厚爲守備"，可是"今乃肆赦中外，厚賞士卒，褒賞帥臣，動色相賀，以爲休兵、息民自此始矣。縱一朝遂忘積年之恥，獨不思異時意外之患"，所以作者說"因循無備之可畏"。而"異議者之不已也，大則竄逐，小則罷黜，至有一言迎合，則不次擢用。是以小人窺見間隙，輕躁者阿諛以希寵，畏懦者循默以自固，淺謀者遂謂無事，而忠臣正士，乃無以自立於羣小之間。今者事既少定，陛下必以出於獨斷，益輕天下之士矣"，所以作者說"上下相蒙之可畏"[1]。不能不說汪應辰的觀點要比一般的單純地堅持和議或者堅持抗戰的觀點要合理、通達得多，因而亦更爲有助於問題的解決。作者對其他問題同樣是講求實事求是，避免立高論以炫人眼目。

汪應辰的奏疏還有條分縷析、詳盡周密的特點。他總是對問題進行周密分析，擺事實，講道理，務必把問題闡釋清楚，沒有回還吞吐之語，沒有激烈褊狹之詞。論述從容不迫，步步深入，使得論證密不透風、無懈可

---

① 汪應辰：《輪對論和議異議疏》，《全宋文》第214冊，上海辭書出版社、安徽教育出版社2006年版，第330頁。

擊。如《論軍中功賞不實奏》，對朝廷"令李顯忠開具實立功人"產生懷疑，從而反對"朝廷不待核實，即從其請"的做法。作者先退一步說"雖賞不踰時，固當如此"，再指出"事失其實，人所共疑"，接着指出他懷疑的根據：

> 誠使官軍果能迎遏其鋒，大敗其眾，掩襲追擊，至於再三，如今來功狀所謂。然而敵數敗則宜退矣，縱使其堅忍而未肯退，亦不應遽能徑進也；我師數勝則宜進矣，縱使其持重而未欲進，亦不應至於遽退也。今敵人長驅突入，蹂踐數郡，而我將帥之臣自以爲戰勝者，已棄淮而歸南矣。①

一正一反對比推論，由此得出結論："此所以中外之論紛然，而臣亦不能不信也"。在這種情況下，作者反問：對李顯忠軍隊的五千餘人"率加以不次之賞，其可謂之實乎?"孤證乏力，又舉出王權、劉光世妄冒功賞的事例進一步加強自己的觀點。在證明了朝廷功賞不實之後，再進一步說明其產生的危害：

> 其他士卒聞之，亦將以此而望于其帥，帥必不能抑也。又如是而推賞也，則所謂五千餘人者，將至於數倍而未止也。將帥無所忌憚則益驕，士卒無所勸沮則益惰。冗濫者眾，則國用益屈，民力益困，末流之弊，將有不可言者。

這樣一來，在功賞不實之下的濫賞，會遺害無窮。從這裡可以看出其論述詳盡周密，透徹充分，剴切醇厚，沒有高冗無實之語。文章中用讓步假設、疑問語氣，使得文氣和婉而從容。其實有時候金剛怒目式的論述風格並不利於最高統治者接受自己的觀點，像胡銓《戊午上高宗封事》那樣，固然精神可嘉，然效果却不是最好的，畢竟糖衣藥丸更易爲病人接受。

汪應辰奏疏的第三個特點是在論證的過程中喜歡援古證今、以古爲鑒、古今對比的手法。如《應詔陳言兵食事宜》，開頭詳寫金主新立，遣使通和後，"傳聞不一"的情況：

> 蓋自今日以來，傳聞不一，或以爲金主寬厚能得眾者；或以爲懦弱不立者；或以爲急於和親，欲復還河南地者；或以爲彼方厚立賞格以勤戰士，如唐、鄧、陳、蔡之類，失而復取，其志蓋未已者；或以爲河朔羣盜擾其南，而契丹之遺種攻其北者。①

接着舉出漢光武帝之事：

> 昔漢光武初定天下，臧宮、馬武皆以匈奴衰之時不可失，光武答以北邊尚強，而屯田儆備。

古今對勘，從而得出"傳聞之事，常多失實，古今通患，實在於此"，所以作者總結道："要之，爲國者不當問敵人之盛衰，顧吾自治何如爾。"再舉出東晉史實：

> 東晉之季，符堅一百萬之師戰勝之威，長驅入寇，自謂投鞭于江足斷其流。至於淝水之戰，敵眾奔潰，首尾不支，卒以亡國。然則敵人雖盛，未足爲中國患也。晉之謀臣，皆欲乘符氏敗亡，開拓中原。王師一出，盡得兗、青、雍、豫之地，然而君臣宴安，無復顧慮。以謝安之勳勞猶不見容，而道之、元顯之流出而用事，晉之不振皆自此始。

東晉南渡與南宋南渡有很多相似之處，對南宋統治者來說，東晉的治國經驗、教訓，就極具參考價值。再接着闡述如何"自治"時，又考之於漢、

---

① 汪應辰：《應詔陳言兵食事宜》，《全宋文》第 214 册，上海辭書出版社、安徽教育出版社2006 年版，第 341 頁。

唐歷史，並與現今對比。作者就是這樣考之史實，以古爲鑒，古今對比來
說明問題。以歷史的眼光來看待問題、思考問題的文章，在《文定集》中
是很多的。如《言有爲之君當修善政奏》舉漢高祖、漢光武帝的史實，
《乞革靡費之弊奏》舉唐武宗之史實。汲取歷史的經驗教訓，將古今相同、
相似的歷史情況進行對比、分析，借鑒史上可行的經驗，避免重蹈覆轍，
不失爲一種思考問題的好方法，因爲歷史往往會有驚人的相似之處。

　　汪應辰的書信内容比較廣泛，如議政、論學、抒情等，書信是古人對
各種問題發表看法的重要管道，亦最見性情。他的書信以議論政事、探討
學術爲主要内容，這是由其作爲政治家與理學家的雙重身份決定的，亦符
合作爲一位儒者"達則兼濟天下"的精神追求。在《與周參政書》（二）
中寫道：

　　　　敵情無厭，仰貽宵盱之慮。詔旨屢下，孰不感動？西和州兩捷，
　　敵即引遁，似聞京西亦然。要皆非大軍，雖或間有出沒，諸將捍禦甚
　　嚴，可以無患，第不知淮上如何。竊見前此用兵，朝廷與諸將，意向
　　情狀，初不相通，各行其志，是以每相抵牾。經畫西事，令邊臣具攻
　　守二策而稟命於上，此其類也。①

向友人詢問、瞭解淮上敵情，關心、憂慮軍情戰事。在《與張敬夫書》中
對所謂的"盜賊"問題進行深入的探討：

　　　　廣西之寇，久未平定，蓋所以致寇者非一也。說者以爲百姓凋瘵
　　日甚，而官吏貪殘無已，連年荒歉，餓殍滿路，而州縣不肯檢放租
　　稅，官兵廩給數月不支，而帥守、監司爭獻羨餘。其他政事大抵類
　　此。百姓嗸嗸無所控訴，以爲良民則坐而待死，爲賊則生，此民之所
　　以從賊也。屠將官高居弁，執郡守劉長福，破高、雷、化三州，此其
　　顯然可見者。而我之所遣，既非良將，又非精兵，糧又不給；官司行

――――――――――

　　① 汪應辰：《與周參政書》（二），《全宋文》第 215 册，上海辭書出版社、安徽教育出版社
2006 年版，第 41 頁。

移，賊皆前知，而我初不知賊之動息；賊酣飫酒肉，而官軍嘗有饑色，所以每出輒敗。至於死事之後，無銖兩之報，人皆以為戰則死，退則生，此官之所以不能制賊也。傳聞之言如此，未知朝廷所聞如何？或謂州縣兵將、更相蒙蔽，帥守、監司未必盡知一路之詳，其所知者又不盡以告於朝廷也。今若不究其病弊，更張而一洗之，則其患豈特如前而已哉？①

深刻揭示官逼民反、官兵不能鎮壓"盜賊"的原因，並表示深刻的擔憂，"今若不究其病弊，更張而一洗之，則其患豈特如前而已哉"。

闡述理學思想、發表學術見解亦是其書信的一個重要內容。他所處的時代是理學思想逐漸占統治地位的時代，與他交往的人有很多是理學家，如張浚、朱熹、呂祖謙、呂逢吉等人。其中與朱熹往還的書信最多，現存十五首。如《與朱元晦書》（十三）：

> 《西銘》、《通書》兩書，當置之座右，以求所未至。竊謂體用一原，顯微無間，《東》、《西》二銘，所以相為表裏，而頃來諸公皆不及《東銘》，何也？前蒙示諭于平易處蹉過，益見體道之功，久而日親。道無遠近高卑之異，但見有不同爾。然方其未至也，雖欲便造平易，而其勢有未能者。曾子聞一以貫之之說，因門人之問，而曰忠恕而已矣。蓋其見得明白，行得純熟，如饑食渴飲，非有奇異也。②

像這樣闡述學術思想的書信，數量較多，茲不一一贅述。除了上述兩個方面的內容外，還有一些其他內容。有抒發內心情志的，如《答毛季中書》寫道："某山居，卻頗得讀書，然獨學無友，離群索居，陷於古人之所病，終亦勤而無功。平時師友，蓋日夜在念也，今皆在數百里外，學問且不能

---

① 汪應辰：《與張敬夫書》，《全宋文》第215冊，上海辭書出版社、安徽教育出版社2006年版，第48頁。

② 汪應辰：《與朱元晦書》，《全宋文》第215冊，上海辭書出版社、安徽教育出版社2006年版，第62頁。

數，況異時蓋簪之樂也？以此言之，聚散豈偶然哉！平時嘗斐然有志斯世，今窮居循省日久，百念已矣，但求有以糊口，優遊卒歲，庶爲鄉曲一無咎無譽之人耳。尚望時有以振之，使遂此志。"表達自己山居無友切磋學問、朋友不能相聚的遺憾，百念已矣，只求優遊卒歲，做一個無咎無譽的鄉人。有發表文學觀點的，如《與朱元晦書》（一〇）、《答李仲信書》。總之，汪應辰雖然現存書信不多，但內容豐富，藝術性較高。

汪應辰的序文不多，兩篇集序，六篇贈序。他的序文全部是議論爲主的。其中《陳忠肅公文集序》是一篇格高調雅、氣勢渾厚、議論剛正的好文章。它不以評價文集、闡述文學思想爲目的，而是讚美陳瓘的氣節精神：

> 自荊國王文公變更法度，後之用事者又托之以濟其凶。一時忠臣義士，尊君憂國，相與出力爭之，不爲不多，黨錮之籍，其大概可見也。然其言不行，其身不用，則亦已矣。若乃辨白是非，如指諸掌，探索隱伏，如見其肺肝，反復傾盡，不遺餘力，奸臣憤疾，磨牙搖奪，必欲不俱存而後已。摧沮撼頓，流離傾沛，無所不至，而氣愈壯，言愈切，則天下一人而已，忠肅陳公是也。蓋公以身任天下之重，以萬物爲吾身，而莫知孰爲彼此也；以死生爲旦暮，而莫知孰爲禍福也。至大至剛正直之氣實與天地相爲終始，此豈苟然者！昔孟子推原楊墨之害，以爲禽獸食人，人將相食。夫見微而知著，非智者不能也。及事之已然，則宜夫人而能知之。若乃目見其效，身被其害，浸淫蔓衍，徧滿天下，而猶或不知其所以然者，豈非邪說之誣民既久而與之爲一歟？靖康之禍，自古所無，世徒見其末流之失，而異時用事者反得藉口以自解。然公方天下全盛，邊事未萌之時，固已有南北分裂之憂，是果何所見而言耶！學者于此，亦可以悚然而悟矣。遺書餘論，所以覺後覺，正人心，其所系於天下國家者，豈曰小補哉？①

_____

① 汪應辰：《陳忠肅公文集序》，《全宋文》第 215 冊，上海辭書出版社、安徽教育出版社 2006 年版，第 169 頁。

極力讚美陳忠肅忠剛之氣、凜然之節，並指明其書："遺書餘論，所以覺後覺，正人心，其所系於天下國家者，豈曰小補哉？"這篇序文，語言醇雅，議論剛正，氣勢渾厚，是一篇藝術性很高的序文。

題跋，"其詞考古證今，釋疑訂謬，褒善貶惡，立法垂戒，各有所爲，而專以簡勁爲主"①，同樣，汪應辰題跋內容豐富，或考證、指瑕，如《書糾謬正俗》、《書少陵詩集正異》、《跋劉貢父詩話》等；或讚美、批判，如《題申溫蜀三公唱和詞》、《跋張魏公釣台詩》、《書吳忠烈遺事》；或敍事、記言，如《書朱丞相渡江遭變錄》、《讀喻玉泉紹興甲寅奏對錄》等。汪應辰的題跋，敍述雅潔、立論深刻，語言精粹，有些可謂是題跋中的精品，如《跋王直講集》中對王安石的評價：

> 余謂荆公所學者仁義，所尊者孔孟，而文章議論又足以潤飾而發揚之。貧富貴賤，不以動其心；進退取捨，必欲行其志。天下之士其慕望愛說之者，豈特補之哉？及其得志行政，急功利，崇管、商，睎人心，愎公論。於是其素所厚善如呂晦叔、韓持國、孫莘老、李公擇，相繼不合，或以得罪。其所慕而友之，以爲同學，如曾子固、孫正之，雖不聞顯有所忤，然亦不用也。②

在南宋前期，整個輿論，尤其是楊時等理學家，對王安石更是一片罵倒之聲，甚至把北宋滅亡的原因都算在王安石的頭上③，而汪應辰則不然，他首先肯定王安石的學養、追求、人格是崇高的，他尊重歷史，不因事廢人；再指出王安石的缺點與過錯，其評價應該說是比較客觀的，而作爲一個理學家來說，這是不容易的。又如《題蘇東坡帖》寫道："歐陽文忠公與子瞻至厚，所以稱道之者不遺餘力，而獨不及其字畫之工，至《集古錄》中不取張從申書，乃知前輩好尚不同如此，又見其許可之不苟也。"

---

① 徐師曾撰，羅根澤點校：《文體明辨序說》，人民文學出版社 1962 年版，第 137 頁。
② 汪應辰：《跋王直講集》，《全宋文》第 215 冊，上海辭書出版社、安徽教育出版社 2006 年版，第 214 頁。
③ 《鶴林玉露》，中華書局 1983 年版，第 186 頁。

從一件細小的事情，看出人格之偉大，眼光獨特，立意高遠。

　　汪應辰記體文不多，一共九篇。除了《昭烈廟記》、《諸溪橋記》兩篇以記敍爲主外，其他皆是以議論爲主，如《守正觀養二齋記》、《豹隱堂記》、《潛齋記》，這三篇皆是因題立論，通篇議論，而《桂林館記》則是夾敍夾議。汪應辰擅長議論，其觀點往往精闢深刻，如《桐源書院記》寫道：

　　　　且書院者，讀書之處也，凡人讀書於書院，人所共知，讀書之處，人或未盡知也，豈徒華居廣廈、明窗淨几之謂哉！是心即書室也。吾能潔修神明之舍，以讀吾書，則《論》、《孟》、《庸》、《學》之四書不在方冊，在吾丹府之中矣。六經子史之旨趣，不在篇簡，在吾靈台之內矣。咀其英華，飲其膏馥，其爲用詎有涯哉！自古名賢巨儒，讀書皆在於心，故發揮爲事業，皆本諸是心也。①

人人都知道在書院讀書，卻不知真正讀書之處在於心，心才是書室，強調"讀書皆在於心，故發揮爲事業，皆本諸是心也"，這個觀點是受到孟子的影響，與其晚輩陸九淵的觀點不謀而合。

　　汪應辰雖僅存十五篇墓誌文，卻很講究寫法。如《柴君墓誌銘》，文章不長，墓主人生履歷簡單，無大事可寫，以概述行文：

　　　　君諱淵，字益深，其先自衢之江山徙信之永豐。曾祖觀國，父震，皆不仕。君事親以孝聞，撫育孤侄，與其子無間。閨門之內，和樂而肅靜，鄉人亦愛敬之。連遭二親喪，足不入私室，哭泣幾失明。蓋君所從游，多一時名儒，講究經旨，以躬行爲本，故其行如此。既去喪，年踰四十，即不復應進士舉。②

---

　　①　汪應辰：《桐源書院記》，《全宋文》第 215 冊，上海辭書出版社、安徽教育出版社 2006 年版，第 238 頁。
　　②　汪應辰：《柴君墓誌銘》，《全宋文》第 215 冊，上海辭書出版社、安徽教育出版社 2006 年版，第 279 頁。

這就是主體部分，以概述、評價爲主，文字簡練，毫不拖泥帶水。又如
《樞密院計議錢君嬪夫人呂氏墓誌銘》開頭是一大段議論：

> 婦人德止於柔順，職止於饋祀，爲善作儀，則以爲戒。昔之表著
> 內德，形于歌詠，聖人次之，以首《國風》，不過曰能自防，能循法
> 度，能不失職而已。至於高節烈志，往往多出於一時之不幸，不獲已
> 而有見於外，雖非人情之可願，而世之君子必且稱道而特書之。夫以
> 死生之變，交爭於前，陵遽顛沛，乃能審夫所惡有甚於死，而患有所
> 不辟，此烈丈夫之所難而一婦人或能之，則夫君子之所以稱道而特書
> 之者，豈獨爲婦道之勸而已哉？[①]

這一段議論，爲下文讚美夫人做鋪墊。接着重點介紹夫人一件"烈丈夫之
所難而一婦人或能之"的事蹟：

> 靖康間，戎事起，所至艱梗，夫人偕其家避地来南，屬渡漢沔而
> 潰兵有以譏禁爲名，因而鹵掠其間，無所不至者。夫人猝遇之，懼不
> 免焉，自投于水，以誓義不汙賊。賊相顧，駭愕，因解去。旁舟亦賴
> 以全，相與感夫人之義，畢力圖救，竟以得活。

再接著對其進行評價：

> 夫可幸以不死而能必死，自處以必死而未必死，所爲雖失其身而
> 有不顧者，以生之可求也。而死生果不可以避就，其自爲計亦惑矣。
> 況捨生取義，不問其何如者耶？觀夫人之事，愚者足以辨惑，懦者足
> 以有立志矣。

從儒家思想立場對夫人的精神給予高度讚美，在其行爲中發掘出不同尋常

---

① 汪應辰：《樞密院計議錢君嬪夫人呂氏墓誌銘》，《全宋文》第 215 冊，上海辭書出版社、
安徽教育出版社 2006 年版，第 280 頁。

的意義，"觀夫人之事，愚者足以辨惑，懦者足以有立志矣"。文章就是這樣夾敘夾議，選取一點給予重點介紹，深度發掘，突出夫人的偉大之處。

從上文三篇墓誌銘我們可以看出，在撰寫的過程中，他繼承了歐陽修的寫作經驗，選取墓主典型事例，"掇其尤者識之"①，"特著其大者"②。突出重點，展現墓主的特色。再如《延平李先生墓誌銘》寫的是朱熹之師李侗，只選取其學術方面的內容來寫，表現其"端居靜慮，以究天理"的特點③，而不及其餘。《龍圖閣學士王公墓誌銘》則是以記言爲主，突出墓主"立朝議論，出處大節"④，向人們展示一位真正的儒者形象。

二　和婉從容

汪應辰曾經這樣評價王十朋的文章："公于文專尚理致，不爲虛浮靡麗之詞。其論事章疏，意之所至，發展傾盡，無所回隱，尤條暢明白。"⑤實際上，亦可以看成是夫子自道。依據上文分析，可以看出汪應辰的散文有如下兩個特點：

一是汪應辰散文總的風格是和婉從容、質樸平正、條暢明白。作爲一個理學家，其所追求的是從涵養中得來的夫子氣象。理學家的文章，一般是論述詳盡，敘述舒緩，抒情含蓄，沒有急迫之詞、矯激之意和淩厲之語，而是心平氣和，出語從容，不躁不偏，追求一種辭若對面般的風格。汪應辰亦復如是，如前面所分析的《論軍中功賞不實奏》、《輪對論和議異議疏》就是這樣。又如《與張魏公書》之二，這封信是勸告張浚不要輕起戰事，但是他這封信寫得頗費思量。因爲張浚既是理學同道，更是其所尊敬的人，所以這封勸諫信就寫得非常委婉、從容。先讚美張浚：

① 汪應辰：《御史中丞常公墓誌銘》，《全宋文》第 215 冊，上海辭書出版社、安徽教育出版社 2006 年版，第 244 頁。

② 汪應辰：《徽猷閣直學士右大中大夫向公墓誌銘》，《全宋文》第 215 冊，上海辭書出版社、安徽教育出版社 2006 年版，第 249 頁。

③ 汪應辰：《延平李先生墓誌銘》，《全宋文》第 215 冊，上海辭書出版社、安徽教育出版社 2006 年版，第 264 頁。

④ 汪應辰：《龍圖閣學士王公墓誌銘》，《全宋文》第 215 冊，上海辭書出版社、安徽教育出版社 2006 年版，第 274 頁。

⑤ 同上。

僕射相公居守籩鑰，而朝廷隱然增九鼎之重。方眾情危疑，疫癘繼作，鎮撫綏靖，中外蒙益。茲者主上顧愛兩淮，付以經畫，詔旨一下，輿論交慶。伏蒙垂諭敵人曲折，仰見憂時憫世之志，如周公之夜以繼日，坐以待旦也。①

這種讚美既是出於禮貌、尊敬，亦是一種寫作策略。接着再陳述國家現實情況，並提出恰當的統治措施：

竊謂方今國用空虛，百姓窮困，將無功而已驕，兵未戰而已敝，正當恐懼修省，以內修政事之時。誠能果斷力行，積累其政，則期月三年之效，固亦未晚。

然後肯定張浚能"愛養根本，保固藩籬"，"卓然有不可勝之備，天下幸甚"：

今者相公節制江淮，外治舉矣。仰惟威譽德望，足以振士氣，安人心。其于更革宿弊，興建奇策，人既信服，事半功倍，庶幾愛養根本，保固藩籬，卓然有不可勝之備，天下幸甚。

最後才委婉地提出自己的勸告：

惟是任事之難，自古所歎。如種、蠡、蕭、曹，表裏相應，然後無一可恨。至於進取之舉，又須量力相時，見可而動，乃能仰承天意。

作者仍然先是退一步說"任事之難，自古所歎"後，再提出自己的勸諫："進取之舉，又須量力相時，見可而動。"回還吞吐，語言溫婉，沒有枝蔓

① 汪應辰：《與張魏公書》，《全宋文》第 215 冊，上海辭書出版社、安徽教育出版社 2006 年版，第 46 頁。

躁率之詞，沒有忿懟不平之氣；緩緩道來，反復述說，委婉而從容，明白而暢達。

二是語言整飭，講究修辭。前面已經指出其文質觀是“文質非二”，追求“文質彬彬”，因此他非常講究文章的藝術性，重視語言的修飾，注重修辭藝術。汪應辰散文語言一個最突出的特點是語言非常整飭，經常使用駢偶、排比句式，長短交錯，整散結合。如《召對言時政奏》通篇皆是這種整散結合的句式，文章太長，茲選其一部分：

> 至其論天道也，曰我不敢知，曰天不可信，曰天難諶，命靡常，又必歸之於人事。夫所謂人事者，非恃其智力之謂也，即吾之仁心誠意，所以無媿於天者。擴而充之，以至於廣大，勤而行之，以至於悠久。不以好惡之私汨其正，不以利害之變易其守，使存於心者無毫髮之差，施於事者無竅隙之闕，表裏純粹，與天爲一。天且不違，則事雖甚難，蓋有不足治者。沴氣可以消而爲和，獷心可以化而爲善，衰敝之俗可以易而爲治安，四遠賓服，百嘉咸遂，皆其方寸之所發，夙夜之所積者爾。由是以言，所謂天道即人事也。①

其他的如《論國用士風軍政疏》、《應詔言弭災防盜事》、《答張定夫書》等皆如此，或對偶，或排比，或四六，語式整齊，整散結合，消解駢偶帶來的板滯之弊病，造就文章排宕之氣勢。除了排比、對偶之外，還常用引用、比喻、頂針等修辭手法。其中尤以引用手法最多，引經據典能增強文章的說服力，汪應辰樂此不疲，他引得最多的是《孟子》一書：

> 正孟軻所謂“入則無法家拂士，出則無敵國外患。”②

---

① 汪應辰：《召對言時政奏》，《全宋文》第 215 冊，上海辭書出版社、安徽教育出版社 2006 年版，第 14 頁。

② 汪應辰：《輪對論和議異議疏》，《全宋文》第 214 冊，上海辭書出版社、安徽教育出版社 2006 年版，第 330 頁。

孟子乃曰："以若所爲，求若所欲，盡心力爲之，後必有災。"①

孟子曰："有四端於我，知皆擴而充之，若火之始然，泉之始達矣。"又曰："盡其心者，知其性也。"②

還有很多對《詩經》、《春秋》、《尚書》、賈誼、揚雄、陸贄等的引用，在其文集中隨處可見。

運用比喻的，如：

如羸弊之人，負百斤之重，若省其十之一二，亦足以少寬其力。③

譬如田獵射禦，貫則能獲禽，若未常登車射禦，則敗績壓覆是懼，何暇思獲？④

運用頂針句的，如：

天下之本在國，國之本在家，家之本在身。……堯以是傳之舜，舜以是傳之禹，禹以是傳之湯，湯以是傳之文武周公，文武周公以是傳之孔子，孔子以是傳之孟軻……自維揚而之臨安，自臨安而之建康，自建康而之會稽，自會稽而再之臨安，是都邑之遷徙未始有定論也。⑤

這種句式，給人以環環相扣，步步推進之感，修辭效果非常明顯。

---

① 汪應辰：《論愛民六事疏》，《全宋文》第214冊，上海辭書出版社、安徽教育出版社2006年版，第376頁。
② 汪應辰：《潛齋記》，《全宋文》第215冊，上海辭書出版社、安徽教育出版社2006年版，第232頁。
③ 汪應辰：《論添差員缺》之二，《全宋文》第214冊，上海辭書出版社、安徽教育出版社2006年版，第358頁。
④ 汪應辰：《辭免四川安撫制置使奏狀》，《全宋文》第215冊，上海辭書出版社、安徽教育出版社2006年版，第2頁。
⑤ 汪應辰：《廷試策》，《全宋文》第215冊，上海辭書出版社、安徽教育出版社2006年版，第216頁。

總之，汪應辰的散文明淨曉暢，文從字順，有從容、委婉、自適之致，無道學家的空疏、迂腐、拖沓之氣，在散文史上是應該占有一席之地的。

第三節　陸九淵散文

陸九淵是理學家、心學家，他的學說被稱爲“象山心學”，與其兄九韶、九齡並稱“三陸子”。他並不刻意著文，所留下來的文章大多是書信和語錄。但是他天資卓異，思想深刻，呼吸風雲，咳唾珠玉，隨手潑灑即是妙文。劉壎對其文章甚爲推崇：“……象山之文，亦皆勁健斬截，不爲纏繞。至其遊戲翰墨，狀物寫景，信筆成文，往往亦光晶華麗，有文人才士所不能工者，誠一世之天才也。”[1] 孔煒《文安諡議》則云：“推是學以爲文，則辭達而不爭乎雕鐫繚繞，無意爲文，而爾自工。”[2] 確實是說出了陸九淵散文的藝術特色。

一　闡釋心學，關注社會

首先，是闡述心學思想[3]。陸九淵的心學自成體系，思想深刻，概念眾多，茲不一一論述。本書主要闡釋兩個方面，一是“心即理”，二是“發明本性”。陸氏在朱熹集理學之大成時，從旁斜出一枝，創立自己的心學。他在繼承孟子思想的基礎上，接受了大程“天”即“理”、“天”即“心”的思想，又吸收禪宗思想，從而提出“心即理”的心學思想。“心”，就是“本心”，“如何是本心”？在其文集中有三處闡述這個問題：

　　惻隱，仁之端也；羞惡，義之端也；辭讓，禮之端也；是非，智

---

① 劉壎：《隱居通議》卷一，四庫全書本。
② 陸九淵：《陸九淵集》卷三三孔煒《文安諡議》。
③ 關於陸九淵心學思想的闡釋，本書參考了郭齊勇《中國哲學史》（高等教育出版社 2006 年版），張安奇、步近智《中國學術思想史稿》（中國社會科學出版社 2007 年版）等書的相關內容。

之端也。此即本心。①

四端者，即此心也。"天之所與我"者，即此心也。②

孟子曰："所不慮而知者，其良知也；所不學而能者，其良能也。""此天之所與我者"，"我固有之，非由外鑠我也。"故曰："萬物皆備於我矣，反身而誠，樂莫大焉。"此吾之本心也，所謂安宅、正路者，此也；所謂廣居、正位、大道者，此也。③

故仁義者，人之本心也。孟子曰："存乎人者，豈無仁義之心哉?"又曰："我固有之，非由外鑠我也。"愚不肖者不及焉，則蔽於物欲而失其本心；賢者智者過之，則蔽於意見而失其本心。④

陸氏認為，孟子講的"四端"即是本心。"安宅"、"正路"、"廣居"、"正位"、"大道"是"本心"，"仁義"是"本心"。人若蔽於物欲將失去"本心"。何為"本心"，陸氏未予以明確界定，可以肯定的是，"本心"是從孟子"良知良能"、"四端之心"發展而來，是指一種先驗的、具有普遍意義的道德理性、宇宙法則。他還說"宇宙內事，乃己分內事；己分內事，乃宇宙內事"，"宇宙便是吾心，吾心即是宇宙"⑤。在陸九淵這裡，宇宙與心同一，心就成為無所不包的實體，成為萬物之本原，宇宙之本體，"心之所為，猶之能生之物"⑥，這是繼承了孟子"萬物皆備於我"的思想，"萬物皆備於我，只要明理"⑦，"心之體甚大，若能盡我之心，便與天地同"⑧。這也見出他極為強調人的主觀能動性。

何謂"心即理"? 陸氏對"心即理"的闡述很詳細：

蓋心，一心也；理，一理也。至當歸一，精義無二。此心此理，

① 陸九淵：《年譜》，《陸九淵集》卷三六，中華書局1980年版。
② 陸九淵：《与李宰·二》，《陸九淵集》卷一一，中華書局1980年版。
③ 陸九淵：《與曾宅之》，《陸九淵集》，中華書局1980年版，第5頁。
④ 陸九淵：《與趙監》，《陸九淵集》，中華書局1980年版，第9頁。
⑤ 陸九淵：《雜說》，《陸九淵集》，中華書局1980年版，第273頁。
⑥ 陸九淵：《敬齋記》，《陸九淵集》，中華書局1980年版，第227頁。
⑦ 陸九淵：《語錄下》，《陸九淵集》卷三五，中華書局1980年版，第440頁。
⑧ 同上書，第444頁。

實不容有二。故夫子曰："吾道一以貫之。"孟子曰："夫道一而已矣。"又曰："道二，仁與不仁而已矣。"如是則爲仁，反是則爲不仁。仁即此心也，此理也。求則得之，得此理也。先知者，知此理也；先覺者，覺此理也；愛其親者，此理也；敬其兄者，此理也；見孺子將入井而有怵惕惻隱之心者，此理也；可羞之事則羞之，可惡之事則惡之者，此理也；是知其爲是，非知其爲非，此理也；宜辭而辭，宜遜而遜者，此理也；敬，此理也；義，亦此理也；內，此理也；外，亦此理也。①

　　存之者，存此心也。故曰："大人者，不失其赤子之心。"四端者，即此心也。天之所以與我者，即此心也。人皆有是心，心皆具是理，心即理也。故曰："理義之悅我心，猶芻豢之悅我口。"所貴乎學者，爲其欲窮此理，盡此心也。有所蒙蔽，有所移奪，有所陷溺，則此心有所不靈，此理爲之不明，是謂不得其正，其見乃邪見，其説乃邪説。②

陸氏認爲"心即理"，"心"與"理""至當歸一，精義無二。此心此理，實不容有二"，"天之所以與我者，即此心也。人皆有是心，心皆具是理，心即理也"。這樣就把心、理、宇宙這三者貫通起來："萬物森然於方寸之間，滿心而發，充塞宇宙，無非此理。"③ "此理在宇宙間未嘗有所隱遁，天地之所以爲天地者，順此理而無私焉"④。"理"成爲宇宙的最高原則，萬事萬物莫不受其制約，"此理充塞宇宙，天地鬼神且不能違，況於人乎"，"塞宇宙一理耳，學者之所以學，欲明此理耳。此理之大，豈有限量？程明道所謂有憾於天地，則大於天地矣，謂此理也。三極皆同此理，而天爲尊。……今學者能盡心知性，則是知天；存心養性，則是事天。人乃天之所生，性乃天之所命。自理而言，而曰大於天地，猶之可也；自人

---

①　陸九淵：《與曾宅之》，《陸九淵集》，中華書局 1980 年版，第 5 頁。
②　陸九淵：《與李宰二》，《陸九淵集》，中華書局 1980 年版，第 149 頁。
③　陸九淵：《陸九淵集》卷三四，中華書局 1980 年版，第 423 頁。
④　陸九淵：《與朱濟道》其一，《陸九淵集》，中華書局 1980 年版，第 142 頁。

而言，則豈可言大於天地”，又說“乾坤同一理也”。他把倫理性的實體
“心”與充塞宇宙的“理”同一，正是對儒家傳統的“天人合一”觀念的
繼承與發展。需要指出的是，陸九淵不是說“理”不是“心”的產物，而
是強調“心”與“理”的合一。

“發明本心”，有兩個重要的手段，一是注重辨志，二是強調存養與踐
履。陸氏認爲志對人來說非常重要，志是其行爲發生之前的動機，是“端
緒”。因此，在人的念慮初萌之時，辨志非常重要。“學問固無窮已，然端
緒得失，則當早辨，是非向背，可以立決”，“物有本末，事有終始，知所
先後，則近道矣。於其端緒知之不至，悉精畢力求多於末，溝澮皆盈，涸
可立待。要之其終，本末俱失”[①]，“人要有大志。常人汨沒於聲色富貴間，
良心善性都蒙蔽了。今人如何便解有志，須先有智識始得”[②]，“人惟患無
志，有志無有不成者。然資稟厚者，必竟有志”[③]，“‘吾十有五而志於學’，
今千百年無一人有志也，是怪他不得，志個甚底”，“須是有智識，然後有
志願”，可見辨志是非常重要的。

如何辨志呢？就是辨於義利。他說：“若果有志，且須分別勢利道義
兩途。”[④] 他的弟子陳正已問傅子淵：“陸先生教人何先？”對曰：“辨志。”
正已復問曰：“何辨？”對曰：“義利之辨。”他認爲傅子淵說得很對：“若
子淵之對，可謂切要。”[⑤] 在《白鹿洞書院論語講義》中，他對義利之辨進
行了充分闡述，他認爲“志乎利，則所習者必在於利，所習在利，斯喻於
利矣。故學者之志不可不辨也”。參加科舉的士人，儘管終日讀聖賢之書，
而其志向“則有與聖賢背而馳者矣”，原因在於他們所追求的“不在於
義”，所考慮的只是“官資崇卑、祿廩厚薄”，作文之技巧與考官之好惡。
只有“專志乎義而日勉焉”，才能“由是而仕，必皆共其職，勤其事，心
乎國，心乎民，而不爲身計”[⑥]。職此之故，學者“當辨其志”。

① 陸九淵：《與邵叔誼》，《陸九淵集》，中華書局 1980 年版，第 2 頁。
② 陸九淵：《語錄下》，《陸九淵集》卷三五，中華書局 1980 年版，第 450 頁。
③ 同上書，第 439 頁。
④ 同上。
⑤ 陸九淵：《語錄上》，《陸九淵集》卷三四，中華書局 1980 年版，第 398 頁。
⑥ 陸九淵：《白鹿洞書院論語講義》，《陸九淵集》，中華書局 1980 年版，第 275 頁。

志既辨矣，則須立志。學者又當如何立志呢？就是要"立乎其大者"。因爲"立乎其大者，而小者弗能奪"，"志小不可以語大人之事"①，"人不辨箇小大輕重，無鑒識，些小事便引得動心，至於天來大事卻放下看"②，"世不辨箇小大輕重，既是埋沒在小處，於大處如何理會得？"③ 所以作者一再強調要"立乎其大者"。《與馮傳之》對此進行了充分的闡述，他認爲學者應該明白"吾人仕進自有大義"，不能"牽於俗論私說"，要不"顧流俗之義論"，才能"知道明義"。天大，道大，而"道在於人"，故應"從其大體"，"養其大體"，"居廣居，立正位，行大道"。陸氏一再激勵人們，要"先立乎其大者"，"人生天地間，如何不植立"④，"人須是閑時大綱思量：宇宙之間，如此廣闊，吾身立於其中，須大做一個人"⑤。

發明本心就必須存養本心，依本心而踐履實行。這是繼承和發揮了孟子存心養性、求其放心的思想，孟子曰"盡其心者，知其性也。知其性，則知天矣。存其心，養其性，所以事天也"⑥，"學問之道無他，求其放心而已矣"⑦。陸九淵說："古人教人，不過存心、養心、求放心。此心之明，人所固有，人惟不知保養而反戕賊放失之耳。"⑧ 他認爲"此心之明，人所固有"，非由外鑠，但是由於常人不僅不知保養，反而"戕賊放失之"。"此心之良，戕賊至於熟爛，視聖賢幾與我異類。端的自省，誰實爲之？改過遷善，固應無難，爲仁由已，聖人不我欺也。直使存養至於無間，亦分內事耳"⑨，"改過遷善"，"爲仁由已"，存養本心，至於無間，就是自己分內事。他非常強調存養，"只'存'一字，自可使人明得此理。此理本天所以與我，非由外鑠。明得此理，即是主宰。真能爲主，則外物不能

①　陸九淵：《語錄下》，《陸九淵集》卷三五，中華書局 1980 年版，第 433 頁。
②　同上書，第 450 頁。
③　同上書，第 452 頁。
④　同上書，第 466 頁。
⑤　同上書，第 439 頁。
⑥　朱熹撰：《四書章句集注》卷一三，中華書局 1983 年版，新編諸子集成本，第 349 頁。
⑦　朱熹撰：《四書章句集注》卷一一，中華書局 1983 年版，新編諸子集成本，第 334 頁。
⑧　陸九淵：《與舒西美》卷五，《陸九淵集》，中華書局 1980 年版，第 64 頁。
⑨　陸九淵：《與楊敬仲》卷五，《陸九淵集》，中華書局 1980 年版，第 65 頁。

移，邪説不能惑"①，"存養是主人，檢斂是奴僕"②，"既知自立，此心無事時，須要涵養，不可便去理會事"③，"涵養存養，計當日新"④。存養本心，是爲了踐履實行。所謂的踐履就是落到實處，"做得工夫實，則所說即事實，不説閒話，所指人病即實病"⑤。只有道德踐履落到實處，才是真正的發明本心，"要常踐道，踐道則精明。一不踐道，便不精明，便失枝落節"⑥，真正做到了依本心而踐履實行，則不至於"失枝落節"。由此可知，陸九淵的踐履工夫，主要落腳點不在書本上，而是直接落在"事"上，讀書也要歸結到"事"上，他說，"所謂讀書，須當物理，揣事情，論事勢"⑦。在陸九淵看來，心與理一，事與道通，"道外無事，事外無道"，因此，陸九淵所注重的踐履就必然要反對空言，"所謂講學者，遂爲空言以滋僞習，豈惟無益，其害又大矣。若其善利之間，嘗知決擇，大端已明，大志已立，而日用踐履，未能常於清明剛健，一有緩懈，舊習乘之，捷於影響。應答之際，念慮之間，陰流密陷，不自省覺，益積益深，或遇箴藥，勝心持之，反加文飾，因不能以自還者有矣，甚可畏也。"

　　其次是探討社會政治問題。這分爲闡述民本思想和探討吏治與民政問題兩個方面。先來看看他對民本思想的闡述。陸九淵浸潤於《孟子》中，涵詠體味，繼承和發揮孟子的思想，創立自己的心學體系，不僅如此，他的社會政治思想也深受孟子影響，尤其是民本思想。民貴君輕的民本思想，自孟子提出之後，敢於呼應者不多。陸九淵繼承了孟子民貴君輕的民本思想，他明確地說："天生民而立之君，使司牧之，張官置吏，所以爲民也。'民爲大，社稷次之，君爲輕'，'民爲邦本，得乎丘民爲天子'，此大義正理也。"⑧百姓擁立君主，使他安排官吏管理國家，所以"民爲大"，"君爲輕"，只有得到百姓擁護的人才能成爲君主，這是大義正理，天經地

①　陸九淵：《與曾宅之》，《陸九淵集》，中華書局1980年版，第3頁。
②　陸九淵：《語錄下》，《陸九淵集》卷三五，中華書局1980年版，第450頁。
③　同上書，第454頁。
④　陸九淵：《與倪濟甫》，《陸九淵集》卷一〇，中華書局1980年版，第136頁。
⑤　陸九淵：《語錄下》，《陸九淵集》卷三五，中華書局1980年版，第457頁。
⑥　同上書，第449頁。
⑦　陸九淵：《語錄》，《陸九淵集》，中華書局1980年版。
⑧　陸九淵：《與徐子宜》（二），《陸九淵集》卷五，中華書局1980年版，第67頁。

義。他認爲君主之大位，也不是人主可以據爲私有，"後世人主不知學，人欲橫流，安知大位非人君所可得而私"。陸九淵很重人主之職分，"自周衰以來，人主之職分不明。《堯典》命羲和敬授人時，是爲政首。後世乃付之星官、曆翁，蓋緣人主職分不明所致。孟子曰：'民爲貴，社稷次之，君爲輕。'此卻知人主職分。"在他看來，孟子的這句話才是真正知道人主職分的。徐復觀說："於是象山政治思想的第一義，是在發揮孟子'民貴君輕'之說，以重正君臣的'職分'，並發揮合理的精神，以掃蕩千餘年來作爲政治精神枷鎖的所謂'名分'。"① 陸九淵雖未直接說如果人主不守職分，百姓就可以起來造反，鬧革命，但是他卻說了這樣的話："湯放桀，武王伐紂，即民爲貴，社稷次之，君爲輕之義。孔子作《春秋》之言亦如此。"② 湯放桀，武王伐紂，就是民貴君輕，可看出他是主張人民可以對失掉"職分"的君主進行革命的。

再來看看他的吏治與民政問題的探討。陸九淵說："大抵今時士大夫議論，先看他所主。有主民而議論者，有主身而議論者，邪正君子小人，於此可以決矣。"③ 這是他看待士人和官吏的標準。何爲正邪，何爲君子小人，全看他議論之所主，主於民者爲正爲君子，主於身者爲邪爲小人。由此可以看出陸九淵愛民的思想。他認爲"自古張官置吏，所以爲民"④，然而南宋的現實情況是，社會日趨腐敗，貪官汙吏橫行。陸九淵對此極爲憤恨和不滿，在文章中多次批判和揭露吏治的腐敗。"公人世界，其來久矣，而尤熾於今日。"他在很多給朋友的書信中討論這個問題。如《與趙宰》：

　　金谿爲邑雖陋，而財賦初不至甚窘，求之政得失，已事可見。九重勤恤民隱，無所不用其極，其在荒歉之餘，尤軫宵旰之慮。胥吏貪鄙，旁公侵漁，惟利是見，豈恤公上。士大夫之得交於下風者，固宜陳忠進諫以輔聰明。顧乃下與吏胥爲黨，貢諛獻佞以陷執事。大抵吏

---

① 徐復觀：《中國思想史論集》，上海書店出版社 2004 年版，第 4 頁。
② 陸九淵：《語錄》，《陸九淵集》，中華書局 1980 年版。
③ 陸九淵：《與陳倅》（二），《陸九淵集》卷七，中華書局 1980 年版，第 99 頁。
④ 陸九淵：《與辛幼安》，《陸九淵集》，中華書局 1980 年版，第 70 頁。

胥獻科斂之計者，其名爲官，其實爲私。官未得一二，而私獲八九矣。比者胥吏魁田連阡陌，樓觀岑嵒，服食燕設，擬於貴近，非朘民脂膏，而何以取之？願執事深察其奸，痛懲其弊，斷然革之……①

"胥吏貪鄙，旁公侵漁，惟利是見"造成金谿財賦窘迫。士大夫與吏胥爲黨，"貢諛獻佞以陷執事"，胥吏"魁田連阡陌，樓觀岑嵒，服食燕設，擬於貴近"，這都是搜刮民脂民膏得來的。作者希望趙宰"深察其奸，痛懲其弊，斷然革之"。

吏治問題在南宋有很多人關注，像王庭珪、胡銓、周必大等都曾在文章中給予關注和探討。在《與辛幼安》中探討真正的"寬"、"仁"："寬也者，君子之德也"，"好善而惡不善，好仁而惡不仁，乃人心之用也"，但是天下不能有不仁、不善來害仁、害善，故"去不仁乃所以爲仁，去不善乃所以爲善"。"五刑五用"，並不是古人樂施於人，而是"天討有罪，不得不然"。但現在所謂的"寬"、"仁"則異於是，"不究夫寬仁之實，而徒欲爲容奸庾慝之地。殆所謂以不禁奸邪爲寬大，縱釋有罪爲不苛者也"。他給我們描繪了現在所謂的"寬"、"仁"之情狀，可以說其情其景，慘不忍睹：

> 縣邑之間，貪饕矯詐之吏，方且用吾君禁非懲惡之具，以逞私濟欲，置民於囹圄、械繫、鞭箠之間，殘其支體，竭其膏血，頭會箕斂，椎骨瀝髓，與奸胥猾徒厭飫咆哮其上。巧爲文書，轉移出沒，以欺上府，操其奇贏，與上府之左右締交合黨，以蔽上府之耳目。田畝之人劫於刑威，小吏下片紙，因纍纍如驅羊。劫於庭廡械繫之威，心悸股慄，箠楚之慘，號呼籲天，隳家破產，質妻鬻子，僅以身免，而曾不得執一字元以赴訴於上。上之人，或浸淫聞其髣髴，欲加究治，則又有庸鄙淺陋、明不燭理、志不守正之人爲之緩頰，數陳仁愛、寬厚、有體之說，以杜吾窮治之意；遊揚其文具、偏貌、誕謾之事以掩

---

① 陸九淵：《與趙宰》，《陸九淵集》，中華書局 1980 年版，第 55 頁。

其罪惡之跡；遂使明天子勤恤之意、牧伯宣宣之誠壅底而不達，百里之宰，真承宣撫字之地，乃復轉而爲豺狼蠍蠱之區，日以益甚，不可驅除，豈不痛哉！①

　　奸吏對百姓敲骨吸髓，欺上瞞下，而百姓無處赴訴，庸鄙不正之人又以"寬仁"之說，杜窮治之門。作者認爲在這種情況下，還"泛言寬仁之說以逆蔽吾窮治之途"，則貽害無窮。這是與古之"寬仁"相悖的。下文接着區別循吏與貪吏，深刻批判貪吏巧立名目，對百姓誅求以滿足其貪欲的可惡行爲。這種所謂的"寬"、"仁"，危害很大，作者"憂之未能去懷者也"，拳拳愛民之心，溢於言表。因此，揭批吏治的黑暗、關心民瘼是陸九淵散文的一個重要方面。其他的如《與趙子直》說，"大抵益國裕民之心，在吾人固非所乏，弊之難去者，多在簿書名數之間，此奸貪寢食出沒之處，而吾人之所疎者"，"官吏日以貪猥，弊事日以眾多，豈可不責之儒者？張官置吏，所以爲民，而今官吏日增術以朘削之，如恐不及。蹶邦本，病國脈，無復爲君愛民之意，良可欺也"②。還有《與楊守書》、《與徐子誼侍郎書》等，亦是"明暢痛快，說盡吏奸"③之作。

　　陸九淵在散文中談到很多很具體的民政問題，如《與張春卿》探討輸苗之害，《與陳教授》、《與黃監》探討平糴與社倉問題，《與趙推》探討獄訟問題，《與楊守》（三）言猾吏與豪家勾結。陸九淵主政荊門，勤於政事，深入民間考察民生疾苦，這在他的散文中也得到反映。在《與羅春伯》中談到自己主政荊門而連年接送之費問題。在《與薛象先》中探討"稅錢役錢"、"場坊買名錢"的問題。可見陸九淵並非一個一味空談心性的心學家，他具有儒家積極入世、務實愛民之精神。

　　另外，陸九淵還有幾篇描繪自然美景的山水遊記，茲附於此處論述。這幾篇山水遊記在其文集中是一道亮麗的風景線。這些文章大多是給朋友的書信，如《與王謙仲》、《與錢伯同》、《與傅季魯》、《與朱子淵》、《題新

---

① 陸九淵：《與辛幼安》，《陸九淵集》，中華書局 1980 年版，第 70 頁。
② 陸九淵：《與趙子直》，《陸九淵集》，中華書局 1980 年版，第 69 頁。
③ 劉壎：《象山先生言吏奸二書》，《隱居通議》卷一七，四庫全書本。

興寺壁》，另外《與曾宅之》的第一段也是描繪美景的。且以《與王謙仲》（二）中的兩段文字來看看，嘗一臠肉而知一鑊之味、一鼎之調：

　　　　方丈簷間，層巒疊嶂，奔騰飛動，近者數十裏，遠者數百里，爭奇競秀，朝暮雨暘，雲煙出沒之變，千狀萬態，不可名模。兩山迥合其前，如兩臂環拱。臂間之田，不下百畝。沿流而下，懸注數裏，因石賦形，小者如線，大者如練。蒼林陰翳，巨石錯落，盛夏不知有暑。挾冊其間，可以終日。東山之崖，有繙經石，可憩十許人；西山之崖，有歇石，可坐五六人，皆有蒼松蟠覆其上，其下壁立萬仞。山之陰，有塵湖在其巔，天成一池，泓然如鑑，大旱不竭，可以結廬居之。自塵湖而北，數山之外，有瑪祖庵，其處亦勝。有風洞，有浸月池，有東壠，有樺木壠，有東西塢，有第一峰，凡此皆舊名嘉者。

　　　　此山大勢南來，折而東，又折而南。其高在西北，堂之西最高，九峰聯絡如屏，名曰翠屏，其上皆林木也。北峰之高者如蓋，可以登望。南望羣山益遠，溪穀原野畢露。東望靈山，特起凌霄，縹緲如畫，山形端方廉利，吳越所未見有也。下見龜峰，昂首穹背，形狀逼真。玉山之水，蓋四百里而出於龜峰之下，暑貴溪以經茲山之左。西望藐姑石琵琶諸峰，嶓峥逼人，從天而下。溪之源於光澤者。間見山麓如青玉版，北視上清儌巖、臺山，僅如培塿。東西二溪，窈窕如帶。二溪合處百里而近。然地勢卑下夷曠，非甚清徹，常沒於蒼茫煙靄中矣。[1]

這兩段純寫象山之景，對象山作了全方位介紹和酣暢淋漓的描繪，從不同的角度把象山展現在我們面前。第一段首先是立足象山之上，先描繪全貌，"層巒疊嶂，奔騰飛動"，"雲煙出沒之變，千狀萬態"。接着俯視山前，兩山環拱，溪流懸注，"蒼林陰翳，巨石錯落"。再從東山之崖、西山之崖、山陰三個方位來描繪，尤其是塵湖，"天成一池，泓然如鑑"，再概

① 　陸九淵：《與王謙仲》（一），《陸九淵集》，中華書局 1980 年版，第 118 頁。

述點出塵湖之北的舊名勝，筆墨精省。在第二段，作者先簡要介紹象山總的形勢，"此山大勢南來，折而東，又折而南"。然後立足北山遠望，從南、東、西、北四個方向來描繪遠望之景。這樣描繪，有條不紊，視野開闊，形象逼真，一步步把讀者帶入象山勝景。在描寫的過程中，譬之以生動形象的比喻，如俯視所見之溪流，"小者如線，大者如練"，描繪塵湖，"天成一池，泓然如鑑"；且不忘穿插自己的感受"挾冊其間，可以終日"，"西望藐姑石琵琶諸峰，嶕崒逼人"。

陸九淵是理學家，以傳道、授業、解惑爲己任，但在大自然美景面前，他也會暫時忘卻他的理學家的身份，而沉浸在美麗如畫的大自然之中。

二 氣勢充沛，論證嚴密

陸九淵現存的文章中，書信占主體，但其藝術性很高，深得後人好評，如其《王荆公祠堂記》、《與楊守書》和《與徐子誼侍郎書》獲得劉壎的高度評價①。另有一部分記、序、碑誌和程文，其中除數量很少的碑誌、行狀、寫景文之外，多是議論爲主。因此，下文所探討的主要是議論性散文的藝術。

曾有學生問陸九淵："先生之學亦有所受乎？"陸九淵回答說："因讀《孟子》而得之"②，劉熙載亦云"陸文得孟子之實"③。這說明陸九淵的思想主要是繼承和發揮孟子而來。實際上，陸九淵在撰寫文章時也是深受《孟子》一書的影響，具有和孟子同樣的散文特色。蘇洵說："孟子之文，語約而意盡，不爲刻斬絕之言，而其鋒不可犯。"④ 孟子散文充滿浩然之氣，故其鋒不可犯。與孟子相似，陸九淵的散文的第一個特點是意蘊渾厚、氣勢充沛。

象山心學認爲此理充塞宇宙，心即理。此理乃天所賦予，非由外鑠我，而人們往往蔽於物欲，不能明白此心之良，不能通透此理之明。作者

① 劉壎：《象山先生言吏奸二書》，《隱居通議》卷一七，四庫全書本。
② 陸九淵：《語錄下》，《陸九淵集》卷三五，中華書局 1980 年版，第 471 頁。
③ 劉熙載：《藝概·文概》，上海古籍出版社 1978 年版，第 36 頁。
④ 蘇洵：《上歐陽內翰第一書》，《嘉祐集箋注》，上海古籍出版社 1993 年版，第 327 頁。

在與朋友、後學者探討心學時，以心學導師自居，故而在闡述其心學理論時，高屋建瓴，直達天下，直指人心，使讀者無不通徹透明，“先生精於説理，長於論事，惟其天材宏縱，橫説豎説，逗盡底裏，沛然不窮，讀之使人氣湧神懷，聞風興起”①，所以象山文章，也是充滿浩然正氣。讀他的文章，總給人一種真理在握的感覺。在《陸九淵集》開篇的《與邵叔誼》中選一段來看看：

> 此天之所以與我者，非由外鑠我也。思則得之，得此者也；先立乎其大者，立此者也；積善者，積此者也；集義者，集此者也；知德者，知此者也；進德者，進此者也。同此之謂同德，異此之謂異端。心逸日休，心勞日拙，德僞之辨也。豈惟辨諸其身人之賢否，書之正僞，舉將不逃於此矣。自有諸己至於大而化之，其寬裕溫柔足以有容，發強剛毅足以有執，齋莊中正足以有敬，文理密察足以有別，增加馴積，水漸木升，固月異而歲不同。然由萌蘗之生而至於枝葉扶疏，由源泉混混而至於放乎四海，豈二物哉？《中庸》曰：“誠者，物之終始，不誠無物。”又曰：“其為物不二。”此之謂也。②

從“思”、“立志”、“積善”、“集義”、“知德”、“進德”這六個方面闡述此理是天之所與我者，非由外鑠我，這一切“舉將不逃於此”，斬釘截鐵，不容分辨。“自有諸己至於大而化之”，講的是此心此理的存養過程，“增加馴積，水漸木升”，最終“由源泉混混而至於放乎四海”。“為物不二”，也即“蓋心，一心也；理，一理也。至當歸一，精義無二。此心此理，實不容有二”，“天之所以與我者，即此心也。人皆有是心，心皆具是理，心即理也”③。又如《與勾熙載》：

> 吾人所安者義理，義理所在，雖刀鋸鼎鑊有所不避，豈與患得患

---

① 劉壎：《象山先生言吏姦二書》，《隱居通議》卷一七，四庫全書本。
② 陸九淵：《與邵叔誼》，《陸九淵集》，中華書局1980年版，第1頁。
③ 陸九淵：《與李宰二》，《陸九淵集》，中華書局1980年版，第149頁。

失之人同其欣戚於一陞黜之間哉？顧所深念者，道之消長，治亂攸分，羣徒比周，至理鬱塞，遏絕齊語，楚咻盈庭，聚蚊成雷，明主孤矣。雖然，他山之石，可以攻玉，今之賢者亦加少為多，臨深為高耳。揆之古人，豈能無愧，息肩王事，一意自省，尚友方冊，勉所未至，則悠悠者蓋有負於國，有負於民，有負於公道，而獨無負是於我矣。①

作者孜孜以求的是義理，義理所在，不避刀鋸鼎鑊；所關心的是“道之消長，治亂攸分”，“聚蚊成雷，明主孤矣”，批判那些“有負於國，有負於民，有負於公道，而獨無負是於我”的人。

象山認為“人之文章，多似其氣質”②，他很推崇闊大的氣象，對於氣象格局卑小的散文則提出批評，在《與吳仲時》中說“觀此人之才，似亦又可用，終是氣格卑小”③。象山散文大義凜然，真氣貫注，渾浩流轉，充滿著強烈的氣勢與渾厚的意蘊。

第二個特點是議論透闢，析理精微，邏輯嚴密。象山是哲學家，其闡述心學理論，或與人辯駁，或教導後學，都是邏輯嚴密，無懈可擊。如《與張輔之》（一），作者向張輔之指出學者大病：

　　學者大病，在於師心自用。師心自用，則不能克己，不能聽言，雖使羲皇唐虞以來羣聖人之言畢聞於耳，畢熟於口，畢記於心，祇益其私，增其病耳。為過益大，去道愈遠，非徒無益，而又害之。來書謂備嘗險阻辛苦，而無操心危、慮患深之效，此亦非也。子之能特然自立，異於流俗，趣舍必求是，而施設不苟。人之所為，有所不敢為；人所不能為，己或能為之。人之所知，有所不敢知，人所不能知，己或能知之。凡此豈非操心危、慮患深之效歟？雖然，至於師心自用，學植不進，未必不由此也。

---

① 陸九淵：《與勾熙載》，《陸九淵集》，中華書局 1980 年版，第 90 頁。
② 陸九淵：《語錄上》卷三四，《陸九淵集》，中華書局 1980 年版。
③ 陸九淵：《與吳仲時》，《陸九淵集》，中華書局 1980 年版，第 88 頁。

　　古之所謂曲學詖行者，不必淫邪放僻，顯顯狼狽，如流俗人不肖子者也。蓋皆放古先聖賢言行，依仁義道德之意，如楊、墨、鄉原之類是也。此等不過聖賢知道者，則皆自負其有道有德，人亦以爲有道有德，豈不甚可畏哉？曾子曰："尊其所聞則高明，行其所知則光大。"尊所聞，行所知，須要本正。其本不正，而尊所聞，行所知，只成簡簿版。自沈溺於曲學詖行，正道之所詆斥，累百世而不赦，豈不甚可畏哉？若與流俗人同過，其過尚小，簿版沈溺之過，其過甚大，真所謂膏肓之病也。①

先直接指出學者大病在於師心自用，接着指出師心自用的危害是"爲過益大，去道愈遠，非徒無益，而又害之"。再指出來信的說法是不對的，其並非"無操心危，慮患深之效"，而是可能由此而導致"師心自用，學植不進"。接下來一段，援古爲例，說明"尊所聞，行所知，要須本正。其本不正，而尊所聞，行所知，只成得簡簿版"。這樣"自沈溺於曲學詖行，正道之所詆斥，累百世而不赦"，則其過甚大，真成膏肓之病。這樣層層論證，把師心自用的危害闡述得非常清楚。

　　《與朱元晦》中關於朱、陸"太極"、"無極"之辯，最能體現陸九淵議論透闢、析理精微、邏輯嚴密的特點。關於無極、太極之辯，首先是九淵之兄梭山挑起，梭山觀點是"《太極圖說》與《通書》不類，疑非周子所爲；不然則或是其學未成時所作；不然則或傳他人之文，後人不辨也。蓋《通書·理性命章》言中焉止矣，二氣五行化生萬物，五殊二實，二本則一。曰一曰中，即太極也。未嘗於其上加無極字。《動靜章》言五行、陰陽、太極，亦無無極之文。假令《太極圖說》是其所傳，或其少時所作，則作通書時，不言'無極'，蓋已知其說之非矣"。即梭山認爲《太極圖說》要麽不是周敦頤所作，要麽是其少作。陸九淵告訴朱熹，梭山這番話不可忽視，而朱熹偏偏又說"梭山急迫，看人文字未能盡彼之情，而欲遽申己意，是以輕於立論，徒爲多說，而未必果當於理"。針對這一點，

_____

① 陸九淵：《與張輔之》（一），《陸九淵集》，中華書局 1980 年版，第 35 頁。

陸九淵採取"以子之矛攻子之盾"的手段進行反駁。朱熹認爲"不言無極，則太極同於一物，而不足爲萬化根本；不言太極，則無極淪於空寂，而不能爲萬化根本"。而陸九淵說，太極實有這個理，聖人從而發明之，並非空言立論讓人逞口舌之能。太極足不足、能不能成爲萬化根本，本自有定，不因人言而變。聖人說有太極，你卻說無極，這是爲什麽？聖人作的儒家經典《大傳》、《洪範》都不講無極。太極也未曾同於一物，仍然是萬化的根本，"太極固自若也"。所以陸九淵的結論是朱熹"此真所謂輕於立論，徒爲多說，而未必果當於理也"。接着又擺出朱熹的另一觀點："無極即是無形，太極即是有理。周先生恐學者錯認太極別爲一物，故著無極二字以明之。"陸九淵對此的反駁是：《大傳》說"形而上者謂之道"，"一陰一陽之謂道"，陰陽已是形而上，更何況太極？曉文義者都明白。接着陸九淵從訓詁學的角度辯駁，"極"字不可以"形"釋之，"極"是"中"的意思，"言無極則是猶言無中也"，這是不可以的。接着他認爲，《太極圖說》是傳自陳摶，"希夷之學老氏之學也"，[1]所以"無極"之說傳自老子，非聖人之說。再者《太極圖說》以"無極"冠其首，而《通書》終篇不言"無極"。陸九淵得出結論"梭山兄之言恐未宜忽也"[2]。陸九淵引經據典，層層推論，簡直無懈可擊。其論辯技巧亦相當高明，眼光獨到，言辭鋒利，堅不可摧，從邏輯上來說，朱熹是沒法辯駁的。當然朱、陸主要分歧在於對《太極圖說》的理解不同，這不是本書的著眼點。

　　第三個特點是運用多種修辭手法，尤其是引經據典、善用比喻。陸九淵在《與吳子嗣》（四）中告訴吳子嗣："第當勉致其實，毋倚於文辭。不言而信，存乎德行。有德者必有言，誠有其實，必有其文。實者，本也；文者，末也。今人之習所重在末，豈惟喪本，終將併其末而失之矣。"[3]又說："藝者，天下之所用，人之所不能不習者也。遊於其間，固無害其志道、據德、依仁，而其道、其德、其仁，亦於是而有可見者矣。故曰'遊

　　① 陸九淵：《與朱元晦》，《陸九淵集》，中華書局1980年版，第21頁。
　　② 朱、陸關於太極、無極之辯，參見陳來《朱子哲學研究》第三章，華東師範大學出版社2000年版。
　　③ 陸九淵：《與吳子嗣》（四），《陸九淵集》，中華書局1980年版，第144頁。

於藝'"①。由此可見，雖然陸九淵認爲文乃道之末，但他並不忽視文的作用，而是比較重視文之用的，所以陸九淵還是很講究語言藝術的。陸九淵對儒家經典爛熟於心，尤其《論語》、《孟子》，所以孔孟的思想、孔孟的語言已經化入其血脈精髓。在寫作過程中，就汩汩然貫注筆尖。如《與曾宅之》：

> 然聖人贊《易》則曰："乾以易知，坤以簡能。易則易知，簡則易從。易知則有親，易從則有功。有親則可久，有功則可大。可久則賢人之德，可大則賢人之業。易簡而天下之理得矣。"孟子曰："夫道若大路然，豈難知哉?"夫子曰："仁遠乎哉?我欲仁，斯仁至矣。"又曰："一日克己復禮，天下歸仁焉。"又曰："未之思也，夫何遠之有?"孟子曰："道在邇而求諸遠，事在易而求諸難。"又曰："堯舜之道，孝弟而已矣。徐行後長者謂之弟，疾行先長者謂之不弟。夫徐行者，豈人所不能哉?不爲耳。"又曰："人能充無欲害人之心，而仁不可勝用也；人能充無穿窬之心而義不可勝用也。"又曰："人之有是四端而自謂不能者，自賊者也；謂其君不能者，賊其君者也。"又曰："吾身不能居仁由義，謂之自棄。"古聖賢之言，大抵若合符節。蓋心，一心也，理一理也，至當歸一，精義無二，此心此理，實不容有二。故夫子曰："吾道一以貫之。"孟子曰："夫道一而已矣。"又曰："道二，仁與不仁而已矣。"如是則爲仁，反是則爲不仁。……孟子曰："所不慮而知者，其良知也；所不學而能者，其良能也。""此天之所與我者"，"我固有之，非由外鑠我也"。故曰："萬物皆備於我矣，反身而誠，樂莫大焉。"此吾之本心也……②

這一段文字所引孔孟之語，如此之多，然而我們並不覺得是堆砌。針對不同的問題所引用的孔孟之語，都是恰到好處。讀上面引文則窺其一斑，讀者可藉以窺其高超引用手法之全豹。對於引用聖人經典之語言，陸九淵有

---

① 陸九淵：《論語說》卷二一，《陸九淵集》，中華書局 1980 年版，第 263 頁。

② 陸九淵：《與曾宅之》，《陸九淵集》，中華書局 1980 年版，第 3 頁。

自己的觀點："其引用經語，乃是聖人先得我心之所同然，則不爲侮聖言矣。今終日營營，如無根之木，無源之水，有採摘汲引之勞，而盈涸榮枯無常，豈所謂'源泉混混，不舍晝夜，盈科而後進'者哉？""終日簸弄經語以自傅益，真所謂侮聖言者矣"。即引用經書上聖人之語，必須是先得我心之所同然。否則，"終日簸弄經語以自傅益"①，不過是侮辱聖言而已。當然，他不只是引用聖人語言，除了"五經"之外，還廣引其他的語言，如河洛諸賢、歷代文人，甚至是俚俗鄙語，只要有用，無所不用。

我們知道《孟子》一書善用比喻，其比喻貼切生動，精妙富瞻。陸九淵爲文繼承了《孟子》擅譬巧喻的特點。儒家思想博大精深，心學理論抽象難懂。爲了闡釋自己的心學理論，比喻是一個很好的手段。比喻最大的妙處就在於化抽象爲形象，釋深奧爲淺顯，能夠深入淺出然後學明白其中的道理。如：

> 今，已私未克之人如在陷穽，如在荊棘，如在泥塗，如在囹圄械繫之中，見先知先覺，其言廣大高明，與已不類反疑恐一旦如此，則無所歸，不亦鄙哉！不亦謬哉！②

> 深甫勉之，謹無以言語、議論妨進修之路，使此心之良，無斧斤之伐，牛羊之牧，而有雨露之霑滋。雷風之鼓舞，日以暢茂條達，則來示數章不求解於他人矣。③

> 孟子之時，求人爵者，尚必修其天爵，後世之求人爵，蓋無所事於天爵矣。捨此而從事於彼，何啻養一指而失其肩背。④

> 爲仁由己，而由人乎哉？奮拔植立，豈不在我？若只管議評，因循不能勇奮特立，如官容奸吏，家留盜虜，日積憂患，而不勇於一去之決，誰實爲之？今幸尚知其爲奸盜而患苦之，護惜玩愒之久，寖以習熟便安之，未必不反以爲忠良也。任賢勿貳，去邪勿疑，豈獨爲國

---

① 陸九淵：《與曾宅之》，《陸九淵集》，中華書局1980年版，第3頁。
② 同上。
③ 陸九淵：《與劉深父》，《陸九淵集》，中華書局1980年版，第34頁。
④ 陸九淵：《與童伯虞》，《陸九淵集》，中華書局1980年版，第33頁。

而然？ 爲家爲身，蓋一理也。①

第一例是由四個明喻構成博喻，且又是排比句。第二例正反設喻。第三例
則是比喻論證。茲舉四例，可見陸九淵是善於運用比喻修辭手法的。他的
比喻鮮明而多樣化，有助於其傳達心學思想。但他一般不用寓言故事來譬
喻論證，這一點不像孟子，這應該是時代使然。

　　陸九淵的文章，總的風格是樸實。他不事雕琢，不用生僻的辭彙和彆
扭的句法，用詞準確而簡潔。他的文章大多是書信，信筆而書，言盡筆
止，有話則長，無話則短，純淨明潔。

第四節　劉辰翁的記體文

　　劉辰翁的散文，在整個宋代極具特色，是中國古代散文園地中的一
朵奇葩。然而對劉辰翁的研究大多集中在對其詩、詞、詩學及其評點的
研究上，而對其散文研究則不多，現有成果屈指可數。四川大學焦印亭
的博士論文《劉辰翁研究》對其散文作了較爲詳細的論述，除此之外，
僅有曹麗萍的《尚奇：南宋散文的另一種風貌——論劉辰翁的散文》與
謝曉玲、顧寶林的《劉辰翁“記”體散文的統計與分析》兩文，這種
狀況與劉辰翁的散文成就很不相稱。據《全宋文》統計，在其現存的
散文中記體文有 106 篇，從文體的角度來說，這一數量是相當多的。
記體文亦最能體現其散文創作的風格，因此，深入研究其記體文非常
有價值。

一　思想複雜，儒釋道雜糅

　　全祖望說：“兩宋諸儒，門庭徑路，半出於佛、老。”② 同樣，劉辰翁
是個儒者，他的記體文有很多反映儒家理學思想的，如“《善堂》、《中

---

①　陸九淵：《與李成之》（二），《陸九淵集》，中華書局 1980 年版，第 129 頁。
②　全祖望：《題真西山集》，朱鑄禹彙校集注《全祖望集彙校集注·鮚埼亭集·外篇》，上海
古籍出版社 2000 年版，第 1373 頁。

和》、《核山》、《靜見》諸記之談性理"①。他又醉心於佛、老，游心於儒、釋、道三家典籍，學問淵博，使得其記體文的思想內容極爲複雜。他津津樂道於撰寫佛寺、道觀之記，在其中展示自己對於佛、老思想的深刻思考。

宋代江西道教興盛，"江西葛仙跡爲多"②，劉辰翁從小就生活在濃厚的道教氛圍中。他對老子和莊子極爲敬仰，其評老子："孔德之容，惟道之從。坦坦施施，溫溫恭恭。萬世之下，復有一夫子而後識其猶龍。"③ 可見他贊同孔子對其"猶龍"的評價。他更是傾心於莊子："無他變化，有語皆囁。何日花間，作兩蝴蝶。"④ 他渴望能像莊周夢蝶般"物化"。他深通道家典籍，還點評過《莊子》，因此，道家思想在其散文中時時流露出來。他在文章中談到莊子的諸多思想和命題，如"逍遙遊"、"隱"、"靜"、"樂"、"無用之用"等。如《虛舟記》是由《莊子·山木》中"方舟而濟於河，有虛船來觸舟，雖有惼心之人不怒"之"虛船"而生發開來的：

> 江湖之舟，爲貪夫牛馬走，晝與夜而不知止，其建旗鳴鼓，役千夫而從之者，亦且與商賈無異，而世安有虛舟也？人人以其舟遊，而未有知無用之用。忠臣志士臨流願濟，與百戰無成、僅以身免者獨患無舟耳。空江渺然，濩落橫楫，其于世事亦何情者？惠而載我，適相值而甚不偶然也。古之經營天下，反復萬里，羈旅飄泊若此者何限？今茫然遠想，求其渡處不可得。或史不盡載，問其爲舟則如漁者往矣。子胥之逃吳，陳平之亡楚以此。脫其生而成千載，以至烏江之流涕，滹沱之倉卒，至今誦其語猶悲之，此韓退之所以重有感于一壺千金者也。今人美前人成事，孰知當日之役有元功焉。夫任大勞，濟大

---

① 胡思敬：《〈劉辰翁集〉跋》，陶福履、胡思敬原編，江西省古籍整理小組整理《豫章叢書》集部五，江西教育出版社 2002 年版。

② 劉辰翁：《臨江軍閣皂山玉像閣記》，《全宋文》第 357 冊，上海辭書出版社、安徽教育出版社 2006 年版，第 110 頁。

③ 劉辰翁：《老子像贊》，《全宋文》第 357 冊，上海辭書出版社、安徽教育出版社 2006 年版，第 249 頁。

④ 劉辰翁：《莊子像贊》，《全宋文》第 357 冊，上海辭書出版社、安徽教育出版社 2006 年版，第 249 頁。

險，而不以爲德者，舟也。是舟也，不爲利役，隱然與天意合，天欲有所爲，其必自是舟始。故余願君藏之。藏之而未嘗藏者虛舟是也，君必待之。抑余四方招涉，有二戒焉，爲刻舟。嘗募載，視其外完物也，既載，百蟲生焉。蓋從者帶索彈於衻苴，虛則整，實則陋也。今吾與若皆虛舟也，又嘗赴急，彷徨絕岸，終朝而不能濟，爲之仰天太息，非無舟也，而未有能操之者也，是又以虛爲恨也。①

文章先講江湖之舟晝夜忙碌，與商賈無異，因之提出疑問：世安有虛舟？其實，他認爲所謂的"虛舟"，就是"無用之用"："人人以其舟遊，而未有知無用之用。"接着感慨歷史人物追求功名利祿，走上絕境，最後導致臨流願濟而不可得，因此"至今誦其語猶悲之"。古人能成事，實則受惠於舟："夫任大勞，濟大險，而不以爲德者，舟也。"於是強調："是舟也，不爲利役，隱然與天意合，天欲有所爲，其必自是舟始。"所以希望羅士俊能藏此舟。進一步說，"藏之而未嘗藏者虛舟是也，君必待之"，因爲"虛則整，實則陋也"，即只有虛舟才能保持舟的完整，否則就狹小鄙陋。然而虛舟也會留下遺憾，"今吾與若皆虛舟也，又嘗赴急，彷徨絕岸，終朝而不能濟，爲之仰天太息，非無舟也，而未有能操之者也"，即不懂得如何駕馭"虛舟"，因此會有"以虛爲恨"，這就要懂得如何達到"無用之用"。

莊子的"萬物一也"、"通天下一氣"②的本體論，"道通爲一"、"物化"③的認識論等思想更是深刻地影響著劉辰翁。如《吾廬記》：

吾廬主人悟曰："吾則自以爲足矣，亦自以爲陶矣，乃不知吾之外復有吾也。天地一廬也，廬一吾也，彼非吾不立身者；天地廬也，吾一廬也，此非吾不生人。"

① 劉辰翁：《虛舟記》，《全宋文》第 357 冊，上海辭書出版社、安徽教育出版社 2006 年版，第 165 頁。

② 郭慶藩撰，王孝魚點校：《莊子集釋·知北遊》，中華書局 1961 年版，第 733 頁。

③ 郭慶藩撰，王孝魚點校：《莊子集釋·齊物論》，中華書局 1961 年版，第 70、112 頁。

這是"天地與我並生，萬物與我爲一"①，"人之與天地同也，萬物之形雖異，其情一也"② 的天人一體、天人合一思想的具體表現。這裡強調天、地離不開人，天人合一是以人爲中心的，所以說"彼非吾不立身者"，"此非吾不生人"。又如《臨江軍閣皂山玉像閣記》說："道生於一，一者微塵之爲體，而毫末之爲倫，以至一身、一國、一天下亦一耳。"③ 所表達的也是這個意思。《樂丘記》所議論的是人生之樂：

> 天地一丘也，古今一我也，何必以生爲不樂，死爲樂。登高而望，黄帝之所休，文王之所避風雨，在我猶彼。且吾何暇哀乎吾之所不及，第論十年間屍鄉之客，杜郵之鬼，其人皆英雄文武，榮名福力，騎列星而横四海。又通宇宙而論，生無名，死無成，如狐如貉，如鯨鯢相望。儻以此爲樂，則皆樂也，而又誰樂之耶？吾所謂樂，生亦樂，死亦樂，夫吾亦有何樂？嗟夫！夫亦欲樂乎此而不可得，則吾與二三子逍遙以永日，優遊以卒歲，可不謂大樂耶？蓋累不遣而已忘，年未老而先化。④

作者認爲：天地一丘，古今一我，不必以生爲不樂，死爲樂。不要去爲自己所不及的事情去悲傷。通宇宙而論，生無名，死無成，所以生亦樂，死亦樂，也就沒有什麼可樂。很明顯這是《莊子·至樂篇》思想的闡釋和發揮，莊子說"至樂無樂"，並主張由"無爲"而達于"至樂"，"至樂活身，唯無爲幾存"，"天無爲以之清，地無爲以之寧。故兩無爲相合，萬物皆化生"⑤。作者提出獲得人生"大樂"、"至樂"的辦法是"吾與二三子逍遙以永日，優遊以卒歲，可不謂大樂耶？蓋累不遣而已忘，年未老而先化"，

①　郭慶藩撰，王孝魚點校：《莊子集釋·齊物論》，中華書局 1961 年版，第 79 頁。

②　許維遹：《呂氏春秋集釋·情欲》卷二，中國書店 1985 年版。

③　劉辰翁：《臨江軍閣皂山玉像閣記》，《全宋文》第 357 冊，上海辭書出版社、安徽教育出版社 2006 年版，第 110 頁。

④　劉辰翁：《樂丘記》，《全宋文》第 357 冊，上海辭書出版社、安徽教育出版社 2006 年版，第 218 頁。

⑤　郭慶藩撰，王孝魚點校：《莊子集釋》，中華書局 1961 年版，第 612 頁。

即逍遙以永日，優遊以卒歲，不爲物累，忘懷得失，與物皆化，就能達到
"至樂"。由此可見劉辰翁對莊子思想理解得非常深刻，絕不是竊取莊子一
二詞語以文其淺陋。

劉辰翁對佛教有個很通達的看法，"佛入中國，以其勤苦無聊之說，
本非人情所嘗習而堪之者，又儒者講師縱橫演譯，凡數十百萬言，雖才智
辨士猶有不能盡通其意，然依稀料想，若有若亡，至二千年不晦，則亦不
可謂無其理也"①，這就是說，佛教之存在，"若有若亡，至二千年不晦"，
是有其存在的道理的，所以他並不排斥佛教思想，相反，他對於佛家經典
極爲熟悉，深通佛理。他寫了很多有關寺廟的記體文，在這些記體文中他
廣泛地闡釋了自己對於佛理的理解。如《南崗禪寺記》：

> 譬如馳求徑行，萬里無有住處，以爲不住，已改住法，以住爲利。
> 況住亦礙，不住亦礙，礙在不住。吾不住者不離於住，吾住常住，住即
> 不住。如江行船，身在船中，隨住即住，而此船者實未嘗住。②

作者所要說明的是"住即不住"、"不住者不離於住"才是真正的不"礙"。
但是要把這個佛理闡釋清楚很不容易，作者深明其理，舉出一個非常精妙
的比喻：江上行船，人坐在船中，可以說人是一直都是停住的，即"隨住
即住"，可實際上，此船卻一直在前行，因而人又未嘗停住。這就是說，
要像坐行船那樣，隨住即住，住而不住，這樣才能不"礙"。

來看看《多寶院記》中對"云何化誨能使眾生見寶不貪"的闡釋：首
先，即佛即貪，是大方便，不貪不在貪外，這才能見寶不貪。然後，用人
渴飲水、少年羅色這兩個比喻來說明"色空即佛"，並指出"而此悟性，
即是迷處"。佛幻世人，讓一世妄庸悟到佛亦是空。悟到"佛亦是空"，則

---

① 劉辰翁：《武功寺記》，《全宋文》第 357 冊，上海辭書出版社、安徽教育出版社 2006 年
版，第 209 頁。
② 劉辰翁：《南崗禪寺記》，《全宋文》第 357 冊，上海辭書出版社、安徽教育出版社 2006 年
版，第 108 頁。

明白"無物非實，欣喜滿足，方便第一"①，一切眾生未識即貪，識已如常，當其如常，即貪即佛。這就是說，悟到即貪即佛，即佛即貪，眾生即能見實不貪。

劉辰翁還有很多記文涉及佛家思想，如《吉州重修大中祥符禪寺記》說："天何分於彼此，佛何與于榮衰，雖世界起滅，因緣受報，皆由一念相續。幻空空盡，彼其不壞者不在此，而狂華倒見，從斷執常，則亦達者之所隱笑耳。"②　其表達的亦是一派佛理。又如《南岡寺藏記》開頭就說"欲離諸相而求空相，猶蛻衣而後悟四體之本無，屏塵而後識明鏡之不染。空雖非境，實不離境。苟知空之即我，即我即佛，非我無佛，自飛潛動植皆燄然爲我而作佛事，亦猶莊嚴諸好無不可愛，又焉有礙"。作者認爲認識到"空雖非境，實不離境"，"空之即我，即我即佛，非我無佛"，就是"無礙"③。其他的如《空相院記》、《大梵寺記》、《龍須禪寺記》和《建昌普潤寺記》等，都是浸透了佛理的。

佛、老思想的影響還使得劉辰翁常以世外觀世間之法來思考這個世界，看待問題，他跳出這世間之外，站在宇宙的高度來看世間：

　　嘗試以宇宙而觀之，昔之蛻者飛者，王封而廟食者，其猶有存焉者乎？毋亦與人類同盡也。④

　　吾以世外觀出世，聞是言也，隱幾而笑，亦爲欣然。⑤

　　吾以世法閱世間，而有以識斯人之不可及矣。悲夫！難卒者業也，有終身而不能成一日之事者，有數世而不能繼前人之志者。⑥

　　① 劉辰翁：《多寶院記》，《全宋文》第 357 冊，上海辭書出版社、安徽教育出版社 2006 年版，第 105 頁。
　　② 劉辰翁：《吉州重修大中祥符禪寺記》，《全宋文》第 357 冊，上海辭書出版社、安徽教育出版社 2006 年版，第 187 頁。
　　③ 劉辰翁：《南岡寺藏記》，《全宋文》第 357 冊，上海辭書出版社、安徽教育出版社 2006 年版，第 108 頁。
　　④ 同上。
　　⑤ 劉辰翁：《永慶寺記》，《全宋文》第 357 冊，上海辭書出版社、安徽教育出版社 2006 年版，第 113 頁。
　　⑥ 同上。

> 吾又以佛法撫世間，而有以知其福之過人也遠矣。雖然盡大地如
> 忉利兜率，皆人天小果，向非此語一掃而空，則其所修崇者，崢嶸皆
> 在胸次，亦可謂塞乎天地之間矣。①
>
> 吾以世外觀人間，意天之厭是人也而既久矣。②

這種立足宇宙，以世外觀世間的創作角度，使其文章顯得通達而深邃。

可以說，佛老思想對劉辰翁的創作產生了深刻影響，絕不是"竊取莊子、釋氏之緒餘"③。不過，雖然劉辰翁深受佛道思想的滲透，但是劉辰翁最終還是個儒者，他深受江萬里、歐陽守道這兩位大儒的影響。只是由於江山易主，改朝換代，他才躲進佛經道藏，尋求心靈的解脫和慰藉。

二 感慨沉深，感情鬱勃不平

劉辰翁自幼失怙，得歐陽守道、江萬里之教導，身世坎坷，性格磊落，爲人剛健不屈，乃宋末遺民之代表，心中充滿著一種鬱勃不平之氣。正如其子劉將孫所說："當晦明絕續之交，胸中之鬱勃者，壹泄之於詩，其盤礴襞積而不得吐者，借文以自宣。"④ 因而其很多記體文飽蘸感情，或感歎故國，或批判世風，或感傷文人遭遇。如《汲古堂記》寫道：

> 南渡百年，奸臣擅者五六，久矣夫，福威之不惟辟！姑爲君宗袞
> 而言之，毀金縢，被霜露，閒居閒問之黨遍天下。當其時，非聖主意
> 也。凡咈天理，負人事，寧獨此？其平世所謂敵國者，直彈擊文致口
> 語而已，流盜於近年，班朝綠野，愚寡沖如，黔首冤怒激極，震電橫
> 彗。誕取前史所謂宦官、外戚、藩鎮、權臣以爲是反復迭起不可解之

---

① 劉辰翁：《永慶寺記》，《全宋文》第 357 冊，上海辭書出版社、安徽教育出版社 2006 年版，第 113 頁。
② 劉辰翁：《吉州重修大中祥符禪寺記》，《全宋文》第 357 冊，上海辭書出版社、安徽教育出版社 2006 年版，第 187 頁。
③ 虞集：《南昌劉應文文稿序》，蘇天爵編《元文類》卷三五，四庫全書本。
④ 劉將孫：《養吾齋集》卷一一，四庫全書本。

宇宙者，一反手而勝無遺，而古有不足爲矣。①

在說明"古有不足爲"時，其所舉出之"古"事就是"前史"南宋。作者在這裡批判南渡以來宋朝權奸專權造成百姓冤怒的罪惡。文章的主旨並不是揭批權奸誤國，而是因舉例子順手橫掃一棍子。南宋對他來說已是故國，故國的情結使其不願意專文揭露其罪惡，但是故國又有太多的可歎之處，所以在文章中就時不時地流露出來。又如《吉州重修大中祥符禪寺記》寫道："吾以世外觀人間，意天之厭是人也而既久矣。朋黨也而清流，清談也而橫議，忿消世短，事快國亡。"文章本是記重修大中祥符禪寺的，而作者卻"以世外觀人間"，禁不住感慨"忿消世短，事快國亡"②。劉辰翁身處末世，卻清高自守。他混跡漁樵，冷眼看世界，對於晚宋世風頗多感慨。如《敏齋記》寫道：

> 今夫負于塗者，輕千里，趨時日如不及，權門並進，快捷方式夜行，迎意傾前，利之所在，未有不至也。目憐心，心憐風，雖有跛牂，見便則疾，亦如盧令逐鹿三周華不注而不止，雖力不能及，而不可謂無其意也。夫如是，孰非敏者？③

作者對於世俗所謂的"敏"者，給予深刻批判。"權門並進，快捷方式夜行，迎意傾前，利之所在，未有不至也"，則是對於逐利趨時世風的形象刻畫。又如《吉州能仁寺重修記》，借撰寫記體文來深刻批判宋末儒風不競：

> 往時士大夫爲縣，或始至一郡，必曰不可爲，即小腆如出已力，厚秩以邀之，峻遷以答之，猶有赴北門而怨南山者。而釋氏之徒以攻

---

① 劉辰翁：《汲古堂記》，《全宋文》第 357 冊，上海辭書出版社、安徽教育出版社 2006 年版，第 176 頁。

② 劉辰翁：《吉州重修大中祥符禪寺記》，《全宋文》第 357 冊，上海辭書出版社、安徽教育出版社 2006 年版，第 187 頁。

③ 劉辰翁：《敏齋記》，《全宋文》第 357 冊，上海辭書出版社、安徽教育出版社 2006 年版，第 236 頁。

苦出願力，撥亂起廢寺，俛然若有迫而爲之，雖歲增千柱，日食萬
指，亦以爲吾道。蓋是無能名，無實功，無盡分也，則凡能言者塊是
矣。驛传倾，田賦陷，貨來積，府藏虚，徒飛書倚牘，攜上聽，市眾
援。死之日，墓有諛，史有諂，蓋知者以爲民賊，而論者以爲人才。
吾非厚自毁而尊異彼也，言之何及。將以泄吾心之所甚憤，而激來世
以所可羞，庶幾虚僞省而真實見。如沖才，使冠巾與人間事，吾豈愛
殘敝與凋乏哉！一廢一興，必有痛壞千古者，而後識吾言之悲也。盡
大地皆佛心，則皆能仁也。而儒者以仁爲公、爲覺、爲愛、爲當理而
無私心之謂，講焉而未已，而皆其似也。若未有文字之先，既有天地
之後，豈可以一言盡哉！既有天地，無一物而非仁，未有文字，無一
事而非仁。不知全體，則質之手足，證之一果一核，自以爲似而其實
愈遠。惟佛以不能爲能，而吾以無不能爲能以無不能爲能，則雖堯舜
有所不能矣。前所陳者皆能也，而未至於無能也。無能者不在是，無
能者無不能也。①

這段文字首先將士大夫治理州縣與佛徒建造寺廟的行爲進行對比，認爲士
大夫皆有愧於佛徒。接着深刻批判士大夫之虚僞，他們本是民賊，可"死
之日，墓有諛，史有諂"。這樣揭露士大夫的醜惡，並不是"厚自毁而尊
異彼也"，不過是"將以泄吾心之所甚憤，而激來世以所可羞"，希望這世道
能"虚僞省而真實見"，語言何其憤激。作者進一步闡述：仁者自以爲仁而
無私心，似乎是那麼一回事，其實他們"自以爲似而其實愈遠"，而佛徒
"以不能爲能"，故而"無不能也"。兩相對比，足見末世儒風之淡薄。

在對世風日下進行批判的同時，作者對於一些士人，尤其是自己的老
師江萬里則給予高度的評價和讚美，如在《鷺洲書院江文忠公祠堂記》中
寫道：

自鷺洲興，而後斯人宿于義理；自鷺洲興，而後言義理者暢。又

---

① 劉辰翁：《吉州能仁寺重修記》，《全宋文》第 357 册，上海辭書出版社、安徽教育出版社
2006 年版，第 189 頁。

不惟文字而已，而後學者知矯其質習，存其氣象。又不惟氣象而已，而後立身名節一以先生台諫爲風采。推論人才長育之自，斯文一變而至歐公，再變而至先生，而先生又以身徇。宇宙與之終始，雖康之山、番之水同光而共潔，而其道隱然增鷺洲之重，與歐公而並。其好士似歐公，論諫似歐公，變文體似歐公，而又得諡似歐公，受鄉人毀似歐公。歐公老潁而先生祀吉，老潁者有所避，而祀吉者以其思，嗚呼，豈偶然哉！①

對江萬里建白鷺洲書院的歷史影響及其道德節操給予高度評價。將其與歐陽修相比，指出其與歐公的諸多相似之處，這是對江萬里的極高讚美。劉辰翁又在《歸來庵記》中自稱"先生門人宋玉也"，這就是將江萬里比作楚大夫屈原，並作《山中歸來之歌》盛讚江萬里。

三　文風奇崛，文義晦澀難懂

劉辰翁文風奇崛，文義晦澀，這是公認的特點。虞集曾經評宋末元初江西文風曰："然習俗之弊：其上者常以怪詭險澀、斷絕起頓、揮霍閃避爲能事，以竊取莊子、釋氏緒餘，造語至不可解爲絕妙。其次者泛取耳聞經史子傳，下逮小說，無問類不類，剿剝近似而雜舉之，以多爲博而蔓延草積，如醉夢人聽之終日，不能了了。而下者乃突兀其首尾，輕重其情狀，若俳優諧謔，立此應彼，以文爲事，嗚呼，此何爲者哉？大抵其人於學無所聞，於德無所蓄，假以文其寡陋而從之者，亦樂其易能，無怪其禍之至此不可收拾也，嗚呼！②"虞集對江西宋末元初文風進行了深刻的批評，而這股文風流弊則是在劉辰翁影響下而形成的，當然這個批評亦有點過頭。劉辰翁爲文章大家，在虞集的評價中自然屬於"其上者"。那麼劉辰翁文章這種奇崛文風是如何形成的呢？

首先是廣泛運用聯想、想象甚至是幻想，作者思維跳躍，若斷若續，

---

① 劉辰翁：《鷺洲書院江文忠公祠堂記》，《全宋文》第 357 冊，上海辭書出版社、安徽教育出版社 2006 年版，第 170 頁。

② 虞集：《南昌劉應文文稿序》，《元文類》卷三五，四庫全書本。

恍惚迷離。這裡僅以《南岡藏記》一文作一詳細分析。文章開頭議論一通佛理：

> 欲離諸相而求空相，猶蛻衣而後悟四體之本無，屏塵而後識明鏡之不染。空雖非境，實不離境。苟知空之即我，即我即佛，非我無佛，自飛潛動植皆熾然為我而作佛事，亦猶莊嚴諸好無不可愛，又焉有礙？

接着作者跳出佛理之論，轉而想象南岡寺往昔盛時之景：

> 想見盛時滉蕩華光，電柱二龍，委蛇廣博，頹崩炎燮，轉動豪縱，自在空闊，方還目怒視。

再寫南岡（大概是南岡寺住持）與其對話，談到顧虎頭畫龍點睛，"雖未點睛，猶欲飛去"，於是就假設有人提問："是何不去？"作者的回答，想象融入議論，文風極似莊子：

> 女非龍，安知龍？彼其天飛雲騰，變化不測，而謂是形體之區區者為之乎？九淵之沈潛不知何時起，而不動且不躁也，此其藏神精妙，微視六合，乃亦與土木無異。喑嗚欠嚏，志動氣隨，蓋神遊九天之上，而九淵之塊然者固自若也。龍耶非耶？我夢彼夢，無諸詭怪。今人語神異則如龍極矣，不知龍之為物，有甚不得志者。雷風之驅馳，江湖之局蹙，為鱗為介，豈可與吾等逍遙人間世同日語哉？吾意其願為此龍長守藏而不可得，而子顧欲其去耶？雖然，自其光怪變異以來，已入諸趣，惟其能超，是以不去。

先說你既不是龍，如何知道龍之想法，可他自己卻以知龍者自居，想象龍之變幻莫測不是形體之所為，乃是"藏神精妙，微視六合"，而與土木無異；志動氣隨，九天九淵，塊然自若。這時連作者自己都進入了"物化"

境界：“龍耶非耶？我夢彼夢”。最後作者認爲，龍亦有不得意，“雷風之
驅馳，江湖之局蹙，爲鱗爲介”，跟自己逍遙人間世沒法比，龍想守藏而
不可得。不過，雖然這樣，龍能超然物外，所以它不想飛去。這一段想象
極爲奇特，堪與莊子相比。想象奇妙，卻似乎與前面佛理無涉。奇妙想象
之後，又變換角度，站在宇宙的高度來思考，“嘗試以宇宙而觀之”，由此
作者想到昔之蛻者、飛者、王封而廟食者，均與人類同盡，而龍則不變不
去，無來無往，得無所得。南岡聽後感歎無法達到此龍的境界，欲爲此龍
之癡而不可得，此龍在佛法中復逃一劫。又由這龍逃一劫而發出感歎：

> 壞固劫也，修亦劫也。古人于一藏地復著四藏地，故地大於水，
> 旁足迴旋。修不能不壞，壞不容不修。復有吝於力，而狹於材，未可
> 知，而此龍無轉身處矣。

感歎過後，突然又冒出一個名叫能的人來：“能曰：‘奈何？’”在回答能的
問題之後，筆觸又跳到前年：

> 前年過仰山，不留藏，問何故？欽爲吾言：“龍畏地動。”吾笑謂
> 欽：“是龍猶轉此境不過耶？”遂持此轉作南岡藏記，亦如說法，能謝
> 曰：“點睛竟”。①

能是何許人？欽又是何許人？“龍畏地動”又是何所指，撰記爲“點睛”，
則龍又是何所指？通過以上分析，我們可以看出，作者思維跳躍、發散，
想象奇特，句意若斷若續，讓讀者很難徹底弄清作者所要表達的主旨。這
一思維特點在劉辰翁的文章中普遍存在，茲不多舉。

　　其次是造語新奇，有時甚至達到奇怪的地步，從而導致句意晦澀難
懂。其常用的手法有多種，有的是通過句式夾雜、省略成分，造成意思含
混，如：

---

　　① 劉辰翁：《南岡寺藏記》，《全宋文》第 357 冊，上海辭書出版社、安徽教育出版社 2006 年
版，第 191 頁。

> 彼宅成秉燭，日驛平安……誦兒童君實語，爲花竹憂。①
> 寺宋碑記廟在建隆以前石神像也②

"彼宅成秉燭"，這句壓縮得很厲害，大概是說"彼宅既成，秉燭以夜遊"。而"誦兒童君實語"，這句話意思就含混不清了，大概指誦吟兒童頌贊司馬光之語③。"寺宋碑記廟在建隆以前石神像也"這句話很明顯就是句式雜糅。

有的則或是詞類活用，或是詞語搭配新奇，或是用詞僻澀，如：

> ……已作萬一其郢質我、橫縱我。④
> 易短後，劍書史，鞭塵埃。混於吽牙，托於姁隅……⑤

"郢質我"，則是指把我當郢質，而"橫縱我"，就不好理解了。這兩個短語都是詞類活用。"易短後"是指換短後之衣。"短後"一詞於見《莊子·說劍》"皆蓬頭突鬢垂冠，曼胡之纓，短後之衣……"⑥"短後"之衣，指方便活動之衣。"劍書史"和"鞭塵埃"則詞語搭配新奇。"混於吽牙，托於姁隅"則是用詞僻澀，吽牙指狗爭鬥聲，見於《漢書·東方朔傳》"狋吽牙者，兩犬爭也"⑦。姁隅代指魚，見《世說新語·排調》"姁隅躍清池"⑧。這些手法的運用造成了閱讀上的困難，故而文章顯得晦

---

① 劉辰翁：《秀野堂記》，《全宋文》第 357 冊，上海辭書出版社、安徽教育出版社 2006 年版，第 126 頁。

② 劉辰翁：《靈威妙記》，《全宋文》第 357 冊，上海辭書出版社、安徽教育出版社 2006 年版，第 212 頁。

③ 蘇軾《司馬君實獨樂園》詩有"兒童誦君實，走卒知司馬"詩句。見《蘇軾詩集》，中華書局 1982 年版，第 732 頁。

④ 劉辰翁：《茶陵陳公俊汲古堂記》，《全宋文》第 357 冊，上海辭書出版社、安徽教育出版社 2006 年版，第 130 頁。

⑤ 劉辰翁：《愚齋記》，《全宋文》第 357 冊，上海辭書出版社、安徽教育出版社 2006 年版，第 121 頁。

⑥ 郭慶藩撰，王孝魚點校：《莊子集釋》，中華書局 1961 年版，第 1017 頁。

⑦ 班固：《東方朔傳》，《漢書》卷六五，中華書局 1962 年版，第 2845 頁。

⑧ 徐震堮：《世說新語校箋》，中華書局 1984 年版，第 432 頁。

澀難懂，也就不奇怪了。當然也有造句非常好的，如"朝出而城門譏，暮歸而荷蕢笑"①，似乎是本于孔稚圭《北山移文》"於是南嶽獻嘲，北隴騰笑。列壑爭譏，攢峰竦誚"②，以擬人之手法，造新奇之句子，形象新奇，卻並不顯得僻澀。由此可見作者並非沒有能力創作出新奇、優美、暢達的文章，而是他刻意要造出僻澀之語句。

最後是熔鑄經史，運典繁密。劉辰翁學富五車，在散文創作時經常忍不住要掉書袋，如《極高明樓記》：

> ……如太史公過大樑，阮嗣宗登廣武，昌黎祭田橫、吊望諸君墓，其躊躇彷佛，收拾形勢，想其胸次，如劍幹星，弈佈陣，往往藉是以騁，非必真有是境也。……歐公太平出守，而欲求暉鳳就禽之處；東坡所至登臺，有長楊五柞之感，淮陰不終之恨，無非取諸人者。謂其所見畧同可，謂其不病而呻吟亦可。若子之於是樓也，南望而蒼梧陰，東顧而子胥沒……③

這一段所涉及的歷史人物有司馬遷、阮籍、韓愈、歐陽修、蘇軾、韓信，還涉及蒼梧、伍子胥等歷史典故，讀者對於這些歷史人物及其事蹟必須熟悉，方能很好地理解文章。熔鑄經史，廣泛用典增加其文章閱讀難度，使讀者感到晦澀難懂。

這種文風不僅受到莊子影響，而且還受到李賀影響。劉辰翁對李賀的評價，獨具隻眼。他認爲諸多李賀詩歌的評論者皆非李賀知己，而其自己亦是剛剛才成爲李賀的知己，"千年長吉，余甫知之耳"。他認爲李賀詩歌"所長正在理外"，至於"眼前語，眾人意，則不待長吉能之"④，這是李賀

---

①　劉辰翁：《武岡軍沅溪書舍記》，《全宋文》第 357 冊，上海辭書出版社、安徽教育出版社 2006 年版，第 204 頁。

②　梁蕭統編，唐李善注：《文選》卷四三，上海古籍出版社 1986 年版，第 1957 頁。

③　劉辰翁：《極高明樓記》，《全宋文》第 357 冊，上海辭書出版社、安徽教育出版社 2006 年版，第 198 頁。

④　劉辰翁：《評李長吉詩》，《全宋文》第 357 冊，上海辭書出版社、安徽教育出版社 2006 年版，第 89 頁。

能自成一家的原因，可見劉辰翁是有意識地繼承李賀文學創作具有"理外"的特點。正是因爲劉辰翁繼承李賀不寫"眼前語，衆人意"的創作原則，追求"自成一家"的努力，使得其文章在宋末乃至整個宋代都別具一格：文思跳躍，充滿想象；筆觸放蕩，不遵規矩；思維百般變幻而莫測其旨，語句斷續鉤棘而不知其意；熔鑄經典，用典繁密，用詞僻澀。正如四庫館臣所評："專以奇怪磊落爲宗，務在艱澀其詞，甚或至於不可句讀，尤不免軼於繩墨之外。特其蹊徑本是蒙莊，故惝恍迷離，亦間有意趣，不盡墮牛鬼蛇神。"①

第五節　文天祥《指南錄》詩序

詩的序文可分爲兩類，一是詩集前的序文，稱爲詩集序；二是列於詩題後，詩作之前的序文，稱爲詩序。本書主要探討的是後一類序文。文天祥的詩集序當以《指南錄序》、《指南錄後序》最爲出名。這兩篇序主要是寫自己作爲右丞相爲國紓禍，毅然出使北營而被羈留，最後逃離虎口的大致經過，並說明《指南錄》的創作經過、分卷情況以及自己創作《指南錄》的目的。作者的感情是誠摯而崇高的，他一口氣寫下了自己二十次面臨死地的險境。詩人感歎："死生晝夜事也，死而死矣，而境界危惡，層見錯出，非人世所堪，痛定思痛，痛何如哉！"②（《指南錄後序》）其中也有對國勢衰亡的無奈："天時不濟，人事好乖。"（《指南錄序》）但詩人表示自己"生無以救國難，死猶爲厲鬼以擊賊"，要"修我戈矛，從王于師，以爲前驅，雪九廟之恥，復高祖之業"，"誓不與賊俱生"，"鞠躬盡瘁死而後已"。詩人感歎自己若能"返吾衣冠，重見日月，使旦夕得正首丘，復何憾哉"（《指南錄後序》）。這兩篇序直抒胸臆，感情澎湃激蕩，讀來令人盪氣迴腸。正因爲這兩篇序所表現出的英勇爲國、忠貞不渝的愛國精神數百年來一直激勵著人們，所以就導致了人們閱讀文天祥的序文時只關

---

① 《四庫全書總目》卷一六六，《養吾齋集》條，中華書局 1965 年版。
② 本書所有文天祥著作之引文皆出自《文天祥全集》（中國書店 1985 年版）。該書只有斷句，未有標點，引文標點爲筆者所加。

注這兩篇序以及《正氣歌》的序，而對於其他詩序或略而不論，或是熟視無睹。

文天祥創作的很多詩歌，如《指南錄》、《指南後錄》、《吟嘯集》和《集杜詩》中的詩歌都有詩序，這些詩序一般是交代詩歌創作的背景、時間、地點和創作的動因。從知人論世的角度來看，這些詩序對於讀者進一步瞭解其詩歌創作非常必要，是詩歌的重要組成部分。但實際上，文天祥詩序的作用及其產生的藝術效果卻遠不止如此，尤其是《指南錄》裏的詩序。誠然，詩序大多很短，長的不過五六百字，短的三言兩語，單篇來看，不覺得有什麼妙處。但是如果我們把《指南錄》裏的詩序串聯起來看，藝術效果就完全不一樣了，這時我們就會發現那簡直是一篇現代意義上的自傳體小說，完全具備了小說的各種要素，具有很高的藝術性，尤為難得的是這些詩序寫的都是作者的親身經歷，是抗元鬥爭經過的真實記錄，具有歷史與藝術的雙重價值。下面我們來分析《指南錄》的詩序。

一　曲折的故事情節

先看曲折而扣人心弦的故事情節。故事發生的背景是元軍對南宋小朝廷窮追猛打，南宋王朝快要滅亡之時。這個時侯，"北邀當國者相見"，眾人認為只有文天祥一行，"可以紓禍"。文天祥毅然赴北營，他準備以言辭說服元軍撤退。但是元軍背信棄義，將作為使者的文天祥羈留，不放其歸宋。元軍首領為了羈留文天祥要賴說："北朝處分，皆面奉聖旨，而使者實未曾到簾前……大事畢，歸闕。"文天祥指責其不講外交信義（《紀事二序》），但是沒有用，元軍仍將他押往北方。文天祥準備自殺，決不偷生，但是同行的家鉉翁（家則堂）"以為死傷勇，祈而不許，死未為晚"。因此他"徘徊隱忍"，希望"一日有以報國"（《使北序》）。這是故事的開端。

在被押送到謝村時，文天祥差點兒逃掉，但又被劉百戶追回（《聞難序》）。隨後他和杜滸謀劃逃往真州（《定計難序》）。一路上"杜滸與人為謀"，但沒有船。這時峰迴路轉，柳暗花明，同行余元慶遇到的故舊答應幫助他們（《得船難序》）。到了鎮江他們終於弄到一條船，於是托故拖延渡江，當夜他們十二個人終於逃離元兵的魔爪（《絯北難序》）。後又經歷了"出門難"、"出巷難"、"出隘難"、"候船難"、"上江難"、"得風難"、"望城難"、"上岸難"、"入城難"，終於進入了真州城。這是故事的發展。

脫離虎口，作者"幸喜感歎"（《真州雜賦序》），在真州得到守將苗再成的熱情接待，得到諸人的看重。文天祥於是寫信給兩淮將領和郡守，圖謀國家中興（《議糾合兩淮復興序》）。然而，令他意想不到的是，他遭到兩淮將領的猜忌，甚至連苗再成也有點懷疑他是作爲元軍內應來賺城的。在真州第三日，他們被騙出真州城。彷徨城外，杜滸痛苦得差點兒跳壕溝自殺。苗再成派來的兩路分也是相機行事，如果他們的行爲稍有異樣就會就地解決他們（《出真州序》）。對他們來說，事後真感後怕：只要稍有異樣，就身首異處了。這是第一個高潮。

他們一行人來到了揚州城下，文天祥希望得到揚州制臣理解。但杜滸認爲入揚州城可能遭到殺害。這時余元慶等四人懷金叛逃了，剩下的八人躲入山裏破敗民居中，逃避北兵追捕。過午，他們暗自幸活過了今日。忽然數千北兵追來，在這千鈞一髮之時，"時大風忽起，黑雲暴興，數點微雨下，山色昏冥，若有神功來助也"，讓他們僥倖地逃過一劫（《至揚州序》之十四）。這是第二個高潮。

其後經歷下山取食遭遇北兵，忍饑挨餓，向樵夫乞食等苦難。在奔向高沙的途中迷失道路。在一個晚上，遭遇北兵，張慶石"右眼內中一箭，項二，刀割其髻，裸于地"，王青被抓走，杜滸、金應被抓後獻出懷裏的金子才免禍，鄒捷被馬踏足流血，文天祥、呂武、夏仲僥倖沒有受傷或被抓，這一夜他們差點兒被一網打盡（《高沙道中序》）。這是第三個高潮。

最後，文天祥逃出高沙，經泰州、通州，入浙東至溫州，回到南宋王朝。這是結局。

綜上分析，可見詩序記載的故事情節曲折離奇，高潮迭起，驚心動魄。

二　生動的人物形象

再來看鮮明生動的人物形象。這些詩序爲我們描繪了一個人物畫廊，其中有些人物形象非常生動。像賣國賊賈余慶的無恥，北酋的狡猾等，都給讀者留下深刻的印象。尤其是作者筆下的自我形象和義士杜滸的形象非常鮮明飽滿，下面首先來看看文天祥描繪的自我形象。

文天祥是臨危受命，"（德祐二年）十九日，大皇除予右丞相兼樞密使都督諸路軍馬，時北兵駐高亭山，距修門三十里"（《指南錄自序》）。而這個時候，"城中兵將官紛紛自往納降"（《指南錄自序》），"縉紳大夫士萃于左丞相府，莫知計所出"（《指南錄後序》）。元軍強邀南宋的當國者相見，眾人都認爲只有文天祥"可以爲國紓禍"。他自己認爲"國事至此，予不得愛身"，他毫無退縮之意，而且還認爲"彼亦尚可以口舌動也。初奉使往來，無留北者。予更欲一覘北軍而求救國之策"（《指南錄後序》）。他想通過口舌之辯說服元軍退兵，並可以一窺元軍形勢以尋求應對之策。這才是一個真正的爲國盡忠的臣子，與那些納降官兵和臨危束手無策且退縮的朝臣相比，真是判若雲泥。來到元軍大營，文天祥與北酋伯顏辯論：

> 予詣北營，辭色慷慨。初見大酋伯顏，語之云："講解一段，乃前宰相首尾，非予所與知。今大皇以予爲相，予不敢拜，先來軍前商量。伯顏云："丞相來勾當大事，說得是。"予云："本朝承帝王正統，衣冠禮樂之所在。北朝欲以爲國歟？欲毀其社稷歟？"大酋以奉詔爲解說，謂："社稷必不動，百姓必不殺。"予謂："爾前後約吾使多失信。今兩國丞相親定盟好，宜退兵平江或嘉興。俟講解之說達北朝，看區處如何，卻續議之。"時兵已臨京城，紓急之策惟有款北以爲後圖，故云爾。予與之辨難甚至，云："能如予說，兩國成好，幸甚。不然南北兵禍未巳，非爾利也！"彼辭漸不遜，予謂："吾南朝狀元宰相，但欠一死報國，刀鋸鼎鑊非所懼也！"大酋爲之辭屈而不敢怒，諸酋相顧動色，稱爲"丈夫"。是晚，諸酋議良久，忽留予營中。當時覺彼未敢大肆無狀，及予既縶維，賈餘慶以逢迎繼之，而國事遂不可收拾，痛哉！痛哉！（《紀事一》序）

文天祥無所畏懼，進北營不拜伯顏，慷慨激昂陳詞，以正統自居，義正詞嚴地質問伯顏，從氣勢上壓倒對方。又從道德方面來指責伯顏失信，要求他們退兵。再又好言相勸，"能如予說，兩國成好，幸甚。不然南北兵禍未已，非爾利也！"元人理屈詞窮之後，對他不遜，他告訴元人自己所欠唯一死，刀鋸非所懼。最後元人也不得不佩服他，稱其爲"丈夫"。同時，文天祥對賈余慶無恥逢迎，禍敗國事，極爲憤怒和痛心。

元人失信，不放文天祥歸宋，使他非常憤怒，他"直前責之，辭色甚厲，不復顧死，譯者再四失辭。予迫之益急，大酋怒且愧，諸酋群起呵斥。予益自奮，文煥輩勸予去。虜之左右，皆喵喵嗟歎，稱'男子心'"（《紀事二》序）。文天祥斥責虜酋的話，竟然讓其翻譯官多次失辭。面對他們的呵斥、威脅，毫不膽怯，甚至連北酋的手下都稱讚文天祥有"男子心"。

元人除了威逼，還有利誘。唆都對其說："大元將興學校，立科舉。丞相在大宋爲狀元宰相，今爲大元宰相無疑。丞相常說'國存與存，國亡與亡'，這是男子心。天下一統，做大元宰相，是甚次第。'國亡與亡'四個字休道。"（《唆都序》）文天祥哭而拒之。唆都誘以高官厚祿，他不爲所動，只爲國難而哭泣。

元人逼其北上入元庭，文天祥準備自殺以殉國。他不願苟且偷生，作好家書，安排家事，然後準備自殺殉國。家則堂勸他說，自殺固然英勇，然于國無益。於是他"徘徊隱忍，猶冀一日有以報國"（《使北序》）。在北上途中，文天祥一行人，艱險萬狀。他爲逃出敵手，屢遭挫折，但百折不撓，毫不氣餒。在真州遭人懷疑："決無宰相得脫之理，縱得脫亦無十二人得同來之理。"而且他們責怪苗再成"何不以矢石擊之，乃開城門放之使入？"希望苗能殺掉文天祥以自明志。在這種情況下，苗再成也有點將信將疑，但又憐憫文天祥，所以就騙他們出城，放走了事。苗守成派出的兩路分在仔細考察後，確信文天祥對南宋王朝忠貞不二，再派兵護送他們去揚州（《出真州序》）。

文天祥不僅自己堅貞不屈、不怕犧牲，而且對爲國捐軀的官兵表示思念和哀悼，對與他志同道合的愛國官員給予讚賞，對賣國賊的無恥給予無情的批判。如《吊五木》序：

予初以朝廷遣張全，將淮兵二千救常州。以其爲淮將，必經歷老成，遂遣朱華將三千人從之。張全無統馭之材，自爲畦町。十月二十六日，提淮軍自往橫林，設伏虞橋。北兵至，麻士龍死之，張全不救，走回五木。五木乃朱華軍所駐，如掘溝塹，設鹿角，張全皆不許朱華措置，殊不曉其意。二十七日，北兵薄朱華，自辰至未，朱華與廣軍與之對。北兵自路塘直來，死于水者不可勝計。至晚，北兵繞山后薄贛軍。尹玉當之，曾全、胡遇、謝雲、曾玉先遁走。尹玉死焉。張提軍隔岸，不發一矢，有幸災樂禍之心。吾軍渡水挽張全軍船，張全令諸軍斷挽船者之指，於是溺死者甚眾。張全並宵遁。惟尹玉殘軍五百人，與北兵角一夕，殺北兵及馬，委積田間。質明，止有四人得歸，無一人降者。嗚呼！使此戰張全稍施援手，可以大勝捷！一夫無意，而事遂關宗社！嗚呼天哉！余初欲先斬張全，然後取一時敗將並從軍法。以張全爲朝廷所遣，請于都督，乃宥張全使自贖，予遂不及行法。後詣餘杭發京師，姑取曾全以徇眾，而噬臍多矣。過五木，吊戰場，爲之流涕不可禦。續聞張全者，淮東之僨將也。昨隨許文德復清河，兵已入城，張全鳴金散眾，許不敢以斬將自專，解赴制閫。李公以使過期之，得不死。予不知受其誤，其免罪又出於第二次僥倖，卒爲降北，可歎恨云！

因爲張全是朝廷派來的，又是淮將，文天祥認爲他"必經歷老成"，所以派他統軍。戰場上瞬息萬變，本來只要稍施援手，形勢就完全不一樣。可他對自己人不但見死不救，而且還幸災樂禍，更不讓自己軍船搭載自己人渡水，甚是可恨。相比之下，尹玉戰死之後，其手下五百殘兵依然奮勇殺敵一夜，最後只有四人倖存。文天祥感歎："一夫無意，而事遂關宗社！"文天祥欲將他軍法從事，可他是朝廷派來的，請示都督，卻讓他自贖，竟未能治他死罪。張全在清河被許文德抓住，許不敢"以斬將自專，解赴制閫。李公以使過期之"，讓他第二次僥倖免罪。最後，張全竟然降賊了。後來文天祥才知道張全原不過是淮東之敗將。這樣的一個無氣節、無才能之人竟然受重用，給國家造成了巨大的損失。而對於戰死的尹玉，作者給予了高度的讚揚：

> 尹玉，江西憲司將官。五木之戰，手殺七八十人。其麾下與北兵
> 戰，並死無一降者。朝廷贈濠州團練使，立廟，與二子官承節郎。下
> 江西安撫使，撥賜良田二百畝。其間以捕寇死者何限？惟玉得其死
> 所。恤典非細，哀榮備焉。（《哭尹玉》序）

尹玉奮勇殺敵，爲國捐軀，他的手下亦無一降敵。他受到國家的獎恤，哀
榮備焉。而對於那些賣國求榮者，則給予嚴屬的批判：

> 正月二十日，至敵營，適與文煥同坐，予不與語。越二日，予不
> 得回闕，詬北人失信，盛氣不可止。文煥與諸酋勸予坐野中以少遲，
> 一二日即入城，皆紿辭也。先是，予赴平江，入疏言叛逆遺孽不當待
> 以姑息，乞舉春秋誅亂賊之法，意指呂師孟，朝廷不能行。至是文煥
> 云："丞相何故罵煥以亂賊？"予謂："國家不幸至今日，汝爲罪魁，
> 汝非亂賊而誰？三尺童子皆罵汝？何獨我哉？"煥云："襄守六年不
> 救"。予謂："力窮援絕，死以報國可也。汝愛身惜妻子，既負國，又
> 隳家聲。今合族爲逆，萬世之賊臣也！"孟在傍甚忿，直前云："丞相
> 上疏欲見殺，何爲不殺取師孟？"予謂："汝叔侄皆降北，不族滅汝是
> 本朝之失刑也！更敢有面皮來做朝士？予實恨不殺汝叔侄！汝叔侄能
> 殺我，我爲大宋忠臣，正是汝叔侄周全我，我又不怕！"孟語塞，諸
> 酋皆失色動顏。唆都以告伯顏，伯顏吐舌云："文丞相心直口快，男
> 子心。"唆都間云："丞相罵得呂家好！"以此見諸酋亦不容之。（《紀
> 事》三）

文天祥罵文煥是亂臣賊子，他不服。文天祥嚴屬斥責他不該力窮援絕時即
叛國，而應該"死以報國"，痛斥他"愛身惜妻子，既負國，又隳家聲。
今合族爲逆，萬世之賊臣也"，將遺臭萬年。對呂師孟更是毫不留情，斥
罵呂師孟叔侄降北，沒有面皮來做朝士。文天祥一番義正詞嚴的批判，竟

贏得伯顏和唆都的讚賞，因爲人同此心，心同此理，元軍首領也欣賞有氣節之人，鄙薄四體無骨的賣國者。

文天祥遭時艱難，臨危受命，奮不顧身，毫不氣餒。對敵人的威逼利誘，不爲所動，對投降誤國者嚴加斥責。一顆強烈的愛國之心在支撐著他戰勝一切困難，成就了他“臣心一片磁鍼石，不指南方不肯休”（《揚子江》）的偉大忠貞形象。

再來看看杜滸的形象，他是作者著力描繪的人物。杜滸，字貴卿，號梅墅。他自己糾集四千人馬勤王，而當國者並不知曉。文天祥和他初次相見於西湖上，“嘉其有志，頗獎異之”。在文天祥慷慨赴北營時，杜滸認爲他不能去，但那些勸文天祥去的人把他趕走，催促文天祥赴北營。而杜滸“憐予孤苦，慨然相從”，自願伴隨文天祥赴北營（《杜架閣》序），這份義氣，這份膽量，與文天祥偉大人格相得益彰。羈留北營、被迫北上的途中，杜滸一路想方設法助文天祥逃出虎口。在謝村出逃未果後至鎮江，與帳前將官余慶元謀劃，他對文天祥說：“事集萬萬幸，不幸謀泄，皆當死，死有怨乎？”文天祥誓言不悔，並告之以不成功就自殺，杜滸表示也要“以死自效”（《定計難序》）。他不僅有勇，亦有謀。一路上他佯作“顛狂人”，醉游於市場上，碰到有“感憤追思”本朝的人，就送錢給他們，向他們尋求幫助，但由於無船而作罷（《謀人難序》）。在得到一老兵幫助時，卻事出變故。由於老兵醉酒，差點被其妻子呼喊鄰居而被發覺，幸而“全得杜架閣機警”，化險爲夷（《定變難序》）。元軍“禁夜不得往來”，在沈頤家碰到一敵酋，杜滸即隨劉百戶出來，與劉百戶攀關係，相約爲兄弟，並把他拉到妓院留宿，自己設法離開，然後和文天祥等人一起逃走（《出巷難序》）。然而，作爲勇士、義士的杜滸可以忍受千般艱難萬般辛苦，卻受不了自己人的猜忌。當他們在真州受到猜忌，被騙出真州城後，“杜架閣仰天呼號，幾赴壕死”（《出真州序》）。他悲憤填膺，只求一死，可見其剛烈之性情。最難得的是他能伴隨文天祥堅持到底，沒有背叛文天祥。事實上，逃出的十二人中，“余元慶、李茂、吳亮、蕭發，遽生叛心，所懷白金各一百五十星，上下竟攜以走”。這些人不想跟著文天祥吃苦頭，冒風險，因爲元軍要緝拿的是大宋右相兼使臣文天祥，而不是他們這些小輩。何況他們卷金逃亡，不僅能苟且偷生，而且還能發一筆大財（《至揚州序》之九）。文天祥對此甚爲感歎："問誰攫去橐中金，僮僕雙雙不可尋。折節從今交國士，死生一片歲寒心。"（《至揚州序》）既是自勵，亦是對杜架閣等留下的人的讚歎。文天祥對杜滸與自己出生入死非常感激，他說："貴卿與予同患難，自二月晦至今日，無日不與死爲鄰。平生交遊，舉目何在？貴卿真吾兄弟也。"（《貴卿序》）

文天祥描寫的是現實生活中的真人真事，他不經意間爲杜滸等人留下了小傳。《宋史》上不曾有這樣詳細的記載，杜滸只在文天祥本傳中蜻蜓點水般地提到"天祥與其客杜滸十二人，夜亡入真州"①，"杜滸被執，以憂死"②，因而文天祥的詩序記載就顯得彌足珍貴。

三　高超的藝術手法

作者非常講究詩序的寫作藝術，在這些序中，人物描繪極爲逼真，活靈活現，如在眉睫之前。如：

> 北兵入城，既劫詔書，佈告天下州郡，各使歸附，又逼天子拜表獻土。左丞相吳堅、右丞相賈余慶、樞密使謝堂、參政家鉉翁、同知劉岊五人，奉表北庭，號祈請使。賈倖國難，自詭北人，氣焰不可向邇。謝無識附和。吳老儒畏怯不能爭。狎邪小人，方乘時取美官，揚揚自得。惟家公非願從者，猶以爲趙祈請，意北主或可語，冀一見陳說，爲國家有一線，故引決所未忍也。……予陷在難中，無計自脫。初九日，與吳丞相同被逼脅，黽勉就船。先一夕，予作家書，處置家事，擬望日定行止，行則引決，不爲偷生。及見吳丞相、家參政，吳殊無徇國之意。家則以爲死傷勇，祈而不許，死未爲晚。予以是徘徊隱忍，猶冀一日有以報國。惟是賈余慶凶狡殘忍，出於天性。密告伯顏，使啟北庭，拘予於沙漠，彼則賣國佞北，自謂使畢即歸，愚不可言也。謝堂已宿謝村，初九日，忽駕舟而回，或謂嚓都爲之地，伯顏

① 《宋史》卷四一八，中華書局 1977 年版，第 12536 頁。
② 同上書，第 12538 頁。

得賄而免。堂曲意奉北，可鄙惡尤多，是紀其事。（《使北序》）

作者將幾位朝廷大臣面對國家危難時的種種表現進行對比，突出人物的性格特徵，使得作者筆下的人物非常生動。如自己勇於爲國獻身的精神，參政家鉉翁的臨危不懼的精神、不作無謂自殺的識見。而相比之下，老懦無能的左丞相吳堅、厚顏無恥的賈余慶、附和賈余慶的謝無識，則顯得非常渺小。一方面是時窮節乃見，一方面是國危出妖孽，兩相對比，藝術效果非常明顯。

當然作者還有其他的寫作手法，如：

予從金之說，恐制臣見殺；從杜之說，恐北騎見捕。莫知所決，時曉色漸分。去數步，則金一邊來牽住；回數步，則杜一邊又來拖。行事之難從違，未有如此之甚者。（《至揚州序》之八）

在短短的幾句話中，通過心理描寫、動作描寫以及直接抒情，將自己依違難從、倉皇無路的艱難窘迫之態寫盡。又如：

予危急中，隨行四人，背負而逃。外既顛隮，內又饑困，行數十步，喘甚，不能進，倒荒草中，扶起又行，如此數十，而天曉矣。（《至揚州序》之十）

土圍糞穢不可避，但掃淨數尺地，以所攜衣服貼襯地面，睡起複坐，坐起複睡，日長難過，情緒奄奄，哀哉！（《至揚州序》之十三）

這兩篇序，將作者一行人在逃亡途中的艱難困苦，意緒奄奄，無可如何的窘態描繪得淋漓盡致。作者尤其非常講究語言的表達藝術，如句式整散結合、運用頂針修辭的手法、簡練而精確的敍述語言，從而加強了序文的可讀性。

根據上述分析，筆者以爲文天祥在創作中是有意識地將詩序來配合其詩歌創作，以補充詩歌無法表達的內容的。作者有意識地創作詩序，卻無

意中給我們留下來一篇現代意義上的自傳體小說。學者們在研究文天祥時
更多的是關注作家的詩集序，重視發掘其中的社會意義、思想感情以及藝
術成就，而對詩序則漠視其存在，忽略其意義和價值。其實文天祥的詩序
具有很高的思想、藝術價值，因此，我們在研究文天祥時，不能忽略對其
詩序的關注。

附　錄

關於辛更儒《楊萬里集箋校》斷句標點之商榷

中華書局出版辛更儒先生箋校的《楊萬里集箋校》，實乃嘉惠學林之舉。楊萬里作品卷帙浩繁，據朱迎平《宋文論稿·南宋散文四十家述評》統計："《直齋書錄解題》著錄爲 133 卷，《四部叢刊》影宋抄本亦爲 133 卷，包括詩 42 卷，辭賦 3 卷，表箋 3 卷，奏劄 3 卷，書啟 20 卷，記 6 卷，序 7 卷，雜文 8 卷，尺牘 8 卷，傳、行狀 4 卷，碑誌 13 卷，《千慮策》、《庸言》、《心學論》、《程式論》、《詩化》等雜著 15 卷，附錄 1 卷。"[①] 對這樣浩繁的集子進行箋校，實屬不易，因爲"不但點校起來費時費力，而且疑義歧義，因各本之間多有異同，去從頗難斟酌"。作者箋證原則是："對於詩中或者文章中所使用的歷代史跡、典故、成語不作注釋，以避免把這本箋校做得十分繁雜，文字量無限增加。故爾把注意力完全集中在旁徵博引之上，力圖在人物源流（此專指與作者同時期的人物）、地理形勝、制度沿革（亦專指宋代典章制度）、史實考辨方面多下功夫，以闡釋、證實或補充、校正原詩文的宗旨及寫作背景，爲楊萬里及其著作提供必要的資據。"[②] 箋證的旁徵博引，爲讀者和研究者帶來了極大的方便，讀者在閱讀楊萬里詩文的時候可以參考其所引材料，進而弄清楚詩文的寫作背景、創作意圖及其影響。其文字考辨工作也有助於語句的疏通和文意的理解。

---

①　朱迎平：《南宋散文四十家述評》，《宋文論稿》，上海財經大學出版社 2003 年版，第 249 頁。
②　辛更儒：《自序》，《楊萬里集箋校》，中華書局 2007 年版，第 2 頁。

因爲箋注者融會貫通了楊萬里的集子，所以作者在箋校某首詩、文時，還聯係集中其他相關詩文材料，給讀者提供了內證。箋校者在箋校過程中儘量努力地給詩文系年，亦是十分艱難的工作，這同樣極大地方便了讀者。

但是，以一人之力獨自完成這想龐大的工作，很難做到十全十美。筆者在閱讀該書時發現箋注者在斷句、標點方面出現了不少的失誤。這分爲兩個方面：一種是斷句斷錯了，造成這種失誤，是由於對文章的理解出現了錯誤。斷句的錯誤，必然會導致標點的不正確。另一種是標點符號使用不恰當。下面就筆者所發現的斷句錯誤、標點不當之處，略作分析，以與箋校者商榷。

一　斷句、標點有誤

（一）原斷句、標點①：蓋命，職乎，彼道職乎，己職乎？……且命也者，既能通塞，吾於今亦足矣。又能通塞吾於後，不已甚乎？（《答施少才書》，頁 2799—2800）②

榷：蓋命職乎，彼道職乎，己職乎？……且命也者，既能通塞吾於今，亦足矣，又能通塞吾於後，不已甚乎？

（二）原：夢喜，覺慨之一病於是脫然去吾體。（《答袁機仲侍郎書》，頁 2896）

榷：夢喜，覺慨之，一病於是脫然去吾體。

（三）原：雖無明條，許其商販，而法意則稍許之矣。大抵小人之情，啗以利則喜，而易使奪其利則怨而難役。（《得臨漳陛辭第二劄子》，頁 2917）

榷：雖無明條許其商販，而法意則稍許之矣。大抵小人之情，啗以利則喜而易使，奪其利則怨而難役。

（四）原：其所踐曆考，不理爲考任，不理爲任也。何也？有罪故也。（《論禮部酬賞之弊劄子》，頁 2935）

榷：其所踐曆，考不理爲考，任不理爲任也。何也？有罪故也。

---

① 以下一律簡省爲"原"、"榷"。

② 本書所有原文均出自辛更儒箋校《楊萬里集箋校》一書，其頁碼標於引文之後。

（五）原：大學之士有東吳張堯臣，以道者精於文，工於詩。（《友善齋記》，頁 3100）

　　權：大學之士有東吳張堯臣以道者，精於文，工於詩。

（六）原：有官而終身不就列顯道，得其父之句法，亦以氣節高簡。（《江西續派二曾居士詩集序》，頁 3345）

　　權：有官而終身不就列。顯道得其父之句法，亦以氣節高簡。"顯道"乃是懷峴居士曾思之字，且"有官而終身不就列"是說顯道之父伯容，故其後應斷以句號。

（七）原：非同焉之可信也，不約而同，焉之不可信也。（《周易宏綱序》，頁 3354）

　　權：非同焉之可信也，不約而同焉之不可信也。

（八）原：莫指其塗，天下自此絕指塗爲家，天下自此愚堯之朱，舜之均，親不親而近不近耶？言可以教人而傳道也，則朱、均久矣。其堯、舜也。（《易論》，頁 3362）

　　權：莫指其塗，天下自此絕；指塗爲家，天下自此愚。堯之朱，舜之均，親不親而近不近耶？言可以教人而傳道也，則朱、均久矣其堯、舜也。

（九）原：道無所倚。有所踐有所倚，則天下莫之稽。無所踐，則天下莫之居。莫之稽，道之瀆也。莫之居，道之棄也。（《禮論》，頁 3365）

　　權：道無所倚，有所踐。有所倚，則天下莫之稽；無所踐，則天下莫之居。莫之稽，道之瀆也；莫之居，道之棄也。

（十）原：夫不言，所以處喜怒哀樂者。而止言其喜怒哀樂之未發者，初無影之可捕，而況求其形哉？學者求其說而不得，則流而入於槁木死灰之學。（《子思論上》，頁 3393）

　　權：夫不言所以處喜怒哀樂者，而止言其喜怒哀樂之未發者，初無影之可捕，而況求其形哉？學者求其說而不得，則流而入於槁木死灰之學。

（十一）原：當是之時，此心瑩然，真而法矣。未發而真發，而非真未發而法發，而非法天下，有是理乎？去妄去肆，而一之於真與法，而中在其間矣。（《子思論上》，頁 3395）這裡附有作者校注："真"，四庫本作"貞"。按"貞"爲宋仁宗嫌名，應避，下真同。汲古閣本同原本。（《子思

論上》，頁 3396）

權：當是之時，此心瑩然，真而法矣。未發而真，發而非真，未發而法，發而非法，天下有是理乎……

（十二）原：善則惡，不得以寄惡，則善不得以居。如冰之寒而濕，火之煥而燥也。今曰善惡混吾，將曰冰之性燥濕混，而火之性寒煥混也，可乎？（《子思論中》，頁 3398）

權：善，則惡不得以寄；惡，則善不得以居。如冰之寒而濕，火之煥而燥也。今曰善惡混，吾將曰冰之性燥濕混，而火之性寒煥混也，可乎？

（十三）原：古之君子，蓋有窮百家，究六合，極師友博論，辨而無得也。……至此則向之所謂百家六合師友論辨皆非也，而皆是也。（《子思論下》，頁 3401）

權：古之君子，蓋有窮百家，究六合，極師友，博論辨而無得也。……至此則向之所謂百家、六合、師友、論辨皆非也，而皆是也。

（十四）原：《中庸》曰“道之不行也，道之不明也，賢知過之愚不肖不及也。”……又曰：“君子尊德性而道問學，致廣大而盡精微，極高明而道中庸。”溫故而知新，敦厚以崇禮。是故居上不驕，爲下不倍。夫學之功至於居上而不驕，爲下而不倍，此真有用之學也。（《子思論下》，頁 3401）

權：《中庸》曰“道之不行也，道之不明也。賢智過之，愚不肖不及也。”……又曰：“君子尊德性而道問學，致廣大而盡精微，極高明而道中庸。溫故而知新，敦厚以崇禮。是故居上不驕，爲下不倍。”這裡“溫故而知新……爲下不倍”仍然是引自《中庸》。

（十五）原：蓋天子以一身立天下之上，其力爲至孤立。而不失其立則治而興，否則亂而亡，其勢爲至危。然以至孤之力而天下附焉。（《君道下》，頁 3424）

權：蓋天子以一身立天下之上，其力爲至孤，立而不失其立，則治而興，否則亂而亡，其勢爲至危。然以至孤之力而天下附焉。

（十六）原：執柄以明用明，以公而害明者，偏也。……（《君道下》，頁 3425）

權：執柄以明，用明以公，而害明者，偏也。（《君道下》，頁 3426）事實上，在後文緊接着兩段就是闡述"執柄以明"和"用明以公"的。且各有一句總結性的話："執柄以明，齊威王有焉"，"用明以公，舜有焉"。

（十七）原：苟于安而不知危，伏於其中偷於樂而不知憂寓於其間。（《國勢上》，頁 3435）

權：苟于安，而不知危伏於其中；偷於樂，而不知憂寓於其間。

（十八）原：法曰如是，而可如是而不可。（《選法上》，頁 3507）

權：法曰如是而可，如是而不可。

（十九）原：庶幾民怒之少泄不至於一，且如潰洪河決蟻壤也。（《民政中》，頁 3536）

權：庶幾民怒之少泄，不至於一且如潰洪河決蟻壤也。"且"字疑爲"旦"字之誤。

（二十）原：天下之才動則生，靜則息。（《庸言三》，頁 3574）

權：天下之才，動則生，靜則息。

（二十一）原：楊子曰："……故曰'充實而有光輝之謂'。大山，一山也，而朝暮晦明變化也……"（《庸言五》，頁 3582）

權：楊子曰："……故曰'充實而有光輝之謂大'。山，一山也，而朝暮晦明變化也……"參見《孟子·盡心下》："可欲之謂善，有諸己之謂信，充實之謂美，充實而有光輝之謂大，大而化之之謂聖，聖而不可知之之謂神。"[1]

（二十二）原：……自庸人等而下者亦有三，曰小人，曰狄，曰禽人而。""至於禽狄，不已甚乎？"曰："是未足甚也。由余狄也，反哺情也。……"（《庸言七》，頁 3588）

權：……自庸人等而下者亦有三，曰小人，曰狄，曰禽，人而至於禽狄，不已甚乎？按原斷句，文意明顯不通。另外"是未足甚也。由余狄也，反哺情也。……"將其斷爲"是未足甚也。由余，狄也；反哺，情也。……"句意似乎更顯豁。

（二十三）原：公將不利於孺子，其號忠周也；挾武庚其號，忠商也。

---

[1]　朱熹撰：《四書章句集注》，中華書局 1983 年版，新編諸子集成本，第 370 頁。

不周之忠，則周公不可得而殺；不商之忠，則商民不可激。（《庸言八》，頁 3592）

權：公將不利於孺子，其號忠周也；挾武庚，其號忠商也。不周之忠，則周公不可得而殺；不商之忠，則商民不可激。無論從句式，還是句意上看，都應該是"挾武庚，其號忠商也"。

（二十四）原：風者，天之出入息也。……天地之造化，莫小乎雨雪雷霆，而莫大乎風息。死則人死，風亡則乾坤息。（《庸言十》，頁 3596）

權："……天地之造化，莫小乎雨雪雷霆，而莫大乎風。息死則人死，風亡則乾坤息。"

（二十五）原：楊子曰："……覺此之謂仁，達此之謂智，公此之謂百姓之日，用行此之謂君子之道。果多乎哉？故曰：'君子之道鮮矣。'"（《庸言十一》，頁 3601）

權：楊子曰："……公此之謂百姓之日用，行此之謂君子之道……"

（二十六）原：人者天地之心也，君子者天地之心之師也。有天地而無人，無天地也有人。而無君子之學，有天地而無心也。（《庸言十三》，頁 3609）

權：人者，天地之心也；君子者，天地之心之師也。有天地而無人，無天地也；有人而無君子之學，有天地而無心也。按照原斷句、標點，則句意幾不可通。

（二十七）原：知至不能至之非真知也，知終不能終之非篤信也。非真知則自欺，非篤信則自畫。（《庸言十三》，頁 3610）

權：知至不能至之，非真知也；知終不能終之，非篤信也。非真知則自欺，非篤信則自畫。

（二十八）原："仁人心也，義人路也。何也？"楊子曰："無心烏生，無路烏行？"（《庸言十八》，頁 3626）

權："仁人心也，義人路也。"應該斷爲"仁，人心也；義，人路也。"按：這句話出自《孟子·告子章句上》[1]。

（二十九）原：乾知大始坤作成物。乾以易知，坤以簡能。何也？

---

[1] 朱熹撰：《四書章句集注》，中華書局 1983 年版，新編諸子集成本，第 333 頁。

（《庸言十九》，頁 3629）

權：乾知大始，坤作成物。乾以易知，坤以簡能。何也？按："乾知大始，坤作成物。乾以易知，坤以簡能"出自《周易·繫辭上》[1]。

（三十）原：氣之精者凝而爲物，故有知。而謂之神氣之逝者，遊而爲變，故無知。而謂之鬼神者氣也，鬼者體也，亦謂之魄。（《庸言十九》，頁 3629）

權：氣之精者凝而爲物，故有知，而謂之神；氣之逝者遊而爲變，故無知，而謂之鬼。神者，氣也；鬼者，體也，亦謂之魄。依照原斷句、標點，則句意不通。

（三十一）原：某餘生奄奄，本之以支離，疏之形骸。申之以遺，積瘕之沈痼。（《答余丞相》，頁 4022）

權：某餘生奄奄，本之以支離疏之形骸，申之以遺積瘕之沈痼。這裡"支離疏"乃是莊子筆下的人物，見《莊子·人間世》[2]，而"遺積瘕"是一種疾病名稱，見《史記·扁鵲倉公列傳》[3]。

（三十二）原：疇昔夜痛呻吟呼，天起，視東窗殊不肯白。（《答彭憲》，頁 4102）

權：疇昔夜痛，呻吟呼天，起視東窗，殊不肯白。

（三十三）原：某蓋嘗充員，吏史官載筆一人之數。然無力抄傳，今忽拜賜，喚醒史館之昨夢……（《答張主簿》，頁 4119）

權：某蓋嘗充員吏，史官載筆，一人之數，然無力抄傳。今忽拜賜，喚醒史館之昨夢……

（三十四）原：大兒長孺，曰翁嗜之，兒有之，當翁奏翁咲也。鬥藪敗篋……如《吳畫記》、續愚溪之斷弦……（《答安福徐令》，頁 4226）

權：大兒長孺曰："翁嗜之，兒有之，當翁奏翁咲也。"鬥藪敗篋……如《吳畫記》續《愚溪》之斷弦……

（三十五）原：浚四歲而孤，母計守志鞠養，雖幼行直視，端儼如成

---

① 《周易正義》，《十三經注疏》，中華書局 1980 年版，第 76 頁。
② 郭慶藩撰，王孝魚點校：《莊子集釋》，中華書局 1961 年版，第 180 頁。
③ 司馬遷：《史記》，中華書局 1959 年版，第 2807 頁。

340 | 南宋江西散文研究

人，識者知爲遠器。（《張魏公傳》，頁 4403）

權：浚四歲而孤，母計守志鞠養。雖幼，行直視端，儼如成人，識者知爲遠器。

（三十六）原：賞不予幸惟以與功，則上下知勸矣。（《張魏公傳》，頁 4410）

權：賞不予幸，惟以與功，則上下知勸矣。

（三十七）原：募敢死士人，千銀得士五千，將夾攻。（《張魏公傳》，頁 4430）

權：募敢死士，人千銀，得士五千，將夾攻。

（三十八）原：兼侍講除、左司員外郎。（《張左司傳》，頁 4437）

商權：兼侍講，除左司員外郎。

（三十九）原：大抵皆修身務學畏天恤民、抑僥倖，屏諂諛之意……於是官高其估抑賣於民……自今漕司敢有多取諸州輒行抑賣者，論以爲違制；敢有資宴飲供問遺者，論以贓。（《張左司傳》，頁 4438）

權：大抵皆修身、務學、畏天、恤民、抑僥倖、屏諂諛之意……於是官高其估，抑賣於民……自今漕司敢有多取諸州，輒行抑賣者，論以爲違制；敢有資宴飲、供問遺者，論以贓。

（四十）原：既至都，人聚觀諮嗟，喜公之將復用也。（《丞相太保魏國公正獻陳公墓誌銘》，頁 4734）

權：既至，都人聚觀諮嗟，喜公之將復用也。

（四十一）原：夜半手書一紙示諸子："勿祈恩澤，勿禱浮屠，勿立碑請諡，遺表惟以用忠良、復境土爲請。"（《丞相太保魏國公正獻陳公墓誌銘》，頁 4746）

權：夜半手書一紙示諸子："勿祈恩澤，勿禱浮屠，勿立碑請諡。"遺表惟以用忠良、復境土爲請。

（四十二）原：……"然則天之生斯人，一何其均而其賦，斯人又何其不齊也？"曰："不能曷爲不能？"曰……（《宋故彭遵道墓誌銘》，頁 5095）

權：……"然則天之生斯人，一何其均；而其賦斯人，又何其不齊也。”曰：“不能。”“曷爲不能?”曰……

二　標點使用不恰當

下面指出一些標點用得不恰當的地方：

（一）原標點：士之言曰：“我將立朝，州縣不足發也。”立朝矣，又曰：“我將俟其大者。遇大事矣，”又曰：“業已然。”或曰：“如不聽何?”然則公之所易，士之所難，而況公之所難乎?（《範公亭記》，頁 3051）

商榷：士之言曰：“我將立朝，州縣不足發也。”立朝矣，又曰：“我將俟其大者。”遇大事矣，又曰：“業已然。”或曰：“如不聽何?”

（二）原：今夫四家者流，蘇似李，黃似杜，蘇、李之詩，子列子之御風也。杜、黃之詩，靈均之乘桂舟駕玉車也，無待者神於詩者歟? 有待而未嘗有待者，聖於詩者歟?（《江西宗派詩序》，頁 3231）

榷：今夫四家者流，蘇似李，黃似杜。蘇、李之詩，子列子之御風也；杜、黃之詩，靈均之乘桂舟駕玉車也。無待者神於詩者歟? 有待而未嘗有待者，聖於詩者歟?

（三）原：夫何故天下之所以服者? 長生於不偏，而其不服也，常起於不平。（《馭吏上》，頁 3496）

榷：夫何故天下之所以服者，長生於不偏，而其不服也，常起於不平?

（四）原：孟子曰：“國家閒暇，及是時明其政刑，雖大國必畏之。此用其暇者也。”又曰：“國家閒暇，及是時般樂怠傲，是自求禍。”安其暇者也。（《治原上》，頁 3448）

榷：孟子曰：“國家閒暇，及是時明其政刑，雖大國必畏之。”此用其暇者也。又曰：“國家閒暇，及是時般樂怠傲，是自求禍。”安其暇者也。這裡“此用其暇者也”非孟子語，乃是楊萬里的文字。

（五）原：北齊與周不兩立也。非齊並周，則周並齊爾。而齊主恃周寇之小息，君臣謂一日取快，可敵千年，至有無愁天子之號。周師之克晉州也，猶曰小小交兵，乃是常事，故齊亡。陳之與隋不並存也。非陳並隋，則隋並陳爾。而陳主恃隋人之交聘，君臣謂王氣在此，敵何能爲?（《治原上》，頁 3449）

權：北齊與周不兩立也。非齊並周，則周並齊爾。而齊主恃周寇之小息，君臣謂"一日取快，可敵千年"，至有"無愁天子"之號。周師之克晉州也，猶曰"小小交兵，乃是常事"，故齊亡。陳之與隋不並存也。非陳並隋，則隋並陳爾。而陳主恃隋人之交聘，君臣謂"王氣在此，敵何能爲"，至於縱酒賦詩而不輟。這裡的"一日取快，可敵千年"乃是齊君臣口中之語，參見《資治通鑒》卷一六九[1]，"無愁天子"見於《北齊書》（卷八）[2]、《北史》（卷八）[3]、《資治通鑒》（卷一七二）。"小小交兵，乃是常事"見於《資治通鑒》（卷一七二），"王氣在此，敵何能爲"乃是概括陳後主語意，見《資治通鑒》（卷一七六），文章既然寫作"君臣謂……"似以標上引號爲好。

（六）原：無事之時，服章焜煌，步武虛徐，天子出而臨之，雖虞之野無遺賢。周之濟濟多士，未足踰也。（《治原中》，頁 3455）

權：無事之時，服章焜煌，步武虛徐，大子出而臨之，雖虞之野無遺賢，周之濟濟多士，未足踰也。這裡的"雖"字與後面的"未"字構成讓步假設，句意並未斷，所以不應該用句號。

（七）原：泰和之治，何從而來哉？元聖素王之業，何從而致哉？儒道之爲也，是道也，用之則治，不用則亂，亂而用之則復治。（《儒者已試之效如何論》，頁 3556）

權："儒道之爲也"是前兩問的回答，這是一個設問句。所以"儒道之爲也"一句後應該是句號。

（八）原：或問："揚雄謂仲尼見所不見，敬所不敬。聖人亦有詘也，信乎？"楊子曰："信斯言也。則見董賢，敬王莽，亦仲尼矣。"（《庸言十三》，頁 3609）

權：或問："揚雄謂仲尼見所不見，敬所不敬。聖人亦有詘也，信乎？"楊子曰："信斯言也，則見董賢，敬王莽，亦仲尼矣。"因爲"信斯言也"是個假設前提，"則見董賢，敬王莽，亦仲尼矣"則是這一前提下

---

① 司馬光編著，胡三省音注，"標點資治通鑒小組"校：《資治通鑒》，中華書局 1956 年版。

② 李百藥：《北齊書》，中華書局 1972 年版。

③ 李延壽：《北史》，中華書局 1974 年版。

的判斷。如果“信斯言也”後標句號，則句意大變，句號前後都成肯定意思了，這與上下文不合。

　　還有一些標點符號使用不當的地方，限於篇幅，兹不一一指出來。限於學力於能力，以上之商榷之處，定有不當之處，望方家不吝指正。

參考文獻

一 著作類（以著作首字母爲序）

（唐）白居易：《白氏長慶集》，四部叢刊初編本。

（宋）姜夔：《白石道人詩說》，《歷代詩話》本。

馮志宏：《北宋古文運動的形成》，上海古籍出版社 2009 年版。

（唐）李百藥：《北齊書》，中華書局 1972 年版。

（唐）李延壽：《北史》，中華書局 1974 年版。

（宋）包恢：《弊帚稿略》，四庫全書本。

（宋）吳可：《藏海詩話》，《歷代詩話續編》本。

（宋）嚴羽著，郭紹虞校釋：《滄浪詩話校釋》，人民文學出版社 1961 年版。

（宋）張思巖輯，張靜廬點校：《詞林紀事》，上海教育書店 1948 年版。

（宋）楊萬里：《誠齋集》，四庫全書本。

（宋）楊萬里：《誠齋詩話》，《歷代詩話續編》本，中華書局 1981 年版。

（宋）樓昉：《崇古文訣》，四庫全書本。

楊伯峻編：《春秋左傳注疏》，中華書局 1981 年版。

（宋）胡銓：《澹庵集》，四庫全書本。

（宋）王偁著，孫言誠、崔國光點校：《東都事略》，齊魯書社 2000 年版。

（明）楊士奇：《东里文集》，四庫全書本。

（明）毛晉著，王雲五主編：《東坡題跋》，商務印書館民國二十五年，叢書集成初編本。

（宋）魏泰：《東軒筆錄》，中華書局 1983 年版。

（宋）范鎮著，汝沛點校：《東齋記事》，中華書局 1980 年版。

（清）仇兆鰲注：《杜詩詳注》，中華書局 1979 年版。

（宋）范希文：《對床夜語》，《歷代詩話續編》本，1983 年版。

（宋）程頤、程顥著，潘富恩導讀：《二程遺書》，上海古籍出版社 2000 年版。

（唐）杜牧：《樊川文集注》，上海古籍出版社 1978 年版。

（宋）范仲淹：《范文正公集》，四部叢刊初編本。

（宋）汪藻：《浮溪集》，四部叢刊初編本。

（宋）樓鑰：《攻媿集》，四部叢刊初編本。

（宋）賾藏主編：《古尊宿語錄》，中華書局 1994 年版。

陳必祥：《古代散文文體概論》，河南人民出版社 1986 年版。

（清）姚鼐纂集：《古文辭類纂》，上海古籍出版社 1982 年版。

（宋）呂祖謙：《古文關鍵》，四庫全書本。

朱迎平：《古典文學與文獻論集》，上海財經大學出版社 1998 年版。

（宋）呂南公：《灌園集》，四庫全書本。

（战國）管仲：《管子》，四庫全書本。

（汉）班固著，顏師古注：《漢書》，中華書局 1962 年版。

（清）馮煦著，顧學頡點校：《蒿庵詞論》，人民文學出版社 1959 年版。

（宋）周密著，孔凡禮點校：《浩然齋雅談》，中華書局 2010 年版。

（宋）羅大經：《鶴林玉露》，中華書局 1983 年版。

（宋）魏了翁：《鶴山全集》，四庫全書本。

（宋）柳開：《河東先生集》，四部叢刊初編本。

段曉華、劉松來：《紅土·禪床：江西禪宗文化研究》，中國社會科學出版
　　社 2000 年版。

（宋）孫覿：《鴻慶居士集》，四庫全書本。

（唐）韓愈著，屈守元、常思春主編：《韓愈全集校注》，四川大學出版社
　　1996 年版。

（宋）黃庭堅著，劉琳、李勇先、王蓉貴校點：《黃庭堅全集》，四川大學
　　出版社 2001 年版。

（宋）黃庭堅著，任淵、史容、史季溫集注，劉尚榮校點：《黃庭堅詩集

注》，中華書局 2003 年版。

（宋）王明清：《揮麈錄》，中華書局 1964 年版。

（宋）陳師道：《後山詩話》，《歷代詩話》本，1981 年版。

《洪駒父詩話》，《宋詩話輯佚》本，中華書局 1980 年版。

（宋）劉克莊：《後村集》，四庫全書本。

（宋）趙令時著，孔凡禮點校：《侯鯖錄》，中華書局 2002 年版。

（宋）黃震：《黃氏日抄》，四庫全書本。

（宋）韓淲：《澗泉集》，四庫全書本。

伍曉蔓：《江西宗派研究》，巴蜀書社 2005 年版。

莫礪鋒：《江西詩派研究》，齊魯書社 1986 年版。

（清）謝旻等修：《江西通志》，四庫全書本。

吳海、曾子魯主編：《江西文學史》，江西人民出版社 2005 年版。

周文英等主編：《江西文化》，遼寧教育出版社 1995 年版。

（明）王夫之著，舒蕪點校：《薑齋詩話》，人民文學出版社 1961 年版。

（宋）李心傳：《建炎以來繫年要錄》，上海古籍出版社 1992 年版。

陳寅恪：《金明館叢稿二編》，上海古籍出版社 1980 年版。

（宋）晁公武著，孫猛校證：《郡齋讀書記校證》，上海古籍出版社 1990 年版。

（宋）陸游撰，李劍雄、劉德權點校：《老學庵筆記》，中華書局 1979 年版。

（宋）惠洪等：《冷齋夜話·風月堂詩話·環溪詩話》，中華書局 1988 年版。

王水照主編：《歷代文話》，復旦大學出版社 2007 年版。

（清）何文煥輯：《歷代詩話》，中華書局 1981 年版。

丁福保輯：《歷代詩話續編》，中華書局 1983 年版。

（宋）呂祖謙：《麗澤論說集錄》，四庫全書本。

（宋）李覯：《李覯集》，中華書局 1981 年版。

程千帆、吳新雷：《兩宋文學史》，《程千帆全集》，河北教育出版社 2000 年版。

王兆鵬：《兩宋詞人年譜》，文津出版社 1994 年版。

王兆鵬、王可喜、方星移：《兩宋詞人叢考》，鳳凰出版社 2007 年版。

（宋）陳思編，（元）陳世隆補：《兩宋名賢小集》，四庫全書本。

（宋）歐陽修：《六一詩話》，《歷代詩話》本，中華書局 1981 年版。

（唐）柳宗元：《柳宗元集》，中華書局 1979 年版。

（宋）王安石：《臨川先生文集》，《四部叢刊初編》本。

（宋）李綱：《梁溪集》，四庫全書本。

（宋）陳亮：《龍川集》，四庫全書本。

（宋）王庭珪：《盧溪集》，四庫全書本。

（宋）陸九淵著，鍾哲點校：《陸九淵集》，中華書局 1980 年版。

祈興潤：《陸九淵評傳》，南京大學出版社 1998 年版。

（宋）魏天應：《論學繩尺》，四庫全書本。

（宋）張元干：《蘆川歸來集》，四庫全書本。

許維遹：《呂氏春秋集釋》，中國書店 1985 年版。

（宋）陳善著，王雲五主編：《捫蝨新話》，商務印書館民國二十八年，叢
　　書集成初編本。

（宋）姜特立：《梅山續稿》，四庫全書本。

（清）孫詒讓著，孫啟治點校：《墨子閒詁》，中華書局 2001 年版。

錢建狀：《南宋初期的文化重組與文學新變》，廈門大學出版社 2006 年版。

何忠禮：《南宋科舉制度史》，人民出版社 2009 年版。

寧淑華：《南宋湖湘學派的文學研究》，湖南人民出版社 2009 年版。

閔澤平：《南宋理學家散文研究》，齊魯書社 2006 年版。

沈松勤：《南宋文人與党爭》，人民出版社 2005 年版。

何俊、范立舟：《南宋思想史》，上海古籍出版社 2008 年版。

何忠禮：《南宋政治史》，人民出版社 2008 年版。

（宋）張栻：《南嶽唱酬集》，四庫全書本。

（宋）韓元吉：《南澗甲乙稿》，四庫全書本。

王曾瑜：《凝意齋集》，蘭州大學出版社 2003 年版。

（宋）歐陽修著，李逸安點校：《歐陽修全集》，中華書局 2001 年版。

洪本健校箋：《歐陽修詩文集校箋》，上海古籍出版社 2009 年版。

劉德清：《歐陽修論稿》，北京師範大學出版社 1991 年版。

（宋）洪适：《盤洲文集》，四部叢刊初編本。

唐圭璋編：《全宋詞》，中華書局 1965 年版。

曾棗莊、劉琳主編:《全宋文》,上海辭書出版社、安徽教育出版社 2006 年版。

傅璇琮等主編:《全宋詩》,北京大學出版社 1991 年版。

(清)全祖望著,朱鑄禹彙校集注:《全祖望集彙校集注》,上海古籍出版社 2000 年版。

(宋)周密:《齊東野語》,中華書局 1983 年版。

(宋)趙蕃:《乾道稿》,四庫全書本。

(元)劉一清:《錢塘遺事》,上海古籍出版社 1985 年影印本。

(宋)范溫:《潛溪詩眼》,《宋詩話輯佚》本。

周桂鈿:《秦漢思想史》,河北人民出版社 1999 年版。

(宋)周煇著,劉永翔校注:《清波雜志校注》,中華書局 1994 年版。

(元)袁桷:《清容居士集》,四庫全書本。

郭紹虞編選,富壽蓀校點:《清詩話續編》,上海古籍出版社 1983 年版。

(明)郎瑛:《七修類稿》,上海書店出版社 2001 年版。

(宋)曾肇:《曲阜集》,四庫全書本。

(明)顧炎武著,秦克誠點校:《日知錄集釋》,岳麓書社 1993 年版。

(宋)洪邁:《容齋隨筆》,上海古籍出版社 1978 年版。

(明)毛晉:《容齋題跋》,商務印書館民國二十五年,叢書集成初編。

(元)戴表元:《剡源戴先生文集》,四部叢刊初編本。

(宋)張表臣:《珊瑚鈎詩話》,《歷代詩話》本。

(宋)邵博著,劉德權、李劍雄校點:《邵氏聞見錄》,中華書局 1983 年版。

(宋)胡仔纂集,廖明德點校:《苕溪漁隱叢話》,人民文學出版社 1962 年版。

(宋)阮閱編,周本淳點校:《詩話總龜》,人民文學出版社 1987 年版。

(南朝)鍾嶸著,曹旭集注:《詩品集注》,上海古籍出版社 1994 年版。

(明)胡應麟:《詩藪》,上海古籍出版社 1979 年版。

(宋)葉夢得:《石林詩話》,歷代詩話本。

(清)阮元校刻:《十三經注疏》,中華書局 1980 年版。

(汉)司馬遷:《史記》,中華書局 1959 年版。

徐震堮:《世說新語校箋》,中華書局 1984 年版。

(宋)王炎:《雙溪集》,四庫全書本。

（清）永瑢等：《四庫全書總目》，中華書局 1965 年版。

（宋）朱熹集注：《四書章句集注》，中華書局 1983 年版。

孫梅：《四六叢話》，人民文學出版社 2010 年版。

（宋）葉紹翁著，沈錫麟、馮惠民點校：《四朝聞見錄》，中華書局 1989 年版。

徐洪興：《思想的轉型——理學發生過程研究》，上海人民出版社 1996 年版。

夏漢寧、黎青、劉雙琴等：《宋代文學家考錄》，中山大學出版社 2011 年版。

周裕鍇：《宋代詩學通論》，上海古籍出版社 2007 年版。

張毅：《宋代文學思想史》，中華書局 1995 年版。

張毅主編：《宋代文學研究》（上、下），北京大學出版社 2001 年版。

苗春德主編：《宋代教育》，河南大學出版社 1992 年版。

張其凡、陸勇強主編：《宋代歷史文化研究》，人民出版社 2000 年版。

陳振：《宋代社會政治論稿》，上海人民出版社 2007 年版。

張邦煒：《宋代政治文化史論》，人民出版社 2005 年版。

四川大學古籍整理研究所、四川大學宋代文化研究中心主編：《宋代文化研究》（第 1—17 輯），巴蜀書社、四川大學出版社、線裝書局。

王水照主編：《宋代文學通論》，河南大學出版社 1997 年版。

祝尚書：《宋代科舉與文學》，中華書局 2008 年版。

張劍、呂肖奐、周揚波：《宋代家族與文學研究》，中國社會科學出版社 2009 年版。

王毅：《宋代文學家庭》，湖南師範大學出版社 2008 年版。

姚瀛艇：《宋代文化史》，河南大學出版社 1992 年版。

馬茂軍：《宋代散文史論》，中華書局 2008 年版。

王水照等編：《宋代文學國際研討會論文集》（首屆），復旦大學出版社 2001 年版。

沈松勤主編：《宋代文學國際研討會論文集》（第四屆），浙江大學出版社 2006 年版。

鄧喬彬編：《宋代文學國際研討會論文集》（第五屆），暨南大學出版社 2009 年版。

楊慶存：《宋代文學論稿》，復旦大學出版社 2007 年版。

孫望、常國武主編：《宋代文學史》，人民文學出版社 1996 年版。

（宋）贊寧：《宋高僧傳》，中華書局 1987 年版。

（明）王夫之：《宋論》，中華書局 1964 年版。

陳來：《宋明理學》，華東師範大學出版社 2004 年版。

馬積高：《宋明理學與文學》，湖南師範大學出版社 1989 年版。

許總：《宋明理學與中國文學》，百花洲文藝出版社 1999 年版。

郭齊勇主編：《宋明儒學與長江文化》，湖北教育出版社 2004 年版。

丁傳靖輯：《宋人軼事彙編》，中華書局 1981 年版。

（清）厲鶚輯：《宋詩紀事》，上海古籍出版社 1983 年版。

（清）呂之振、吳自牧、呂留良選：《宋詩鈔》，中華書局 1986 年版。

錢鍾書：《宋詩選注》，人民文學出版社 1958 年版。

（清）厲鶚：《宋詩紀事》，上海古籍出版社 1981 年版。

郭紹虞輯：《宋詩話輯佚》，中華書局 1980 年版。

（元）脫脫等：《宋史》，中華書局 1977 年版。

（明）陳邦瞻：《宋史紀事本末》，中華書局 1977 年版。

（明）黃宗羲著，全祖望補修，陳金生、梁運華點校：《宋元學案》，中華
　　書局 1986 年版。

（宋）呂祖謙編，齊治平點校：《宋文鑑》，中華書局 1992 年版。

朱迎平：《宋文論稿》，上海財經大學出版社 2003 年版。

曾棗莊：《宋文通論》，上海人民出版社 2008 年版。

漆俠：《宋學的發展和演變》，河北人民出版社 2002 年版。

陶秋英編選：《宋金元文論選》，人民文學出版社 1999 年版。

（清）徐松：《宋會要輯稿》，中華書局 1957 年版。

（明）宋濂：《宋學士文集》，四部叢刊初編本。

（元）趙孟頫：《松雪齋文集》，四部叢刊初編本。

（宋）蘇軾著，孔繁禮點校：《蘇軾文集》，中華書局 1986 年版。

（宋）張戒：《歲寒詩話》，《歷代詩話續編》本，1983 年版。

錢鍾書：《談藝錄》，中華書局 1984 年版。

（明）茅坤：《唐宋八大家文鈔》，四庫全書本。

吳小林：《唐宋八大家》，黃山書社 1984 年版。

張清華：《唐宋散文：建構範型》，廣西師範大學出版社 2000 年版。

何寄澎：《唐宋古文新探》，北京大學出版社 2010 年版。

楊海明：《唐宋詞史》，天津古籍出版社 1998 年版。

（宋）岳珂：《桯史》，中華書局 1981 年版。

（宋）曾季貍：《艇齋詩話》，《歷代詩話續編》本，1983 年版。

（宋）王灼著，劉安遇、胡傳淮校輯：《王灼集校輯》，巴蜀書社 1996 年版。

高克勤：《王安石與北宋文學研究》，復旦大學出版社 2006 年版。

（宋）王安石著，李壁箋注：《王荊文公詩箋注》，中華書局 1958 年版。

（宋）王直方：《王直方詩話》，《宋詩話輯佚》本，中華書局 1980 年版。

郁沅、張明高編選：《魏晉文論選》，人民文學出版社 1999 年版。

（宋）陸游：《渭南文集》，四部叢刊初編本。

（宋）朱松：《韋齋集附玉瀾集》，四部叢刊續編本。

（宋）汪應辰：《文定集》，四庫全書本。

（宋）周必大：《文忠集》，四庫全書本。

（宋）真德秀：《文章正宗》，四庫全書本。

（明）吳訥著，於北山校點：《文章辨體序說》，人民出版社 1962 年版。

（明）徐師曾著，羅根澤校點：《文體明辨序說》，人民文學出版社 1962 年版。

（宋）馬端臨：《文獻通考》，中華書局 1986 年版。

范文瀾注：《文心雕龍注》，人民文學出版社 1962 年版。

梁蕭統編，唐李善注：《文選》，上海古籍出版社 1986 年版。

（宋）文天祥：《文天祥全集》，北京市中國書店 1985 年版。

（宋）司馬光：《溫國文正司馬公文集》，四部叢刊初編本。

（宋）王炎午：《吾汶稿》，四部叢刊三編本。

（宋）真德秀：《西山先生真文忠公文集》，四部叢刊初編本。

鄧廣銘：《辛稼軒年譜》，古典文學出版社 1957 年版。

（宋）歐陽修著，徐無黨注：《新五代史》，中華書局 1974 年版。

（漢）賈誼著，閻振益、鍾夏校注：《新書校注》，中華書局 2000 年版。

（金）趙秉文：《閑閑老人滏水文集》，叢書集成初編本。

熊禮匯：《先唐散文藝術論》，學苑出版社 1999 年版。

（宋）王禹偁：《小畜集》，四部叢刊初編本。

（宋）謝枋得：《叠山集》，四庫全書本。

（宋）李覯：《旴江集》，四庫全書本。

（宋）劉辰翁：《須溪集》，四庫全書本。

（宋）李燾：《續資治通鑒長編》，中華書局 1995 年版。

（宋）歐陽守道：《巽齋集》，四庫全書本。

（清）王先謙著，沈嘯寰、王星賢點校：《荀子集解》，中華書局 1988 年版，新編諸子集成本。

辛更儒箋校：《楊萬里集箋校》，中華書局 2007 年版。

（元）劉將孫：《養吾齋集》，四庫全書本。

（宋）葉適著，劉公純點校：《葉適集》，中華書局 1961 年版。

（清）劉熙載：《藝概》，上海古籍出版社 1978 年版。

（元）劉壎：《隱居通議》，四庫全書本。

（元）方回選評，李慶甲匯評校點：《瀛奎律髓匯評》，上海古籍出版社 1986 年版。

（唐）李商隱著，馮浩箋注：《玉谿生詩集箋注》，上海古籍出版社 1998 年版。

（宋）葛立方：《韻語陽秋》，《歷代詩話》本。

（宋）王象之：《輿地紀勝》，中華書局 1992 年版。

（清）陶福履、胡思敬原編：《豫章叢書》，江西省古籍整理小組整理集，江西教育出版社 2002 年版。

（宋）張孝祥著，徐鵬校點：《于湖集》，上海古籍出版社 1980 年版。

（元）蘇天爵編：《元文類》，四庫全書本。

（宋）張世南：《游宦紀聞》，中華書局 1980 年版。

（清）賀裳：《載酒園詩話》，《清詩話續編》本，1983 年版。

陳平原輯：《早期北大文學史講義三種》，北京大學出版社 2005 年版。

（宋）曾鞏著，陳杏珍、晁繼周點校：《曾鞏集》，中華書局 1984 年版。

（宋）彭龜年：《止堂集》，四庫全書本。

（宋）司馬光編著，胡三省音注，"標點資治通鑒小組"校：《資治通鑒》，中華書局 1956 年版。

（清）方東樹著，汪紹楹點校：《昭昧詹言》，人民文學出版社 1961 年版。

（宋）呂本中：《紫薇詩話》，《歷代詩話》本。

（宋）陳振孫著，徐小蠻、顧美華點校：《直齋書錄解題》，上海古籍出版社 1987 年版。

郭紹虞：《中國文學批評史》，百花文藝出版社 1999 年版。

劉師培著，舒蕪點校：《中古文學史、論文雜記》，人民文學出版社 1959 年版。

袁行霈、孟二冬、丁放：《中國詩學通論》，安徽教育出版社 1994 年版。

熊禮匯主編：《中國古代散文藝術二十講》，武漢大學出版社 2010 年版。

蕭華榮：《中國古典詩學理論史》，華東師範大學出版社 2005 年版。

方智范、鄧喬彬、周聖偉等：《中國古典詞學理論史》，華東師範大學出版社 2005 年版。

郭預衡：《中國古代文學史長編》，上海古籍出版社 1992 年版。

褚斌傑：《中國古代文體概論》，北京大學出版社 1984 年版。

吳承學：《中國古代文體形態研究》，中山大學出版社 2000 年版。

陳柱：《中國散文史》，上海書店出版社 1984 年版。

郭預衡撰：《中國散文史》（中），上海古籍出版社 1993 年版。

陳平原：《中國散文小說史》，上海人民出版社 2004 年版。

陳飛主編：《中國古代散文研究》，福建人民出版社 2005 年版。

郭齊勇編：《中國哲學史》，高等教育出版社 2006 年版。

趙義山、李修生主編：《中國分體文學史》（散文卷），上海古籍出版社 2001 年版。

劉師培：《中國中古文學史講義》（附《經學教科書》），中國人民大學出版社 2004 年版。

徐復觀：《中國思想史論集》，上海書店出版社 2004 年版。

葛劍雄、吳松弟、曹樹基：《中國移民史》，福建人民出版社 1997 年版。

徐揚傑：《中國家族史》，人民出版社 1992 年版。

范祥雲：《中國家族哲學》（修訂本），濟南藝華書局 1948 年版。

許道勛、徐洪興：《中國經學史》，上海人民出版社 2006 年版。

郭紹虞主編:《中國歷代文論選》,上海古籍出版社 2001 年版。

曾大興:《中國歷代文學家之地理分佈》,湖北教育出版社 1995 年版。

陳正祥:《中國文化地理》,生活・讀書・新知三聯書店 1983 年版。

胡兆量、阿爾斯朗、琼达等編:《中國文化地理概述》,北京大學出版社
　　2001 年版。

張聲怡、劉九州編:《中國古代寫作理論》,華中工學院出版社 1985 年版。

(宋)劉攽:《中山詩話》,《歷代詩話》本。

(清)郭慶藩著,王孝魚點校:《莊子集釋》,中華書局 1961 年版。

(宋)黎靖德編,王星賢點校:《朱子語類》,中華書局 1986 年版。

陳來撰:《朱子哲學研究》,華東師範大學出版社 2000 年版。

余英時:《朱熹的歷史世界》,生活・讀書・新知三聯書店 2004 年版。

(宋)周敦頤:《周元公集》,四庫全書本。

二　博士論文 (以著者漢語拼音爲序)

陳忻著,指導教師祝尚書:《象山派心學與文學研究》,四川大學,2006 年。

焦印亭著,指導教師馬德富:《劉辰翁研究》,四川大學,2007 年。

李菁著,指導教師王兆鵬:《南宋四洪研究》,武漢大學,2005 年。

劉錫濤著,指導教師史念海:《宋代江西文化地理研究》,陝西師範大學,
　　2001 年。

梅新林著,指導教師孫遜:《中國古代文學地理形態與演變》,上海師範大
　　學,2004 年。

姚蕙蘭著,指導教師趙山林:《南渡詞人群的地域性研究》,華東師範大
　　學,2009 年。

王祥著,指導教師王水照:《宋代江南路文學研究》,復旦大學,2004 年。

三　單篇論文 (以著者漢語拼音爲序)

程宏亮:《韓駒寓居臨川交遊考》,《衡陽師範學院學報》2008 年第 2 期。

陳志雲:《科舉制度與兩宋贛文化》,《上饒師範學院學報》2001 年第 1 期。

鄧廣銘:《宋代文化的高度發展與宋王朝的文化政策》,《歷史研究》1990

年第 1 期。

高日暉、洪雁：《漢、宋〈春秋〉學與政治的關係》，《大連大學學報》第
　　27 卷第 1 期。

谷敏：《南宋周必大題跋的文獻學價值》，《雲南民族大學學報》2009 年第 3 期。

呂肖奐、張劍：《兩宋地域文化與家族文學》，《江海學刊》2007 年第 5 期。

莫礪鋒：《再論"奪胎換骨"說的首創者——與周裕鍇兄商榷》，《文學遺
　　產》2003 年第 6 期。

周裕鍇：《惠洪與換骨奪胎法——一樁文學批評史公案的重判》，《文學遺
　　產》2003 年第 6 期。

朱迎平：《宋文發展整體觀及南宋散文評價》，《復旦學報》1998 年第 4 期。

後　記

　　讀碩三年，讀博三年，連續六年的蓉城學習生活，個中甘苦，如魚飲水，冷暖唯自知而已。

　　說來慚愧，我考研究生的初衷很俗，就是爲"稻粱謀"，還未達到"志於道"的境界。工作了八年，沒有錢孝敬我敬愛的奶奶，在她撒手人寰時，我甚至沒錢買鮮荔枝給她嘗嘗。每個月三百七八十元的工資不足以糊口，總想：奶奶身體還很健康，等手頭松點再買。然而，麥熟一晌，人老一宿，奶奶竟身染沉疴，一病不起。她再也吃不到我買的鮮荔枝了，墳前的祭品再豐又有什麼意義呢？祭之豐不如養之薄啊！

　　八年來，我沒有錢買房子，上無片瓦，下無立錐之地，如浮萍，似飄蓬。父母曾經因我吃皇糧而產生的喜悅也變成了內疚，他們內疚自己沒有本事，不能幫兒子一把，他們只有盡力勞作，竭力爲我分擔生活的艱辛，替我帶小孩，給我以錢物，而我於心何忍？

　　八年來，我沒有給妻子買一件品牌服飾，甚至一件衣服總要穿幾年。打開相冊，發現多年來她相片上的衣服，依然如舊，只能自我解嘲：人與衣偕老。然而，節衣縮食能改變這一切嗎？物價在飛漲，而工資如武大郎身材一般，沒什麼變化。

　　曾經的激情，曾經的憧憬，慢慢地冷卻了，慢慢地消失了。在家鄉，多少沒有上大學的人，甚至沒上中學的人，他們通過自己的勞動都發家致富了，新樓房拔地而起，新轎車馳騁而過。財富是他們的，而我什麼也沒有。有人會說我思想境界不高，也許吧！然而，我可以超然，可以忍受貧窮，可以忍受暴發戶的鄙視，但是我不能讓我的父母永遠在貧困綫上掙扎。當我想到年過八旬的奶奶病在床上，卻無錢送她去縣城醫治，我心痛，我內疚，我恨我自己，我再也無法去超然，去超脫。父母也老了，該是含飴弄孫的時候了。我該爲他們創造更好的條件，讓他們安享晚年了，這是兒子應該做的。

因此，我必須改變我的生存狀態，我就一邊教書一邊考研。

很幸運，在大學畢業八年後，我考上了西南民族大學研究生，師從田耕宇教授。田師對我要求很嚴，既引導我做學問，更教育我做人。每次和田師交流，都是小叩則大鳴，虛往而實歸，獲益良多。在此，我對田師深表感謝。

讀碩三年，拋婦別雛，最大的感受就是內疚：父母替我帶孩子，妻子爲我掙費用，孩子的心中則是充滿長長的思念。三年來，一直是自我鼓勵，自我麻醉，在內疚和麻木中自我安慰，在期待和折磨中努力前行。咬咬牙，狠狠心，三年也就過去了。快要畢業了，這時所有的畢業生都大吃一驚：滿腹經綸，竟是屠龍之術。我本想在高校工作，繼續我的學習，成就我的事業。然而這世界變化得太快，前兩年的研究生是搶手貨，此時竟成了狗不理包子，朝是黃金夕是糞，貶值得太快了。我不想去重復昨天的故事——從事中學教育，沒有辦法，我選擇了考博。經過兩個月高強度的複習，我終於通過了四川大學博士生入學考試，投入到劉文剛教授的門下，從事唐宋文學研究。劉師淡泊名利，爲人和善，對我關愛有加，對我的不足抱以寬容的態度。爲我修改課程論文，審讀畢業論文，仔細而認真。特別是畢業論文，劉師爲我把握選題，審查大綱，調整框架，潤色語言，付出了很多心血。在這裡，我要對劉老師深表感謝。

讀博的三年，更是艱苦備嘗。"水之積也不厚，則其負大舟也無力"，因爲學養不足，天資有限，所以在論文的撰寫過程中深感吃力，於是勤以補拙，堅持每天不虛度。有所思，有所獲，就在電腦上敲鍵盤；思路窒礙，難以前行，就梳理文獻，查閱資料。由於在電腦上待的時間過長，缺乏鍛煉，身體時不時出些毛病。

成都米貴，居大不易。一家人在成都，經濟壓力尤大，不敢也不忍向父母伸手。三年來，我除了盡力完成自己的學業外，都在校外兼職。爲了盡可能不耽誤學業，我想方設法將兼職的課程集中于一兩天之內。曾有一學期，每週有一天要上八節課，一天下來，我甚至覺得喉嚨有血腥味，每到這一天，我都有害怕的感覺——真不想去，但是不看僧面看佛面，看在錢的面子上也得去，這個世界還有多少人不是看錢的面子而幹活兒呢？於是鼓起勇氣，硬著頭皮，悲壯地邁開腳步上課去。這些苦，這些累，我都能承受，我把它們當作磨煉，當作考驗。我很樂觀地接受生活的挑戰，因爲我對我的未來充滿希望。

自從我上了大學之後，我的父母從不干涉我的事情。他們總認爲我的選擇是對的，對我決定做的事，都是極力支持。我讀研，媽說："把孩子給我養吧，你自己專心讀書，不要你給錢。我和你爹還能動彈，手頭沒大錢，但養孩子還是養得過來。"當我決定考博，爹說："你考吧，考上就好了，家裡事不用你操心。"世上的水都是往下流啊！

我通過了博士學位入學考試，父母爲我感到自豪。他們覺得我爲他們爭了光，他們也對我的未來充滿希望，充滿期待。他們的要求不高，只是希望我畢業后能有穩定的工作，有自己的房子，不要再漂泊。父親曾跟別人說："我平凡畢業就好了，我還苦做一年，幫小兒子把婚結了，我就輕鬆了，我就完成任務了。"我和弟妹常勸他不要這麼辛苦，可他不聽。我曾經對他說："弟弟的婚事好辦，你不要那麼操心，我也快要畢業了，用不著那麼勞累。"可是父親還是每天起早貪黑，晚上做豆腐，第二天大清早出去賣掉，然後趕到別人家做短工。媽媽擔心他身體，但他說不覺得累，也沒什麼毛病，父親對自己的這種生活很知足。我們這一大家子人，雖然沒有錢，卻過得很快活，各做各的事，各負各的責，其樂也融融。

然而，天有不測風雲，人有旦夕禍福。在2010年端午節後的一天，弟弟從九江打來電話說爹出車禍了，處在昏迷中，我一下子懵了。可我堅信：爹沒什麼大礙，傷了頭，出現昏迷情況是正常的。爹很堅強，多少苦都吃過，多少艱難都走過，沒事的。但是，終因傷勢過重，當天晚上父親還是離開了我們，帶著深深的遺憾走了，走得那麼悲慘，沒有留下一句話。媽媽在電話里哭道："平凡啊，你爹走了，沒有爹了……"我已是三十六歲的人了，卻一下子覺得天都砸了下來，覺得我那長久以來一直依賴的、堅實的靠背一下子坍塌了，讓我墜入了萬劫不復的深淵：我何處可以贖罪？悠悠蒼天，此恨何極！此恨何極！

我曾經想象將來的溫馨：帶著妻兒離家去工作，晨曦中爹媽並肩站在門口目送我們遠去，向我們揮揮手說："路上小心點，到了就打個電話。"在我們回家的時候，夕陽下爹媽並肩站在門口迎接我們。或者他們老了，手腳不利索了，顫巍巍地互相攙扶，嘴裡咕噥著："平凡不是說這個時候回家嘛，怎麼還沒回來呢？"可現在，這一切都成了鏡花水月。子欲養而親不待，我呼天搶地，我無可奈何：溫馨的家庭破殘了，唯有家鄉的青山綠水是我永遠的思念。

我無力回天。作爲長子，我要承擔這個大家庭的重擔，我要照顧母親，安慰她那孤苦的心。然而這種打擊、這個創傷誰又能撫慰得了呢？也許只有時間才能淡化這一切。我所能做的是順利畢業，努力工作，成就事業，好好孝敬我那苦難的母親，減輕我背負的沉重罪孽。

在讀博的三年中，我得到很多人的幫助，讓我在這個城市不覺得無助。感謝爲我上課的劉文剛、周裕鍇、曹順慶、馮憲光等諸位老師。感謝母校西南民族大學的田耕宇、徐希平、陳筱芳、湯巧巧、彭超等諸位師長。另外，西南民族大學戶籍科科長單蘇娟女士，三年來一直關心我，幫助我，在這裡我深表感謝。還要感謝同學朱安女、朱瑤、霍省瑞、王祝英、鄧燕、寧智鋒、李棟輝、李熙、邱興躍、黃威、李樹亮、卿磊、趙德坤、曾秀芳、王水根、劉洋海等，我們一起在成都度過了令人難忘的三年。最後要感謝我的母親、岳父、岳母、妻子、妹妹、妹婿、弟弟、弟媳及其他親朋好友，感謝你們從精神到物質上給予我全方位的支持，你們的鼓勵和支持，是我力量的源泉！

2011 年 6 月於蓉城

論文完成后經四川省社會科學院沈伯俊教授、四川大學羅國威教授、西南民族大學祈和暉教授、西南民族大學陳筱芳教授、四川大學張勇教授組成的答辯委員會審閱評定，同時還得到西北大學韓理洲教授、廈門大學

吳在慶教授、华中科技大學劉真倫教授、西南民族大學田耕宇教授、西南
民族大學徐希平教授等同行專家的評議。諸位先生對本論文作了較爲客觀
的評價，指出存在的問題，使我能在修訂過程中訂正一些不足與疏漏。各
位先生的教誨使我終生受益，在這裡對各位先生表達我最誠摯的謝意。

本書是在我的博士論文基礎上修改而成，由於學殖不厚，天賦不高，
加上作品閱讀量極大，因此本書不可避免地存在著諸多問題，希望方家不
吝批評指正。

本書能夠順利出版，要感謝貴州民族大學文學院汪文學、萬秋月、賀又
寧、吳定川、鍾旭、王力等領導和同事們的關心與幫助，在這裡對他們深表
感謝！

2013 年 11 月於築城